奥 威 尔 作 品 全 集

George Orwell

奥威尔散杂文全集

奥威尔战时文集

Wartime Writings of George Orwell

[英]乔治·奥威尔 著　陈超 译

上海译文出版社

编者说明

　　"二战"是深刻影响了奥威尔人生经历与思想维度的一个关键事件。在这场一度将英国逼入绝境的战争中，这个有着自由传统的民族（连同奥威尔本人）切身体验了配给制与物资短缺、宣传战与报刊审查、总体战与无差别轰炸。1941年至1943年，奥威尔更是加入了英国广播公司（BBC）东方节目部，负责对印广播，在同盟国与轴心国争夺印度人心这个没有硝烟的分战场上，成为了宣传战争机器上的一枚螺丝钉。可以说，没有"二战"，奥威尔就不会在他的《一九八四》中写下那三句警示名言：

　　　　战争即和平

　　　　自由即奴役

　　　　无知即力量。

而从奥威尔在战争期间留下的形形色色的文字中，我们可以清晰地看到他思想进化的脉络和战后世界的图景在他心目中的渐渐定影。

　　全书分为五个部分。第一部分"伦敦信件"系列收录了奥威尔从1941年初至1946年夏，以信件的形式写给美国左翼期刊《党派评论》的15篇文章，记录了战争不同阶段以及战后第一年英国国内的政治形势与社会思潮，其中不乏奥威尔本人对于英国将何去何从的预测——而最有价值的篇章恰恰是那些错误的预测，以及奥威尔对于自身错误的剖析。

第二部分"广播剧系列"是奥威尔为英国广播公司东方节目制作并播出的六部广播剧，大多改编自经典名著与名家名篇。这六个轻松有趣、通俗易懂的剧本在整部严肃沉重的文集中显得有些突兀，但正是这一反差无声地揭示了一个真相：娱乐为宣传服务，是宣传的一部分。

第三部分"战争评论"系列可以说是奥威尔在这场宣传战争中的一线战斗记录。从1941年到1943年，在战争最关键的两年间，奥威尔在对印广播中每周一次对近期的战事和世界形势进行评论总结。这些评论鲜明的乐观基调以及奥威尔在这些文字中微妙的观点转变无不暗示着它们的宣传本质。

第四部分"英国广播公司的奥威尔档案"收录了奥威尔写给BBC高管的两封信件，从中我们得以了解奥威尔投身这场宣传战争的初衷，以及他主动离开的原因。

第五部分"战时杂文及报道系列"是奥威尔以个人身份写作并给不同报刊投稿的一系列杂文与报道。与之前他在英国广播公司的战时评论不同，这些文字代表了奥威尔内心真正的观点与情感，其中奥威尔对战后世界形势的预测可以看作是《一九八四》世界观的先声。

需要说明的是，奥威尔终身都是一名坚定的民主社会主义者，而作为一名西方左翼人士，他对于"社会主义"以及相关政治概念的理解显然有别于正统的马克思—列宁主义者。尽管持坚定的反法西斯立场，但由于奥威尔记录的是当时当地的观察和看法（他的个人见解本身也随着历史进程而发生改变），难免有不够周全和有失偏颇之处。作者的政治观点不代表出版社的立场，敬请读者以历史的眼光自行甄别评判。

编　者
2019 年 4 月

目 录

"伦敦信件"系列^①

---

① 1941 年 1 月至 1946 年夏，乔治·奥威尔以信件的形式给美国左翼期刊《党派评论》写了 15 篇文章并由该期刊发表，这 15 篇文章被称为"伦敦信件"系列。

1941 年 1 月 3 日 [①]

尊敬的编辑：

在写给您的这封信里，我会回复您一封以私人名义写给我的信件，或许我最好引用您的内容，让我要回答的问题能清楚呈现：

> 有些事情是报道没有告诉我们的，譬如说，政坛幕后正在发生什么事情呢？工人阶级内部正在发生什么事情呢？作家、画家和知识分子的整体心态（如果真有这么一回事的话）是怎样的呢？他们的生活和所关注的事情发生了什么改变呢？

嗯，就政治形势而言，我认为可以这么说，目前我们确实正在经历一股逆流，但并不会造成重大的最终影响。那些反动分子，我指的是那些读《泰晤士报》的人，他们在夏天吓得够呛，好不容易才逃出生天，现在正在巩固他们的地位，准备应付将会在春天到来的新的危机。去年夏天英国曾处于革命形势之中，但没有人利用好这个机会。被灌了二十年的迷汤后，英国的国民突然间看穿了统治者的真面目，许多人做好了接受席卷一切的经济变革和社会变革的准备，并以无比坚定的决心准备抵抗侵略。我相信在当时孤立有产阶级并让整个国家的群众接受将抵制希特勒和消灭阶级特权合二为一的政策的机会曾经存在过。克莱蒙特·格林伯格②在他刊登于《地平线》的文章里写道，工人阶级是英国唯一认真地想要打败希特勒的阶级；但我认为情况并不是这样。中产阶级的主体和工人阶级一样持反对希特勒的立场，而且他们的士气或许更加可靠。在我看来，社会主义者总是没办法认识到中产阶级的爱国主义热情可以被加以利用，尤其是当他们以局外人的角度去观察英国的时候。那些在《天佑吾皇》演奏时起立的人只要稍加安抚，就会愿意将他们的忠诚转移到社会主义政权上。但是，在夏天的那几个月里，没有人看到这个机会，工党领袖（或许贝文③除外）由得自己被政府招纳，当侵略并没有发生，而且空袭并没有大家所预料的那么可怕时，赞同革命的心情逐渐消退。目前右派正发起反击，马格森④进入内阁——这几乎就像是张伯伦从坟墓里爬出来——这是在迫不及待地乘机利用韦维尔⑤在埃及的胜利。地中海战役还没有结束，但那里的局势对保守党有利而对左翼人士不利，相信保守党也会利用这个机会。可能一两份左翼报纸不久便会遭到封杀，据说内阁已经在讨论查封《工人日

---

① 刊于《党派评论》1941 年 3 月—4 月刊。
② 克莱蒙特·格林伯格(Clement Greenberg, 1909—1994)，美国作家、美术评论家，代表作有《本土美学：对艺术与品味的观察》、《艺术与文化》等。
③ 厄尼斯特·贝文(Ernest Bevin, 1881—1951)，英国政治家、工党成员和工会领袖，曾担任战时的劳工部长和战后的外交部长，反对共产主义，促成英国加入北约。
④ 亨利·戴维·雷吉纳德·马格森(Henry David Reginald Margesson, 1890—1965)，英国保守党政治家，1940 年 12 月至 1942 年 2 月在丘吉尔政府内担任国防部长一职。
⑤ 亚奇伯德·韦维尔(Archibald Wavell，1883—1950)，英国陆军元帅，二战时曾先后担任中东战区和印度战区总司令。

报》。但这一风向的改变并不是非常重要，除非你相信英国能够无须经历革命就赢得这场战争，并直接回到1939年之前有三百万人失业的"正常状态"——我是不相信的，而且我想许多五十岁以下的人也不会相信。

但目前基本上没有介乎"吾王吾土"式的爱国主义与支持希特勒之间的政策。如果另一波反资本主义的热烈浪潮出现的话，它只会被诱导成失败主义。但与此同时，英国并没有发生这种情况的明显迹象，虽然工业城镇的士气或许要比其它地方更糟糕一些。在伦敦，经过四个月几乎无休止的轰炸之后，士气要比一年前战争陷入僵持时高涨得多。只有莫斯利[①]的追随者与和平主义者明确地流露出失败主义。共产党人在工厂里仍然拥有根基，或许在某个时候将通过提出对于工作时间等问题的不满而卷土重来。但在夏天最绝望的那段时间里他们不得不安分下来。他们对于公众的影响力几乎为零，从几次补选的投票结果你就知道了，而且他们在1935年至1939年间所拥有的强大的媒体影响力已经被彻底粉碎。莫斯利的黑衫军已经不再是一个合法组织，但他们或许比共产党人更值得严肃对待，因为他们的宣传论调对于士兵、水手和飞行员们来说更容易被接受，而英国的左翼组织一直未能在军队里站稳脚跟。当然，法西斯分子会尝试将战争和空袭造成的困难归结到犹太人头上，在伦敦东区经历轰炸最艰难的时候，他们确实成功地激起了反

---

① 奥斯瓦尔德·厄尔纳德·莫斯利(Sir Oswald Ernald Mosley, 1896—1980)，英国政治家，英国法西斯联盟的创始人，希特勒的崇拜者，仿照德国的"褐衫军"(the Brownshirt)创建了"黑衫军"(the Blackshirt)，1940年—1943年因为从事纳粹活动被英国政府软禁。

犹主义的鼓噪，但影响并不大。反战阵线最有意思的演变是以
法西斯的理念，特别是反犹主义，去诠释和平主义运动。"迪
克"·谢泼德①死后，英国的和平主义似乎遭受到士气上的挫
折，并没有做出任何有影响力的姿态，甚至没有缔造多少烈士，
和平誓约联盟只有 15% 的会员是活跃分子。但许多还活着的和平
主义者现在的论调与黑衫军的言论没什么区别（"阻止这场犹太人
的战争"等等），而且和平誓约联盟与黑衫军的会员有一部分是重
合的。各个亲希特勒的组织总共加起来人数不到 15 万，光靠他们
自己的努力是不会取得多大成果的，但如果贝当②式的政府考虑投
降，他们或许将会扮演重要的角色。我认为希特勒并不希望莫斯
利的组织变得太强大。哈哈勋爵③，最具影响力的说英语的德国广
播员，已经几乎可以肯定就是乔伊斯，分裂出去的法西斯政党的
一位成员，而且是莫斯利的私敌，对他恨之入骨。

您还问我英国的知识分子生活以及文学界的各股思潮，我认
为几个主导性的因素分别是：

一、由于苏德条约的签署，过去五年来左翼反法西斯正统思
想彻底破产了。

---

① 休·理查德·"迪克"·谢泼德（Hugh Richard "Dick" Sheppard, 1880—
1937），英国圣公会牧师、和平主义者，曾担任坎特伯雷教堂主持牧师，代
表作有《我们可以说不：对民众的和平主义指导》、《基督徒对于战争的
态度》。
② 亨利·菲利普·贝当（Henri Philippe Pétain, 1856—1951），法国军事家、政
治家，一战时法国的功勋人物，1940 年当选法国总理，但由于德国攻占法
国，贝当与德国纳粹政权合作，成立维希傀儡政府。战后被宣判死刑，后
改判终身监禁。
③ 哈哈勋爵（Lord Haw-Haw），即威廉·布鲁克·乔伊斯（William Brooke
Joyce, 1906—1946），英国法西斯分子，二战期间担任轴心国对英国广播的
节目主持人，战后被判处叛国罪并遭处决。

二、35 岁以下身体健康的人大部分都参军了，或即将参军。

三、由于战争让生活百无聊赖，书本的消费增加了，但出版社不愿意在不出名的作家身上冒险投资。

四、轰炸（近来的事情——我得说它并没有你所相信的那么可怕，但很讨厌）。

苏德条约不仅让斯大林主义者和亲斯大林主义者们站在亲希特勒的立场，而且终结了过去五年来左翼作家们屡试不爽的那句话——"瞧瞧，被我说中了吧！"《新闻纪实报》、《新政治家报》和左翼书社所诠释的"反法西斯主义"，其根基就在于坚信——而且，在我看来，也下意识地希望——英国政府绝对不会对抗希特勒。当张伯伦的政府最终参战并推行左翼人士自己一直在要求的政策时，他们只能哑口无言。在宣战的几天前，看着人民阵线的正统人士悲伤地宣布"那将会是另一次慕尼黑"，不禁让人哑然失笑，尽管事实上几个月来的情况已经清楚表明战争不可避免。这些人其实是在盼望另一次慕尼黑，可以让他们继续扮演卡珊德拉①的角色，不用去面对现代战争的事实。最近我因为发表了"1935 年至 1939 年间那些最彻底的反法西斯主义者现在是最彻底的失败主义者"这番话而遇到了很大的麻烦。但我相信在大体上这是真实的，不仅适用于斯大林主义者。事实上，战争一开始，所有的正统"反法西斯主义"就哑火了。所有和平时期在高雅杂志上躲都躲不开的谴责法西斯暴行和贬斥张伯伦的言论突然间戛然而止，左翼知识分子只会拿监禁德国难民而不是敌人的所作所

---

① 卡珊德拉（Cassandra），古希腊神话中特洛伊的公主和祭司，预见到特洛伊的灭亡，但没有人相信她。

为来说事。在西班牙内战期间，左翼知识分子觉得这是一场"他们的"战争，而且在某种程度上他们影响着局势。他们一直以为与德国的战争将会是一场扩大版的西班牙战争，一场左翼战争，诗人和小说家将会扮演重要的角色。当然，根本不是这么一回事。这是一场全面现代战争，主角是技术专家（飞行员等），由有他们自己的爱国主义热情的人在主导，但那些人的思想是全然反动的。现在知识分子根本无用武之地。从一开始政府就明确地执行"不让赤色分子掺和进来"的原则，直到法国战败之后，他们才开始准许参加过西班牙战争的人入伍。结果，左翼作家的主要活动是很琐碎无聊的批评，当英国取得胜利时，它变成了一股怨气，因为他们的预测落空了。在去年夏天，左翼知识分子是彻头彻尾的失败主义者，比他们获准在报刊上出现的嘴脸更加彻底。在英国似乎将要遭受侵略的时候，一位知名的左翼作家想要让群众打消进行抵抗的念头，理由是德国人如果不遭到抵抗的话会比较仁慈。还有人觉得纳粹分子将会占领英国，准备让苏格兰场的特别部门销毁我们大部分人都有的政治档案。所有这些与群众的态度形成了鲜明的对比，他们要么尚不知道英国已经身处险境，要么决心抵抗到底。但也有一些曾经参加过西班牙战争的左翼作家和宣传人员做了大量工作去阻止失败主义的浪潮，特别是托马斯·亨利·温钦汉姆[①]。

我个人认为人民阵线时期那种鼓噪战争及谎话连篇的宣传和自命正统的气氛被摧毁大体上是好事。但它留下了空白。没有人

[①] 托马斯·亨利·温钦汉姆（Thomas Henry Wintringham，1898—1949），英国军事史家、作家，代表作有《人民的战争》、《自由人的军队》等。

知道如何去思考，没有事情被启动。很难相信接下来将会出现的文学流派会是什么样子。年轻作家的小天地被打破了，而更年轻的作家要么参军入伍，要么由于纸张短缺而无法让作品问世。而且文学的经济基础正在动摇，因为高端的文学杂志最终依赖的是那些接受小众文化熏陶的有闲阶层，他们的处境变得举步维艰。《地平线》是这类刊物的现代民主版本（与十年前的《标准》的基调作比较），就连它也只能艰难支撑。另一方面，有阅读能力的人在增加，自从战争爆发后流行报刊的思想水平有了长足的进步，但几乎没有什么好的作品问世。小说仍然出版了很多，但那些都糟糕得令人难以置信。只有思想已经死了的人才能在这个梦魇仍在继续的时候坐下来撰写小说。让乔伊斯和劳伦斯在1914年至1918年那场战争期间写出他们最好的作品的条件（即认为世界很快就会恢复理智的信念）已经不复存在。人们怀疑人类文明还能不能延续几百年。此外还有空袭，这使得宁静的精神生活变得非常困难。我并不是指现实中的危险。事实上，到了这个时候，每一个伦敦人已经至少有了一处"指定避难所"——这些场所非常普遍，现在已经不成为话题了——实际的伤亡很少，尽管破坏很严重，但大部分是在伦敦市区和东区的贫民窟。不过，交通和通讯等方面的无序造成了无休止的不便。你的一半时间似乎花在了尝试买一麻袋煤上面，因为电力中断了，或尝试在已经断掉的电话线上接通电话，或到处乱跑找公交车搭——而且这个冬天冷得要命，泥泞不堪。伦敦的夜生活几乎没有了，不是因为轰炸，而是因为弹片，它们的数量实在太多了，天黑之后出外很危险。电影院很早就关了，剧院除了几出日间表演之外几乎完全停业了。只有酒吧仍像以往那样，但现在啤酒的价格非常昂贵。到了晚上，遇到空袭严重的时候，震耳欲聋的高射炮声让人很难进行创作。如今很难好整以暇地去做任何事情，甚至写一篇傻帽的报刊文章也要比平时多花一倍的时间。

我不知道我所写的内容是否夸大了空袭的严重程度？请记住，在大规模空袭最糟糕的时期，据统计只有15%的伦敦人口睡在防空洞里。这个数字算上了那些房子被炸毁了的人，而且在不断减少，因为有的人渐渐变得胆大了。该说的都说了，该做的都做了，你的主要印象是平民百姓的麻木不仁，大家都隐约知道情况不会再回到从前，但与此同时，生活却悄悄地回到熟悉的模式。去年九月份，当德国人突破防线，放火把码头烧着时，我想没有几个人能够看着那熊熊燃烧的烈火而不觉得这标志着一个时代的结束。人们似乎觉得我们的社会必须经历的重大变革将会在那时那处发生。但令人惊讶的是，一切又回到了老样子。最后我会从我的日记里摘录几则，希望能够让您了解这里的氛围：

> 每隔几分钟飞机就会飞回来。就像在一个东方国度那样，你以为已经打死了蚊帐里的最后一只蚊子，每一次，你一关灯，又有一只蚊子在嗡嗡嗡地响……光是一颗炸弹从空中掠过造成的冲击就令人惊恐不安。整个房子都在颤抖，桌子上的东西在摇晃。为什么炸弹在近处掠过时电灯会暗下来，似乎没有人知道……昨天牛津街从牛津广场那边到大理石拱门完全没有车辆通行，只有几个行人，午后的太阳直晒着空荡荡的马路，数不清的玻璃碎片闪闪发亮。约翰·刘易斯百货商场外面有一堆塑料服装模特，非常粉嫩，仿真度很高，从不远处看去你会错以为那是一堆尸体。那幕情景就像

是在巴塞罗那，只不过那些是从被捣毁的教堂里丢出来的石膏圣像……现在司空见惯的情景是：清扫后成堆的玻璃碎片、石块和木屑、煤气泄漏的味道、在未引爆的炸弹警戒线处等着看热闹的围观群众……形形色色的人在到处游荡，因为延时引爆的炸弹而从家里被撤离出来。昨天有两个女孩在街上拦住我，外表很端庄斯文，只是脸上脏兮兮的："请问您，先生，您能告诉我们这是哪里吗？"除此之外，伦敦的大部分地方情况几乎是正常的，白天的时候每个人都很开心，似乎不会去考虑接下来的夜晚，就像动物一样，只要有一点东西吃，有阳光晒，就不会去考虑未来。

西里尔·康纳利[①]和史蒂芬·斯宾德[②]向您问候。祝美国好运。

您真诚的
乔治·奥威尔

[①] 西里尔·弗农·康纳利（Cyril Vernon Connolly, 1903—1974），英国作家、书评家，代表作有《石潭》、《承诺的敌人》等。
[②] 史蒂芬·哈罗德·斯宾德（Stephen Harold Spender, 1909—1995），英国作家、诗人，代表作有《法官的审判》、《世界中的世界》等。

1941 年 4 月 15 日①

尊敬的编辑：

上面的日期您也看见了，您的信件寄出一个月后我才收到。因此，在 4 月 20 日前您收到我的回信估计希望不大，但我希望您能在 6 月前收到这封信。我会尝试回答您的所有问题，但要是全部详细作答的话，篇幅肯定不够用。因此，我会集中回答我最了解的问题。在上一封信中您没有提到内容审查人员将有些内容涂黑，因此想来我可以畅所欲言。②

一、现在的流行报刊的水准和基调是什么情况？关于战况有多少真实的内容得以出版？罢工和劳工问题是否得到完整的报道？议会里的辩论是否得到完整的报道？政治宣传是否占据了主导地位？这些宣传大部分内容是和上一次战争一样的对抗蛮族入侵和为大国沙文主义摇旗呐喊，还是更倾向于反法西斯主义？电台节目的情况怎么样呢？电影的情况怎么样呢？

流行报刊的基调在过去一年来大有改善，到了令人刮目相看的地步，而《每日镜报》、《周日画报》（发行量很大的小报，读者大部分是军人）和比弗布鲁克③旗下的报纸《每日快报》、《周日快报》和《标准晚报》更是如此。除了《每日快报》和某份周日报纸之外，这几份报纸以前是最低俗的报刊，但它们都变得在政治上严肃起来，却仍然保留着追求"噱头"的风格，刊登着耸人听闻的新闻标题。它们都在刊登几年前认为他们的读者根本无法理解的文章，《每日镜报》和《标准晚报》明显"左倾"了。《标准晚报》在比弗布鲁克的三份报纸中地位最无足轻重，显然他放手不管，由得这份报纸的方向完全由思想左倾的年轻记者和编辑们去掌控，只要他们不直接攻讦自己的老板，想说什么都可以。比起敦刻尔克撤退之前，现在这份报纸几乎称得上是一份"左翼"报纸——就连《泰晤士报》也遮遮掩掩地说要将私有产权集中化和实现更大的社会平等——要找到任何直截了当的反动言论，即法西斯主义出现之前的那些反动言论，你只能去找那些没有名气的周刊和月刊，大部分是天主教报刊。这当然有伪装的因素，但一部分原因是消费品贸易量的下降让广告商失去了对报刊编辑政策的影响力。最终这将导致报刊倒闭，由国家接管，但目前它们正处于过渡时期，由报刊从业人员掌握权力，不受广告商的操控，就这段短暂的时期来说不失为好事。

关于新闻准确性的问题，我想这场战争是当代报道最为真实的战争。当然，你很难看到敌人的报纸，但在我们自己的报纸上找不到能和 1914 年至 1918 年那场战争或西班牙内战的交战双方

---

① 刊于 1941 年 7 月—8 月刊。
② 英国内容审查机构后来通知奥威尔，他们对 4 月 15 日的这封信进行了审查，删去了提到保释的德国飞行员可能遭到私刑的一处地方。
③ 比弗布鲁克勋爵（Lord Beaverbrook），威廉·麦斯威尔·艾特金（William Maxwell Aitken, 1879—1964），英国报业大亨，《每日快报》、《伦敦标准晚报》和《周日快报》的老板，曾任英国内阁的掌玺大臣。

所散布的弥天大谎相提并论的谎言。我相信电台节目使得大规模的撒谎变得越来越困难，尤其是在那些没有禁止收听外国电台的国家。按照德国刊登的报道，英国海军已经被消灭好几回了，但在重大事件上似乎并没有太过分地撒谎。当战况不利时，我们的政府会拙劣地撒谎，封锁消息，保持盲目的乐观，但大体上他们会在几天内就披露事实。我可以保证防空部所发布的空战报道可信度很高——当然，它们是戴着有色眼镜在进行描写。至于另外两个兵种我就没有发言权了。我怀疑劳工问题并未得到如实的报道。大规模罢工的新闻或许不会遭到查禁，但我想你可以认为有一股强大的趋势，希望平息劳工纠纷和压制临时疏散及安排住所、给士兵们的妻子发放分居补贴等问题引起的不满。议会里的辩论或许没有得到歪曲的报道，但议院里尽是一些榆木疙瘩脑袋，辩论的内容越来越无趣，大概只有四份报纸仍然把议会的辩论放在首要地位。

比起一年前，政治宣传进一步深入我们的生活，但并不是非常广泛，比起 1914 年至 1918 年的摇旗呐喊和仇恨蛮族的情绪是小巫见大巫，但它们的影响力正在与日俱增。我想如今民众的态度是我们正在和德国人打仗，而不只是在抗击纳粹。范西塔特[①]的仇恨德国的宣传册《黑色记录》就像新鲜出炉的蛋糕那样卖得很红火。不要以为只有资产阶级才这么想。群众也有仇恨情绪非常丑陋的展现。但是，随着战争的进行，到目前为止并没有太赤裸裸的敌意，至少在这个国家是这样。在人民阵线时期很流行的

---

① 罗伯特·吉尔伯特·范西塔特（Robert Gilbert Vansittart, 1881—1957），英国政治家、外交家，曾于 1929 年至 1941 年担任外交和联邦事务常务次官。

"反法西斯主义"还没有成为一股强大的力量。英国人对此从来不是很感兴趣。他们的战争士气来自于传统的爱国主义，他们不愿意受外国人的统治，而且头脑简单，身处危险时茫然无知。

虽然英国广播电台的外国宣传很愚蠢，而且播音员的声音让人无法忍受，但我相信它的报道是相当真实的——大体上说，英国人认为它要比报刊的报道更加可靠。电影的技术和主题似乎完全没有受到战争的影响。它们仍然在上演老一套腻歪的垃圾，当它们涉及政治话题时，内容要落后报刊好几年，落后书籍好几十年。

二、是否已经有严肃作品问世？是否有类似上一场战争的巴比塞①那样的反战文学诞生？我们听说当代英国文坛有一股浪漫主义和逃避现实的潮流，是这样吗？

据我所知，这种作品还没有问世，只有零星的日记和短文。去年我读到的最好的小说要么是美国作品，要么是几年前外国小说的译本。反战文学作品有很多，但都是带有偏见的不负责任的作品。没有什么作品能和 1914 年至 1918 年富有特色的战争文学相提并论。当年那些作品都在不同程度上有赖于欧洲文明会继续延续的信仰，并大体上有赖于对国际工人阶级团结一心的信仰。这种事情已经不复存在——法西斯将它们扼杀了。再也没有人相信只要交战双方的工人同时拒绝战斗就能平息干戈。要想在英国

---

① 亨利·巴比塞(Henri Barbusse, 1873—1935)，法国作家，法国共产党员，代表作有《炼狱》、《烈火中》等。

有效地进行反战运动，你必须是亲希特勒派，没有几个人有思想上的勇气这么做，至少不会是全心全意的亲希特勒派。我不认为从亲希特勒的角度不能写出优秀的作品，但目前还没有这类作品问世。

我没有看到当代文坛有什么逃避主义的思潮，但我相信要是现在有大作诞生的话，那将会是逃避主义的作品，或从主观角度撰写的作品。这是我从自己的想法推导出来的。要是现在我能抽出时间好整以暇地写一部小说，我会写一部关于从前的小说，描写1914年以前的情景，我想这部作品会被归为"逃避主义"。

　　三、正规军的士气如何？是否有进一步推行民主的趋势？它是一支忠于英国的军队还是一支反法西斯军队呢？——就像西班牙的忠于共和国的军队？

我相信军队的战斗热情非常高昂，但他们对军属津贴太低和晋升上存在阶级特权等问题感到不满，而且英国军队对长期以来按兵不动感到十分厌倦。他们在大城镇的家人正被狂轰滥炸，而他们却只能驻守在无聊泥泞的营房里。他们厌倦的还有英国的军事体制，它原本是为大字不识一个的雇佣兵设计的，而现在征募到的士兵都受过良好教育。英国军队仍然是"非政治化"的部队，但现在有了固定的政治指导课程，每个地方各有不同，由部队的指挥官决定，似乎有许多自由讨论的机会。至于"推行民主的趋势"，我得说，比起一年前，民主程度或许下降了，但如果你回顾过去五年，进步还是相当大的。现在战时服役的军官们和普通士兵们穿着几乎相同的制服（作战服），有些军官在本土服役时仍会习惯性地穿着作战服。在街上向军官行礼的习惯已经在很大程度上消失了。新兵晋升提拔理论上说完全靠的是军功，但仅凭这一点就认为军队已经完全实现民主化的官方说法不应该当真。军官组织的框架仍然没有改变，所有的新人都得按照其社会背景获得晋升，无疑，着眼点是政治可靠性。但如果仗继续打下去的话，所有这一切将会逐渐改变。对于干才的需要会压倒一切，中产阶级和工资高一些的工人阶级之间的区别如今已经微乎其微，至少军队里的基层不再有阶级区别。现在我们所面临的灾难或许会推动民主化的进程，就像一年前佛兰德斯的灾难之后发生的情况。

四、我们在《论坛报》读到一篇近期的有趣的文章，讲述的是地方军，你能告诉我们关于这场运动目前的情况吗？温钦汉姆仍然是背后的推动力吗？它大体上是一支中产阶级的部队还是工人阶级的部队？它现在有多么民主呢？

地方军是目前英国最坚定的反法西斯部队，与此同时也是一个令人惊诧的现象：由毕灵普分子指挥的人民子弟兵。绝大多数的士兵出身于工人阶级，中产阶级出身的人也有不少，但基本上所有的指挥职位都由有钱的老人把持，许多人根本就是无能之辈。地方军是业余部队，基本上没有兵饷。有时候我觉得它的组织就是故意要让一个工人阶级出身的人没有充裕的时间去担任军士以上的职务。不久前，稍高的职务都由退休的将军、海军上将和形形色色有封号的贵族担任。部队里的士兵的主体年龄段介乎三十五岁到五十岁之间或小于二十岁。连队指挥官（上尉）以上的军官平均年龄要老得多，有的人甚至年过七旬。

在这种情况下，你可以想象毕灵普分子和普通士兵之间进行着怎样的斗争。前者要的是1914年前那种练兵场队列操式的军队，而后者要的是一支虽然不那么讲求形式但更加民主化、擅长游击战的部队。争议并没有过多地纠缠于政治层面，而是着眼于组织、纪律和战术等技术性问题，而这一切当然都带有政治含义，双方心里也都隐约明白这一点。陆军部一直持开放的态度，并提供帮助，但我认为，可以说地方军的高层一直在反对现实的战争观，所有正经训练的实验和尝试都是来自下面的催促。温钦汉姆和与他志同道合的人仍然在地方军培训学校（由周刊《画报》创办的非正式机构，然后由陆军部接管）。但温钦汉姆的那套思想（"人民的军队"）在过去半年来遭受了挫折。或许接下来的几个月里那套思想或与其相类似的思想会再次普及——温钦汉姆曾经有过非常大的影响力，全英国有成千上万的人接受过他一手包办、为期三天的训练课程。虽然现在地方军比起创建初期更像是正规军，或像是战前的地方团练，它依然比一部分指挥官心目中所期望的更加民主，有更加坚定的反法西斯态度。有好几次传闻说政府对它越来越忌惮，想将其解散，但一直没有这么做。很重要的一点是——对于一支这样的军队很有必要但得经过一番斗争才争取到——士兵们可以保管他们的步枪，并在家里放置一些子弹。军官和士兵们穿一样的军服，在训练场外不需要敬礼。虽然大家都知道军官阶层的阶级本质，但矛盾并不是很严重。在下层士兵里，气氛非常民主，同志情谊浓厚，没有势利眼和阶级隔阂，这在十年前是不可想象的。这是我的经验之谈。我在一个各个阶层混杂居住的地方服役，这里工厂里的工人和很有钱的人并肩走正步训练。大体上，士兵们的政治观是老式的爱国主义夹杂着对于纳粹分子含糊但真切的仇恨。在伦敦的部队里还有很多犹太人。大体上，我想地方军被改造成反动的资产阶级团练的危险仍然存在，但这种事情现在不大可能会发生。

五、反动的大资本家现在有多么嚣张和明目张胆（不是莫斯利的黑衫军，而是更加顽固恶劣的大资本家的势力）呢？你提到最近几个月丘吉尔的政府有右倾的苗头。这意味着商业势力正卷土重来吗？

我对幕后进行的事情一无所知，只能对这个问题作出大致上的回答：自由放任的资本主义在英国已经寿终正寝，除非战争在几个月内结束，否则它根本不会重新活过来。产权集中化和计划生产一定会实现，最重要的问题是，谁将掌握控制权。近期的右倾转向表明，我们正受到有钱人和贵族而不是群众代表的操纵。他们会使用自己的权力让政府结构仍然建立在阶级基础之上，操纵税收和配给制为自己的利益服务，回避革命色彩的战争策略，但不会重回混乱不堪的旧资本主义体制。过去六个月来的转向并不意味着经济上有更大的自由或个体商人的利润增加——情况恰恰相反。但它意味着除非你是某一个小圈子里的人，否则你很难得到一份重要的工作。我在别的地方曾指出这一趋势将会改变的理由，但这个趋势已经从去年秋天一直延续到现在了。

六、你认为贝文和莫里森①仍然获得英国工人阶级的支

---

① 赫伯特·斯坦利·莫里森(Herbert Stanley Morrison，1888—1965)，英国政治家、工党成员，曾担任内政部长、外交部长、副首相等职务。

持吗？有没有其他工党政治家在战争的进程中达到了新的高度——假如那两位先生已经做到的话？基层干事运动仍在壮大吗？

我对实业界的情况了解甚少。我得说，贝文确实赢得了工人阶级的支持，但莫里森或许没有。人们普遍认为工党作为一个政党已经放弃权力了。只有另一个工党党员的名望上升了，他就是克里普斯①。如果丘吉尔下台，克里普斯和贝文会是角逐首相一职的最有力人选，而贝文明显占有优势。

七、你如何解释民主和公民自由在这场战争中仍然在相当大的程度上得以保存这个事实？是因为劳工界的压力？英国的传统？还是上层阶级的软弱？

"英国的传统"意思很模糊，但我认为这是最接近的答案。我想我似乎是在给自己做免费广告，但我想引用我前不久写的一本书《狮子与独角兽》。（我想它已经发行到了美国吧？）在书中我指出，在英国一种超越了阶级体制的家族忠诚式的情怀（恐怕这也使得阶级体制更容易延续下去）制止了政治仇恨的蔓延。我觉得英国有可能爆发内战，但我还没有遇到一个英国人能够想象出爆发内战会是怎样一番情景。与此同时，你不应该高估这里的思想自由的程度。目前的情况是英国很重视言论自由，却没什么出版自

---

① 理查德·斯塔福德·克里普斯（Richard Stafford Cripps, 1889—1952），英国政治家、工党成员，曾于1947年至1950年担任英国财政大臣。

由。过去二十年来，对于出版自由有过许多直接和间接的干预，而这从未引起过民众的零星抗议。这是一个低俗的国度，刊印的文字不被看作是什么要紧的东西，作家和文人从来得不到多少同情。另一方面，那种你不敢谈论政治，担心盖世太保就在监听的气氛在英国是不可想象的。任何制造这一气氛的尝试都会失败，不是出于有意识的抵制，而是群众根本不知道对他们的要求是什么。特别是工人阶级，抱怨对他们来说是习以为常的事情，他们在抱怨的时候，自己并不知情。当失业可以被作为一种控制手段时，人们总是担心说出的"赤化"言论或许会传到工头或老板的耳朵里，但没有人会在乎自己所说的话被警察听见。我相信现在有一个组织在工厂、酒馆等地方从事政治窥探，当然，在部队里也有密探，但我不知道它除了向政府报告民意和时不时将某些人列为危险分子之外还能干些什么。不久前一条愚蠢的法律被通过了，使得说出任何"可能导致恐慌和影响士气"的话成为招致惩罚的罪行。已经有根据这一条文的指控，我得说，有几十起，但基本上它只是一纸空文，而且或许大部分人并不知道它的存在。随便走进一间酒吧或一节火车车厢，你都会听到违反了这一法规的言谈，因为，在严肃地讨论战争时，显然你不可能不说出或许会引起恐慌的话。可能再过一段时间就会出台一条法律禁止人们收听外国电台，但这条法律根本无法推行。

英国的统治阶级对民主和公民自由的信念是很狭隘的，而且带着伪善的色彩。但不管怎样，他们相信法治，有时候当法律不利于他们时也愿意去遵守。没有迹象表明他们会形成真正的法西斯主义思想。由于战争的影响，各种自由的权利显然会衰退，但碍于当前的社会结构和气氛，衰退会有一定的限度。英国或许会因为外部力量的干预或国内爆发革命而走向法西斯道路，但我认为旧的统治阶级没有能力凭借自己的力量营造一个真正的极权主义体制——不是因为其它什么原因，而是因为他们太笨了，从一开始就不理解将我们陷入这场危机的法西斯主义的本质。

八、从这里观察，过去几个月来似乎出现了非常迅速地向极权主义式的战时经济迈进的趋势——配给制进一步扩展，贝文向工人阶级征兵，政府进一步接管商业。这个看法正确吗？这个节奏是在加速呢还是减缓呢？民众对战争努力的效率有何观感呢？关于这些措施对他们日常生活的影响，他们有什么样的感受呢？

是的，这些事情正在迅速发生，而且在接下来的几个月会进一步加速。很快我们都将穿上制服或从事强制性的劳动，或许还会吃上大锅饭。我不认为这会遭到强烈抵制，只要所有的阶层都是同样的待遇就好。当然，富人会抱怨——现在他们就在公然避税，配给制几乎对他们毫无影响——但如果情况真的陷入绝望的话，他们会乖乖就范。我认为普通民众对经济体制集中化一点儿也不在乎。像小工厂业主、农场主和小商店店主那种人似乎接受了他们从小资本家到国家雇员的身份转变，没有多少怨言，只要他们的生活能得到保障。英国人痛恨盖世太保，针对官方监视和迫害政治异议者举行了多次抗议，有几次取得了成功，但我认为经济自由已经不再有多少吸引力了。向集中化的经济转变似乎并不像人口迁徙、阶级融合、征兵和轰炸那样深刻地改变人们的生活方式。但在北方工业区情况可能就不是这样。那里的工作环境要更加恶劣，工作更加辛苦，失业基本上不复存在。接下来的几个月我们可能会经历饥荒，我不知道那时候将会有什么反应。除了轰炸和从事某些工作的工人得加班加点之外，你不能说这场战争已经造成了多大的困难。比起和平时期的大部分欧洲人，英国人的粮食仍然要多一些。

九、左翼劳工运动现在对战争的目标取得了什么共识？你对这些目标的实现是否持乐观态度？政府承受着多大的压力要去宣布社会主义的战争目标呢？在战争目标这个问题上，在胜利后对欧洲和德国的政策上，丘吉尔政府里的工党成员和保守党成员之间有深刻的分歧吗？战后的英国"社会重建"计划是否具体呢？

我没有篇幅去好好回答这个问题，但我想你可以认为工党现在并没有独立于政府的政策。有些人甚至认为左倾的保守党人（伊登①和丘吉尔）比工党更有可能出台社会主义政策。总是有人呼吁政府宣布作战目标，但这些都来自于个人，而不是工党的正式行动。没有迹象表明政府有任何具体乃至大致上的战后计划。但是，战后"情况将会不一样"的感受非常普遍，尽管未来英国的情况肯定会比不上从前，但回归张伯伦时代的英国是不可想象

① 罗伯特·安东尼·伊登（Robert Anthony Eden, 1897—1977），英国保守党政治家，曾在二战期间担任外交部长一职，激烈反对绥靖主义政策，曾于1955年至1957年担任英国首相。

的，即使那有可能实现。

十、你会说群众——工人阶级和中产阶级——比 1940 年
5 月时更加热情地支持本届政府吗？他们大体上支持战争努
力吗？

就支持政府而言，群众的热情减退了，但程度不是很严重。
本届政府成立时得到了罕见的民意支持。在内政事务上它令人失
望，但不像以往的政府那样彻底令人无语。丘吉尔的个人魅力已
经消退了一些，但他仍然是过去二十年来最受拥戴的首相。至于
这场战争，我不相信民意有多大改变。人们已经受够了，但情绪
远比我预想得要好。不过，在危机结束之前，没有人能够笃定地
这么说。那将会是一场性质不同的危机，要比一年前的危机更加
难以理解，而且或许更难忍受。

我希望这封信能解释您的问题。我担心它的篇幅超过了您允
许的范围。这里一切安好。昨晚我们经历了一场猛烈的轰炸，到
处是大火，炮声吵得人大半个晚上睡不着觉。但这没什么大不了
的，炸弹的落点主要是剧院和时髦的商店。今天早上是一个明媚
的春天，杏树开花了，邮递员和送奶车像平时一样穿梭往来，街
角那对胖大嫂还是在邮筒旁边闲聊。祝你们好运。

后记

自从我在 4 月 15 日写了这封信后发生的大事有：英国在利比
亚和希腊战事失利，中东局势进一步恶化，伊拉克爆发起义，斯
大林显然打算与希特勒进行更密切的合作，达尔兰准备让德国部

队进驻叙利亚。前两天还发生了赫斯①的神秘到访一事，引起了各方的兴趣和猜测，但现在对此事进行评论还为时过早。

重要的问题是这场战争的灾难性的转折会不会像去年那样进一步增强民主的气氛。恐怕我得说，这种事不会发生。敦刻尔克战役和法国沦陷之所以影响了民意并促成好事的发生，是因为这些事情就在不远处发生。英国当时面临很快就会遭到入侵的危险，而且有数以万计的士兵归国向他们的家人讲述他们是如何被辜负的。这一次战争在遥远的地方发生，那些国家普通人根本不知道或毫不在乎——英国的普通工人根本不知道苏伊士运河和自己的生活水平之间有什么联系——就算从希腊逃出生天的部队有什么想诉说的，他们也只能在埃及和巴勒斯坦诉说。大家都知道希腊战役只会是一场灾难。早在官方发布信息之前我们就已经知道我们派遣部队远赴希腊，我找不到有谁相信这次远征会以胜利告终。另一方面，几乎每个人都觉得我们有义务进行干涉。大家都知道没有一支现代化的部队，我们无法在欧洲战场与德国人抗衡，但与此同时，我们认为"不能让希腊人失望"。英国人从未屈服于权力崇拜，并不像欧洲人那样认为这种姿态是徒劳之举。我没有看到民意会出现大的转变的迹象。在议会关于希腊战役的辩论中，对政府发起攻讦的人是像劳合·乔治②那样心怀妒忌的出局者，他们没有展开像样的辩论，动不动就要求进行信任投票，而

---

① 鲁道夫·沃尔特·理查德·赫斯（Rudolf Walter Richard Hess, 1894—1987），德国纳粹分子，希特勒的早期追随者，纳粹党副元首，于1941年5月10日单独驾机飞抵英国，但其动机由于英国的文件尚未解密而无从得悉。战后被纽伦堡国际军事法庭判处终身监禁，于1987年自缢身亡。
② 大卫·劳合·乔治（David Lloyd George, 1863—1945），英国自由党政治家，1908年至1915年曾任英国首相。

大体上政府得到了民众的信任——至少目前没有别的政府可以取代它。正在澳大利亚发出的反对声音或许有助于让这场战争的运作走向民主化。这里的人开始说下一波左倾的推力一定来自美国。譬如说，有人认为罗斯福或许会提出进一步帮助英国的条件是英国政府必须解决印度问题。您比我更清楚这件事会不会发生。

空袭仍在继续。对于普通民众来说，这是这场战争要命的地方，但他们的迟钝令人吃惊。美国的报刊或许没有报道的关于民意的一个侧面，而您或许会感兴趣。最近在伯明翰进行了一场补选，一个持不同政见的保守党候选人自称是"誓要报复的候选人"，与政府的候选人进行竞争。他宣称我们应该集中轰炸德国平民，报复他们对我们作出的行径。教士斯图亚特·莫里斯①，和平誓约联盟的先锋人物之一，也以和平主义者的身份参选。三个竞选人的口号分别是"轰炸柏林"、"停止战争"和"支持丘吉尔"。政府提名的候选人得到了 15 000 张选票，而另外两个人各得 1 500 张选票。这次投票的人可能少了，但考虑到我们所处的年代，我想这几个数字还是很鼓舞人心的。

乔治·奥威尔

---

① 斯图亚特·莫里斯(Stuart Morris，1890—1967)，英国神职人员，曾担任和平誓约联盟的总干事。

1941 年 8 月 17 日^①

尊敬的编辑：

    您让我再寄一封伦敦来信，虽然您让我自由选择题材，您还补充说您的读者们或许有兴趣了解地方军的事情。我会在篇幅允许的情况下为您对地方军作一些介绍，但我认为在这封信里，我的主题应该是苏联参战。过去七个星期来，它盖过了一切，而且我认为现在或许可以对英国的民意作粗略的剖析。

英苏结盟

    英苏结盟最突出的情况是它并没有在这个国家引起分裂或严重的政治动荡。确实，希特勒入侵苏联让这里的每个人都大吃一惊。如果结盟在 1938 年或 1939 年发生，或许会发生的情况是：经过漫长而激烈的争执，支持人民阵线的人在一边呐喊，保守党人在另一边高喊"赤化的苏俄"什么的，那将会是一场严重的政治危机，或许会导致大选，而议会和军队里会出现公然支持纳粹的政党。但到了 1941 年 6 月，和希特勒相比，斯大林成了不足为道的小妖怪，支持法西斯的那帮人声名扫地，而且侵略发生得如此突然，甚至没有时间去讨论与俄国人结盟的好处和坏处。

    与这个战争的新转折点有关的一个事实是，现在许多英国人提到苏联并没有特别的反应，他们觉得俄国就像中国或墨西哥那样，只是一个遥远而神秘的国度，曾经发生过一场革命，但它的性质已经被遗忘了。报纸上所有关于肃反、五年计划、乌克兰等的激烈争议从普通民众的脑海里一掠而过。但至于其他人，那些明确地支持或反对俄国的人，他们可以被划分进下面几个泾渭分明而且有重要地位的阵营：

有钱人。真正的资产阶级持反对俄国的思想，不可能有别的想法。许多有钱的沙龙布尔什维克的存在并不能改变这个事实，因为这些人无一例外都属于腐朽的食利阶层的第三代。资本家会带着复杂的情感看着希特勒摧毁苏联。但认为他们在策划直接的阴谋或少数有能力的人会控制政府就错了，丘吉尔继续在任确保了这种事情不会发生。

工人阶级。英国的工人阶级中所有比较有思想的成员都是温和的亲俄派。俄国入侵芬兰的战争[2]引起的震惊很真切，但那是因为当时正值这场大战相对平静的时期，而且它已经被彻底遗忘了。但如果你认为俄国参战这件事将会激励英国的工人阶级更加努力工作和作出更大的牺牲，或许你就错了。过去两年来的罢工和劳资纠纷是共产党人在背后操作，但这些事情肯定不会再继续下去了。可共产党人除了放大合法的不满之外还能做些什么很值得怀疑。不满将依然存在，来自《真理报》的问候并不能抚慰在

① 刊于《党派评论》1941年11月—12月刊。
② 指发生于1939年11月至1940年3月的冬季战争。

空袭中装卸货物的码头工人或错过最后一班电车回家的疲惫的兵工厂工人。在某种情况下，工人阶级对于俄国的忠诚这个问题可能会以这样的形式表现：如果有迹象表明政府将会令俄国人失望，工人阶级会不会挺身而出，迫使更积极的政策出台呢？我相信我们会发现虽然对于苏联的忠诚依然存在——这是肯定的，因为俄国是唯一表面上由工人阶级执政的国家——它不再是一股正面的力量。希特勒敢向俄国开战这件事情就是证据。十五年前，除了日本之外，没有哪个国家敢于发动这么一场战争，因为统治者不敢信任普通士兵会向社会主义祖国开枪。但是，这种忠诚已经被俄国自私自利的民族主义政策逐渐挥霍掉。旧式的爱国主义现在是比任何形式的国际主义或对于社会主义祖国的信念更加强大的力量，而这个事实将会体现在作战策略中。

共产党人。我不需要告诉您过去两年来（英国）共产党官方政策的转变，但我不能肯定美国的共产党知识分子的思想也和这里一样。在英国，唯一值得尊敬的共产党人是工厂里的工人，但他们的人数并不是很多，正是因为他们大部分人是技术工人和诚实的同志，他们无法总是坚定地忠于"纲领"。1939年2月至1941年6月间，他们没有尝试进行明确的军备生产的破坏活动，虽然共产党的政策逻辑要求这么做。但是中产阶级的共产党人的情况则不一样。他们包括大部分党里的正式和非正式领导人，除了他们之外，还必须加上大部分年轻一代的文学知识分子，特别是大学里的人。正如我在其它地方所指出的，这些人的"共产主义"只不过是移情于苏联的最低俗的领袖崇拜。这个时候他们的重要性在于，随着俄国参战，他们或许又将获得在1935年至1939年间曾经有过但在过去两年失去了的报刊影响力。《新闻纪实报》是继《每日先锋报》之后最大的左翼日报（发行量大约是140万份），已经在忙于洗白不久前刚被他们斥为叛徒的人。由丹尼斯·诺维尔·普里特[①]领导的所谓"人民大会"（普里特是一位工党下院议员，但共产党人总是说他是"地下工作者"，显然这就是事实）仍然存在，但已经断然转变政策。如果英共被允许像1938年那样进行公开宣传的话，他们将自觉和不自觉地在英国和苏联之间制造不和。他们所希望的并不是消灭希特勒和让欧洲重回稳定，而是他们认定的祖国获得张扬的军事胜利，他们会尽最大的努力去影响民意，将尽可能多的荣誉归于俄国和不停地质疑英国的善意。这种事情的危险不应该被低估。但俄国人自己或许清楚现在是什么局势，并会采取相应的行动。如果我们将进行一场漫长的战争，在这个国家引起不满对他们来说并没有好处。如果他们能够进行宣传的话，英共必须被视为不利于英苏团结的负面力量之一。

天主教徒。这个国家据说有两百万天主教徒，大部分人是非常穷苦的爱尔兰工人。他们会投票给工党，并作为一股推动工党政策的无声的力量，不受神父的摆布去同情法西斯主义。中产阶级及上层阶级的天主教徒的重要性在于他们在外交部和领事馆的人数非常多，而且在报刊上很有影响力，尽管比不上往时。旧式的天主教家庭那些"生来便是"天主教徒的人没有后来皈依天主

---

① 丹尼斯·诺维尔·普里特（Denis Nowell Pritt，1887—1972），英国律师，曾担任工党众议员，因支持苏联入侵芬兰而被工党开除出党，后以独立身份参与英国的政治活动。

教的知识分子(罗纳德·诺克斯①、阿诺德·伦恩②等人)那么信奉教皇至上,有更深切而朴素的爱国主义情怀,而后者和英国的共产党人有着非常类似的思想,只是效忠的对象不同而已。我想我不需要复述他们在过去的亲法西斯活动的历史。战争爆发之后,他们不敢公开支持希特勒,但通过对贝当和佛朗哥极尽溢美之词进行间接宣传。红衣主教轩斯利③,"精神之剑运动"(天主教式的民主运动)的创建者,从他的言行判断,似乎是真诚的反纳粹人士,但只代表了天主教徒的一部分民意。希特勒一入侵苏联,天主教的报刊就宣传我们必须利用这个喘息机会,但"绝不能与无神论的俄国结盟"。值得注意的是,当情况表明俄国人的抗战获得成功时,天主教报刊的反俄情绪就更加高涨。对过去十年来天主教的宣传内容有过研究的人不会怀疑大部分天主教徒和知识分子如果有机会的话,会与德国结盟并反对俄国。他们对俄国的仇恨着实怨毒,甚至令我这个反对斯大林的人都感到厌恶,但他们的宣传内容很老套(布尔什维克党人的暴行、共产共妻等等),对工人阶级并不能造成影响。当俄国战役以某种形式告一段落时,无论是希特勒入主莫斯科还是俄国人流露出侵略欧洲的苗头,他们将会走出来公开支持希特勒。如果妥协和平可以实现的话,他们将会是中坚力量。如果英国成立类似于贝当政府的政权,它必

---

① 罗纳德·阿布斯诺特·诺克斯(Ronald Arbuthnott Knox,1888—1957),英国神学家,曾是英国圣公会牧师,后改宗罗马天主教,曾将拉丁文《圣经》重译为英文《圣经》。

② 阿诺德·亨利·莫尔·伦恩(Arnold Henry Moore Lunn,1888—1974),英国登山家和作家,曾对天主教的教义提出批评,后皈依天主教,并撰书为其辩护。

③ 红衣主教亚瑟·轩斯利(Cardinal Arthur Hinsley,1865—1943),英国罗马天主教神职人员,曾担任威斯敏斯特大主教。

须仰仗天主教徒的支持。他们是英国的民主事业唯一具备思想、逻辑和理智的敌人，轻视他们会是一个错误。

关于各股思潮就写这么多。几天前我开始写这封信，而这几天来，我们没有为俄国人提供充分援助的情绪在显著增强。现在最流行的讽刺语是我们将给予俄国"除了战争之外的一切援助"。就连比弗布鲁克的报刊也在重复这番话。而且，自从俄国参战以来，人们对美国的情感就开始冷却。我相信，丘吉尔—罗斯福宣言令很多人失望。丘吉尔的行程是一个官方的机密，但似乎很多人都已经知道了，大部分人希望结果会是美国参战，或至少占领大西洋的几个更具战略意义的要地。现在人们在说，俄国人在打仗而美国人在空谈，而去年流行的话语"同情送给中国，石油卖给日本"又开始被提起。

地方军

这支军队，原先的名字是地方志愿自卫队，是在去年春天德国人成功利用伞兵部队攻克荷兰后应安东尼·伊登在电台里的呼吁而成立的。在头二十四小时它就征集了二十五万人。现在地方军的兵力达到一百五十万至两百万人。过去一年来，兵力的数字在波动，但整体的趋势是在增加。除了少数核心军政人员和隶属正规军的教官外，它是一支纯粹的业余军队，没有军饷。除了训练之外，地方军承担了军队一部分日常任务：纠察、巡逻、保卫建筑和部分防空任务。地方军的普通成员付出的时间大约是每周五小时到二十五小时。由于基本上它是一支志愿军，因此没有强制报到，但总是迟到的人会被要求离开队伍，在任何时候不活跃的成员比例不超过百分之十。侵略如果发生，地方军将会推行与正规军同样的纪律，它的成员将会领到薪水，所有的军阶薪水都是统一的。一开始的时候，地方军的成分很复杂，它的组织结构与西班牙的早期民兵队伍很相似，但它渐渐依照正规军的编制进行改组，所有的常规部队隶属于各个地方的正规军师团，但工厂、铁路和政府部门有自己的独立部队，只负责保卫他们自己的建筑设施。

地方军的战略思想是**完全**纵深（即从英格兰的一侧海岸到另一侧海岸）的静态防御武装。它的战术理念不是战胜侵略者，而是将他们拖住，直到正规军能够与敌人交锋。地方军不会大规模调动或长距离行军。在实际作战中，或许最多以连为作战单位，一支部队的前进或撤退都不超过几英里。在假想作战中，任何入侵者在英国行进时总是会遭遇到无数小股部队的前后夹击，直到他们抵达海岸。至于如何最有效率地抗击侵略者则有着不同的理论，主要取决于对海外不同战役的观察。一开始的时候，军方的设想只是对付伞兵，但法国和低地国家的事件引发了夸张的对于第五纵队的恐惧，政府显然有意将地方军转变成武警部队。这个想法未能实现，因为参军的人只是想要和德国人打仗（在 1940 年 6 月，大家都以为侵略将很快发生），在当时混乱的情况下，他们只能靠自己进行组织。当足够的武器和制服被分发完毕，让地方军看上去像是军人时，高层的意思是将他们转变成类似于闪电战前那种类型的常规陆军。接着，德国人的装甲部队通过海运成功进驻叙利亚，重点随之转移到了反坦克战。然后，克里特岛的沦陷表明伞兵和空军部队可以取得怎样的效果，对付他们的战术也应运而生。最后，俄国游击队在德国后方的斗争引起了对游击战术和敌后破坏的再次强调。所有这些更迭的趋势都体现于围绕着地方军而展开的众多官方与非官方的文献中。

现在地方军可以被视为一支不容小觑的武装力量，至少在短期内能够组织顽强的抵抗。没有入侵者能够在开阔地带行军几英里或在大城镇里行进几百码而不会遇到小股武装敌人。士气是绝对可以信赖的，但在被占领地区愿意进行破坏活动和继续抗战或许取决于不同作战单位的政治色彩。显然，要让这么一支部队在战场上一连坚持一两个星期是很困难的事情，如果在英国的战斗旷日持久的话，地方军或许会逐步被并入正规军，失去它的地方色彩和义务性质。另一个困难是军官的人选。尽管在理论上没有阶级歧视，但比起正规军，地方军的军官有着更强烈的阶级色彩。而且这种情况即使有心也是很难避免的。在任何军队里，能够晋升到指挥官职位的人通常都来自上层阶级和中产阶级——这种事情在早期的西班牙民兵部队里发生过，在俄国内战中也发生过——在业余部队里，普通工人没办法有充裕的时间去从事排指挥官或连指挥官的日常行政工作。而且，除了提供武器和制服，并给值夜的人一点象征性的酬劳之外，政府没有拨款。指挥军队总是会有小额开销，50 英镑一年是任何军官花在自己的部队上的最低金额。所有这一切意味着几乎所有的指挥官职位基本上都被退休的上校、有"私产"者或有钱的商人所占据。有相当一部分军官老得甚至赶不上 1914 年那场战争，更别说之后的战争了。如果战斗一直持续下去的话，或许有必要将一半的军官革职。普通士兵们知道情况的严重性，或许会在有需要的时候想出推举自己的指挥官的方式。有时候军队基层会讨论推选军官，但除了一些工厂之外，我想这种事情从未发生过。

现在地方军的人员构成与刚开始的时候很不一样了。头几天涌入地方军的人大部分参加过上一场战争，年纪太大了，不适合投身这一场战争。因此，分发的武器落入了那些有反法西斯主义思想但没有受过政治教育的人手中。唯一能影响地方军的政治意识的人员只是一些有阶级意识的工人和少数参加过西班牙内战的人。左翼人士像以往那样没有看到这是一个机会——如果工党在头几天积极行动的话，原本可以让地方军成为自己的组织——而且在左翼圈子里盛行将地方军形容为法西斯组织。后来，在分发武器的时候，一些左翼人士开始意识到他们可以乘机领到武器，有一部分人还想办法加入了地方军。但工党一直未能大范围地影响地方军，最热烈的志愿兵总是视丘吉尔为理想的政治人物。这场运动主要的教育力量是由汤姆·温钦汉姆、休·斯拉特①等人创立的训练学校，特别是在头几个月，在它们被陆军部接管之前。他们纯粹只教授军事内容，但与坚持游击作战方式联系在一起的革命内涵被许多听课的人理解并接受了。一开始的时候，英共禁止它的党员们参加地方军，并对温钦汉姆等人持批评态度。过去几个月来，军事征召让地方军几乎失去了所有年龄介乎 20 岁到 40 岁之间的人员，但与此同时，年纪在 17 岁左右的工人阶级青年加入了地方军，大部分人并没有政治思想，当被问到他们加入地方军的原因时，他们的回答是想要得到军事训练，为三年后被征召作准备。这反映了许多英国人现在认为三年后战争仍会持续。地方军里现在还有很多外国人。在去年的恐慌时期，他们曾被一概

---

① 即汉弗莱·理查德·斯拉特（Humphrey Richard Slater, 1906—1958），英国作家，代表作有《国民自卫队必胜》、《海峡天堑》等。

拒之门外。我的第一份差事就是去安抚被拒绝入伍的人，因为他们的父母不是双方都在英国出生。一个人被拒绝了，因为他的父母有一方是外国人，而且直到1902年才归化。现在这些想法被放弃了，伦敦的部队里有俄国人、捷克人、波兰人、印度人、黑人和美国人，但没有德国人或意大利人。我不会说地方军的主流思想比一年前更"左倾"。它反映了英国的大体思想过去一年来左摇右摆，就像一扇铰链门。但你在食堂和警卫室所听到的政治讨论要比原先更加理智，而且各个阶层的人的混杂迫使大家亲密相处了很长一段时间，这带来了很多好处。

你可以预见到地方军的未来。即使现在已经很清楚侵略不会发生，直到战争结束前它是不会被解散的，或许战争结束后也不会被解散①。如果有人尝试进行贝当式的媾和或在战后发动内战，它将发挥重要作用。它已经对正规军起到了一定的政治影响，在积极服役的时候将会发挥更大的影响。最开始的时候它的组建是因为英国是一个保守的国家，它奉公守法的公民能够被倚仗，但在组建之后，它成为了之前从未存在过的政治因素。现在有接近一百万英国工人卧室里就摆放着步枪，根本不愿意拱手归还。这个事实所蕴藏的可能性不需要我去指出。

我写的篇幅比我的设想多出了许多。我在8月17日开始写这封信，到了25日把信写完。俄国军队和英国军队已经开赴伊朗，每个人都很高兴。我们度过了一个美好的夏天，人们的骨头里晒足了阳光，帮助他们抵御寒冬。伦敦已经有四个月没有遭受过一场真正的空袭了。东区的一部分地方被夷为平地，市区成了一座

---

① 1945年12月31日，地方军被英国政府解散。

大废墟，但圣保罗教堂几乎完好无损，像一块巨岩高高耸立。而伦敦遭受轰炸程度较轻的地区已经被彻底清理，你根本看不出它们曾经遭受过破坏。站在我居住的这座公寓的天台眺望四周，我看不到任何地方有轰炸造成的破坏，只是有几座教堂的尖塔从中间折断了，看上去像是掉了尾巴的蜥蜴。食物短缺并没有真的发生，但高营养食物（肉类、熏肉、奶酪和蛋类）的匮乏让干重体力活儿的工人如矿工出现了严重的营养不良，他们只能从家里带午饭上班。香烟和啤酒一直很紧缺，有的烟草商人认为自从战争开始以来，烟草的消费量增加了四成。工资赶不上物价的飞涨，但另一方面，如今没有人失业；因此，虽然个体的工资比以前低了，家庭收入总的来说要比以前高一些。衣服受到严格的限量供应，但街上的人还看不出明显的寒酸。我时常思考战争的影响到底在多大程度上恶化了我们所有人的生活——如果你突然看到三年前的伦敦与现在的伦敦并排出现的话会有多惊讶。但它是一个渐进的过程，我们没有注意到任何改变。我想象不出没有拦截气球的伦敦的天空，看到它们被撤掉我会感到很遗憾的。

　　或许您知道阿瑟·凯斯特勒[①]的作品，他现在是一名工兵。弗朗兹·伯克瑙[②]，《西班牙战场与共产国际》的作者，在去年的

---

① 阿瑟·凯斯特勒（Arthur Koestler, 1905—1983），匈牙利裔英国作家、记者和批评家，曾加入共产党，后来成为自由主义者，代表作有《正午的黑暗》、《渣滓》等。
② 弗朗兹·伯克瑙（Franz Borkenau, 1900—1957），奥地利作家，极权主义理论的先驱之一，代表作有《欧洲共产主义》、《社会主义，走向民族或走向国际》等。

恐慌中被递解到了澳大利亚，现在回到英国了。路易斯·麦克尼斯①和威廉·燕卜荪②在英国广播公司上班。迪伦·托马斯③参军了。亚瑟·卡尔德-马歇尔④晋升为军官。汤姆·温钦汉姆在辞职一段时间后再次担任地方军的教官。与此同时俄国人承认伤亡数字达到了 70 万，俄军正顺着 22 年前走过的道路朝列宁格勒集结。我以前没有想过在我有生之年会说"祝你好运，斯大林同志"，但我真的说了。

您真诚的

乔治·奥威尔

后记

我必须补充苏联作家阿列克谢·托尔斯泰⑤写给英国作家，刊登于《地平线》9 月刊的那则骇人听闻的"消息"，讲述了从 1914 年翻寻出来的老掉牙的暴行故事。那是这场战争令我害怕的地方，比空袭更加可怕。但我希望美国人民不会以为这里的人会把这种东西太当回事儿。我认识的每个人听到德国人被用铁链拴在机关枪上的故事时都会哈哈大笑。

---

① 弗雷德里克·路易斯·麦克尼斯(Frederick Louis MacNeice, 1907—1963)，爱尔兰诗人、剧作家，代表作有《天空的洞穴》、《现代诗艺》等。
② 威廉·燕卜荪(William Empson, 1906—1984)，英国文学批判家、诗人，代表作有《复义七型》、《复合词汇的结构》等，曾于西南联大及北大任教。
③ 迪伦·玛莱斯·托马斯(Dylan Marlais Thomas, 1914—1953)，威尔士诗人，代表作有《夜疯狂》、《死亡没有疆界》等。
④ 亚瑟·卡尔德-马歇尔(Arthur Calder-Marshall, 1908—1992)，英国作家，代表作有《被判缓刑的人》、《荣誉的时刻》等。
⑤ 阿列克谢·尼克莱耶夫斯基·托尔斯泰(Aleksey Nikolayevich Tolstoy, 1882—1945)，苏联作家，代表作有《尼基塔的童年》、《骑兵之路》等。

1942 年 1 月 1 日[①]

目前没有什么政治事件在英国发生，因为我们或许将面临一场漫长而令人精疲力竭的战争，士气将会是最重要的因素，我希望将这封信的大部分篇幅用于讨论当前在暗地里涌动的某些思潮。这些或许在当前微不足道，但我认为它们确实让人对未来可能会出现的变数有所了解。

一、我们在和谁作战?

这个显然迟早必须得到回应的问题从 1941 年开始在范西塔特的宣传册和为德国难民创办的德文日报(《新闻报》，温和的左翼刊物，发行量大约是 6 万份)出版之后就令公众感到焦虑不安。范西塔特宣扬的主题是：不只是纳粹分子，所有的德国人都是恶棍。我不需要告诉你毕灵普分子是多么兴高采烈地接受了这套理论，借此回避我们正在与法西斯主义进行抗争的想法。但近来"只有死了的德国人才是好人"的说辞以相当狰狞的面目出现，目标对准了难民。奥地利的保皇派与德国的左翼分子交恶，指责后者是披上伪装的泛日耳曼主义者，这正中毕灵普分子的下怀，他们总是在尝试将自己的两个敌人——德国与社会主义捆绑在一起。现在的问题是：任何自称是"反法西斯主义者"的人都被视为亲德派。但这个问题的复杂之处在于，毕灵普分子在一定程度上是正确的。虽然范西塔特写的东西不怎么样，但他是一个能干的人，背景比他的大部分敌人更加丰富，而且他一直在坚持两个亲社会主义者努力在糊弄混淆的事实：一个事实是纳粹哲学的大部分内容并不是什么新鲜玩意儿，只是泛日耳曼主义的延续；另一个事实是英国没有军队就没有资格在欧洲推行自己的政策。亲社会主义者无法承认德国群众支持希特勒，就像毕灵普分子不愿意承认我们要赢得这场战争，就必须剥夺他们这个阶层的控制权。这场争议在几份报纸的来信专栏上持续了四个月左右的时间，有一份报纸一直乐此不疲，显然是为了将难民和"赤化分子"引出来。但没有人在宣扬任何关于德国的种族理论，比起1914年至1918年的战争宣传而言，这是一个了不起的进步。

普通工人似乎既不是非常仇视德国人，也没有将德国人和纳粹分子区分开来。在空袭很猛烈的时候到处都有强烈的反德情绪，但这种情绪已经消退了。这一次工人阶级对"蛮夷"这个词并不感冒。他们称德国人为"德国佬"，这个绰号有点难听，但并非不友好的称谓。他们将一切都归咎于希特勒，比上一场战争将一切归咎于德皇更甚。经过一场空袭后，你总是会听到人们说"昨晚他又在搞鬼了"——"他"指的就是希特勒。意大利人通常被称为"意大利佬"②，这个词没有"意大利鬼"③那么刺耳，而且民众并不仇视意大利人，也没有仇日情绪。从报纸上刊登的照片看，农村女孩愿意和在农场劳动的意大利囚犯谈恋爱。至于那些向我们宣战的小国，没有人记得到底是哪些国家。一年前忙

---

① 刊于《党派评论》1942年3月—4月刊。
② 原文是 Eyeties。
③ 原文是 Wops。

着为芬兰人织袜子的妇女们现在正忙着给俄国人织袜子，但没有怨言。从纷繁复杂的意见中，你得出的主要印象是：虽然没有积极的战争目标，虽然他们并不清楚到底敌人是谁，但这对于不希望被外国人统治的英国人来说并不重要。

二、我们的盟友

无论高层内部正在发生什么事情，与俄国结盟极大地增强了亲俄情绪。在与工人阶级和中产阶级谈论战争时你一定会注意到这一点。但群众对俄国的热情并不表示他们对俄国的政治体制感兴趣。俄国变成了一个备受尊敬的国家。每天在伦敦最大的商店塞尔福里奇百货公司上空飘扬着一面巨大的画着锤子与镰刀的旗帜。英共没有引发激烈矛盾。他们的海报和公开宣言以前所未闻的程度在支持丘吉尔。但是，虽然由于与俄国结盟，他们的人数或许增加了，他们的政治影响力似乎并没有提升。令人吃惊的是，群众并不知道莫斯科与共产党之间的关系，甚至不知道共产党的政策随着俄国参战发生了改变。每个人都为德国人未能攻占莫斯科而感到高兴，但没有人认为有必要去关注帕尔默·达特[1]和他的同伴会说些什么。事实上，这是可以理解的态度，但说到底是出于对教条主义政治的冷漠。《工人日报》还没有被解禁。它被取缔后不久就以非法刊印的厂报形式又出现了，但当局对这件事情睁一只眼闭一只眼。现在它以《英国工人报》的名义在街头出

---

① 拉贾尼·帕尔默·达特（Rajani Palme Dutt, 1896—1974），英国记者，共产党人，代表作有《法西斯主义与社会革命，对资本主义腐朽阶段的经济与政治的研究》。

售，并没有遭到干涉。不过，它已经不是一份日报，发行量锐减。在出版业更重要的领域，共产党的影响力还没有恢复。

亲美情绪并没有相应地增强——要说有什么变化的话，反而是在减弱。确实，和每个人所预料的一样，日本和美国都参战了，而德国入侵俄国则令人感到意外。但我们的新盟友只是让存在于普通下层中产阶级的强烈的反美情绪暴露出来。英国人对于美国的文化观感很复杂，但可以相当准确地加以描述。在中产阶级里，没有反美情绪的人是没有阶级归属的技术人员（例如无线电工程师）和年轻一代的知识分子。直到1930年，几乎所有"文化人"都讨厌美国，认为它是英国和欧洲的低俗文化的产物。这种态度的改变或许和拉丁语与希腊语不再是学校主课有关系。年轻一代的知识分子对美国的语言并不抗拒，并对美国持受虐狂式的迎合态度，他们相信美国比英国更加富强。当然，正是这一点激起了中产阶级爱国人士的嫉妒。我认识那些只要一听到美国新闻就会换电台的人，最乏味的英国电影也总会得到中产阶级的支持，因为"可以不去听那些美国佬说话真是让人松一口气"。他们认为美国人自大、粗鲁和崇尚拜金主义，而且怀疑他们图谋取代大英帝国的地位。此外还有商业上的忌妒，在受租借法案①冲击最大的行业非常强烈。工人阶级的态度则很不一样。英国工人在与美国人实际接触后总是不喜欢他们，但他们并没有先入为主的文化敌意。在大城市里，由于电影的影响，他们说话越来越美国化。

---

① 租借法案(the Lend-Lease Program)，由美国国会于1941年3月通过的为民主国家提供军事物资的法案，至1945年9月结束。

我不能肯定英国的仇外情绪是否因为大批外国人来到英国而被消融，我认为会是这样，但许多人并不认同我的观点。无疑，在 1940 年夏天，工人阶级对外国人的猜疑促成了难民被关押起来。当时我和无数人交谈过，除了左翼知识分子之外，我发现没有人认为这么做是错误的。毕灵普分子在追捕难民，因为他们大部分人是社会主义者，而工人阶级的想法则是："他们来这里想要干什么？"这番话的背后是过往对外国人的反感，认为他们会和英国人抢工作。在战前的那几年，主要是工会的反对使得大批德国犹太难民没办法进入英国。近来英国人对外国人的态度变得更加友好了，一部分原因是他们不再需要抢工作了，但我认为另外一部分原因是与外国人的接触交流。大批驻扎在这里的外国部队似乎与英国人相处得很好，这是出乎意料的事情，特别是波兰人，他们很受女孩子们的欢迎。另一方面，英国有一定程度的反犹主义的存在。你总是会接触到它，虽然不是很强烈，但令人感到不安。据说犹太人会逃避服役，在黑市上势力最大，等等等等。甚至这辈子或许根本没有见过犹太人的乡下人也会告诉我类似的话。但没有人真的想要去对付犹太人，而且群众根本不相信犹太人要为这场战争负责的说法，虽然德国电台在不遗余力地进行宣传。

三、失败主义与德国的宣传

张伯伦式的绥靖主义并没有像报纸上总是向我们保证的那样"死翘翘了"，但非常低调。但还有一类右翼失败主义，可以从《真相》这份周刊方便地进行了解。《真相》的历史很有趣，它一度是很有影响力的报纸，不涉及政治，讲求事实，专门进行温和的"耙粪运动"（曝光专利药品的黑幕等等），顺理成章地被大英帝国全境的每一家俱乐部和军队食堂所接纳。据我所知，它的发行圈子仍然没有变，但最近它采纳了明确的政治和经济纲领，成为最糟糕的右翼保守主义堡垒。譬如说，厄尼斯特·本恩爵士[①]每周为它撰稿。它不仅持反劳工的立场，而且还明里反对美国，暗里反对丘吉尔和俄国。它反对交换海军港口让美国军舰停泊，其它反对这么做的群体只有黑衫军和共产党。它所鼓吹的战略是不结盟，置身欧战之外，专注于海上和空中自卫。显然，这个战略的逻辑就是尽早达成妥协式的和平。《真相》上面银行和保险公司的广告之多表明它在这两个行业很吃得开，最近在议会里进行的质询揭露了保守党拥有它的部分股份这一事实。

左翼失败主义的内容很不一样，而且要有趣得多。有一两个小政党（譬如说，英国无政府主义者在德国人侵俄国后出版了一份很有趣、很精彩的反苏宣传册——《关于俄国的真相》）奉行的纲领是"革命失败主义"。独立工党的鼓吹类似于《党派评论》提出的"十点主张"，只是较为委婉，但用词含糊不清，从未明确表明它是否"支持"这场战争。但真正有趣的演变是法西斯主义与和平主义之间的重叠越来越多了，而二者又与极端左翼思想有着重合。年轻一代的态度比《新政治家》那帮亲社会主义者的态度更加重要，后者在 1935 年至 1939 年间鼓噪着要进行战争，然后当战争开始时却又不高兴。据我所知，大部分非常年轻的知识分子持反战态度——当然，这并没有阻止他们去参军——不相信任何

[①] 厄尼斯特·约翰·匹克斯通·本恩（Ernest John Pickstone Benn, 1875—1954），英国作家，出版商，代表作有《一个资本家的自白》、《回归自由主义》等。

"保卫民主"的说辞，更认同德国而不是英国，并不像我们这些年纪大一些的人那样对法西斯主义感到恐惧。俄国参战并没有改变这一点，尽管这些人在口头上对俄国尽说好话。在彻头彻尾的"凑上另一边脸"的和平主义者身上，你会看到更加奇特的现象：一开始时他们斥责暴力，而最后他们却成为希特勒的拥趸。他们的反犹动机很强烈，但在出版的内容里态度总是收敛了很多。但并不是许多英国的和平主义者有思想上的勇气彻底反思自己，由于他们无法对和平主义在客观上帮助了法西斯主义这个问题作出真正的回应，几乎所有的和平主义刊物都在回避尴尬的问题。举一个例子：在战争初期，由米德尔顿·默里①编辑的奉行和平主义的月刊《艾德菲报》，对德国自称是与"富豪阶层"统治的英国进行对抗的"社会主义"国家的说法深信不疑，将德国与俄国等同而论。希特勒入侵俄国让这种说法成了一派胡言，在接下来的五六期里，《艾德菲报》令人惊诧地对苏德战争绝口不提。《艾德菲报》还干过一两回诱捕犹太人的勾当。同样是由米德尔顿·默里编辑的《和平新闻》遵循其反战传统，但理由五花八门而且自相矛盾，时而说暴力是邪恶的，时而说和平将"维系大英帝国的存在"。

　　过去几年来，法西斯主义者和货币改革者在同一份刊物上发表文章成为一种趋势，而最近和平主义者加入了他们的行列。我面前有一份反战小报《现在》，里面的撰稿人有贝德福德公爵②、

① 约翰·米德尔顿·默里（John Middleton Murry，1889—1957），英国作家，代表作有《致未知的神明》、《济慈与莎士比亚》、《耶稣的生平》等。
② 贝德福德公爵（the Duke of Bedford），这里指海斯廷斯·威廉·萨克威尔·罗素（1888—1953），第十二任贝德福德公爵。

亚历山大·康福特①、朱利安·西蒙斯②和休·罗斯·威廉姆森③等人。亚历山大·康福特是一位纯粹的"凑上另一边脸"式的和平主义者。贝德福德公爵多年来是道格拉斯的社会信贷论运动④的主要支持者之一，同时也是一位虔诚的英国国教教徒，一位和平主义者或其同情者，还是一个大地主。在战争的前几个月（当时还是塔维斯托克侯爵）他自发到都柏林的德国大使馆，试图与德国达成和平协议的共识。最近他出版了几本宣扬这场战争不可能获胜的宣传册，并声称希特勒被误解了，他从来没有真正得到过证明其诚意的机会。朱利安·西蒙斯的作品带有模糊的法西斯主义色彩。休·罗斯·威廉姆森曾经加入法西斯主义运动一段时间，但属于分裂出去的群体，与威廉·乔伊斯（"哈哈勋爵"）是同路人。就在战前，他和其他人组建了一个新的法西斯政党，自称"人民党"，贝德福德公爵是成员之一。显然，人民党彻底失败了，这就是我所说的法西斯主义与和平主义重叠的一个例子。

有趣的是，每一种反战理念都有相对应的德国电台进行宣传。自从战争爆发以来，德国除了进行无线电广播之外，几乎没有向英国进行直接的宣传。他们最出名的广播，事实上也是唯一

---

① 亚历山大·康福特（Alexander Comfort，1920—2000），英国科学家、医生、和平主义者，代表作有《性的乐趣》、《和平与抵抗》等。
② 朱利安·古斯塔夫·西蒙斯（Julian Gustave Symons，1912—1994），英国作家、诗人，代表作有《杀了自己的男人》、《谋杀！谋杀！》等。
③ 休·罗斯·威廉姆森(1901—1978)，英国作家、剧作家，代表作有《没有结局的故事》、《伊丽莎白女王》等。
④ 社会信贷论（Social credit），由克里福德·休·道格拉斯（Clifford Huge Douglas）提出的政治经济理论，工人的报酬与他们所创造的经济价值不等，而这种现象长期累积的结果，将导致社会生产与消费的破产，因此，他主张建立社会信贷体系，一方面将经济活动创造的"溢值"以公平形式归还人民，另一方面，建立价格体制，防止高价剥削。

吸引到一定规模的听众的广播，是威廉·乔伊斯的节目。无疑，这些广播内容大部分是在夸张其词，完全不符合事实，但它们还算是制作用心的节目，讲述的是新闻而不是一味进行宣传。但除此之外，德国人还运作着四个"伪自由"电台，它们其实是在欧洲大陆运作，却假装是在英国地下运作。这四个电台中最出名的是"新英国广播电台"，在战争初期由黑衫军以张贴告示的方式进行宣传。这些广播的主要内容是"未经审查的新闻"或"政府不许你收听"的内容。他们装出洞察内情的局内人的悲观姿态，披露了庞大的船只损失数字以及诸如此类的内容。它们要求丘吉尔下台，耸人听闻地谈论"共产主义危机"并持反对美国的立场。在乔伊斯的广播节目中，反美色彩尤为强烈：美国人在拿租借法案糊弄我们，他们正在逐步蚕食大英帝国等等。比"新英国广播电台"更有趣的是"工人的挑战电台"。它奉行的纲领是火热的革命言论，有着诸如《把丘吉尔踢开》之类的节目标题，由一个真的出身英国工人阶级的播音员主持节目，说话时带上许多不宜刊印的字眼，内容包括：我们将会推翻将我们出卖给敌人的腐朽的资本主义政府，建立真正的社会主义政府，拯救我们英勇的红军同志，战胜法西斯主义等等（这个德国电台并不忌讳谈论"纳粹主义的威胁"、"盖世太保的恐怖"等话题）。"工人的挑战电台"并没有在一味宣扬失败主义。它的纲领总是：或许现在已经太迟了，红军已经完蛋了，但我们或许能够拯救自己，如果我们能够"推翻资本主义"的话，这将通过罢工、兵变、在军工厂进行破坏等手段实现。另外两个"自由"电台是"基督徒和平运动"（宣扬和平主义）和"喀里多尼亚电台"（宣扬苏格兰民族主义）。

您可以看到，每一种德国的宣传都对应着一种现存或潜在的失败主义。哈哈勋爵和"新英国广播电台"的对象是持反美立场的中产阶级，大体上说是那些阅读《真相》和在战争中商业利益受损的人。"工人的挑战电台"的对象大体上是共产主义者和左翼极端主义分子。"基督徒和平运动"的对象是和平誓约联盟的成员。但我不希望让您以为德国人的宣传很有成效。无疑，这些节目几乎彻底失败了，特别是在过去18个月来。许多事情表明自从战争爆发以来，德国人对英国的内部情况并不是很了解，大部分宣传内容，即使你收听了也不会被打动，因为他们会犯下心理学意义上的低级错误，而任何真正了解英国的人都能指出来。但不同形式的失败主义确实存在，或许还会蔓延滋长。在上面的内容里，我似乎提到了一些不足为道的人物和派系，但在这场我们生活其中的血淋淋的闹剧里，我们永远不知道某个小人物或某个半疯狂的理论会不会变得重要起来。我注意到，知识分子，尤其是年轻一代的知识分子，愿意与法西斯主义达成妥协。这是值得关注的一件事情。知识分子卖国通敌是过去两年来的一个现象。之前我们总是以为法西斯主义的恐怖是不言自明的。没有哪个有思想的人会和它打交道，而且我们以为法西斯分子一有机会就会将知识分子消灭。我们看到在法国发生的事情证明这两个想法都不是事实。维希政权和德国人发现保留"法国文化"充门面是很容易的事情。许多知识分子愿意投诚，而德国人也愿意利用他们，即使他们是"腐朽没落"的阶层。眼下尤金·德鲁·拉罗谢尔①正

---

① 皮埃尔·尤金·德鲁·拉罗谢尔（Pierre Eugène Drieu La Rochelle, 1893—1945），法国作家，在法国鼓吹法西斯主义，并在德占时期与纳粹政权合作。

在编辑《新法国评论》，庞德①在罗马的电台声讨犹太人，塞林②成为巴黎的贵宾，至少他的作品很受重视。而所有这些人原本应该被归为文化布尔什维克主义的名下。但他们也是对付英国和美国知识分子的有力手段。如果德国人占领了英国，类似的事情将会发生，我想我可以列出将会通敌合作的人的名单。

这里没有什么新闻。文坛很平静。纸张的紧缺似乎促使了短篇读物的出现，这或许是好事，或许会让在英国一直没有受到应有重视的"中篇故事"复兴。在之前的信件里我提到迪伦·托马斯参军了，我说错了，他的健康情况不适合参军，现在正在英国广播公司和情报部任职。以前从事写作的人差不多都一样，大部分人立刻投身政府。

食物的情况和以前一样。圣诞节那天我们吃了布丁，但它们的味道比以前淡了。烟草紧缺的情况改善了，但火柴非常紧缺。啤酒又掺水了，自从重整军备以来这都第三回了。随着空袭的减少，灯火管制正在逐步解除。仍然有人在地铁站睡觉，但每个站只有零星一些人。被破坏的房屋的地下室被砌了砖，变成了蓄水池，用于防火。它们看上去像是古罗马的浴池，让废墟看上去比以前更像是庞贝古城。空袭的停止造成了奇怪的结果。在空袭最

① 埃兹拉·庞德（Ezra Pound, 1885—1972），美国流亡诗人、文学批评家，二十世纪现代主义文学运动前锋之一，曾翻译一系列东方文学（包括孔子的作品），促进东西文化交流。二战时庞德投靠墨索里尼，效忠纳粹政府，战后被收押精神病院长达13年。代表作有《灯火熄灭之时》、《在地铁站内》等。
② 路易斯-费迪南德·塞林（Louis-Ferdinand Celine, 1894—1961），法国作家，本名是路易斯·费迪南德·奥古斯特·德图斯（Louis Ferdinand Auguste Destouches），其作品的文风对法国文学和世界文学有着深刻影响，代表作有《夜的尽头之旅》、《从城堡到城堡》等。

严重的时候，政府制订了将废墟平整为游乐场的计划，将炸弹的碎片用作基土，现在这些工作只能被迫中止，因为再也没有弹片可供利用了。

祝您一切安好

您真诚的

乔治·奥威尔

1942 年 5 月 8 日 [①]

英国的危机

　　上次我给您写信的时候，远东的局势开始恶化，但没有关乎政治的大事发生。现在我可以很肯定地说我们正处于一场政治危机的边缘，在过去两年的大部分时间里我一直在预料这件事情。情况是如此复杂，我敢保证甚至就在您收到这封信之前还会有许多事情发生，并推翻我的预测，但我还是会尽自己最大的能力去作分析。

　　事实的基本面是，人们现在已经受够了，他们愿意像在敦刻尔克危机时那样接受激进的政策，不同之处在于，他们现在认为，或倾向于认为他们的潜在领袖是斯塔福德·克里普斯。我不是说有大批的民众在呼吁走社会主义道路，我只是说英国的群众想要得到在资本主义经济体制下无法得到的东西，并愿意为此付出几乎任何代价。譬如说，在我看来，没有多少人感觉到对工业进行国有化的迫切需要，但除了少数利益群体之外，如果有人斩钉截铁地告诉他们不推行国有化的话就不可能进行高效的军工生产，所有人都会毫不犹豫地接受国有化。事实上，"社会主义"这个概念本身并不是一个有号召力的口号。对于人民群众而言，"社会主义"只是意味着议会里名誉扫地的工党，而这个时代的一个特征是对所有旧政党的广泛厌恶。那么，人们要的到底是什么呢？我想说的是，他们明确想要的是更大的社会平等，将政治领导人统统扫地出门，执行激进的战争策略和与苏联结成更紧密的同盟关系。但在尝试预测可能会出现的政治演变之前，你必须去思考这些渴望的背景。

这场战争以两种方式让这个社会的阶级本质清楚地暴露在英国人民眼前。首先是所有真正的权力都取决于阶级特权这个确凿无疑的事实。你必须上过某所对路的学校才能得到某份工作，而如果你搞砸了，必须被赶走的话，另一个来自某所对路的学校的家伙会接替你的职位，如是更替。在歌舞升平的时候，这种情况或许不会引起注意，但在危机时刻就会暴露出来。其次是战争带来的艰难，说得温和点，对于任何年收入在 2 000 英镑以上的人而言并非如此艰难。我不想细细描述逃避食物限量供应的方式，免得你觉得很无聊，但你只需要知道，当普通民众只能吃着寡然无味的食物，失去已经习以为常的许多享受时，富人除了没有红酒、水果和糖之外，什么也不缺。他们可以几乎不受食物限量供应的影响，甚至不会违法，而且黑市贸易很活跃，此外还有非法贩卖的汽油，逃避所得税的情况也非常普遍。这种事情并非无人察觉，但什么也没有发生，因为没有人想去管这些权钱勾结的事情。我只举一个例子：粮食部不顾高层众多反对意见，终于准备通过限制在酒店或餐厅里吃一顿饭的额度打击"奢侈吃喝"。而在法规通过之前，逃避的方式就已经想好了，而这一切几乎毫不掩饰地就在报纸上讨论。

这场战争还引发了其它矛盾，但不像黑市所引起的忌妒或士兵对接受庸才军官的命令满腹牢骚那么明显。一个是工资微薄的

---

① 刊于《党派评论》1942 年 7 月—8 月刊。

士兵（至少在陆军部队里是这样）对领高工资的军工厂工人越来越不满。如果将士兵的工资提高到军工厂工人的水平，结果要么会是通货膨胀，要么会将劳动力从战争生产转移到消费品生产上。唯一真正的解决方式是削减普通工人的工资，而只有最激进的全面收入削减才能让这种做法被接受——简而言之，就是推行"战时共产主义"。除了普通意义上的阶级斗争之外，还有外国人有时候不会意识到的资产阶级内部更深层次的忌妒。如果你说一口英国广播电台式的英语，你就可以得到工人阶级所得不到的工作，但除非你属于上层阶级，否则你几乎不可能跨越一定的层次。到处都有能干的人觉得自己遭到出身世家的无能之辈的排挤。与这件事情联系在一起的是过去二十年来英国人民感觉自己在遭受压迫：如果你是一个有头脑的人，"他们"（上层阶级）不会让你得到任何真正重要的职位。在资本得势的年代，我们缔造了大腹便便的毕灵普阶层，他们垄断了政府和军队里的职务，对知识分子报以本能的仇视。这在英国或许是比在美国这样的新兴国家更重要的因素。它意味着我们的军事缺陷远不只是资本主义固有的弊端。在英国，如果你发现一位有才干的人掌握了真正的权力，那通常是因为他碰巧生于一个贵族家庭（例子是丘吉尔、克里普斯、蒙巴顿①），即使是这样，他们也只有在其他人不想承担责任的危机时刻才能上位。除了贵族之外，那些"聪明人"根本无法进入真正的权力阶层，而且他们都知道这一点。当然，上层阶级也有"聪明人"，但中产阶级与上层阶级之间的阶级矛盾是问题的基本面。

---

① 路易斯·蒙巴顿（Louis Mountbatten，1900—1979），英国军人、政治家，曾担任印度总督，并提出印巴分治方案。

《党派评论》的3月—4月刊说"权力的缰绳仍牢牢地掌握在丘吉尔的手中",这是错误的。丘吉尔的地位岌岌可危。直到新加坡沦陷之前,确实可以说群众拥戴丘吉尔,但不喜欢政府的其他人员。但近几个月来,他的人气急剧下滑。而且保守党内的右翼分子在和他作对(大体上,他们一直仇视丘吉尔,但不得不忍气吞声很长一段时间),而比弗布鲁克正在玩弄我不是完全明白的把戏,但其目的一定是让他自己掌权。我不认为丘吉尔还能再保住权力多久①,但仍不能肯定他是否会被克里普斯、比弗布鲁克或约翰·安德森爵士②所取代。

为什么几乎每一个反法西斯人士在法国沦陷之后都支持丘吉尔的原因是没有其他人——也就是说,没有哪个有足够名气的人——能够掌权,而且能够被信任不会向敌人投降。我们应该在1940年成立一个社会主义政府这种说法毫无意义,这么做的群众基础或许存在,却没有人担任领袖。工党没有这个胆量,社会主义者是失败主义者,而且左翼人士里根本没有一个拥有全国威望的人选。接下来的那几个月,对领袖的要求是坚毅不屈,而丘吉尔正是这样的人。但现在情况已经改变了。战略局势或许要比1940年的时候有了很大的好转,虽然群众并不这么认为;他们痛恨战败,他们知道有些失利根本是可以避免的,而且他们渐渐清醒过来,意识到丘吉尔的演说虽然很精彩,但还是以前那帮人在掌握着权力,什么也没有改变。自从丘吉尔执政以来,政府开始

---

① 丘吉尔一直担任英国首相直至1945年7月,并于1951年至1955年再次担任首相。

② 约翰·安德森(John Anderson,1882—1958),英国政治家,曾于"二战"期间进入战时内阁,先后担任内政大臣、枢密院议长、财政大臣等重要职位。

在补选中失利。在最近五次补选中它输了三次，而在两次没有输掉的补选中，有一次反对党的候选人是反战人士（独立工党①），另一次反对党的候选人是失败主义者。这些选举的投票率都很低，有一次跌到了破纪录的24%。（但大部分战时选举的投票率都很低，你必须考虑到人口迁徙的因素。）显然，人们对旧的政党失去了信心，克里普斯的出现带来了新的变数，他现在是名望卓著的人物。就在形势非常糟糕的时候，他从俄国载誉而归，虽然这些荣誉并不归他所有。当时人们已经忘记了苏德战争爆发时的环境，将"把俄国争取到我们身边"的功劳归到他的头上。但是，他早前的从政史和从未出卖自己的政治理念的操守为他带来了回报。有理由认为那时候由于他并没有掌控任何党派，他没有意识到他的个人地位是如此举足轻重。如果他透过可以利用的渠道直接向公众呼吁，或许他可以在当时就迫使政府采取更加激进的政策，特别是朝更宽容地与印度达成和解的方向迈进。但他犯下了错误，加入了政府，而带着一份肯定会被拒绝的提议前往印度几乎是同样严重的错误。我没办法将我所了解的一些关于克里普斯与尼赫鲁谈判的内幕刊印出来，而且整件事情实在是太复杂了，没办法在这封信的篇幅里写清楚。重要的事情是谈判的失败令克里普斯名誉扫地。最希望谈判破裂的人是印度国大党里的亲日派和英国的保守党右翼分子。当时哈利法克斯勋爵②在纽约的演讲被解读为尽可能地得罪印度人，从而使得克里普斯和尼赫鲁的会

---

① 1938年6月，奥威尔加入独立工党，但战争爆发后不久就退党。
② 爱德华·弗雷德里克·林德利·伍德（Edward Frederick Lindley Wood，1881—1959），封号为哈利法克斯伯爵，英国政治家，曾于"二战"前担任英国外交部长，奉行绥靖主义，后于1941年至1946年担任英国驻美大使。

晤更难进行。印度的亲日派目前也在进行类似的举措。克里普斯虽然在印度名誉扫地，但在英国仍受到拥戴——如果说他的名誉受损，那是因为他加入了政府，而不是在德里遭遇的失败。

我还不能为您就克里普斯是不是大众理想的政治人物这个问题提供有价值的意见。他是一个谜一般的人物，没有一以贯之的政治理念，认识他的人只能在一件事情上达成共识：他是一个私德无亏的人。他的地位完全取决于民意对他的支持，因为工党与他为敌，而保守党只是暂时支持他，因为他们想利用他去对付丘吉尔和比弗布鲁克，希望能将他变成另一个像艾德礼那样的傀儡。一部分工人对他抱以怀疑（我听到的一个看法是"他太像莫斯利了"——意思是太像一个"摆出亲民姿态"的世家子弟），而共产党人反对他，因为他被怀疑持反对斯大林的态度。比弗布鲁克似乎已经在部署攻讦克里普斯的行动，他的报纸正在利用克里普斯以往说过的反对斯大林的言论。根据德国人的广播，我注意到他们愿意看到克里普斯上台，如果这么做的代价是丘吉尔被端掉。他们的算盘或许是因为克里普斯没有党派机器可以依靠，他很快就会被右翼保守党人排挤掉，为约翰·安德森爵士、伦敦德利勋爵[①]或某个类似的人物铺路。我还不能肯定地说克里普斯并不是一个被公众寄予希望的二流政治人物，一个被民意的不满吹出来的泡泡。但不管怎样，当他从莫斯科回来时人们对他的评价是非常重要的迹象。

---

① 查尔斯·斯图尔特·亨利·范恩-滕比斯特-斯图尔特（Charles Stewart Henry Vane-Tempest-Stewart，1878—1949），封号为伦敦德利侯爵，英国政治家，曾担任上议院议长、英国空军司令等职务，因战前亲德国纳粹的立场而被英国战时政府弃用。

战　略

人们不停地在谈论第二战线，反对和赞成的人大致是按政治阵营划分的。大部分论调极其愚昧无知，但即使没有多少军事知识的人也知道过去几个月来我们的失利是因为毫无意义的防御性行动，而如果将兵力集中在一起并采取攻势的话，或许能取得一定的战果。公众舆论似乎总是比那些所谓的专家在战略、战术和武器等问题上更先知先觉。我不知道开辟第二战线是否可行，因为我不知道关于船只运输的真实情况，关于后者我唯一的线索就是过去一年来食物供应的情况并没有改善。官方的政策似乎是在反对第二战线这个想法，但或许那只是军事上的障眼法。右翼报纸在大肆渲染我们对德国的轰炸，并表示我们光是不停地发动敢死队进攻就能够在欧洲的海岸线拖住敌人的百万大军。这根本是无稽之谈，因为在夜晚变得短暂的时候突击行动不会取得多大的战果。而且有了我们自己的亲身经历，没有多少人相信轰炸能够解决任何问题。大体上，群众的想法是崇尚进攻，当政府违反了国际法时总是很高兴（如伊朗、叙利亚、马达加斯加①），认为它是在动真格的。但是，进攻西班牙或西属摩洛哥（我认为那是开辟第二战线最有希望的地方）这个想法很少被提及。所有的观察家都认为军队里的士兵和基层军官非常恼火，但海军和空军的情况则还好。为执行危险任务的师团如敢死队和伞兵部队招募士兵并不困

---

① "二战"期间，英国对伊朗、叙利亚和马达加斯加发起了突然进攻，确保实现其军事意图。

难。一份抨击毕灵普分子和死抓军容等做法的匿名宣传册最近卖得很火，这也是《每日镜报》的纲领，它是士兵们最喜欢的报纸，几个星期前它因为批评高层而几乎遭到查封。另一方面，战争初期出现的那些抱怨军旅的艰难生活的宣传册似乎已经消失了。或许一个重要的迹象是现在广为流传的一则传闻，说高层一意抵制俯冲轰炸机的原因是这些轰炸机造价低廉，无利可图。我对这个故事的真相一无所知，但我把它记录下来，因为许多人都相信。丘吉尔几天前的演讲提到德国人可能使用了毒气弹，这被解读为毒气战将很快开始的警告。许多人都说："我希望我们会先发制人使出毒气弹。"我觉得群众的态度或许变得更强硬了，虽然普遍存在不满，缺乏正面的战争目标。要了解群众有多关心新加坡的灾难很困难。在我看来，工人阶级更关心德国战舰从布雷斯特①的逃脱。大体的民意似乎认为德国才是真正的敌人，报纸激起民众对于日军暴行的仇恨并没有成功。我的感觉是：只要德国还在战场上，英国人民就愿意继续打下去，但如果德国被打败了，他们并不愿意继续和日本打下去，除非出台务实理智的战争目标。

与俄国结盟

在前面的信件里我提到了亲俄情绪在急剧膨胀。但很难肯定它到底有多深切。不久前一个托派分子对我说，他认为俄国人的

---

① 1942 年 2 月，德国战舰格奈森瑙号、沙恩霍斯特号与欧根亲王号执行"海峡冲刺行动"，冒险从法国布雷斯特出发，穿越英吉利海峡，抵达德国。英国的海军与空军虽然接到法国方面的警告，但未能拦截或击毁这三艘战舰。

成功抗战为他们赢回了因为苏德同盟和苏芬战争而失去的名誉。我并不相信这一点。事实上，虽然苏联赢得了之前未曾有的崇拜者，但许多曾经不加批判就拥戴俄国的人现在变得更加审慎了。你会注意到公开所说的话和私底下说的话之间是有区别的。在公共场合没有人会说出一句反对苏联的话，但在私底下，除了那些经常会碰到的"幻灭的"斯大林主义者之外，我注意到思想家的群体中出现了一种狐疑的态度，特别是在关于第二战线的对话中你会发现这一点。亲社会主义者的态度是，如果我们开辟第二战线的话，俄国人会非常感激我们，他们将会是陪伴我们战斗到最后的同志。事实上，在事先没有达成清晰的一致意见的情况下开辟第二战线只会让俄国有机会单独媾和，因为如果我们成功地将德国人从俄国领土吸引开来的话，他们还有什么理由继续战斗下去呢？左翼报纸赞同的另一个理论是我们仗打得越多，我们在战后的谈判中就有更大的话语权。这也是一厢情愿的想法：主导和平谈判的国家是那些最后实力最强的国家，而这指的总是那些最善于避战的国家（譬如上一场战争的美国）。这种想法很少能被刊登出来，但私底下人们都承认这一点。我认为人们并没有完全遗忘苏德同盟，对于又一场背叛的担心在一定程度上解释了为什么他们希望达成更紧密的同盟。但此外还有很多带有感情色彩的对俄国的吹捧，这些言论起于无知，又被形形色色的骗子煽风点火，这些人虽然打心眼里反社会主义，但看出了打红军牌很能讨民众的欢心。我必须收回我在之前的信件里对比弗布鲁克名下的报刊所作的正面评价。在放手让他的记者自由行事大概一年后（在这段时间里，他们为开启民智做了有益的工作），比弗布鲁克再度执掌报纸，并安排他的手下去抨击丘吉尔和更加直接地抨击克里普斯。与此同时，他对燃料限量供应、汽油限量供应和对私人资本主义的其它限制等问题大放厥词，而且装出比斯大林分子还要斯大林分子的姿态。大部分右翼报刊奉行的是更谨慎的歌颂"伟大的俄国人民"的方针（在拿破仑战争时期情况也是如此），并对俄国政权的本质保持沉默。《国际歌》终于在电台上播放了。莫洛托夫关于德军暴行的发言被作为白皮书发行，但为了照顾某一方的情绪（我不知道到底是斯大林的感情还是英国国王的感情），封面上没有印上皇室的徽章。群众对俄国怀有好感。他们欢迎关于战争目标的联合宣言和战略上的紧密配合。我认为许多人意识到当慕尼黑会议的那帮人依然掌权时，很难与俄国结成紧密的同盟，而且很少有人意识到美国在政治上的相对落后会是另一个难题。

要革命还是要灾难

以上就是我所看到的形势。我觉得我们回到了曾经在敦刻尔克撤退之后存在过但没有加以利用的革命形势。从那时候直到不久前，你的思路一定是这样递进的：

以我们现在的社会和经济结构，我们不可能获得战争的胜利。

除非民意迅速觉醒，否则社会结构不会发生改变。

促进民意觉醒的唯一因素是军事上的危机。

而再来一次危机的话，我们将会输掉这场战争。

在这种情况下，你能够做的就是"支持"这场战争，而这包括支持丘吉尔，并希望困难最终会以某种方式得到解决——由于战争的需要，国家不可避免地会走向集权经济和更加平等的生活标准，迫使这个政权逐渐左倾，将最卑劣的反动派统统赶走。没有哪个有理智的人会以为英国的统治阶级将以立法的方式自愿退出舞台，但他们会被逼到如果他们继续掌权的话将明显有利于纳粹分子的地步。那样一来，英国群众会转而反对他们，有可能不需要使用暴力就将他们消灭。在将这斥为毫无希望的"改革策略"时，我们应该记住，英国位于欧洲大陆的炮口之下。由于我们所处的地理位置，革命失败主义根本行不通。即使军队陷入混乱的时间只有一周，纳粹分子就会杀到这里来，然后我们就不用再谈论革命了。

在一定程度上，我所预料的事情发生了。你能够看到一场世界革命战争的轮廓。英国已经被迫与俄国和中国结盟，并恢复了阿比西尼亚的独立，与中东国家签署了相当开明的条约。为了组建一支庞大的空军，阶级体制被打破了。远东的一连串失利埋葬了旧式的帝国主义观念。但我们遇到了一道无法逾越的鸿沟，而没有革命党和能干的左翼领导人的话，或许根本不可能逾越。克里普斯的出现能否改变这一点尚未可知。我认为，如果要作出改变的话，必须有新的政党出现；几个老牌政党显然已经垮台了，或许会加快这件事情的发生。或许克里普斯很快就会失去他的光环，如果他不脱离政府的话。但目前他遭到孤立，是最有希望号召发起新运动的人选。如果他失败了，愿上帝保佑我们不要再来一个丘吉尔式的人物。

我猜想和之前的信件一样，我写得太多了。这里每天的生活并没有太大的改变。大家吃棕面包①吃了好几个星期了。基本的

---

① 指"国民面包"（the National Loaf），由英国政府于1942年推行的全麦面粉制成的面包。

汽油限量供应将会在下个月停止，理论上意味着私人汽车不能再开了。新的奢侈品税非常好。香烟现在的价格是 1 先令 10 根，最便宜的啤酒是 10 便士 1 品脱（1936 年的价格是 4 便士）。每个人的工作时间似乎越来越长。时不时地隔上几周，当你把头抬出水面喘口气时，你惊讶地发现地球仍在绕着太阳转。有一天我在公园里吃惊地看到番红花，另一天看到了梨花，另一天看到了山楂。透过战争新闻的迷雾，你在朦胧中看到了这些东西。

您真诚的

乔治·奥威尔

1942 年 8 月 29 日[①]

尊敬的编辑:

写这封信的时候正值多事之秋。我们仍像三个月前一样处于冷冰冰的危机中。不知为何,克里普斯仍在政府任职,逐渐令左翼人士感到失望,但仍然有很多人相信他,等着他离开政府,并宣布革命政策。事情的演变在明确地朝反动的方向发展。和我一样,许多人注意到毕灵普主义的全方位膨胀,不让这场战争蒙上反法西斯的色彩,脱下了过去两年来激进主义的伪装。过去两年来。印度问题揭穿了许多人的面具,包括罗瑟米尔勋爵[②]。这似乎违背了在危机时刻每一个政权都会转向左倾而危机一过就转向右倾的规律,因为你很难说过去六个月来我们获得了胜利,但有什么事情似乎让毕灵普分子们对自己更加自信。

有几件不算大的政治事件值得注意。理查德·阿克兰爵士[③]的激进党派"前进团体"(类似于基督教式的社会主义)已经与普雷斯利[④]相对温和的 1941 年委员会合并了,改名为共同财富党。我相信这次合并不是出自阿克兰的本意。汤姆·温钦汉姆加入了他们的行列,他是一个出色的煽动家,但我并不认为这些人值得被严肃对待,虽然他们已经赢得了一次补选。托派分子终于让自己成为新闻人物了,因为有人威胁说要指控它的周报《社会主义者的呼吁》。我相信这份报纸仍在运作,但面临被查禁的危险。我设法弄到了一份《呼吁》——内容很普通，但并不算一份糟糕的报纸。据说托派组织有 500 个成员。罗瑟米尔的报刊在追缉托派分子这件事情上特别积极。《周日电讯报》斥责托洛茨基主义的措辞和正统共产党人几乎没什么两样。《周日电讯报》是最糟糕的低俗报刊（谋杀案、合唱团女生的大腿和米字旗），也是战前的各份报刊中对法西斯主义最奴颜婢膝的一份，直到 1939 年的头几个月还形容希特勒是一位"了不起的正人君子"。《工人日报》的禁令被撤销了，将于 9 月 7 日复刊。这是在印度的共产主义报刊解禁之后必然会发生的事情。当前的共产主义出版物的重点是呼吁开辟第二战场，但也出版了宣传册抨击任何投票反对政府的下院议员，不管他们属于哪个政党。现在发行的反托洛茨基主义的宣传册和西班牙内战期间发行的几乎没什么两样。印度问题在英国引起了不小的骚动，并没有预想的那么热烈，因为各大报纸都串通起来，对此进行歪曲报道，而英国的印度知识分子在不遗余力地让那些可能提供帮助的人与他们为敌。范西塔特挑起的争议仍在书籍、宣传册、通讯专栏和评论月刊上闹哄哄地吵个不停。有几个一看就知道不是正经人的"独立"候选人正在国内各

---

① 刊于《党派评论》1942 年 11 月—12 月刊。

② 哈罗德·西德尼·哈姆斯沃（Harold Sidney Harmsworth，1868—1940），封号为罗瑟米尔勋爵（Lord Rothermere），诺斯克里夫爵士的弟弟，《每日快报》和《每日镜报》的创始人之一。

③ 理查德·托马斯·戴克·阿克兰（Richard Thomas Dyke Acland，1906—1990），英国政治家，曾担任自由党众议员，后加入工党，英国共同财富党创始人之一。

④ 约翰·布伊顿·普雷斯利（John Boynton Priestley，1894—1984），英国作家、剧作家、广播员，作品诙谐而具批判精神，倾向社会主义。1941 年委员会（the 1941 Committee）是由一群自由党或左倾的政治人士组成的松散政治团体。

地参加补选，其中有几个人显然带有法西斯色彩，但没有迹象表明有大规模的法西斯运动出现。

在我看来这就是所有的政治新闻了。我觉得或许您会对发生在英国的一些微小的社会改变感兴趣——你或许可以称之为战争的必然结果。几乎所有物品的价格都受到管制，价格定得很低，这导致高档食品黑市的出现，但比起上一场战争出现的恬不知耻的囤积居奇，这件事情对士气的影响或许并没有那么严重。食物管制会不会影响公众健康以及国民的饮食会走向什么方向会是有趣的问题。有一部分收入固定而微薄的人——领养老金的人是最突出的例子——现在陷入了绝望的困顿境地，而军属领到的补贴也很寒酸，但大体上工人阶级的购买力提高了。我自己的看法是人们比以前吃得好了。负面的情况是肺结核的增加，它可能是由多个原因造成的，但有些案例的原因确实是营养不良。虽然很难进行确切的比较，但我觉得伦敦人的气色比以前好了，精神更加活跃，而且大腹便便的人看上去少一些了。在战前，英国工人即使在拿高工资的时候，可以想象，吃的也是非常不健康的食物，而限量供应迫使他们回归更简单的饮食。譬如说，一个奇怪的现象是，在一个成人每周限定三品脱牛奶的情况下，自战争爆发以来牛奶的消费量实际上增加了。最显著的下降是糖和茶叶的消费。在战前很多人一周要吃几磅的糖，两盎司茶叶按照英国的标准很是寒酸，虽然不喝茶的小孩子也可以领到他们的份额让情况有所缓解。在领救济金的年代，煮个不停的茶壶是英国生活的一个基本特色。虽然我自己很想念茶叶，但我并不怀疑没有茶叶我们的生活更好一些。全麦面包也是一个进步，虽然工人阶级并不喜欢吃。

战争与不再进口外国食品使得人们吃起了英伦诸岛的天然食

物：燕麦、鲱鱼、牛奶、土豆、绿色蔬菜和苹果，这些都是健康食物，虽然很单调。我不知道现在有多少食物是我们自己出产的，但比例大概是 60% 到 70% 之间。自从战争爆发以来，英格兰多开垦了 600 万亩新的农田，大不列颠境内总共开垦了 900 万英亩农田。战后英国一定会变成更农业化的国家，因为无论战争的结局是什么，由于印度、澳大利亚等地工业化的影响，英国将会失去许多市场。那样一来，我们将向我们祖先的饮食回归，或许这几年的战争会是挺好的准备时期。由于疏散行动，数十万在城市里出生的孩子现在被转移到乡村，或许可以让回归农业生活方式变得更加容易。

　　服装的限量供应现在开始体现在群众寒酸的衣着上。我原本以为这会凸显阶级区别，因为这是根本不符合民主的举措，对有钱人几乎没有影响，他们已经有一大堆衣服了。而且限量供应只是规定你能够购买的衣服的件数，与衣服的价格无关，因此，一件售价 100 基尼①的貂皮大衣和一件售价 30 先令的防水服消耗的票据是一样的。但现在情况似乎是不穿制服的人看上去都很寒酸。男性的晚礼服基本上消失了。穿灯芯绒裤子和女人露出小腿的情况都增加了。你能称之为革命性的衣着改变还没有出现，但改变或许就要到来，即便只是为了减少布料的浪费。商务部对这个问题只能小打小闹地应付，譬如说：禁止裤脚卷起，但它已经在考虑让每个人都穿上战斗服。衣服的质量在下降，但没有我预料的那么糟糕。化妆品开始变得稀缺，香烟没有了玻璃纸和防油纸的包装，以廉价的纸包出售或散卖。写字用的纸越来越像厕纸，而厕纸越来越像锡纸。餐具很紧缺，一种难看的白色"实

---

① 基尼（guineas），英国旧货币，折合 21 先令或 1.05 英镑。

用"餐具正被生产出来，看上去就像在监狱里的东西。所有未受管制的物品，如家具、床单、时钟、工具，价格都涨到天上去了。现在基本的汽油限量供应停止了，路上很少看到汽车，在农村很多人又用起了马车。除了午夜之后才有的零星几辆的士之外，伦敦就没有其它交通工具了。当你去别人家里吃饭时，顺便在那里过夜成为习以为常的事情。由于空袭和火灾巡视，人们已经习惯于不在床上睡觉，在什么地方都能睡着。我们还没有感受到燃料短缺，但到了一月份就会有所体会。过去很长一段时间以来，煤矿老板们一直成功地阻止了对燃料实施限量供应，据估计这个冬天我们将短缺 2 500 万吨煤炭。各个地方的建筑都变得非常凋零，不仅是由于空袭的破坏，而且还因为缺乏维修养护。石膏板剥落了，窗户用麻布或纸板补上，每条街的商店都空荡荡的。摄政公园一带几乎沦为废墟。中看但不牢靠的房子再也没有人住，由于潮湿和无人照料而变得破败不堪。另一方面，公园的栏杆被拆掉以利用铁料，变得漂亮得认不出来了。花园和广场也是一样，但那些有钱有势的人家设法保住了栏杆，把民众拦在家门外。大体上说，有钱的地方就有栏杆。

美国杂志的到来让你知道自开战之后英国确实发生了改变——那厚厚的一本杂志，用的是五彩斑斓的光滑纸张，印着催促你把钱花在垃圾上的广告。战前英国的广告无疑没有美国的广告那么花哨卖力，但二者所营造的精神氛围是相似的。看着一则印在光滑的纸张上、占满整个页面的广告会让你产生回到了1939年的错觉。期刊的版面减少了许多，显得尽是广告，但广告的总量少了，政府的广告总是占据了商业广告的空间。到处都是变得空荡荡的广告牌。在地铁站里，你能看到有趣的进化过程：商业广告变得越来越小(有的才1英尺宽，2英尺长)，官方的广告正逐渐取代它们。但这只是反映了国内贸易的下降，并不代表思想的改变。一个突出的时代特征是为已经不复存在的产品打广告。只举一个例子：有一则广告，上面用大大的字母写着"IRON"(铁)，下面是一辆威武的坦克，再下面是一则简短的介绍，关于回收废铁进行利用的重要性，最底下是一则以小字印刷的提醒，说战后补铁药丸会像从前那样贩卖。这从侧面让人了解到不久前"大众观察"所报道的怪事，而我有限的经历也证实了这一点：许多工人都**害怕**战争结束，因为他们预料到很快就会回到以前有三百万人失业的情况。群众并没有意识到无论发生什么事情，旧式的资本主义体制已经毁灭，我们面临的危险是强制劳动而不是失业，他们只是模糊地觉得"世道将会不一样"。这场战争没有改变的广告似乎是那些剧院和专利药品的广告。有些药品买不到了，但英国人并没有失去吃药的热情，阿司匹林、非那西汀等药品的消费量无疑增加了。所有的酒馆无一例外都在卖阿司匹林，还有许多新型药物出现了。其中一种名叫"闪电"，是快速提神剂。

我似乎又在向你讲述一些非常琐碎的事情，但这些习惯的微小改变都是在指向一种更加平等、不那么依赖进口奢侈品的生活方式；如果英国成为一个社会主义国家，这种生活方式在艰难的过渡时期将起到作用。我们越来越习惯于曾经以为无法忍受的条件，并开始摆脱社会主义者和资本主义者在和平时期都努力引导培养的消费者心态。由于步入社会主义几乎可以肯定会导致头几年生活水平的下降，或许这会是好事。当然，除非社会结构也发生改变，否则我们的食物和衣服的改变毫无意义，因为上一场战争期间也有很多和现在一样的事情发生：那时候也是人们有钱但食物短缺，农业重新兴旺发达，大批女人涌入工厂，工会成员急剧膨胀，政府加大了对私人生活的干预，由于需要大批的军官，阶级体制被撼动了。但那时候没有真正的权力转移，战后旋即以惊人的速度回归"正常"。我不相信这一次同样的事情还会发生，但我不能说我看到了确凿的证据表明这种事情不会发生。我认为目前唯一保证它不会发生的理由是所谓形势的必然。旧式的资本主义无法赢得战争，而过去三年来的事件表明我们没办法推行法西斯主义。因此，和两年前一样，现在你能够以"要么……要么……"的方式去预测未来：要么我们走向社会主义，要么我们输掉这场战争。一个奇怪的，或许令人不安的事实是，在1940年你和现在一样很容易作出这一预言，但根本的形势几乎没有改变。我们已经置身熊熊燃烧的甲板两年了，但不知怎的，那颗炸弹一直没有爆炸。

现在街头有许多美国士兵。他们的脸上总是带着不满。我不知道这是不是美国人的正常表情，与之对比，英国人的正常表情温和、含糊而且忧愁。在地方军里，我们收到的命令是要向军官敬礼，但我并不会这么做，而他们似乎也不指望我这么做。我相信有的小镇已经被美国部队占据了。妒忌已经很严重，迟早得对收入差距采取措施。美国士兵的收入是英国士兵的五倍，这对追女孩子产生了影响。而且工人阶级的女孩或许觉得听到她们在电影里经常听到的口音从一张活生生的嘴里说出来是非常刺激的事情。我觉得外国士兵不会抱怨这里的女人对待他们的态度。波兰士兵已经为解决我们的生育率问题作出了他们的贡献。

您真诚的

乔治·奥威尔

1943 年 1 月 3 日[①]

尊敬的编辑：

　　从我给您写第一封信到现在刚好两年了。当时我听着高射炮的声音写那封信，那时候我们处于绝望的境地，而且似乎到了政治进步高歌猛进的边缘。而当我开始写这封信时，军事形势有了极大的改善，政治形势却比以往任何时候更加黑暗。我的上上封信是在去年五月份写的，您为它加上了自己拟定的标题"英国的危机"，嗯，那场危机已经结束了，反动力量获得了压倒性的胜利。丘吉尔又牢牢地掌握了权力，克里普斯挥霍了他的机会，没有别的领袖或运动出现；更重要的是，在这场战争的西线战事结束之前，很难看到革命形势将会再次出现。我们有过两次机会：敦刻尔克撤退与新加坡沦陷，但两次机会我们都没有抓住。在尝试预测这件事情将会造成的结果之前，让我大致勾勒我所看到的今年的整体趋势。

　　政府在形势顺利时会转向右倾，而在遇到危机时会转向左倾，这个规律大体上是成立的，尽管与个别事件并不完全吻合。远东战事惨败——政府招纳了克里普斯，并派遣他出使印度（他们也许在背后做了不少手脚，以确保印度人民不会接受英国政府所提出的条件，但至少是对英国民意的一大让步）。美国在太平洋战场获得胜利，德国人无法攻入亚历山大港——印度国大党的领袖被逮捕②。英国在埃及取得胜利，美国攻入北非——和达尔兰拉拉扯扯，向佛朗哥大献殷勤。但一整年来——事实上我在之前的信件里提到过——毕灵普主义在明显膨胀，而且在更加明目张胆地排挤"赤化分子"，后者在需要提升士气的时候能派上用场，但现在可以被丢在一边了。克里普斯突然被解职只是一个在全方位进行的过程的体现。除了全面右倾之外，在我看来还有另外两个重要的演变。一个是第二战线的鼓噪，在七月份达到顶峰，之后蒙上了比以前更明确的政治色彩。北非战役暂时让开辟第二战线的聒噪得以平息，但在之前的几个月它其实并不是一个军事意义上的争议，而是亲俄派与反俄派之间的斗争。另一个演变是伴随着美国对英国政策的逐步控制，反美情绪在滋长。我相信民众对美国的态度在过去几个月发生了改变，待会儿我会再回到这个问题上来。与此同时，我们逐渐怀疑自己或许低估了资本主义的力量，右翼分子或许终究能够单凭自己的力量就赢下这场战争，不需要实施激进的改变。这个想法令任何有思想的人感到非常沮丧。关于"战后"的愤世嫉俗的言论广泛流传，而 1940 年那种"我们要同仇敌忾"的感情已经消退了。过去几周来的重大政治话题是关于社会保障的毕福理奇报告③。人们似乎觉得这个非常温和的改革措施好得几乎不可能实现。除了少数利益群体之外，每个人都支持毕福理奇——包括左翼报纸，换了几年前它们会斥

---

① 刊于《党派评论》1943 年 3 月—4 月刊。
② 1942 年 8 月，印度国大党的主要领导人被英国政府逮捕，包括甘地与尼赫鲁。
③ 威廉·毕福理奇（William Beveridge，1879—1963），英国经济学家和社会改革家，于 1942 年发布"毕福理奇报告"（the Beveridge Report），为英国在"二战"后在经济上向经济国有化和社会福利化转变起到了非常重要的指导作用。

责这么一个计划带有法西斯主义的色彩——与此同时，没有人会相信毕福理奇的计划真的会被采纳。大家的想法是"他们"（指政府）会假意接受毕福理奇报告，然后将它束之高阁。无能为力的感觉似乎在蔓延，这体现在补选越来越低的投票率上。最后一次大规模的公众示威是去年夏天要求开辟第二战线时进行的。没有示威活动反对和达尔兰的交易，虽然绝大多数人都反对这么做。也没有因为印度问题而举行公众示威，虽然民众的情感仍支持国大党。极端左翼分子仍然是失败主义者，除了俄国前线的消息之外，在北非战役的每一阶段，他们的报刊对军事事件的诠释几乎都抱以绝望的悲观主义。我认为值得注意的是，左翼人士支持的军事专家都是失败主义者，他们不靠谱的阴郁预测落空了，但并不影响他们的名声，就像右翼分子支持的军事专家不靠谱的乐观预测落空也不影响他们的名声一样。然而，这种情况的一部分原因是出于妒忌和"对着干的思维"：现在很少有人真的相信德国人会取得胜利了。至于过去三年来的真实的士气状况——右翼分子比左翼人士更有勇气和能力——没有人愿意面对这一点。

现在谈一谈英美关系。在前面的信件里我简略地提到过英国的各种亲美情绪和反美情绪。从那以后反美敌意在明显增长，现在蔓延到原来的亲美人士，如文学界的知识分子。一件重要的事情是意识到过去十五年来，英国与大部分国家的不同之处是它没有值得一提的民族主义知识分子。英国的知识分子普遍持反对英国的态度，虽然他们崇拜苏联，但也认为美国不仅比英国更加现代高效，而且有更真实的民主。在1935年至1939年间，令人惊讶的是，左翼知识分子接受了许多美国报刊哗众取宠的"反法西斯"言论。之前曾经出现过在文化上向美国靠拢并崇尚美国语言甚至美国口音的优越性的趋势。但这个态度正在发生改变，因为他们开始发现美国有可能成为一个帝国主义国家，而且在政治上远远落后于英国。现在人们爱说张伯伦对德国奉行绥靖政策，而丘吉尔对美国奉行绥靖政策。事实上，英国的统治阶级显然是靠美国的军事实力在撑腰，或许会藉此获得原本不可能实现的新生。现在人们将每一个反动行为都怪罪到美国头上，甚至到了有失公允的地步。譬如说，即使是消息灵通的人也相信与达尔兰勾结是在我们不知情的情况下由美国人"指使"的，尽管事实上英国政府一定要为此负责。

工人阶级内部也有广泛的反美情绪，这是由于美国士兵在英国的出现，而我相信美国士兵内部也有非常尖锐的反英情绪。我得在这里声明这些是二手的证据，因为要和一个美国士兵接触几乎是不可能的事情。街头到处都是美国士兵，但他们不会去普通的酒馆，甚至在他们经常去的酒店和鸡尾酒吧里，他们也总是和自己人在一起，即使和他们搭讪也几乎不理睬你。和他们有接触的美国平民说除了惯常的对食物、气候等的抱怨之外，他们还抱怨没有受到友善的对待，找乐子得自己掏钱，讨厌英国生活的沉闷、老土和贫穷。确实，突然间从舒舒服服的美国文明被调派到烟雾缭绕、多雨潮湿、因为三年的战争而凋零破败并且什么消费品都紧缺的英格兰中部小镇可不是什么开心的事情。但是，我怀疑即使在和平时期普通的美国人也住不惯英国。英国和美国的文化差别非常深刻，或许到了不可调和的地步，而且显然美国人很瞧不起英国人，就像英国的底层平民瞧不起拉丁民族那样。所有接触过美国部队的人都说他们认为这是"他们的"战争，仗都是他们打的，而英国人啥都不会，就知道逃跑，等等等等。美国人和英国本地人之间缺乏沟通的程度之严重令人惊讶。自从第一批美国士兵来到英国已经八个多月了,我还没有见过一个英国士兵和一个美国士兵在一起。军官交往偶尔见到过,但士兵交往从未见到过。妇女们对于美国部队初期的好感似乎已经消退了。你看到美国士兵只和妓女或轻佻的女人交往,整个国家都在报道同样的事情。据说在苏格兰关系要融洽一些,但那里的人要比英国人更加热情,而且英国人似乎更喜欢美国黑人而不是美国白人。

如果你问英国人为什么他们不喜欢美国人,第一个答案是他们"总是在吹嘘",然后是更加切实的对士兵的军饷和伙食的抱怨。一个美国士兵每天的军饷是 10 先令而且吃住全包,按照当前的工资和所得税,这意味着整支美国部队在经济上是中产阶级,而且是中产阶级的上层。至于伙食,我认为人们不会反感士兵吃得比平民好,因为就食物的营养而言,英国士兵也吃得比较好,但美国人分配到的食物还包括专门留给儿童的食品,还包括显然会浪费航运吨位的进口奢侈品。他们甚至进口啤酒,因为他们不喝英国啤酒。人们愤愤不平地指出为了运这些东西过来,付出了水手淹死的代价。你还可以想象围绕着美国军官霸占了所有的出租车,喝光了所有的威士忌,使所有带装修的房间的租金涨到了前所未闻的地步这些事情而产生的妒恨。你经常听到的评论是:"要是他们真的在打仗而不是空谈,我可不介意。"这些话只是为了泄愤——事实上,当美国部队加入欧洲战事时,这个态度将会深刻改变。目前的情况和虚假战争①时期我们和法国的关系很

---

① 指 1939 年 9 月至 1940 年 4 月,英法两国虽然向德国宣战,但前线并未发生大规模军事行动的阶段。

相似。

　　这种状态能否通过更好的宣传方式得以改观值得商榷。我发现刚从美国回来的人或了解那里情况的人，特别是加拿大人，对英美关系表示担心，而且认为英国为战争付出的努力应该在美国更加高调地宣扬。但是，英国的宣传问题要比大多数人所想的更加复杂。举一个例子——取悦各个自治领在政治上是必要之举，这包括贬低英国。结果就是，德国人能够似是而非地说英国人的仗都是殖民地的部队帮他们打的，但这比得罪澳大利亚人害处要小一些，他们与大英帝国的关系很松散，而且在文化上仇视英国。这种两难境地以不同的形式一次又一次地出现。至于对美国的态度，一些宣传人员认为让美国人仇视英国是好事，因为这让他们对自己感觉良好，而且有助于"维持士气"。有人因为我们让美国人以为像哈利法克斯勋爵这样的人代表了我们而感到气愤——他们担心他会被视为一个典型的英国人。他们总是说："为什么我们不能派遣几个来自威根或布拉德福德的普通工人，让他们知道我们和他们一样是体面的普通人呢？"我觉得这有点矫情。当然，让哈利法克斯勋爵代表英国确实就像让印第安红番的头人去代表美国，但各个国家的平民会一见如故相亲相爱的理论并没有得到经验的证实。几乎所有地方的平民都有排外情绪，因为他们不习惯外国的食物和习俗。认同左翼思想并不会改变这种情况，我在西班牙内战就了解到这个事实。这个国家的民众对于苏联的好感在部分程度上取决于没有几个英国人见到过俄国人。你只需要看看英语世界纠缠不清的文化仇恨就知道同文同种并不是友谊的保证。

　　无论发生什么事情，英国都不会走上法国的道路，英国和美国之间敌意的增加或许直到战争结束都不会造成真正的影响。但如果德国在1943年或1944年战败，然后得再花两年的时间解决日本——现在大家都这么认为——它或许会造成直接影响。那样一来，对日战争很可能会被描述为"一场美国人的战争"，比"一场犹太人的战争"更有迷惑性的说辞。英国群众认定希特勒才是敌人，士兵们总是说"打完德国我就收拾行装走人"。这并不表示他们真的想要这么做或将会这么做，而且我认为大部分人的想法会是继续进行战争，除非那时候俄国再次改变立场。但"我们在为了什么而战"这个问题在德国战败之后一定会变得更加尖锐突出，而英国的亲日派届时会狡猾地利用普遍的厌战情绪。在街头群众的眼中，远东的战争是为了橡胶公司和美国人而进行的战争，那样的话，反美情绪或许会是重要的因素。英国的统治阶级从未宣布它真正的战争目标，而那恰好是不可告人的，在形势不利的时候，英国会被迫采纳有革命色彩的战略。因此，总是有可能在不输掉这场战争的情况下让它走向民主化。但现在形势开始转变，美国的百万富翁和他们的英国帮闲想要强加在我们身上的悲哀的世界立刻开始成型。英国人民不想要这么一个世界，或许在纳粹分子被消灭之后会积极地说出来。如果他们能够理顺自己的想法，他们想要的是由英国和苏联结成的紧密同盟统治的欧洲合众国。在感情上这个国家的大部分民众更愿意和俄国而不是和美国结盟，可以想象民众或许会被激起反美情绪。在民众对与达尔兰进行交易这件事情的反应上就已经可以看出迹象。我不知道有没有某个领袖或政党能够在希特勒被消灭而欧洲陷入混乱时为这些趋势提出呼吁。现在我一个人都看不到。反动派加紧了对方方面面的控制。但你至少可以预测在某个时候激进的变革将再度成为可能。

没有别的新闻了。又一个法西斯政党成立了：英国国民党。还是以往那一套——反布尔什维克、反大型商业什么的。这些人不知道从哪里弄到了一些钱，但似乎追随者并不多。共同财富党已经内讧分裂了，但其主体或许正在取得进展。有进一步的迹象表明英国国教的左翼势力在增强，过去几年来就有朝这一方向发展的趋势。其核心势力并不是人们所想的"现代主义派"，而是亲天主教的高教会派，按照教条是"极端右翼"。

《教会时报》是英国国教的官方报纸，在乡村教区有庞大的发行量，过去几年来是一份温和的左翼报纸，在政治思想上相当开明。自从达尔兰事件后罗马天主教会的各份报刊更加露骨地支持法西斯主义。在法西斯主义问题上，天主教知识分子显然陷入了分裂，他们在之前通常会避免的方式公开互相抨击。反犹主义仍然存在，但没有迹象表明它在壮大。我们的食物还像以前那么多。圣诞布丁——它们是我判断航运形势的线索——颜色和去年差不多。价格和税收使得生活越来越艰难，在长时间工作之后还有消防值勤、地方军、空袭预防措施或别的什么事情，你的闲暇时间似乎越来越少，而雪上加霜的是，如今任何形式的出行又慢又不舒服。祝 1943 年好运。

1943 年 5 月 23 日[①]

共产国际解散了[②]，在这件事的全面影响变得清晰之前我就开始写这封信。当然，对英国的短期影响很容易预测。显然，共产党人会努力尝试与工党结盟（这已经被工党委员会拒绝了）；显然，工党将会告诉他们必须解散共产党，并以个人身份加入工党。显然，一旦进了工党，他们将会尝试形成一个有组织的派系进行活动，无论他们在事前许下过什么承诺。真正重要的是尝试预测英国共产党解散后的长期影响。

在考虑了各种可能性之后，我认为俄国人的姿态是可以被信任的——那就是，斯大林真的希望与美国和英国达成更加紧密的关系，而不是像他的追随者所相信的那样是在"欺骗资产阶级"。但这件事情本身并不会改变英国共产党人的行为。因为说到底，他们过去十五年来对于莫斯科的俯首听命并不是基于服从真正的权威。英国的共产党人如果选择不服从命令，既不会被枪毙也不会被流放。据我所知，近几年来他们甚至没有从莫斯科那里领到津贴。而且，俄国人清楚地表明他们看不起英国的共产党人。他们的服从有赖于对革命的迷思，而这种情绪逐渐转变为对俄国民族主义式的忠诚。英国的左翼知识分子崇拜斯大林是因为他们失去了他们的爱国主义和宗教信仰，但没有失去对于上帝和祖国的需要。只要"共产主义"只是意味着捍卫俄国外交部的利益，很难看到共产国际的消失会造成什么影响。即使没有中央组织下达命令，你总是一眼就知道当下需要奉行什么政策。

但是，你必须考虑这件事对工人阶级党员的影响；相比英共高层那些受雇的帮闲，他们有着不同的想法。对于这些人来说，共产国际已死的公开宣言一定会造成影响，虽然它事实上已经是一个幽灵。即使在共产党的中央委员会里，如果之后英国共产党认为自己是一个独立的政党，思想的分歧将会越来越大。你必须考虑到自我欺骗的影响。即使是资深的英共也总是不会承认自己在为俄国人服务；因此，除非收到来自莫斯科的明确指示，否则他们并不一定会知道需要采取什么行动。所以，当法国与俄国签订军事同盟协议时，法国和英国的共产党人显然都必须变成爱国人士。但据我所知，他们当中有些人并没有认识到这一点。彼此不相往来的知识分子像帕尔默·达特[3]和工会领导人如波利特[4]和汉宁顿[5]之间出现了纲领上的分歧。经过几年的工作之后，这些人除了吹捧苏俄之外就想不到别的什么事情做了，但如果俄国真的不再领导他们，或许在吹捧苏俄的最佳方式上他们会有不同意见。总之，我认为共产国际的解散会产生一定的影响，但不会在短期内发生。我认为接下来的六个月，或许更长的时间，英国的共产党人会一如既往地进行工作，但之后分歧将会出现，这

---

① 刊于《党派评论》1943 年 7 月至 8 月刊。

② 1943 年 5 月 15 日，为改善与西方国家的关系，斯大林下令解散共产国际。

③ 拉贾尼·帕尔默·达特（Rajani Palme Dutt，1896—1974），英国记者，共产党人，代表作有《法西斯主义与社会革命，对资本主义腐朽阶段的经济与政治的研究》。

④ 哈利·波利特（Harry Pollitt，1890—1960），英国共产党领袖，曾担任总书记一职长达 20 年。

⑤ 沃尔特·汉宁顿（Walter Hannington，1896—1966），英国共产党创始人之一，英国失业工人运动领袖。代表作有《法西斯主义的危险和失业者》、《十年萧条》等。

个政党要么会销声匿迹，要么会演变为一个更加松散、不那么亲俄的组织，由更与时俱进的领袖领导。

更重要的问题是为什么共产国际会解散。要是我猜得没错，俄国人这么做是为了赢得信任。你一定会认为英国和美国的统治者希望共产国际解散，或许提出了这个要求作为开辟第二战场的条件。但在英国，过去十几年来并没有什么迹象表明统治阶级强烈反对共产党的存在。即使在人民大会时期，他们也展现出令人感到惊讶的宽容。从 1935 年开始，它一直得到某份资产阶级报刊的支持。很难确定英共是从哪里领到钱的。他们的全部资助不可能只是来自于他们公开承认的支持者。我相信他们自称没有从莫斯科那里得到任何资助的说法是真的。他们不时得到英国富人的资助，因为后者觉得用这个办法可以引出活跃的社会主义者。譬如说，比弗布鲁克被认为过去一两年来在资助共产党，这是谣言还是事实其实并不重要。但是，上层阶级显然愿意看到共产国际被解散，我记录下这个事实但无法作出解释。

过去几个月来的另一个重要的政治演变是理查德·阿克兰爵士的共同财富党的崛起。在前面的信件里我提到过这件事，但低估了它的重要性。现在它已经成为一场值得严肃对待的政治运动，并遭到所有其它政党的嫉恨。

阿克兰的纲领在很多传单和宣传册里以最浅显的语言进行阐述，可以被形容为剔除了阶级斗争的社会主义，并强调道德而不是经济动机。它要求将所有的重要资源国有化，立刻给予印度独立（不是自治领的地位），整合各个国家的资源互通有无，对落后地区实施国际管治，在战后从尽可能多的国家抽调军队维持和平。总之，这个纲领的激进程度并不比极端左翼政党的纲领逊色，但它有几个不寻常的特征值得注意，因为它们解释了为什么共同财富党过去几个月来能够高歌猛进。

第一，整个阶级斗争的意识形态被抛弃了。虽然所有的有产阶级将被剥夺财产，但他们将得到部分的补偿——做法是，资产阶级将得到一小笔年金，而不是被行刑队枪毙。"无产阶级专政"这个想法遭到谴责，中产阶级和工人阶级将合而为一，而不是互相争斗。他们的宣传目标主要是中产阶级，包括中产阶级的技术人员和"小业主"（农场主、小店主等）。第二，这个纲领的经济层面强调增加生产而不是平均消费。第三，他们尝试将爱国主义与国际主义结合在一起。他们强调追随英国传统和"走自己的道路"的重要性。显然，议会将保留其目前的形式，而且没有反对王室的言论。第四，共同财富党并不将自己形容为"社会主义政党"，并小心翼翼地避免马克思主义的术语。它宣称自己愿意和任何志同道合的党派进行合作。（对于工党的考验是它会不会打破休战，重开选战。）第五，或许是最重要的一点——共同财富党的宣传带有强烈的伦理色彩。它最有名的海报上面写着："这么做有好处吗？"然后划掉，写上："这么做对吗？"在这场运动中，英国国教的牧师走在前列，但天主教徒似乎反对它。

我仍然无法肯定这场运动会不会有前途，但自从上次我给您写信起，它的壮大令人瞩目。阿克兰的候选人正在全国各地参加补选。尽管到目前为止他们只赢得了两次补选，但激起了许多选民投票反对政府的候选人。或许更重要的是，在有共同财富党的候选人参加的补选中，整体的投票率似乎提高了。独立工党一直在向共同财富党示好，但其它左翼政党对其抱以敌意，而且或许感到害怕。他们总是批评共同财富党能够有所斩获是因为选举休战——换句话说，因为工党没有采取行动。而且，据说它的党员全都是中产阶级人士。阿克兰本人宣称在工厂里有许多追随者，在军队里更多。当然，共产党人将共同财富党形容为法西斯分子。他们和保守党现在一道在补选中合作。

我大致勾勒的纲领带有煽动色彩和乌托邦主义色彩，但比起旧的政党，它更好地照顾到了各方力量的平衡。如果另一次革命形势出现的话，或许它有机会执政，无论是因为军事危机还是战争结束。一些认识阿克兰的人说他有"元首情结"，如果他看到这场运动脱离了他的控制，他宁可将其分裂，也不愿分享权力。我不相信这番话是事实，但我也不相信单凭阿克兰一个人就能推动一场波及全国的运动。他不是什么大人物，而且也不是一个亲民的人。虽然他的出身是庄园贵族（他是第十五任男爵），举止和外表却像是一个公务员，说话带有典型的上层阶级口音。在英国，要成为一个受到民众拥戴的领袖，作为一位绅士是很不利的因素——譬如说，丘吉尔就不是一位绅士。克里普斯是一位绅士，但他以出了名的"简朴"和甘地式的风格弥补了这一点，而这是阿克兰所欠缺的，虽然他有强烈的伦理和宗教倾向。我认为这场运动我们应该加以关注。它或许会演变成一个我们一直盼望的新的社会主义政党，或者会变成一个非常狰狞的党派：已经有一些可疑人物加入了它。

最后我要说一说反犹主义，现在或许还不能说它已经达到成为"问题"的程度了。在上一封信件里我说情况并没有在恶化，但现在我认为事情起了变化。危险的信号，同时也是一道保险，是每个人都知道它的存在，报刊不时会对它进行探讨。

尽管英国的犹太人总是遭到鄙视，并排除在一部分职业之外

（譬如说，我怀疑一个犹太人是不会被接纳为海军军官的），反犹主义主要局限于工人阶级中，在爱尔兰工人里最为强烈。在横跨各个阶层的地方军服役三年期间，我在一个生活着许多犹太人的地区目睹了工人阶级的反犹主义。我的经验是中产阶级人士会嘲笑犹太人，并在某种程度上歧视他们，但只有在工人群体中你才会发现他们全然相信犹太人是狡猾而阴险的民族，靠剥削非犹太人而活。在历经过去十年来所发生的一切之后，听到一个工人说"嗯，我觉得希特勒干得不赖，把他们给揪了出来"是一件很可怕的事情，但我确实听到过这番话，而且听到过不止一回。这些人似乎从来不知道除了"把他们给揪了出来"之外，希特勒还对犹太人做过什么。种族迫害、大流放等等，所有这些都没有引起他们的关注。但是，犹太人遭到排斥是因为他们的犹太人身份还是因为外国人身份则很不好说。这里不涉及宗教原因。英国的犹太人大部分严格信奉正统犹太教，但习惯上完全英国化了。比起或许有三十年没有走近过一间犹太教堂的欧洲难民来说，他们并不是那么招人讨厌。有的人反对犹太人的理由居然是犹太人是德国人！

现在反犹主义以略微不同的形式也在中产阶级群体中传播。他们总是说："当然，我不希望你认为我是反犹主义者，但是……"——接着就罗列出犹太人的种种不端行为。犹太人被指责逃避兵役，违反食品管制的法律，不守秩序排队，等等等等。比较有思想的人指出犹太难民只是当英国是临时避难所，对它没有任何忠诚可言。这确实是真的，某些难民的不智举动几乎让人不敢相信。（譬如说，在法国战役进行期间，我听过一个从德国逃出来的犹太女人说："这些英国警察根本比不上我们的盖世太保那么能干。")但这样的言论显然是在为偏见开脱。人们不喜欢犹太人，所以他们不想记起他们的苦难。当你提到在德国或波兰所发生的惨剧时，人们的回答总是："噢，是的，那当然太可怕了，但是……"——然后就说出那一堆熟悉的怨言。不是所有的知识分子都不受这种事情的影响。开脱的理由总是难民都是"小资产阶级"，因此，对犹太人的迫害能以体面的借口进行。和平主义者与反战人士有时候会发现自己被迫奉行反犹主义。

这种事情的危险不应该被夸大。首先，英国的反犹主义或许没有三十年前那么严重。那时候的三流小说比现在更普遍地将犹太人刻画为劣等民族或滑稽人物。"犹太人玩笑"自 1934 年起已经从戏剧、广播和漫画里绝迹了。其次，很多人意识到反犹主义的盛行并有意识地与其进行斗争。但它依然存在，或许这是战争不可避免的神经官能症之一。它没有采取暴力的方式并不令我感到宽慰。确实，没有人想要进行大屠杀，把年迈的犹太教授扔进粪池里，但英国本来就不存在严重的犯罪或暴力。这里盛行的形式相对温和的反犹主义虽然间接但同样残忍，因为它使得人们不去关注难民问题，并对欧洲幸存的犹太人的命运漠不关心。因为两天前一个肥胖的犹太女人在巴士上抢了你的座位，所以当播音员开始提到华沙的犹太贫民窟①时你就把收音机给关掉，这就是如今人们的想法。

这些就是我想说的政治新闻。生活如常进行。我没有发现我们的食物有什么不同，但大家都认为食物供应大体上变糟了。战争的打击波及一个又一个料想不到的地方。刮胡刀已经很久买不

---

① 指 1943 年 4 月希特勒在华沙犹太人聚集区施行的大屠杀。

到了，现在轮到了鞋油。书籍用的是最糟糕的纸张印刷，字体都很小，读起来很费眼力。有人穿着木底鞋子。伦敦的酗酒现象到了令人惊讶的程度。美国士兵似乎和这里的人关系好一些了，或许他们对英国的气候等等已经勉强适应一些了。空袭仍在继续，但规模小得可怜。我发现如今很多人同情德国人，因为现在轮到他们被轰炸了——与1940年相比形势已经逆转，那时候人们看着自己的房子在眼前倒塌，恨不得将柏林从地图上抹掉。

您真诚的

乔治·奥威尔

1944 年 1 月 15 日①

　　我猜想到这封信刊登的时候第二战场②已经开辟了。大家都认为这件事情将会在接下来的几个月里发生，德国将在今年退出这场战争③，大选将很快举行，重点是国内事务。与此同时，并没有多少政治事件发生。我想如果我对英国政坛的两个因素——议会与王室——向您作一些背景介绍，或许会有所帮助。在前面的信件里我把它们给忽略掉了。但首先我会对当前正在发生的情况进行概述。

　　政府的全盘政策，即对内政策和对外政策，继续越来越公开地转向右倾，而民意继续强烈地转向左倾，我要说的是，和 1940年一样，群众都受够了，不再受到蒙骗，不再相信美妙的承诺，突然间以愤慨激昂的方式宣泄自己的情绪，譬如莫斯利从监禁中被释放所引起的争吵。表面上这是一个不好的迹象，似乎是群众在抗议反对人身保护法（顺便提一下，释放莫斯利比起当初将他监禁起来引起了更激烈的争吵），而且大部分公共示威活动确实是由共产党人在幕后组织，他们迫切希望别人忘记他们自己进行过的反战活动。但群众的感情很真挚，特别是在工人阶级内部，理由总是"他们把他放出来只是因为他是一个有钱人"。从 1940 年至今，我们经历了一长串类似热月政变④的事件，人们只是通过影响到他们自己生活的事件了解到整体的趋势。左翼群体里没有权威的声音告诉他们同盟国军政府在意大利推行的政策或将印度国大党的领袖关进监狱也是很重要的事情。补选的情况表明很多人投票反对政府，有几场补选的投票率有了大幅提升。自从我给您写上一封信起，政府只输掉过一场选举（大约有六七场），但如果反对票没有被分散的话或许会输掉另外几场。有一帮新的"独立候选人"，他们的纲领总是在分散反对派的选票而不是政府的选票。有人认为这些"独立候选人"得到了保守党的资助。

我自己害怕的是，战争一结束保守党人就会展开一场旋风式的选战，标榜自己是"赢下战争的政党"，派出几百名年轻英俊的皇家空军军官作为候选人，许下种种美妙却不切实际的承诺，然后一上台就将其束之高阁。但比我更有经验的观察家认为他们不会得逞，群众已经变得很清醒，不会再被糊弄，而政府只能维持联合执政才能赢下这场大选。理论上说，这让工党处于强势地位，能够以提供支持为砝码，向保守党讨价还价，而如果工党独立参选，也很有机会胜出。但在现实中，当前的工党领袖害怕掌权，一定会维持联合执政，而且不要求多少回报，除非基层提出强烈的要求。那样的话，我们将选出一个和现在相似的议会，但反对党的地位更加强势。有人在试探类似于组建人民阵线的行动，但工党不赞同这种做法，而且几个左翼小党彼此间存在敌意，这么做并不会收到什么成效。唯一有组织的反对党仍然是共同财富党，它取得了一定的成就（他们又赢得了一场补选），但仍然因为神秘的内部不和而受到挫折。一部分控制权似乎从阿克兰

---

① 刊于 1944 年春季刊。
② 1944 年 6 月 6 日，盟军发动诺曼底登陆行动。
③ 直到 1945 年 5 月，德国才宣告投降。
④ 指发生于 1794 年 7 月 7 日推翻雅各布派的政变。

的手中转移到了几个阴险的商人手中，他们在资助这个政党，有些人认为他们的加入是为了消除其革命色彩。自阿克兰之后，除了毕福理奇之外，左翼人士里没有出现领袖人物；毕福理奇赢得了相当高的名望，而且或许有其政治理想。尽管他更像一位教授而不是一个政客，但他确实是一个受拥戴的领导人——一个活跃迷人的小个子，和克里普斯一样愿意和任何人交谈，但更加亲切和蔼。保守党那边也没有出现任何值得关注的人物。那帮推崇迪斯雷利①的"保守党少壮派"不仅没有任何明确的政治纲领，而且是一群懦夫，他们当中并没有真正有才华的人物。

亲俄情绪依然高涨，但我认为它正在冷却。哈尔科夫的审判②令许多人感到不悦。就连由有亲俄色彩的报纸《新闻纪实报》举行的民意调查也表明群众不想要报复性的和平，虽然他们确实希望德国解除武装。如果他们知道发生了什么事情，如果他们对强制性劳动或集体审讯战犯产生怀疑，甚至如果第二战线的开辟将导致沉重的伤亡，我可以想象他们会立刻变成反俄派。美国部队与英国本地人之间的关系有所改善，但我认为你不能说关系良好。美国白人与有色人种士兵之间相互猜忌的情况很严重。报刊上对这方面的问题绝口不提，当强奸或类似事件发生时，你只能通过私底下打听涉事的美国人是白人还是有色人种去了解情况。报刊仍在回避对同盟国内部关系的讨论，在电台里这是绝对禁忌的话题。最好的例子是英国广播公司庆祝红军创建 25 周年，却没

---

① 本杰明·迪斯雷利（Benjamin Disraeli，1804—1881），犹太裔英国政治家，保守党人，曾于 1868 年及 1874—1880 两度担任英国首相。

② 1943 年 12 月 15 日至 18 日，苏联在哈尔科夫对德国纳粹分子进行军事法庭审判，并于 19 日便实施处决。

有提及托洛茨基，而美国人的情绪比俄国人更受照顾。我们仍然没有在俄国进行广播——这是应俄国人自己的要求——尽管我们有接近50种其它语言的广播节目。

好了，现在说一说关于我们的古老制度。

议　会

我在英国广播公司上班时偶尔得听下议院的辩论。上次去下议院大概是十年前，我惊讶地发现它似乎变得破落了。整个议会现在看上去阴沉沉的，像是被遗忘了的地方，就连引座员的衬衣前襟也脏兮兮的。值得注意的是，现在除了他们坐的位置之外（反对派总是坐在主持人的左侧），你分辨不出政党之间的区别。那只是一帮相貌平庸的人，穿着灰不溜秋的深色西装，几乎所有人说的都是同一个口音，因为同样的笑话而哈哈大笑。但是，我得说他们不像法国的议员那样看上去就不是好人。最令人侧目的情况是缺席。事实上，总共640位议员中能有400位出席是一件非常罕见的事情。现在他们在上议院举行会议，里面只能坐250人左右，而旧的下议院（它被轰炸了）也大不了多少。我参加了克里普斯归国后的那次关于印度问题的大型辩论。一开始的时候大约近200位议员出席，然后很快减少为45人。一有演讲开始就离场去酒吧似乎是一个惯例，但如果有质询环节或有趣的事情发生的话，议会又会坐满。那里有一股明显的家庭气氛。每个人听到不是下院议员就听不懂的笑话和典故时都会哈哈大笑。他们可以随意叫人的绰号，激烈争吵的政敌在喝酒时称兄道弟。任何人当议员当久了迟早都会被这种事情给腐蚀了。独立工党的下院议员马克斯顿①二十年前是一位热情洋溢的演讲者，被统治阶级视为眼中钉肉中刺，现在成了下议院里的乖宝宝，而共产党的下院议员加拉切②也走上了同样的道路。最近每一次在下议院里我都会发现自己在想着同样的事情——古罗马的元老院在帝国的暮年依然存在。

我不需要向您讲述资本主义种种令民主制度无法运作的问题。但除了这些和代议机构日渐下降的权威之外，为什么有为之士很难进入议会还有特别的原因。首先，落后的选举体制严重偏向保守党。乡村地区的议席过多（大体上那里的人们会听从地主的话去投票），而工业地区的议席过少，这样一来，保守党赢得的议席比例总是远远超出他们获得的选票比例。其次，选举制度使得投票人基本上只能投给由党派机器提名的候选人。保守党会将稳操胜券的议席兜售给有足够的财力"守住"它们的有钱人（为地区慈善机构捐款等）；无疑，他们会按照说好的金额向保守党献金。工党挑选候选人的准则是政治上的顺从，一部分工党的下议员总是年迈的工会官员，他们把分配到的议席当作养老的去处。这些人自然比保守党的议员对政党机器更加乖乖听话。对于任何展现出独立思想的议员，对他们的威胁总是"下一次选举我们不会支持你了"。一个候选人如果遭到自己政党的反对的话，基本上是无望赢得选举的，除非那个选区的选民因为某个特殊的原因而拥戴他。政党体制摧毁了地区政治的基础。没有几个议员与他们的

---

① 詹姆斯·马克斯顿（James Maxton，1885—1946），苏格兰社会主义者，曾担任独立工党的领导人，长期担任格拉斯哥布里奇顿地区独立工党的下院议员。

② 威廉·加拉切（William Gallacher，1881—1965），苏格兰共产党员，工会领导，曾于 1935 年到 1945 年是英国共产党在议会中的唯一一代表。

选区有任何联系，甚至不住在那里。许多人直到参加第一次选战才到过那个地方。当前，议会比以前更不具备代表性，因为战争的影响让好几百万人被剥夺了选举权。自1939年之后就不再登记选民了，这意味着25岁以下和改变了住址的人现在没有资格投票。参军的人事实上也失去了投票权。大体上，失去投票权的人是那些可能会投票反对政府的人。平心而论，英国选举的整体机制并没有肮脏的勾当——没有恐吓，没有不当计票或直接贿赂，而且投票真的是不记名的。

人们普遍觉得议会失去了意义。选民们知道他们无法控制代表他们的议员，而议员们知道主导事务的并不是他们。所有的重大决定——是否参战，是否开辟第二战线，和哪个国家结盟等问题——都是由内阁先采取行动，造成既定事实，然后再对外公布。理论上，议会有权力否决政府，但党派机器总是阻止这种事情发生。大部分议员，甚至政府的基层成员，对情况的了解并不比《泰晤士报》的读者多一些。上议院是推行进步政策的另一个障碍，虽然他们应该失去了权力，却仍然能够阻碍进步。大体上只有两三个法案被上议院否决后由下议院强制通过。看到这一切，任何政治色彩的人都对下议院失去了信心，称其为"清谈会"。你不能以战时的情况进行判断，但在战前的那几年，投票率一直在下降。60%的投票率就被认为很高了。在大城镇里，许多人并不知道他们的下院议员是谁或他们住在哪个选区。最近一场选举的社会调查表明许多成年人并不知道英国的投票程序的首要特征——譬如说，他们不知道投票是不记名的。

但是，我本人觉得议会在战争期间证明了自身存在的价值，我甚至认为它的威望在过去的两三年里还略有提高。虽然它失去了大部分原有的权力，但它仍保留了批评质疑的权力，而且理论上和事实上，它是仅存的可以畅所欲言的场所。除了纯粹的个人攻击之外（而且得是相当极端的个人攻击），在议会里提出的任何言论都会得到尊重。当然，政府有很多手段可以逃避难堪的问题，但它无法逃避所有问题。然而，议会的批评的重要性并不在于对政府的直接影响，更在于对民意的影响，因为议会里的所有发言都会留下记录。各份报纸（甚至包括《泰晤士报》）和英国广播公司或许会淡化反对派议员的讲话，但由于议会议事录的存在，没办法彻底将其封杀。议事录会逐字记录议会的辩论，其实际发行量很小（2千到3千份），但任何想看的人都能看得到，许多政府希望封杀的事情会向公众曝光。而让议会的批评功能更显突出的是，本届议会在思想水平上一定是有史以来最糟糕的。除了政府成员之外，我认为下议院里有才干的人不超过30个，但这一小部分人做到了让每一个议题，从俯冲式轰炸机到18B①，都得到了探讨。作为立法机构，议会已经相对不那么重要了，它对行政机构的控制力甚至不如它对政府的控制力。但作为广播的一种不受审查制度影响的内容补充，它仍然发挥着作用——而这确实值得保留。

君主制

要确定忠于王室的情怀在英国是否依然存在是一件非常困难

---

① 18B的全称是防务规定第18B条款，该条款赋予了英国政府对被怀疑同情纳粹主义的人实施囚禁的权力。

的事情。关于正反两面的阐述都蒙上了一厢情愿的色彩。我认为民众忠于王室的情怀直到乔治五世逝世之前依然是英国生活的一个重要因素，乔治五世在位的时间很长，被民众接纳为"真命天子"（而维多利亚女王则被认为是"母仪天下"），成为父亲的形象和英国本土价值观的体现。1935 年的二十五周年银禧，至少在英国南部，民众的热情爆发了，那真的是出于自发的拥戴。当局感到很惊讶，并将庆祝活动延长了一个星期，那个可怜的老头由于罹患肺炎已经奄奄一息，被生拉硬拽在贫民窟穿街走巷，那里的人民自发挂出旗帜，还用粉笔在马路上写着"吾王万岁，打倒地主"。

但是，我认为爱德华八世的逊位一定沉重地打击了保王情绪，或许根本无法恢复过来。围绕着逊位而起的争吵非常激烈，各个政治派别都被卷入，爱德华嚷得最凶的拥戴者是丘吉尔、莫斯利和威尔斯。但大体上说，富人阶层反对爱德华，而劳工阶层对他抱以同情。他向失业的矿工承诺他会代表他们采取行动，成为富人的眼中钉。另一方面，矿工们和其他失业者或许觉得他辜负了他们的期望，为了一个女人而舍弃王位。一些欧洲大陆的观察家相信爱德华被逐下王位是因为他和纳粹领导人的关系，并对这一克伦威尔主义式的做法感到震惊。但整件事情的最终效果或许是削弱了自 1880 年以来精心营造的忠于王室的情绪。它让人们了解到国王并没有权力，而大肆宣扬的上层阶级的忠君情怀其实是一派胡言。我要说的就是，至少需要再出一位有魅力的君主统治一段相当长的时期，才能让王室回到乔治五世时的荣光。

当然，在非民主社会，国王所起到的维系稳定的基石作用是很明显的，而且他还发挥着危险情绪减压阀的作用。一位法国记者曾告诉过我，君主制是让英国不受法西斯主义侵害的原因之一。他的意思是现代人显然没办法离开鼓声、旗帜和忠诚游行，他们将这种领袖崇拜附着于某个并没有实际权力的人物身上会比较好。在极权主义社会，权力与荣耀属于同一个人。在英国，真正的权力属于那些戴着高礼帽、其貌不扬的人，而那个由披甲卫兵开道，坐在后面的华盖马车上的人物其实是一尊蜡像。当这一功能区分的机制存在时，希特勒或斯大林可能就无法上台掌权。成功躲过法西斯主义侵害的欧洲国家基本上都是君主立宪制国家。实现这一点的条件似乎是王室拥有漫长的历史并被接纳，它应该知道自身的位置，不会催生有政治野心的强势人物。这些在英国、低地国家和斯堪的纳维亚国家都实现了，但在西班牙和罗马尼亚则未能实现。如果你向一位左翼人士指出这些事实，他会非常生气，但那只是因为他并没有剖析自己对于斯大林的情感的本质。我不是在为君主制辩护，认为它必须存在，但我认为在我们这个时代，或许它起到了预防作用，它所造成的危害肯定远比我们所谓的贵族体制小得多。我总是支持动真格的工党政府，它将废除贵族头衔，但仍保留王室。但这么做只有在保王情绪依然存在的情况下才有意义，而我认为它已经被大大削弱了。有人告诉我王室到军工厂参观被视为浪费时间的作秀。而国王命人将白金汉宫里所有的浴缸都画上一道黑线的新闻对宣传浴缸的水不超过五英寸的倡议[1]并没有起到多少积极作用。

　　好了，没有别的新闻了。恐怕我已经写得太多了。这是一个

---

① 1942 年 9 月 20 日，英国王室发布消息，声明王室成员在使用浴缸时蓄水的高度不超过 5 英寸，以节约燃料的使用。

糟糕的冬天，并不是很冷，但老是雾蒙蒙的，几乎就像小时候的"雾锁伦敦"。随着战争的进行，灯火管制似乎变得愈发难以忍受。食物供应的情况和以往一样，但红酒几乎绝迹了，威士忌只能买到一小口，除非你有罩得住的哥们。几乎每天晚上都会空袭警报，但基本上没有炸弹落下来。许多人都在谈论德国人准备用来轰炸伦敦的火箭大炮。不久前人们谈论的是一种重达400吨的炸弹，会做成滑翔机的形状，由德国的飞机运过来。自从战争开始以来，诸如此类的谣言一个接一个地涌现，总是有人对此深信不疑，显然，它们满足了内心阴暗面的某种需要。

您真诚的

乔治·奥威尔

1944 年 4 月 17 日[①]

尊敬的编辑：

　　春天来了，经过一个温和的冬天后一个迟到的春天，大家都期盼着"它"（我不需要告诉您"它"是什么[②]）将会在下个月的某个时候开始。街上尽是美国部队。在城里的高尚生活区几乎看不到英国士兵，他们不被允许在伦敦休假，除非他们的家就在伦敦。空袭从二月初开始变得激烈起来，有过一两次规模比较大的空袭——不像 1940 年那么严重，但仍然非常恼人，因为高射炮发出震耳欲聋的响声。另一方面，那一幕幕的景色美极了。德国飞机投放的橘黄色的照明弹缓缓地飘下来，照亮了一切，就像白昼一样，胭脂红的曳光弹飞上去拦截它们，随着照明弹降落下来，窗棂的影子缓缓地往上升。食物的情况和以往一样。我很惭愧地说，直到前不久我才第一次在一间食堂吃了饭，惊讶地发现那里的食物挺好吃，而且很便宜。（这些场所由政府以非营利机制运营。）很多种工业产品现在几乎绝迹了。要买到一块手表或一个闹钟，无论新旧，几乎是不可能的事情。战前一台打字机大概是 12 英镑，现在一台二手打字机的售价至少 30 英镑，假如你能搞到一台的话。路上的小汽车比以往少了。另一方面，资产阶级纷纷从藏身的洞穴里钻出来，从那些招聘仆人的旧式广告就可以看出来，譬如说，《泰晤士报》上的这则广告："什鲁斯伯里伯爵夫人聘三位有经验的领班女仆。"有好几年的时间没看到这类广告了。据说晚礼服(男装)又开始出现了,但我还没有看到过谁在穿。

政治新闻不是很多。从他的声音判断,丘吉尔苍老了许多,而且越来越不能容忍反对意见。各方都认为如果丘吉尔出事了,伊登将会自动成为首相。认识伊登的人都说他是个孱头,右翼的保守党会觉得让他当一个傀儡领袖比让一个有自己想法的强势人物上台更加方便。正如每个人所预料的,工党在政府信任投票通过之后又沉沦了几英尺——在一个小议案上政府在投票中失利,丘吉尔遂要求议员撤回投票,几乎每个人都这么做了。共同财富党仍在前进,但总是闹出内部不和的传闻,但我对情况并不了解。不久前有消息传出,说直到目前,它五分之三的支出是由阿克兰(现在他已经花光了自己的钱)和一个名叫阿伦·古德③的很可疑的人在承担,此人是一位富商(从事轻工业),几乎从一开始就是党员。共产党人这段时间在奉行略微偏向反对政府的纲领,有一回还在补选中支持反对党的候选人。

过去几个月来的重大事件是大规模的煤矿罢工,那是长时间以来煤炭生产一直进度落后的高潮——在第二战线即将开辟的前夕发生——显然表明不满的程度非常严重。最直接的原因是钱,但问题的根源是英国煤矿令人难以忍受的恶劣条件,在几乎没有失业的战时情况自然更加糟糕。我对挖矿的技术方面所知不多,但我下过几次矿井,我知道那里的条件是常人根本无法忍受的,

---

① 刊于《党派评论》1944 年夏季刊。
② 指盟军将在西线发起的登陆行动。
③ 阿伦·古德(Alan Good),情况不详。

除非出于某种强迫。（在几年前的《通往威根码头之路》里我描写了这一切。）英国的大部分煤矿都非常古老，而且它们属于许多小煤矿主，他们没有资金去更新设备，即使他们有心这么做。这意味着他们不仅缺乏最新的机器设备，而且"走路"或许还要比工作本身更累。在旧一点的矿洞里，从矿井走到矿面要走三英里多的距离（一英里是正常的距离），而且大部分路程矿顶只有四英尺高，甚至更低。这意味着矿工们全程只能弯着身子，有时候还得四肢着地爬上一百码的距离，之后才开始干一天的活儿，如果那是一个浅矿层的话还得跪着干活。这种劳动如此辛苦，长期失业后再回去干活的矿工有时候会累倒在路上，甚至没办法下到矿面。除此之外，大部分矿工生活在工业革命最糟糕的时期修建的极其恶劣的陋室里，矿口大体上都没有浴室。相比围绕着轻工业发展起来的新城镇，矿业城镇的生活很单调沉闷，而且报酬非常低廉。在和平时期有救济金可以领的时候，人们愿意忍受这一切，但现在每个矿工都知道如果能离开矿井的话（当然，他不能这么做），他就能够在干净的工厂里轻松地工作，挣到两倍的工资。官方发现根本不可能雇到足够的矿工，过去一段时间不得不推行征募制，由抽签决定，抽到矿工签（就像被安排进潜水艇一样）被认为是一桩祸事。被征召的年轻人，包括公学的男生，走在多次罢工的前头。除了其它种种不满之外，最重要的原因是据说矿主一边对矿工大谈爱国主义，一边在背地里耍手段，让矿工们去开采没有经济价值的煤层，将好的煤层留到战后对煤矿的需求再次下降时才去开采。

　　除了利益攸关的少数人之外，每个人都知道这些情况只能通过国有化才能解决，而民意完全支持采取这一措施。就连左翼保守党人，虽然不愿意面对国有化，也在谈论强制将小煤矿整合为更大的矿业。事实上，如果不对这个行业进行集中化，显然根本不可能筹得现代化矿业所需的巨额资金。而国有化还能解决短期的问题，因为它会为矿工们带来盼头，作为回报他们不会在战争期间举行罢工。无消说，这件事情没有发生的迹象，倒是有人在叫嚣要揪出那些托派分子，据说他们是罢工的罪魁祸首。战前一百个英国人里没有一个听说过的托洛茨基主义，却有几天上了报纸头条。事实上，我相信英国的托派分子人数大约在 500 人左右，而且他们不可能在全职工作的矿工群体中有群众基础，因为矿工对外地人抱有很重的疑心。

随着战争的最后阶段临近其高潮，知识分子自相矛盾的态度变得愈发明显。即使到了现在，仍有许多亲社会主义者宣称没有开辟第二战线的意图，虽然大批美国军队已经被派遣到了这里。就在他们高喊着要立刻开辟第二战线的同时，他们还对轰炸德国和意大利提出抗议，不仅是抗议轰炸造成的伤亡，而且还抗议物资受到的破坏。我还听到有人一边说我们必须立刻开辟第二战线，一边又说第二战线其实并没有必要，因为俄国人单凭自己的力量就能够战胜德国人，还说第二战线必将以失败而告终。他们一边希望尽快结束战争，一边毫不掩饰地为战场上的不利消息感到高兴。譬如说，在意大利的战况陷入僵持时，他们愿意不假思索地接受任何关于军事危机的谣言。这群人赞成俄国人将德国分而治之并索取高额赔偿的提议，同时又告诉你希特勒为欧洲做了很多贡献，而且比起英国的保守党，他是一个更好的领袖。此外，从每天寄到《论坛报》的短篇小说和诗歌中我发现许多左翼人士对战争和军国主义的态度像是精神分裂症患者。所谓的正统左翼观点是，战争是一场由资本家挑起的毫无意义的屠杀，没有哪场战争能够产生正面的意义，在战斗中，士兵只有一个想法，那就是当逃兵，他们是遭受压迫的奴隶，痛恨他们的上司，并认为敌军士兵是他们的同志。但一旦事关苏联红军，整个想法就完全颠倒过来。战争不仅变得光荣而崇高，而且士兵们成为快乐的战士，他们心甘情愿地接受军事纪律，热爱他们的上司，痛恨他们的敌人（在那些寄给我的故事里，有一句反反复复地出现："他的内心充满了熊熊燃烧的怒火"），在投掷手榴弹时高喊着崇高的政治口号。精神分裂还体现在惨剧这个话题：俄国人报告的任何惨剧都是真实的，而英国人或美国人报告的惨剧都是虚假的。蒂托①和亚洲的卖国贼勾结，汪精卫是可耻的叛徒，苏巴斯·钱德拉·鲍斯②是一个英勇的解放者。在情感上，左翼知识分子希望德国和日本被击败，但英国和美国不能是战胜国。一旦第二战线开启，看到他们改变态度，成为失败主义者，而且放弃他们要求了两年多的第二战线的斗争，并不会让我感到惊讶。

亲俄情绪比以往更加强烈地表露出来。现在要刊登任何反对俄国人的文章几乎是不可能的事情。反对俄国的书籍确实在出版，但大部分出自天主教背景的出版社，总是从宗教或赤裸裸的反动角度去描写。比起 1935 年至 1939 年那段时间，广义的"托洛茨基主义"遭到了更大的压制。斯大林主义者似乎还没有重新获得在报刊里的影响力，但除了知识分子的整体亲俄情绪之外，

---

① 索瓦·蒂托·拉姆(Sowar Ditto Ram)，二战时期曾获英王乔治十字勋章的一位印度士兵。
② 苏巴斯·钱德拉·鲍斯(Subhas Chandra Bose, 1897—1945)，印度民族主义者、政治家，二战期间为将英国逐出印度而选择与纳粹德国及日本合作。

所有的绥靖主义者，如爱德华·哈利特·卡尔教授①，都将他们的效忠对象从希特勒转移到了斯大林。这些所谓的知识分子的奴才嘴脸实在令人惊诧。我听说《莫斯科任务》这部电影在美国引发了激烈争论，但英国群众并没有什么意见。还有一件有趣的事情：和平主义者们几乎从来不会说出任何反对俄国的言论，虽然在情感上他们不全是亲俄派。他们的言下之意是我们不应该使用武力保卫自己，但俄国人就可以这么做。这是彻头彻尾的懦夫所为：他们不敢嘲笑盛行的左翼思想，大体上说，比起公众舆论，他们更害怕前者。

　　但是，我认为俄国人和亲俄派的宣传从长远来说会因为做得太过分而自取灭亡。最近我惊讶地听到工人阶级或中产阶级的普通人说："噢，我受够俄国人了！他们实在是好得不像是真实的人。"或类似这样的话。你必须记住，对于工人阶级和左翼知识分子而言，苏联意味着不同的事物。工人阶级对俄国有好感，因为他们认为俄国是由人民当家做主的工人阶级国度，而知识分子则在一定程度上受到权力崇拜的影响。他们对于苏联的热情与"温柔的人必承受地土"②这个想法模糊地联系在一起，但最新的苏联宣传基调显然有悖于这个想法。英国人总是反感过分张扬的宣传。一个好例子是蒙哥马利将军，一两年前被奉为偶像，现在完全不受欢迎，因为他受到过分的吹捧。

　　我没有别的事情要说了。有几个美国士兵打电话给我，说他们是《党派评论》的读者，或许您会感兴趣。这是我和美国士兵

---

① 爱德华·哈利特·卡尔（Edward Hallett Carr，1892—1982），英国历史学家及外交关系学家，代表作有《苏联史》、《什么是历史》等。
② 此句出自《圣经·马太福音》。

仅有的接触。美国士兵和公众的关系仍然很冷淡，只有女孩子对他们很热情。我注意到比起白人士兵，黑人士兵没有那么受女孩子欢迎，尽管每个人都说他们更喜欢黑人。不久前一个年轻的美国士兵打电话给我，我邀请他到我的公寓过夜。他很感兴趣，说这是他第一次进英国人的家。我问他："你来这里多久了？"他回答："两个月。"接着他告诉我前一天一个女孩在人行道上朝他走来，抓住他的阴茎，嘴里说道："你好啊，美国佬！"但他还没有到过一户英国人的家里。这让我感到难过。英国人对于陌生人并不是特别好客，但我希望美国人知道他们在这个国家所受到的冷遇一部分程度上是因为限量供应一直没有解除，而且经过几年的战争，人们对自己家里难看的装潢感到惭愧，而电影让他们相信或半信半疑，以为每个美国人都生活在皇宫般的家里，有镀铬的鸡尾酒吧台。

这封信我准备寄出两份，一份航空件，一份海运件，希望后面那封会快点抵达。如今信件越过大西洋所花费的时间让人纳闷航空信件是不是用气球运过去的。

1944 年 7 月 24 日[①]

这段时间没有什么政治新闻。所有的潮流似乎像上次我写信给你一样在朝相同的方向推进——民意在转向左倾，但由于工党领袖的软弱，右翼分子在巩固自己的权力，几个左翼的小党在互相攻讦。年底之前将举行大选[②]似乎是顺理成章的事情，大部分人认为工党将独立参选，但我不相信它会这么做——至少我不相信他们会努力去赢得选举。虽然保守党的所作所为继续让公众清醒过来，但现在他们有底气开脱自己过往犯下的错误了。许多试图为张伯伦恢复名誉的书籍和文章正在出版，一部分保守党的成员或许得到了比弗布鲁克的资助，创办了一份新报纸，每周出版三次（理论上你不能创办新期刊，但有办法规避这个限制），它的纲领是反社会主义的军国主义。

所有的政党都在进行激烈的竞争，并利用民众对苏联的拥戴。亲社会主义者反对任何对苏联的批评，理由是这样会"正中保守党的下怀"，但另一方面，保守党人似乎是最拥护俄国的一帮人。在新闻部和英国广播公司的眼中，只有两个人是神圣不可侵犯的，那就是斯大林和佛朗哥。我觉得连俄国人自己都以为保守党是他们在这个国家真正的朋友。有一个情况或许值得注意：最近苏联报刊对几个非常亲俄的左翼下院议员发起了尖锐的抨击，这几位议员曾表示，飞弹是在西班牙制造的。这些议员包括丹尼斯·诺维尔·普里特，他被斥为共产党的"地下党员"，或许是这个国家最有煽动效果的亲苏宣传人员。

共同财富党继续在补选中有不俗的表现，但党员的增加并不多，它的政策似乎越来越模糊。甚至不能肯定它是准备像之前所介绍的那样在即将到来的大选中争取到 150 个议席，还是只打算和可以接受的工党候选人达成妥协。党内人士抱怨它充斥着中产阶级商业"管理"人员，他们愿意接受集中制经济，觉得自己能从中捞到好处。一度反对政府，甚至和共同财富党在一两次补选中达成合作的共产党人，似乎转而支持起保守党人。有迹象表明几乎已经失去活力的自由党试图东山再起。除此之外就没有别的我能观察到的狭义上的政治演变了。

国内问题继续占据了大部分人的注意力。譬如说，印度已经不是新闻报道的话题。主要话题是复员和房屋重建，而稍有远见的人则在担心生育率的问题。房屋短缺已经很严重了，随着士兵们回国，情况将变得极其恶劣，政府提议用预制铁皮房屋解决这个问题，这种房屋很方便，但面积很小，只能让三口之家居住。理论上，这些临时的窝棚三年后就会被废弃，但每个人都认为在现实中新的房屋是造不出来的。许多人都意识到除非人们有房子住，否则生育率不会大幅度地提高，而大规模地进行房屋重建在私有产权得到尊重的情况下是不可能实现的。譬如说，不以高昂的价格从地主手中买下数万亩土地根本无法重建伦敦。保守党大体上比左翼人士更关心生育率，同时又站在地主的立场捍卫他们的利益，试图通过向工人阶级宣扬自我牺牲的责任和生育控制的

---

① 刊于《党派评论》1944 年秋季刊。
② 英国大选于 1945 年 7 月举行。

邪恶去解决这个问题。左翼人士倾向于回避这个问题，一部分原因是小规模的家庭仍被视为文明进步的事情，一部分原因是他们不愿意承认或至少不愿意公开声明生育率的骤然上升（如果要保持我们的人口规模的话，它必须在 10 或 20 年内有显著的上升）会意味着生活标准的下降。人们模糊地认为"社会主义"将会以某种方式让人们再度愿意生育子女，并盛赞俄国的高出生率，却不去仔细研究俄国的人口统计数据。这只是左翼人士习惯性忽略的基本问题之一，其它问题还有我们与大英帝国的有色人种之间的关系，以及英国的繁荣对贸易和外国投资的依赖。保守党人更加愿意承认这些问题的存在，但无法提出任何真正的解决办法。从工党成员到无政府主义者的几乎所有左翼人士都像是一群既不希望，也不指望掌权的人。保守党人不仅更有勇气，而且他们没有许下不切实际的承诺，而在需要违背自己真的许下的承诺时更是没有顾忌。

其它不受欢迎的话题还有战后的复员、继续推行食物限量供应、对日作战等。我不怀疑人们愿意继续打仗，直至日本战败为止，但令人吃惊的是，他们总是忘记仗还得打上几年。在对话中，"战争结束时"总是表示德国投降时。"大众观察"的上一份报告表明 1918 年的思想习惯将会再度爆发。每个人都预料复员工作不仅会一团糟，而且大规模的失业将很快会重现。没有人想要记起我们还得过很多年的战时生活，而转变到和平时期的生产和重新占领失去的市场同战争本身一样艰难。每个人都只想要好好休息。我很少听到关于战争的更广阔的话题，我不认为民众对我们将强加于德国的和平方案有多少兴趣。右翼和左翼的报纸在互相较劲，看谁要求复仇式和平的调门更高。范西塔特现在已经过气了——事实上，他以前的追随者里那些思想更加极端的人已经发行了一份宣传册，斥责他是亲德派。

英共的口号是"让德国赔偿"（那是1918年顽固的保守党的口号），任何说我们应该缔结宽容的和平或公布合理的和平条约会加速德国的失败的人，都会被他们斥为亲纳粹分子。但我要再度重申，我认为群众并不想这么做，如果过去的战争有借鉴意义的话，回国的士兵都会对德国有好感。群众在态度上亲近俄国，却并不想要俄国人所要求的和平，但左翼报刊在避免谈论这些话题。现在苏联政府在直接干预英国的报刊。我猜想出于疲惫和不惜代价支持俄国的本能，群众或许会被说服认同不公道的和平，但和上次一样，很快就会转而支持德国。

有几个社会演变正向我上次提到的方向迈进。男性的晚装正在逐渐重现。火车上头等舱和三等舱的区别又被贯彻实施了。两年前这一区别本已不复存在。一年前左右我告诉过您商业广告正在消失，如今它们卷土重来，肆无忌惮地利用势利的动机。地方军依然存在，规模和之前一样庞大，大部分人在炮兵部队服役，现在似乎没有任何政治色彩。现在它的大部分成员是16岁或17岁就被征集的小青年。更小的男生参加了各种士官生团队和飞行训练团体，甚至小女孩也可以加入穿制服的组织，名字叫女生训练营。这些都是英国生活的新鲜事物；在战前，军事预备训练基本上只限于中产阶级和上层阶级。一切都变得更加破旧寒酸，16个人挤在为10个人设计的列车车厢里是很平常的事情。乡村的面貌发生了很大的改变，原来的草坪变成了麦田，即使去到最偏远的地方你也没办法摆脱飞机的轰鸣，那已经成为正常的背景声音，盖过了云雀的歌声。

文学界没有什么事情值得一提。担任文学编辑九个月后，我对英国人的天才和活力的匮乏感到惊讶和害怕。围绕在伦敦的《新道路》、《现在》、《诗艺》这些刊物周围的那帮人——这些就是所谓的文学运动——给我的感觉就像是在一座文明的废墟上蹦跶的跳蚤。选集和其它用剪刀与糨糊拼凑起来的作品没完没了地出。尽管纸张紧缺，每一个政党和宗教团体都出版了许多宣传册，但全都不堪卒读。另一方面，许多经典的好书都绝版找不到了。总是有人在写毫无生命力的书评想要复兴各个地方的乡土文学：苏格兰文学、威尔士文学、爱尔兰文学和北爱尔兰文学。这些运动总是带有民族主义和分裂主义的色彩，有的对英国怀有仇恨，只要政治正确，内容再差也可以刊印。但各种民族主义是可以互相转变的。那些仇视英国的人在互相给彼此的报纸供稿，而伦敦的和平主义知识分子在所有这些刊物里出现。还有迹象表明澳大利亚文学终于自立门户了，但我还没有对它进行研究。

　　没有别的新闻可说了。这个夏天很糟糕，什么事情都发生得不合时宜，几乎没有什么水果。我被紧紧地绑在这座丑陋的城市里，我这辈子第一次没有听见杜鹃的啼声……警报响起后传来了炸弹的嗖嗖声，随着炸弹越来越近，你从桌旁站起身，蜷缩在一个飞溅的玻璃不会落下来的角落里。然后"砰"的一声！整个窗户都在摇晃，然后你继续工作。晚上地铁站里一幕幕情景让人觉得很恶心，一堆堆脏兮兮的床铺被褥堵在过道里，一群群蓬头垢面的孩子无时无刻不在绕着月台玩耍。前天晚上午夜时分，我遇到一个大约5岁的小女孩，在"照顾"她2岁的妹妹。那个小女孩找到了一根毛刷，拿着它在刷月台上肮脏的石头，然后去吮刷子的毛。我从她手里拿走那根刷子，然后告诉那个大一点的女孩别让她妹妹拿刷子。但我得赶火车，我相信那个可怜的小家伙过不了几分钟又会吃脏东西了。这种事情到处都在发生。但比起1940年，混乱和它所导致的孩子的无人看管并不算太严重。

1944 年 12 月 [①]

尊敬的编辑:

从我第一次给您写信到现在已经快四年了,我曾告诉过您好几次我准备写一封信对之前信件的内容进行评论。现在似乎是合适的时候了。

现在我们似乎已经赢得了这场战争,但失去了和平。现在可以比较全面地去回顾之前的事件了。我必须承认的第一件事情是,直到 1942 年底我对局势的分析错得很离谱。其他人也错了,但我有必要对我自己的错误作一番检讨。

在这些信件里,我一直努力道出真相,我相信您的读者从这些信件中能够得出并非过分扭曲的时事图景。当然,我作出了许多错误的预测(比如说,1941 年我预测俄国和德国会继续维持同盟,而丘吉尔会在 1942 年下台)、没有依据的归纳总结,还时不时发表关于个人的刻毒或误导性的评论。我特别为曾在一封信中说朱利安·西蒙斯的"作品带有模糊的法西斯主义色彩"而感到抱歉,那是基于一篇或许我理解错误的文章的很不公允的评论。但发生这种事情主要是因为战争令人疯狂的气氛、谎言与不实信息的迷雾,以及我作为一个政治新闻从业人员置身其中的那些无休止的、肮脏卑鄙的争议。按照现在盛行的低标准,我认为我对事实的讲述还是相当靠谱的。我犯错的地方是对不同趋势的重要性的估量。我的大部分错误来自于我在1940年的绝望时刻所作的政治分析，并一直坚持这些错误，虽然情况已经清楚表明那根本站不住脚。

我在1940年底写的第一封信就犯了根本性的错误，在信里我写到我们所经历的逆流"并不会造成重大的最终影响"。在大约十八个月的时间里，我反反复复地以不同的形式重复着这番话。我不仅认为民意在转向左倾（或许事实确实是这样），而且认为没有民主化的进程就不可能赢得战争。在1940年我写道："要么我们将它变成一场革命战争，要么我们输掉这场战争"。我发现直到1942年年中我还在一字不差地重复着这番话。这或许误导了我对局势的判断，并夸大了1942年的政治危机的深刻程度，让我误以为克里普斯可能会成为受拥戴的领袖，而共同财富党是一个革命的政党，由于战争的影响，英国社会将走向平等。但最关键的是，我掉入了以为"战争与革命不可分割"的陷阱。虽然这个想法情有可原，但它仍然是一个非常严重的错误，因为说到底我们并没有输掉这场战争，除非种种迹象都是骗人的，而我们也没有建立起社会主义。英国正迈向计划经济，阶级区别开始减少，但真正的权力更替并没有发生，真正的民主也没有提高。还是那帮人拥有所有的财富，并占据了所有最好的工作。美国的演变似乎是在远离社会主义。它是全世界最强大的国家，也是最资本主义的国家。当我们回首一两年前我们面临"反对"或"支持"战争的决断时，我认为我们应该承认的第一件事情是我们都错了。

在英国和美国的知识分子当中，对战争有五个立场：

---

① 刊于1944年《党派评论》冬季刊。

一、这场战争无论付出什么代价都必须赢下来，因为没有什么事情能比法西斯主义获得胜利更糟糕。我们必须支持任何反对纳粹的政权。

二、这场战争无论付出什么代价都必须赢下来，但在现实中，如果资本主义依然存在就不可能获胜。我们必须支持这场战争，与此同时，努力将其变成一场革命战争。

三、如果资本主义依然存在这场战争就不可能获胜，但即使能够获胜，这么一场胜利会比失败更糟糕。它只会导致法西斯主义在我们这个国家立足。在支持战争之前，我们必须推翻自己的政府。

四、如果我们抗击法西斯主义，无论由谁执政，我们自己都一定会变成法西斯分子。

五、抗争是没有意义的，因为不管怎样德国人和日本人一定会获得胜利。

各地的激进分子都采取第一个立场，而苏联参战后斯大林主义者们也采取第一个立场。形形色色的托洛茨基分子要么站在第二个立场，要么站在第四个立场。和平主义者站在第四个立场，并以第五个立场作为补充理由。第一个立场其实就等于说"我不喜欢法西斯主义"，几乎谈不上是政治行动的指导，不去预测将会发生什么事情。但其它的想法都是不成立的。我们为了生存而战这个事实并没有迫使我们像我所预料的那样"走向社会主义"，但也并没有逼得我们去奉行法西斯主义。根据我的判断，比起战争刚开始的时候，我们更加远离法西斯主义了。我认为意识到我们犯下了错误并直言不讳很重要。现在大部分人在预测出错时，会厚着脸皮说他们是对的，然后去歪曲事实。因此许多和我原先想法一致的人会声称革命已经发生了，阶级特权和经济不平等再也不会回来了，等等等等。和平主义者们更加信心满满地说英国已经是一个法西斯国家，和纳粹德国没有什么分别，虽然他们被允许创作和煽动民意这个事实就驳斥了他们的说法。到处都有人在放马后炮，对过去犯下的错误完全不觉得惭愧。绥靖主义者、人民阵线的支持者、共产党人、托派分子、无政府主义者、和平主义者，都在以几乎一模一样的口吻声称只有他们的预言被事实证明了。特别是在左翼群体中，政治思想成了罔顾客观事实的意淫。

但还是回头说我自己的错误吧。在这里我并不是要纠正错误，而是要解释为什么我会犯下这些错误。我曾经告诉过您英国正处于重大政治变革的边缘，并已经踏上了不归路，当时我并不是想要讨好美国公众。我在只限于英国本土出版的书籍和文章里以更加激烈的态度表达了同样的想法。下面是几个例子：

"我们只能在社会主义和战败之间做出选择。""我们必须前进，否则就只能灭亡。""自由放任的资本主义已经死掉了。""英国的革命始于几年前，当部队从敦刻尔克回来后，它就蓄势待发了。""以英国当前的社会结构，它是不可能生存下去的。""除非我们战败了，否则这场战争将会消灭大部分现在的阶级特权。""一年之内，或许甚至六个月之内，如果我们还没有被征服的话，我们将看到前所未见的英国特色社会主义运动的崛起。""英国的统治阶级根本不希望攫取新的土地。""法西斯强权国家与大英帝国展开斗争的真正原因是他们知道它正分崩离析。""这场战争再打上一两年，将使大部分公学走向破产。""这场战争是希特勒在巩固他的帝国和民主意识的觉醒之间的竞赛。"等等等等。

我怎么会写出这些东西呢？一条线索就是我的预测，特别是关于军事事件的预测并没有总是在犯错。回顾我的日记和两年来我为英国广播公司撰写的新闻评论，我发现和大部分左翼知识分子相比，我总是对的一方。我之所以对是因为我不是失败主义者，而说到底，我们并没有输掉这场战争。大部分左翼知识分子，无论他们写了些什么，在1940年至1942年间都是恶毒的失败主义者。在1942年夏，那是战争的转折点，大部分人都坚信亚历山大港将会沦陷而斯大林格勒却能守得住。我记得一位同事播音员，他是一位共产党员，激动地对我说："我和你打个赌，赌什么都行，什么都行，赌隆美尔一个月后就会进驻埃及。"我一眼就看出这个人的真实想法是："我盼望着隆美尔一个月后就会进驻埃及。"我自己并不盼望着这件事情发生，因此我能够看到守住埃及的机会还是蛮大的。你看，这就是一厢情愿对现在所有政治预测的影响的例证。

　　在这种事情上我有可能是对的，因为我不像很多英国知识分子那样仇视自己的祖国，我不会因为英国取得一场胜利而感到恼怒。但正是因为同样的原因，我没办法看清政治演变的真正情形。我痛恨看到英国被羞辱或去羞辱别国。我不希望我们被打败，我希望我为之感到羞愧的阶级差别和帝国主义剥削不会再回来。我过分强调了这场战争的反法西斯性质，夸大了现实中正在发生的社会变革，低估了反动势力的强大力量。这种无意识的歪曲影响了我早先写给你的几封信，但或许不包括最近那几封。

　　在我看来，过去几年来所有的政治思想都以同样的形式受到戕害。人们只有在情况迎合他们的愿望时才能预见到未来，而当事实不受欢迎时，就算是最明显的事实也会被视而不见。譬如说，直到今年5月，愤愤不平的英国知识分子仍拒绝相信第二战场将被开辟。他们一直拒绝相信这一点，而就在他们的眼皮底下，一列列的大炮和登陆船只轰隆隆地不断驶过伦敦街头，被运往沿海地区。你可以指出无数其它人们紧抱着非常明显的幻觉不放的例子，因为真理会刺痛他们的自尊心。因此，靠谱的政治预言并没有出现。单举一个例子：谁预见到了1939年的苏德协议呢？有几个悲观的保守党人预言德国和俄国会达成协议，但基于错误的原因猜错了协议的内容。据我所知，没有哪一个左翼知识分子，无论是亲俄派还是仇俄派，预见到这件事情。所有的左翼人士都没有预见到法西斯主义的崛起，甚至当纳粹党人就要攫取权力时并不知道他们将会是危险人物。要理解法西斯主义的危险性，左翼人士必须承认他们自身的缺点，而这么做太痛苦了，因此，整个现象被忽视或歪曲了，而我们为此付出了灾难性的代价。

你能说的就是，当人们的愿望能实现时，他们可以作出相当准确的预言。但要真正客观几乎是不可能的事情，因为几乎每个人都是某种形式的民族主义者。左翼知识分子不认为自己是民族主义者，因为大体上他们将忠诚转嫁于某个别的国家，例如苏联，或沉溺于负面的情绪，痛恨自己的祖国及其统治者。但他们的思想在本质上是民族主义思想，一心只想着强权政治与面子之争。在观察任何局势时，他们不会去想"事实是什么？可能会发生什么事情"，而是"我怎么才能够向我自己和别人证明我们这一派压倒了敌对的派别呢"。对于斯大林主义者而言，斯大林绝对不会犯错，而对于托派分子而言，斯大林从来没有正确过。无政府主义者、和平主义者、保守党人等等都是这样。由于世界的碎片化，国家与国家之间缺少真正的接触交流，使得不实的想法更容易保留。一个人对自己的小圈子之外到底发生什么毫不知情，到了令人震惊的地步。一个例子就是，据我所知，没有人计算这场战争的伤亡能够精确到千万，但你知道政府和报纸会撒谎。在我看来，更糟糕的事情是当知识分子的民族主义情绪被挑起时，就连他们也会无视客观真相。最明理的人似乎都能够接纳精神分裂式的信念或罔顾直白的事实，以辩论社式的诡辩回避严肃的问题，或接受毫无根据的谣言，在历史被歪曲时视若无睹。所有这些思想上的罪恶归根结底都源于民族主义式的思维习惯，而我认为它本身是恐惧和机器文明的空虚造成的产物。但不管怎样，在我们这个时代，马克思的追随者在预测上并不比诺查丹玛斯的信徒更成功并不会令人感到惊讶。

我相信我们大部分人是可以做到更加客观的，但要付出精神上的努力。一个人无法摆脱他的主观感受，但至少他能知道那些主观感受是什么并考虑到其影响。我在尝试这么做，特别是最近，因此，我认为我寄给您的后面那几封信——大体上说，就是从 1942 年年中开始的那几封——比之前的信件更加真实地描述了英国的演变。这封信说了很多不利于左翼知识分子的话，但我希望补充一句，从我看到的美国报刊判断，美国的思想氛围仍然要比英国这里更适宜自由呼吸，这可不是出于恭维。

三天前我开始写这封信，世界各地都在发生惊天动地的事件，惟独伦敦什么新鲜事也没有（以下内容遭到审查删除：除了火箭炸弹①取代了臭虫飞弹②，让人很不爽，但不是很多，大概只有

---

① 指德国于 1944 年 9 月开始使用的 V-2 飞弹。
② 指德国于 1944 年 6 月开始使用的 V-1 飞弹。

五六个飞过来）。从灯火管制变为所谓的半灯火管制并没有什么区别。街上仍然一片漆黑。有时候天气冷得要命，而似乎这个冬天燃料会非常紧缺。人们的脾气变得越来越差，购物成了一件烦心事。店老板把你视为脚底泥，特别是当你要买的东西恰好是紧缺物品的时候。最近的紧缺物品是梳子和婴儿奶瓶用的奶嘴。有的地方根本找不到奶嘴，而现有的奶嘴都是用翻新的橡胶做的。与此同时，避孕套很充裕，而且用的是上好的橡胶。威士忌比以前更加稀缺，但马路上的小汽车多了，因此汽油的供应一定有所改善。地方军已经解除战备了，火灾巡视少了很多。又有几个美国士兵来找我，介绍说是通过《党派评论》认识我的。能够和《党派评论》的读者见面我总是很高兴。通常到《论坛报》的报社就能找到我，但如果找不到的话，我家的邮政编码是 CAN 3751。

乔治·奥威尔

1945 年 6 月 5 日^①

尊敬的编辑：

　　过去三个月来我一直在法国和德国^②，但在这封信里我要讨论的主要是英国的事务，因为要是我直接谈及海外的见闻，我得把这封信交给盟国远征军最高统帅部^③进行审查。

　　即将进行的大选引起了相当程度的兴奋，许多工党的支持者似乎很自信他们的党派将会获胜。大家都认为丘吉尔决定提前进行选举是因为或许这将意味着投票率会很低。数百万士兵和其他人员仍在国外，虽然严格意义上他们并没有被剥夺选举权（譬如说，士兵们可以通过委托方式投票），但与他们的地方政治组织失去了联系。通过这种方式流失的选票可能大部分会是工党的选票。我一直预测保守党将会以勉强多数获胜，我仍然坚持这个想法，但不像之前那么有信心了，因为潮流显然正以非常强大的势头朝相反方向涌去。甚至可以想象工党或许将违背其领袖的意志赢得选举。现在任何政府都将面临执政的艰难时期，特别是对于左翼政府而言。战时控制将必须继续下去甚至收紧，而复员工作不可避免要比公众的预期更加缓慢。还有煤炭的问题，只有对煤矿业实施国有化才能解决，而设备更新也需要为期数年的过程。目前无论哪种政治色彩的政府都只能强迫矿工进行开采并让公众在冬天挨冻。还有即将到来的与俄国的摊牌，工党的高层无疑已经知道这是不可避免的，但民意还没有做好准备。还有最重要的印度问题。保守党或许能够将解决印度问题再推迟一届任期，但自诩奉行社会主义的政府没办法尝试这么做；与此同时，艾德礼、莫里森等人不大可能会提出印度的民族主义者们愿意接受的方案。有的人认为执政党在这个时候不会去冒险得罪民意，因为战争所带来的安定和虚假繁荣仍将持续下去，真正艰难的时刻要等到两年后，那时候复员工作将全面完成，随之而来的是失业和灾难性的住房紧缺。但是，我相信对责任的恐惧一直沉重地压在工党的头上，当他们面临的前景是带领一个精疲力竭的国家再打两年仗时，恐惧感会分外强烈。当最后一刻的斗争开始时，他们会收回拳头不去放手一搏。当然，你不知道这一次保守党会玩弄什么把戏。选举将是工党与保守党之间的直接交锋。共同财富党和共产党或许会有更多代表当选，但不会太多，自由党将尝试卷土重来，但可能不会很成功。由于毕福理奇的功劳④，自由党的形势有所改善，但他们不再代表具体的利益或意见团体，而且他们所提出的几项政策自相矛盾。我认为他们或许会赢得十到二十个议席，但他们的主要成绩将会是分散工党在城镇的选票和保守党在乡村地区的选票。

我刚回到英国一个星期，还不清楚到底俄国的神话是否仍像以往那么强大。一位过去三个月呆在英国的优秀观察家告诉我，他认为亲俄情绪正在迅速冷却，而且之前同情俄国的人对俄国的

---

① 刊于《党派评论》1945 年夏季刊。
② 奥威尔受《观察者报》委托，赴法国和德国了解欧洲战后的情况。
③ 盟国远征军最高统帅部（SHAEF, Supreme Headquarters Allied Expeditionary Force）：1943 年底至"二战"结束盟军在欧洲设立的最高指挥部。
④ 威廉·毕福理奇是自由党人。

外交政策和逮捕 16 位波兰代表①这件事情感到非常不满。当然，报刊不像之前那样对俄国百般谄媚奉承，但这并不表示民众的情感改变了。我一直认为过去十年来英国的亲俄情绪更主要是出于对外部的天堂乐土的向往，而不是真的对苏联体制感兴趣，因此无法以诉诸事实的方式进行反驳，即使那些事实已经为人知晓。近几年来有一件事情让我感到震惊，那就是，最恶劣的罪行和灾难——大清洗、大流放、屠杀、饥荒、未经审判实施监禁、侵略战争、撕毁条约——不仅没有激起公众的义愤，甚至根本没有引起关注，只要它们恰好与当时的政治氛围并不吻合。因此，达豪集中营、布痕瓦尔德集中营现在激起了一定程度的愤慨——但在战前根本不可能让群众对这些事情感兴趣，虽然最骇人听闻的事实已经有了充分的报道。如果你参加了 1939 年的盖洛普调查，我想你会发现大部分英国成年人，或至少相当一部分人，从来没有听说过德国集中营的存在。整件事情就这么从他们的脑海中掠过，因为那不是当时他们想要听到的内容。苏联的情况也是一样。如果明天就能够证明正如某些观察家所说的，俄国人在北极地区真的有集中营，而且里面关押了 1 800 万名囚犯，我怀疑这个问题不会对公众里的亲俄派造成多少影响。去年的华沙事件②几乎没有人关注就过去了。我不知道为什么俄国人对波兰的所作所为突然间会激起义愤。

然而，基于其它原因，民意或许正在开始改变。一件或许影

---

① 1945 年 3 月，波兰政府代表在苏俄邀请下赴苏参加关于波兰临时政府的会议，却被俄国内务人民委员会的秘密警察逮捕，并被押解至莫斯科进行审讯。
② 指 1944 年 8 月 1 日的华沙起义。

响了工人阶级看法的小事是最近英国人和俄国人的接触开始多起来了。根据我所听到的说法，红军在东德解救的英国战俘总是带回不利于俄国人的报告，从前往阿克安吉尔的船员和在苏联执行任务的空军人员那里也传来了类似的报告。这里所涉及的或许是文化的相对层次的问题，而工人阶级对这个问题总是特别敏感。在德国，美国士兵对被强制进行劳动的俄国人以及英国和美国战俘在被解放的集中营对俄国营友的态度令我感到震惊。那不是敌意，只是西方的产业工人与斯拉夫农民接触后就会立刻觉得他们没有教养——而按照西方产业工人的标准，情况确实如此。但这种事情对公众即使会造成影响，过程也会非常缓慢。与此同时，我的判断是，亲俄情绪仍然很强烈，而且将会是影响大选的一个重要因素。许多人说只有左翼政府才能真正抵抗俄国在欧洲的进逼，就像只有在保守党的领导下才能真正抗击德国那样。

欧战胜利纪念日当天我不在英国，但人们告诉我那一幕非常斯文——人群涌动，但不是很热情，甚至不吵不闹——法国的情况也是这样。无疑这在部分程度上是因为酒精饮品的短缺。欧战的结束对每个人没有造成什么影响。就连灯火管制也几乎和以往一样，到处一片漆黑，只有几盏街灯恢复了照明，大部分人家里只有符合灯火管制的窗帘。基本的汽油限量供应已经恢复，有人在抢着买车，正在出售的小汽车价格之贵令人咋舌，但街头仍然很冷清。某些战时设施，譬如说公共食堂和需要去上班的妈妈可以把孩子送过去的一流的日托所，现在将被废除，至少有传闻说它们会被废除，而且已经有人在请愿反对这么做。大体上，思想左倾的人倾向于继续进行战时管制（甚至有人对废除18B这条规定略有微词），而右翼人士则打出了像"终止官僚主义"这样的口号。在我看来，街头的普通群众不仅已经习惯于管制和计划的生活（虽然各种消费品都面临紧缺，但以相对的公平进行分配），而且比起他们以前的生活，他们对这种生活更加认可。显然，你不能验证这种印象，但我一直相信在这场战争期间英国变得更加快乐，虽然有几次它陷入绝望与疲惫。人们总是说战争只会带来痛苦，但我不知道当伤亡并不严重时情况还是不是这样，当前英国正处于这一状况。在全面战争中所发生的深重苦难——不仅是危险和艰苦，还有百无聊赖和思乡之苦——都由士兵承受，但他们只占了人口的10%左右，而其他人则过得很太平，享受着平时根本没办法体验到的社会平等。当然，轰炸在发生，家庭被拆散，人们对丈夫和儿子的安危忧心忡忡，为工作而辛劳，而且缺乏娱乐，但比起社会竞争背景下失业这个阴魂不散的恐怖，这些或许更堪忍受。

从欧洲大陆回来之后，我得以崭新的目光去观察英国，我看到有些事情——譬如说，崇尚和平的思维习惯、尊重言论自由和信奉法制——在英国依然幸存，而在海峡对岸似乎已荡然无存。但如果要我说战争期间英国人民的什么行为令我感触最深，我会说是反应迟钝。在面临重大危机或黄金般宝贵的政治机遇时，人们依然我行我素，只会浑浑噩噩地关心每天的工作、家庭生活，去酒馆玩飞镖，遛狗，剪草，给晚餐买点啤酒回家，等等等等。我记得在敦刻尔克最绝望的时刻，我和一位朋友在公园散步，我向他指出人群的举动根本没有迹象表明不同寻常的大事正在发生。和往常一样，人们推着婴儿车走来走去，年轻的男生在追女生，板球比赛正在进行。我的朋友阴郁地说道："直到炸弹落下来之前他们一直都会这样，然后他们就会惊惶失措。"但是他们并没有惊惶失措。正如我当时所记录的，即使在轰炸造成的混乱中，他们仍令人惊诧地保持着日常的生活模式。用威廉·燕卜荪的话说："海底三英寻深的地方总是平静的。"我认为事实证明了这一次支持战争或反对战争的情绪都不像上一场战争那么强烈。确实，这一次以基于良知而拒服兵役者的身份登记的人数增加了一倍，但我认为这并不重要，因为除非你真的希望成为殉道者，否则这一次作为一个基于良知而拒服兵役的人并不会招致不公对待或遭到社会排斥。基于良知而拒服兵役者选择非军事性的工作是很容易的事情，而且拒服任何种类的兵役的人数量非常少。你要记住，上一次有组织的反对战争的劳工运动在头两年持续不停，民众对征兵有着强烈的反感，临近战争结束时英国有几个地方就快爆发革命了。许多地方在终战后还发生了兵变。这一次，这种事情并没有发生，也不像 1914 年那样出现丧失理智的狂热。那时候我已经懂事了，记得很清楚。这一次没有对敌人的刻骨憎恨，人们并没有把德国人斥为蛮夷——只有几份报纸在这么说。他们没有洗劫德国人的店铺或在海德公园对所谓的间谍动用私刑，儿童报刊上没有刊登戴着猪头面罩的德国人的照片。另一方面，比起反对凡尔赛条约的抗议，这一次反对肢解德国、反对强制德国人进行劳动等的抗议没有那么激烈。考虑到欧洲已经发生的事情，我认为有必要指出几乎没有英国人在这场战争中背叛国家。最多只有几十人变节投敌，而且大部分人在战前就有从事法西斯主义活动的历史。而到了战争末期，大约有数十万俄国人、波兰人、捷克人和其它国家的国民在为德国打仗或为托德组织①服

---

① 托德组织（the Todt Organisation），由德国工程师弗里茨·托德（Fritz Todt）创建的民政与军事工程组织，为第三帝国服务。

务，但根本没有英国人或美国人这么做。英国本土的社会几乎没有任何改变。我绝不会预言我们能够经历六年的战争而不会演变成为法西斯主义国家，而我们的公民自由权利可以几乎完好无损，但这确实发生了。我不知道英国人民这种浑浑噩噩的生存状态是像许多观察家所相信的那样是腐朽的迹象，抑或是出于本能的智慧。或许这是当你生活在无尽的恐惧和灾难中，又没有能力去阻止它们发生时最好的态度。如果战争一直继续下去的话，我们可能必须做出改变，而在我看来，改变将会在不久的将来发生。

我明白随着战争结束，您将会重新安排外国的供稿，因此这或许将是我在这个四年多前创立的特别专栏的最后一封信。似乎没有必要致结束词，因为我已经在您上一期的刊物里说过类似的话了。在这封信的结尾我只是想告诉您和您的读者在写这些信件的时候我是多么开心。战争那几年在我将生命浪费在无谓的活动上时，它们让我体验到了鼻子露出水面透口气的美妙感觉。最后，我认为你们都会同意应该赞扬一下审查机构，他们并没有过多地干预这些信件的往来。祝一切安好。

乔治·奥威尔

1945 年 8 月 15—16 日^①

尊敬的编辑：

我一直拖到今天才开始写这封信，希望看到一些关于工党政府动向的确凿无疑的迹象。但是，至今还没有任何非常有揭示意义的事情发生，我只能笼统地对形势进行探讨。要了解工党所面对的局面，你必须思考它获得胜利的背景。

有一句话很流行，说我们为之奋斗的事业都已经付诸东流，但这句话在我看来过于夸张了。事实上，经过六年的战争，我们还能够在很有秩序的情况下举行一场大选，并推举出一位拥有几乎如同独裁者般的权力的首相，这表明我们没有输掉战争还是有好处的。但前景仍然很黑暗。西欧几乎陷入了饥荒，整个东欧正在进行由俄国人强加的"自上而下的革命"，或许将会让穷苦的农奴受益，却提前扼杀了民主社会主义的可能性。在这两片地区之间是断绝经济往来的无法穿越的屏障。德国已经被摧毁到这个国家的人民不能想象的地步，它还将遭受比凡尔赛条约更有效率的洗劫，而且有一千两百万人将会背井离乡被迫迁徙。到处混乱不堪，民族混居，房屋、桥梁和铁路被破坏、煤矿被灌了水，每一样必需品都面临短缺，即使有货也没有交通工具将它们运走。在远东地区，如果情况属实的话，有数十万人被原子弹炸得粉身碎骨，而且俄国人做好了往中国的躯体再狠狠咬上一口的准备。在印度、巴勒斯坦、波斯、埃及和其它国家，英国群众闻所未闻的麻烦将一发不可收拾。

英国自身的情况也好不到哪里去。我们已经失去了大部分的市场和海外投资，我们有 1 200 万吨位的船只沉入了海底，大部分工业已经老化到令人绝望的地步，我们的煤矿目前的状况是未来许多年里根本没办法从里面开采出足够的煤炭。我们面前的任务很艰巨，需要重建工业，并与美国展开激烈竞争以抢夺市场。与此同时，我们必须建造数百万间房屋，并维持超出经济承担能力的军事力量以保证岌岌可危的石油供应。我想没有人认为接下来的几年会很轻松，但大体上，人们投票给工党，是因为他们相信左翼政府意味着家庭补助、提高养老金、带浴室的房屋等等，而不是出于国际主义的考量。他们希望工党政府能够让我们更加安全，过几年后，日子能过得更加舒服。形势最大的危险在于英国人还没有明白他们的财富之源在英国境外这个事实。工党自身狭隘的视野要为此负上大部分责任。

关于选举我已经写过文章了，在这里我不想重复我说过的话，但我要再次强调两点。其一——并不是每个人都同意这一点，但这是我在伦敦各个选区得出的印象——选举的斗争只限于国内事务。就连亲俄情绪也只是次要的因素。其二——选举的投票率并不高。回顾上次我寄给您的信件，我发现有几点我说错了，而最严重的错误是预测保守党会获胜。但据我所知，其他人也都错了，就连当时的盖洛普调查也显示大约会有 46% 的人投票给工党，左翼报刊最多只会预测选情将陷入僵持。英国的选举体

---

① 刊于《党派评论》1945 年秋季刊。

制的漏洞总是有利于保守党，每个人都认为情况又会对保守党有利。事实上，事情往相反的方向发展，就这么一回。当结果公布时，每个人都惊呆了。但我还错误地认为工党的领袖会怯于掌权，因此不会全心全意去进行选举。那是真心实意的斗争，而且他们尽自己的最大努力直面严肃的议题。每一个对选举感兴趣的人都知道将保守党踢出去的唯一机会就是投票给工党，因此少数派政党被忽略了。共产党推选了二十个候选人，他们一共只赢得了 10 万张选票，而共同财富党的选情也同样糟糕①。我认为民主的传统在选举中体现得很好。保守党努力想将整件事情变成一场全民公决，却只引来厌恶；尽管群众对选举似乎并不感兴趣，但在最后一刻他们还是去了投票站并投下了选票——结果证明，他们反对丘吉尔。但你不能因为民意转向左倾而以为这意味着英国将发生革命。尽管军队里积蓄着不满和怨气，在我看来，比起1940 年或 1942 年的时候整个国家的心态似乎并没有那么倾向革命，不那么向往乌托邦，不那么充满希望。在选举中投下的选票里，最多只有 50%能被认为是投给社会主义的，而大约只有 10%的选票是希望对某些关键行业实施国有化。

如果工党政府实施下列的措施，或许可以说它准备动真格的。第一，国有化土地、煤矿、铁路、公共设施和银行；第二，立刻授予印度自治领的地位（这是最低要求）；第三，彻底清洗官僚阶层、军队、外交部门等，先发制人以抵制来自右翼分子的破坏。有待观察的迹象是全面撤换大使和废除印度办公厅，并在议

---

① 工党赢得 394 个议席，保守党 188 个，独立党 14 个，自由国家党 13 个，自由党 12 个，北爱尔兰统一党 9 个、独立工党 3 个、共产党 2 个、爱尔兰民主党 2 个、国民党 2 个、共同财富党 1 个。

会改组之后与上议院展开斗争。如果这些没有发生，很可能工党并不想实施真正的、激进的经济变革。但政府的成功或失败并不只是取决于它履行承诺的意愿。它还取决于仓促之下对民意进行再教育，而在很大程度上，这意味着与它自己过去的宣传内容作斗争。

所有左翼政党的缺陷在于，他们无法说出未来短期内的真相。当你作为反对党，并为新的政治和经济纲领争取支持时，你的工作就是让人们感到不满；几乎无法避免地，你会告诉人们如果新的纲领实施的话，他们将享受到更美好的物质生活。你或许不会告诉他们，这些纲领并不能很快就带来好处，而是得等到二十年后，而这很可能就是事实。左翼人士从未警告过英国人民实行社会主义或许将意味着生活水平的严重下降。几乎所有的左翼人士，从工党成员到托派分子，会认为说出这种话无异于政治自杀。但是，在我看来，事实或许就是这样，至少在像英国这么一个在一定程度上靠剥削有色人种而活的国家是这样。对他们继续进行剥削有违社会主义的精神，而停止剥削则意味着在艰难的重建时期我们的生活标准将会出现灾难性的下降。这个问题将以不同的形式一而再再而三地出现，除了那些曾经到过欧洲以外地区的少数人之外，我从未遇到过一个英国社会主义者愿意去面对它。陈词滥调的答案是解放印度和其它殖民地并不会让我们蒙受任何损失，因为那些地方将会更迅速地发展，他们的人民将有更强的购买力，而这对我们来说是有利的——这番话确实有道理，但它忽视了过渡时期，而那正是问题的关键所在。有色人种并不会被这么一个轻松的回答给打发掉；事实上，他们会认为英国的繁荣比实际的情况更依赖帝国主义剥削。当毕福理奇报告刚发布时，在面向印度出版的新闻里不得不对它进行低调处理，担心它会引起强烈的不满和愤恨——印度人最可能会作出的反应是："凭什么他们让自己过得舒舒服服的，而遭殃的却是我们。"

此外，英国人民并没有全面地意识到战争的不幸以及世界的整体贫困状况。我认为他们知道工业重建将是一个艰巨的任务，包括长期的物资限量供应和"劳动指导"，但并不知道欧洲的破坏将会对我们的经济造成严重的影响。值得注意的是，几乎没有人抗议将德国变成一个过度拥挤的乡村贫民窟的提案。人们对未来的考虑是重新分配国民收入，却不去思考国民收入本身取决于世界的整体状况。他们的眼中只有毕福理奇计划，提高离校年龄等等，却没有人告诉过他们在接下来的一段漫长的时间里，我们或许没有改善生活的经济能力。在选举期间，有时候在工党的会议上，我试过在提问时间提出这个问题："工党对印度将采取什么政策？"我总是得到这么一个敷衍了事的答案："当然，工党对印度人民渴望独立的愿望抱以最深切的同情。"然后这个话题就这么过去了，演讲者或听众对它根本不感兴趣。我想选举由始至终我没有听到过一个工党的发言人主动提到过印度，而且他们很少提到欧洲，只会说出煽动性和误导性的言论，说左翼政府能够"与苏俄达成共识"。不难看出这种对于本土事务的乐观和罔顾国外局势的态度所蕴含的危险。这个麻烦或许会以纷繁的形式出现——关于印度或其它殖民地，关于进一步削减我们的限量供应以防止被占领的德国发生饥荒，关于劳动力流动，关于房屋重建不可避免的混乱和失败等等。当前迫切需要去做的是让人民意识到正在发生什么事情和说服他们为什么社会主义是更好的生活方式，但在初期阶段生活并不一定会变得更舒坦。我不怀疑人民会接受这一点，如果情况能以正确的方式向他们阐明，但目前并没有人去尝试做这些事情。

直到目前为止还没有重新调整外交政策的明确迹象。比起保守党政府，工党政府没有理由去支持不受民众拥戴的君主和独裁者，但它不能罔顾英国的战略利益。我认为设想工党领袖会比保守党领袖对苏联更加顺从会是一个错误，但在选举期间公众就是这么想的。头几个月过去了，情况或许刚好相反。他们当中大部分人——拉斯基①是个例外——对苏联体制并不抱任何幻想，他们介入了东方与西方之间基于对社会主义的不同理解而进行的意识形态斗争，如果他们选择与俄国对抗，民意会支持他们。而保守党并没有这么做，他们反对俄国的动机总是值得怀疑。近期的一个麻烦的源头或许会是巴勒斯坦。工党和左翼阵营坚定地支持犹太人与阿拉伯人对抗，很大一部分原因是只有犹太人的宣传内容在英国传播。很少英国人意识到巴勒斯坦问题在一定程度上是肤色问题，而印度的民族主义者们或许会站在阿拉伯人一边。至于长期的国际政策问题，它们在很大程度上由地理因素决定。英国并没有强大到能独自与俄国或美国进行抗衡的程度，它有三种方式可以选择。第一种方式是维持现状，默许"利益范围"，并尽可能维持帝国的完整。第二种方式是被纳入美国的势力范围。第三种方式是解放印度，切断与各个自治领的联系，并与西欧各国和它们在非洲的领土组成一个坚定的同盟。许多观察家和科学家告诉我第三种方式在技术上是可行的，而且这么一个同盟会比美国

① 哈罗德·约瑟夫·拉斯基（Harold Joseph Laski, 1893—1950），英国学者、作家，曾于1945—1946年担任英国工党主席，伦敦经济学院教授。其政治主张偏于激进，鼓吹工人阶级有可能在英国进行革命。

或俄国更加强大。但在我看来这只是在白日做梦。法国与英国这两个举足轻重的大国之间的斥力实在是太强了。

新政府以非常强势的地位开始执政，虽然我在上面罗列出了种种困难与危险，但除非工党出现严重分裂，否则它将能够安稳地执政至少五年，或许还会更长①。它的主要敌人保守党声名扫地，它的理念破产了，而且这一回掌握权力的这帮人不像1929年的那帮人那样是轻易就被收买的屠头。和几乎每一个英国人一样，我对艾德礼的了解并不多。有一位认识他的人告诉我他就像外表看上去那样是无趣的人物——因为某人的死去或辞职而登上领袖位置的二把手，靠着勤勉和实干站稳脚跟。当然，他没有如今一个政治家所需要的魅力，日报漫画家们困惑地想找出某个突出的特征（参照丘吉尔的雪茄、张伯伦的雨伞、劳合·乔治的头发）为他增加人气。但政府里其他掌握要职的人，贝文、莫里森、格林伍德、克里普斯、安奈林·比万，都要比之前保守党政府的人选更坚强能干，因为丘吉尔要的是身边围绕着对他唯唯诺诺的人。下议院的人员构成发生了巨变。工党成员的主体第一回不是由工会的官员构成，而是来自于各个选区的当选代表。390名工会成员中，有90个是工会的官员，还有40个是无产阶级的代表。剩下的大部分人出身中产阶级，有很多人是工厂的经理、医生、律师和记者。拿工资的中产阶级专业人士现在大部分已经"左倾"，他们的选票是选举转向的重要因素。很难相信本届政府会像1929年和1923年的政府那样以可耻的方式垮台。五年的时间足以度过最艰难的时期。天知道本届政府是不是真的想要引入

---

① 工党在1951年的英国大选中失利，未能继续执政。

社会主义，但如果他们真的有这个想法，我看不到有任何阻力。

　　昨天午间传来了日本投降的消息，当时我在弗里特街。街上一派欢乐的气氛，楼上办公室里的人撕碎旧报纸，然后从窗口扔出去。所有人都在同一时间动了这么干的念头，我乘坐的巴士就在缤纷如雨的纸片中行驶了好几英里，纸片散落在人行道上，在阳光下闪闪发光，足有没踝那么深。这让我很恼火。英国没有足够的纸张去刊印书籍，却有足够多的废纸可以做这种事情。顺便提一句，光是国防部用的纸就比整个书业加起来还要多。

　　日本立刻投降似乎改变了人们对原子弹的看法。一开始的时候，和我聊天的每一个人或我在街上听到的讨论都对它深怀恐惧。现在他们开始觉得一样能在两天内结束战争的武器还是有值得称道之处。许多人猜测"俄国人是不是也有了原子弹"。还有些人要求英国和美国应该将原子弹的秘密交给俄国，这似乎有点太强调国与国之间的信任了。

　　　　　　　　　　　　　　　　　您真诚的
　　　　　　　　　　　　　　　　　乔治·奥威尔

1946 年 5 月①

尊敬的编辑：

为了将这封信准时送出，不幸的是，我必须在印度谈判达成明确的决议和共产党是否会被纳入工党的争执得出结果之前把它写完。英国群众没有意识到印度问题的重要性，除非有什么戏剧性的事件发生，否则很难判断他们对于印度独立的真正情感。共产党的问题引起了更多的关注。英共会不会再次尝试与工党合并还不能肯定，如果他们真的这么做了，即将召开的工党大会将会以某种方式将其挫败。但是，可以想象他们或许会利用工党章程的漏洞以达到自己的目的。工党的领导人们显然意识到危险的严重性并已直言斥责。这个问题很复杂，但如果先大致描述一下政治背景，或许我可以更清楚地讲明情况。

首先，关于工党政府在英国的根基。我认为工党政府的根基依然很稳固，来自地方选举和民意调查的结果都证实了这一点。与此同时，政府换届还没有给我们带来切实的好处，大体上人们都意识到了这一点。对于任何不在部队里服役的人来说，停战之后的生活和战争期间一样艰苦，或许还要更惨一些，因为部分物资的紧缺所造成的后果是累积性的。譬如说，服装的紧缺随着我们的衣服变得越来越破旧而越来越不堪忍受。而去年冬天燃料紧缺的情况比这场战争爆发以来的任何时候都更加糟糕。食物还是像以前那么难吃，领取食物的队伍并没有缩短，有钱人在餐厅里吃的饭菜和家庭妇女只能靠着限量供应的食物张罗的饭菜之间的对比一直是那么鲜明，物资的匮乏似乎越来越恼人，因为我们并没有在打仗以证明这么做是必要的。据说黑市活动在停战后愈发猖獗。住房紧缺的情况仍然没有改善，而且得等上一段漫长的时间才有可能好转。已经有很多人失业了。另一方面，群众反对漫长的工时和恶劣的工作条件，并发生了一系列"非正式"的罢工。当你听到等着买鱼的人的对话后，你不会怀疑工人阶级满腹牢骚，他们觉得战争的结束本应该带给他们更舒适愉快的生活，不明白为什么我们的面包越做越小，或啤酒越来越难喝，就为了让欧洲人不饿肚子。

此外，严格的政治意义上的仇视和批评似乎并不严重。从英国的报刊你无法真实地了解群众的反应，因为那些大报几乎都是由保守党掌控，而一部分小报则受到了共产党的影响。我听到几乎无休止的抱怨，因为"他们"建造新的房屋不够快，或是因为"他们"不让你有足够的煤炭过冬，又或是因为恶劣的出行条件、所得税、缓慢的复员工作、昂贵的蔬菜、减少的牛奶限量供应等等，但我还没有听过普通人说政府并没有采取明确的手段去引入社会主义。即使考虑到任何事情都需要时间，社会结构似乎根本没有发生改变仍会令人感到惊讶。我猜想在纯粹的经济意义上，我们正在迈向社会主义，至少正在迈向国有制。譬如说，交通运输正在进行国有化。铁路的股东被收购股份，价格是他们从开放市场上几乎得不到的，但不管怎样，铁路的控制权正从私人

---

① 刊于 1946 年《党派评论》夏季刊。

手上被拿过来。但在社会结构上，没有任何迹象能让我们了解到我们并不是生活在保守党政府的统治下。譬如说，没有任何举措在对付上议院，没有人在谈论取缔教会，保守党的大使、各部门的一把手或其它高官几乎没有人被撤换。教育民主化的努力正在进行，但现在还没有收到成效。虽然大体上英国变穷了，但上层阶级仍然过着他们所习惯的生活。他们肯定不喜欢工党政府，而且似乎并不害怕。这一切很适合英国人喜欢慢条斯理地做事和不想激起阶级仇恨的作风——但我仍然认为，当工党政府以压倒性的多数票优势当选并执政八个月后，几乎每一个观察家都会认为社会环境应该有更大的改变。

然而，并不是这些使得群众在表达他们的不满。在政治意义上，他们仍然认为他们在去年夏天赢得了一场重大胜利——事实上确实如此——尽管新政府的所作所为或许并不令人感到激动。暂时还没有能与之争锋的意识形态，保守党的理念已经破产了，就连他们的公关人员也承认这一点。他们能做的就是发发牢骚反对"国家干预"和"官僚作风"，或许群众会对这些反感，但更讨厌经济上的朝不保夕。许多保守党人现在相信他们的希望维系在共产党人身上，他们或许能够分裂工党，并迫使右翼工党领袖再次结成联合政府。我自己不相信这种事情会发生，但目前共产党确实是政府的主要挑战，如果海外发生变故的话——譬如说，印度发生大规模的战斗——使得政府的外交政策失去民众的支持，或许它会成为一股真正的政治势力。

共产党人及其"同路人"的实际数量仍然只有数万人，而且过去一年来无疑还减少了。虽然失去了一部分民意，但现在他们掌握了几个重要的工会的领导权，而且还有那群有"地下党员"

身份的下院议员——即以工党成员身份当选但其实是地下共产党员或坚定认同共产主义的人。这些人的数字没有办法肯定，但我认为在三百多名工党议员中大约有二三十个。毋庸置疑，他们的策略是在议会内外鼓噪着要求对苏联推行绥靖政策，与此同时，通过利用国内的不满情绪，试图将左翼人士团结在身边。目前，他们的目的过于明显，使得自己被孤立了，像"渗透"和"秘密党员"现在正被一年前几乎没有听说过这种事情的人挂在嘴边。当贝文在议会里与质疑他的外交政策的工党议员摊牌时，只有六位议员投票反对他，但其他人投了弃权票。考虑到苏联与英国式的民主社会主义政府必然存在不可调和的敌意，由公开的共产党人如亚瑟·赫尔默[1]执掌着大型工会组织，"地下党员"如齐拉库斯[2]在议会里襄助，还有像普雷斯利这样的"同路人"在流行报刊里助威。但这些人的难处是他们不能将重点放在国内问题上。他们在捍卫俄国的外交政策，而群众会觉得那些政策根本站不住脚。读过那些左翼小报之后，你会以为工党在煽动暴乱，而且支持工党的群众对俄国在伊朗、罗马尼亚等地方的行动充满热情，还希望将原子弹的秘密拱手相让，不换取任何军事情报作为回报。但是，情况当然并不是这样。《新闻纪实报》举行的民意调查表明在与维辛斯基[3]进行斗争之后，贝文的受欢迎程度明显上升了，而且在工党的支持者中上

---

① 亚瑟·赫尔默（Arthur Homer），情况不详。

② 孔尼·齐拉库斯（Konni Zilliacus, 1894—1967），英国左翼政治家，长期担任英国工党的下院议员，代表作有《对世界大同的信仰》、《我选择和平》等。

③ 安德烈·亚努阿里耶维奇·维辛斯基（Andrey Yanuarevich Vyshinsky, 1883—1954），苏联政治家、法学家、外交家，曾担任莫斯科审判和纽伦堡审判的公诉人。

升最为明显。我甚至怀疑群众并不反感贝文在希腊和印尼推行的政策，如果那些问题仍有争议的话。但就苏联而言，即使是亲俄派也很难否认一两年前民众的热情已经很淡薄了。即使没有别的迹象，光从我自己的邮箱就能推测出这一点。作为斯大林政权的公开支持者，英共现在的处境很不妙，但如果能够有组织地进入工党，他们或许将能够造成相当大的影响。虽然即使是最严重的分裂也无法让共产党控制政府，但这或许会使保守党乘机卷土重来——我猜想在俄国人的眼中，这比让工党政府取得成功要好一些。

在政治层面没有什么别的事情发生。莫斯利那伙人和其他法西斯主义群体在进行一些小规模的活动，但没有迹象表明他们得到群众的拥戴。斯大林主义者与反斯大林主义者之间的思想斗争仍在继续，经常有人从某一方变节投靠到另一方。根据我得到的可靠消息，温德汉姆·刘易斯已经成了共产党员，或至少是一个坚定的同情者，正在写一部歌颂斯大林的作品，希望借此抹掉他之前写过的歌颂希特勒的几本书。所有关心政治的人都沉浸于日复一日的关于的里雅思特、巴勒斯坦、印度、埃及、钢铁业国有化、美国贷款、房屋重建、医疗服务法案和别的事情的斗争中，但在我认识的有思想的人里，没有人对未来充满希望。美国与苏联在接下来的几十年里必有一战，而英国由于地处不利位置一定会被原子弹炸得七零八落的想法被无可奈何地接受了，就像人们接受了太阳迟早会冷却而我们都会冻死这样的言论。群众似乎忘记了原子弹，这个话题很少在新闻里出现。每个人都想着在恶劣的条件允许的情况下来点乐子。足球比赛的观众人山人海，酒吧和电影院总是满座，汽车交通恢复到了令人惊讶的程度，考虑到汽油限量供应理论上仍在推行，"基本供应"每个月只有 5 加仑。二手汽车卖到了天价，都是些老掉牙的玩意儿，有一些足足有二三十年的车龄，在马路上突突突地喷着黑烟呼啸而过。伪造汽油供应凭券的现象据说非常严重，当局或许会绝望地放弃限量供应政策。现在费上一番工夫你可以买到吸尘器，但我还没有看到有冰箱卖，而且以最简陋的方式去装修房子也得花上好几百英镑，还得用那些难看而且粗制滥造的家具凑合。譬如说，仍然没有餐具，只有那些难看的"实用"器皿或贵得离谱的二手套装。全面的匮乏使得每个人都在小物件上攀比，当你成功地买到一块手表或一支钢笔时，你可以吹嘘上好几个星期。势利心态显然又回到广告里，虽然身边的人都很寒酸，你可以感觉得到某种平静的压力正促使人们讲究更正式的穿着。前几天我经过圣保罗大教堂时，里面正在举行仪式，我饶有兴味地看到有很多人戴上了高礼帽，这是六年多来的头一回。但那些是脏兮兮的高礼帽，看着那群人的样子，我不知道里面举行的是婚礼还是葬礼。

文学界没有什么好报道的。报纸的版面仍然被削减，而且接下来的一段时间仍会是这样，但一直有传闻说会有两三份新的晚报创刊，还会有一份新的类似于《新政治家报》或《论坛报》的政治评论周刊。书籍依然很少，而且很容易卖出去。大部分时间里，我买不到自己写的书。剪刀加糨糊拼凑的选集和杂文集继续出了很多，从我上次给您写信起，又有好几份文学月刊和季刊出版了。大部分都是可怜兮兮的薄薄一本，很可能没办法维持多久，但你们在美国所熟悉的那种编排得当、积极进取、带有一点思想性的杂志也在这里出现了。两个近期的例子是《未来》与

《接触》。哈特利①，那个金融炒家，出狱后投身书业，据说是这些新刊物的幕后老板。有识之士看着这些演变会感到不悦，但显然只有这种以相片为主、配以文字、让普通读者觉得自己在"进步"又不至于真的逼迫他进行思考的杂志才会有大的发行量。众所周知，许多英国期刊是无可救药的老古董，如果不进行自我革新，或许它们将突然间被美国人决定在这里创办的杂志所取代。"文摘"类的杂志越来越流行，就连中央新闻办（前身是新闻部）也在欧洲以多种语言发行类似的杂志。在英国广播公司，一件或许将会是重大转变的事情正在发生。经过多年的争取，它已经决定安排一个波段用于播放有思想的节目。在英国进行广播的一个难题是某个节目除非能够吸引数百万人收听，否则就会被视为不合经济，播放任何稍微高雅一点的节目就会引起收音机听众的愤慨，他们声称他们花钱购买的时间被浪费在只有少数人才会感兴趣的内容上了。而且，英国广播公司作为一家特许经营的公司，在战争期间得到了政府的大力资助，在议会里受到了相当激烈的无知和带有敌意的批评，让它的董事们感到很害怕。如果高雅的内容能够以独立的波段进行广播，普通的听众可以继续一天二十三个小时收听对内广播频道，不会被它烦到，大部分批评就会消失，而英国广播公司内部更具思想的人或许就可以大展拳脚。据我所知，在英国广播公司里，主要是在基层，许多有才华的人意识到广播节目的潜力还没有被完全发掘出来，除非满足于某个节

---

① 克莱伦斯·查尔斯·哈特利(Clarence Charles Hatry, 1888—1965)，美国商人、出版人，因其名下集团涉及一系列股价操纵及金融诈骗事件于1929年9月遭伦敦证券交易所调查并停牌，哈特利被判入狱14年。次月华尔街发生股灾。

目只有少数听众，否则根本无法进行这方面的探索。然而，尽管它声称 C 类节目（即那些以独立波段广播的节目）会带有高度的实验性，而且内容几乎不会遭到审查，但最终作决定的仍然是英国广播公司的高层，因此，或许真正的改变并不会发生。

　　我想不到别的新闻了。这个春天很美，什么花都开得特别早。公园的围栏还没有被放回去，但雕像回到了基座上。伦敦看上去还是像以前一样破旧肮脏，但即使已经时隔一年，灯火管制的解除仍然让人觉得很开心。

                                           乔治·奥威尔

广播剧系列^①

① 1941 年 8 月，奥威尔被英国广播公司（BBC）东方节目部录用，负责战时对印广播宣传，参与制作了各类节目。两年后，奥威尔从 BBC 辞职。

克兰比尔①

市场的喧闹声渐响

克兰比尔：卷心菜、大头菜、胡萝卜……(声音渐弱)

旁白：杰罗姆·克兰比尔 60 岁了，是巴黎蒙马特街的一个蔬菜贩子。他这辈子每天的生活就是推着身前的板车在街上走来走去，吆喝着——

克兰比尔：卷心菜！大头菜！胡萝卜！

旁白：在卖韭葱的时候他会吆喝："莴苣！"因为韭葱是劣等的莴苣。这一天晌午时分，他正顺着蒙马特街走过来，鞋匠的老婆贝亚德太太从店里出来了，来到克兰比尔的板车跟前，以厌嫌的姿态拎起一捆韭葱。

贝亚德太太：这些韭葱不怎么好，不是吗？一捆多少钱？

克兰比尔：15 苏②，太太。菜市上顶好的韭葱！

贝亚德太太：什么？这么三根烂韭葱要 15 苏？

旁白：她以厌嫌的姿态把那捆韭葱扔回板车上。就在这时，一位警察，64 号巡警过来对克兰比尔喝道：

64 号巡警："那边的，走开，走开。"

旁白：克兰比尔过去 50 年来从早到晚一直走个不停。被勒令走开对他来说似乎是再自然不过的事情。他愿意遵守命令，但他还是停了下来，敦促贝亚德太太选好她要的蔬菜。贝亚德太太凶巴巴地说她得花点时间好好挑一挑。她仔细地将所有那几捆韭葱摸了又摸，最后选出了她认为最好的那一捆，将它紧抱在胸前，就像画像中的那些圣人紧抱着圣榈枝③那样。

贝亚德太太：我给你 14 苏吧。够多的了。但我得回店里取钱，因为我没带钱在身上。

旁白：仍然紧抱着那捆韭葱，她回到鞋店里。这时候，64 号巡警第二次对克兰比尔发话了。

64 号巡警：那边的，走开。你没听见我叫你走开吗？

克兰比尔：但我等着拿钱呢。

64 号巡警：你要等着拿钱我可不管。我可没有让你等钱，我是告诉你走开。

旁白：与此同时，在鞋店里，贝亚德太太把那捆韭葱扔在柜台上，然后急急忙忙地给一个小孩试穿拖鞋，他妈妈急着要走。克兰比尔特别尊敬执法人员，这是 50 年来他推着板车穿街走巷获得的经验。但是，这时候他陷入一个尴尬的境地，而他的脑袋并不适合处理复杂的问题。或许他太看重贝亚德太太欠他的那 14 苏，太忽视当一个警察告诉他走开时应尽的义务了。总之，他并没有按照盼咐走开，而是站着不动。64 号巡警平静地再次开口了。

64 号巡警：我第三次告诉你，还不走开？

旁白：克兰比尔只是耸了耸肩膀，伤感地看着警察。这时候，蒙马特街的交通达到了最糟糕的状况。（人群的嘈杂声响起）

_____

① 播于 1943 年 8 月 11 日英国广播公司东方节目。
② 苏（sous），法国旧时的辅币，1 法郎 = 20 苏。
③ 圣榈枝（the palm of victory）：在《圣经》中，耶稣进入耶路撒冷时，民众手持棕榈枝夹道欢迎他的到来。

马车、大车、货车、巴士和卡车挤成乱糟糟的一团，情况似乎根本没办法缓解。大家都在吼叫谩骂。(人群的嘈杂声)车夫和屠夫隔着老远互相辱骂。还有那些巴士乘务员，他们认为克兰比尔就是堵车的罪魁祸首，骂他是"傻帽的大头菜"。马路上的人都围过来听他们吵架。64号巡警发现自己成了众人关注的焦点，觉得是时候显示自己的权威了。他庄严地从口袋里拿出一根铅笔和一本油腻腻的笔记本。克兰比尔没有走开。他一心只想着那14苏。而且他走不动，因为他的板车的轮子和送奶车的轮子顶在一起了。看到那本笔记本，他抓着帽子下的头发，叫嚷着：

克兰比尔：我不是告诉你了嘛，我在等我的钱。没拿到钱我怎么能走开呢？太他妈不要脸了！

旁白：这些话表达的是绝望而不是反抗，但64号巡警觉得自己受到了侮辱。根据64号巡警的想法，每一个侮辱不可避免地都是"打倒警察"的呐喊。根据他的经验，所有的暴徒、示威者、无政府主义者——大体上，社会的全体敌人——都在喊着："打倒警察！""打倒警察"是惯常的、正统的、经典的侮辱。于是，他把克兰比尔所说的话听成了这一历史悠久的形式。

64号巡警：啊！够了！你说："打倒警察！"很好，跟我走吧。

旁白：克兰比尔吓呆了。

克兰比尔：什么！我？我说"打倒警察"？我怎么会说出这种话？

64号巡警：够了！你以为我没听见吗？跟我走吧。

旁白：辩解没用。64号巡警认定克兰比尔说的就是"打倒警察"。他开始把他带走。这时候，鞋匠的老婆贝亚德太太拿着

14 苏从店里出来了。

贝亚德太太：哎哟……

旁白：但 64 号巡警已经揪住了克兰比尔的领子。贝亚德太太马上决定她用不着付钱给一个正被带到警察局的人，把那 14 苏放回了围裙的口袋里。克兰比尔被带到警察局的办案人员面前，当晚被关押在牢房里。

克兰比尔：这个地方真奇怪。我以前从来没有来过牢房。我不知道他们把我的板车怎么着了。把一个人单独锁在一间石头牢房里似乎没什么意义。时间过得真慢哪！当然，他们必须这么做。有些人就得被关起来，不然天下可就不太平了。但这个地方实在不像是一个家。太干净了！他们一定每天早上都会刷这几面墙。还把凳子用链子拴在墙上！这样你就没办法把它给拿走。好安静啊！真是度日如年啊！我不知道他们拿我的板车怎么着了。

旁白：第三天的时候，他的律师梅特·勒梅尔来看他了，他是巴黎律师公会最年轻的会员。克兰比尔努力讲述他的故事，但这并不是一件容易的事情。克兰比尔不善言谈，而律师也没有给他多少帮助，只是无聊地一边听一边摆弄着他那漂亮的八字胡。

克兰比尔：先生，您看，事情是这样的——我并没有侮辱他，您明白吗？他只是以为我说过那番话。而且他的心情很糟糕，因为巴士司机们在起哄。但我没拿到那 14 苏怎么能走开呢，是吧？你总不能要一个人不收钱就走掉吧？

勒梅尔：你是说你确实并没有侮辱那位警官吗？你完全肯定你没有说过"打倒警察"吗？

克兰比尔：当然不是，先生。我确实说过，但是……

勒梅尔：你说过？

克兰比尔：怎么说呢，我确实说过，先生。但不是他想的那样。我那 14 苏怎么办？贝亚德太太拿走了那捆韭葱。而且我的板车被送奶车给堵住了，我怎么可能走得动呢？

勒梅尔：这件事情很麻烦，克兰比尔。我的卷宗里没有提到送奶车，也没有提到什么韭葱。

克兰比尔：您知道，先生，要解释这件事情并不是那么容易。

勒梅尔：克兰比尔，我给你的建议就是，认罪对你比较有利。

克兰比尔：认罪。

勒梅尔：如果你坚持否认，那会造成不好的印象。换了我是你，我会认罪。

克兰比尔：很好，先生。但请告诉我，我得认什么罪？

旁白：第二天，克兰比尔被带到法庭的主审法官波里切大人面前，他花了六分钟的时间盘问他。要是克兰比尔能够回答对他提出的问题，问讯或许会有帮助，但他不善言谈，而且他被法庭庄严肃穆的气氛吓得连话都说不利索，于是他一直默不作声。法官自己替他回答了问题，庄严地作出总结——

法官：所以呢，台下的犯人，你承认说过"打倒警察"。

克兰比尔：大人，我确实说过"打倒警察"，但那是在他说了这番话之后的事情，如果您明白我想说什么的话。他说"打倒警察"，于是我就说"打倒警察"，您明白吗？

法官：你是在严肃地尝试主张这位警察自己喊过"打倒警察"吗？

旁白：克兰比尔放弃了解释，太难解释清楚了。法官认为这是有罪的迹象。

法官：所以，你不再坚持你的证词。对的，这是最明智的做法。

旁白：接着，法官传唤证人64号巡警，他的名字叫巴斯廷·马塔，他作了如下证词：

64号巡警：我发誓我所说的内容是真实的，我将说出真相，全部的真相，除了真相别无其它。10月20日中午，我在蒙马特街执勤时发现一个小贩和他的板车在328号对面不当阻碍交通。我命令他走开三次，但他拒绝服从。于是我警告他说我准备对他处以罚款。他就大吼大叫："打倒警察！"我认为这是对警察的侮辱，于是就把他扣押起来。

旁白：64号巡警的证词说得很坚定得体，给法官留下非常好的印象。在传唤了其他证人之后，克兰比尔的律师梅特·勒梅尔进行发言，努力想表明一方面克兰比尔并没有喊过"打倒警察"，另一方面，即使他喊过，他也不是故意这么做的。

勒梅尔：法官阁下，我的当事人被指控喊过"打倒警察"。现在我们都知道街上总是有那么一帮人经常喊出这么一番话。因此，问题的关键在于：克兰比尔是在什么情绪下说出这番话的？另一方面，他到底有没有说出这番话？先生们，请允许我提出质疑。

先生们，我不会非议警察。再也找不到比他们更好的人了。我绝不怀疑64号巡警有任何恶意。但警察是一份辛苦的工作。他们总是疲惫不堪，受尽折磨，过度辛劳。先生们，难道没有可能在这种情况下，64号巡警或许是出于幻听，以为我的当事人说出了针对他的那番话吗？另一方面，让我们假设克兰比尔确实喊过

"打倒警察"。这番话由他的口中说出能否被视为辱骂仍有待证实。克兰比尔是一个小贩,被经年的酗酒和其它恶行败坏了。克兰比尔嗜酒如命,你们只需要看他一眼就知道他被 60 年来的贫苦生活糟蹋成什么样子。先生们,你们必须得出结论,那就是,他并不能为自己的行为负责。

旁白:梅特·勒梅尔坐了下来。他的发言根本没有起到任何作用。主审法官波里切大人立刻宣布了判决,勒令克兰比尔支付 50 法郎的罚款,并入狱半个月。64 号巡警的证词太有力。克兰比尔被押送回了监狱。

克兰比尔回到牢房里,坐在拴在墙上的那个板凳上,怀着纳闷而崇敬的情感。

克兰比尔:一定是出什么岔子了。难道是我错了?我并没有喊"打倒警察",这是肯定的。还是说,我确实喊过?有趣的是,你无法想象那些坐在法官席上的绅士会犯错。他们可都是聪明人,他们通晓法律,你半闭着眼睛都看得出来。而且我得说,他们很公道。他们并没有阻止你为自己辩护。他们怎么可能犯错呢?或许我真的喊过"打倒警察"?你能喊过那么一番话,却又不知道自己喊过吗?或者是我过后忘记了。我不相信法官会犯错。他看上去是一个正派博学的人,戴着眼镜,穿着黑法袍。他总是低着头,从眼镜上面看着你——让你觉得他看穿了你的内心,洞察你的一切想法。但是,我确实没有喊过"打倒警察"。我可以发誓。真是太奇怪了。

旁白:第二天,他的律师来看他了。

勒梅尔:嗯,克兰比尔,事情并不算太糟糕,不是吗?别丧气,半个月很快就过去的。我们没什么可抱怨的。

克兰比尔：我得说，先生，那些绅士很仁慈礼貌。没有人骂我，事情和我预料的很不一样。您看见那些官员戴着的白手套了吗？

勒梅尔：考虑了一切之后，克兰比尔，我认为我们认罪是对的。

克兰比尔：或许吧，先生，您最懂行了。

勒梅尔：现在，我有个好消息要告诉你，克兰比尔。我将你的案件告诉了一位善人，他让我给你带 50 法郎过来。这笔钱可以帮你支付罚金。

克兰比尔：那我什么时候能拿到那 50 法郎？

勒梅尔：钱会付给书记处的，别担心。

克兰比尔：谢谢您，先生。我很感激这位善人。先生，我真是撞邪了，是吧？

勒梅尔：也不是那么邪，说真的。这种事情每天都在发生，你知道的。

克兰比尔：还有一件事情，先生，我想您也告诉不了我，他们把我的板车怎么着了？

旁白：半个月后，克兰比尔出狱了。他又回到蒙马特街，推着他的板车，喊着："卷心菜！大头菜！胡萝卜！"对于这段经历他既不感到羞愧也不觉得自豪。回忆起这件事甚至不觉得痛苦。那只是神秘的插曲，就像做了一场梦。但他最高兴的是他又能走在泥巴和鹅卵石路上，看到头顶阴雨连绵、像阴沟水一样脏兮兮的天空，生他育他的巴黎熟悉的天空。在每一个街角他都会停下来喝上一杯红酒，然后他会充满活力地朝粗糙的双手吐点唾沫，抓住板车的把手，又推起他的板车。一群群的麻雀听到熟悉的吆喝声都飞走了。

克兰比尔：卷心菜，大头菜，胡萝卜！

旁白：就像克兰比尔一样，那些麻雀也很穷，和他一样，它们也得在街上讨生活。当他遇到了他的顾客们——

女人：这阵子你上哪儿去了，克兰比尔？我们有三个星期没有见到你了。

克兰比尔：噢，我坐牢了。

旁白：他的生活似乎没有改变，只是他更常上酒馆了，因为从监狱里出来让他感觉就像在度假。一天晚上，他回到阁楼，因为喝了酒睡得不是很好，在席子上伸直了身子，把那张从街角的栗子小贩那里借来的权当被子的麻袋盖在身上，自言自语着。

克兰比尔：嗯，说真的，监狱也并不算太糟糕。你想要的一切里面都有。那里很干净，吃得饱，而且很暖和。他们给你衣服穿，而且不用担心房租。但不管怎样，哪儿都没有家里好。

旁白：但是，这种心满意足的状态克兰比尔并没有维持多久。很快他就发现他的老顾客们都不正眼看他。以前当他的板车堆放着新鲜的蔬菜时，那些人会围上来。现在他们一看到他过来就转身走掉。他去找鞋匠的老婆贝亚德太太，她还欠他15苏，整桩麻烦事就是因它而起的。但当他告诉她关于那15苏的事情时，贝亚德太太坐在柜台旁边，连头都不肯转过来。

事实上，整条蒙马特街都知道克兰比尔坐过牢。结果，所有人都对他冷眼以对。最后，克兰比尔和一个老主顾劳尔太太大吵了一架，因为他发现她从别人的板车那里买蔬菜。两人就站在街上对骂，一群无所事事的人在看热闹。要不是警察突然出现，指不定还会发生更糟糕的事情。警察什么也没做，但光是他的出现就让这两人安静了下来。于是他们散开了。但这次吵架的结果就是让克兰比尔成了整条蒙马特街的人眼中声名扫地的人。

大家都躲着他，当他是一个瘟神。就连他的老朋友，那个栗子小贩，也不再和他来往。克兰比尔觉得自己成了被遗弃的人。他总是自己沉思着整件事情的不公。

克兰比尔：这不公平，我要说的就是：这不公平！我被关押了半个月，然后我就连卖韭葱都不配了。他们管这个叫公平？就因为一个人曾经被警察找过麻烦而由得他活活饿死？要是我不能卖蔬菜我还能做什么？我得把我的想法告诉这里的人，这帮伪君子。

旁白：事实上，他毫不含糊地对几个人讲述了他的想法。他在酒馆和人吵了几架。人们说老克兰比尔变成了一头刺猬，他们是对的。他变得愤世嫉俗，满口脏话，而且很粗暴。事实上，这辈子他头一回发现了社会的缺陷，但他并没有哲学家的头脑，只能用草率鲁莽的字眼去表达他的想法。不幸让他变得偏激。他向那些对他并没有恶意的人报复，有时候还会朝比他弱小的人出气。有一天，酒贩的小孩阿方斯天真地问他牢房里是什么样子，克兰比尔扇了他一记耳光，并说：

克兰比尔：你这个脏兮兮的小混蛋！你爹才应该去坐牢，而不是靠卖毒药填满自己的口袋。

旁白：这是毫无意义的行为，因为正如那个栗子小贩所指出的，小孩子没办法选择自己的父母，不应该责难他们。克兰比尔还开始酗酒无度。他挣的钱越少，喝的酒就越多。他的习惯发生了剧变，因为在进监狱前他是一个节俭明理的人。他自己也注意到了这些改变，总是为自己的恶习和懒惰深深地自责。

克兰比尔：真是有趣，我以前从不酗酒。事实上，年纪越大并不表示你会变得越好。如今我一无是处，只会酗酒。但我得时不时喝上一两品脱才能有点力气。我身体里似乎有一团火在燃烧，只能用酒将它浇灭。没有酒我撑不下去，麻烦就在这儿。

旁白：如今克兰比尔总是错过蔬菜市场早晨的拍卖，只能赊账买到次等的水果和蔬菜。有一天，他灰心丧气，而且双脚累得走不动，于是他把板车留在小屋里，一整天都在货摊转悠，在蔬菜市场旁边的几间酒馆里进进出出。到了晚上，坐在一个篮子上，他思考着自己每况愈下的境遇。他记得自己早年是那么强壮，总是一整天努力干活，到了晚上是多么开心。他记起那些不计其数的日子，它们飞速掠过，所有的日子都一样，都是在劳动。他记得一大早天还黑漆漆的时候，他就在铺着鹅卵石的卖场等候着拍卖开始。他记得他捧着满怀的蔬菜，精心将它们在板车上摆放好，然后一口喝下一小杯黑咖啡，用力抓住车把，大声吆喝着："卷心菜！大头菜！胡萝卜！"声音就像公鸡那么嘹亮，在空气中萦绕，伴随着他走过熙熙攘攘的街道。那粗犷、天真而意义充实的生活，他就像一匹人形的马，这种日子他过了50年——一切就浮现在他的眼前。他叹了口气：

克兰比尔：不行，我不能再继续下去了。我完了。没有人能一直这么干下去。而且，自从我被警察关押起来之后，我就不再有那股气概了。不，我不再是以前的我了。

旁白：事实上，克兰比尔放弃了希望，当一个人沦落到这般境地时，他或许就会躺在烂泥中，每个人都会把他踩在脚下。

贫穷降临到他的头上，黑暗的、折磨人的贫穷。这个老贩子以前总是带着装满了五法郎硬币的钱袋从蒙马特街回来，现在他连一个铜板也没有。入冬了，克兰比尔从阁楼里被赶了出来，在一间小棚里的板车上睡觉。下了好几天雨，阴沟里的水溢了出来，小棚里进水了。

他蜷缩在板车上躲开那些脏水。与蜘蛛、老鼠和饿得半死的猫为伍，他陷入了沉思。他已经一整天没有吃过东西了，而且也没有栗子小贩的麻袋当被子。这时候他想起了坐牢的那半个月，由政府为他提供伙食和住所。他发现自己羡慕起囚徒的生活。

克兰比尔：坐牢终究不是一件太糟糕的事情。起码你不会挨冻和饿肚皮。里面的那些人比这里的我生活得还要好。而且要进去容易得很。上次他们不费多少事儿就把我给关押起来。我这就去干！我怎么以前就没想到呢？

旁白：克兰比尔起身走到街上。已经过了晚上十一点，那是一个寒冷的黑夜，下起了淅淅沥沥的蒙蒙细雨，这比下大雨更冷进骨子里。只有零星几个行人在房屋的遮蔽下匆匆穿行。

克兰比尔拐进蒙马特街。这里空荡荡的，一个警察独自站在教堂外的一盏街灯下，细蒙蒙的雨在煤气灯的映衬下发出微弱的红光。警察一动不动地站着，看上去几乎不像是活人。在湿漉漉的人行道上，他靴子的反光和拉得长长的影子让他从不远处望去像是一头半身露出水面的两栖怪物。走近了一点看，防水风帽遮着他的头，让他看上去更像是一个僧侣。在风帽的阴影映衬下，他粗糙的脸庞看上去显得很悲伤，但并不凶狠。他是一个老警察，蓄着浓密的、灰色的八字胡。克兰比尔朝他走过去，停下脚步，鼓起勇气，然后以微弱、发颤的声音喊道：

克兰比尔：打倒警察！

旁白：什么事情也没有发生。克兰比尔等候着那几个可怕的字眼发挥效力。但什么事情也没有发生。警察仍然沉默着，一动不动，胳膊收拢在短雨衣下。他的眼睛睁得大大的，在黑暗中闪烁着，以悲伤、警觉却又鄙夷的神情看着克兰比尔。克兰比尔很惊讶，但他下定决心，再一次喊道：

克兰比尔：打倒警察！你没听见我说什么吗？打倒警察！

旁白：冰冷黑暗的蒙蒙细雨长久地沉默着。最后，警察开口了：

警察：你不能说这种话。都这把年纪了还不懂事？赶快回家去。

克兰比尔：为什么您不抓我？难道您没听见我喊"打倒警察"吗？他们上次就抓我了。

警察：听着，要是我们得把所有说出不该说的话的傻瓜都给抓起来的话，那我们就不用干活了。而且，这么做有什么意义呢？

旁白：克兰比尔无语了。这个警察宽大为怀的态度是他从来没有遇到过的。惊呆了的他沉默着，双脚泡在雨水里。他准备走开，但在离开前他尝试着解释：

克兰比尔：听我说，我并没有恶意。我不是对着您说"打倒警察"，您知道的。不是针对您，也不是针对任何人。那只是一个想法，如果您明白我的话。

警察：或许它只是一个想法，或许不是，但那并不是你应该说的话，因为去骂一个尽忠职守辛苦工作的人是不对的。好了，回家睡觉去吧。

克兰比尔：您真的不抓我？

警察：不，我为什么要抓你？抓你有什么用？回家吧。

旁白：于是，克兰比尔耷拉着脑袋，胳膊垂在身旁，蹒跚着步入漆黑的雨夜。

原著：安纳托尔·法郎士[①]
改编：乔治·奥威尔

狐　狸①

（猪的声音）

旁白：丹尼埃尔是瑞士提契诺的一个农民，那里和意大利接壤。一天早上，他正在猪圈里忙着帮母猪生崽，他的女儿西尔维娅从房子那边的小路朝这边走了几步，对他喊道：

西尔维娅：爸爸！有人找你，说有事情要和你说。

丹尼埃尔：走开，孩子。我现在谁也不见。我不是说过别打扰我吗？我忙着照看母猪呢。

（猪的声音）

旁白：丹尼埃尔做了一切精心的准备，以确保生崽能够顺利完成，但母猪生崽你永远没有绝对的把握。昨天他已经严格控制了她的饮食，还让她喝了一些蓖麻油作为额外的预防措施。阿格斯蒂诺是意大利人，已经在提契诺住了一些年头，正给他帮忙。阿格斯蒂诺是建筑工出身，但在淡季什么活儿都做。

下崽开始时进行得很顺利，三头比老鼠大不了多少的猪崽已经来到这个世界。除了给每头猪崽起名字之外，阿格斯蒂诺没有什么事情可做。生第四头猪崽遇到了一点麻烦，但之后就很顺利了，总共有七头猪崽生了出来。阿格斯蒂诺抱起第四头猪崽，那头不想出生的小家伙。

阿格斯蒂诺：好一头可怜的小猪，我们就叫它本尼托·墨索里尼吧。

丹尼埃尔：怎么可以！我打算把这几头猪卖到意大利去呢。

西尔维娅：爸爸！你没听见我在叫你吗？有人来找你，有事情想和你说。

丹尼埃尔：走开，孩子。我忙着呢。（对阿格斯蒂诺）现在我们得把这几头小猪裹起来保暖。头一天你可不能掉以轻心。帮我把它们放到这个箱子里，阿格斯蒂诺。这些稻草能让它们保暖……好了，把这条毯子盖上……好了，现在它们应该没事了。但我们得提防狐狸吃掉这些猪崽。

阿格斯蒂诺：这里有很多狐狸吗？

丹尼埃尔：多着呢。而且都是狡猾的畜生。逮狐狸要花很多工夫。农民的生活就是一个麻烦接着另一个麻烦。遇到天气好的年头还得担心鸟、杂草、病害或虫害。但狐狸是最可恶的。

阿格斯蒂诺：西尔维娅和别人过来了。

丹尼埃尔：那是谁？

阿格斯蒂诺：看上去像卡特琳娜。

丹尼埃尔：卡特琳娜！那个干瘪的老话匣子！她一开口就得说上好几个小时。快点，躲到果园里去，阿格斯蒂诺。

西尔维娅（喊着）：爸爸！

卡特琳娜：丹尼埃尔先生！

阿格斯蒂诺：太迟了，丹尼埃尔——你无路可走了。

卡特琳娜：丹尼埃尔先生，我想听听您的建议。一位意大利绅士昨天下午来找我了。

丹尼埃尔：嗯，为了什么事情呢？

---

① 播于1943年9月9日英国广播公司东方节目。

卡特琳娜：您不会相信的。他希望我当密探！

丹尼埃尔：密探！

卡特琳娜：是的。他叫我去窥探在意大利和瑞士国境来来往往的意大利工人。他对我说："你是一个裁缝，（语速加快）你干活的时候得到人家的家里去，可以听到各种谈话，而且你是个老女人，没有人会注意你。如果用心的话，你可以收集到各种信息。"他一直说个不停，然后直截了当地说道："如果你愿意收集关于住在提契诺的某些意大利反法西斯主义者的动向的信息，我们会给你应有的酬劳。事实上，你都这把年纪了，总得有点东西可以依靠。"这就是他告诉我的话。丹尼埃尔先生。

丹尼埃尔：你干吗跑来和我说这些话？我不是意大利人，我对你们意大利人的事情没兴趣。

卡特琳娜：但我想听听您的建议。

丹尼埃尔：什么建议？关于什么内容的建议？

卡特琳娜：噢，就是要不要接受那位绅士的提议啊。我不知道该怎么办。我这辈子从来没有这么揪心过。如果我接受了，那我就能挣上一笔钱，但那会伤害到从来没有伤害过我的人。可要是拒绝也很危险。如果我拒绝了，他们会认为我就是反法西斯主义者，那我就会遭到各种迫害啊。您了解我，您知道我既不是法西斯主义者，也不是反法西斯主义者。我对政治一无所知，我就想好好地挣钱谋生，与世无争。这件事实在是让我揪心。

丹尼埃尔：你知道我也不掺和政治。但别害怕，事情会好起来的。把你告诉我的事情告诉阿格斯蒂诺，然后照他说的去做。

卡特琳娜：您不是在从事反法西斯工作吗，丹尼埃尔先生？

丹尼埃尔：就算我是，我也不会说。你们意大利人的毛病就是话太多了。走吧，把这件事情的前前后后都告诉阿格斯蒂诺，记住了，完全照他说的去做。我得回去照顾我的猪崽了。

旁白：几天后，丹尼埃尔和西尔维娅在果园里干活。他早上有空，用这段时间给葡萄藤消除病害。他用一把小铁刷将受感染的部位刮掉，西尔维娅拎着一桶热水跟在他身后。这时候阿格斯蒂诺开着一辆装满砖头的卡车来了。

（卡车减速停了下来。）

阿格斯蒂诺：嗨！丹尼埃尔！我们那桩事情开始了。

丹尼埃尔：哪桩事情？

阿格斯蒂诺：你知道我在说什么。

丹尼埃尔：我可什么都不知道。

西尔维娅：爸爸，我知道你其实在对付那些法西斯分子，不是吗？虽然你从来都不谈这件事情。我好想帮你！

丹尼埃尔：那就把这些烂掉的枝条搬到屋子里烧掉，现在你能帮我的就这些。很好。(回过头)你们这些人都太多话了。

阿格斯蒂诺：你听说附近又来了一只狐狸搞鬼是吧？昨晚它潜入一个鸡场，有近五十只鸡被发现脖子给咬断了。

丹尼埃尔：我们得小心自己的鸡。我们今晚就布设陷阱。但要逮住狐狸可不容易，这些畜生非常狡猾，就算饿着肚子也不会去碰诱饵。

阿格斯蒂诺：弄点带毒的肉要比设陷阱更有用。

丹尼埃尔：就算是陷阱也不一定总是奏效。没有人知道得用多少番木鳖碱才能毒死一只狐狸。毒药放少了，狐狸只会肚子疼，而如果放得太多，它会把饵给吐出来。

阿格斯蒂诺：听我说，丹尼埃尔。现在西尔维娅走了，我跟你说说另一只我们尝试逮到的狐狸，我指的是两条腿的狐狸。卡特琳娜照我说的去做了。那个意大利密探昨天下午又去见她，又是哀号又是叹气之后，她同意了当密探。你知道，计划是这样的：卡特琳娜就是诱饵。我们会利用她把那个密探引到这儿来，然后把他逮住。他命令她找出每天穿越边境与这个国家的政治难民接触的所有意大利工人的名字。（更加果断的语气）他还告诉她，如果她能帮助他找出那些偷运革命书籍和宣传册进意大利的人是谁的话，就会赏她一大笔钱。

丹尼埃尔：他有没有说他们怀疑具体哪些人？

阿格斯蒂诺：没有。他自己什么都不知道。

丹尼埃尔：卡特琳娜知道我和意大利的革命人士有联系吗？

阿格斯蒂诺：不知道。她以为你不理会政治。西尔维娅回来了……

丹尼埃尔：我们需要下场雨，土地被烘得干巴巴的。

旁白：每天晚上丹尼埃尔在鸡舍外面布设了钢圈，洒上加了毒药的食物。但那只狐狸并没有出现。阿格斯蒂诺的那头两只脚的狐狸，那个密探——他似乎不着急被逮住。总之，丹尼埃尔好几天没有听到更多的消息了。然后，一天早上，阿格斯蒂诺来了。

（开门的声音）

阿格斯蒂诺：陷阱布好了，丹尼埃尔。那只狐狸今晚就会被逮住。

丹尼埃尔：你打算怎么做？

阿格斯蒂诺：卡特琳娜已经写信给那个密探，告诉他有重要的线索给他。他已经安排好了今晚九点钟在湖边和她见面，就在那座老圣奎里科小教堂外面。（作出夸张的姿态）你懂的，只不过卡特琳娜不会是一个人。我和另外两个人也准备赴约。

丹尼埃尔：你不觉得通知警察让他们去逮捕那个男人会比较好吗？他终究是一个意大利密探。

阿格斯蒂诺：不，那么做太傻了。领事馆会收到风声，那只狐狸就不会出现了。这件事你就交给我们吧。我们会让那个人悔不该来到这个世界上。

旁白：那天晚上丹尼埃尔搭火车去了洛卡诺，顺着湖边走到他安排好等候阿格斯蒂诺的地方。但是，大约十点半的时候，出现的人不是阿格斯蒂诺，而是卢卡，另一个在瑞士干木匠活儿的意大利人。他解释为什么阿格斯蒂诺没有出现。

卢卡：阿格斯蒂诺的手受伤了。他不想人们注意到他的包扎。

丹尼埃尔：那个密探怎么办？

卢卡：噢，我们由得他躺在那里。他去了碰头的地点，和卡特琳娜见了面，而我们就躲在小教堂后面。卡特琳娜像以往那样又是哀号又是叹气，然后告诉了那个密探一堆根本没用的东西。除了这些之外，她告诉他偷偷运进意大利的革命书籍的源头是洛卡诺的弗朗西斯坎修道院。

丹尼埃尔：这可是个好主意！

卢卡：嗯，阿格斯蒂诺走上前去找那个密探，撇下我们在教堂后面。我们说好了，只有在那个密探表露出掏手枪的迹象时，阿格斯蒂诺才可以掏出他的左轮手枪。阿格斯蒂诺走上前，似乎他只是偶然路过的，然后他点着一根香烟，借着火柴的光亮认出了他。"啊，我想我见过你。你是那个意大利密探！"然后，打斗就开始了。我们从藏身的地方冲了出去，卡特琳娜溜之大吉。

丹尼埃尔：你也加入了吗？

卢卡：没有这个必要。我们只是在放风，确保没有人来。阿格斯蒂诺一会儿就把那个密探干趴下了，然后狠狠地揍了他的脑袋一拳，力气大得足可以打碎石头。我吓了一跳。我一直知道阿格斯蒂诺很强壮，但我不知道他这么痛恨法西斯分子。

丹尼埃尔：别忘了，他们杀了他的弟弟。但他的手是怎么受伤的？

卢卡：被那个密探咬的。他狠狠地咬了阿格斯蒂诺的左手一口。阿格斯蒂诺用另一只手像疯子一样狠狠打中他的下巴，但他就是不肯松口。于是阿格斯蒂诺掐住他的喉咙，掐死了他。

丹尼埃尔：你不会是说他把他干掉了吧？

卢卡：看情况是这样。我们由得那个人死在那里。

丹尼埃尔：这可糟了！阿格斯蒂诺必须立刻消失。他得离开这个国家——或许得去法国。我最好在洛卡诺呆一晚上，看看能做点什么安排。

旁白：既然丹尼埃尔准备不回家过夜，他觉得让家里人知道他的下落比较好，于是他到最近的咖啡厅打了个电话。接电话的是西尔维娅。

（电话铃响）

西尔维娅：你好，噢，是爸爸！你打电话来太好了。我刚才到处找你呢，找了一个小时呢。

丹尼埃尔：怎么了？

西尔维娅：出车祸了——附近去格朵拉的公路有两辆车相撞了。一个人伤得很重。医生说他不能走远路，于是他们向别人打听，所有的邻居都说我们家是唯一有房间让他住的。妈妈不想在你离开的时候让陌生人进家里，但我知道你会同意的。

丹尼埃尔：当然同意。你把他安置在哪里了？

西尔维娅：在一楼我的房间。我和路易莎一起睡。医生派人去叫护士今晚过来。我们不知道那个人是谁，也不知道他从哪里来。他仍然昏迷不醒。但我们认为他一定是个有钱人，因为医生想先给妈妈预支一些钱。

丹尼埃尔：听我说，我今晚不能回家。但好好照顾那个男人，医生说什么都要照做。告诉他在我家不用客气，直到那个男人伤势好转为止。要是我们没有尽力去帮助人家，心里可过意不去。

旁白：第二天早上，丹尼埃尔了解到那个受伤的男人是一个意大利工程师，名叫安博托·斯特拉，他来瑞士研究发电。与此同时，丹尼埃尔想办法了解在昨晚的谋杀案里警察到底查到了些什么。他很聪明，不会自己开口去说起这件事情，而是等着别人提起，还买了几份早报。但是，他收不到关于这件事情的任何风声，在他和律师见面并处理了几件正事后仍然没有动静。最后他认为是卢卡夸大其词了。他对自己说这些意大利人都是好人，可就是话太多了。但他很高兴那个密探没有死掉，否则阿格斯蒂诺和卡特琳娜可能就得离开瑞士了。

丹尼埃尔一回到家就去一楼看那个受伤的男人。在房门口他发现西尔维娅堵着门。她将手指放到了嘴唇边。

西尔维娅：嘘！别作声。他得完全静养。不能有人探望他，不能说话。医生说绝对不能让他激动。

丹尼埃尔：所以我什么忙都帮不上，是吧？

西尔维娅：是的。下楼之前请脱掉你的靴子，不要出声。

旁白：丹尼埃尔脱掉靴子，下楼走进花园。就算在那里，当他开始砍柴时，西尔维娅也跑着出来告诉他不能太吵。丹尼埃尔尽可能保持安静，一看到西尔维娅离开房子就又进屋里去，脱下靴子，蹑手蹑脚地上楼。护士让他瞄了病房一眼。他只看到床上那个人的头部厚厚地包扎着绷带。虽然这没什么好笑的，但他忍不住觉得他就像一个雪人。那是一个大白球，留了一个小洞露出一只眼睛，还有一个大一点的洞露出嘴巴。那个男人的面孔其它部位都看不见。

之后很长一段时间，西尔维娅一心一意照顾这个伤者，特别是当他开始康复，那个正规护士被叫走后，好几天西尔维娅几乎没有出门，除了时不时去摘点花装点病房。丹尼埃尔去看望了伤者一两次，但只呆了一小会儿，他似乎是一个体面人。虽然农场里总是有事情要做，但丹尼埃尔还是注意到女儿的变化，对此感到担心。他怀疑西尔维娅爱上了那个意大利工程师。丹尼埃尔和她到外面做了一次长长的散步，尝试和她沟通，但她什么也没说。最后，那个工程师痊愈了，可以离开房间，到果园里坐在椅子上。刚好那天早上卡特琳娜和丹尼埃尔一起从格朵拉回来。刚走近果园，他们就听到篱笆的另一面有人在喊叫。

工程师：西尔维娅小姐！（回到舞台后面）

卡特琳娜：那个人是谁？

丹尼埃尔：他叫安博托·斯特拉，就是那个意大利工程师。医生说他可以出来了，今天早上坐在外面。

卡特琳娜：等等……让我隔着篱笆看一看他……是的，我想我认识他。你知道那个人是谁吗？就是那个密探！果园里那个人就是我告诉你的那个意大利密探！

丹尼埃尔：你疯了！他是个工程师。在车祸中受伤了，那时候我不在，他们把他带到我家里来。

卡特琳娜：我认识他！去到哪儿我都认识他。我得走了，免得他看见我。

丹尼埃尔：我的天哪。听着，告诉阿格斯蒂诺明天这个时候来这里。是的，是的，我不会让那个男人看见他的。

旁白：丹尼埃尔什么也没有对别人说。那个伤者现在好多了，西尔维娅建议他们一起吃午饭。气氛很不自在，他们尴尬地聊这聊那。为了引起话题，丹尼埃尔开始讲起报纸里报道的一桩铁路事故。

丹尼埃尔：他们说有好几百人死掉了。

西尔维娅：太可怕了。

工程师：啊，丹尼埃尔先生。想一想昨天在事故中死去的那几百人吧。他们什么人都有，有学生、农民、商务旅行者、官员、医生、律师——什么人都有。他们坐着同一列火车，想的却是不一样的事情。农民们在谈论市场的价格，律师们在思考荣誉十字勋章，军官们在想怎么找到富家女做新娘，学生们幻想着刚买的新领带。他们似乎乘坐着不同的火车，突然间，他们都被抛出了同一辆火车，那列死亡的火车。他们变成了一堆横七竖八的尸体。他们置身于同一列火车，却不知道这件事。死亡是唯一的团结。

丹尼埃尔：但火车的工作人员依然执意要破坏团结。他们把那些穿着貂皮大衣的尸体和其他尸体给分开了。

西尔维娅：那些人在死了之后还得继续是敌人吗？

丹尼埃尔：如今的社会完全建筑在人与人之间的仇恨之上。（激动起来）大部分人无法享受他们的劳动成果，那些果实刚一离手就不再属于他们，被他们的敌人夺走了。终有一天，世道会变的。

工程师：我看得出您是一位理想主义者。我以前也向往比我们现在生活的这个社会更加美好的社会。现在我的想法更加务实了。

旁白：丹尼埃尔又出去了，继续在果园里掘土。春天快到了，有很多活儿得干。屋子里多了这个男人让他觉得很烦恼——他是密探和敌人，却又是一个聊得来的人。那天晚上他们进行了一席长谈，聊起了托尔斯泰的《战争与和平》，一直聊到月上中天。麻烦的是，丹尼埃尔原本应该痛恨这个密探，但他恨不起来。第二天，阿格斯蒂诺按照约定来了。丹尼埃尔看见他走过来就出去和他碰头，带着他从果园那边的侧门进了屋子，那个所谓的工程师正在晒太阳。从窗帘后面阿格斯蒂诺好好地打量那个密探，不用担心会被发现。

阿格斯蒂诺：就是他！没错，就是他。

丹尼埃尔：你肯定吗？

阿格斯蒂诺：绝对肯定。现在我们逮到他了。这一次他别想活着跑掉！

丹尼埃尔：你不是说真的吧？

阿格斯蒂诺：我是说真的。狐狸掉进陷阱里了，我不会让他逃掉的。

丹尼埃尔：但你不能冷血无情地谋杀一个人！

阿格斯蒂诺：你知道他是什么人，不是吗？他们这些卑鄙小人在意大利杀害了我们的同志，将他们关进监狱和孤岛。现在他落入我们手中。你认为我们应该就这么放过他吗？

丹尼埃尔：但他在我家住了好几个星期，他是我的客人。

阿格斯蒂诺：他是密探啊！

丹尼埃尔：他以前是密探，但现在是我的客人。他被带到这里的时候是一个半死不活的人，我们把他给救活了。

阿格斯蒂诺（更加大声）：难道你不明白在和法西斯分子进行斗争时我们不能有所顾忌吗？他们可肆无忌惮。

丹尼埃尔：我知道。这就是为什么我不是法西斯分子。

阿格斯蒂诺：丹尼埃尔，你太古板了。就是因为我们有所顾忌才让法西斯分子先下手为强击败了我们。要痛打落水狗，绝不能手软。你记得《圣经》里亚甲王被以色列人抓到的那一段内容吗？（抬高了嗓门）扫罗王想放过他，但先知撒母耳更明白道理。我一直记住那番话："撒母耳说：'（语速加快）你的刀怎样使妇人丧子，你的母亲在妇人中也要怎样丧子。'于是撒母耳在耶和华面前将亚甲斩成碎块。"

丹尼埃尔：那是五千年前的事情。别这么冷血无情。

阿格斯蒂诺：你必须这么做。不然这对我们自己人不公平。不过你很快就会改变想法的。告诉我，这个人会在这儿呆多久？

丹尼埃尔：我想他会再呆一个礼拜。他仍然很虚弱。

阿格斯蒂诺：噢，那就好。在他跑掉之前我们有充裕的时间谈论这件事。

旁白：丹尼埃尔决定这件事不向家里人透露。他不想让他们担心。他小心翼翼地不让他的客人有所察觉。碰巧，他妻子的一个姐妹前不久刚生了小孩，丹尼埃尔决定带妻子和西尔维娅去看望她。于是，他的小女儿路易莎一个人留在家里照顾那个伤者。路易莎只是一个小女孩，一心想逗他开心。怀着小女孩的骄傲她领着他走遍了整栋房子和花园。她甚至还带他参观了放土豆、洋葱、水果和园丁工具的储藏室。然后她带他去一楼现在她和西尔维娅睡觉的卧室。(关门)进了房间立刻有东西引起了那个工程师的注意。那是墙上的一个相框，装饰着两朵康乃馨。事实上，那是马提奥蒂①的照片，于1924年被法西斯分子谋害的意大利社会主义领袖。

工程师：那是谁的照片？

路易莎：那是马提奥蒂。

工程师：马提奥蒂是谁？

路易莎：他是一个为穷人挺身而出的男人，被墨索里尼杀害了。

工程师：你恨墨索里尼？你是反法西斯人士？

路易莎：当然。

工程师：还有西尔维娅？

路易莎：她比我更痛恨法西斯分子。

工程师：那你的父亲呢？

路易莎：他比我们任何人都痛恨法西斯分子。但父亲从来不说起这个。他不会空谈，只会行动。

工程师：你们一家人都是好人。你带我参观了所有的房间，不过还有一间没有去看。二楼你父母的房间隔壁是什么房间呢？

---

① 吉亚克莫·马提奥蒂(Giacomo Matteotti，1885—1924)，意大利社会主义者，于1924年6月被意大利法西斯分子绑架并杀害。

路易莎：噢，没有人可以进去里面。爸爸不让我们进去。那是他的私人房间。我只知道里面有很多很多文件。

工程师：文件？

路易莎：是的，而且父亲很在乎这些文件。他不许我们任何人去碰它们。我猜想他不想它们被弄乱了。

工程师：那些一定是他的商业文件——账单和收据什么的。

路易莎：我想是吧。

旁白：路易莎和那个工程师回到花园里。工程师在花园里散了一会儿步，似乎在想什么事情。然后他让路易莎去给他发一封电报，把内容和钱交给她，说他累了，准备躺一躺。第二天早上，西尔维娅端着早餐给工程师送上楼。她敲门没有人应。于是她又更大声地敲门，还是没有人应。西尔维娅立刻意识到出什么事了。她把其他人喊了过来。

西尔维娅：爸爸！爸爸！我想家里出事了。他没有应门，而且门还是锁着的。

丹尼埃尔：等一下。我帮你开门。（用力撞门的声音）

西尔维娅：他走了！

路易莎：他竟然不辞而别！

西尔维娅：而且那张床没有人睡过。

旁白：事实上，房间是空的，而且那个工程师的行李也不见了。丹尼埃尔突然间闪过一个念头，三步并作两步跑到二楼。

丹尼埃尔：小偷！密探！叛徒！他偷走了我所有的文件！上来！看看这里！

路易莎：怎么了？

丹尼埃尔：看哪，所有的抽屉都被倒空了，扔在地板上，是那个意大利人干的。

阿格斯蒂诺(高喊着)：有人在家吗？

西尔维娅：阿格斯蒂诺，是你吗？赶快上来。

阿格斯蒂诺：怎么了？

丹尼埃尔：看看这里！看看那个卑鄙的密探干了些什么！他昨晚上跑掉了，还偷走了几乎所有我的秘密文件。他拿走了所有关于边境进出的文件。我们必须马上通知有关人员。一刻也不能耽搁。

阿格斯蒂诺：原来如此。你知道吗，今天上午在路易诺车站有二十个工人被逮捕了。他们都是白天到瑞士工作晚上回意大利的工人。

西尔维娅：不！不！不！这不是真的！这不会是真的！我不相信他是那样的人。他在这里住了好几个星期，怎么会做出这种事情呢！

丹尼埃尔：我们得考虑那些还没有被捕的人。

阿格斯蒂诺：走吧。还来得及通知一部分人。

旁白：丹尼埃尔和阿格斯蒂诺匆忙离开了。直到当晚深夜丹尼埃尔才回家。他的妻子菲洛弥娜和路易莎坐在火炉旁边。西尔维娅坐在黑漆漆的厨房后头的一口箱子上。

丹尼埃尔：好了，一切都完了。帮我们运送宣传册的人今天早上被捕了。中午的时候一间书库被扫荡了。警察已经去了卡特琳娜的家，阿格斯蒂诺似乎也被捕了。要是这样的话，他或许会被瑞士驱逐。警察还没有到这里来吗？

西尔维娅：没有。

丹尼埃尔：他们很快会来的。

旁白：丹尼埃尔在门槛上坐了下来。夜深了，星星出来了。公鸡打了第一次鸣，但没有人想睡觉。没有人想到一楼去，直到昨天那个自称是工程师的密探还在那里睡觉。公鸡打了第二次鸣。菲洛弥娜和路易莎仍然坐在火炉旁边。西尔维娅仍然坐在黑漆漆的厨房后头的一口箱子上，而丹尼埃尔坐在门槛上。他们像在守灵，似乎有人死掉了。公鸡打了第三次鸣。

这时候，动物的叫声打破了寂静。

（鸡叫之后是狐狸的嚎叫）

西尔维娅：听，那是什么声音？听起来像一只狗受伤了。

路易莎：听啊，是鸡在叫。

丹尼埃尔：是那只狐狸！它落入圈套了！

旁白：丹尼埃尔一跃而起，冲进花园朝鸡舍那里跑去。果然，有一只狐狸的爪子被圈套夹住了。那只畜生正猛蹬着没被夹住的另外三只脚，想将被夹住的那只脚挣脱。它看到丹尼埃尔走近，立刻惊慌失措地左蹦右跳，但根本没法挣脱拴着链子的圈套。

丹尼埃尔：我总算逮到它了！

旁白：他拿起放在鸡舍旁边的一把斧头，像砍倒一棵橡树那样朝那只狐狸劈下去。他砍中了它的头，它的背，它的肚子和四条腿，直到把那具尸体劈成碎片还在继续劈，将它劈得血肉模糊。

原著：伊格纳齐奥·席隆[1]

改编：乔治·奥威尔

---

[1] 伊格纳齐奥·席隆（Ignazio Silone, 1900—1978），意大利作家，代表作有《雪下的种子》、《一个谦卑的基督徒的故事》等。

显微镜下失足记①

旁白：那是四十年前一个秋天的早晨。伦敦灰蒙蒙的雾笼罩着科学院的窗户，但实验室里很暖和，煤油灯闪烁着黄色的光芒。桌上的玻璃器皿里盛放着学生们之前实验用的小龙虾、青蛙和小白鼠的残肢内脏。手提包、仪器匣和解剖图随意摆放着。一张桌子上放着一本装帧精美的威廉·莫里斯②的《乌托邦的消息》，看上去与周围的环境不是很协调。时钟敲响了十一点，隔壁大教室的讲座刚刚结束。学生们三三两两地走进实验室，一边轻松地聊天一边准备好他们的解剖工具。

（脚步声和说话声）

女学生：你在读《乌托邦的消息》吗？

海斯曼小姐：是啊，我从希尔先生那里借的，带过来还给他。

女学生：它说的是社会主义，不是吗？内容一定很闷。

海斯曼小姐：这本书挺好的。只是有很多内容我不明白。

女学生：希尔先生在那儿呢。和平时一样，在跟别人争辩。他真是一个自以为是的年轻人，不是吗？我觉得魏德伯恩先生要聪明多了，而且不那么高调。当然，他天资聪颖，他的父亲是有名的眼科专家，你知道的。这些班级什么乱七八糟的人都有，不是吗？都是一帮拿奖学金上学的家伙。你看见那个留着络腮胡的高个子吗？他们说他以前是一个裁缝！现在我觉得魏德伯恩先生长得可真帅。

海斯曼小姐：希尔先生长得也挺俊的。

女学生：但他可说不上是一个帅哥，不是吗？而且他的穿着实在是太寒碜了。看看他的领子！顶部全都磨破了。

旁白：希尔是一个二十岁的小伙子，体格健壮，白净脸皮，眼睛是深灰色的，蓬乱的头发说不清是什么颜色。他的衣服显然都是在成衣店里买的，而且一只靴子靠近脚趾的地方打了补丁。他正站在实验室水槽旁边，和另外两个学生，一位高个金发的年轻人和一个驼背的小个子——其实他们并没有必要说的这么大声——谈论他们刚刚听完的讲座。

希尔：你听到他说了什么："从卵子到卵子，这就是高等脊椎动物的目标。"我完全同意他的观点。这个世界就是唯一的世界——只有肉体生命，再没有其它生命形式。

金发学生：我认为科学并不能揭示其它生命形式的存在。有些事情是超越科学的。

希尔：我否认这一点。科学是系统化的知识。一个理念除非经得起科学的考验，否则毫无价值可言。

驼子：我就纳闷了，到底希尔是不是一个唯物主义者呢？

希尔：我当然是。只有一种东西超越物质，那就是：以为有什么东西能够超越物质的妄想。

金发学生：我们终于听到你的真心话了。那都是妄想，是吧？所有过上比狗更高尚的生活的愿望，所有我们超越自身的努

---

① 播于 1943 年 10 月 6 日英国广播公司东方节目。
② 威廉·莫里斯(William Morris，1834—1896)，英国社会主义者、小说家、艺术家，代表作有《世俗的天堂》、《乌托邦的消息》等。

力——都只是妄想。但看看你是多么自相矛盾吧。譬如说：你的社会主义。为什么你要去关心人类的福祉呢？为什么你要去关心阴沟里的乞丐呢？为什么你要把威廉·莫里斯的《乌托邦的消息》借给这个实验室里的每个人呢？

希尔：为什么不去这么做？唯物主义并不能等同于自私自利。一个人没有理由因为他知道除了物质别无其它，而且他的存在不会超过匆匆百年，就去过禽兽一般的生活。

金发学生：但为什么他不去这么做呢？

希尔：为什么他就得这么做呢？

金发学生：如果死亡终结了一切，有什么诱因去过体面的生活呢？

希尔：噢，诱因！你们宗教人士尽说什么诱因。难道一个人就不能去追求正义本身吗？

金发学生：那你对正义的定义是什么呢？

旁白：这个问题让希尔很不安。事实上，他无法确切地表述他对正义的定义。不过，这时候实验室管理员进来了，拎着一堆刚刚宰杀的小白鼠的后腿，往每张桌子上丢下两只小白鼠。学生们从柜子里拿出工具，开始解剖。

希尔是一个补鞋匠的儿子，获得奖学金进入科学院，靠着每周一基尼的补贴在伦敦生活。这一基尼不仅要付住宿费和伙食费，还要买文具，甚至还得张罗衣物——有时候得买一条防水的领子。他七岁就开始读书，从那时起就不加挑选地阅读，但在寄宿学校读完七年级后，他进了一间制靴厂上班。他很有演讲天分——事实上，他是学院辩论社的主辩手——看不起任何派别的宗教，而且怀着改造世界的雄心壮志。他认为拿到奖学金是一个绝好的机会。至于他的局限，他知道自己不懂拉丁语和法语，但除此之外他不知道自己还有什么不足。

这是他进科学院的第一年。他的兴趣一直平均地分配在生物学的课业和所有地方的学生都热衷的那些空泛含糊的激烈争论上。到了晚上，图书馆关门后，他会坐在切尔西区公寓的床上，披着大衣戴着围巾，整理他的讲座笔记，修改论文的备忘录。接着，他的朋友索普，物理系的学生，会在马路上吹一声口哨叫他下去，然后两个人会在点着煤气灯的马路上闲逛，无休止地谈论上帝、正义、卡莱尔和社会改造。直到前不久，他才开始察觉到一个占据心灵的兴趣——海斯曼小姐，那个长着棕色眼眸的女孩，上课坐他旁边，他还借给了她那本《乌托邦的消息》。

她是付学费的学生。在社会阶层上，希尔和她属于完全不同的两个世界。希尔无法忘记这件事情：和她在一起的时候他总是觉得很不自在。事实上，他并不是老有机会和她说话。但他发现自己越来越想念她。

希尔：我并不擅长和女孩子说话。我想那个年轻的魏德伯恩会更适合她。他衣着得体，举止优雅——而且还很帅气。她告诉过我他的父亲是著名的眼科专家。不过，我得说，当我告诉她我的父亲是一个补鞋匠时她似乎并不惊讶。我不应该说出那番话的，就好像我是在妒忌他。当然，她知道一切我不知道的事情，诗歌和音乐等等。她一定还在学校里学过法语和德语，或许还学过拉丁语。但说到科学我就比她强了。她得来问我关于兔子头颅的翼蝶骨的事情。而且直到我告诉她之前，她对社会主义几乎一无所知。

旁白：海斯曼小姐也在想念希尔——或许想念之频繁超出了

他的想象。

海斯曼小姐：他告诉我他十四岁就去工厂上班，干了好几年才拿到了奖学金。我真是钦佩他这一点。但想一想他错过了那么多的事情，真是太糟糕了。当我要借给他那本勃朗宁诗集时，他几乎在怀疑我的动机。我记得他告诉过我他从来不会把时间"浪费"在读诗上。多么可怕的想法！但我承认，他似乎从来不在意一般人看重的金钱或成功。他似乎一辈子愿意过着一年不到 100 英镑的生活。但他很想出名，而且他似乎想要将世界变得更加美好。他崇拜的那些人，像布拉德劳①、约翰·伯恩斯②，个个似乎都很穷。那样的生活似乎太贫乏了。但我已经开始让他读诗，真是太好了。

旁白：事实上，希尔在圣诞节假期的大部分时间都在读诗。考试结束了，分数要等到下学期开始时才公布。他父亲生活的小镇那里的公共图书馆没有什么科学书籍，诗歌倒是有很多，希尔读了他能借到的每一本诗集——除了勃朗宁的，因为他希望海斯曼小姐能够再借他几本。到了开学的那天，他的书包里装着勃朗宁的诗集，朝学院走去，脑海里思索着几个还书时会说的段子。可是，大门那里一群学生正簇拥在公告栏处，生物考试的结果刚刚被张贴上去。希尔暂时忘记了勃朗宁和海斯曼小姐，奋力挤到前头，公告栏上写着：

一班：第一名：索莫斯·魏德伯恩

① 查尔斯·布拉德劳(Charles Bradlaugh, 1833—1891)，英国政治活动家，工团主义者，倡导国家世俗化和政教分离。
② 约翰·伯恩斯(John Burns, 1858—1943)，英国政治活动家、工团主义者，曾长期担任地方自治委员会主席。

第二名：威廉·希尔

一班没有别的名字在上面。在朋友们的祝贺声中希尔从人群里退了出来。

金发学生：干得漂亮，希尔！

女学生：祝贺你们一班，希尔先生。

希尔：这没什么。

女学生：我们二班这帮可怜虫可不这么想。

金发学生：你以为在一班他会开心吗?

驼子：他想成为第一名。

女学生：当然，他很妒忌魏德伯恩先生，你知道的。

旁白：事实上，希尔确实有一点点妒忌。刚才他还对魏德伯恩很大度，愿意和他握手，并祝贺他独占鳌头。但他刚走进实验室就看见魏德伯恩优雅地靠在窗边，把玩着百叶窗的流苏，正和不下五个女孩子在聊天。这可令希尔受不了。他可以自信地甚至专横地和一个女孩子说话，他也可以对着一屋子的女生演讲，但同时和五个女孩子轻松地进行交谈他可做不到。而且，其中一个提问的女孩就是海斯曼小姐。希尔决定暂时不还那本勃朗宁诗集了。他坐在自己的书桌旁，拿出笔记本。这时，一个胖乎乎的男人走进了实验室。他面色苍白，眼睛是浅灰色的，搓着双手，脸上带着微笑。

金发学生：那个老头子是谁?

女学生：那是宾顿教授，植物学教授。他一月份和二月份会从基尤植物园那边过来，这学期教植物课。

旁白：学期现在开始了。希尔比以前更加用功，但他陷于一种奇怪的情绪状态。一学期前他并不怎么在意魏德伯恩，现在他逐渐占据了他的思绪。他和海斯曼小姐越来越不生分。他们谈论了很多关于诗歌、社会主义和人生的内容，在堆放着小白鼠残肢断体的实验室，或午休时间在相对清静一些的博物馆。但是，有一天她无意间向他聊起她在社交场合遇到了魏德伯恩，"在某个她认识的人家里"。她没有想到这让希尔满心妒忌。他愤恨地想到她和魏德伯恩都归属其中的那个遥远的、上等阶层的世界，而他却被这个世界拒之门外。

希尔：他和她在会客厅里见面，他们言语投契，而我却只能和一大帮人在这个实验室和她见面。我想她注意到我的领子磨破了，而他的衣着总是那么得体。我痛恨这帮势利小人！上次考试他赢了我，但看看他的背景和我的背景！他有舒服的书房可以学习，有所有想看的书和好吃的食物，有仆人、裁缝和理发师照顾着他，而且父亲还是一个名人。而我只能在卧室里学习，得穿上大衣御寒。但我下次会赢他的，我发誓。

旁白：希尔似乎一定要在接下来的考试里赢魏德伯恩，而魏德伯恩也悄悄地把他当成了敌人。随着考试的临近，希尔夜以继日地学习，甚至在茶馆里吃午饭时也会一边掰开面包，一边喝着牛奶，眼睛一直盯着写得密密麻麻的备忘录。卧室里的镜子周围贴满了关于蓓蕾和枝干的知识点纸条，在洗手盆的上方，要是偶尔没有放肥皂，就会贴一张图例以供浏览。每个人都知道这两个人之间的竞争，并戏称之为"希尔—魏德伯恩之争"。如果海斯曼小姐知道自己就是始作俑者的话，她或许并不会感到抱歉。魏德伯恩比希尔更在意她——事实上，他老是在有希尔参与的交谈中插话。他的手段很讨厌，他会在希尔说到一半的时候说几句关于社会主义或无神论的俏皮话，而希尔很难作出回应。

希尔：我告诉你吧，社会主义是人类唯一的希望。正如昨晚我在辩论社里所说的……

魏德伯恩：还在谈论社会主义吗，希尔？恐怕我觉得你的信仰实在令人无法苟同。我认为，如果你在星期二把钱给分掉，到了星期三它又会回到同样的地方。

希尔：谁说要分钱了？你认真地研究过社会主义吗？

魏德伯恩：我认真地研究过社会主义者，我亲爱的朋友。同样令人大开眼界。

（笑声）

希尔：开廉价玩笑谁都会。你何不找一天晚上到辩论社来决一胜负？

魏德伯恩：你的辩论社什么时候活动？

希尔：七点半。

魏德伯恩：那不行。八点钟我要用餐。

希尔：社会主义意味着生产工具的公有制。如果你读过卡尔·马克思的话……

魏德伯恩：没有人读过卡尔·马克思，我亲爱的朋友。他的书根本不堪卒读。

（笑声）

旁白：希尔不擅长这种对话，而且他知道这一点。他觉得这卑劣又不公，而且他觉得卑劣和不公与魏德伯恩量裁得当的衣服、修剪得宜的指甲、时髦阔气的外表有着一种说不清道不明的关系。

希尔：他说话真是尖酸刻薄。他从来不作辩论，只是在哗众取宠。我多希望有一天晚上他会来辩论社！那样的话我会把他击垮。当然，那个阶级的人都一样：百万富翁、内阁部长、将军、主教、教授——他们都一样，只会躲在金钱和社交手段的后面。他算不上是一个男人，只是一个孱头懦夫。等考了试再说吧，这一次我会彻底打败他。

旁白：考试那一天终于到了。植物学教授是个挑剔而尽职的人，重新布置了狭长的实验室的桌椅，确保不会有作弊行为发生。整个早上，从十点到一点，魏德伯恩的鹅毛笔朝着希尔的鹅毛笔发出挑衅的尖叫，其他学生的鹅毛笔不知疲倦地跟随着它们的领袖，下午也是这样。魏德伯恩比平时更加安静，而希尔的脸一整天都涨得通红，他的大衣里鼓鼓囊囊地塞满了课本和笔记作最后的复习。第二天早上和下午是操作考试，要制作切片和辨认切片。正是在考试的这个环节，神秘的失足事件发生了。

植物学教授在桌子上摆了一台显微镜，上面有一块玻璃切片，里面放着从一棵植物的某个部位取下的标本。参加考试的学生要辨认这块切片。教授明确地解释这块切片绝对不可以被移动。

宾顿教授：你们所有人记住了，不许移动显微镜下的那块切片。我要你们每个人轮流到那张桌子去，画出标本的草图，然后在答题卷上写下你心目中的答案。再强调一遍，不许移动那块切片。我要你们从那个位置辨认标本，而不是从其它位置。

旁白：教授的理由当然是那个标本——其实是接骨木的一个皮孔——以那个位置放置很难辨认，但从其它某个角度则很好辨认。但这是一个愚蠢的规定，因为它提供了作弊的机会。要移动显微镜下的切片只须花一秒钟的时间，而且可能会在无意间发生。此外，任何人都可以移动这块切片，然后把它移回原位。

轮到希尔过去那张桌子的时候，他已经有点心烦意乱了。他刚刚好不容易完成用试剂给显微镜标本染色的考试。他坐了下来，转动显微镜的镜片，调到最佳的光线，然后——

希尔：我的天哪！我动了那块切片！

旁白：事实上，他动了那块切片纯粹是出于习惯。甚至在他这么做的时候，他仍然记得那则禁令，而且他的手指以几乎相同的动作把它又移回了原位。不管怎样，他还是有时间看到那个标本是什么。他慢慢地转过头。没有人看见——根本没有人在看。教授在实验室外面，实验室助手正在阅读一份科学期刊。希尔的眼睛滴溜溜地从他的同学身上掠过，突然间，魏德伯恩转过头以异样的眼神看着他。希尔画出了显微镜下那个标本的草图，但他并没有写下答案。他回到座位上，试图把事情想明白。

希尔：我确实动了那块切片。我想这是作弊。不，因为我不是故意这么做的。当然，当我动了那块切片时我一下子就认出了那个东西。那是接骨木的一个部位。但不去动它或许我也能认出来。我该怎么办？立刻坦白？不行！我为什么要这么做？当然，我可以不写下答案，我可以留空，不去拿这道题的分数，那样的话，就算我作弊了我也不会从中得到好处。但要是我这么做，魏德伯恩或许又会赢我。我必须赢他！说到底，这只是一桩意外。我不是故意动它的。我不明白为什么我得白白丢掉这几分。这并不比别的许多事情更不公平。

旁白：希尔看着时钟，直到只剩下两分钟才打开答题卷，双耳通红地以故作轻松的姿态写下答案。考试的结果公布时，希尔和魏德伯恩之前的位置调换了过来。希尔现在是一班的头名，而魏德伯恩屈居第二。大家都热情地祝贺希尔。

金发学生：干得真是漂亮，希尔，太棒了！

女学生：恭喜你，希尔先生。你知道吗，两张考卷你只比魏德伯恩先生高出一分。满分 200 分，你得了 167 分，而他得了 166 分。实验室助手告诉我的。

海斯曼小姐：我很高兴这一次你得了第一名，希尔先生。

驼子：好样的，希尔！我们一直希望你能灭灭他的威风。

旁白：但不幸的是，听着这些恭维希尔并不是很开心，就连海斯曼小姐的祝贺也让他开心不起来。刚开始时的胜利的喜悦很快就消散了。他继续刻苦学习，晚上在辩论社作精彩的演讲，从海斯曼小姐那里又借了好几本诗集。但一段记忆总是挥之不去，而且奇怪的是，随着时间的消逝，它变得愈发真切生动：那是一个鬼鬼祟祟的人正在摆弄一块显微镜切片的画面。

希尔：我确实动过那块切片。我不能当它没有发生。我想占便宜并不公平，即使我并不是故意这么做的。但为什么我要为这件事情烦恼呢？没有人会知道。但谎言就是谎言，无论它是否被人发现。问题是，现在赢了魏德伯恩也不能让我感到满足。或许如果我们公平地进行考试的话，他又会赢我。为什么我动了那块切片呢？或许一部分原因是我太想赢他。真是奇怪，现在我甚至不能肯定那只是意外。你能够想做某件事情，却又不知道你想要这么做吗？我不知道。

旁白：或许希尔的精神状况开始陷入病态。他过度辛劳，而且无疑营养不良。这段记忆甚至戕害了他和海斯曼小姐的关系。现在他知道她喜欢他胜于魏德伯恩，而他则以自己笨拙的方式回应她的关注。有一次他甚至买了一束紫罗兰，将它们塞在衣袋里一整天，等到最后拿出来给她时，花都已经枯萎凋谢了。但大部分时间他被自己并没有堂堂正正地赢魏德伯恩的感受所折磨。最后，非常奇怪，让自己盖过魏德伯恩的愿望——那是他真正最想要得到的，是促使他作出学术违规行为的原动力——推动着他去找了宾顿教授，对整件事情作一个清白的交代。

希尔：我有话想和您说，先生。我想找您好几个星期了。我——嗯，我觉得我有责任说出来。您记得植物学考试时显微镜下的那块切片吗？

宾顿：是的，怎么了？

希尔：嗯——我动过它。

宾顿：你动过它？

旁白：接着是整件事情，原原本本地讲述了出来。因为希尔只是一个拿奖学金的学生，宾顿教授并没有让他坐下来。希尔就站在教授的书桌前坦白交代。

宾顿：真是有趣的故事——太令人难以置信了。我不明白为什么你会做出这种事情。为什么你要作弊？

希尔：我并没有作弊。

宾顿：但你刚刚才告诉我你作弊了。

希尔：我想我解释过……

宾顿：你要么作弊了，要么没有作弊。

希尔：但我动了那块切片是无意的！

宾顿：我不是一位形而上学者。我是科学的仆人——事实的仆人。我告诉过你不要去动那块切片，而你动过它。如果那不是作弊……

希尔：要是我作弊了，为什么我会来这里告诉您这件事？

宾顿：你的悔过确实值得赞许，但它并不能改变事实。现在你惹出了大麻烦。考试结果得进行更改。

　　希尔：我想是的，先生。

　　宾顿：你想？是必须更改。而且我不能就这么放过你，让你及格。

　　希尔：不让我及格？不及格？

　　宾顿：当然。不然你想怎么着？

　　希尔：我没想到你会让我不及格。我以为你只会扣掉那道题目的分数。

　　宾顿：不可能。我别无选择。学院的规定明确说明……

　　希尔：但我是自己承认的，先生。

　　宾顿：规定并没有说这件事情是以什么方式曝光的。我必须判你不及格，就这样。

　　希尔：但那会毁了我的，先生。如果这次考试我不及格的话，他们就不会再给我奖学金。我的学业就这么毁了。

　　宾顿：你应该一早就想到这一点。这个学院的教授都是机器。或许规定很严格，但我必须遵守。

　　希尔：但要是这次考试我不及格的话，我就得马上回家了。

　　宾顿：那是你的事情。私底下，我认为你的坦白足以弥补你的过失。但是——嗯，你已经启动了程序。我对这件事情的发生感到很遗憾——非常遗憾。

　　旁白：希尔心潮澎湃，说不出话来。突然间，非常鲜活地，他看到他的补鞋匠父亲那张皱巴巴的脸庞。他的父亲为他的成功和光明的前程感到非常自豪。在很多间小酒馆他已经因为吹嘘"我儿子会是教授"而成为不受欢迎的人。现在希尔得回家，承认他是一个失败者，他的科学生涯已经结束了。

希尔：我的天啊！我真是一个大傻瓜！

宾顿：你确实很傻。我希望这会给你一个教训。

旁白：但奇怪的是，他们想的并不是一回事。

第二天，希尔的座位是空的，实验室里乱哄哄地在谈论消息。

女学生：你听说了吗？

魏德伯恩：听说什么了？

女学生：考试有人作弊了。

金发学生：作弊！

驼子：谁作弊了？

海斯曼小姐：作弊？肯定不是真的！

魏德伯恩：作弊！但我——怎么回事？

女学生：那块切片——

魏德伯恩：被动过？不会吧！

女学生：是的。那块我们不可以动的切片……

魏德伯恩：胡扯！他们怎么可能查出来？他们没办法证实。他们怎么说？

女学生：是希尔先生。

金发学生：希尔！

海斯曼小姐：不会是希尔先生！

魏德伯恩：不——肯定不会是完美的希尔吧？

海斯曼小姐：我不相信！你怎么知道的？

女学生：我原本不相信，但现在我知道那是事实。希尔先生自己去向宾顿教授坦白的。

魏德伯恩：天哪！居然是希尔。但我得说，我总是不愿意相信这些思想高尚的无神论者。

海斯曼小姐：你肯定吗？

女学生：很肯定。太可怕了，不是吗？但你还能指望怎样呢？他父亲是一个补鞋匠。

海斯曼小姐：我不在乎。我不相信这件事。除非他亲口告诉我，否则我是不会相信的——当着面告诉我。即使是那样我也不会相信。

女学生：不管怎样，这件事是真的。

海斯曼小姐：我不相信。我这就去找他，自己去向他问个明白。

旁白：但她永远问不到他了，因为前一天希尔已经收拾了他的课本和仪器匣，离开了伦敦。

原著：赫伯特·乔治·威尔斯[①]

改编：乔治·奥威尔

[①] 赫伯特·乔治·威尔斯(Herbert George Wells，1866—1946)，英国著名科幻作家，代表作有《时间机器》、《透明人》、《世界大战》等。

皇帝的新衣①

（高亢的喇叭声响起）

旁白：俾斯尼亚的皇帝什么都不关心，就只关心他的衣服。他花了如此多的时间在打扮自己上，别的国家的人会说，"皇帝在议事厅里"；在俾斯尼亚，人们总是说，"皇帝在更衣室里"。整个国家的一半财政收入都用在了给皇帝添置服装上，但人们并不在意。他们很骄傲能够被基督教世界里衣着最华丽的君主所统治，他们总是做好准备，放下手头的工作，围观皇帝穿着天鹅绒和金缕衣，佩戴着闪闪发亮的首饰，后面跟随着几十个随从托着长裾从街上游行经过。

一天，两个异邦的织工来到首都。这两人声称能够织出比任何现有的布料更漂亮的布料——而且还拥有某种神奇的魔力，但没有人清楚那到底是什么。不用我说你也知道，皇帝是最早得悉他们抵达的人之一，就在第二天，他们被皇帝召见进宫面圣。宰相听到他们进宫觉得很烦恼。

宰相：陛下，那两个异邦人昨天来到吾国了……

皇帝：噢，是那两个织工。是的，是朕想召见他们。他们来了吗？

宰相：是的，陛下，但……

皇帝：嗯？

宰相：臣认为那两人只是普通的骗子，望陛下明鉴。

皇帝：啊，好的，我们会了解清楚的。朕知道他们能够织出一种非常特别的布料。朕觉得最近的衣着过于朴素，朕希望能有更华丽的衣服可以更换。

宰相：请恕臣莽撞，陛下——今年的农税征收很缓慢，实不宜铺张奢华。

皇帝：朕从不铺张奢华。要钱的话就削减民政支出的预算。传那两个人上殿见朕。

宰相：遵旨，陛下……宣两位织工上殿！

大内总管（在远方高喊）：宣两位织工上殿！……（宫门打开）两位织工已上殿！

宰相：陛下，两位织工已上殿。

织工：陛下万岁。

皇帝：好！朕听闻你们能织造一种特别的布料，那是什么样的？朕想看看样品。

织工：陛下，那是世界上最美丽的布料，前所未睹的布料。但臣等得先将它织出来，陛下才能看到。臣等还会裁缝的活儿，织出布料后，臣等会为陛下量体裁衣。但臣等未敢奢望报酬——但求能得到布料本身的偿价，陛下，价钱是一百克朗一码。

宰相：（轻咳）

皇帝：一百克朗一码，容朕想想，朕欲定制五十码——嗯，好的，朕认为国库负担得起。

织工：臣等还需生丝若干及金叶十磅，陛下，这些会用于刺绣，陛下明鉴。

---

① 播于 1943 年 11 月 18 日英国广播公司东方节目。

皇帝：金叶十磅？你们所需一切物资，悉数会由宰相供应。

宰相：（轻咳）陛下！以目前国库之状况……

皇帝：休得胡言！此二人一干要求须悉数照办。好了，你们应尽快进行织造为宜。

织工：陛下，臣等尚有一事禀奏。臣自当尽心尽力，不负陛下所托，但陛下之邻邦，庞图斯国的国王……

皇帝：那个卑鄙的老匹夫！

织工：他感到很失望，陛下，臣等受命为其织出七十五码的布料，却未能让其目睹。

皇帝：未能目睹！

织工：臣等所织布料绝非寻常布料可比，陛下。看得见的人会说那是世界上最绚丽的布料，但并非人人皆可目睹，因为它的奇妙特征在于：只有良善聪慧之人才能看得见。而愚人或欺世盗名者是看不见这种布料的。如果你举起这种布料，智者能够看见它，就像我能清楚地看见陛下一样，而对于愚人或欺世盗名者来说，似乎什么也没有。

皇帝：愚人看不见，是吗？哈哈！难怪庞图斯那老匹夫看不见，如朕所料。听你们所说，欺世盗名者也看不见？朕倒想对朝臣们进行考验。（朝臣奉承地哈哈大笑）你们刚才说庞图斯王定制多少布料？

织工：回陛下，七十五码。

皇帝：朕要订八十码。（宰相轻咳）尔等即日便可开工。

旁白：皇宫中为两位织工准备了一座大房，三天来没有人看见两人的动静。从钥匙孔中窥视的内侍报告说只见两位织工在房间尽头放置了一台大织布机，似乎在忙着织布。皇帝几乎按捺不下好奇心。到了第四天，他派遣宰相去视察两位织工，并了解那种神奇布料是什么样子的。宰相回来了，脸上带着庄严而且很古怪的表情。

皇帝：爱卿可见到布料？想必爱卿定能看见布料吧？

宰相：噢，是的，陛下！臣看得很真切。

皇帝：很好！要是朕得撤换宰相，朕会很难过的。那布料怎么样？

宰相：回禀陛下，臣得说——那确实是不同寻常的布料，就像——嗯，就像天鹅绒，却又不像天鹅绒，如果陛下明白微臣的话。

皇帝：是什么颜色？

宰相：我会说是绿色的，陛下。或许更接近于蓝色，甚至可以说是红色。那绝对是一种不同寻常的颜色。

皇帝：朕必须亲自去看一次。朕不能再等了。告诉他们朕会去视察。

旁白：皇帝亲临两位织工进行织造的房间。果然，在房间的另一头摆放着那台大织布机，两位织工正在忙碌，梭子来回穿梭不停，两人一边添加新的丝线一边互相叮嘱。

（手摇织布机的声音）

旁白：但可怕的事情在等候着皇帝。

皇帝：（低声说道）我看不见布料！织布机上什么也没有啊！

织工：这种布料实在神奇，不是吗，陛下？陛下看到我们织出的布料的花纹了吗？

皇帝：什么？当然，当然。（低声说道）真是太可怕了。在我眼中，那台织布机上面什么也没有啊！就连宰相那个老傻瓜都能看得见。这可不行。我得——（高声说道）太美了！太美了！这是我见到过的最精美的布料。真是物有所值。你们预计什么时候能够织好？

织工：还有几天就好了，陛下。

皇帝：好，如果你们还需要金叶，可以向宰相申请。

旁白：三天后，织工禀告布料织好了。皇帝命令他们将布料带到大殿里，让所有的朝臣都来观赏。没有人怀疑自己会看不见这块布料，因为大家都对自己的智慧很有信心。两位织工进殿，托着一个巨大的柳条篮子慢慢地走上大殿，在王座前放下来，然后打开。然后，他们装出将一卷布料抬出来的动作，将它卷开，然后举起来摆在皇帝面前供他审视。整个宫殿顿时赞不绝口。

（高声哈哈大笑。）

皇帝：不错，确实不错。

东宫皇后：太漂亮了！

朝臣：那些金叶真是太美了。

东宫皇后：色彩太美了！

西宫皇后：你看得见吗，姐姐？

东宫皇后：我当然看得见！真是有趣！因为你看错了方向。

宰相：真是最上等的布料。不过可能贵了一些。

皇帝：长裾要做二十码长。新衣服一准备好朕就举办横穿首都的皇家游行庆典。朕的子民见到朕一定会很高兴。朕要戴那顶小皇冠——镶嵌着珍珠的那顶。

旁白：现在布料已经织好了，下一件事情就是做衣服。两位织工花了整整一天的时间量身和剪裁布料。他们凭空挥舞着剪刀，用卷尺度量皇帝的胸口，嘴里含着针用那一块块布料匹配皇帝的身体部位。然后他们彻夜未眠进行缝纫工作——他们是这么说的,至少他们手里拿着针线,做出缝纫衣服的动作。衣服在早上做好了。消息已经传出去了,皇帝准备穿着新衣游行横穿首都。每个人都充满了好奇,没有人怀疑自己会看不到衣服。到了早上,织工们来到皇帝的寝室,手里似乎抱着什么东西。皇帝脱下身上的衣服,织工帮他穿上新衣。

织工:请恕臣不敬,陛下。腰带可能有点紧。现在是斗篷——好了。您会注意到我们把肩膀的部位做得宽松了些,适合陛下的风格。接下来穿鞋——好了。臣的布料的神奇之处是它非常轻便,就像蛛网那么轻。陛下一定觉得自己好像没穿衣服。好了……太完美了!

皇帝:很好……大内总管!

大内总管:陛下!

皇帝:你可以让大臣们上殿了。

大内总管:遵旨,陛下……

(门打开了:惊叹声此起彼伏。)

东宫皇后:噢,好漂亮的衣服!

朝臣:真是太合身了,陛下。

西宫皇后:这套衣服一定很贵!至少得十二个人才能托起那条长裙。

皇帝:游行将在半小时后开始。宰相,让传令官准备就绪。今天朕不想给什么赏赐。我想百姓一定对我这套新衣服(轻咳)很满意。

旁白:事实上,百姓一早就在街上排队等候。游行队伍终于步入视线,传令官骑着白马走在前头。

（远方传来喇叭声和欢呼声）

百姓甲：看哪，他们来了！

民妇甲：他们来了！

百姓乙：皇帝来了——伞盖下就是他。万岁！

百姓丙：皇帝万岁！为皇帝山呼万岁！

（喇叭声响起，越来越近）

民妇乙：陛下看上去好帅！

百姓甲：太光荣了！我们纳税真是值得！

小孩：妈咪！

民妇甲：这死孩子！吾皇万岁！

小孩：妈咪，陛下没有穿衣服噢！

百姓丙：那个小孩说什么来着？

小孩：他没穿衣服！看哪！他什么也没穿，就戴着皇冠！

百姓丙：对啊，他是没穿衣服！那个小孩说得对！

民妇甲：什么也没穿！对啊！

（欢呼声平静了下来）

百姓甲：是没穿衣服。

民妇乙：照我说，真是不要脸。

百姓乙：没事光着屁股出来干嘛。

民妇甲：要不是这个孩子，还真的没注意到。

百姓丙：他会冻死的。

民妇乙：真不要脸。

百姓甲：回家吧！

民妇乙：真是不要脸！都这把年纪了！

众人的声音：嘘！打倒皇帝！嘘！

（嘘声盖过喇叭声，然后渐渐减弱）

皇帝终于意识到发生什么事情了。但现在他似乎什么也干不了，只能继续堂皇地走下去，假装没有注意到出了岔子。

（背景音中响起喇叭声和嘘声）

皇帝：（低声说道）太可怕了！我还确定过他们都看得见这身衣服，除了我之外。不要紧，我必须面不改色，我可是皇帝啊。（高声喊道）宰相！

宰相：陛下？

皇帝：告诉那些侍卫要更小心地托着我的长裙。他们由得它拖在泥土里。

旁白：于是游行继续进行，传令官吹奏着喇叭，那十二个侍卫假装托着并不存在的长裙，所有的百姓都在作嘘。

（嘘声盖过喇叭声，然后渐渐减弱）

旁白：他们一回到皇宫，皇帝就穿上衣服，这回是真正的衣服，然后……

皇帝：宰相！

宰相：臣在。

皇帝：那两个可恶的骗子——那两个自称为织工的家伙……

宰相：是的，陛下？

皇帝：将他们打入天牢，马上去办。

宰相：遵命，陛下。

皇帝：命刽子手把刀磨利些。

宰相：遵命，陛下。

旁白：但已经太迟了。士兵去捉拿那两个织工，但已经找不到他们了。宫中侍从说游行一开始那两人就溜走了。之后——他们骗到了八千克朗还有生丝和十磅金叶——跑到另一个遥远的国家，再也没有人见过他们。

原著：汉斯·安徒生
改编：乔治·奥威尔

小猎犬号之旅[①]

　　旁白：1832 年初——在那年颁布了第一条宗教改革法令，铁路运行了七年，路西法牌火柴是昂贵的新鲜玩意儿，香烟刚刚被西班牙的政治难民引入英国——一艘英国小型战舰正朝西南方向的维德角群岛和里约热内卢进发。它就是英国皇家海军的小猎犬号，被派遣进行一趟为期三年的旅程——事实上，这趟行程耗时五年——对南美洲最南端的海岸进行新的勘查，然后朝西航行，进行环游世界的航海考察。据说小猎犬号是一艘配备了十门大炮的军舰，听起来很有气势，但其实它只有 240 吨重——比在泰晤士河上穿梭的观光汽轮要小得多。它载着六位军官，六十多个水手，还有几位出现在军舰上的最奇怪的乘客。其中一位是画家，还有一位传教士，以及三个来自火地岛的印第安土著——他们是船长在上一次旅程中带上船的，准备带回英国，让他们皈依基督教，但事实证明并不怎么成功。第六位乘客是著名的博物学家查尔斯·罗伯特·达尔文，或许除了卡尔·马克思之外，十九世纪被广为接受的信仰最深刻的颠覆者。如今很难想象达尔文的进化论在我们的爷爷那一辈所造成的惊诧和冲击——以及它所引起的全方位的不悦。首先，进化论认为地球的生命史，包括新物种的出现，可以被解释为盲目的偶然。它还认为人类或许最终会进化为似人非人的生物。但那并不是让普通人烦恼的事情。真正令人不安的是人类是由动物演变而来的暗示，而这个观点以前从来没有人提起过。在他于 1871 年出版《人类起源》之前，达尔文本人并没有明确地说出这一点，但这是从他之前的作品《物种起源》中可以得出的清晰结论。对于许多人来说，他们或许是野蛮的动物的后代似乎使得生命失去了所有的尊严乃至意义。

（每一个受过教育的家庭里）

某人：由动物演变而来！

（茶杯的声音）

某人：从猴子演变而来，我知道他会这么说。长着尾巴的畜生！没有哪个正经的头脑能够接纳这种观念，哪怕一会儿也不行。这根本不符合《圣经》的道理。

（倒茶的声音）

某人：真是有辱斯文。

某人：当然，看看某些人，你还是可以相信这番话的。来点糖好吗？

（说话声渐渐微弱）

某人：我得说，虽然我并不赞同这个想法，但达尔文这个人所提供的证据确实很有意思。我对证据并不感兴趣，我选择相信我自己的正直感。你考虑过这个信条一定会引发的后果吗？一旦人们认为自己是禽兽，他们就会作出禽兽的行为。不然他们还能有什么想法呢？是吧？你说呢？

（说话声渐渐减弱）

----

① 播于 1946 年 3 月 29 日英国广播电台本土节目。

旁白：大体上，这就是被认可的观点，至少是老一辈人的观点。就连托马斯·卡莱尔[①]——虽然他比达尔文更加叛逆——也认同这一观点。

卡莱尔：唉，唉，这就是我们必须接受的事情。一切都源自青蛙的精子：这就是时下肮脏的福音。我年纪越大——现在我站在永恒的边缘——我就越记得我小时候从《教义问答书》里学到的内容，它的意义越完整深刻地彰显："人的根本目的是什么？荣耀上帝，永远与他同在。"没有哪种肮脏的信条或教导人们他们是从青蛙或猴子演变而来的理论能够撇开这一点。

旁白：《物种起源》出版两年后，在牛津举行的英国学术大会上，达尔文受到激烈的攻讦，但他的信徒威廉·虎克[②]和托马斯·赫胥黎[③]同样激烈地捍卫他。

（喃喃的说话声）

牛津主教萨缪尔·魏博弗斯[④]（绰号滑头萨姆）以一个傻帽的玩笑向赫胥黎发起抨击，显然他以为会取得压倒性的胜利，却得到了一个将会被世人记住的回答，成为庄重与尊严胜于卖弄机智的一则例子。

（说话声渐响，然后突然中止了）

---

① 托马斯·卡莱尔(Thomas Carlyle，1795—1881)，苏格兰作家、历史学家，代表作有《法国大革命》、《论英雄与英雄崇拜》等。
② 威廉·杰克逊·虎克(William Jackson Hooker，1785—1865)，英国植物学家。
③ 托玛斯·亨利·赫胥黎(Thomas Henry Huxley，1825—1895)，英国生物学家，支持查尔斯·达尔文的进化论，曾担任英国皇家学会会员，英国名门赫胥黎家族的创始人。
④ 萨缪尔·魏博弗斯(Samuel Wilberforce，1805—1873)，英国国教主教，曾任威斯敏斯特大教堂主持。

魏博弗斯：赫胥黎教授，请允许我问您，您的祖父或祖母哪一方是从猴子演变而来的？

（嗤嗤偷笑）

某人：哎哟！这可太伤人了。

某人：小心点，滑头。

赫胥黎：我认为从猴子演变而来并不是什么值得羞愧的事情，阁下，但我为一个位高权重的人选择用他的天赋去抹黑真理而感到羞愧。

（掌声和倒吸一口凉气的声音）

某人：萨姆可给好好教训了一顿。

（声音减弱）

遗孀：但那是在 1861 年，而故事始于大约 30 年前，当时小猎犬号正驶过南太平洋的海面。我的未婚夫就在船上。他有一份半官方的职务。我是埃玛·维奇伍德，后来的达尔文太太——如果您愿意接受这一传统称谓的话——当然，我真正的用意是让旁白者稍作休息。1832 年的查尔斯是一个 23 岁的年轻人，热情洋溢，勤勉而善于观察。他从小就钟情于自然史，在爱丁堡大学进修过医学，在剑桥大学进修过古典文化，但只是应付着学。在他父亲的要求下，他同意为进入教会去深造。事实上，要不是赶上小猎犬号这桩差事，或这次行程的时间短一些的话，他原本可能已经成为一名神职人员了。

旁白：达尔文在 1839 年出版了他的航行记录，不过当时的书名与现在的不一样。现在的书名——《一位博物学家的环游世界之旅》——要等到多年之后才使用。我们还得到了构成该书内容的原始日记和书信。达尔文就是这样，早在到达南美之前他就已经记录了好几本观察笔记。我们了解到他在比斯开湾出现了严重的晕船症状，对他那小小的船舱重新进行了布置，让自己可以在晚上把双腿伸直。我们还了解到，当船平稳行驶的时候，他会在甲板上撒网，打捞起各种各样的海洋生物，用酒精将它们泡起来。我们了解到，船一到小岛抛锚进行观察时，他会匆匆上岸，手里拿着地质手锤，口袋里装着笔记本，对动植物进行记录。什么东西都会被达尔文记录下来——地质分层、岩石上的苔藓、海里的虫子、甲壳类动物、鱼、海鸟、寄生在海鸟身上的昆虫和以昆虫为食的蜘蛛。但或许达尔文最可爱的地方是他总是会描写风景和夕阳。他的审美意识和他的科学好奇心是不可分割的。你会感觉到，和大部分人不一样，他的整个生活都是完整统一的，当他坐下来描述某样大自然的事物时，无论那是一座山、一朵花还是一只鸟，他的描写都既有文学的美感，又有科学的精确。

遗孀：达尔文算不上是一位驾轻就熟的作家。写东西对他来说很困难。他曾经说道："我似乎是一个死脑筋，让我首先以错误或尴尬的方式去表达我的想法或主张。"你会发现，就连这句话他也把"首先"给用错了。他的文风古怪而生硬，显得很笨拙和过分正经——带有十八世纪独特的风格——难道你不觉得吗？但是，你越深入阅读，它对你的影响就越深，因为它所表达的内容生动而详实，因为你能够感受到它背后的热诚。下面是典型的查尔斯的文章的一则片段——确实很典型，因为在这段文字里面，科学的观察和对大自然单纯的热爱浑然成为一体。

（唱片编号：HMV DB 1671 A290 或任何热闹的鸟啼或蝉鸣的好唱片）

他在描写巴西的一个夜晚。

（音乐与鸟儿的歌唱响起）

达尔文：酷热的白天过去了，我静静地坐在花园里，看着傍晚逐渐步入黑夜真是惬意。这种气候下的大自然在比欧洲的歌手更卑微的表演者中作出了选择。那是一只小青蛙，是雨蛙的一种，坐在离水面约一英寸高的水草上，发出悦耳的呱呱声。当几只青蛙聚集在一起时，它们会以不同的调子进行合唱。我好不容易才抓到这个品种的青蛙。这种雨蛙的脚指头长着小小的吸盘，我发现这种动物能够在垂直的玻璃上爬行。与此同时，许多只蝉和蟋蟀不停地尖叫着，但隔远了听起来其实也不是很难听。每天晚上天黑之后，这一美妙的音乐会就开始了，我经常坐着聆听它的乐章，直到我的注意力被一只掠过的有趣的鸟给吸引过去。那是什么？啊，是的，红腿叫鹬——长着一对长脚的家伙——就像一只蛇鹫。

（唱片编号：HMV DB 1671 A290）

旁白：早在他们到达南美之前，达尔文收集的鸟、海草、昆虫和纤毛虫的样本就已经让小柜子装不下了。船上的官员给他起了个绰号叫"哲学家"或"捕虫人"，觉得他那些收藏品都是"该死的垃圾"，他们就是这么说他的收藏品的，觉得它们讨厌得很。但他们都很喜欢他，有几个成为他终生的朋友。但或许整个旅程最深远的影响是达尔文与船长菲茨罗伊的关系。和达尔文一样，菲茨罗伊也是一个怪人。他比达尔文大不了几岁，但他是一个出色的水手和航海家，而且之前他曾经在南太平洋进行过一次长途考察航行。

遗孀：罗伯特·菲茨罗伊①——一个奇怪的混合体——他是一

————————————

① 罗伯特·菲茨罗伊（Robert Fitzray, 1805—1865），英国海军军官、航海家。

位绅士，样貌英俊，勇敢而慷慨，但性格固执，喜怒无常，而且喜欢和人争吵。一个野蛮的纪律狂，一心只想着鞭笞他的水手，但会保证他们吃的是最好的罐头肉和蔬菜——1832年就已经有罐头食物了——还让他们吃干苹果，喝柠檬汁以防坏血症。当他们第一次相遇时，查尔斯就被菲茨罗伊的贵族气质和才干征服了。"菲茨罗伊就是我心目中的理想的船长。"他说道。而菲茨罗伊对查尔斯也抱以同样热情的态度。后来，他们对彼此心存芥蒂，事实上，有过几次激烈的争吵，虽然总是以和解告终。

旁白：或许麻烦的一部分原因是对于宗教信仰和科学的不同看法。菲茨罗伊不只是一个非常虔诚的信徒，用我们的话说，他是一个原教旨主义者——相信《圣经》是千真万确的，或许和达尔文认识不久后他就因为达尔文不符合正统观念的思想而感到不悦。此次南美之旅他还有另一个目的，一个非常奇怪的目的。当菲茨罗伊第一次宣布他的目的时，达尔文一定感到很惊讶。

（唱片名《朝圣者之行》，编号：1.130）

旅程刚开始，菲茨罗伊在甲板上踱步，达尔文靠着栏杆，手里正拿着望远镜在观察。他们来到了大西洋的中部。

（音乐响起并渐渐减弱）

菲茨罗伊：达尔文，我很高兴你克服了晕船。你在看什么看得那么投入？

达尔文：您看到半英里外海上那些奇怪的红带了吗？似乎海水是浑浊的。

菲茨罗伊：啊，那些东西。有时候我会驶过那些东西好几英里。水手们管那叫海锯末。我想那是某种菌类。

达尔文：我认为不是菌类。那是一种微生物——一种小小的海洋生物，身长二十分之一英寸，或许还要短一些。昨天我在显微镜下研究了它们。但让我感到困惑的是这些小动物是如何挤得密密麻麻的。为什么它们不会朝四面八方漂散开去呢？

菲茨罗伊：我不得不说，达尔文，你似乎总是能找到某样让你感兴趣的东西。如果不是微生物，就是海豚，如果不是海豚，就是绳索上的火山灰。无论它们是在海上还是在岸上，都没什么两样。

达尔文：恐怕我的科学闲聊让您感到很无聊吧？

菲茨罗伊：不会啊。我还是了解一点自然史的，不过数学倒是我的专长。但还有一件事——之前我从未对你提起过，达尔文——让我特别高兴能有一位像你这样的博物学家一起航行。当我接受这次使命时，我有双重目的。你知道，我们正前往几乎完全没有被考察过的地方——我在航海图上标出的每一个小岛，以及你在笔记本里所描述的每一种鸟类，都将会是新的发现。无疑，你我的观察将对人类的知识作出贡献。而且我还希望——我必须说，我在期盼，达尔文——我们所收集的新的证据将支持我所认为的生命的主旨。你知道那是什么吗？

达尔文：不知道。那是什么？

菲茨罗伊：那就是，通过科学的方式，证实《创世记》中对创造世界的描写是千真万确的事实。

达尔文：千真万确的事实！您这么说是什么意思呢，菲茨罗伊船长？

菲茨罗伊：我知道此次行程结束之后你准备进入教会，是吗？

达尔文：嗯……我的父亲希望我进入教会。

菲茨罗伊：你当然相信《圣经》上所说的都是真理，不是吗？

达尔文：噢，大体上说确实如此。我相信我们这个世界是神设计创造的，而不是偶然生成的。而且，大学时我读过佩利①的《证据》，被它深深地打动了。

菲茨罗伊：那么，譬如说，你对地球的古老程度的观点是什么呢？

达尔文：那仍是未知的。您能说的就是，这个世界非常古老。有好几百万年——好几亿年。

菲茨罗伊：当然，《圣经》里所写的日期并不是完全确切的。但你读过兰格里特·杜·弗雷斯诺伊②的《编年列表》吗？他将创造地球的时间——我得说，非常有说服力——定于公元前4004年。

达尔文：4004年！让我想一想——1832——啊，加起来还不到6 000年！完全不可想象！如果您单单思考一座珊瑚岛的形成，从海洋的底部慢慢堆起来，要很多年才能生成一英寸，您一定就会知道这么一个数字——嗯，我只能说很荒唐。而且我认为珊瑚岛是最后才形成的事物。

菲茨罗伊：抱歉，达尔文。似乎你我之间在有些事情上存在着严重的分歧。我们改天再探讨这个问题吧。与此同时，我把兰格里特·杜·弗雷斯诺伊的那本书借给你好吗？我相信你会发现他所写的内容很有说服力。

----

① 威廉·佩利(William Paley, 1743—1805)，英国神学家、哲学家。
② 兰格里特·杜·弗雷斯诺伊(Lenglet du Fresnoy, 1674—1755)，法国神学家。

达尔文：我很高兴有机会去读这本书。菲茨罗伊船长，只是我不能肯定……

（声音渐弱）

旁白：类似的对话一定发生过许多回。渐渐地，两个人了解到他们在思想上的深刻分歧，但并没有破坏对彼此的尊重和钦佩。达尔文成长在一个相当自由的家庭里，和原教旨主义者菲茨罗伊的长期接触一定对他的思想演变起到了影响。他所参与的讨论一定让他去更早地思考许多伴随他成长并不假思索接受的信念。但这个过程是断断续续的，而且即使到了他写下《一位博物学家的环游世界之旅》时仍未彻底完成。

（唱片名《朝圣者之行》，编号：1.220）

（与此同时，到了二月底，小猎犬号抵达巴西的巴伊亚，半个月后往南航行，朝里约热内卢进发。）

（音乐响起并转入背景）

遗孀：到了巴西之后，查尔斯的高兴实在是难以用笔墨形容。他终于看到了热带雨林——那是他这辈子都在梦想的奇观，就像埃及学家梦想看到金字塔一样。他说："这里的风景之壮丽远远超出了任何欧洲人在自己的国家所看到的，我不知道该如何表达自己的感受。"他一直惊叹于植被的丰富——含羞草、甘蓝椰、兰花、在树上飘荡的攀缘植物、芒果树和面包果树，还有让空气永远飘香的樟脑、胡椒、月桂和丁香，还有秀美的橙树。他甚至觉得叶子硕大又破破烂烂的丑陋的芭蕉树也很美。那里的昆虫比植物更令他兴奋雀跃。他对萤火虫和蝴蝶特别感兴趣，但对那些甲虫感到"失望"，还写了很多关于当地的蜘蛛和热带蚂蚁习性的内容，那些蚂蚁像列队的士兵一样在森林中穿行，杀死行进途中的每一样生物。

（音乐渐弱）

旁白：但是，巴西有一样东西让达尔文感到不悦，那就是奴隶制。当时巴西的大部分工作由黑奴承担。达尔文没办法像普通旅客那样对这个事实视而不见。他不仅心地善良，而且观察入微，能够察觉到非常小的事情背后的意义，他一次又一次地批评奴隶制，但总是遭到反对或惹人讨厌。达尔文直言反对奴隶制这件事引起了他与菲茨罗伊船长的第一次激烈争吵。

达尔文：不，阁下！不，阁下。没有什么事情能够说服我，让我相信有任何事情能为奴隶制辩护。或许您并没有意识到在这个国家所发生的事情。您知道吗，前几天我目睹了一件事情——在我去参观的一座巴西庄园——奴隶主将一户家庭拆散，将丈夫卖到一个地方，妻子卖到另一个地方，孩子们卖到第三个地方，当他们是牲口一样，而这么做是司空见惯的事情。

菲茨罗伊：无疑，这种事情偶尔会发生。但不要忘记，达尔文，奴隶主照顾好自己的奴隶对他们自己有好处。我认为奴隶的生活要比雇工好。为什么他的主人要去虐待他或让他吃不上饱饭呢？这样他会让自己的财产贬值的。

达尔文：我很熟悉这套论调，但它并不能让我满意。一个人的马也是他的财产，但很多人会虐待自己的马，甚至让它们活活饿死。但事情不仅是肉体折磨。昨天我过河时，为渡船划桨的黑人是一个白痴。我没办法让他将我带到我想去的地方，为了让他明白，我说得很大声，还在他面前比划手势。他立刻将双手垂在身边，笔直地站立着，脸上露出惊恐的表情，半闭着眼睛。您知道这意味着什么吗？

菲茨罗伊：是的。他在等你揍他。

达尔文：就是这样。他所接受的训练不仅让他不敢还手，甚至不能进行抵抗，只能站着不动，忍受任何向他施加的暴行。难道您不觉得这很可怕吗？对一个与我们相似的个体作出这种事情。

菲茨罗伊：他们和我们并不是很相似。这些黑人已经习惯了奴隶制好几百年了——或许从一开始就是这样。有的人天生就是奴隶。据我所知，《圣经》并不反对奴隶制。

达尔文：（生气）那《圣经》就更糟糕了。

（停顿）

菲茨罗伊：（非常平静）我想以后你会后悔说出这番话的。（比较短的停顿）但听我说，一个星期前离这里不远的一座大庄园的主人邀请我去做客。我承认，和你一样，有时候我会怀疑奴隶制的正当性，并对我的东道主说起类似的话。他说："您可以自己作判断。"然后他叫来他所有的奴隶，有男有女。然后他对每一个人问了同样的问题："你快乐吗？你希望获得自由吗？"你知道他们的回答是什么吗？每一个奴隶，毫无例外，都说他非常快乐，并不希望获得自由。

达尔文：他们当然会这么说。置身于他们的处境，这些可怜人还能如何回答？您认为我会被这么一个故事打动吗？

菲茨罗伊：你是在怀疑我的话吗？

达尔文：当然不是。我是在怀疑您的判断。

菲茨罗伊：这是一个非常不当的评论。请允许我提醒你，我是你所搭乘的船只的船长。

达尔文：现在我们并不是在船上。

菲茨罗伊：不是，阁下！而你也不用回船上了。如果你不能接受我的权威，那我们最好还是分道扬镳。请尽快将你的行李搬走。

达尔文：如您所愿，菲茨罗伊船长。您是船长，而我不是。

（声音渐渐平静）

遗孀：这些人啊！但是，这次争吵在当天就和解了。菲茨罗伊的性子很急，但为人很大方。几个小时后，他大方地道歉了。但这并不是唯一的争吵——事实上，菲茨罗伊是一个很难相处的人或许影响了查尔斯的行动，让他花更多的时间在岸上，原本他可能不会呆那么久。小猎犬号沿着海岸线缓缓地前行，现在他有机会离船几个星期，然后再在约定地点登船。小猎犬号总共花了两年的时间对南美的东南海岸进行考察。在这段时间里，查尔斯多次到阿根廷和乌拉圭的内陆荒凉的大草原，最长的一次旅程是从巴伊亚·布兰卡到布宜诺斯艾利斯，横跨大草原约四百英里。他收集了关于当地鸟类和哺乳动物的大量信息，还收集了很多化石，不得不专门安排将它们从布宜诺斯艾利斯运回英国。不过，他发现这个偏僻的游牧国度的人要比动物更加有趣，他对落后的阿根廷社会的描写使得那几章成为整本书最引人入胜的部分。

旁白：那是和威廉·亨利·哈德森①五十年后在《紫土地》里的描写几乎相同的社会。这些宗法社会的百万富翁拥有数十万头牲畜，但他们住的是简陋而且泥泞的农舍，在同样简陋的桌子上吃饭。在这片广阔无垠的草原上，没有人修马路或进行农耕，除

---

① 威廉·亨利·哈德森(William Henry Hudson, 1841—1922)，英国作家，代表作有《绿色的高楼大厦》、《很久以前在那遥远的地方》。

了骑马之外，没有人会走哪怕五十码的路。高乔人，大庄园主雇佣的牧人，都剃着光头，相貌英俊但几乎没有受过文化熏陶。他们擅长骑术，好勇斗狠，而且喜欢赌博，但热情好客，从不奴颜婢膝，而且绝不粗鲁。他们有两大缺陷：无知和懒惰。达尔文曾记载，在梅赛德斯他问两个高乔人为什么他们不工作。一个回答说他太穷了，另一个回答说白天太长了。他描写了西班牙人与印第安人之间无休止的战斗，以及罗萨斯将军的流窜军队[①]，他是阿根廷的独裁者，在平原间游荡，每天行进几十英里，军队后面是许多头母马，那是士兵们唯一的伙食。他描写了自己与高乔人的旅程——有时候一去就是好几个星期，去完全未经勘察的地方，除了一点玛黛茶（像茶一样的味道苦涩的饮品）和烟草之外没有补给。高乔人除了吃肉之外几乎不吃别的东西，而且他们不需要带肉上路。每天晚上他们会宰一头牛，切下他们需要的分量，然后将尸骸留给兀鹰。有时候他们甚至不需要用锅，牛肉连皮一起烧烤——这种做法的西班牙名字是"连皮烤肉"[②]。达尔文对高乔人的骑术以及使用套索和套牛绳的技艺赞叹有加。套牛绳是南美特有的武器。

达尔文：套牛绳或球绳有两种，最简单的一种主要用于捕捉鸵鸟，由两块上面贴着羽毛的圆石和一根长约八英尺的细细的编织皮绳构成。另一种套牛绳有三个球（由皮绳连接着一个中心）。高乔人握着三根皮绳中最细小的一根，将另外两根在头顶挥舞，然后瞄准目标，让它像流星锤那样在空中旋转。圆球一击中目标

[①] 胡安·曼努尔·罗萨斯（Juan Manuel de Rosas，1793—1877），阿根廷军人、政治家，曾担任布宜诺斯艾利斯总督。
[②] "连皮烤肉"：原文是西班牙语"carne co cuero"。

就会缠绕着它，互相交叉并紧紧地将其套牢。使用套索或套牛绳的主要困难在于一边全速骑行时一边突然掉头转向，稳稳当当地一边在头顶挥舞绳索一边瞄准目标。要是站着的话，任何人很快就能学会这门技艺。有一天，我自己试着一边策马奔驰一边在头顶挥舞着那两个球，一不小心自由转动的那个球打中了一棵灌木，它的旋转运动被破坏了，突然间掉在地上，神奇地绑住了我的马的一条后腿。幸亏那是一匹训练有素的马，知道这是怎么一回事。不然的话，它可能会一直踢个不停，直到摔倒为止。那几个高乔人哈哈大笑，高喊着他们见过任何一种动物被逮住，但从来没有见到过一个人把自己给逮住了。

（声音渐渐平静）

旁白：达尔文盛赞自己无论去到哪里所受到的热情接待和慷慨好客，以及他作为一个外国人和科学人士所得到的尊重。在他的护照上写着"博物学家堂·卡洛斯①"，无论他去到哪里，这句话就像是一个护身符。那里的人在很多方面都非常落后，尽管他们尊重科学，但他们对科学是什么只有非常模糊的概念。达尔文记录了陌生人或检查他的护照的边防官员向他提起的一些稀奇古怪的问题。

阿根廷官员：先生，我已经给您的护照盖章了。一切顺利。我很高兴能为您服务。我知道您是博物学家堂·卡洛斯，那个拿着一把小锤子敲碎石头和捕捉甲虫并把它们关在一个木头盒子里的外国绅士。整个地方的人都在谈论您。一个高乔人告诉我您付

---

① 堂·卡洛斯(Don Carlos)："堂"是西班牙语中对男士的敬称，"卡洛斯"是"查尔斯"的西语表达。

给他一个银圆，要他帮您抓几只老鼠，那些一定是品种特别的老鼠，长着长长的耳朵。我想知道，那是真的吗？

达尔文：是的，先生，确实是真的。您知道，在我的国家——在英格兰——有一个地方叫自然史博物馆——

官员：英格兰？英格兰在伦敦，是吧？

达尔文：嗯……这两个地方挨得很近。

女士：英格兰是北美的一部分，在纽约附近。

官员：那个高乔人还告诉了我一件非常奇怪的事情。他说您的口袋里有一根针，您可以靠着这根针找到方向穿越大草原。先生，有这种事情吗？

达尔文：一根针？啊，确实是！我的指南针。我相信我就带在身上——是的，这儿呢，您看看。

女士：它在动呢！它在动呢！那根针自己会动哦。

达尔文：确实如此。它会指向北方。喏，这是我的地图。您看，我把指南针放在地图上，甩一甩它，直到指针和这里的箭头重合。然后，譬如说，如果我想找到布宜诺斯艾利斯的方向——那边，东北方向。

官员：对的。那的确是布宜诺斯艾利斯的方向。

达尔文：那您呢，先生——您怎么确定布宜诺斯艾利斯的方向呢？

官员：啊，那不一样。我们在大草原出生。我们不需要靠针给我们指示方向。

女士：他的口袋里还带着火。当他想要生火时，他不用像别人那样用燧石和铁块。他有一根小小的木头棍子，在它的一头有一个玻璃球……

达尔文：我的火柴，我们叫它普式火柴①。喏，您看，这根棍子一头的玻璃小球里面有硫酸。如果我打破玻璃的话……

（轻微的波的一声）

众人的声音：火！火！他一下子就生出火了。不用磨擦，不用吹气，只是大拇指和手指轻轻一捏就成了。

官员：这真是伟大的发明！您可不可以——我很少提出这种要求——但您可不可以卖给我一根这种火柴？您就是这么叫它们的，是吧？我愿意付五块钱买这么一个稀罕玩意儿。

达尔文：不，先生，但我非常乐意送您几根，作为鄙国与贵国之间的友谊的小小象征。

（唱片编号：Col 9890 开始播放，并转为背景声）

旁白：在考察拉普拉塔河的河口之后，小猎犬号朝南行驶到南纬 50°，达尔文去了巴塔戈尼亚的石头荒原，在那里又找到了许多化石，并以一贯的热情记录了当地的动物。

（音乐停止）

譬如说，他记录了捕捉骆马——当地的美洲驼——的方法，那就是：你躺在地上，朝空气踢腿。一只骆马会好奇地走到射程内。他说这个方法的好处是"能够开上好几枪"。很难将那幅画面和我们所习惯见到的达尔文肖像——一位穿着长袍、额头高耸、受人尊敬的教授——联系起来。

（唱片编号：Col 9890 开始播放，并转为背景声）

小猎犬号从巴塔戈尼亚向东航行，来到阴郁多雨的福克兰群

---

① 普式火柴（Promethean matches）：由英国发明家萨缪尔·琼斯于 1828 年发明的火柴。

岛，当时住在那里的只有逃犯，前不久才被归为不列颠的领土，主要是因为没有其它国家想要它们。接着它掉头向西行驶，来到火地岛，南美洲麦哲伦海峡最南端几乎没有被考察过的地区。

（音乐响起，然后渐渐减弱）

火地岛生活着几个可怜的印第安部落，大部分人生活在沿岸用树枝搭起来的小屋里，在经年不停的寒冷与阴雨中几乎一丝不挂。他们当中有些人会说一点英语，但他们和欧洲人几乎没有接触，大部分甚至不懂怎么开枪。达尔文描述了有一次他们尝试逼退满怀敌意的印第安人，朝他们的头顶开枪。他们只是对爆炸声感到困惑，但不知道从他们头顶掠过的子弹很危险。

达尔文：那是我所见过的最有趣新奇的情景，没有之一。我不敢相信野蛮人与文明人之间的差距会这么大，比一头野生动物和一头驯养的动物之间的差距还要大……这些独木舟上的火地岛人几乎一丝不挂，就连成年女子也是如此。雨下得很大，雨水和水花从她的身上涓涓而下。在不远处的另一个港口，一个正给出世不久的孩子哺乳的女人有一天来到军舰旁边，出于好奇而停下脚步，雨夹雪打在她赤裸的胸膛上和她那赤裸裸的小婴儿的皮肤上融化了。这些可怜的人发育不良，他们丑陋的脸庞胡乱涂着白漆，他们的皮肤脏兮兮油腻腻的，他们头发蓬乱，声音嘶哑，举止粗鲁……到了晚上，五六个人赤裸着身子，几乎没有什么衣物抵御狂风骤雨，像动物一样蜷着身子在湿漉漉的地上睡觉。无论冬天还是夏天，白天还是黑夜，只要水位一低，他们就会去岩石上捡贝壳，女人要么潜水去采集海胆，要么耐心地坐在独木舟上，拿着一根连鱼钩都没有的吊着诱饵的头发丝钓小鱼……这些糟糕的食物佐以几个没有味道的浆果和几团霉菌。我还没有看见他们像早期的旅行家记载的那样吃泥巴，但是……哎呀……！听我说！菲茨罗伊！

菲茨罗伊：嗯？

达尔文：他们拿着的那团难看的东西是什么？像是鲸脂，不是吗？那股味道太难闻了！他们不会真的吃它吧？

菲茨罗伊：那个会说英语的家伙哪儿去了？小子！那些人扛着什么东西呢？

火地岛人：扛着死鲸鱼。大风刮很多天，很大的风暴——不能钓鱼，没有鱼，就吃鲸鱼。

达尔文：但你们从哪儿弄到鲸鱼肉呢？

火地岛人：有时候鲸鱼死了，上岸来。然后埋在沙子下面。大风刮很多天——把鲸鱼给挖出来。

达尔文：这东西在地底下埋多久了你们才吃呢？

火地岛人：好几个月——很多个月。

达尔文：但有时候冬天会刮好几个月的大风，那你们怎么办？

火地岛人：大风刮很多天——没有鱼，没有鲸鱼，吃女人。

达尔文：女人！

火地岛人：先吃老女人，再吃年轻女人。没有鱼，没有鲸鱼——还能吃什么？

达尔文：但你们都有狗啊！为什么你们不吃狗呢？

火地岛人：狗有用。狗能抓水獭，老女人抓不了水獭。先吃女人比较好。

达尔文：太恶心了！

菲茨罗伊：你还会怀疑我为这些可怜而堕落的人带去福音的愿望吗，达尔文？

达尔文：我不知道福音能给他们带来多少福祉。我猜想他们过着自己的日子很快乐。在这种环境下，或许他们只能这么做。至少他们能在这片可怕的荒漠生存，而其他人做不到。

菲茨罗伊：等到传教点建好了再说吧，达尔文。他们已经学到一些福音了。你会对他们的变化感到惊讶的。

（声音渐渐平静）

旁白：正如我们所指出的，菲茨罗伊船长努力让火地岛人皈依基督教的努力并没有成功。他在庞松比·桑德附近建立的小小的传教点立刻遭到攻击和洗劫。传教士马修斯很担心自己的安全，半个月后他就被迫回到船上。三个皈依基督教的火地岛人被留在岛上，似乎又变回了野蛮人。

（唱片编号：Col 9899 开始播放，并转为背景声）

小猎犬号驶过麦哲伦海峡，顺着智利的海岸线而上，花了几个月的时间考察奇洛埃岛和几乎无人居住的科诺斯群岛。达尔文在瓦尔帕莱索下船，骑着马顺着海岸线旅行了几百英里。他越过安第斯山的一座山隘，并在山隘的顶部进行了煮土豆的实验。由于这个纬度气压很低的关系，它们放在锅里用沸水煮了几个小时仍是硬邦邦的。他在科皮亚波上船，接着驶往秘鲁的利马，然后向西横穿太平洋，船上载着老鼠、地懒、穿山甲等证据……

（音乐响起并逐渐减弱）

小猎犬号还得行驶数千英里——事实上，得横穿半个世界——整趟旅程达尔文的热情从未减退丝毫。他对智利的地质和动植物的记录甚至比阿根廷的记录还要详细。但对他来说，此次行程最有意义的部分——或许是他整个人生的转折点——是他在南美洲东海岸的拉普拉塔河和合恩角之间度过的那将近两年的时间。他开始对大自然怀着类似于宗教的情感，但并没有整体的科学理论作为指导。或许他接受了当时很普遍的创世理论，因为我们知道他并没有反抗他的父亲希望他进入教会的意愿。但随着他一路向南而去，某种动物会逐渐演变为与之有关联却又截然不同的物种的想法，让他开始猜想物种是逐渐演变而不是被创造出来的。最重要的是那些已经灭绝的动物的化石，他在阿根廷和巴塔戈尼亚收集或目睹了大量的化石。这些化石不仅让他了解到地球的古老，而且迫使他关注灭绝的物种和仍然活着的物种之间明显的联系。你可以看到他在《一位博物学家的环游世界之旅》的第八章道出疑惑，并提出了几乎确定的进化理论。达尔文收集的化石从老鼠到地懒和穿山甲的骨头一定给这艘小船带来了很多麻烦。菲茨罗伊船长表面上认为它们都是垃圾，但其实他很清楚它们的价值和重要性。这些东西成了他与达尔文之间的笑料，也是进行严肃讨论的一个话题。

菲茨罗伊：什么！你不会还要把更多那些东西搬上船吧，达尔文？你会把船给压沉的！那些家伙正在搬的巨骨都是些什么东西？我想你不是想让我把整条鲸鱼的骨骸运回英国吧？

达尔文：那不是鲸鱼，菲茨罗伊，而是类似品种的大型动物。那些是乳齿象的肋骨。我在里约特塞罗附近的一座悬崖那里挖出来的。不幸的是，我没能保全好头骨。它已经腐烂了，鹤嘴锄一敲就散架了。

菲茨罗伊：好了，谢天谢地，我想我得找地方堆放它们。还有东西上来吗？

达尔文：是的，还有不少呢，但不像这些那么庞大。这趟行程我收集了不少东西。箭齿兽、树懒、食蚁兽、貘、野猪——在这个国家，灭绝的物种要比存活的物种多得多。难道您不觉得奇怪吗，菲茨罗伊，像那头乳齿象那样庞大的动物曾经存在于这个国家，而这里的现代动物都那么小？而且它们不久之前还活着。是什么导致它们消失呢？

菲茨罗伊：我想是人类消灭了它们。或许某场突如其来的灾难。地震、火山爆发——或许是大洪水。

达尔文：我不能相信。在悬崖旁边的河床里，您可以追溯化石演变的整个过程。看上去似乎事情是逐步发生的，跨越了漫长的时间。

菲茨罗伊：嗯？

达尔文：就连气候改变也没办法作出充分的解释。如果植被减少了，像乳齿象这样的庞大生物或许会饿死，但老鼠呢？这个国家有不计其数的灭绝的老鼠物种。

菲茨罗伊：嗯。

达尔文：最奇怪的就是，每一种现代动物在灭绝的物种里都有其原型。我甚至发现了一头像是骆驼的动物的骸骨——我想它的学名是长颈驼——很显然，它是骆马的近亲。您可以想象旧的物种消失的种种原因。而新的物种又是怎么出现的呢？这就是困惑着我的问题。

菲茨罗伊：特别的创造，达尔文，是上帝的意旨在直接干预。这是唯一能够想到的解释。

达尔文：大家都是这么说的。可我还有疑惑。看，菲茨罗伊，这是我觉得比那只乳齿象的骸骨更奇怪的东西。这东西很小——我放在马甲的口袋里。看，您觉得这是什么？

菲茨罗伊：这个？看上去像是马的牙齿。

达尔文：是马的牙齿。但和现在的马不太一样——它比任何现代马的牙齿更弯曲，但我相信它无疑就是一匹马。我在找到乳齿象和箭齿兽牙齿的那堆化石里找到的。它一定和它们存在于同一时期。难道您不觉得很奇怪吗？

菲茨罗伊：为什么？

达尔文：您知道，西班牙人到来时这个国家并没有马。大草原上不胜其数的那些牲畜都是三百年前被带到这里的几头牲畜繁衍的后代。印第安人从来没有听说过这种动物。这些马生殖繁衍，然后消失了，然后又生殖繁衍。你能想象任何有意识的创造法则会以这种方式进行创造吗？另外，单从环境去解释也说不通。为什么马会在这个显然适合它们的国度灭绝呢？整个过程存在着某种盲目性。但是，一切事情必有其原因。当您思考这种无休止的物种出现又消失，以及它所涉及的漫长的时间……

（唱片名《朝圣者之行》，编号：1.275）

旁白：1835 年秋天，小猎犬号从南美洲海域出发，到访加拉帕戈斯群岛，那里的鸟非常驯服，你可以用棍子把它们给打下来，不同岛屿的动物之间令人惊异的差别让达尔文重新思考物种的起源。他饶有兴趣地看着这个岛出名的大海龟——重达几百磅的庞然大物，它们生活在没有水的地方，靠吃仙人掌而活，一年里有几回会慢慢爬到泉水那里喝水，一走就是几天。他计算过一只海龟的移动速度是 10 分钟走了 60 码，大概一天能够走 4 英里。他还补充说——又一次，很难将这一幕和南肯辛顿自然史博物馆那尊庄严的大理石像联系在一起。

达尔文：我经常骑在它们的背上，然后拍几下龟壳的后部，它们就会起身开始踱步，但我发现要保持平衡是一件非常困难的事情。

（唱片名《朝圣者之行》，编号：2.245）

旁白：小猎犬号从加拉帕戈斯群岛向南行驶，来到大溪地，在那里，达尔文看到波利尼西亚岛民用一根尖棍和一块木头磨擦生火，自己学会了这个方法后，他觉得很自豪。小猎犬号的航行还有将近一年的时间才能完成，但对于达尔文来说，最有意义的部分已经结束了——当然，他一如既往地对所有他们去过的地方作卷帙浩繁的记录。他们到过新西兰和澳大利亚，横跨印度洋，绕过好望角进入大西洋，最后回到巴西的巴伊亚——那是他们第一个停靠的港口——完成了环游世界的航海考察。

（音乐结束）

达尔文最后一次到访巴西并没有留下美好的印象。在那里他遭到了粗暴的对待——他说这是航行将近五年以来的第一次。他留给巴西最后一句话是："感谢上帝，我再也不会去探访一个奴隶国家。"他开始向往从未忘怀的什罗普郡的熟悉景色。

达尔文：有哪个有理性的人会去向往高达两三英里的奇形怪状的群山呢？不，不，我只要布莱森山或类似的小山。你们的平原和无法穿越的森林，怎能与英格兰的绿野与橡树林相提并论？人们在兴高采烈地谈论热带永远微笑的天空，这难道不荒唐吗？谁会倾慕一位总是在微笑的小姐？英格兰并不是你们那种无趣的美女，她的一颦一笑，令芸芸众生为之倾倒。我觉得环游世界真的是最可笑的行为，因为只要静静地呆着，世界将围绕着你而转动。（声音渐弱）

遗孀：查尔斯再也没有出门。他的健康变差了，在他余下的生命里，大部分时间他过着隐士般的生活，越来越沉浸于他的工作。现在他知道它将会震惊世界，不愿意远离自家的花园。我们结婚了，在高尔街生活了三年半，然后在肯特的道恩宅定居……

旁白：现在它成为一个研究中心。房子保持得和您两位在生时一模一样。

遗孀：是吗？啊，那就是我们生活了四十年的地方，但查尔斯的健康总是不太好。他早年的热情消退了。他不再喜欢音乐。我恐怕得说他总是在抱怨，不再对诗歌感兴趣，而在他年轻的时候，诗歌对他来说有着深刻的意义。但他总是保持着对大自然那种近乎宗教的情感。他还一直保存着与菲茨罗伊船长的情谊。菲茨罗伊晋升为海军中将，成为杜伦的议员。他铭记查尔斯对于奴隶制所说过的话。当他成为新西兰总督时，他的政策对土著照顾有加，英国政府只能将他召回。不管怎样，随着岁月流逝，菲茨罗伊越来越相信《圣经》关于创世的言论是千真万确的事实，而用查尔斯本人的话说："他因为我出版了《物种起源》这么一本离经叛道的书而非常愤慨。"在1861年的英国学术大会上，当虎克和赫胥黎捍卫查尔斯，反对魏博弗斯主教的攻讦时，菲茨罗伊也在场。他起身说出自己的反对意见。他说他很遗憾达尔文出版了这本书，并否认赫胥黎教授的言论是对事实合乎逻辑的陈述。但是，在他自己记录的航海史中，他亲切地提到了查尔斯；后来，他离开英国去作长途旅行，不知道能不能归国，两人热情地道别。

在查尔斯的余生里，他的房间里保存着菲茨罗伊的肖像。无论是直接还是间接层面他都亏欠了菲茨罗伊很多。由于菲茨罗伊出色的航海技术和帮助，查尔斯得以去到那时候没有几个旅行者能够踏足的地方。这次旅程不仅让他获得了新的理念，而且让他完成了作为一位博物学家的训练，因为他在爱丁堡大学和剑桥大学的那几年并没有学到多少东西，在知识上有很大的缺陷。长期在一艘小船上的不适和不便让他养成了并非出于天生的整洁和讲求实用的习惯，后来他发现这些对他的科学工作而言是非常宝贵的素质。菲茨罗伊并不认同最终的结果，但查尔斯在临终前说的那番话是恰如其分的——"小猎犬号的旅程是我生命中最重要的事情，并决定了我的一生。"

旁白：他所写的书信最近才向公众公开。

遗孀：真的吗？人们仍然感兴趣吗？

旁白：是的，就在昨天……

遗孀：我很高兴，我真的很高兴。许多年前，那艘小船沿着南美洲的海岸缓缓前行……

旁白：我想我们可以说，它那五年所驶过的行程改变了人类思想的大体方向。

小红帽①

（播放法国童谣《在亚维农的桥上》作为开始，然后被风声掩盖，夹杂着微弱的狼嚎声。狼嚎声越来越高亢，然后随着风声减弱，《在亚维农的桥上》再次响起，然后渐弱，转入旁白的声音。整个过程大约耗时 30 秒。）

旁白：那是一个寒冷、飘雪的冬天，每天晚上，狼的嚎叫声响彻村庄，但在白天它们害怕伐木工人的长枪和斧头，躲在森林的深处。在林间的一处空地上有一个村子，里面住着一个大约七岁的小女孩，名字叫小红帽。当然，这可不是她的教名，但大家都叫她小红帽，因为她总是穿着一袭鲜红色的斗篷，风帽盖着她的头，这件斗篷很合身，她几乎一年到头都穿着它。她的父亲去世了，她和母亲相依为命。她的母亲和住在另一个村子的奶奶都很疼爱她。一个冬天的早晨，小红帽在雪地里玩，这时候她的母亲叫她，让她去送点东西。

母亲：小红帽！你在哪儿？

小红帽：我在这儿呢，妈妈。

母亲：进来吧，孩子。你穿上木鞋了吗？很好。现在，我想要你帮我做点事情。你看到这个盖着纸巾的小篮子了吗？我要你把它给奶奶捎过去。她最近生病了，可怜的老人家。我给她烤了几个好吃的奶油酥饼。我知道她很喜欢吃。里面还有一小罐黄油，你可不能把篮子给弄翻哦。你认得路，不是吗？

小红帽：我认得路，妈妈。

母亲：不到一里远就到了，大概得走二十分钟吧。但记住哦，一路上不能离开小路，不要跑到森林里去，因为要是你跑进去的话，你可能会撞见一只……好了，不要离开小路，因为有的地方雪有六尺深呢。你记得上次我让你去奶奶那里时说过的话吗？

小红帽：我记得，母亲。不要和陌生人说话——你说过的。

母亲：对了。不要和任何人说话。早去早回。跑着去吧，这样你还赶得及回来吃午饭。

旁白：于是小红帽出发了，她的母亲站在小屋的门边，看着小红帽在满是积雪的路上变得越来越小。

母亲：（自言自语道）我不知道应不应该告诉她关于狼的事情。不行！吓小孩子可不好！只要她走在路上，就不会出事。

（这时候播放《在亚维农的桥上》，声音非常微弱，不能掩盖旁白的声音，直到伐木声从背景中响起）

旁白：小红帽一直走在小路上，一路上都将自己的木头鞋子踩在别人留下的脚印里，小心翼翼地不弄翻篮子。那是一个明媚的早晨，天空万里无云，连一丝风也没有。冰条在阳光下闪闪发亮，每一根树枝上都堆着雪，让你想拿着一根棍子把雪给捅下来。

（咣咣咣的伐木声越来越响亮，然后伴随着小红帽的声音渐渐减弱）

_____

① 播于 1946 年 7 月 9 日英国广播公司《儿童时刻》。

小红帽：（哼着歌）在亚维农的桥上……是伐木工人。他们正在那里砍树呢。噢，我得停下来看一看。但我不会和他们说话。母亲说我绝对不能和陌生人说话。（唱起了歌）在亚维农的桥上……

旁白：看哪！那是什么？在小道那边躲在灌木丛后面看上去怪模怪样的黑影是什么呢？灌木丛后面那双狰狞的大眼睛是谁的呢？——还有那张丑陋的大嘴巴，里面满是尖尖的牙齿，还有那条长长的红舌头在贪婪地舔着嘴巴，它们是谁的？是一只狼！是的，那是一只大灰狼，整个森林里最残忍狡猾的狼。它正躲在灌木丛后面，看着小红帽越走越近，嘴里垂涎欲滴。

大灰狼：（嚎叫声，接着是嘴巴的咂巴声。当它以自然的腔调说话时，它的声音很低沉沙哑）那真是个可爱的小女孩，我猜大约七岁，正好是我喜欢的年纪，肉还没有变老。但我可不能在这里吃她，不，这可不行。我知道那些碍事的伐木工人就在旁边。我得等到她在一个没有人能来救她的僻静的地方下手，然后——（狂野的嚎叫声和咂巴声）。但我得先知道她要去哪里。我得和她交朋友。她年纪还小，不会被我吓着的。她来了！

旁白：突然间这头大灰狼跳到小路上，像一只大狗那样在小红帽身边欢蹦乱跳的。它看上去非常友善——至少它尝试这么做——它那张邪恶的老脸拧成了麻花，装出它以为是微笑的表情。

大灰狼：（用沙哑的拿腔拿调的声音说道）早上好啊，亲爱的！你要上哪儿啊，亲爱的？今年天气真不错啊，不是吗，亲爱的？

旁白：小红帽惊呆了，但她并不害怕，因为她不知道谁在和她说话。

小红帽：你是谁啊？

大灰狼：我啊？噢，我谁都不是，亲爱的。

小红帽：我知道，你是一只大狗！

大灰狼：对了，亲爱的，我是一只大狗。一只忠实的老狗。看哪，我在摇尾巴呢。

旁白：这只大灰狼真的摇晃起了尾巴——但是，因为它这辈子从来没有这么做过，因此摇晃得很僵硬难看。

大灰狼：我还会吠呢。听着。（模仿狗的吠声，最后是一声恶狠狠的嚎叫）

小红帽：我想我得走了。妈妈说我不能和陌生人说话。

大灰狼：你不会说一只狗是陌生人吧，亲爱的？你拎着这么一个精致的小篮子上哪儿去啊，亲爱的？

小红帽：我要带一些奶油酥饼和一罐黄油去奶奶那儿，她就住在邻村。

大灰狼：你奶奶的房子在村子哪里啊，亲爱的？

小红帽：进村的第一间房子就是，屋顶盖着茅草，百叶窗是绿色的。它其实是在村外，周围两百码内没有其它房子了。

大灰狼：周围两百码内没有其它房子了？好的，非常好。你说它的屋顶盖着茅草，百叶窗是绿色的，是吧？我会记住的。听我说，亲爱的，或许我会在你奶奶家里和你见面。（不经意间发出一声嚎叫，然后假装是在咳嗽。）我们来比赛吧，看谁先到达那里。你走你的，我走我的。我让你先走两分钟。你出发吧，再见，亲爱的——再会①，我是说。

---

① 原文是法语 au revoir。

小红帽：再见。

大灰狼：（自言自语道）她走了。屋顶盖着茅草，百叶窗是绿色的——我肯定会找到的。但我得先到那儿，要是她告诉她的奶奶见到了什么，整个村子都会来抓我。但我会解决掉她奶奶的。（嚎叫的声音）离最近的房子有两百码——那么远根本听不见尖叫声。我去也！

旁白：这只大灰狼蹦蹦跳跳地离开小路，来到森林深处，奔跑着穿过雪地。小红帽仍然走在直接通往村子的小路上，要是她没有在路上耽搁的话，或许她能够先到。但就在下一个拐角处（播放咣咣咣的伐木声，作为旁白的背景声）她遇到了之前听到在砍树的伐木工。他们有两个人——一个蓄着花白大胡子的老伐木工，还有一个蓄着棕色胡子的英俊的年轻人，他们正在砍伐一棵大松树。小红帽忍不住停下来。她告诉自己就只看一分钟。闪着寒光的利斧在树干上越砍越深（咣咣咣的声音越来越响），白色的木屑雨点般飘落在雪中，树脂的香味飘到小红帽站的地方。她站在那儿看，她答应自己只看一分钟，却变成了三分钟，然后五分钟，然后快十分钟，这时候她才记起她妈妈说过的话，继续上路。（咣咣咣的声音渐渐减弱）她转身离开的时候，那个年轻的伐木工停下来擦拭眉毛，望着她的背影。

年轻的伐木工：这个小姑娘不应该独自一人。

年长的伐木工：只要她不离开小路就不会出事。

年轻的伐木工：今天早上我听到狼的叫声。到了一年的这个时候，那些畜生就变得很猖狂，几乎要闯进村子里了。

年长的伐木工：继续干活。我们得把这棵树砍倒才能吃饭。

（咣咣咣伐木的声音响亮起来，然后渐渐减弱）

旁白：小红帽匆匆赶路，想弥补她耽误的时间，但那只大灰狼先到了，就像它所预料的那样。在森林的边上它停了下来，小心翼翼地从一丛灌木后面窥探。视野里连一个人也没有。那边就是奶奶白色的小屋子，屋顶盖着茅草，周围是皑皑的白雪，还有绿色的百叶窗，你不会认错的。烟囱里传出一缕青烟。这座房子很偏僻，其它房子都被树给挡住了。

大灰狼：生着火呢，她在家。一切安全！

旁白：大灰狼从雪地里跳出来，走到小路上，敲了敲门。（咚咚咚）

奶奶：谁啊？

大灰狼（拿腔拿调地说）：我是小红帽，奶奶。我给您带了一些好吃的酥饼过来，是妈妈做给你吃的。

奶奶：进来吧，孩子，进来吧。我感冒了，没办法下床。（翻来覆去的声音）把门闩推上去，门就开了。噢，我得有一个月没有见到你了，孩子。

大灰狼：（声音低沉了一些）您一会儿就能见到我了，奶奶。

大灰狼用它的嘴把门闩顶了起来。（门打开了，吱嘎一声，然后关上了）现在它进了房子，现在它走到了床边，然后……

奶奶：救命啊！救命啊！狼来了！

大灰狼：（露出它自己的声音）我就是大灰狼！哈哈哈！（笑声变为凶狠的嚎叫，奶奶的尖叫声和大灰狼的嚎叫声夹杂在一起，嚎叫声渐渐减弱，然后是厮打声、嚎叫声、惊恐的尖叫声，渐渐转弱，最后是大灰狼咂巴着嘴巴的声音）

旁白：说时迟那时快，大灰狼跳到那个可怜的老女人身上，将她一口吞了下去，连同法兰绒睡衣和别的东西——就只剩下她那顶绣花睡帽掉在毯子上。它舔了舔嘴巴，在壁炉前躺了下来，消化这一餐。

大灰狼(咂巴着嘴巴)：不错，肉有点老，但味道还不错。很快她就会来了，是吧？(又咂巴着嘴巴)这顿点心让我胃口大开。(发出另一声嚎叫)那是什么？我听到树枝被踩断的声音，她来了！

旁白：大灰狼蹑手蹑脚地走到窗边，从百叶窗帘的缝隙朝外面张望。果然，一个小小的红色身影正从雪地中走近这里。口水从它的嘴巴里滴了下来，它看了看周围想找个地方躲起来。

大灰狼：我会在门后等候她。不，我知道了！我会躲在床上。那样更好。她会以为我是她奶奶。赶快！睡帽哪儿去了？

旁白：大灰狼将奶奶的睡帽戴在头上，跳上床，把被子拉到下巴那里。它躺了下来，耳朵从帽子边上竖了起来。小红帽从小路那边走来。(沉重的呼吸声和一两声微弱的嚎叫声，渐渐变为《在亚维农的桥上》的歌声，播放一两段)

小红帽：噢，看看雪里的这些大脚印。它们是狗的脚印。所以，那只狗先到了这里吗？(咚咚咚)

大灰狼：(非常沙哑的声音)是谁啊？

小红帽：是我啊，小红帽，奶奶。我给您带了一篮酥饼和一罐黄油过来。哎呀！奶奶，你的声音听起来好沙哑！

大灰狼：我有点感冒，亲爱的。我的喉咙有点沙哑(咳嗽了几声)。把门闩推上去，门就开了。你不知道奶奶看见你有多高兴，亲爱的！(门打开了，嘎吱作响，然后关上了)

旁白：小红帽进去了。她到过这个房间许多次了。但为什么它看起来有点不一样呢？是什么改变了呢？她走到那张大木床的边上。大灰狼蜷缩在被子下面，看不见它的身子，只能看见它的眼睛、它的鼻尖和它那双从睡帽下面竖起来的大耳朵。小红帽走到床边——但走得很慢。因为她觉得奶奶看上去怪怪的——非常奇怪——虽然看不见她。（在接下来的对话里，大灰狼的声音应该越来越低沉，直到最后一句话变成它自己的声音）

小红帽：您看上去怪怪的，奶奶！

大灰狼：那是因为你不习惯看到我戴着睡帽，亲爱的！

小红帽：但您的耳朵怎么那么大，奶奶！

大灰狼：那是为了更好地听见你说话啊，亲爱的！

小红帽：但您的眼睛怎么那么亮，奶奶！

大灰狼：那是为了更好地看你啊，亲爱的！

小红帽：但您的胳膊怎么那么粗，奶奶！

大灰狼：那是为了更好地抱你啊，亲爱的！

小红帽：但您的牙齿怎么那么尖，奶奶！

大灰狼：那是为了更好地吃你啊，亲爱的！

（这句话以凶狠的嚎叫作为结束，旁白应该毫无停顿地接上）

旁白：话音未落，大灰狼就从床上跳下来（嚎叫声、尖叫声、嚎叫声），不到十秒钟（然后是厮打声、嚎叫声、惊恐的尖叫声，渐渐转弱），它就把小红帽给囫囵吞了下去，就像它把奶奶给吞掉那样，只剩下她那双木头鞋子掉在壁炉前面的毯子上，旁边是那篮酥饼。然后大灰狼摘下睡帽，经过一番厮打它变得皱巴巴的，躺在壁炉前面烤火。

大灰狼：（意犹未尽地舔着嘴唇）好吃，太好吃了！如今我很少能一天吃上两顿了。她可比那个老女人嫩多了。这顿美餐让我想睡觉，美美地睡上一觉。我最好先把门给关上。（锁上门闩的声音，然后发出刺耳的嚎叫声)那是什么声音？那是什么声音？我听到的是不是脚步声？

旁白：大灰狼竖起耳朵，贴在门后，专心地倾听着，摩擦着嘴唇后面的牙齿，发出狰狞的咆哮。它几乎可以肯定听到雪地里传来轻微的脚步声。

大灰狼：啊！有人来了！我得赶紧离开这儿！(嚎叫)他们朝这边来了！(嚎叫)

伐木工人：这边！她们在这里！屋里有一只狼！准备好你的斧头！这边，快点！(脚步声和撞门的声音)

大灰狼：是那两个伐木工人！他们找上门来了。(嚎叫)窗户！没有用，封死了！(嚎叫声、撞门的声音和"把门劈开"的喊叫声)他们就快闯进来了！烟囱！上烟囱！那是我最后的希望。(嚎叫声、撞门的声音继续)

旁白：大灰狼吓得左右来回蹦跶着，然后冲到壁炉旁边，试着爬上烟囱。但它爬不上去。要是以前它或许能够爬上烟囱，但现在吞下了小红帽和她奶奶，它的身体变得太大了。它掉回房子里，这时候门被斧头劈开，两个伐木工就快闯进来了。(撞门的声音，大灰狼凄厉的嚎叫声、"它想跑"的喊叫声、又是撞门的声音、门倒下去的声音、又一声嚎叫，"小心"的吼叫声，斧头的破风声。嚎叫变成哀号，渐渐减弱)

年轻的伐木工：这下可把它干掉了。

年长的伐木工：但太迟了！她们哪儿去了？这只畜生，它把她们俩都吃掉了。看哪，那个老女人的睡帽和那个孩子的鞋子掉在地上。她们就只剩下这些。它把她们活生生吞掉了。

年轻的伐木工：不，不，还不算太迟。我知道怎么把她们救

出来。把你的折叠刀给我，快点！（折叠刀打开的声音）

　　旁白：那个蓄着棕色胡子的年轻的伐木工跪在那头死掉的大灰狼旁边，不到三秒钟（长长的撕裂帆布的声音）他就把大灰狼的肚子给割了开来，果然，穿着法兰绒睡衣的奶奶出来了，穿着猩红色斗篷的小红帽也出来了。两人只是身子有点僵，很高兴能够伸直身子，但除此之外，她们都好好的。小红帽穿上她的木头鞋子，感谢两个伐木工的救命之恩。

　　小红帽：噢，谢谢你们，先生！我不知道要是没有你们的话我们该怎么办。噢，奶奶，能够再伸直身子真是太开心了，不是吗？

　　奶奶：对你来说确实如此。但到了我这把年纪我可不会在乎这种事情。我的睡帽哪儿去了？在我没有被冷死之前我得赶快回床上去。而你呢，孩子，你得回家了，不然的话你就赶不上吃饭了。

　　旁白：于是，奶奶找到了她的睡帽，躺回床上，两个伐木工在小红帽再三道谢后也离开了。他们将那头死狼穿在一根木杆上，把它给带走，答应会把狼皮剥下来，给小红帽的妈妈做壁炉前的毯子。小红帽把那篮酥饼和那罐黄油给了奶奶。在她离开前，奶奶在门口叫住了她。

　　奶奶：记住了，孩子，这是对你的一个教训。独自一人的时候不要和陌生人说话。

　　（《在亚维农桥上》的歌声响起，作为旁白的背景声）

　　旁白：小红帽回家的一路上都记得奶奶的话。事实上，她不仅没有和任何人说话，甚至没有停下脚步。当一只牧羊犬从雪地里跑过来，朝她摇晃着尾巴时，她连看都不看它一眼，而是继续赶路，不左右张望，回到家的时候刚好赶上吃饭。

（《在亚维农的桥上》，然后渐渐减弱）

结束

原著：汉斯·安徒生

改编：乔治·奥威尔

（附）电台节目的成本[①]

在上周的《观察者》中，威廉·埃姆利斯·威廉姆斯先生[②]对最近收音机牌照[③]的价格从10先令提高到1英镑这件事进行了探讨，并恰如其分地评论说："英国广播的问题在于它太便宜了。"我觉得有必要对他的评论作详细阐述，因为广播节目所带来的收入和制作节目所要进行的工作之间的关系，大体上并不为人所知。而且人们并没有意识到许多电台节目做得很糟糕是因为要把节目写得更好做得更好会非常昂贵这一事实。

收听电台的成本最多不过一天几便士，如果你喜欢的话，你可以二十四小时一直开着收音机。由于它是所谓的"低压力娱乐"，不会带给你像看电影或喝啤酒那样强烈的快感，大部分人觉得为它付出了高昂的代价。事实上，他们所付的那一丁点儿价钱与广播在技术层面的沉重成本根本不成正比，造就了勉强凑合的沉闷节目，并压制了创新和实验性质的节目。这种情况在戏剧、特别节目和短篇小说上体现得最为明显，而正是在这一类节目上，无线电广播的巨大潜能还没有被开发。

一部时长30分钟的广播剧或特别节目的作者通常会得到30基尼作为酬劳。如果他是一位"知名人士"，或许酬劳会高一些，如果这个节目能够重播，他或许还能多挣一些。但大体上30基尼是他能够挣到的最高金额了。而且他可能挣不到这么多，因为许多这类节目由领固定工资的员工执笔，每个星期可以写出几档节目。即使他不是领工资的员工，他对题材或处理手法也并没有多少选择。每天制作新节目的要求意味着必须提前几个月就制订出计划，一档节目只有在符合预先制订的计划的情况下才能被接纳。如果你有写一本小说或一篇杂志文章的灵感，你可以坐下来，不用征求别人的意见就动笔去写，如果你写出来的东西还不赖，你或许可以拿去卖。但这种事情不适用于电台节目。它必须符合安排，否则根本卖不出去，无论它本身是多么好的作品。

当这出广播剧、故事或任何形式的节目制作完毕后，它很可能只会播放一次。因此，根本不可能花费很多的时间和金钱去制作它。事实上，节目由一帮固定安排的演员表演，他们每星期要参与好几档完全不一样的节目。他们可能到节目播放前一两天才拿到剧本，而经常发生的情况是，他们来到演播间，甚至还不知道节目的名字是什么就得参与演出。总之，他们根本没办法做到将自己的台词了然于胸，只是将打印稿上面的内容给读出来。一个 30 分钟的节目，或许只会花四个小时，最多六个小时进行排练。没有更多的时间了，再准备下去只会让演员和制作人吃力不讨好。最后，节目播出去了，就这么结束了。如果它能得以重播，那也不会以崭新的方式进行演绎，让演员去改进自己第一次的表演，而是呆板地将第一次表演再进行一遍。

我们可以将这种事情与舞台剧进行比较。写剧本是一件需要

---

① 刊于 1946 年 2 月 1 日《论坛报》。

② 威廉·埃姆利斯·威廉姆斯（William Emrys Williams，1896—1977），著名出版人，曾担任企鹅出版社主编。

③ 收音机牌照（radio licence）：自 20 世纪 20 年代至 1971 年，英国的收音机听众须每年缴纳收音机牌照费，作为英国广播电台运营经费的主要来源。

运气的事情。大部分剧本无法在舞台上演，而许多能够上演的舞台剧其实很糟糕。但是，任何写剧本的人都希望它能经年累月地上演，并带给他几百英镑的收入。而且，他可以自由地选择他的主题，甚至可以修改长度配合他的创作意图。因此，即使是一出独幕剧，他或许也会花上几个星期或几个月的时间去创作，而且每一句话都是他的心血之作。戏剧上演前会花几个星期精心排练，演员们不仅熟记台词，而且会用心揣摩他们的角色，并尽自己的最大努力在每一句话上达到最理想的效果。一部戏剧就是这么制作上演的，而普通电台节目只是被朗读出来。但群众付的钱比买水喝的钱还少，怎么可能会在一档只会播出一次的节目上花费这么多工夫呢？

报刊和群众对英国广播公司的意见总是负面的，但大部分人要求的似乎只是比他们听到的节目更好的版本。他们想要更好听的音乐、更有趣的笑话、更明智的讨论、更真实的新闻。很少有人指出广播作为一种文学表达的媒介应该得到深入研究。麦克风是一种新的工具，它应该唤起一种对待诗歌、戏剧和故事的新的态度。事实上，几乎没有人思考过这个问题，而具体的实验就更少了。当一档实验性质的节目真的播放时，那总是因为在英国广播公司内部碰巧有某个拥有想象力的人能够在幕后实施操纵并克服官僚主义的反对。除此之外，没有什么事情能够吸引自由作家去尝试创新。

譬如说，如果广播剧能像舞台剧一样连续几个月每天晚上都演出的话，或许我们能够投入更多的金钱，在节目上花更多的工夫。广播剧作为一种艺术形式或许会开始被严肃对待。但是，同一出节目没办法反反复复地被播出显然是有原因的。只有在忽略商业考虑的情况下才有可能进行严肃的创作。这意味着，首先，安排一个波段用于播放毫不妥协的高雅节目。奇怪的是，这个想法遭到了人们的强烈抵制，就连《新闻纪实报》的弗雷德里克·劳斯[①]，我们最优秀的广播批评家之一，也反对这么做。但是，如果每一个节目都必须立刻吸引数百万或至少数十万听众的话，很难对真正有新意的想法加以试验。人们已经对可怜巴巴的用于播放诗歌的时间大加抱怨。从长远来说，好的节目肯定会受欢迎，这是毋庸置疑的，但创新节目在它的实验阶段需要得到保护。值得注意的是，在战争期间，最具思想性的节目——但并不是技术上最有效率的广播方式——已经在海外节目中采用了。这些节目没有商业考虑，而且很多时候受众的数目并不是很多。

另一件需要去做的事情是，我们需要更多的实验手段——不是广播技术层面的实验，这些实验无疑已经很多了，而是让现有的文学体裁适应广播形式的实验。许多实际上或许很简单的问题还没有得到解决。只举一个例子（在爱德华·萨克维尔-韦斯特[②]的广播剧《救援行动》的介绍中已经对此进行了探讨）：还没有人知道如何不借用"旁白"这个会破坏戏剧气氛的手段来表述一出广播剧或故事，并让听众能够了解剧情。要解决这个问题，或许有必要动用闭路广播并雇佣一个由音乐家、演员和制作人员组成的团队——换句话说，得花上一大笔钱。但海量的金钱已经花费了，几乎都用在了一堆垃圾节目上。

"赞助"节目所带来的竞争并不会为英国广播公司带来什么益

---

① 弗雷德里克·劳斯（Frederick Laws），情况不详。
② 爱德华·查尔斯·萨克维尔-韦斯特（Edward Charles Sackville-West，1901—1965），英国作家，代表作有《辛普森的一生》、《留声机》等。

处。它或许会让英国广播公司保持透明和效率，但播出节目为的是宣传拜尔·比恩斯牌药品或运动员牌香烟的人不会针对小群体的听众。如果广播节目的潜力能够实现的话，那将是因为真正有想法的人有机会去进行试验，不会被这个或那个节目"不合安排"或"吸引力不够"的说法打发掉。此外，像舞台剧创作一样以用心和严肃的态度去制作一出广播节目，让作者得到足够丰厚的酬劳，并鼓励他多花时间把剧本写好应该是可能实现的。而所有这些都需要钱，虽然令人很难过，但这意味着将收音机牌照的价格再提高几先令。

战争评论系列

1941 年 11 月 29 日

　　过去一周来，纳粹政府千方百计想让全世界都去关注在柏林举行的反共产国际会议①。这个会议和它的宣言都值得密切关注，因为德国人的目的是欺骗其它国家的人民，并预示了几乎可以肯定希特勒将会在这个冬天提出的和平方案。

　　从希特勒的外交部长里宾特洛甫和其他人的讲话中我们开始了解到德国人想要描绘的图景，他们还希望说服全世界不要继续抵抗。首先，所有那些讲话都认为俄国将会放弃抵抗。他们说莫斯科以西及南至里海的所有领土都已经被征服了，而且拥有丰富的粮食与石油资源的乌克兰将遭到掠夺以满足日耳曼民族的利益。因此，他们说德国，或德国控制下的欧洲，将不再依赖海外进口。如果有必要的话，可以继续战斗三十年。所以，英国的空中进攻只是毫无意义地在延续一场已经结束的战争。当然，这番话针对的是美国人民，他们厌恶战争，希望与世界保持友好关系，如果真的相信俄国和英国已经战败而德国无意造成更大破坏的话，或许会被德国人蒙骗并拒绝参战。

　　当然，除此之外，德国人还描绘了一个自给自足并与布尔什维克主义和英国的空袭对抗的欧洲，并炮制了一大堆关于仁慈的德国将为被征服的民族带去福祉的谎言。他们对我们说，德国并不是真的想要统治被征服的民族，只是想接收欧洲和亚洲的天然财富，为所有人谋福利。当前日耳曼民族是优越民族的那一套熟悉的论调被抛弃了。在纳粹宣传人员的口中，不仅捷克民族和其他斯拉夫民族几乎和日耳曼民族享有同等地位，而且他们还高调地承诺将会解放被英国统治的有色人种。值得注意的是，说出这番话的人不久前还公开声称有色人种天生就是白人的奴隶。比方说，用希特勒自己的话讲，黑人是"类猿人"。就在德国的广播欺骗印度听众，向他们承诺印度独立的同时，他们正在欺骗英国人民，声称德国并无意瓦解大英帝国，并盛赞英国人在印度普及文明的功劳。他们同时用很多声音说话，根本不担心自己的言论自相矛盾，只要能达到分化敌人的目的就行。

当我们从纳粹宣传人员的种种说辞转而观察欧洲的实际情况时，我们看到在德国人的统治下欧洲大陆一派团结富裕幸福的景象根本就是谎言和泡影。首先，最重要的事实：俄国并没有被征服，俄国人还在一如既往地进行坚强的抵抗。在这场战役还在进行中时，至少两回——第二回不只是希特勒本人——纳粹的发言人声称红军已经被消灭了。我们或许可以质疑，既然红军不复存在，那为什么德国人不直接进驻莫斯科并一路南下夺取巴库的油田呢？当然，真相就是：俄国红军还没有垮，莫斯科和列宁格勒都还没有沦陷。即使这两座城市沦陷了，那也并不表示德国人获得了胜利，因为俄国红军依然存在，将会在春天发起反攻。当我们读到这些声称布尔什维克主义的灭亡指日可待的言论时，我们应该记住德国人在一年前以同样的方式说过英国人很快就会放弃抵抗。在这两次宣传中，他们的想法都是一样的，那就是让世界以为德军战无不胜，放弃抵抗法西斯主义的希望。

---

① 会议于 1941 年 11 月 25 日举行。

和德国未能征服俄国同样重要的另一件事情是，德国无法争取到欧洲民族与新秩序进行合作，在巴尔干地区抵抗尤为激烈。德国的广播再怎么卖力也无法掩饰南斯拉夫正在公然进行一场内战的事实，那里的人奋起反抗德国和意大利侵略者的暴政。在法国、荷兰和挪威，德国人扶植的傀儡政权没办法让当地人民向政府效忠，而且当地人民越来越清楚地看到德国人不仅是征服者，还是一群强盗。法国、低地国家、东欧甚至意大利正遭到全面掠夺，谷物、土豆和其它粮食被运往德国，却几乎没有得到回报。丹麦曾经是欧洲最富裕的国家之一，农民们不得不宰掉自己的牲口，因为没有草料去喂它们。西班牙就快发生饥荒了。就连意大利——德国所谓的盟友——面包的限量供应已经被削减到普通市民一天只能领到 7 盎司的地步。德国人清楚地意识到，虽然欧洲在和平时期能够实现粮食自足，但在大部分人正为德国的战争机器提供物资的情况下，这是无法实现的。因此，他们一边在大肆宣扬新秩序的种种好处和欧洲的丰富资源，一边警告自己的人民不要指望征服了乌克兰后配额就会有所增加，理由是那里遭到了严重的破坏，明年没办法种出多少粮食。

关于反共产国际会议和德国人尝试描绘的新秩序的图景就说这么多，在冬天的这几个月，他们开始谈论和平。

1941 年 12 月 20 日

比起上周，这一周我们的情况听上去不是很令人振奋，但你不能说各个战场的局势都陷入僵持。德国人在俄国战场和利比亚战场仍在被击退，在远东，日本人第一次卑鄙的偷袭得手后仍在继续扩大优势。英军已经撤离槟城，日本军队已经在香港岛登陆。目前战争的局势瞬息万变，但尽管这些事件发生得很快，它们的后果慢慢才会显现出来。

人们很轻易就会忘记自己听到新闻后的感受，或许有必要回顾一下曾经的局势变幻。去年冬天，英军在只持续了约两个月的战役后占领了昔兰尼加，并在 2 月 7 日攻克班加西。接着德国人以进攻希腊作为回应，为了名誉我们向这位勇敢的盟友派出援军。丘吉尔先生和韦维尔将军着眼于大局战略，愿意恪守对各个国家作出的承诺，采取行动并承担风险。派往希腊的军队大部分是从利比亚抽调的。4 月 7 日，英国远征军进入希腊，轴心国的部队立刻重回利比亚。第二天意大利的军队就宣布重新占领了代尔纳。到了 4 月 18 日，轴心国的迅速挺进终于停了下来，重新占领了昔兰尼加全境，接着又占领了希腊和克里特岛，而我们现在从勇敢的希腊盟友那里听到的消息都是骇人听闻的饥荒惨剧。和希特勒一样，丘吉尔先生必须考虑战争的全局战略。4 月 19 日，英军进驻伊拉克，刚好来得及阻止德军将那里占为据点，从而化解了德国人的钳形攻势。之后，战场的局势相对稳定下来，我们得以在后方的埃及囤积从美国得到的军事物资补给。直到上个月我们才重新在利比亚恢复攻势。那时候俄国人成为了我们的盟友，我们从德国人手中夺回了伊朗，并在埃及囤积了大量的物资补给，已经完全扭转了局势。由此可见，我们必须从战争的全盘策略去考虑这段时间的剧变。在思考战局的走向时，我们必须宏观地看待全局，而我们所经历过的形势要比当前的形势恶劣得多。

目前在利比亚对敌人的追击仍在继续，我们已经占领了代尔纳的海岸线上的机场，并沿着南面的沙漠公路朝梅基利挺进。在这两个方向，我们的部队两天内已经行军 100 英里。我们的进攻主力已经来到这两个地点的西边。隆美尔将军发起的拖延行动现在似乎已经使他精疲力尽，但他可能还会再坚守一个据点。奥金莱克[1]将军现在是利比亚战役的指挥官，对于印度部队很有信心。在印度服役时，他一直希望创建一支由性格比较温和的南亚人组成的师团。"开创一个传统，"他说道，"50 年后他们就能像锡克人那么骁勇善战。"当他受命领导他的师团时，有人提议它的徽章应该是海雀[2]，这种绝种的鸟的名字是他的绰号，但他说："我在印度学会了如何做一个军人，因此这个师团应该佩戴印度的徽章。"

俄国人在莫斯科战场上又夺回了三个城镇。莫斯科西边 55 英里的交通枢纽卢萨镇，在击溃德国人绝望的抵抗后，已经被俄国人重新占领。据报道，俄国人在这个战场的指战部一天要两次向

---

[1] 克劳德·约翰·埃尔·奥金莱克（Claude John Eyre Auchinleck, 1884—1981），英国军人。

[2] 在英文中，海雀的英文"Auk"与奥金莱克这个名字（Auchinleck）的开头发音相同，而且奥金莱克的绰号就是"海雀"。

前方转移。上周三德国人开始对自己的部队下达"撤退"的指令，但现在他们想到了用另一个词代替，说他们是在"合理配置"东线战场。他们承认俄国人在南边的突破。希特勒在他上一次的演讲中提到整场俄国战役德军有16万2千人的伤亡。思考这些谎言如何被捏造出来是一件很有意思的事情。迄今为止，这场战役已经持续了162天，似乎德国人愿意承认每天有1 000人的伤亡，但不能更多，然后由一位耐心的工作人员计算出精确的总数。

日本人在战场上的成功依然对我们造成了严重的威胁。目前，日本军队对马来亚造成的压力已经平息了，因为他们付出了沉重的伤亡代价。大批印度援军已经在仰光登陆。香港总督[①]声称激烈的战斗正在岛上进行。连接香港的电报线路已经被修复，但日本人声称已经占领了香港岛的大部。他们还在继续进攻菲律宾，战斗非常激烈。与此同时，我们的部队已经进驻澳大利亚附近的葡属帝汶岛港口，希望能够阻止日本军队的大规模登陆。萨拉查博士已经声明葡萄牙会忠于它的盟友。[②]

在所有这些战况中，我们必须记住，日本人的兵力虽然很强大，但只能寄希望于速胜。三大轴心国加起来每年能够产出6 000万吨钢材，而单是美国一年就能够产出8 800万吨钢材。这本身并不是重大差距，但日本和德国无法互相支援。日本每年的钢材产量只有7百万吨，和许多其它物资一样，他们只能依靠已有的储备。

---

① 时任香港总督是杨慕琦（Mark Aitchison Young）。
② 葡萄牙在"二战"时保持中立。

如果日本人似乎在作殊死一搏，我们必须记住，许多人认为效忠天皇征服世界是他们的使命，天皇就是他们的上帝。这在日本并不是新的想法。死于 1598 年的丰臣秀吉曾经尝试过征服他所知道的整个世界，而他知道印度和波斯，正因为他失败了，日本奉行起闭关自守的国策。举一个近期的例子：今年 1 月，一份由日本海军上将和陆军元帅签署的声明表示日本的使命是要让缅甸和印度获得自由。当然，要做到这一点，日本会先征服它们。中国人和韩国人可以告诉我们在日本的铁蹄下自由是什么滋味。日本人会在中国得到教训的。在臭名昭著的田中奏折（1927 年呈交天皇的一份秘密文件）里，田中首相道出了非常有道理的一句话："欲先征服世界，必先征服支那。"日本原本应该学聪明一点，更确切地贯彻这位军事领导人的战略，但它还没有征服中国，就让自己去尝试征服世界。正如伦敦的中国大使[1]所说的，中国政府已经号召世界各地的全体华人协助盟军，马来亚和菲律宾的华人已志愿加入英军和美军。在中国本土已经有数百万人参军，而且它的人力几乎是无穷无尽的。

　　与此同时，美国是一座永不枯竭的军火库，而且美国人已经决定不再将援助局限于太平洋地区，他们决定将英属厄立特里亚[2]作为中心，由美国军事专家接收继续运往近东的大批弹药和军火。

---

[1] 当时的驻伦敦大使是顾维钧，英文名 Dr. Wellington Koo。
[2] 厄立特里亚的意大利军队于 1941 年 4 月 5 日宣布投降。

1942 年 1 月 3 日

过去一周来全球各地几乎都在打仗，但两件最具意义的事情并不是在战场上发生。第一件事情是至少有 26 个国家在华盛顿签署条约，宣誓要遏止法西斯主义的进攻。①第二件事情是中国部队进入缅甸参与缅甸保卫战。在这两件事情上，我们可以看到世界上各个自由国家团结一心，而这最终要比飞机大炮更重要。如果五分之四的世界人口站在同一阵线，从长远来看，剩下的五分之一的人口是不可能战胜他们的，无论他们的武装有多么先进，策略有多么狡猾。

当我们思考来自远东和太平洋的消息时，我们必须记住这个事实。日本人暂时获得了优势，或许将保持优势很长一段时间。美国人一直未能为菲律宾群岛英勇的守军提供增援，据报道，最大的城市马尼拉已经落入日本人的手中。②这并不表示菲律宾战役已经结束了，但它确实意味着日本人又占领了一个有利据点以便进攻新加坡。与此同时，他们已经占领了婆罗洲北边的沙捞越。这是一个战略要地，但并不会带来经济上的好处，因为沙捞越的英军在撤退前已将油井统统炸毁，确保它们无法投产。

为了了解这场战争的形势，很有必要去研究世界地图，而且要记住世界是圆的。当我们听到日本人之前在太平洋所取得的胜利时，我们或许会认为这些胜利抵消了德国人在俄国和利比亚所遭受的挫败。但当我们看着地图时，我们会看到一幅不同的图景，我们看到民主国家对于法西斯国家所拥有的巨大优势。那就是：它们能够彼此沟通，而两大轴心国根本无法相互联系。确实，接下来的几个月，日本人很有可能将占领亚洲和太平洋地区的大部，他们将得到充足的锡、橡胶、石油和粮食，让他们的战争机器能够继续运作几年。但他们没办法将哪怕一磅的物资运给德国人，而后者将很快就会迫切需要这些物资。同样地，当远东在进行激烈的空战时，德国人庞大的飞机制造工厂对于日本人来说根本毫无价值。

与此同时，在另一个半球，德国人仍在撤退。利比亚的战斗现在转移到距离班加西 100 英里之外的阿吉达比亚。德国和意大利的飞机正向位于意大利与非洲之间的英属马耳他岛进行狂轰滥炸，它已经坚守十个月了。英军和印度军队抓了数千名俘虏，他们将被遣送到非洲和中东，与去年夏天俘虏的意大利人一起修筑马路。与此同时，美国技术专家已经抵达我们在去年攻占的意大利在非洲的最后一块殖民地厄立特里亚。他们将在那里建立制造飞机和其它军事装备的工厂，厄立特里亚地处俄国、地中海和远东三地的中心，能为这些地区方便地提供物资。

在俄国，现在甚至连德国宣传人员也几乎不去掩饰德军将面临灾难性的局势。两个月前德国人宣称莫斯科即将沦陷，现在却发现自己要被迫撤退了。他们努力想掩盖这个事实，解释说他们

---

① 1942 年 1 月 1 日，26 个国家签署《联合国共同宣言》(*Declaration by United Nations*)，这 26 个国家分别是：美国、英国、苏联、中国、荷兰、澳大利亚、比利时、加拿大、哥斯达黎加、古巴、捷克斯洛伐克、多米尼加共和国、萨尔瓦多、希腊、危地马拉、海地、洪都拉斯、印度、卢森堡、新西兰、尼加拉瓜、挪威、巴拿马、波兰、南非和南斯拉夫。
② 1 月 2 日，美军宣布撤离马尼拉和甲米地海军基地。

认为缩短战线从而缓解一部分前线部队的压力会更加有利。但每一次战线被拉直缩短后，俄国人发起的另一波攻势就会将战线打凹，于是德军再次被迫撤退。在前线的中部他们所遭遇的最大麻烦是俄国冬天的严寒导致的物资与人员的损失。在北面和南面的战场，俄国人正在赢得更加明确的战略优势。被包围了近五个月的列宁格勒现在很可能将被解围。[1]我们都记得在夏天的时候，德国人形容俄国人保卫列宁格勒是"犯罪行为"，宣称这座城市不可能守得住，俄国人的责任就是投降以避免流血事件。现在，五个月后，德军被迫放弃对列宁格勒的包围。这不仅意味着德国人丧失了尊严。如果列宁格勒的围城被全面解除的话，俄国人或许有可能将芬兰逐出战争，之后英国与俄国之间的沟通将比现在更加便利。

在黑海，德国人也遇到了严重危机。当他们率先进入克里米亚半岛并攻占敖德萨时，他们似乎可以为所欲为。从克里米亚他们本以为可以跨越狭窄的海峡进入高加索地区，而在最糟糕的情况下，气候相对温暖的克里米亚可以让大批部队过冬。然而，他们未能攻占俄国的塞瓦斯托波军事基地，当俄国人重新占领罗斯托夫时，全盘局势都改变了。现在俄国人正沿着黑海的海岸线前进，与此同时，他们已经借助海军让部队在克里米亚沿岸登陆。这样一来，克里米亚的德军面临被切断陆路并同时遭受海上攻击的危险。很有可能他们将被迫在俄军到达将克里米亚半岛与大陆分隔开来的彼列科普地峡之前匆忙撤退，这样一来，德国将会失去另一块可以让数十万德军度过寒冬的地盘。[2]

---

[1] 列宁格勒于1941年8月被包围，直至1944年1月围城才宣告结束。

[2] 奥威尔对俄军此次反攻过于乐观，俄军很快就被德军击退，塞瓦斯托波被德国与罗马尼亚联军攻占。

如果我们想要听到关于 1941 年的事件最有启迪意义的评论，我们可以将希特勒的新年致辞与一年前的致辞进行比较。那时候他刚刚取得了 1940 年的一系列胜利，英国在孤军奋战。现在，世界的三个人口大国——美国、苏俄与中国——都站在英国这边，而德国只得到了日本的支持。现在德国的领导人意识到从长远来看他们无法获胜，而他们演讲的每一个字都暴露了这一点。现在他们绝口不提迅速结束这场战争。在 1941 年初，他们以绝对肯定的口吻宣称不会再在冬天打仗了。现在他们只能说接下来会是一场漫长的战争。东条英机也在号召他的人民准备迎接一场漫长的战争，意大利的广播人员也奇怪地转变了口吻。从这些人的讲话中你能够解读出他们的真正想法。他们的赌博失败了，而且他们下定决心既然计划已经无法实现，至少他们要在自己毁灭之前将世界变成废墟。但即使长期被宣传蒙蔽的法西斯国家的人民失去了思考能力，很快他们就会开始问自己到底他们的领袖还要让他们承受多少年的战争和苦难。

1942 年 1 月 10 日

这一周最重大的军事事件发生于比起俄国或马来亚而言我们最近了解并不多的战场，那就是中国战场。日本侵略者在长沙这座城市遭遇惨败①。如果看着地图，你会发现长沙是一个重要的铁路节点，连接着广东与汉口②。日本人现在占领了广东，但并没有站稳脚跟，因为他们是通过海上侵略实现的，中国军队从四面包围着他们。如果他们能攻占长沙，或许他们就能够割占中国的东南一隅。过去三年来他们尝试了三次坚决的进攻以期攻占长沙，每一次在宣称他们已经攻占长沙后，他们就被迫撤退并付出惨重的伤亡。这一次据说他们的伤亡数字达到 2 至 3 万人，还有 2 万人被中国军队包围，很有可能会被全歼。

此次战役不仅仅对于英勇的中国守军具有重要意义。这是一场世界大战，再怎么强调也不为过。各条战线，从挪威到菲律宾群岛，每一次成功或失败都会对其它战线造成影响。日本人被迫在中国投入的兵力越多，他们对印度和澳大利亚发起全面进攻并获胜的机会就越小。同样地，美国和英国能够越快地全力展开对日作战，中国人就能越快将日本侵略者逐出他们的祖国。

盟军在西太平洋的总司令韦维尔③与蒋介石大元帅关于各自的辖区达成全面协议，这是个好消息。上周我们提到中国军队进入缅甸，这表明中国与英国缔结的同盟并非一纸空文。没有人怀疑远东战争将会非常漫长和艰苦，菲律宾的美国军队已经被迫放弃最主要的城市马尼拉，而扼守进入马尼拉湾的科雷吉多要塞正遭受来自海上和空中的不间断进攻。在马来亚，英国人在寡不敌众的情形下撤退了，吉隆坡岌岌可危。现在日本人已经逼近新加坡，将其纳入轰炸机和战斗机的航程范围，这意味着他们或许能够夜以继日地对新加坡展开狂轰滥炸。远东的近期局势取决于英军和美军增援的到来，特别是空中支援，它需要跨越漫长的距离才能抵达。因此，该战区短期内的形势很糟糕。但从长远着眼，没有人知道如何衡量交战各方的相对兵力。

罗斯福总统最近的讲话所宣布的战争预算已经打消了任何关于美国是否愿意战斗到底的疑虑。美国的工业在 1942 年至 1943 年能够制造的坦克、飞机和其它武器设备的数字是如此巨大，以至于轴心国的宣传工作人员在想方设法阻止他们的国民收听到这些消息。这表明美国公众的民意有了巨大转变，美国政府现在做好了派遣军队到各个战场参加战斗的准备。在此之前，许多美国人愿意保卫自己的国家不受侵略，但他们非常反感卷入海外的战争，特别是欧洲。现在，这个反对声音已经完全消失了。他们正在进行派遣军队的准备工作，这支军队不仅会奔赴太平洋地区，而且还将奔赴英国参加最终不可避免的征服德国的地面作战。这就是对日本人在 12 月 7 日发起卑劣偷袭的报应。

在俄国战线，德军仍在退却，或许更重要的是，他们的官方

---

① 指第三次长沙会战，以国民党军成功击退日军第十一军的进攻而告一段落。

② 指粤汉铁路。

③ 在 1 月 3 日从美国白宫发布的声明中，亚奇伯德·韦维尔将军被任命为西南太平洋战区最高总司令，并承认蒋介石大元帅是中国战区同盟国空军与陆军的最高指挥官。

公告突然间改变了口风。一两个星期前，德国军方发言人还在解释进攻莫斯科将会延缓至春天，但德军能够轻松地守住已经占领的地盘。但现在他们已经承认进一步撤退——或者用他们的话说：调整战线——是必要之举；虽然他们没有明说，但如果他们希望形势有明显改观的话，他们似乎得撤退相当长的一段距离。（以下内容遭到审查删除：我们要记住，德军在与俄国的严寒和更加适应这一气候的俄军作战。在 2 月结束之前，德军或许将在放弃几乎所有他们在俄国东北部所占领的地盘和眼睁睁地看着数十万士兵活活冻死二者之间作出选择。）

英国外交部长安东尼·伊登先生几天前刚结束访问莫斯科之旅归国。在抵达英国后所作的发言里，他强调英国政府与俄国政府所达成的全面共识。现在轴心国的广播在散布英国和俄国将联手瓜分世界的谣言，还说欧洲将被武力征服并被迫接受共产主义。这些都只是谎言。英国和苏联已经就和平目标达成全面协议，将保证每一个国家能够获得生存所需的物资，以及自由选择政府形式的权利。

在利比亚，德军与意军再次撤退。他们在班加西南边的阿吉达比亚坚守了数日，主要是大雨使得英军的坦克无法发起进攻。轴心国军队的德国指挥官隆美尔将军或许原本指望意大利能提供更多的增援。如果是这样的话，他已经失望了，现在轴心国的部队在向西溃逃，而英印联军在乘胜追击。

隆美尔的部队或许会试图扼守班加西与的黎波里中间的苏尔特。战斗越往西移，盟军的优势就越大，因为他们能占有更多的海上基地让战舰和飞机巡逻地中海中部。德国人仍在向马耳他发起猛烈进攻，希望拿下我们最重要的空军基地之一。但迄今为止，他们并没有取得多大的成效。与此同时，我们在利比亚抓到的战俘已经超过了 2 万人，有四分之一是德国人。（以下内容遭到审查删除：虽然在非洲的轴心国部队大部分是意大利人，但所有的高级指挥官都是德国人。这一点很重要，它是德国和意大利两国关系的写照，在本质上是主仆关系。）

最近我们了解到或许是北非战役最有趣和最重要的情况：从 1940 年秋天起，来自阿拉伯塞努西部落的志愿军一直在与英军并肩作战。塞努西人一直遭受到意大利人的残暴对待。他们逼迫塞努西人从昔兰尼加比较肥沃的地方迁走，将其圈禁在狭小的地盘里，几乎是公开表明准备通过饥荒减少他们的人数。他们发起不止一次起义，意大利人的应对方式则是将领头的塞努西人抓到飞机上，从他们的村落上方的半空中将他们扔下去，在自己的族人面前摔得粉身碎骨。昨天，伊登先生代表英国政府签署了一份声明，表明战争结束后，英国绝不允许在意大利人统治下这些虐待阿拉伯人的做法再次发生。这件事情以及英军解放了埃塞俄比亚，并将在意大利平民离开后撤军的义举比任何没有实际行动的宣言更好地宣示了同盟国的战争目标。

1942 年 1 月 17 日

这一周战争的局势并没有什么重大改变。日军仍在马来亚继续挺进，并同时对西里伯斯岛与荷属婆罗洲发起进攻，既是想夺取油田，又是希望利用它们作为跳板对爪哇、苏门答腊或许还有澳大利亚发起进攻。婆罗洲外的小岛达拉根在经过几天的战斗后落入日本人的手中。达拉根非常重要，因为它所产出的原油非常纯净，可以不加提炼就用作飞机燃料。但是，荷兰人在事前就已经破坏了油井和机械设备，相信落入日本人手中也不会带来什么价值。

本周最大的事件是俄国人挺进哈尔科夫，现在这座城市已经在他们的炮击范围之内。哈尔科夫除了是一座工业重镇之外，还是意义极为重要的铁路和公路枢纽。可以这么说，谁掌握了哈尔科夫，谁就扼住了进入高加索地区的咽喉要道。几个月前，德国人宣称占领哈尔科夫是一场重要胜利，而如果现在他们放弃它，一定会非常不甘心。在莫斯科城外，莫扎伊斯克的德军面临越来越危险的局势，几乎可以肯定他们会撤退以避免陷入包围。在列宁格勒城外，局势也进一步好转，莫斯科与列宁格勒的铁路运输重新开通。德军撤离俄国是"按照计划行事"。但事实上，形势看上去越来越像在俄国人的计划之内。

与此同时，埃及也传来了好消息，驻守哈勒法耶要塞的德军和意军宣布无条件投降。这不仅意味着盟军俘虏了大批轴心国士兵，而且现在埃及前线与西边数百英里之外的埃尔·阿盖拉之间已经没有敌人的部队。

这一周虽然战争的局势并没有什么改变，谣言却比以往更加喧嚣，因此有必要思考轴心国下一步将采取什么措施，并分辨他们可能采取的行动和他们在海外散布的旨在误导民主国家舆论的谣言。

几乎可以肯定的一件事是德国人必须在短期内朝新的方向发起进攻。希特勒和墨索里尼向国民宣告日本人在太平洋战场的胜利并没有多大的意义，因为德国人和意大利人清楚在世界的另一头所发生的事情并不会为他们带来任何好处。

朝哪个方向进攻德国人能够取得速胜以抵消在俄国的惨败呢？可能的目标有：入侵英国；取道西班牙进入西非并夺取达喀尔和卡萨布兰卡；在地中海中部地区发起新一轮的进攻；或入侵土耳其。我们可以排除第一个可能性，虽然那并非不可想象。德国人通过海上侵略英国的成功可能性微乎其微，而如果他们尝试进行空袭，目标更有可能是爱尔兰，而即使他们成功了，也只会让英国处境尴尬但并不足以置英国于死地。取道西班牙可能是迟早的事情，但在德国人的眼里，在政治上没有什么好处，而且他们知道进攻直布罗陀海峡和跨海前往非洲将会遭受重大损失。在地中海中部采取行动似乎更有可能发生。另一个可能性是德军会进攻土耳其，这也是迟早的事情，或许将会是进攻俄国的春季攻势的一部分，但舆论的共识似乎是今年他们不会尝试这么做。

与此同时，虽然战场的局势很平静，但还有另一种形式的战争在夜以继日地进行，从未有片刻的停歇，那就是宣传攻势。对于轴心国来说，宣传就像大炮或炸弹，是一件实实在在的武器，学会如何辨明真相就像在空袭时躲进掩体一样重要。

比起日本人，德国人更是宣传工作的行家里手。他们的每一次军事行动都会事先散布误导的谣言作为掩饰。他们得心应手地进行威胁和贿赂，全无道义可言，向所有人许下种种承诺：向富人承诺更丰厚的利润，向穷人承诺更高的工资，向有色人种承诺自由，还呼吁白种人联合起来对有色人种进行剥削。其目的总是分化和迷惑敌人，让他们可以更加轻易地征服敌人。日本人的方法究其本质也是一样。要对他们所说的每一个谎言进行分析和驳斥是几乎不可能的事情，而且他们所说的内容有很多非常有说服力，但如果你遵循一个万试万灵的简单准则，你就能做到不为轴心国的宣传所动。

那就是，将轴心国说他们将会去做的事情与他们正在做的事情进行比较。现在日本人的宣传非常狡猾。他们声称他们所作的一切是为了将亚洲从欧洲人的统治下解救出来。他们会把英国人逐出印度，把美国人逐出太平洋，而一旦实现了这些，经济剥削将宣告结束。再也不会有贫穷，再也不会有苛捐杂税，再也不会被外国人统治。为了渲染亚洲对抗欧洲的战争图景，他们散布子虚乌有的暴行，希望能激起仇恨——强奸、谋杀等等，肇事者都是英国人和美国人。

这是非常狡猾的宣传纲领，而且一定会有听众表示认同。但如果你将日本人的这些美妙承诺与他们的所作所为进行比较的话，情况则根本不是这么一回事。

过去四年半来，他们不是在与欧洲列强作战，而是在侵略另一个亚洲国家：中国。这是五十年来他们第三次向中国发起侵略战争。每一次他们都夺去中国的一块领土，然后为了统治日本的几个家族的利益对其进行剥削，根本不管当地居民的死活。就连这场战争，他们的作战对象更多的也是亚洲人而不是欧洲人。在菲律宾群岛，抵抗日军进攻的主力是菲律宾人，在马来亚是印度人和英国人在并肩作战，在荷属东印度群岛是爪哇人和苏门答腊人。这场战争的序幕是日本人对仰光展开狂轰滥炸，有数百名无辜的缅甸人身亡。而且，在日本人长期实施统治的亚洲领土，我们可以看到他们对被统治民族的种种行径。他们不仅没有展现出让朝鲜或"满洲"获得自由的迹象，而且根本不允许任何政治权利的存在。在日本人的统治下不能成立工会，包括日本本土。日本人不能收听外国电台，否则会被判处死刑。在福尔摩沙岛①，日本人发现自己面临的问题是统治一个比他们自己更原始的民族，他们的做法就是将原住民统统消灭。

从这一切我们可以看到自诩为亚洲解放者的日本人在统治其他亚洲民族时的真面目。但当你听到日本人的承诺时，你可能会忘记这一切和他们的行径。随着战事开始向印度逼近，日本人的宣传攻势将会更加猛烈。有时候需要坚强的意志和清醒的头脑才能不受其影响。一个安全的法则就是记住行动胜于言语。对日本人的判断不是根据他们向印度或缅甸许下的承诺，而是根据过去和现在他们在朝鲜和中国的所作所为。

---

① 福尔摩沙(Formasa)，本意是拉丁文的"美丽"，曾是一些外国人沿用的 16 世纪葡萄牙殖民主义者对我国台湾省的称呼。

1942 年 1 月 24 日

在远东战场上，日本人在继续高歌猛进，但没有之前那么迅速了，而且有迹象表明盟军在太平洋的空中力量正在增强。与此同时，日本人朝两个新的方向发起进攻。一个方向是新几内亚，那里或许将是进攻澳大利亚的跳板；另一个方向是向西边进发，试图从泰国攻入缅甸。

后一个行动意义更加重大。进攻澳大利亚或许会使得同盟国灰头土脸，却并不能决定局势，因为澳大利亚对于日本来说太大而且太远了，在这场战争可能持续的时间里根本无法完全占领。但另一个方向的行动如果没有遭到抵抗的话，或许将产生意义深远的影响，不仅涉及中日战争，而且涉及南太平洋的战局。

日本人已经攻占了缅甸南部的土瓦镇，正在进攻离毛淡棉①不远的边境，那里距离仰光大约一百英里。仰光的地位非常重要，如果你看着地图，你会发现缅甸境内的所有交通要道——陆路、铁路和水路——都是南北走向，基本上没有途径能让货物在不经过仰光港口的情况下进入缅甸内陆。这意味着中国军队获取军事物资的必经之道缅甸公路能否使用取决于仰光能否安全地掌握在同盟国的手中。幸运的是，日本人要在这个地区发起大规模的进攻将会特别困难，因为前面已经提到的那个原因：天然的道路都是南北走向，而不是东西走向。坦克或重型火炮能否直接从泰国运入缅甸南部仍无法肯定。目前日本人的进攻似乎只是飞机配合步兵作战。英军或许可以将他们击退，特别是在得到大规模的中国部队援助的情况下，据悉他们已经抵达缅甸了。

如果我们往更南边看，形势甚至更加严峻。像新加坡这么一座坚固的要塞城市能否经受得住猛烈进攻仍是未知数，但我们必须面对新加坡港或许会被破坏，使得盟军的船只长期无法使用的可能性。一切都取决于盟军长途增援的速度，特别是战斗机。但如果我们不是以几个星期或几个月的时段，而是以几年的时段去看待日本人的战果，那么，他们的战果给我们带来了希望。所有这些战果都是因为日本人在某一个战区形成了海上和空中优势。现在世界范围内同盟国的海上实力总和远远大于轴心国的海上实力总和，而两大集团的空军实力总和大致相当，但同盟国的实力正在迅速超越对方。德国仍然能够大规模地生产飞机和潜水艇，但日本的工业水平根本无法与拥有庞大生产能力的美国、英国和苏联等现代化国家相提并论。从长远来看，暂时有利于日本的战舰和飞机数量优势这个因素将会被逆转，但这可能得花上好几年的时间。

在俄国，德军仍在撤退。这个星期俄国人赢得了一场大捷，占领了莫扎伊斯克，德军一度希望从这里发起向莫斯科的进攻。如今看来在今年占领莫斯科的希望显然已经泡汤，比起战略意义，丢掉莫扎伊斯克更关乎德军的尊严与士气。直到昨天德国的宣传人员还不敢向自己的国民宣布关于这场失利的消息；无疑，他们仍在想方设法让这个消息听上去似乎不是什么大不了的事情。这很难做到，因为当时他们自己在攻占莫扎伊斯克之后进行

---

① 奥威尔曾在毛淡棉任职。

了大肆宣传。德国军方发言人的套路是继续声称他们并没有被击退,只是在缩短阵线,准备在避冬区安顿,但他们已经两次宣布了冬季阵地的最终所在地点,但两次都被迫退到更远的地方。

世界局势逐渐转而对同盟国有利,这从曾经保持中立或倾向于轴心国的国家的转向可以看到端倪。最重要的迹象是在里约热内卢召开的泛美会议达成的结果,[①]这个结果比起一年前可能会出现的结果对同盟国更加有利。

在这次会议上,美洲的所有共和国达成了深入的一致,几乎毫无异议地准备与轴心国断交。有几个中美洲的共和国已经这么做了。几个国土较大的南美洲国家中,只有两个国家仍在犹豫,它们分别是阿根廷和智利。拉丁美洲两个最重要的国家,墨西哥和巴西,已经选择支持美国。

除了南美洲国家的转向之外,几乎整个欧洲都陷入动荡不安。纳粹分子铁幕一般的内容审查制度使得我们很难确切地知道在那些被征服的国家到底发生了什么事情。但纳粹分子自己的广播和其它宣传内容是我们很有价值的信息来源。从他们所说的和他们没有说的可以大致上肯定欧洲人都对所谓的"新秩序"充满厌恶。希特勒承诺欧洲人民就业、和平和食物,而他能够带给他们的只有越来越多的工作和越来越低的工资。我们不应该认为德国人自己的士气会在近期内崩溃,但就欧洲的其它地方而言,显然,德国的宣传人员最近所描绘的欧洲团结一心作为一座大兵工厂对抗俄国和英美强权的图景只是一个幻象。

---

① 泛美会议由 21 个美洲国家的外交部长出席,于 1942 年 1 月 15 日至 28 日举行。

在利比亚，北非战役在攻占哈勒法耶之后已经缓和下来。暂时还不清楚隆美尔将军会不会发起一波新的攻势尝试夺回他所失去的土地——他已经发起了一次大规模的先头部队进攻，迫使我们的轻装部队不得不撤退——又或者他仍在尝试解救他的部队并撤退到的黎波里，但即使战局似乎进展缓慢而且无法确定走向，我们不应该忽略一点，那就是北非战场拖住了大批训练有素的部队、船只和飞机，而原本德国人是可以将这些兵力投放到俄国的。

1942 年 1 月 31 日

盟军在远东仍然面临严峻的局势，但情况有了变化，英国和美国的增援即将抵达战场。最重要的事件是一批有海军护航的日本船队在婆罗洲和西里伯斯海之间的望加锡海峡遭受了非常惨重的损失。至少十艘满载着士兵的日本运兵舰被击沉，还有几艘战舰被击沉或受损。之所以会发生这样的事情是因为除了荷兰海军在该海域拥有强大的兵力之外，美国的舰队和飞机已经抵达荷属东印度群岛。目前仍然不可能阻止日本人登陆，但这支船队的命运表明日本人在以后将会遭遇的困难。无论他们在哪里登陆，他们都必须向部队供应武器和食物，这些都得由船只跨越数千英里的海域送来，而飞机和潜艇正等候着向它们发起攻击。即使是现在，虽然日本人占尽先机，但自从战争爆发以来，日本人以每天一艘的速度失去战舰，而且他们供应舰艇的能力并非用之不竭。

与此同时，在进攻仰光的过程中，日本人损失了许多飞机，但在更南边的马来亚，他们仍在继续挺进，或许在马来亚本土的英军和印军只能撤退到新加坡岛。（以下内容遭到审查删除：如果是这样，他们将会炸毁连接新加坡岛与马来亚本土的堤道。）新加坡是一个坚固的要塞，修筑了很多炮位，还有几个机场，有 60 万人口，大部分是华人，有可能召集起一支强大的守军协助正规军作战。（以下内容遭到审查删除：它应该能够经受得住猛烈的进攻。）日军会不会冒着遭受惨重损失的危险发起正面进攻仍有待观察。

在俄国战场，俄军已经深入德军的防线，直接威胁俄国南部的工业重镇哈尔科夫和通往波兰的斯摩棱斯克。不久前德军的指战部还设在斯摩棱斯克，现在只能后撤到 100 英里以外的地方。或许俄国战役最重要的一件事情是，德国人在广播里对一个地方几乎没有提及：他们还没有向本土的民众宣布丢掉了莫扎伊斯克。他们知道这样的新闻是无法对德国境外的外国听众保密的，他们承认莫扎伊斯克已经被攻占，却说这是一座无足轻重的城市，虽然他们自己在攻占这座城市时所说的话正好相反，对前途有信心的人是不会以这种方式捏造新闻的。（以下内容遭到审查删除：红军现在所取得的战果不应该让我们以为德军的抵抗已经崩溃。恰恰相反，他们肯定会在春天发起新一轮的大规模进攻。但与此同时，他们付出了惨重的人员伤亡和物资损失的代价，直到 2 月底，在俄国的北方还要更迟，冰雪将是俄国人强大的同盟军，他们应付冬天战事的装备更加精良。斯大林主席不久前宣布他预计将在 1942 年末消灭德军，我们要记住，斯大林不是轻易会夸下海口的人。）

北非的战事仍呈现拉锯战的态势。经过一场为期两个月的战役，德国人退到了班加西，这座城市现在已经易手四次。我们还不知道德军能否继续推进。或许这将取决于从意大利海运过来的物资，特别是重型坦克。但即使他们能够一路打回到去年 11 月所占领的接近埃及前线的地方，英军仍然掌握着优势，因为德军和意军的人员和军事物资损失非常惨重。（以下内容遭到审查删除：北非的德军被部署在那里作为钳形攻势的一部分，目标是在巴库、伊朗与伊拉克的油田会合。北边的军队将攻入克里米亚和高加索地区，南边的军队将穿过埃及和巴勒斯坦。到目前为止，这两场行动都失败了。德军一直没办法跨越克里米亚，甚至没办法在克里米亚站稳脚跟，因为坚固的俄国要塞塞瓦斯托波抵御住了所有的进攻。至于南边的军队，德军一直无法踏足埃及的土地——事实上，他们现在离埃及还远着呢。这并不意味着盟军不对北非战役的局势感到失望。如果英军能够抵达的黎波里从而控制地中海中部地区，无论是军事意义上还是政治意义上，情况将会大有改观。只要两个关键的战场，高加索和埃及能够守得住，德国根本无法染指垂涎已久而且越来越迫切需要的石油。）

英国和其它几个国家正在发生影响深远的政治变动，这是日本人发动进攻所造成的结果。如果你将这些事情一一列出，乍看上去似乎并没有联系的事件之间的关系就会变得清晰起来。这样就能更好地了解全局。

第一，美军已经抵达不列颠群岛。第二，负责太平洋地区的军事委员会即将成立，总部或许将设在华盛顿。第三，经过安排，澳大利亚和新西兰将在伦敦战时内阁有直接的代表。第四，除了两个国家之外，全体美洲国家都已经和轴心国断交。第五，经过为期三天的关于战事的辩论，英国首相丘吉尔已经要求下议院进行信任投票，只有一票反对。

综合起来，这些事情发生在世界的各个相距遥远的地方，但意义是相同的。它们表明受到轴心国侵略威胁的各个国家正达成越来越紧密的团结，无论是在军事上还是政治上。美国、英国和各个自治领国家正在整合军队、资源和海军基地，似乎他们是同一个国家，由同一位领袖指挥。与此同时，英国与苏俄和中国的合作正变得越来越紧密。中军与英军正在缅甸联手抗击日军，而英军的坦克和飞机正在俄国前线作战。虽然太平洋的局势很危险，但美国政府已经宣布将希特勒视为头号敌人，而派遣军队到英国并参与西线战事正是这一宣言的具体举措。十八个美洲共和国在里约热内卢所签署的协议具有非常重要的意义。巴西，南美洲这两个面积最大而且人口最多的国家已经投身于抗击轴心国的战争。（以下内容遭到审查删除：从巴西可以开飞机到西非，德国人已经觊觎这片土地至少五十年了。）日本人对几个非洲南部的国家也有染指的企图。现在整个美洲大陆正团结一心，共同对抗侵略者。日本人的计划——原本会由第五纵队进行，并得到当地法西斯政党的协助——将更容易被挫败。俄国电台向日本人发出了严重警告。日本人在1938年试图进攻海参崴，在被其它地方的胜利冲昏头脑的情形下，他们或许忘记了那次教训。俄国人已经警告了他们不要犯下和德国人一样的错误——他们也以为红军不足为惧——用那句俄国谚语说："捉到熊了再卖熊皮——别高兴得太早了！"

最后，这个星期有一件严格来说不属于军事范畴的事情发生，但值得一提。英国政府已经决定解除禁运，向希腊送去了8 000吨小麦。他们这么做原因很简单，因为希腊人民正在忍饥挨饿。这都拜德国人和意大利人所赐。德国和意大利的法西斯分子为了自己的利益洗劫了这个国家，根本不顾希腊人民的死活。这批小麦将由国际红十字会送到希腊。当这批粮食运到希腊时，没有人能够保证德国人不会染指，因为之前他们在法国就干过这种事情，但英国政府愿意承担风险送去这批小麦，而不是看着一个无辜的民族活活饿死。法西斯国家在偷窃粮食，而反法西斯国家为忍饥挨饿的人民送去粮食，这件事情在被征服的欧洲不会被视而不见。

1942 年 2 月 7 日

新加坡已经被包围了。到目前为止还没有重大军事行动发生，要预测结果还为时尚早。回顾这场战争的战例，我们发现包围要塞和防守坚城的结果各不相同，很难从中得出确切的参考意义。塞瓦斯托波和托布鲁克抵御住了所有的进攻，但这两个地方的守军都能得到海上补给。香港只有小股部队在防守，而且没有自己的淡水供应，所以被轻易攻占了。菲律宾群岛的科雷吉多仍在坚守，尽管守军并没有得到海上补给，也几乎没有空中支援。列宁格勒成功地击退了所有的进攻，虽然它的海上供应通道被切断，或几乎被切断。从这些不同的例子无法得出确定的规律，但在得出结论之前，我们有必要考虑以下几点：

日本人的兵力肯定占据了绝对上风，而且拥有非常大的空中优势。

即使大规模的空中支援抵达，新加坡的防御将会因为机场的匮乏而受到限制，除非能在苏门答腊以及马来亚本土之间的几个小岛上建起临时机场。

新加坡有强大的守军，拥有大口径火炮，还有大批平民，大部分是华人，他们愿意而且迫切希望参与防守[1]。

新加坡的淡水供应充足，而且不会因为被切断外部补给而面临断粮的局面，至少可以撑上几个月。[2]

考虑到这几个方面后，我们可以肯定地说，要攻占新加坡并不是一件容易的事情，即使能够通过正面进攻将其攻占，也必将承受重大伤亡，而这一点或许是日本人不愿意面对的。

本周英国政府向中国的国民政府提供了 5 千万英镑的贷款用于购买军火。这批军火的供应在很大程度上取决于补给线的畅通，特别是缅甸公路，但即使缅甸公路被切断或无法通行，还有其它进入中国的路线可以考虑。有传闻说一条以阿萨姆为起点的公路正在修筑，而日本人已经在威胁印度。与此同时，这笔贷款将能够买到一大批军事物资，而且如果有必要的话，将会被存放起来，直到可以被运走为止。这是自由的英国和自由的中国之间真挚的盟友关系的象征。

与此同时，缅甸、荷属东印度群岛和菲律宾的拖延行动仍在继续。在望加锡海峡，日军的船只和人员伤亡非常惨重，这主要是因为荷兰空军的作战行动，这些飞机从隐藏在丛林中的机场起飞。或许最终日军将控制婆罗洲的全境，如此一来，这个危险将会被消除，但战争伊始他们在占尽上风的情况下就遭受如此严重的船只损失可不是什么好兆头。在进驻荷属东印度群岛的途中，由于焦土策略以及荷兰与美国飞机和潜水艇实施的打击，他们遭受了重创。事实上，就算他们占领了这些地方也没有太大的意义，因为如果这些地方已经在事先被彻底破坏的话，以后他们只能通过海上运输为部队提供补给。日本人对这种情况的恐惧可以从一件事情上看出来：他们威胁婆罗洲巴厘巴板的守军说，如果那里的炼油厂被破坏的话，就会进行残忍的大屠杀。事实上，那

---

① 新加坡华裔的抗日部队被英国收编，取名为"星华义勇军"（新加坡的港译名为星嘉坡）。

② 新加坡于 2 月 15 日宣告投降。

里的炼油厂已经被摧毁了，而且守军成功突围，并没有遭到屠杀。"焦土政策"有其局限性，因为某些设施如金属矿场是无法被破坏的，但另一方面，某些产品如果没有必要的机器的话，根本没有多少价值——比如原油。日本人占领了这些产油区并没有太大的意义，如果他们得将原油运回日本进行提炼的话。与此同时，他们的船只需要用于运送食物与人员，而且由于潜水艇的攻击，数目在减少。虽然日军取得了一连串的胜利，他们似乎仍未能如期完成作战计划，太平洋西南地区的中国人、荷兰人、英国人、印度人和爪哇人正在进行的拖延行动为盟军以后发起反攻创造了条件。

本周俄国战场没有什么重大消息。俄军仍在挺进，但他们还没有攻占哈尔科夫或斯摩棱斯克。现在我们清楚地知道利比亚战役应该被视为俄国战役的一部分，或者是它的一个补充，而这两场战役和日本在亚洲发动的战役又是一个战略意图的组成部分。几乎可以肯定，轴心国的计划是：德国的南面军队将突破波斯湾并攻占苏伊士运河，北面的军队将夺取高加索的油田。与此同时，日军要打通到印度洋的路线，如果可以的话，占领仰光和锡兰的海军基地。这样一来，这两个轴心国将能够彼此沟通，德国对石油、橡胶、锡及其它物资的需求将可以得到满足。因此，几乎可以肯定，到了春天，德国人将对俄国南部和埃及发起新一轮的攻势，但这些攻势能否比去年秋天和冬天所发起的攻势更有效很值得怀疑。俄国人已经在乌拉尔山脉后方建立了新的工业区，弥补了大部分的工业损失，而中东地区的英军比以前更加强大。他们甚至不像以前那么依赖海上补给，因为从意大利人手中夺取的位于红海的厄立特里亚已经建起了大型军工厂。无疑，盟军在春天将面临激烈的战斗，或许会付出沉重的伤亡代价，但从长远来看，比起1941年初，形势对轴心国更加不利。

阿比西尼亚与英国签署了协约，这是一个非常重大的政治事件。6年前由于意大利人的卑劣进攻而被迫流亡的海尔·塞拉西一世①重新登上皇位，阿比西尼亚与自由国家为敌并由外国势力控制经济命脉的历史已经结束了。与此同时，埃及发生了对同盟国有利的政治变动。曾于1936年与英国谈判并达成协议的埃及民族主义政党华夫脱党②成立了新政府。华夫脱党是进步的左翼政党，代表了埃及的民意，特别是穷苦农民的利益，是坚定的反法西斯政党。

最后我要报道一个政治事件，要对它的影响作出确切的预测仍为时尚早，但几乎可以肯定会有好的结果。那就是，比弗布鲁克勋爵被任命为英国的生产大臣。担任这一职务的他可以协调安排英国的全盘战争物资的生产，并消除不同部门间的行政拖沓或猜忌。比弗布鲁克勋爵精力充沛，在1940年的夏天击退德国侵略者的不列颠空战中，他是飞机生产部门的负责人，作出了杰出的贡献。而且他在美国和苏俄有着广泛的人脉，这些都会为盟军的战事带来便利。

---

① 海尔·塞拉西一世(the Emperor Haile Selassie, 1892—1975)，埃塞俄比亚皇帝，于1930年登基。

② 华夫脱党(the Wafd Party)，埃及民族主义政党，创始于1919年，于1952年被取缔解体。1936年的选举中，华夫脱党获得压倒性胜利，成为埃及执政党。

1942 年 2 月 14 日

目前新加坡保卫战仍在继续，这个岛屿至关重要的水库仍掌握在守军手中。但我们必须面对新加坡或许很快将被日本人占领的结果。这个消息对于西方来说非常严峻，对于亚洲来说更是如此。一位美国军事专家的估计是，新加坡的沦陷将使战争延长一年左右。因此，有必要尝试尽可能全面地预测这个损失将会导致的战略性后果。一旦日本人占领了新加坡，他们的战舰和潜水艇就能进入印度洋。如果接下来他们进攻荷属苏门答腊群岛（更确切地说爪哇岛）也获得成功的话，他们将完全占领从美洲到非洲穿越太平洋的主航道。如果你去看地图的话，就会发现美国、印度和非洲的交通往来并不会被切断，但美国的船只只能向南边航行绕一个大弯到澳大利亚或新西兰，然后再折回北边，航程非常漫长。如果坐镇太平洋中心的日本人能够占领荷属东印度群岛并获得整片地区的油田和海军基地，他们将获得极大的战略优势。

假如日本人如我们所想象的那样节节取胜，他们下一步会采取什么行动呢？首先他们会加强对缅甸的进攻以期占领仰光，那是通过缅甸公路轻松获取供应物资的唯一港口。他们将会在印度洋的各个岛屿发起空中与海上进攻，或许将从安达曼群岛开始。他们可能还会尝试侵略锡兰或印度南部的部分地区。如果控制了锡兰，他们就可以全面控制孟加拉湾，阻止盟军的船只从这里通过。虽然他们还不能完全控制印度洋的东面，至少他们能够向绕行开普半岛前往中东为英军和俄国盟友提供补给的英国船只发起进攻并造成破坏。

这是令人悲观的图景。我们刻意渲染最糟糕的情况，目的是了解真实的、不加掩饰的局势。我们甚至可以再进一步思考如果轴心国的大规模攻势（日军的海上攻势只是这一波攻势的一部分）取得完全的胜利将会是怎样的结果。

正如我们在前面的新闻评论里所强调的，情况越来越清楚表明轴心国的计划是，德国人从地面实施突破，目的是杀到波斯湾，而日本人则控制印度洋。这是一举三得的行动。首先，德国和日本将能直接互通有无，虽然这一联系并不是非常稳固。其次，缅甸公路将不再是中国宝贵的补给生命线。再次，通过波斯湾和伊朗向俄国提供补给的最佳路线将被切断。德国与日本显然将一切都压在这次行动上，认为如果他们获得成功，就将赢得这场战争。显然，结论就是：如果西方的供应被切断，中国将停止抵抗，至少中国军队只能转为游击战，而俄国军队将被迫撤退到乌拉尔山脉后面。与此同时，大英帝国将被切割成两半，澳大利亚和英国在非洲的殖民地将遭到肆意侵略。

这是最糟糕的情况，接下来的几个月里，轴心国将会在俄国南部、北非、缅甸和印度洋发起大规模的进攻。应该强调的是，即使这个庞大的进攻计划完全获得成功，也并不表示轴心国将获得胜利，除非美国、苏联、英国和中国的人民丧失了信心。由人员、物资和工业构成的实力对比仍然对轴心国非常不利，同盟国的主要制造中心都在德国和日本攻击不到的地方。制造飞机、坦克、船只和大炮的主要工业中心分布于基本上处于战争波及范围之外的北美洲、俄国中部和西伯利亚，那里同样难以企及；还有英国，虽然那里更加靠近战场，但德国人发起的侵略或空袭都无法造成严重破坏。因此，同盟国的实力远远超过轴心国的实力，在一两年内就可以组建起一支不可阻挡的军队，但无疑他们将面临一段几乎陷入包围的艰难时期。这时候，决心、冷静和最终胜利的信念将和武器一样重要。

与此同时，西太平洋的近期局势使得印度的情形更加危险，也变得更加重要。新加坡一旦沦陷，印度将成为战争的中心，你或许可以说，将会成为世界的中心。它地处中国、俄国和中东的中间，而且蕴藏着丰富的人力和原材料，将成为越来越重要的补给源。我要强调的是，即使仰光被占领，缅甸公路被停用了，那也并不表示中国与其盟友的联系被切断了。还有几条公路可以进入中国，无论是已经存在的公路还是将会开通的公路。第一，有一条公路穿过苏俄和新疆进入中亚。第二，行经阿萨姆的公路已经开始修筑。第三，通过阿拉斯加和"满洲"的公路有可能通行。第四，明年美国或许将能够控制太平洋。但目前印度的地位至关重要，中国与印度的团结将是这场战争的关键因素之一。因此，最鼓舞人心的消息是中华民国的领袖蒋介石大元帅已经访问印度[①]，并会晤了印度总督[②]和尼赫鲁先生。我们还不知道这几次会面的结果，但至少我们可以有把握地预测如果中国和印度这两个伟大民族并肩作战，他们将是不可战胜的，不惧怕哪怕是最强大残暴的侵略者。

英国有一两桩国内事件将对这场战争的世界局势造成影响。

---

① 1942 年 2 月 4 日至 2 月 21 日，蒋介石访问印度。
② 时任印度总督是林利思戈侯爵(the Marquess of Linlithgow)维克多·亚历山大·约翰·霍普(Victor Alexander John Hope，1887—1962)。

现在全权控制生产的比弗布鲁克勋爵发表了第一次讲话，并列举了过去一年来英国生产的几个重要数字。他透露在 1941 年英国向海外输送了近 3 000 辆坦克，9 000 架至 10 000 架飞机。因为这些物资大部分被输送到了苏俄，我们可以说英国的工厂在俄军战胜德军的莫斯科保卫战和列宁格勒保卫战中发挥了重要作用。现在英国的工厂正以比以往更快的速度进行生产，但这些是与群众的牺牲分不开的。现在战争蔓延到了太平洋，对于英国船只的需求比以往更加迫切。自从战争爆发以来，肥皂第一次被限量供应。即使是现在，和几乎所有限量供应的物资一样，英国的肥皂供应仍比生活在轴心国统治下的人民要多得多，但一样又一样的日常用品必须限量供应这件事情表明英国的工业正逐渐从和平用途转为战争用途。必须忍受这些限制的群众并没有抱怨，他们甚至表示愿意作出更大的牺牲，如果这么做能够转移更多的船只用于战争，因为他们很清楚局势，比起在和平时期已经习惯的舒适生活，他们更珍惜的是自由。

1942 年 2 月 21 日

新加坡沦陷了，远东的战争进入了第二阶段。

显然，日本人现在有两大目标：一个是切断缅甸公路，希望借此让中国停止抗战；另一个是扩大日本人对西太平洋的控制范围，让同盟国在可以攻击到日本的区域内没有空军或海军基地。为了完全实现这个计划，日本人必须控制东印度群岛、缅甸全境及澳大利亚北部，或许还要占领新西兰和夏威夷。如果他们能够控制所有这些地方，他们将能够消除短期内英国或美国发起反攻的危险，但即使是那样，他们的安全将取决于不让俄国卷入战事。他们绝不可能实现所有这些目标，但或许会实现一部分目标。显然，他们的第一步必定会是攻占仰光和爪哇的大型海港。缅甸战役已经打响，而进攻爪哇显然即将展开。

我们还不知道缅甸战役会如何结束。日军已经采取行动，但推进并不是特别迅速。英军得到了飞机增援和中国军队的支援。决定了马来亚战役结局的补给问题在缅甸这里并不是特别突出。如果仰光沦陷，那并不表示缅甸公路将被摧毁，只是目前这条从印度或英国获得物资的公路无法使用而已。日本人就算占领了仰光也无法结束缅甸战役，因为那时候日军的前进方向一定是向北走，无疑，盟军正被逼到海边。但我们或许会问：如果仰光沦陷，继续进行缅甸战役还是否有意义？答案是有，因为现有的缅甸公路并不是从印度进入中国的唯一通道。另一条公路正在修筑，投入使用指日可待，只要中国的抗战仍在继续。

因此，蒋介石大元帅访问印度具有非常重要的意义。现在我们知道蒋介石大元帅不仅与尼赫鲁先生举行了会谈，还与真纳先生[①]和圣雄甘地会面[②]。我们还不确切知道这几次会面所达成的政治结果，但我们知道蒋介石大元帅明确表示中国与印度将团结一致，并提到了将从现在的缅甸公路北边进入中国的那条正在修筑的新公路。因此，即使失去了仰光，显然仍有可能通过海上运输为中国提供大批军事物资，保住上缅甸将对同盟国具有极其重要的意义。或许接下来的几个月将决定局势，因为缅甸的雨季将从五月底开始，机械化部队在缅甸的行动将非常困难，只能通过铁路和水路进行运输。我们绝不能低估日军的力量，他们控制了孟加拉湾东面的海域，现在能够从马来亚调派大批增援过来。

我们预料日本人会向菲律宾群岛的美军加强进攻，并在短期内向爪哇发起全面进攻。可以肯定，爪哇将是一块难啃的骨头。荷兰军队没有飞机[③]，而且很难为爪哇提供增援，但他们有一支由荷兰人和爪哇人组成的庞大军队，受过良好的训练，并且决心抵抗到底。第五纵队的活动应该不会太猖獗，就连爪哇的民族主义者现在也已经意识到被日本人征服将意味着绝望。他们意识到自己所渴望的独立在法西斯分子的统治下是不可能实现的。岛上的荷兰人和亚洲人都表明自己决心实施焦土政策。他们彻底破坏了苏门答腊岛巨港的油田，日本人得花很长时间才能从油田中开采

---

① 穆罕默德·阿里·真纳（Muhammad Ali Jinnah, 1876—1948），律师、政治家，巴基斯坦国父。
② 1942 年 2 月 10 日，蒋介石与甘地在加尔各答会面。
③ 奥威尔曾提到荷兰的飞机可能隐藏在丛林中。太平洋战役到了这一阶段，可能荷兰的飞机已经被摧毁殆尽。

出石油。而且侵略者推进到哪里，他们就准备在哪里进行同样的破坏。

第一批炸弹已经落在了澳大利亚的土地上。昆士兰北端的达尔文港两天前遭受了严重的轰炸。澳大利亚已经动员了所有的人力，并准备采取征用私人财产的极端手段，让整个国家进入战争状态。在这个时候日本人不大可能发起对澳大利亚的全面侵略。这个国家实在是太大了，无法完全占领，而且他们手头有更迫切的任务。虽然在地理位置上日本与澳大利亚挨得更近，但印度的局势更加危险，亚洲各国团结一心对抗共同的敌人是这场战争最重要的因素。

在西半球，局势仍陷于僵持，或许会一直僵持到晚春。德国人希望毕其功于一役将俄国征服的计划已经失败了。除了军队在俄国的寒冬遭受重创之外，在整个欧洲德国人的颜面尽失。但冬天即将结束，显然，德国人正在为发动另一场大规模进攻高加索的战役作准备，一旦天气允许，或许就会在五月发动。在这个战场的南边，双方都没有掌握决定性的优势。德军进攻埃及的几番尝试都失败了，但英军试图向西推进到的黎波里从而控制地中海中部的尝试也以失败告终。目前耗时三个月的战斗让英军掌握了昔兰尼加的一部分，包括之前由德军控制的萨卢姆、巴德亚和哈勒法耶等驻防强大的要塞。双方都面临补给困难的问题。德国人只需要通过地中海的狭窄海域就可以运输物资，但英军的潜水艇在路上等候着它们，过去三个月来已经击沉了许多船只。另一方面，英国为中东提供补给的船只只能从英国出发，绕过好望角，一年只能来回三趟。但有时候当迫切需要人员和物资时，英国船只会直接通过地中海，如果能够配备充分的护航船只，这是可以做到的。最近就有一支大规模的船队顺利通过地中海，只损失了两艘船只，而护卫的军舰在路上击沉或击伤了四艘意大利的军舰。

英国的战时内阁已经改组了。①这是因应英国群众的要求，他们希望成立规模较小的战时内阁，由不需要承担部门工作的人员构成。最值得注意的改变是原来的驻莫斯科大使斯塔福德·克里普斯爵士的加入。斯塔福德·克里普斯爵士是一个多面手人才，而且是英国社会主义运动的杰出代表。他被纳入政府或许将会改善英国与苏俄之间的关系，并使得与印度和中国政治领导人进行谈判变得更加容易。他在英国享有极高的威望，因为自从德国法西斯主义成为威胁以来，他就抱以毫不妥协的态度，而且他最近出使莫斯科获得成功。这么一个没有党派在后面撑腰的人，能够被政府应民意而纳用，这件事情证明了英国民主的力量。

---

① 1942 年 2 月 19 日，英国内阁改组，由原先的 9 人缩减为 7 人。

1942 年 2 月 28 日

从军事意义上说，过去一周来并没有什么大事发生。

在缅甸战场，日军仍在步步紧逼，仰光面临沦陷的危机。另一方面，英军与美军的飞行员在保卫仰光的空战中占得了上风，日军损失了许多飞机。现在日本人占领了苏门答腊岛的全境，并一只脚踏上了巴厘岛。以这两个岛屿为基地，他们可以向盟军在远东的军事重地爪哇岛发起全面进攻。但他们目前只能对爪哇岛发起空中进攻，因为他们的进攻船只遭到了荷兰和美国飞机与军舰的抵抗，有多艘军舰被击沉了。或许日军登陆爪哇是无法被阻止的，但从目前的情况看，他们显然将会付出沉重的代价，或许超出了他们的承受范围。

补给对于这场战争的重要性而言再怎么强调也不为过。虽然日军取得了好几场重大胜利，并沉重打击了对手，但他们是否捞到了很多物资上的好处仍无法肯定。他们确实获得了橡胶、锡矿和至少在未来可以收获大米的土地。但另一方面，他们损失了大量的船只，要弥补这些损失是很困难的事情，而且他们是否得到了最迫切需要的物资——石油——仍是未知数。在进攻苏门答腊的巨港这座远东最丰富的油田时，日本人极度渴望能够完好无损地将它攻占，因此发动了伞兵偷袭。但这个行动失败了，虽然巨港最终被占领，但现在我们知道荷兰人断然彻底破坏了油田和炼油厂。远东第二大油田在缅甸，现在也面临被占领的危险。但是，如果仰光一定会沦陷的话，沙廉的炼油厂——距离仰光只有几英里远——将会被炸毁，或许 400 英里之外的仁安羌的管道也会被破坏。如果这一焦土政策得到全面实施，它们落入日本人手中后起码得再等上一年才能带来好处，因为就算他们能够开采出石油，炼油厂被破坏了这些石油也没有多大价值。那样一来，他们只能将石油运回日本的炼油厂，这将让他们本已紧张的运力更加捉襟见肘，而且这些船只在归国的路上将遭遇潜水艇的狙击。

我们不应该将远东油田的破坏视为同盟国的收获，因为这意味着他们和日本人一样，得不到迫切需要的石油。印度和中国都依赖产自缅甸的石油，失去了这些石油将会给盟军造成严重的运输困难。但同盟国拥有巨大的石油储备，特别是美国，那里远离敌人的打击范围，非常安全，而法西斯国家除了征服别国之外，没有别的办法解决它们的石油问题。当我们看待正在亚洲发生的更加跌宕起伏的事件时，我们绝不能忘记这场战争的关键在于德国人能不能染指高加索地区的油井。到目前为止他们失败了。即使他们的春季攻势取得成功，结果仍殊难预料。而如果他们失败了，他们还有没有足够的石油将战争进行下去很值得怀疑。一旦德国战败，日本就不会构成太大的威胁。因此，德国才是主要的敌人。虽然远东的局势似乎更热闹一些，从长远来看，俄国战场和大西洋战场的斗争才是关键所在。

从军事意义上说，虽然本周不像过去几周那样频繁爆发战斗，但政治事件却有着极其重要的意义。英国政府已经几乎彻底重组，虽然这一变动的结果得到下周的议会辩论结束之后才能完全明了，但我们已经可以看到接下来会发生的改变的大致情形。最大的事件是前驻莫斯科大使斯塔福德·克里普斯爵士进入政府。我们可以认为，这意味着英国的本土政策和外交政策将会改变，否则斯塔福德爵士是不会被纳入政府的。在他履新的第一次演讲中，他已经预测社会法规将开始收紧，结果将会是取缔许多没有意义的奢侈品，并让英国各个阶层的生活变得更加平等。而且我们知道下周将在议会进行关于英国与印度关系的辩论。当然，这个问题将引起最热烈的讨论，并将导致重大的变革。英国群众迫切希望能够为印度的政治僵局提供解决方案，他们同样迫切希望看到印度成为与英国并肩抗击法西斯强权的积极主动的盟友。民意已经聚焦在斯塔福德·克里普斯爵士的身上。大家都知道他对印度问题持开明的观点，尽管要进行预测仍为时尚早，但至少可以肯定在不久的将来他会为印度带去影响深远和富于政治家精神的提议。

与此同时，伴随着英国的这些政治变革，2 月 24 日是苏联红军的建军纪念日[①]，斯大林主席发表了讲话。在讲话中他回顾了战争的形式，并宣布了俄国的政策。考虑到德军在侵略俄国时所犯下的暴行，值得注意的是，这番讲话展现了睿智大度的姿态，不带敌意，将德国人民与他们的统治者区分开来。德国的宣传人员炮制了俄国人的目的是要消灭日耳曼民族和主宰整个欧洲并以武力推行共产主义的谎言，斯大林驳斥了这番谎言，说了一句值得记住的话——"希特勒之流来了又走，但德意志和德国人民将会长存。"他明确指出，俄国将乐意与民主的德国和平共处，只要它愿意不侵犯邻国。但他还明确地指出，只要纳粹党和围绕在希特勒身边的那一小撮人依然掌握权力，这种事情就不可能发生。

---

① 苏联的"红军节"是 2 月 23 日。

日本人已经对缅甸西南边印度洋中的安达曼群岛发起了第一波进攻，那里遭受了两次轰炸。在早前的新闻评论中我们预见到了局势会这么进展，那是日本人尝试逐步控制印度洋从而封锁印度主要港口的行动的一部分。无疑，他们还在策划对锡兰、印度洋南部诸多小岛和马达加斯加发起进攻，但他们必须先在仰光和安达曼群岛建立海军和空军基地才能实施这一计划。

1942年3月7日

过去一周来，战斗仍在相同的地区展开，但在东半球，局势出现了恶化。

虽然日军在海上遭受了严重的损失，但他们又在爪哇登陆了一批部队，守军面临寡不敌众的局面——而且更重要的是——缺乏飞机。日本人正在尝试占领岛上的中部地区，希望藉此将守军分割为两半。他们或许会取得成功，但不管怎样，在没有空中支援的情况下，爪哇能否守得住尚未可知——为爪哇提供空中支援很困难，而且别的地方更迫切地需要空军。但我们相信岛上的荷兰部队、爪哇部队和其他盟军部队将会继续英勇作战，拖延日军的作战计划。从荷兰指挥官的发言中可以了解到，如果有必要的话，盟军将效仿麦克阿瑟将军在菲律宾的做法，固守岛上的山区，坚持拖延行动。美国和菲律宾的联军被迫撤离马尼拉已经过去两个多月了，当时全世界都以为菲律宾战役将就此结束，但防守仍在继续，不久前麦克阿瑟将军甚至以微不足道的空军兵力发起了进攻，炸沉了几艘日本的军舰。如果爪哇也坚持类似的抵抗，大批日军部队将被拖住，无法参与日军计划在其它战场实施的侵略行动。

在缅甸，情况仍像一周前那样，但守军得到了增强，目的是尽可能打击敌人，让他们遭受损失。

和过去几周一样，来自俄国的消息仍然是正面的。俄军不仅在各条战线发起猛烈的进攻，而且在北边离列宁格勒不远的地方，他们似乎包围了一支德军，后者逃脱的希望将很渺茫。现在俄国的冬天就快结束了，在南边积雪开始融化。之后将会有几周的时间几乎不可能展开军事行动，因为到处一片泥泞。但到了晚春，大概是五月，德军将开始大规模的进攻，整个冬天他们一直在囤积军事物资，并希望毕其功于一役。现在还无法肯定德军的主攻方向是在俄国南部前往高加索地区还是经埃及（也有可能是经土耳其）前往中东地区，但不管怎样，他们的目标都是相同的——杀到印度洋，夺取巴库、伊朗和伊拉克的油田。远东的每一次行动都必须与这场苏德战役联系起来，因为轴心国的主要目的就是夺取石油并实现会师。日军的目标是锡兰、马达加斯加、德班和亚丁。他们还可能会向澳大利亚和印度发起进攻，但比起与德国会师这个最重要的目标，这些都是次要的。如果德国人在 1942 年还像 1941 年那样没办法夺取油田，可以肯定他们将输掉这场战争，即使他们的领导人能够暂时向德国公众掩饰这一点。因此，同盟国政府将俄国战场视为最主要的战场，一直为俄国盟友提供坦克和飞机，甚至愿意在远东付出惨重代价的决定是正确的。虽然日军很危险，但德国人才是主要的敌人，等到德国退出战争之后再对付日本也不迟。

英国的飞机第一次轰炸了巴黎。这是整场战争中最激烈的空袭之一，目标是被德国人占为己用的雷诺公司的大型汽车工厂，据说那里每月生产 300 架飞机。经次日返回巴黎进行拍摄的飞机发布的照片显示，这些工厂几乎被彻底炸毁了。自从法国停战以来，英国空军一直在轰炸由德国人掌控的海滨城镇，但巴黎也遭受轰炸的新举措或许表明英国和美国对维希傀儡政权的态度正在变得强硬。维希政府的大部分领导人和法国被占领地区的卖国贼无疑愿意与德国人合作，要不是遭到法国群众的抵制，他们还会将北非的法国舰队和海军基地移交给德国人。法国群众一直支持同盟国，对外国压迫者充满仇恨。几乎每一天德国的广播都会宣布巴黎有新的怠工破坏或法国平民刺杀德国士兵的事件发生。德国人实施了最残酷的刑罚——譬如说，昨天他们的广播声称准备枪毙 20 名人质，因为有一个德国士兵被杀了，而且如果找不出杀人犯的话，还会再处决 20 名人质。但怠工破坏和暗杀行动似乎并没有减少。法国群众现在已经彻底了解到法西斯统治对于他们来说意味着什么，只要侵略者还在他们的土地上，他们就会一直抗争下去。英国对巴黎的轰炸使得一些法国平民遇害，这是无法避免的，但所有真正爱国的法国人将会知道这比允许被抢占的工厂继续生产军备用来奴役全世界要好一些。

英国政府改组了，英国的政治气氛发生了确凿无疑的改变。我们还不知道下周进行的关于英国与印度关系的辩论将会提出怎样的提案，但我们已经可以看到将斯塔福德·克里普斯爵士纳入政府以及陆军部方针的改变是推行更有活力和更加民主的政策的前兆。新政府执政后，第一条法令通过了，将对那些拿粮食投机倒把囤积居奇的奸商实施非常严厉的法律惩罚。这些自私自利的人现在将遭受十年监禁和高昂罚款。征兵令现在延伸到了 20 岁以下的女性和 18 至 45 岁的男性。此外，军队的指挥体系正在进行大的变革。所有 45 岁以上的军官正重新接受考察，了解他们的身心活跃程度是否能胜任现代化战争压力下的任务。英国群众和政府都对整体年龄只有三十来岁的红军将领所取得的成功表示钦佩。大家都觉得这是一场年轻人将起到主导作用的战争，绝不能因为财富或社会地位的考量而影响作战效率。现在英国的生活正在发生的所有改变都在朝这个方向迈进；虽然战争在很多方面不可避免带来了糟糕的社会影响，但比起两年前，英国的民众情绪和社会结构无疑要更加民主，而且财富分配更加平均。

过去几个月来，船只的损失在急剧增加。但这不应该被视为常态——原因有两个。首先是因为战争现在蔓延到了太平洋。在头几个星期，有许多英国船只没有护航，而且远离本土的海港。其次，美国海岸附近出现了潜水艇，而护航体制还没有完全建立。这些德国潜艇的真正目的是影响美国的民意，迫使美国政府将舰队留在本土海域，而不是用于对付日本人。可以肯定这一行动将以失败而告终，但接下来的几个月，大西洋西部的船只损失或许仍将很沉重。与此同时，另一批大规模的美军部队抵达英国，在伦敦的街头已经可以看到许多美国士兵。这批部队远渡大西洋，没有遇到什么麻烦，甚至没有看见一艘德国潜水艇。我们只需要知道德国的部队从东边或日本的部队从西边要远渡重洋并登上美国的海岸是几乎不可能的事情，就能了解到盟军牢牢地掌握了制海权。

1942 年 3 月 14 日

这一周最重要的事件不是军事事件，而是政治事件。斯塔福德·克里普斯爵士乘飞机出使印度，向印度各个政党的领袖介绍由英国政府草拟的合约内容。

政府还没有公布它的计划是什么，对内容妄加猜测是不明智的举动，但至少可以肯定的是，英国再也找不到更适合进行谈判的人选了。斯塔福德·克里普斯爵士一直被视为英国社会主义运动中最能干的人物，而且他以绝对可靠的人品而备受尊敬，即使是他的政敌也承认这一点。他履历丰富，拥有职业政客不常拥有的知识和经验。在上一次战争期间，他代表政府经营一座炸药工厂，之后当了几年律师，由于应付复杂的民事诉讼的高超技巧而享有盛誉。尽管事业成功，但他一直过着非常简朴的生活，将大部分所得捐给了律师公会和资助他的社会主义周报《论坛报》。他生活简朴，奉行素食主义和禁酒主义，而且是虔诚的基督教徒。每天早上人们可以看到他在一间廉价的伦敦餐馆和工人与办公室员工一起吃早饭。在过去几年里，他放弃了在律师公会执业，以全身心投入到政治活动中。

斯塔福德·克里普斯爵士的突出品质一直是他毫不妥协的政治原则。有时候他会犯错，但最痛恨他的敌人从来不会说他在乎金钱、声誉或个人权力。大概七年前，他对工党过于谨慎的政策感到不满，在工党内部创立了社会主义联盟，目的是推行更加激进的社会主义政策和更加坚定地抵抗法西斯主义的进逼。它的主要目的是成立像法国和西班牙那样的人民阵线政府，让英国和其它热爱和平的国家与苏联达成更紧密的关系。这使他与工党领袖们产生了矛盾，那时候这帮人还不完全明白法西斯主义的威胁。一个不那么坚持原则的人会选择放弃以保住自己在工党里的显赫地位，而克里普斯却选择了退党，有好几年的时间，他形单影只，下议院里只有几个议员和少数追随者知道他的政策是正确的。但是，当1940年丘吉尔政府成立时，各方都意识到斯塔福德·克里普斯爵士是英国驻莫斯科大使的最佳人选。他展现了非凡的才干，无疑为英国人民与俄国人民结盟做了大量的工作。自从回到英国之后，他做了一系列的演讲和广播，让英国的群众了解到俄国盟友所作出的巨大努力和我们尽全力支持他们的必要性。克里普斯爵士是一个富有才华、值得信任和有自我牺牲精神的人，就连他的批评者也承认这一点。英国的每一个人都乐意看到如此重要的任务交给了他去执行。

日本人占领了仰光，或许还占领了仰光西边的另一个主要港口巴生。英军彻底炸毁了仰光附近的沙廉的炼油厂，它们将对日本人毫无意义，而且他们准备好了彻底破坏仁安羌的油田，在接下来的五年里没有人能从那里开采到一滴石油。无论日本人从缅甸可以得到什么，他们得不到最迫切需要的物资，那就是石油。据我们所知，他们从荷属东印度群岛也没有得到多少石油。

（以下内容遭到审查删除：显然，日本人正在准备进攻澳大利亚。首先他们可能会进攻达尔文港和北边的其它机场。日本人的主要目的是控制印度洋，并在中东与德国人会师，如果德国人的进攻获得成功的话。但除了这个计划之外，他们还必须进攻澳大利亚，以阻止盟军从那里发起进攻。我们已经知道美国为西太平洋提供了庞大的增援，而目的地一定是澳大利亚或新西兰，二者必居其一。日本人还在准备进攻锡兰，或许还会进攻印度大陆，并尝试占领马达加斯加。有迹象表明他们正在准备向俄国发起突然袭击，就像当初他们向美国发起突然袭击那样，响应德军在西线的作战。但俄国人不会被打个措手不及。）

这一周来，日军在香港的行径得到了全面而真实的披露。几个从香港逃脱并抵达重庆[①]的见证者已经证实了这些报道。据悉，日本人宣布香港全境是慰安所，这意味着香港境内的任何妇女都可以由日本士兵随意凌辱强暴。在新加坡，根据日本人自己的东京电台的内容，日本人掳走了 7 万 3 千名中国平民，并对他们进行了"严峻的审问"，说白了就是酷刑折磨。1937 年在南京发生过同样的事情。从中我们了解到日本人的口号"亚洲是亚洲人的亚洲"的真正含义。它的意思其实是"亚洲是日本人的亚洲，而所有不幸生活在他们统治下的人将遭受奴役、贫穷和折磨"。

中国已经明确表示它将一如既往地进行抗战，无论缅甸战役的结果会是怎样。缅甸公路的临时中断并没有造成致命的影响，因为物资供应可以用重型轰炸机从印度运往中国。与此同时，重庆传来消息，一支自由朝鲜的军队已经成立，成员是从日本统治下的朝鲜逃出来的人，他们已经在与中华民国的正规军并肩作战。[②]

---

① 曾在港英政府任职的菲丽丝·哈罗普（Phyllis Harrop）与另外几位英籍人士从香港逃出，抵达重庆，并将自己的所见所闻通过广播公之于众，后来她还撰写了回忆作品《香港事件》。

② 指韩国光复军，总司令为池青天，参谋长为李范奭。

在俄国战线的北边，被俄军分割包围的德国第十六军未能逃脱，俄国人宣布将在近期内将其消灭。就连德国电台现在也承认第十六军的处境岌岌可危。不久前纳粹宣传人员回顾了他们在俄国战役的损失，承认总共付出了150万人的伤亡——死伤与失踪数字的总和。就算我们相信这些数字是真实的，这也意味着德国人从战役打响起每天的伤亡数字达到了5000到6000人。因此，过去八个月来，每天有数千户德国家庭因为统治者强迫他们向俄国发起的鲁莽进攻而承受丧亲之痛，但由于德国人总是把他们的损失往少里说，我们可以认为真实的数字甚至还要更高。

（以下内容遭到审查删除：英国人民正在严厉地约束自己以迎接全面战争的要求。针对那些从事黑市买卖者的处罚将变得更加严厉，犯事者最高可以被判处14年的有期徒刑。白面粉很快就会从市场上绝迹，只有全麦面粉允许出售。光这一项就能每年节约50万吨的航运空间。或许只是出于找乐子或图方便而使用汽油的行为将很快被禁止。没有人在抱怨这些限制——恰恰相反，群众要求这些限制应该更加严格，好好惩治那帮自私自利、当英国没有在打仗的一小撮人。）

1942 年 3 月 21 日

现在情况比上周更加明朗了，日本人正在准备进攻澳大利亚。他们的主要目标一直都是与德国人在中东会师，但要做到这一点，他们必须确保在太平洋北面和南面站稳脚跟。有迹象表明他们正准备向俄国发起类似之前他们对付美国的突然袭击。我们认为俄国人不会毫无防备。日本人目前的目标是夺取澳大利亚北部的主要港口，这样一来，澳大利亚、美国和英国的海军只能使用新西兰的港口，从那里发起进攻。

目前日本人的进攻方向主要是澳大利亚北端对面新几内亚岛的莫尔兹比港。他们遭到了顽强的抵抗，但我们仍无法肯定能否阻止他们在澳大利亚登陆。日本人登陆后会不会觉得战事将轻松一些则是另一个问题。澳大利亚是一个广袤的国度，即使没有遭遇抵抗或抵抗并不激烈也要花上好几年的时间才能占领全境。即使日本人能够成功登陆并站稳脚跟，他们所面临的结局或许将会是让自己陷入类似于侵略中国四年后相同的处境—— 一场可以征服广袤的领土却几乎不可能征服敌人的战争。

我们不知道在澳大利亚集结以抗击侵略的部队兵力有多强。在爪哇海战中，盟军损失了许多战舰，他们的空军在数量上可能没有日本人那么强大，因为空中增援要经过非常遥远的距离。但我们知道美国的地面部队和空军增援在过去两个月陆续大批抵达澳大利亚，虽然在不久之前这仍是保密信息。与此同时，之前菲律宾战场的指挥官麦克阿瑟将军已经被调到澳大利亚担任西南太平洋战区的最高指挥官。麦克阿瑟将军的部队在马尼拉半岛南部在寡不敌众的情况下坚持了三个半月。日本人刚开始进攻菲律宾时以为能够轻松取得胜利，但很快他们就发现自己错了。主要的原因有两个。第一个原因是麦克阿瑟将军早在多年前就预见到了日本人会发起侵略，并提前作好了方方面面的准备。第二个原因是菲律宾人民的勇气和奉献，他们没有像愚蠢的日本人所想象的那样选择投降，而是英勇地投身保卫国土的战斗，从而让麦克阿瑟将军拥有了一支规模庞大的军队，而这在原本只依赖美国部队的情况下是不可能实现的。麦克阿瑟将军受到了澳大利亚人民的热烈欢迎，被视为组织防守战役最适合的人选。现在澳大利亚已经动员了所有的人力，如果有必要的话，将组建规模达 50 万人的前线部队，还有数百万为战事服务的各行各业的工人。

三天前从澳大利亚传来消息，试图发动侵略的日军舰队遭受重创。美国飞机轰炸了日本人在新几内亚占领的海军基地，击沉或击伤了二十多艘日军船只，其中包括两艘重型巡洋舰被击沉，五艘运兵船被击沉或着火。而这个战果的代价只是损失了一架盟军飞机。第二天又有轰炸成功的消息传来。但日本人对莫尔兹比港的进攻仍在进行，那里是澳大利亚军队在新几内亚的要塞重地。不久之后他们肯定会再尝试侵略澳大利亚本土。但他们将付出惨重的船只损失的代价，他们已经缺少船只，而且会发现补充船只将变得越来越困难。

来自世界各地的消息表明各国以善意看待斯塔福德·克里普斯爵士出使印度。中国对此表示热烈欢迎。重庆一位政府发言人在几天前表示："作为政府的发言人，对盟国的内部事务作出评论这种情况并不常见，但在印度问题上，如果我不对此事表示浓厚兴趣与热烈关切，那将会是我的失职。中国媒体对斯塔福德·克里普斯爵士受命出访印度表示热烈欢迎，我们都认为，如果有哪个人具备能力和见识，并以堂堂正正的态度去处理印度的政体问题，斯塔福德·克里普斯爵士便是当仁不让的人选。此次任命表明了英国内阁的高度政治智慧。斯塔福德·克里普斯爵士与印度领导人将以真正友好的态度会面，为了保卫印度和营造更美好的世界而共同努力。"

斯塔福德·克里普斯爵士预计将在明天或后天抵达印度。他将逗留多久尚未可知，他带去的是整个政府和英国人民的支持和美好愿望。

在俄国前线，我们的盟友正在哈尔科夫的郊区进行战斗，德军似乎无法守住这座城市多久了。哈尔科夫是一个重要的工业中心，几个月前德军占领这座城市后将其吹捧为一场重大胜利。当它再度落入俄军手中时，或许他们将会有不同的说法。俄国领导人最近的演讲表明对即将到来的春季战役充满了信心，这与德国宣传人员的夸张吹嘘形成了鲜明的对比。显然，除了实际战斗和俄国的庞大人口贡献的有生力量之外，顿涅茨盆地遭受德军重创的军事工业已经恢复了大半，而且来自英国和美国的源源不断的坦克、飞机和其它军事物资供应在整个冬天没有停歇过。我们预料德军或许会发起不止一次进攻以切断英国绕着斯堪的纳维亚海岸进入北冰洋的主要供应路线。现在至少有三艘德国的强大军舰部署在挪威的沿海一带，目的是向通往摩尔曼斯克的补给线发起进攻。就在上周，德军吨位最大的最新战列舰提尔皮茨号尝试发起进攻，却被英国的飞机逼回了港口。

1942 年 3 月 28 日

日本人已经占领了缅甸南边印度洋上的安达曼群岛。这些岛屿几乎没有防御，英军早前就决定放弃它们，并撤离了大部分平民。安达曼群岛距离科伦坡约 800 英里，距离马德拉斯港差不多也是这么远，现在这两个地方都可能将遭受空袭。这是日本人试图从岛屿基地控制印度洋的第一步行动，在早前的新闻评论里我们已经作了预测。

（以下内容遭到审查删除：除此之外，上周东线的局势并没有什么大的改变。主要的军事活动在缅甸发生，那里的局势可以用危急加以形容。缅甸中部的东固机场已经落入日本人的手中。一小股中国部队在东固被包围，但他们成功地进行抵抗，今天上午传来的消息是他们已经得到了增援。日军进攻缅甸可能有几个目标，我们还不知道哪一个对他们来说最为重要。一个目标是仁安羌的油田，另一个是从印度经缅甸进入中国的新公路。这条公路仍在修筑中，但很快就能投入使用，如果日军能够成功将其切断，他们将迫使从印度进入中国的补给向更北面更艰险的路线转移。日军还有可能想要达成的目标是经阿萨姆直接从缅甸打到印度。他们很有可能正在策划通过这条路线向印度，特别是孟加拉发起地面进攻。但是，由于缅甸的天然环境，他们或许无法动用高度机械化的部队，只能依靠步兵和空军。对付这样的进攻，游击战将会非常有效，就像我们在中国战场上所看到的，接下来印度的全民抵抗将会是至关重要的因素。缅甸的雨季将在 5 月底开始，之后除了水路、公路与铁路交通之外，行进将会非常困难。但我们不应该认为这将使日军的步兵无法穿越缅甸。）与此同时，在缅甸的英国和中国军队正发起强大的反攻。中国军队的两个军团①由美国的史迪威将军指挥，而史迪威将军本人则由蒋介石大元帅直接管辖。

自上周以来，日本人进攻澳大利亚的行动并没有取得多少进展。新几内亚岛的内陆正在发生激烈战斗，但迄今为止日本人对澳大利亚人在岛上重兵布守的莫尔兹比港只发动了空袭。我们要记住，上周澳大利亚与美国空军对日本海军发起了非常成功的进攻，击沉或重创了几艘战舰和运兵船，这一行动或许打乱了日军的作战计划。在菲律宾成功组织防御战的麦克阿瑟将军正在澳大利亚忙碌地集结部队。他表示虽然他不能带来奇迹，但他认为自己来到澳大利亚的目的不仅是组织防御战，还要一有机会就发起进攻。澳大利亚总理柯廷先生②已经宣布澳大利亚将成为盟军向日本发起进攻的桥头堡，并表达他希望看到尽快解决印度政治问题的愿望，这样印度就可以在同盟国中拥有合适的身份。

有迹象表明地中海将很快重燃战火。英国海军刚刚取得了一场漂亮的胜利，顺利将一大批船队护送到马耳他岛。船队中有一艘船被敌人的飞机击沉，但试图发起攻击的意大利海军被赶跑了，最大最新的一艘军舰被鱼雷击中。③马耳他岛已经遭受了

---

① 指由杜聿明担任军长的第 5 军和甘丽初担任军长的第 6 军。
② 约翰·柯廷（John Curtin, 1885—1945），澳大利亚政治家，曾担任第 14 任总理，于任上去世。
③ 指意大利的战列舰利托里奥号（the Littorio）。

1 600 回空袭，这表明了它的战略重要性和轴心国希望摧毁其作为军舰与飞机基地的功能。只要位于意大利和非洲之间的马耳他仍掌握在英军手中，轴心国派遣军队到利比亚将是危险而困难的事情。过去几个月来，他们确实损失了大量装载士兵或军事物资的船只。如果你去看地图，你就会发现德国人向利比亚的增援只需要行驶几百英里跨越地中海——而英国的绝大部分增援必须行驶数千英里，绕过好望角，再向北穿过印度洋和红海来到埃及。虽然有这个不利因素，在埃及的英国和其它同盟国的部队不仅守住了自己的阵地，攻克了阿比西尼亚，还多次攻进利比亚，两次深入到班加西。由此可见，地中海的海战具有非常重要的意义，因为如果轴心国控制了那一带的海域，哪怕只是几个星期，他们将能够往利比亚增援一支远比英国在埃及的部队更加强大的军队。这支军队将是轴心国进攻高加索地区和中东的南翼。因此，只要英军牢牢守住埃及，轴心国的北面局势就会更加困难，我们的俄国盟友就能得益更多。

为了补充被打得七零八落的部队，德国人正努力从罗马尼亚招募新军并让保加利亚更积极地参战。保加利亚国王波里斯①一直站在轴心国的阵营，或许倾向于与德国结成更加紧密的同盟关系，但不知道他能否说服同情俄国人民甚至几乎认为自己就是俄国人的保加利亚人民与苏联交战。还有迹象表明希特勒又在试图夺取法国海军的残余用于对付英国。未被占领的法国的名义领袖贝当元帅是否会违背自己的承诺，将法国的军舰拱手让出仍有待观察。即使他这么做了，仍不知道法国的水手们是否愿意朝他们

---

① 指保加利亚沙皇波里斯三世（Boris III Tsar of Bulgaria，1894—1943）。

知道是为了解放法国而战的对手开火。

英国读者群体最广泛的报纸之一《每日镜报》已经因其激烈的，有时候不负责任的反政府言论而遭到查禁威胁，两院就这个问题进行了热烈的辩论。在战争期间做这种事情似乎是在浪费时间，但事实上它体现了英国对于言论自由的高度重视。《每日镜报》应该不会真的被查禁。就连那些与它持不同政见的人也反对采取如此激烈的手段，因为他们知道言论自由是国家团结与士气最强有力的支持之一，即使有时候它会导致不受欢迎的内容的刊登。当我们观察德国或日本的报纸时，它们只是政府的喉舌，然后再观察英国的报纸，只要不会真的有利于敌人，它们可以自由批评甚至抨击政府，我们就会看到极权体制与民主体制之间深刻的区别。

菲律宾总统曼努埃尔·奎松①已经抵达澳大利亚与麦克阿瑟将军会合，并开始组建自由菲律宾政府。有一桩趣事值得一提：法西斯电台不止三次报道总统奎松被美国人刺杀了。3月22日，他们报道了刺杀事件，并在同一天稍晚一些时候补充说奎松是被麦克阿瑟下令刺杀的，因为他拒绝一起前往澳大利亚。3月24日，罗马电台再次宣称奎松被英国和美国派人刺杀了。现在奎松已经自发来到了澳大利亚，并表示他无条件支持同盟国，宣示了菲律宾人民继续抗击日本侵略者的决心。对于一个被刺杀了三回的人来说，要完成一千多英里的行程来到澳大利亚真是一件不容易的事情。关于法西斯主义宣传的真实性就说这么多了。

---

① 曼努埃尔·路易斯·奎松（Manuel Luis Quezon, 1878—1944），菲律宾联邦共和国第一任总统，"二战"期间流亡海外，在美国成立流亡政府坚持抗战。

1942 年 4 月 4 日

缅甸中部仍在进行激烈的战斗，但盟军或许将被迫继续往曼德勒的方向撤得更远。

前天传来消息，说日本人已经在离加尔各答不远的孟加拉湾的实兑港登陆。这对卑缪的英军构成了严重威胁，如果登陆的日军实力强大而他们又不撤退的话将有可能被分割包围。日军侵略缅甸有几个目的，涉及战略、经济和政治层面。在战略上，他们试图包围中国，确保不再有军事物资能从印度运入中国，并且尝试通过海上和陆地侵略印度。在陆路上，他们或许会通过曼尼普尔至阿萨姆这条困难的路径进入印度，同时在孟加拉湾沿岸展开登陆行动。我们不知道这些行动会不会以失败而告终，我们也不能认为下个月底将开始的缅甸雨季会严重延缓日军的进程。但我们可以相当肯定无论是从陆地还是从海上进攻，他们将无法动用高度机械化的坦克和重型火炮部队去进攻印度。他们将主要依靠步兵和飞机作为进攻手段，而人数众多但装备糟糕的军队经常可以组织有效的抵抗。因此，很大程度上，战果取决于印度人民保卫自己的意志和他们为了值得守护的事物而战斗的决心。

在经济上，日本人希望掠夺缅甸的石油、大米和木材。但即使他们占领了油田也没办法立刻利用石油，因为仰光附近的炼油厂已经被破坏了。另一方面，他们迫切需要大米供应部队，如果有足够的船只进行运输的话，还要供应本土的国民。

在政治上日本人希望利用缅甸作为进攻印度的宣传基地。现在他们已经离印度很近了，能够进行中波广播，在接下来的几周里，我们预料他们的宣传将会大大增强。目前他们很安静，因为在斯塔福德·克里普斯爵士正在进行的谈判以某种方式结束之前，他们还不能肯定应该对尼赫鲁、甘地和其他印度政治领袖抱以什么态度。如果谈判达成令人满意的协议，日本人将通过他们收买的印度喉舌对尼赫鲁等人极尽污蔑之能事，斥责他们是领取大英帝国津贴的走狗。如果谈判失败，他们将把尼赫鲁捧到天上去，说他是不受英国人的承诺蒙骗并为印度的独立而奋斗的伟人。他们会采取什么纲领将取决于谈判的结果，但不管怎样，宣传攻势将在一周后开始，印度听众作好不受其蒙骗的准备非常重要。

除了这一宣传攻势之外，日本人将以缅甸和暹罗作为他们的新秩序（或用他们的话说是"共荣圈"）的成功样板。显然，从来自下缅甸特别是沙耶瓦底地区的报道判断，日本人吸引了许多甘愿冒险的冲动的缅甸人为他们卖命，这些人希望赢得缅甸独立，而这个希望到最后只会落空。他们一定会在印度故技重施。因此，看清楚日本人的共荣圈的真面目很重要，人们应该认清它是日本人和纳粹分子的宣传手段，并将这些宣传与事实相比较。根据目前的情况和德国人与日本人过往的行径，我们可以很肯定地预测接下来将会发生什么事情。

让我们设想日本人将占领缅甸全境，同时让我们设想被征服的缅甸人和他们进行合作，相信日本人会在战后让缅甸独立的承诺，也相信日本人将通过工业品赠予和振兴缅甸工业的措施让缅甸富强起来。接下来会发生什么事情呢？首先，日本人将夺走缅甸的大部分大米，不仅是他们出口印度的富余大米，而且还要夺走缅甸人自己的大部分口粮。日本人一定会这么做，因为他们需要供应自己的军队和本土人口。但或许有人会说，这没有什么问题，只要日本人支付报酬给缅甸人，购买他们的大米就行。唯一的困难是：他们拿什么去支付？首先，他们会以货币方式去支付，他们想印多少就印多少。缅甸农民将以大米换纸钞，两三个月才意识到这些纸钞根本毫无价值，因为它们什么东西也买不到。这是肯定的，因为日本人正在进行一场规模庞大的战争，根本无法生产货物用于出口，即使为了被征服的人民的利益他们真的有心这么做。因此，他们印发纸币其实是以没有痛苦的方式掠夺缅甸、暹罗、马来亚和其它被占领地区的人民。德国人在欧洲也在干同样的事情，发行了所谓的"占领区马克"，也就是说，专为军事占领区而印制的货币。被占领区的人民必须接受这一货币作为出让产品的报酬，但基本上它根本买不到东西。因此，我们或许可以认为，如果日本人占领了缅甸全境，几个月后缅甸人就会发现他们的日本朋友并没有给予他们自由或让他们变得富裕，而是遭到了全面的洗劫。或许到了这个冬天的中段，就连最笨的缅甸人也会了解到这个真相，那时候 1942 年种出的大米已经被运走了。

如果日本的共荣圈的谎言如此简单，那为什么日本人的宣传会收到成效呢？要回答这个问题，你需要观察欧洲，同样的故事在一两年前发生过。情况大体上是相同的。德国人许下了和日本人非常相似的承诺。他们通过非常相似的宣传内容分化削弱了他们的侵略对象，然后发动侵略并征服了他们，然后通过毫无价值的货币对他们进行全面掠夺，以军事占领和残暴的警察部队将他们镇压。等到被征服的人民了解到希特勒的新秩序的真相时已经太晚了。同样的事情在暹罗发生了，并即将在缅甸发生，或正在发生。因此，我们看到政治意识和对诱人的宣传内容保持怀疑态度的重要性。和欧洲一样，在亚洲，某些民族落入法西斯分子的掌握是因为他们听信了法西斯分子的话，而不是听其言观其行。日本人正在向缅甸进行的宣传和即将向印度人进行的宣传都非常诱人，但他们在朝鲜、"满洲"、中国关内、福尔摩沙的所作所为则并不那么诱人。在所有这些地方，他们用大棒和机关枪镇压当地人民，他们剥夺了当地人民的粮食和原材料，他们镇压民族主义运动，干预当地人的儿童教育，除了为日本谋求利益之外，根本没有开发他们的资源。这种事情他们在福尔摩沙已经干了五十年，在朝鲜已经干了四十年，在"满洲"已经干了十年，在中国关内被占领的地区已经干了五年。他们还希望对印度、澳大利亚甚至非洲的部分地区干出同样的事情。因此，关键在于法西斯宣传内容所针对的民族的坚定意志和常识判断，因为像中国人那样坚持抗战，虽然遭受苦难却能保持自由，也好过像暹罗人那样投降敌人，却发现悔恨已晚。对于那些说日本人将解放缅甸或印度的人，最好的回答是：那为什么日本人不解放他们已经控制了很久的朝鲜和福尔摩沙呢？对于那些说日本人在为了解放印度而战的人，最好的回答是：为什么他们在和为自由而战的中国人打仗呢？对那些说日本是在为了亚洲与欧洲民族进行斗争的人，最好的回答是：那为什么日本人一直在和与他们一样都是亚洲人民的其他民族打仗呢？

1942 年 4 月 18 日

这一周主要的事件是政治事件而不是军事事件。来自战场的消息已是众所周知，或许不用提及。现在让我们了解一下政治形势，它有各种可能性，既充满了希望又危机重重。

（以下内容遭到审查删除：在缅甸，日本人得到了大批增援并步步进逼。正如我们在前面的新闻评论所预测的，英军被迫放弃缅甸的油田，但在事前已经将其彻底破坏，对于日本人来说这些油田没有直接的用处。仰光附近的大炼油厂不久前也已经被摧毁了。除了科雷吉多这座要塞之外，战斗仍在菲律宾群岛的多处地方进行。美国的远程轰炸机从远在千里之外的基地起飞，对日军进行了狂轰滥炸。日本侵略澳大利亚的计划似乎并没有进展。西线的战事没有什么可以报道的。俄国的风雪正在消融，眼下泥泞的雪地延缓了军事行动，但英勇的红军继续在进行小范围的挺进，英国的轰炸机在继续对德国西部进行轰炸。）

斯塔福德·克里普斯爵士很快就会回到英国。自斯塔福德·克里普斯爵士与印度政治领袖的谈判宣告破裂之后已经过去一个星期了，或许现在我们能够更清楚地了解他的这次出使，并谈谈它在世界各地所引起的反应。

显然，来自许多国家的报道表明，只有法西斯主义的支持者才对斯塔福德·克里普斯爵士出使的失败感到高兴。另一方面，大部分人认为这并不是一次彻底的失败，至少此次谈判澄清了问题，并没有闹到无法再进行谈判的地步。无论分歧有多么深刻，双方都不带敌意，没有人说斯塔福德·克里普斯爵士和印度的政治领袖不是抱以诚意进行沟通的。在英国和美国，斯塔福德·克里普斯爵士的名誉实际上进一步提高了。他冒着个人名誉受损的危险接受了一项困难的任务，而他的诚恳感动了整个世界。轴心国的宣传工作者们试图将谈判破裂说成是印度不愿意抵抗，并希望接受日本人的统治。这是一个彻头彻尾的谎言，轴心国的广播员只有不去引用尼赫鲁先生和其他政治领袖的发言才能自圆其说。就连甘地先生，虽然恪守他的非暴力纲领，也并没有说他希望看到日本人统治印度，只是说他相信印度人民应该以精神抵抗，而不是拿起武器抵抗。尼赫鲁先生并没有放弃反抗英国，但他更加反对日本。他以最生动的语言表明印度的抵抗将会继续，国大党不会阻挠英国的作战，虽然改变印度的政治现状的无望让他们无法直接参战。就像在许多其它场合里他所说的那样，无论他多么深刻地反对英国政府，事实仍然是：英国、苏联和中国的抗战代表了进步，而德国和日本发动的战争代表了反动、野蛮和压迫。因此，尽管与英国军队直接进行合作困难重重，但他会尽自己的最大努力去唤起印度民众反抗侵略者的意识，并让印度人意识到他们的自由与同盟国的胜利是密不可分的。在最糟糕的情况下，印度或许仍有机会摆脱英国获得独立，而印度或其它被统治的国家在法西斯主义支配的世界里获得独立则是一个可笑的想法。

　　这些并不是流于口头的空谈，印度人民及其主要政党如国大党的态度无疑将会深刻地影响这场战争的结果。就连印度无法为自己的军队配备现代武器这个事实也无法改变这一点。回到1935

年或 1936 年，那时候日本侵略中国的想法已是昭然若揭，许多外界的观察家都认为没有什么事情能够阻止日本人，因为中国的农民并没有多少民族意识，而且中国几乎没有现代化的武装。结果证明，这些预测都错了。自 1937 年以来，日本人陷入了一场精疲力竭的战争，他们并没有获得多少物资上的好处，却损失了大量的兵力，降低了本国工人的生活标准，并让原本可能会站在他们一边的亿万亚洲人民感到寒心。原因是中国一直在进行积极的政治运动，激励了农民和城市工人，让他们愿意与侵略者作斗争，凭借着人数上的优势和勇气对抗武装更加强大的敌人。面对高度机械化的军队如德国军队，单靠民众拿着步枪和手雷进行抵抗或许是徒劳的，尽管俄国游击战的成功实施让人对这一点产生了怀疑。但面对日本人派遣到中国的军队，或他们可能将会派往侵略印度的军队——一支主要由步兵组成的军队——游击战可以很成功，而且"焦土政策"能有效地阻碍侵略者的脚步。因此，印度人民的决心和尼赫鲁先生的努力将会在很大程度上影响结果，或许会让日本人寝食难安。无疑，轴心国的宣传人员很清楚尼赫鲁先生、阿萨德先生①及其它国大党的领导人是抗战的灵魂与心脏，不久之后他们又会开始污蔑他们是领大英帝国津贴的间谍。

（以下内容遭到审查删除：英国的预算在三天前公布了，大体上令人满意。它的大体内容如下：直接税收没有增加，事实上还减免了下层阶级的所得税。大致说来，体力劳动者中的低收入者今年将会少付直接税收。另一方面，预算加重了间接税，几乎所

① 阿布尔·卡拉姆·穆希于丁·艾哈迈德·阿萨德（Abul Kalam Muhiyuddin Ahmed Azad, 1888—1958），印度学者、政治家，印度独立运动先驱人物，曾担任独立后的印度首届教育部长。

有的奢侈品都会被征税。烟、酒、皮草大衣、丝绸长裙等都会被课以重税。上班时会穿的部分廉价衣服将免征税收。烟草税不会向部队征收，士兵们每天能够以旧价买到一定数量的香烟。大体上人们觉得这是一份民主的预算，将会加速生活水平的平等化并消除阶级差别，这就是由于战争的影响而在英国发生的事情。）

拉沃尔①已经重回法国内阁，这是很糟糕的消息。拉沃尔是一个法国百万富翁，多年来大家都知道他是直接听命于纳粹政府的走狗。在导致法国沦陷的一连串阴谋中，他扮演了重要的角色。法德停战之后他一直在筹划法国与德国之间的"合作"，即法国加入轴心国，派出军队与俄国打仗，动用法国海军舰队进攻英国。一年多来，由于美国的压力，他未能进入内阁。这一次他的回归或许意味着法国与美国的外交关系将宣告终结。美国政府已经召回驻法大使，并敦促它的国民离开法国。这本身或许并不是坏事，因为在大西洋活动的德国潜水艇无疑总是在利用法国在西印度群岛和非洲的港口，而法国和美国在名义上仍是友邦关系使得美国人很难应付这些行动。如果美法关系破裂了，美国人就不会因为所谓的法国中立而束手束脚。但是，一个可怕的危险是，在某个关键时刻，拉沃尔或许会命令法国舰队去对付已经在与三个国家的海军进行苦战的英国海军。无疑，这就是他的目的，但或许他会遭受挫折，因为法国群众极力反对纳粹分子。我们有理由认为法国水手会拒绝向英国人开炮，因为他们知道英国人是在为解放法国而战。骚乱、暴动和怠工破坏继续在法国被占领区进

---

① 皮埃尔·拉沃尔（Pierre Laval，1883—1945），法国政治家，"二战"时法国沦陷后与维希政权合作，并签署文件，将法国境内的犹太人运往德国集中营处死。"二战"后被以叛国罪处决。

行，几乎每一天德国的报纸都会宣布又枪毙了一批人质。德国人自己似乎也相信如果英国和美国的部队登陆法国的话，将会得到法国人民的热烈支持。然而，与此同时，形势危机四伏，我们可以肯定在德国正在准备的春季大规模攻势中，法国的卖国贼分配到了重要的任务。

1942 年 4 月 25 日

　　这一周来，亚洲的军事形势并没有大的改变。在缅甸的日军得到了强大的增援。自上周以来，同盟国部队仍在撤退。日本人在仁安羌包围英军和在垒固包围中国军队的尝试都失败了。4 月 21 日韦维尔将军的演讲清楚表明印度的空中防御，无论是飞机还是人员配备，都已经得到了大大的增强，而且或许这将体现在缅甸战场上，但上缅甸没有多少机场这个事实加重了同盟国部队的困难。马德拉斯的地方政府原本已经撤走了，但又迁回了当地，无疑就是空中局势有所缓和的结果。在轰炸锡兰和马德拉斯的战斗中，据闻日本人损失了上百架飞机，这些飞机应该是从航空母舰上起飞的，得经过一段时间才能得到更替。在缅甸战役中，日本人在与时间和天气赛跑。在五月中旬开始的雨季到来之前他们不仅希望切断从腊戌出发的缅甸公路，还希望切断正在修筑的连接印度和中国的新公路。到了 6 月中旬，缅甸境内的所有洼地将会积满雨水。我们不应该犯下以为雨季的到来将会使日军寸步难行的错误。即使在最多雨的那几个月里，通过木筏和浅底船运载大批步兵这种情况是可能发生的。但要运送坦克和重型火炮则非常困难，适合飞机起落的地方就更少了。因此，大体上，雨季的开始将对同盟国的部队有利，并在一定程度上削弱日军赖以取胜的兵力和武器上的优势。

　　美军和菲律宾军队继续在科雷吉多要塞及菲律宾群岛的许多

地方进行抵抗。4 月 18 日美国空军轰炸东京，这些飞机很有可能是从航空母舰上起飞的。日本人表达了强烈的愤慨，并声称只有非军事目标被炸，轴心国的宣传人员总是这么说。事实上，听轴心国的广播内容，同盟国的飞机投下的炸弹无一例外都落在学校和医院头上，你一定会以为东京、柏林和其它轴心国的主要城市里就只有这两类建筑。但当我们记起过去五年来，日本人一直在轰炸毫无防御的中国城市后，他们的愤慨未免显得有点荒唐。

西边的战事有三个重大问题还无法得到肯定的回答，但我们得尽最大的努力去回答，才能看清未来。第一个问题是：德国人将会朝哪个方向发起主攻？第二个问题是：英国和美国会尝试进攻欧洲大陆吗？第三个问题是：现在由亲纳粹的百万富翁拉沃尔控制的法国将会在接下来的军事行动中扮演什么角色呢？

在前面的新闻评论里我们已经指出德国人肯定会朝高加索地区和中东地区发起猛烈进攻。他们迫切需要得到新的石油供应，并与盟友日本人会师。因此，他们的大致方向没有什么疑问。唯一的疑问是，他们是希望毕其功于一役，击败红军并杀到里海，还是说他们会沿着更靠南的路线向东推进。现在法国落入德国人比以前更严密的控制之中，这或许表示德国人会直接进攻塞浦路斯岛，然后再进攻叙利亚，因为如果他们能够控制法国的舰队，他们或许就会拥有足够多的军舰去挑战英国海军对地中海东部的控制。单靠空袭去攻占塞浦路斯和叙利亚是非常困难的事情。德国人很有可能在发起正面进攻的同时还会在西边发起辅攻，目标可能是西班牙、直布罗陀海峡和西非，或进攻不列颠群岛。向英国发起全面进攻或许不会成功，但即使是不成功的侵略也会造成工业生产的混乱，而为了达到这个目的，希特勒不会在乎付出多大的流血代价，愿意在关键时刻以一支庞大的军队冒险一搏。但英国做好了应对这个尝试的准备，无论是陆战、海战还是空战，都乐意奉陪。

关于今年同盟国会不会攻入欧洲，我们不会作出任何明确的预测。显然，德国人预料到会有进攻，并相信挪威或法国将是进攻的战场。他们正加紧在西线布防，或许已经从俄国前线抽调了部队和飞机。英军又发动了一次成功的敢死队突击行动，这一次的目标是布洛涅。这些敢死队突击行动不仅对重要的军事目标造成破坏，而且迫使德国人分配相当一部分兵力用于防御漫长的海岸线。在惯常的夸口之余，德国领导人的讲话表明他们非常不安。他们知道在1914年至1918年的那场战争里，正是因为要应付俄国和法国两条战线德军才疲于奔命。如果英军和美军在欧洲站稳脚跟，他们担心同样的事情将会再次发生。希特勒在4月22日发表了演讲，再一次试图恐吓德国人民更加辛苦地备战，告诉他们战败将意味着德国被彻底摧毁。毋庸置疑，这是一个谎言：德国战败只是意味着纳粹分子的覆灭。但这个德国独裁者讨论起了战败的可能性是一个显著的改变。我们都记得，在1940年的夏天，他告诉德国人战争将在几个星期内结束，而在1941年初，希特勒庄严地向他的人民承诺他们不用再打一场冬季的战争。

谈到法国的局势，正如我们上周所预测的，显然，拉沃尔一意要与德国人进行密切的合作。他或许对他们来说很有利用价值，但他必须小心行事，因为法国人痛恨他，而且民意很热烈高昂。或许他将会步步为营地实现他的目标。事实上，他过往的履历表明他喜欢背地里搞小动作，不让他的批评者知道他在干什么勾当。但他加入权力中心表明维希政权是多么弱小，而且根本不能指望它能够拒绝德国人的要求——这些包括出让法国的海外领土或使用法国的船只。现在南非已经与维希政权断交，在此之前史末资将军[1]已经宣布将会抵抗轴心国试图夺取马达加斯加的尝试。拉沃尔会不会将法国舰队交给轴心国还没有新的消息传来。或许我们可以有把握地说，大部分法国水手不会在德国人的驱使下与他们之前的盟友交战。但危险在于，过去一年半来，德国人或许为了这个目的一直在训练自己的水手，因为虽然他们在停战协议中同意不征用法国的海军，但他们总是会违背不利于他们的承诺。显然，法国的反纳粹主义情绪在拉沃尔掌握权力后更加高涨。有人尝试刺杀法国的法西斯分子和亲纳粹政客多里奥特[2]。消息传来说，又有几批法国和比利时的人质被枪毙，现在这种事情在德国的报刊上已经几乎是无日无之。

（以下内容遭到审查删除：英国公布了新的限量供应措施。从6月1日开始，国内的燃料将进行限量供应，预计这将可以实现每年节约1 000万吨煤炭的目标。）

斯塔福德·克里普斯爵士于4月21日抵达英国。对世界范围内的报刊的了解表明虽然他这次出使任务失败了，但整个世界，特别是中国和美国，对他的正直人品深感钦佩，并希望谈判能够在未来重新进行。本周下议院将对克里普斯的出使任务展开讨论，在我们的下一次新闻评论里，我们希望能够更完整地对英国国内的反应进行报道。

---

① 扬·克里斯蒂安·史末资(Jan Christiaan Smuts，1870—1950)，南非军人、政治家，曾于1919年至1924年及1939年至1948年担任南非总理。
② 雅克·多里奥特(Jacques Doriot，1898—1945)，法国纳粹分子，曾在法国被占领期间在巴黎进行亲纳粹的广播，并组建"反布尔什维克志愿军"，协助德军在东欧的作战。

1942 年 5 月 2 日

日军已经攻占了缅甸公路从曼德勒向东延伸的主要支路上的腊戍。更北边还有一条公路,从八莫向东南延伸,在腊戍的东边进入中国。当然,这条公路仍掌握在盟军手中,但它的路况不是很好,而且从八莫到曼德勒只能走河道。如果曼德勒沦陷的话,中国将暂时被切断与外界的联系,在从印度进入中国的公路修筑完成之前,中国的军队将依赖空中支援。已经存放于腊戍的军事物资会尽可能多地运往中国,剩下的物资在日本人到达那里之前将被销毁。

在这种情形下,更加有必要看清楚整场战争和缅甸战役的形势,不被敌人的宣传或从缅甸逃出来的难民散布的谣言所迷惑,这些谣言往往过于夸张且具有误导性。缅甸绝大部分领土已经沦陷,这是盟军遇到的挫折,但不足以击垮他们,也不会对这场战争的全局产生决定性的影响。

菲律宾群岛和澳大利亚没有什么新闻值得报道。澳大利亚和美国的飞机继续在新几内亚岛对日军进行猛烈的轰炸,摧毁了许多军事物资和几架敌机。但是,当地的观察员相信日本人打算就在近期向澳大利亚发起进攻。

将斯大林作出指示的讲话风格与这一周早些时候希特勒和墨索里尼歇斯底里的演讲进行对比,我们清楚地了解到轴心国的暴君感受到了末日的寒意,而俄国的领袖则更加自信,而且比以往更有理由感到自信。德国元首①与意大利元首②在萨尔茨堡的山畔会晤无疑将会让全世界不寒而栗，但就连他们本国的人民都不会被欺骗，以为此次会晤将带来奇迹般的胜利。虽然这两个朋友在希特勒入侵挪威的前夕会晤，墨索里尼与他的法西斯军队却因入侵希腊而蒙受耻辱。我们也不会忘记他们的上一次会晤前，纳粹头子希特勒正准备一举征服俄国人民。

现在这两个人会晤时，墨索里尼一定在怀念以前他和希特勒平起平坐的日子。现在他以最无助彷徨的法西斯国家领导人的身份前往萨尔茨堡，根据他的喉舌盖达③的讲述，会议的结果一定是将他本人与意大利人民身上的链条绑得更紧。更大规模的意大利军队将被投入俄国前线这个泥沼，更强大的纳粹军队将进入意大利，肆意进行掠夺。在这件事情上，至少我们可以肯定盖达说出了真相。希特勒带上了最高统帅部总长凯特尔元帅④，他一直在东欧各个被征服的国家征兵去当炮灰，不会轻易放过意大利。会议的正式报告，和往常一样，暴露了德国元首和意大利元首内心的紧张和迷惑：他们说他们赢得了一场"压倒性的胜利"，但他们又说"决心要动用一切手段确保最终胜利"。

如果言语可以用来打击敌人，俄国在去年的夏天和秋天已经被毁灭好几回了。斯大林认为德军比起十个月前被削弱了，这个判断无疑是正确的。德意志国防军最好的军官、最精英的部队和

---

① 原文是德文 Fuehrer。

② 原文是意大利文 Duce。

③ 维吉尼奥·盖达(Virginio Gayda, 1885—1944)，意大利法西斯分子，纳粹报纸《意大利日报》的编辑。

④ 威廉·鲍德温·约翰·古斯塔夫·凯特尔(Wilhelm Bodewin Johann Gustav Keitel, 1882—1946)，德国军人，曾担任德国国防军最高统帅部总长，"二战"后在纽伦堡审判中被判处死刑。

军事物资已经消耗殆尽。俄国的人力资源远比希特勒能从帝国和所有被奴役的国家征调到前线的人力资源更加丰富。失去了乌克兰确实严重削弱了俄国的生产能力，它不仅是粮仓，而且提供了俄国工业一半的煤炭和钢铁。但另一方面，工厂设备已经成功东迁，莫斯科地区保住了，乌拉尔地区和西伯利亚地区的生产得到了扩张，这确保了乌克兰被占领所造成的军工生产的下降远远没有原先所担心的那么严重。斯大林现在可以说：源源不断的弹药和飞机正从俄国的工厂运达前线，而英国和美国正在提供更多的战争支援。

无疑，斯大林所预测的大规模进攻将会发生。纳粹分子能够投入的兵力和人力仍然非常强大。对于俄国来说最重要的战略要点如莫斯科周边地区、列宁格勒和高加索的油田，俄军比去年夏天更加接近德军的前线。但是，要在曲折漫长的前线部署重兵一定要比在波兰更加困难。斯大林告诉俄国人民德国的人力储备、石油储备和原材料储备已经快打光了。但只要希特勒仍然大权在握，我们就必须做好应对一个经受过野蛮的纪律训练的国家进行最疯狂残忍的消耗战的准备。俄国人民从他们的领袖那里得到的保证是 1942 年将是最终战胜德国的年头。我们可以信赖他们，相信他们会尽自己的最大努力，坚信除非纳粹主义被消灭，否则世界将不会有和平，自由或幸福的生活将没有保证。无论斗争的过程是多么艰苦，我们和盟友将尽最大努力去夺取最终的胜利。

在"全情投入"的备战努力中，俄国工人牺牲了他们两个最重要的节日中更受欢迎的一个。自 1918 年以来，今年的五一劳动节第一次成了工作日。不过，这个节日仍然在举行会议，张贴着口号的红色标语。

自从苏维埃政权成立以来，对于俄国人民来说，五一节一直是爱国的日子，自从七年前斯大林对斯达汉诺夫的工人们说"生活正变得越来越美好幸福"起，这一天一直是苏联工人从繁重的压力和劳动中暂时得以休息放松的日子，就像法国的 7 月 14 日。

过去几年里在莫斯科的红场、列宁格勒的乌里茨基广场、基辅的克雷斯查提克和成千上万的城镇与乡村举行的庆祝活动里，苏联人民想的更多的是社会主义的成就，而不是它起源于 46 年前的芝加哥大罢工，是全世界工人阶级团结一心的象征。

今年的爱国主义基调比以往占据了更高的支配地位，上个五一节之后所发生的事件导致了这个结局——德军向俄国发起了突然袭击，在俄国两个最大的城市外围及伏尔加河畔和顿河河畔发生了漫长而激烈的战斗，随着冬天的到来，反击演变成了一场漫长的拉锯战。俄国的盟友，活跃或潜在的盟友——世界各国的无产阶级、欧洲的爱国志士、斯拉夫国家被压迫的兄弟和德国的工人——正团结一心。

俄国工人坚信正是因为他们的祖国是社会主义国家，他们才挫败了希特勒妄图在政治上、战场上和经济上摧毁它的计划。许多年来，工厂的机器在 5 月 1 日当天停止运转，作为对一个剥削他们的体制的抗议。24 年来，俄国的工厂在这一天一直没有开工，工人们在庆祝国家体制的改变。今年，在伏尔加河流域，在乌拉尔山区，在西伯利亚和中亚，在接近战场的兵工厂，在被围城的列宁格勒和被解放的加里宁，机器仍在继续运转以保卫这个政权。

1942 年 5 月 9 日

　　英军于 5 月 5 日登陆马达加斯加岛，维希政府命令守军进行抵抗——事实上，激烈的抵抗持续了一小段时间，但迭戈·苏亚雷斯的海军基地已经在 5 月 7 日傍晚投降，维希政府在岛上的几乎所有的武装力量都被缴械了。或许接下来还有必要进行扫荡行动，但现在可以说马达加斯加已经由英国控制。这是抗击德国和日本的战略方针中极其重要的一步。

　　在地图上，你会看到这个大岛控制着船只绕过好望角前往锡兰和印度或红海和中东的航道。因此，如果马达加斯加被敌人掌握，它将对盟军构成致命的军事威胁，使得英国的商船很难在地中海顺利通行，中东和印度的军队补给大部分得绕行开普半岛。而且运送给我们的俄国盟友和波斯湾的物资也是通过这一路线。

　　尽管存在着这样的危险，如果法国政权可以信赖的话，英国政府或许本不愿意冒险占领马达加斯加。但过去几个星期来，维希政府的实际权力已经被拉沃尔掌握，他几乎毫不掩饰自己就是德国人的工具。一年多前，在贝当仍然掌握权力时，法国将印度支那拱手让给了日本人作为进攻暹罗和马来亚的基地。如果贝当愿意这么做，那么可以更加肯定拉沃尔也会将马达加斯加让给日本人。除了这个可能性之外，我们知道过去几个月越来越多的日本人以商人、扈从武官、游客等身份乔装进入马达加斯加，目的是为武力政变进行准备。在这种情况下，英国政府别无选择，只能力争先于日本人占领马达加斯加。英国已经表明它无意吞并马达加斯加或在没有必要的情况下干预其内政。英国人或许不会占领整个岛屿，只是控制上面的港口、机场和其它的军事要地。他们的第一个任务将是逮捕日本人的第五纵队。除了这些人之外，大部分居民或许愿意支持同盟国。马达加斯加岛的人口大约有400万，其中法国人有2万5千人。我们知道他们的立场各有不同。在战争初期，当时的马达加斯加总督希望继续抵抗德国人，结果，贝当指派了另一个亲纳粹的官员替代了他。近来一个支持戴高乐将军的秘密电台在马达加斯加岛上进行广播。因此，我们知道至少有一部分法国人是支持我们的，而当地人面临被德国或日本暴政统治的危险，几乎可以肯定会支持我们。遗憾的是，执行这一计划会导致英国和法国付出流血牺牲，但通过压倒性的武力登陆，英军将血的代价降到了最低限度。

占领马达加斯加后必须要做的就是守住它，印度洋的其它岛屿也变得更加重要，尤其是马达加斯加东边的毛里求斯岛和留尼旺岛。几乎可以肯定日本人将会对这些岛屿发起进攻，尝试将它们作为发动接下来的进攻的垫脚石。毛里求斯岛属于英国，但留尼旺岛由维希政权控制，岛上的统治者或许会将这个岛让给日本人。但和法兰西帝国的其它地方一样，英国占领了马达加斯加或许会在留尼旺岛引起政治反响，维希政权的控制已是风雨飘摇。

在缅甸，日军已经进入曼德勒，他们的东方面军从腊戌出发，进入了中国的国境。在西边，之前扼守曼德勒的英军和中国军队正向北撤退。通过这些行动，日军暂时成功地使中国陷入孤立，只能通过空运接受援助①。另一方面，他们的另一个目的是包围上缅甸的英军和中国军队，但不会获得成功。一些军事物资或许必须被丢弃，但上缅甸东部的英军和中国军队主力或许能够顺利撤退，通过铁路到达密支那，并从那里进入中国，但更有可能退到曼尼普尔邦，经山路进入阿萨姆。这是一条艰难的路线，但并非不可能完成，而且有大批的印度难民已经走过这条路了，让行军变得相对容易一些。与此同时，中国的国民军已经向上海、南京、汉口和其它几个日本占领的城市发起英勇的进攻，两天前他们还向广东发起进攻。中国军队能够在日本人控制的地盘里展开这样的军事行动表明日本人所占领并在地图上标识为"日本国"的地盘形势是多么岌岌可危。5月5日，日军成功登陆科雷吉多岛，5月6日，经过了4个月的抵抗后这座要塞被迫投降。菲律宾群岛的阻击战拖慢了日军进攻澳大利亚的步伐，而缅甸的阻击战则拖慢了日军进攻印度的步伐。昨天传来消息，在所罗门群岛附近美国舰队与显然准备进攻澳大利亚的日本舰队展开了一场空战和海战。目前战斗或许仍在继续，无法进行详细的战情报道，但可以肯定的是日军损失惨重，包括两艘航空母舰、两艘或更多艘巡洋舰、两艘驱逐舰和几艘吨位较小的船只，还有几艘运兵船。盟军还没有发布自己的损失。在接到进一步的报告之前无法做出最终的判断，但可以这么认为，这场海战让日军遭受了严重挫折②。

---

① 1942年4月，驼峰航线开始运作，直至1945年11月。
② 奥威尔所说的这场海战就是后来载入战史的珊瑚海海战。海战的最终结果是美军两艘重型航母一沉没，一重伤；日军一艘轻型航母沉没，一艘重型航母受伤。这场海战迫使日军放弃了对澳大利亚的企图，并间接导致了次月中途岛海战中日本舰队决定性的失败。

随着春天的临近，俄国前线又开始发生战斗了。一切迹象都表明高加索地区将是德国发动主攻的战场。俄军不会停止对那里和克里米亚半岛的进攻，他们的主要目的是先削弱德军，延缓他们的集中。英国的军事物资供应继续经北冰洋输入俄国，但运输难度很大，因为极北地区的夜晚现在非常短暂，而德国人在挪威的海岸线布置了强大的潜艇舰队。几天前发生了一场海战，英军损失了一艘巡洋舰，而德军损失了一艘驱逐舰，但总共 30 艘商船中有 27 艘成功穿过北冰洋，将货物送到我们的俄国盟友手中。斯大林又发表了一次电台演讲，再次自信地声明他预计在 1942 年就将取得对德作战的最后胜利。

英国皇家空军继续对德国的港口和军工厂实施猛烈轰炸。德国人目前无法作出同样规模的空袭作为反击，它的应对是继续轰炸平民区，希望这一手段造成的破坏会令英国政府停止轰炸德国。在被占领的国家，情况清楚表明德国人的统治越来越令人厌恶。5 月 4 日，德国人自己宣布他们已经集中枪毙了 72 个荷兰人，因为他们从事支持同盟国的活动。几乎每天他们的报纸和电台都在进行类似的广播，十个、二十个、三十个波兰人，法国人，比利时人，挪威人或某个被占领国家的人民因为同样的理由而被枪毙。当怠工破坏或支持盟军的情况发生时，德国人的应对就是立刻枪毙一批人质——按照他们的讲述，他们大部分是犹太人和共产党人——并威胁说如果肇事者不自首的话，他们就会在某一天枪毙更多的人质。这个手段并没有奏效，被占领国家的人民拒绝与侵略者合作，即使不合作可能意味着付出生命的代价。（以下内容遭到审查删除：关于几周前发生的英国在圣纳泽尔展开的突击行动披露了非常重要的目击证据。似乎当地的法国人加入了英军，战斗持续了三天，主力部队在完成任务后顺利撤退，然后德国人作出最野蛮残忍的报复，并在法国沿海一带张贴告示，声明只要任何地方出现英军的登陆部队，他们就会枪毙人质。）

英国将很快禁止奢侈的吃喝。相关法规的详细条文还没有确定，但是，据说一个人去酒店或餐馆吃一顿饭所花的钱将会被限制在较小的额度内。这一措施与服装限量供应、汽油限量供应、全民服役和英国的教育体制正在发生的改变是一致的，表明由于战争的影响，英国朝着成为一个真正的民主国家又迈出了一步。

1942 年 5 月 16 日

现在印度将很快遭受侵略。与此同时，过去一周来，军事形势没有大的改变。这一次我不会像往常那样对正在进行的战事进行评论，我将尝试让你们对这场战争有更全面的了解，这或许有助于你们更好地理解即将发生的事件。

战争和足球比赛不一样。足球比赛在两支人员固定的球队之间，在固定的时间里进行。决定足球比赛胜负的因素与决定战争胜负的因素不可同日而语，在战争中，只有你认为自己输了并自发放弃战斗，那才是真正的失败。而当我们回顾这场已经进行了两年半的战争时，我们看到原本是一场地区性的战争蔓延到整个世界，而原本在开始时并不清晰的目标和意义逐渐变得清晰起来。此外，我们看到这场战争并不是一个孤立的事件，而是开始于十年前的一个世界范围内的进程的一部分。具体来说，它始于 1931 年，当时日本入侵"满洲"，而国联没有采取任何行动。从那时起，我们看到一连串侵略事件的发生，一开始的时候完全没有遭到抵抗，然后发生了抵抗，但以失败告终，然后是成功的抵抗，直到最后情况清楚地表明这是一场向往更美好幸福的自由的人民与不顾全人类的利益、一心只想攫取权力的一小撮人之间的斗争。一个又一个的国家被卷入这场战争中，而这不仅仅是因为地理原因或经济原因，最主要的原因是意识形态 ——也就是说，他们必须根据自己的立国哲学，选择加入民主国家一方或独裁国家一方。不可避免地，尽管苏俄极力想维持和平，它迟早会被卷入战争，站在民主国家的一方。不可避免地，英国和中国将最终并肩作战，无论它们之间过去存在着怎样的矛盾。不可避免地，墨西哥作为一个进步国家，会与民主国家站在同一阵线，尽管它与美国存在着突出的矛盾。同样不可避免的是，日本一定会与德国联手，尽管他们一旦获得胜利马上就会彼此大打出手。法西斯国家的共同利益是镇压世界各地的自由，因为如果自由在某个国家存在，它将最终传播到它们自己的领土。在这场浩大的战争中，印度发现自己一定会站在民主国家的一方，这个事实并不会被印度与英国的新仇旧恨所改变，也不会被德国和日本想争取到印度的非常真切的渴望所改变。印度必须与英国结盟，因为比起最反动的英国政府的意愿和能力，德国或日本的胜利将会让印度的独立更漫长地搁置下去。事实上，尽管日本人许下种种承诺，作出保证友好关系的严正声明，他们已经对印度发起进攻，炸弹已经落在印度的国土上，日军正沿着孟加拉湾的东海岸逼近并构成威胁。无论印度是否愿意，它已经被卷入了战争，而结果——以及印度的独立——将在很大程度上取决于印度人现在作出的抗战努力。

正是因为这样，很有必要回顾过去十年来那些知道自己想要什么并且珍视自由甚于安全的人民所取得的成就。当日本在1931年入侵"满洲"时，中国是一个四分五裂的国家，年轻的中华民国根本无力抵抗。但六年后，当日本开始全面入侵中国时，中国已经在蒋介石大元帅的领导下恢复了秩序，强大的民族意识已经确立。因此，日本人惊讶地发现，他们原本以为只会是一场军事演练的行动——用他们的话说是"支那事件"①——被无限期地延长，让他们付出了惨重的人力和物力的代价，而且根本不知道它将在什么时候结束，无论他们在报纸上报导多少场胜利。（以下内容遭到审查删除：中日战争现在已经持续了5年多，日本人似乎一直占尽上风：他们拥有现代化的武器、各种战争物资和制海权，他们向成百上千的中国城市发动了轰炸，而那里甚至连一门高射炮都没有，更别说进行空战防御。他们占领了广袤的土地，夺取了沿海城镇的重要工业区，不知道屠杀了多少中国的男女老少。然而，中国似乎永远无法被征服。）日本政府作了无数次宣言，表示"支那事件"即将结束，可战事却似乎没有尽头。是什么使得中国人民在困难重重的情况下坚持抗战呢？（以下内容遭受审查删除：一部分原因是中国人民庞大的人数以及他们的勤劳和智慧。）但最主要的原因是他们在为了自由而战，他们根本没有想过投降。对于这么一个民族而言，战场上的失利并不是很重要。（以下内容遭受审查删除：总是有前仆后继的中国人民愿意坚持抗战。）缅甸战役的一个主要目的是从西边入侵中国，日本人的想法是：如果中国被全方位包围并最终切断来自外部的石油供应，中国人民将丧失继续抗战的决心。无疑，在这种情况下，按照军事教科书上的指导，中国将被战胜。他们已经被战胜很多回了，但他们的抵抗从未有所懈怠。我们相信这种情况还会再发生，并一直继续下去——只要中国人的眼中看到自由。

这并不是过去十年来抗击法西斯分子的唯一的英勇斗争。西班牙人民同卖国贼还有德国与意大利侵略者进行了两年半的斗

---

① 直至1941年12月9日，中国政府才正式向日本宣战。

争，对抗比中国人民所面对的更加强大的敌人。他们的抵抗力量是几乎没有武装的农民和工人，对抗背后有德国战争机器撑腰的训练有素的士兵。（以下内容遭到审查删除：西班牙内战开始时，共和国几乎没有军队，因为正规军由亲法西斯的军官指挥，他们已经发动了兵变，而且这支军队还得到了墨索里尼派出的大批意大利雇佣军的支援，还配备了德国的坦克和轰炸机。在工会领导人的带领下，工厂里的工人将自己组织成民兵部队，利用西班牙落后的工业设备自己制造武器，并在实践中摸索战术和兵法。工人、律师或种橘子的果农发现自己在几周内成长为军官，指挥部队作战，而且还打赢了很多场仗。除了装备的巨大悬殊之外，西班牙人民还必须面对艰苦的条件。从一开始他们就面临食物紧缺问题。纳粹空军为佛朗哥将军效命，到处对不设防的城市进行最惨烈的轰炸，故意将炸弹投到工人阶级的居住区，目的是恐吓他们，逼他们投降。但面对种种困难，西班牙人民坚持了两年半的抗战，尽管到最后佛朗哥总算获得了胜利，但现在他的地位并不稳固，据说有一百万人——占西班牙人口的 4%，被关进了集中营。）

英国到现在也已经打了两年半的仗了，最开始的时候几乎毫无武装力量，而敌人已经为这个时刻准备了六年。法国在 1940 年年中退出战争时，英国被迫孤军奋战整整一年，无论俄国还是美国都不能肯定会施以援手。那时候，伦敦人和其它城镇的居民必须忍受有史以来最猛烈的空袭。（以下内容遭到审查删除：六个月来，伦敦几乎没有一天晚上不是在空袭中度过的，总共有 5 万名非战斗人员丧生，许多是妇女和儿童。）但英国人民从来没有想过投降，德国的电台对他们说英国已经战败了，最好是放弃抵抗，但英国人民只是一笑置之。苏联人民与相同的敌人进行了将近一年的抗争，承受了国土的沦丧、对不设防城市的轰炸和占领军对无助的农民犯下骇人听闻的暴行等种种苦难。但俄国军队不仅没有被打垮，他们的敌后抗战反倒愈发坚定，让德国人从占领的土地那里得不到任何好处。激发俄国人民和激发中国人民及遭受轰炸的伦敦市民的力量都是一样的：他们是自由人民的情怀，他们决心要与夺走自由的外国侵略者进行斗争，将他们赶跑，争取更美好幸福的生活。

我说这些是因为很有可能印度将面临前所未见的困难。印度已经有 85 年没有在自己的国土上发生过战争。她将目睹对战斗人员与平民不加区分的现代化战争之残酷。饥荒与其它苦难将会接踵而来，但印度的命运最终取决于印度人自己的态度。印度不仅是一个伟大的国家，事实上，它的面积和除掉了俄罗斯的欧洲一样大。它不可能被全面占领，即使日本人有机会也不会尝试这么做。他们的目的是用恐怖主义行为、谎言和在印度人中间挑拨离间去消灭印度的抵抗力量。他们知道印度如果决定抵抗的话是不可能被征服的，而如果抵抗意志崩溃的话，征服就会变得相对容易一些。因此，他们会告诉你们，他们并无意剥夺你们的自由或侵略你们的领土。他们还会告诉你们，他们是如此强大，根本没有希望进行抵抗。他们还会毁谤抹黑你们中间那些组织国民进行抵抗的人，希望各个击破。这些就是法西斯分子的伎俩。挫败他们的方式正是中国人挫败日本人的侵略和俄国人挫败德国人的侵略的方式——群众的决心与坚韧。挫败德国人入侵俄国计划的不是武器，而是抵抗的意志，因为俄国人民知道他们是为了自由而战。如果我们愿意的话，我们将看到这段历史在日本对印度的侵略中重演。

1942 年 5 月 23 日

这一周的主要事件发生于俄国前线。上周我们报道了克里米亚半岛的战斗已经爆发。从那时起,德军占领了刻赤半岛的大部分面积,这个地方与高加索地区仅有狭窄的亚述海相隔。但海峡西边仍在进行战斗,德国人宣称已经消灭了当地的俄军并抓获了许多战俘,但这些报道和之前的报道一样都是不实内容。与此同时,在更北边,俄军将发起更大规模的进攻。目标是去年秋天德军占领的哈尔科夫这座工业城市。直到我进行报道时,这个决定仍未下达。俄军在一处宽阔的前线发起进攻,消灭了许多德军的坦克,德军在哈尔科夫的补给线受到了严重威胁。但德军在南面发起了反攻,或许将解除哈尔科夫被包围的危险。

对于俄军的攻势不应该有太高的寄望,其目的或许只是迎击德军和打乱他们的计划。与此同时,俄军已经在北边发起了另一场进攻,与德军在芬兰的驻军作战,并已经取得了相当顺利的进展。

东线的春季战役的大体情形仍不明朗。有观察家认为德军不会向俄军发起另一波大规模的正面进攻,而是会主攻土耳其。如果土耳其被占领,他们将能够得到伊拉克和伊朗的油井,并从南边更轻松的路线去进攻巴库。可以肯定的是,过去几个月来,德国人一直费尽心思在土耳其和英国之间种下不和,更要让土耳其和英国与苏联彼此失去信任,目的是不让土耳其政府与盟军实施共同防御。但没有迹象表明土耳其人被德国人蒙骗了。土耳其的现代武器装备比较落后，但过去几个月来，从英国和美国进口的武器弥补这一缺陷。土耳其人民是坚定而勇敢的战士，可以肯定，如果德军朝这个方向发起进攻，他们要前进哪怕一步都要进行艰苦的战斗。

除了试图离间土耳其和俄国之外，德国人似乎还在挑拨日本人在"满洲"向俄国发起进攻。他们在广播中对俄国进行威胁，据悉是由日本的高层人物发出的。这些内容的真实性殊难判断。在最近的新闻通讯中，我们指出日本进攻俄国是迟早会发生的事情，而如果他们这么做了，我们可以肯定他们一定会在相信俄国处于非常困难的境地时发起突然袭击。德国人希望俄国和日本尽早交战，这将阻止俄国从西伯利亚调派更多的人力和物力到西线战场。

在缅甸，英军主力已经安全抵达印度前线。在这个战场的东边，日军仍在继续进攻云南。日军仍然占领着腾冲，但中国军队已经重新夺回南边的坎兰猜。日军现在有可能在策划对中国的全面进攻，一支部队从缅甸东进，另一支部队从暹罗北进，还有一支军队或许会从前不久才登陆的福州西进。目前中国的处境确实非常困难，她需要一切可能的支援，特别是飞机。因此，一个好消息就是，一支规模相当大的英国皇家空军队伍刚刚抵达中国中部地区。但我们不能认为中国会放弃抗战。蒋介石大元帅一再表示他将坚持抗战，如果有需要的话，他做好了退入中亚并在那里重整军队的准备。日本人知道只要中国的抗战一直持续下去，他们在其它地方所占领的土地就将岌岌可危。或许他们已经决定现在是时候一举打垮中国，又或者，他们的打算是夺取所有能够攻击到日本本土的机场。他们正在和澳大利亚与印度打仗,可能不久之后还会和俄国交战,我们不知道在这种情况下他们还能不能对中国发起全面进攻。

阿萨姆已经被轰炸了,日军在孟加拉湾东岸的部队离吉大港已经不远了。但这应该不是他们向印度发起主攻的路线。珊瑚海一役日军损失惨重,这无疑已经推迟了他们进攻澳大利亚的计划,但这些计划仍然没有被放弃,有迹象表明日本人将从新几内亚周边所控制的岛屿发起新一轮的进攻。比起三个月前,澳大利亚的防务大大加强了,日军每延迟发动进攻一天,就多给了美国的支援一天的时间抵达。

将停泊于美国海岸之外的马提尼克岛的法国军舰解除武装的工作正在进行。美国政府不久之后或许就会对维希政权控制下的瓜德罗普岛采取类似的行动,几乎可以肯定那里是轴心国的潜水艇所使用的港口,而岛上的无线电广播站则被用于在南美进行亲轴心国的宣传。拉沃尔掌握了权力,他几乎毫不掩饰自己作为轴心国傀儡的身份,这让美国人看清了维希政权将会带来的危险。我们或许可以认为他们将采取更加坚决的态度。拉沃尔与德国人的交易一定会让德国和它的法西斯盟友意大利产生矛盾。意大利在 1940 年夏天参战,当时他们以为战斗就快结束了,能够在不需要流血牺牲的情况下瓜分战利品。然而,天不遂人愿,他们失去了大部分的殖民地,而且根本没有得到被许诺的好处。为了夺取法国的军舰,希特勒显然向拉沃尔作出了一定的妥协,其中一个条件就是不承认意大利人对于科西嘉岛和其它法国领土的要求。显然,这个决定引起了意大利法西斯分子的强烈不满,但他们现在根本无力反抗他们的德国主子。

英国皇家空军继续对德国展开轰炸。周三他们对德国的化工中心曼海姆展开了这场战争以来规模最大的轰炸。两天前他们还漂亮地使用鱼雷重创德国的巡洋舰欧根亲王号，它原本在挪威的一座军港，被一艘英国潜水艇击伤后正准备返回德国进行维修。欧根亲王号并没有被击沉，但整个夏天它将无法参与军事行动。

又一批配备了坦克和其它武器的美国军队抵达英国。他们顺利穿过大西洋，一路上没有遭到德国人的袭击。现在英国的民意越来越期盼开辟第二战线，这样将能减轻俄国盟友的压力，迫使德国同时两线作战。关于第二战线是不是会在近期开辟这个问题我们不会表态。最重要的问题是船运，运输和为海外部队提供补给将占用大量的船只。对于这个问题政府没有明确表述，这是很自然的事情，因为如果他们准备发起进攻，他们不会在事前透露自己的计划。但在不久前的讲话中，丘吉尔先生指出经过两年半的战争，英国人民并没有被战争拖垮，而是要求采取进攻行动，责怪政府的行动过于迟缓。正如丘吉尔先生所指出的，这的确是了不起的进步，我们都还记得两年前英国孤军奋战，自保尚且不暇，更遑论在海外发起进攻。

1942 年 6 月 6 日

哈尔科夫前线的战斗已经几乎停止，但这并不表示德军已经放弃了进攻，不过几乎可以肯定，这表示铁木辛哥元帅策动的进攻打乱了德军的时间表，迫使他们将计划推后了几周。许多观察家现在认为德军的主攻时间将和去年大致相同，也就是 6 月中旬。俄国的夏天只有 4 到 5 个月的时间，因此，俄军能够将德军的时间表多拖住一天就能多一分优势。德军的主要攻势将是高加索地区和中东地区的方向，但前天希特勒访问了芬兰，这可能意味着北方战线也将会迎来重大变化。

在我们上一次进行广播时，利比亚的惨烈战斗刚刚开始，现在战斗仍在继续进行，局势尚未明朗。这场战斗分为两个阶段，第一个阶段的结果对英军有利。德军的装甲部队正绕过英军布设的地雷阵向东边行进，目的显然是消灭该地区的英军和进攻托布鲁克港，英军在这个海港固守了 18 个月，消除了德国人任何进犯埃及的可能性。德军的第一波进攻被印军的机动化部队抵挡住了，他们英勇奋战，使德军的两个作战目标都未能实现，在丧失了 250 辆坦克之后德军被迫撤退。但他们并没有顺着原路撤回，而是向西穿过英军的地雷阵，保持了相当长的一段战线，使他们得以获得增援和补给。现在他们正重新发起进攻。英军正在使用一种此前一直保密的新型坦克①，还有两种之前没有在利比亚前线使用过的飞机，它们的出现令德军很是吃惊。利比亚的德军副司令克鲁维尔将军被俘虏了。这场战斗无疑将在几天内尘埃落定，原本德军可能会取得战术性的胜利，但第一次突然袭击失败后，他们顺利进入埃及国土的希望变得非常渺茫。

这一周的两天，两场世界历史上规模最大的轰炸在德国的领土上发生。5 月 30 日晚上，一千多架飞机轰炸了科隆；6 月 1 日晚上，一千多架飞机轰炸了鲁尔区的埃森。接着又有两场大规模的轰炸，但规模远远比不上前两次。要理解这些数字的意义，你必须记住迄今为止所发生的空袭的规模。1940 年秋天和冬天，英国遭受了在当时史无前例的漫长的轰炸。伦敦、考文垂、布里斯托和多座英国城市遭受了严重的破坏。但是，这些轰炸中最大规模的也只有不超过 500 架飞机参与。而且，现在英国皇家空军所使用的大型轰炸机的运载量远比两年前的飞机重得多。总而言之，落在科隆或埃森土地上的炸弹的数量是德国人对英国规模最大的轰炸的三倍以上。（以下内容遭到审查删除：生活在英国的我们都知道这些轰炸能够造成怎样的破坏，因此可以大致想象德国的情形。）在空袭科隆过后两天，和以往一样，英国派遣侦察机去拍摄轰炸机造成的破坏，但即使过了两天也无法拍摄照片，因为整个城市上空仍然弥漫着浓烟。值得注意的是，这一千架飞机的空袭是由英国皇家空军单独执行，飞机都是在英国制造的。到今年的晚些时候，当美国空军开始施以援手时，我们相信一次轰炸可以出动的飞机总数可以达到 2 000 架。一座接一座的德国城市将遭到类似程度的轰炸。但是，这些轰炸并非为了泄愤，也不是针对平民，尽管非战斗人员不可避免会在这些轰炸中丧生。科隆

---

① 指 M3 中型坦克。

遭受轰炸是因为它是德国的铁路主干道交汇点，而且还是一个重要的制造中心。埃森遭到轰炸是因为它是德国军事工业中心，克虏伯最大的几座工厂就布置在那里，据说是世界上规模最大的兵工厂。1940 年德国人对英国展开轰炸时，他们并没有预料到会遭到大规模的报复，因此不惧怕在宣传中吹嘘屠杀平民和轰炸所引起的巨大恐慌。现在形势逆转了，他们开始叫嚣着反对空袭这一行为，声称这是残忍而且毫无意义的举动。英国人并不是一心想要报复，但他们记得两年前他们遭受了怎样的惨剧，而且他们记得德国人以为自己很安全，不会遭到报复时的言论。举例来说，下面是德国空军司令戈林元帅的演讲片段："我视察过鲁尔区的空中防御工作，没有轰炸机能够抵达那里，敌人的飞机哪怕连一颗炸弹也没办法投下来。"（1939 年 8 月 9 日）"敌机根本不可能突破德国空军的防线。"（1939 年 9 月 7 日）德国领导人还有许多类似的言论可供引用。

这些预言都告吹了；无疑，这件事情将会在德国和全世界引起巨大反响。

本周东半球的战事没有大的变化。日军现在以中国作为主攻对象，暂时可能会推迟入侵印度的尝试，但他们迟早会这么做。我们在上周指出珊瑚海的战斗还没有结束，但它遏止了日军向澳大利亚的进逼，本周我们得悉日军的潜水艇向悉尼的海港发起了进攻。那些潜水艇并没有造成什么破坏，据说有三艘潜水艇被击沉了。但关键的问题是它们能够抵达悉尼——悉尼离日本所占领的任何岛屿的南端都很远，因此这些潜水艇一定是从军舰上下水的。这表明日军的一支海军力量可能就在澳大利亚的东海岸附近。而且除了攻击美国的运输船队之外，对澳大利亚大陆尝试发起进攻的可能性并不能被排除。此外，日本的飞机对从阿拉斯加向西延伸并几乎将美洲和亚洲相连的阿留申群岛发起了几次小规模的轰炸。现在要确定这些轰炸的目的是什么仍为时尚早。它们可能是海军进攻的前奏，也有可能是掩盖其它地方的军事行动的佯攻，但它们一定有某个战略性的目的。根据最新的战报，在向中途岛行进时，日军的一艘战列舰和一艘航空母舰被击伤。这一行动的意义仍无法肯定，但它可能是日军再次进攻夏威夷的前奏。

被占领国家的地下斗争仍在继续。两天前消息传来说，法国被占领区最臭名昭著的通敌报纸的主编被刺杀了——这份报纸是法国的法西斯领袖多里奥特的喉舌，而主编是最狂热的"合作者"之一。①而就在一周前发生了轰动程度更大的刺杀事件：捷克斯洛伐克的盖世太保头子海德里希②遇刺，被手榴弹的三块弹片击中，尽管希特勒派出了他的御用医生去医治，但他还是在两天前死掉了。德国人一如既往地以枪毙人质的手段胁迫真正的刺客自首，否则就会枪杀更多的人质。根据德国人的广播的特别报道，他们已经就海德里希遇刺事件枪毙了两百多人。这种威吓手段一直在欧洲各地发生。只举一个例子：三天前德国官方广播宣布一个年仅十岁的法国女孩被判处劳改 25 个月，因为她协助战犯逃跑。但枪毙人质这种残忍的做法已经进行了两年，除了人数一直在增加之外似乎并没有收到任何成效，表明这一手段根本无法扼

---

① 指 1942 年 6 月 2 日法国报纸《人民之声》的主编阿尔伯特·克莱门特遇刺事件。

② 莱茵哈德·崔斯坦·尤金·海德里希（Reinhard Tristan Eugen Heydrich，1904—1942），德国纳粹分子，党卫军高级官员。

杀欧洲平民的反抗热情。

（以下内容遭到审查删除：上周英国工党举行了年度会议。工党目前在政治权力上是英国的第二大党，但论人数它是最大的政党，代表了工会和工人阶级的利益。因此，大会的决议具有重要意义，因为它们表达了英国的民意。会议宣布工党对现任首相绝对信任，并决定继续进行党派间的合作，但只是以非常微弱的多数优势达成这一决定。几个主要大党已经同意在战争期间不会在补选时互相投反对票或在选战时唱对台戏。会议还敦促政府再度尝试解决印度的政治问题，再次以非常微弱的多数优势投票赞同解除对《工人日报》的查禁。《工人日报》是共产党的日报，两年前因为从事毋庸置疑的失败主义活动而遭到查禁。苏联参战之后，英国共产党的态度有了非常大的转变。但正如此次会议上许多代表所指出的，这并不是问题的关键。真正的问题是出版自由。英国非常重视出版自由，就连讨厌《工人日报》的政治观点的人也为看到这份报纸遭到查禁而感到不安。除了通过决议，希望解除对《工人日报》的查禁之外，会议还以压倒性的多数投票否决了与共产党展开政治合作的提议。工党这个主要政党会为另一个政见不同的政党被剥夺言论自由的权利鸣不平这件事情表明了即使经过三年半的战争，英国民主制度的力量依然很强大。除了国内燃料的限量供应之外，政府刚刚宣布在战争期间它将全面管制英国的煤矿。我们希望在下周对这个问题进行更加深入的评论。）

1942 年 6 月 13 日

本周发生的最重要的事件是英俄协议[①]的签订，昨晚公布了协议的内容。

这件事情的重要意义再怎么强调也不为过，它将会为今后数十年的世界带来福祉。当然，在新的协议宣布之前，英国和俄国就已经是盟友关系了，但那只是为了对抗共同的敌人而处于同一阵营的很松散的结盟，并不能让人满意。一旦危机结束，双方可能会产生新的不和。苏俄与美国之间的关系更加扑朔迷离。但现在英国和俄国达成了紧密的正式协议，清楚地表明了目标；美国虽然不是协议的签署方，但它表示对此完全欢迎。

由于新闻评论的时间很短，在此我们无法一一介绍协议的细节，但我们会进行充分的总结。首先，英国政府和俄国政府不仅将为抗击德国和其它欧洲的法西斯国家互相提供全面军事支援，而且不会单方面和希特勒统治下的德国或仍然保持着侵略意图的德国政府达成和平协议。

这个条件非常重要。无疑，德国人一直希望能够收买俄国或英国一方退出战争，这样他们就能够实施各个击破这个惯用的伎俩。他们实现这一目标的手段或许会是假意改变政策，让外界以为要为德国的侵略行为负责的内部派系已经被清除了，德国不再有战争意图。德国的军事将领或所谓的纳粹党里的温和派很可能会发动政变，除掉希特勒，然后声称罪魁祸首已经被消灭了，继续战争已经失去意义了。这个手段的目标可能是俄国、英国或美国，视哪一方厌战情绪最为严重。新的英俄协议基本上杜绝了这种可能性。它意味着进行这场战争不只是为了消灭希特勒和纳粹党的头目，还要消灭德国所有挑起侵略战争的力量。简而言之，英俄协议的这部分内容意味着俄国和英国在德国仍然拥有军队的情况下不会停战。另外，俄国和英国答应会在战后展开合作。双方都承诺如果这场战争之后任何一方受到进攻，都会为对方提供援助。比这一点更重要的是，两个国家保证会为再造欧洲的繁荣而展开合作。他们同意在战后彼此提供经济援助，并致力于让饱经战火蹂躏的欧洲恢复和平、秩序和体面的生活标准。他们还同意不会为自己谋求地盘，也不会去干涉其它国家的内政。顺便提一句，这表明俄国和英国不会干涉对方的内政，这意味着两个政权现在达成了政治和经济上更大程度的一致，而这在五年前几乎是不可能实现或几乎不可想象的。事实上，这意味着布尔什维克主义和"流血革命"这个古老的幽灵已经被永远埋葬了。协议将立即生效，其效力将维持二十年，然后再进行续约。

英国外交部长伊登先生在下议院宣布协议的内容时指出了非常重要的两点。首先，他宣布这份条约没有秘密条款。其次，他宣布俄国、英国和美国已经在 1942 年开辟欧洲第二战场这个任务上达成了全面共识。当然，毋庸赘述，双方达成的共识内容需要保密。

莫洛托夫先生首先访问了伦敦，然后访问了华盛顿。俄国和美国的条约的具体内容将很快得以公布。签署条约的时间是 5 月

---

① 1942 年 5 月 26 日，英国与苏联签署了《英国与苏联二十年互助协议》。

26 日，而莫洛托夫先生的抵达和离开时间都严格保密，尽管伦敦有几个人知道这件事情，但并不知道详情。德国人对莫洛托夫先生到访这件事完全不知情。虽然他们的无线电广播现在声称他们已经获悉这份当时仍未公布的协议的全部内容，但事实上直到消息公布之前，他们根本没有提到过这份协议或莫洛托夫的访问。

因为我们得花上几分钟的时间报道英俄协议，所以本周其它新闻的报道将比平时更为简短。比起一周前，利比亚的形势不是那么有利了。坚守毕哈肯 16 天之后，自由法国的部队和印度部队已经被迫撤离，使得德军能以更强大的兵力对我军的主要阵地发起进攻。激烈的战斗或许仍将持续。德军或许将继续进逼，他们可能计划从克里特岛调派空军部队过来配合坦克作战。但大体上，他们夺取托布鲁克的希望并不是很大，而成功挺进埃及的希望则更加渺茫。

太平洋爆发了一场大规模的海战，全面的战果现在仍不清楚。一周前，我们报道日军的舰队向中途岛发起了进攻，但没有获得成功，之后我们收到了关于他们的损失的更加完整的数字。现在我们知道他们损失了四艘航空母舰和好几艘战舰。珊瑚海海战的全面数字现在已经公布了，在这两场战斗中，日军总共损失了大大小小 37 艘船只，或被击沉，或被击伤，其中沉没的舰只包括一艘战列舰和五艘巡洋舰，受伤的舰只包括三艘战列舰。几乎是同一时间，日军向极北的，几乎将美洲与亚洲相连接的阿留申群岛发起了进攻。战斗的具体情形仍不清楚，但根据美国的报道，似乎日军并没有在任何有人居住的岛屿登陆。他们或许正在筹划对美军的主要基地荷兰港发起进攻，又或者他们只是想在阿留申群岛有所行动以掩饰他们在中途岛的失利。下周我们应该能够更详细地进行报道。

中国东部的南昌附近正在进行激烈的战斗。日军宣称已经通过连接中俄的公路进入了内蒙。虽然他们说所谓的支那事件即将进入尾声，但他们一定记得自己的这番话已经说了整整五年了，而支那事件仍在继续。因此，或许日本人现在的目的并不是彻底征服中国，而是夺取离东部沿海地区不远的机场，战机从那里起飞可以轰炸日本本土。与此同时，中国政府宣布英军和美军的空中支援已经抵达中国。

英国的生产大臣奥利弗·里德尔顿先生不久前宣布英国目前战争生产的真实数据。在所有产品的生产中，英国目前正以一年25万辆的速度生产军事车辆——当然包括了坦克；大炮是一年4万门，大炮的炮弹是2 500万发。他还宣布英国的飞机生产实现了100%的增长——也就是说，从1940年的最后一个季度至今，飞机的生产已经翻了一番，而商船的生产增加了57%。这种大规模的战争物资生产的成效可以从对德国的持续轰炸看出来，目前的轰炸规模没有上周报道的千架飞机那么夸张，但按照任何正常的标准来看规模依然非常庞大。

此次评论最后的内容是一则意义相对不那么宏大但很有报道价值的新闻，因为它比长篇累牍的书籍更能清楚地表明法西斯主义意味着什么。捷克斯洛伐克的盖世太保头子海德里希遇刺之后，截至三天前德国人已经枪毙了两百多名人质。这个数字出自他们自己的官方广播。然后，两天前，他们袭击了一座捷克村庄，理由是那里的村民曾协助过刺杀海德里希的刺客。

德国的电台广播声称："由于这个村子的村民目无法纪并帮助刺杀海德里希的刺客，所有的男性村民都已经被枪毙，而所有的女性村民被关进了一座集中营，村里的孩子被送到了合适的教育机构，村里的房子被夷为平地，而且村子的名字将被抹去。"

请注意，这些就是德国人自己的原话，以至少两种语言向全世界广而告之。这个捷克的村子名叫利迪策①，生活着约 1 200 名村民。因此，我们或许可以认为德国人枪杀了约 300 名男性，将约 300 名女性关进了集中营，还有大约 600 名儿童被送到了他们所谓的"合适的教育机构"，其实就是劳改营，而所有这一切都只是基于怀疑村民曾帮助刺客刺杀一个全欧洲都知道双手沾满了鲜血的杀人犯。但这件事更重要的一点在于，他们恬不知耻地向全世界进行广播，几乎以为这是一件值得骄傲的事情。而最重要的是，在占领捷克斯洛伐克三年之后，德国人只能一直施行这些残忍野蛮的举措，以镇压他们假惺惺地说在他们睿智无私的统治下过着幸福生活的人民。

---

① 利迪策(Lidice)，1942 年 6 月希特勒下令摧毁这座捷克村庄，以报复该村村民掩护匿藏刺杀海德里希的英国别动队成员。成年人全部被屠杀，约 340 人遇难，婴儿被支持纳粹主义的德国家庭收养。利迪策惨案促成了战后国际儿童节(6 月 1 日)。

1942 年 7 月 11 日

本周德军在俄国和非洲发动的两场规模庞大的进攻仍在继续。正如你们所知道的,德军的长期战略目标是以大规模的钳形攻势占领伊拉克和高加索的油田,并在那里与日军会师。对于我们来说,最重要的事情就是遏止这一攻势,而如果我们能做到这一点的话,我们不需要计较暂时的地盘损失,而是要满怀信心放眼未来。

过去四天以来,埃及的战局很平静,但现在战斗再次在我们的防线北端爆发,那里离亚历山大港约七十英里。接着英国皇家空军展开了日以继夜的密集轰炸。就在大前天晚上,我们的重型轰炸机对开往前线的轴心国的运输车队展开了轰炸。攻击持续了一整天,英国的前线士兵说轰炸让他们有时候根本看不清前方。

德军的坦克兵团在经过第一波挺进之后终于停了下来,我们有望将很快发起一次强力的反击。德军已经十分疲惫,而且他们的补给线拖得太长,运作并不顺畅。但我们自身的损失也很惨重,而且战斗已经过去了四天,或许德军已经有时间完成休整和增援。与此同时,虽然我们在埃及和中东有大型的军事仓库,但为这些仓库补充物资的进程一定很缓慢,而且德国在埃及的补给线要比我们的补给线短一些。

埃及战场一个非常鼓舞人心的迹象是埃及人民和他们的领导人的坚定行动。他们没有陷入恐慌,整个国家团结在其领导人的身边，据说埃及人对德国人的宣传，特别是从飞机上洒落的传单，根本不屑一顾。与此同时，他们对大发战争财的投机分子采取了强硬的手段。埃及人民与同盟国的部队将以坚定的决心继续保卫埃及。

在俄国，德军发起了两场新的进攻，北边沿顿河中部流域的大规模战斗仍在进行。另一场进攻发生于哈尔科夫南边 140 英里处，自上个月攻占伊久姆后德军又向东挺进了 60 英里。罗索希南边 45 英里处也爆发了战斗，那里有连接莫斯科和高加索地区的铁路，俄军不得不从那里撤退。与此同时，德军向北边 100 英里外的弗洛尼斯发起的猛烈进攻仍在继续。莫斯科电台说那里的战斗逐渐达到白热化的程度，在星期五早上，他们夺回了一个原先被德军占领的军事要地。伦敦的报纸在强调德军的这一强大攻势所构成的威胁和为俄国提供更多支援的必要性。全体英国人民都非常钦佩俄国人进行抵抗的勇气。这一攻势最严重的战略后果是俄国人将会失去连接高加索地区和莫斯科的铁路干道。

对顿河的进攻不能再被视为俄国前线的一次孤立的军事行动。德军直接的目标无疑是分割包围南路军。铁木辛哥元帅的军队面临严峻的局势。德国人决心准备切断他与北路军的直接联系，让他别无退路。

苏联宣布军队将撤离罗索希，这是重要的消息。这座城镇位于弗洛尼斯南边一百英里处。一周前德军还在西边一百英里处的沃尔臣斯克。纳粹分子的迅速挺进表明顿河流域的苏军正在大范围撤退。放弃这片地区是严重的战略牺牲，因为从罗索希出发有一条东向的铁路与莫斯科的铁路相连。这条铁路是几年前才建成的战略要道之一，在大部分地图上并没有标识，但现在它也落入了德军的控制。德军的主力仍在顿河西岸，但对于冯·博克来说这并非不可逾越的天堑。这个地区的河面并不是很宽，在一年的这个时候河水很浅，很容易渡河。

苏联最高指挥部遇到的难题是预测德军发起进攻的方向。当然，大家都认为那会是高加索地区和中东地区的油田。但有明显迹象表明除了石油之外，希特勒还希望在政治上和军事上迅速打垮苏联。

如果冯·博克的军队突然掉头向北，包围莫斯科的后方，那将是非常危险的事情，因为加里宁-勒热夫地区已经遭受到正面进攻的巨大压力。

在弗洛尼斯和罗索希的中间，连接哈尔科夫和库普扬斯克的铁路跨越顿河，先是向东延伸，然后向东北方向延伸。越过顿河100英里后它切入第一条重要的莫斯科铁路，再过70英里后切入第二条东南走向的铁路。

这些不是短期内的可能性，但无疑是可能成真的前景。铁木辛哥元帅正发起反击并固守自己的阵地。但这是一场无孔不入的现代战争，一旦俄军的防线有一处被突破，我们必须做好准备，看到纳粹军队动用一切可能的手段撕裂突破口。

从日本人的地区，有更多关于他们所作所为的消息传来。在爪哇，日本人试图将自己的掠夺和残暴统治可能造成的饥荒嫁祸到荷兰人的头上。事实上，荷兰人并没有销毁为岛民的生活而储备的粮食。譬如说，安汶岛无法实现自给自足，储备了许多大米，这些粮食都被日本人征用了。东京的电台紧急呼吁3万名日本人去荷属东印度群岛从事行政工作，而荷兰政府里只有一半人数的欧洲人在从事行政工作。柏林电台的广播提到，日本的所有小商企都将被征调，小商业者将到新占领的地区为工业建设服务。这些行动显然都是精心策划的，让爪哇的产业倒闭。而且日本的农民和渔民正被大规模地派遣过去，爪哇的所有渔船都被日本人征用了，由日本渔民在严格的政府管制下捕鱼。爪哇的人口密度接近每平方英里 800 人。如果日本人继续占领爪哇的话，显然，当地人将会陷入可怕的艰苦处境。与此同时，爪哇的所有印尼人政治组织都被日本人取缔，所有人都必须与军事政权合作。

在新几内亚，日本人宣布所有当地人见到日本士兵都必须鞠躬点头。他们必须学习日语。所有的财产都被扣押。他们不能写信，也不能收听无线电广播。

日本人在缅甸的作为不敢太放肆，因为他们预料自己很快会为保卫缅甸而战，不希望在那里激起太强烈的仇恨。他们的主要目的是让缅甸人仇恨猜忌印度人和中国人，让北部地区的掸族人仇恨猜忌中国人和缅甸人，让泰国人仇恨猜忌缅甸人和中国人。这就是日本人在亚洲迅速取得和平和自由的计划。

你们现在可以直接从俄国那里了解战况了，因为俄国人自己将向印度进行广播。

接下来我们将报道中国的情况。

根据重庆的消息，在江西，日军从省会（南昌）派出的军队已经被迫撤退。中方声称已经包围了 3 万名日军。在更东边的浙江，得到增援的日军正朝温州港进发。在这场战斗的西北方，在山西省和河南省之间的山区，据说日军正向军事基地回撤，在上个月他们发动了军事进攻。中方的报道是战斗已经临近尾声，日军的进攻遭受了挫折。

中国仍在进行激烈的抵抗，主要的战场是在东部的省份，日本人担心那里的机场会被用于轰炸日本本土。而且日本人或许仍希望通过向中国施压把中国人拖垮，据说日军的主力仍被拖在中国。

正如你们所知道的，本周是抗日战争的纪念日，中国已经进入了抗战的第六个年头，以坚定的决心成功地抵制了日本人的入侵，称之为重建纪念日。英国举行了盛大的庆祝，中国大使及各界名流参加了官方的会议并致辞，全英国的市长们和地区理事会都在举行会议纪念中国的抗战，并为中国筹款。中国的抗战决心令英国十分钦佩。

今天，英国全体42岁的妇女都登记了国民服务。她们中许多人是生育了孩子的已婚妇女，许多人将只会在住所附近做战时兼职工作。已经有超过八百万名妇女登记参加国民服务，每周有1.5万人到2万人被转介到妇女服务部门或从事战时工作。英国也决心将抗战进行到底。

1942 年 7 月 18 日

德军向我们的俄国盟友发起的进攻已经达到了高潮，掩饰局势非常严峻这个事实是愚蠢的做法。在前面的新闻评论里，我们预测过德军的主要进攻方向是朝东南方进发，目标是高加索地区的军团。现在德军已经穿过了顿河的上游地区，战斗正在弗洛尼斯这个重要的城市周边和里面进行。他们还对更南边的罗斯托夫发起猛烈的进攻，这座城市位于顿河与顿涅茨河的南面附近，去年俄国人从德国人手中夺了回来，在伏尔加河流域往斯大林格勒的方向，罗斯托夫和斯大林格勒都陷入了危险。

德军发起这些进攻显然有双重目的。最后的目标当然是夺取高加索地区和中东地区的油田，但更直接的目标是切断这个地区和俄国北方的联系。他们已经渡过弗洛尼斯附近的顿河，切断了通往北边的一条重要通道。由于这一行动已经让他们越过了弗洛尼斯和罗斯托夫之间的铁路，如果德军继续挺进，俄国人在这个地区就只剩下一条铁路，而如果德军能够打到斯大林格勒，高加索地区与北边的莫斯科和列宁格勒之间的铁路交通将被切断。当然，这并不意味着俄国的石油再也无法被运出去，但那意味着它只能绕道输送，大部分靠河道运输，让俄国的交通系统面临更加沉重的压力。

战争的这一阶段主要是在争夺石油。德国人在尝试获得新的石油供应，能够让他们继续发动侵略战争；与此同时，他们试图切断俄国人的石油供应，扼杀他们的工业和农业。我们或许可以说，从长远来看德国人必须在今年抵达里海，否则他们就会输掉这场战争，尽管他们或许还可以继续战斗相当长的一段时间。如果他们真的打到里海并占领那里的产油区，那并不意味着他们赢得了战争，但如此一来他们的持续作战能力确实将得到加强，而同盟国的任务将变得更加沉重。这场战斗是德国人的孤注一掷，希望在西边逐渐恢复力量的英国和美国参战之前解决掉俄国。一年前他们发起俄国战役的目标是消灭苏联红军，但这个目标并没有达成。而且现在他们或许意识到这个目标将永远无法达成。俄国的伤亡和损失非常惨重，但德国也是这样，而且他们的承受能力更弱一些。苏联政府不久前发布了伤亡报告，指出过去两个月来，德军的伤亡人数是 90 万，而他们自身的损失是 35 万人。大体上，虽然目前的局势相当危急，但我们或许可以怀着自信放眼未来，因为我们记得去年德国人发起进攻的时间比今年早了一个月左右，但在冬天到来之前仍无法赢得决定性的胜利。

在埃及，十天前德军的进攻似乎非常具有威胁，但现在似乎已经被遏制住了。两支部队仍在他们一周前的位置，埃及海边的埃尔·阿拉曼附近。目前德军仍在发动猛烈的进攻，但根本没办法突破英军的阵地。另一方面，英军成功地发起了两三回进攻，抓获了两三千名战俘。我们不应该认为埃及的危机已经解除了，但至少德军通过快速突击打到亚历山大港或开罗的计划已经失败了。在非洲的德军比英国可以更轻松地得到补给，因为他们的运输部队只需要从意大利作短途航行，而我们的运输部队得绕过好望角。但当前这场战斗英军的补给情况更加有利，因为他们离军事基地更近，过去十天来一直源源不断地从埃及或中东地区得到援助。虽然德国拥有坦克和兵力上的优势，但似乎英军掌握了制空权。我们预计德军肯定会继续发起进攻，不仅因为夺取我们在亚历山大港的海军基地对他们很有价值，而且因为这是进攻产油区的钳状攻势的南叉，而对俄国的进攻则是北叉。另一方面，如果德军未能在近期内成功攻占埃及，留在原地对他们来说并没有好处，因此，他们或许会再发动一次全面进攻，希望能够突破防线，如果失败了，他们将会退回意大利控制的利比亚。

德国在利比亚取得成功后中东的政局演变或许令轴心国感到非常失望。德国人和意大利人解放埃及的承诺并没有收到成效。事实上，他们很难说服埃及人，因为利比亚是埃及的邻国，它一直遭受意大利人的高压统治，而埃及还与阿比西尼亚接壤，后者也一直遭受到意大利人的进攻和压迫，直到英军和阿比西尼亚军队去年将其解放。埃及人对德国人和意大利人的承诺的回应自然是："如果你们希望解放别人，那为什么不从解放利比亚的阿拉伯人开始呢？"上周我们报道过土耳其总理拉菲克·塞达姆博士[1]去世。德国人或许希望他的继任者会是某个对同盟国不是那么友好的政客。但继任总理是萨拉乔古卢先生[2]，大家都知道他也是英国坚定的朋友，而且是土耳其与英国的条约的起草人之一。美国政府已经知会维希政府，如果德国人继续进犯埃及，他们将支持英国人对被扣押在亚历山大港里的法国军舰可能采取的任何行动。德国人发起进攻的一个目的或许就是夺取这些船只，里面包括了

---

[1] 拉菲克·易卜拉欣·塞达姆（Refik Ibrahim Saydam, 1881—1942），土耳其政治家，曾于 1939 年至 1942 年担任总理。

[2] 麦赫迈特·许克吕·萨拉乔古卢（Mehmet Şükrü Saraçoğlu, 1887—1953），土耳其政治家，曾于 1942 年至 1946 年担任总理。

一艘战列舰和几艘巡洋舰。现在，这个意图失败了，因为如果亚历山大港面临危险，英军要么会将这些船只凿沉，要么会通过苏伊士运河将它们运走。

德国的战列舰提尔皮茨号被一艘俄国的潜水艇发射鱼雷击中，遭受重创。这是德国人仅剩的一艘重型战列舰，虽然它是一艘火力强大的新船，但并没有被非常成功地用于战场。上次它加入战场想侵扰前往摩尔曼斯克的船队，却被英军的鱼雷机逼回了军港，而这一次它遭受重创，或许得有好几个月的时间无法投入战斗。保卫通过摩尔曼斯克港向俄国提供补给的这一运输路线的战斗一直在不间断地进行，盟军付出了一定的损失。上周又有一大批船队顺利抵达俄国。德国人对他们的飞机和潜水艇击沉的船只数量大加吹嘘。但这些或许无关大局，因为在一年的这个时候极北之地没有夜晚，有六个星期的时间一直都是白昼，损失是无法避免的。

马达加斯加附近的马约特岛已经被英军从维希政府手中夺了过来，而且是在兵不血刃的情况下取得的。虽然这只是一次小规模的军事行动，但意义很重大，因为德国的潜水艇或许就是从这个岛上出发的，现在它掌握在英国手中，我们的船只可以更安全地绕过非洲了。

4 天前的 7 月 14 日是法国最重要的节日之一，纪念 150 多年前攻占巴士底狱。巴士底狱是法国国王囚禁政治犯的地方，巴黎人民攻占巴士底狱是法国革命和法国君主制被推翻的第一步。每一年法国都会庆祝这一天，直至今年。今年德国人的傀儡统治者贝当元帅禁止传统的庆祝活动，并下令 7 月 14 日是哀悼日。但英国与其它自由法国运动管制的地方都举行了盛大的庆典，英国飞机当天在法国投放了 500 万份传单，承诺在不久的将来，7 月 14 日将再次成为庆祝法兰西共和国的生日和法国从暴政中获得解放的日子。

1942 年 7 月 25 日

尽管本周发生了重大事件，但从我们上一次发表新闻评论后，局势并没有大的改变。因此，我们对本周事件的总结将会比平常简短一些。然后，正如我们偶尔会做的那样，我们将对轴心国当前对印度的宣传内容进行探讨。我们这么做是因为这些宣传内容只有一个目的，那就是欺骗。而通过客观地分析这些内容，我们总是可以推测其背后所隐藏的真正目的。

下面是本周事件的简短总结。在俄国前线的南边，局势在恶化，罗斯托夫岌岌可危。德军已经宣称攻下了罗斯托夫。这个消息仍有待俄国方面的证实，但德军在顿河河曲的快速挺进确实让这个重要城市陷入危机。最重要的战略要地不是罗斯托夫本身，而是伏尔加河的斯大林格勒和更远处的里海的阿斯特拉罕。这些城市无疑就是德军的目标，如果他们在冬天到来之前未能攻到阿斯特拉罕，或许就可以相当肯定地说他们已经输掉了这场战争。在更北边的弗洛尼斯，俄军成功地发起反攻。红军已经再次渡过顿河，德军似乎遭受了惨重的人员伤亡和物资损失。

埃及的局势有了明显好转。英军成功地发动反攻并迫使德军退却，并在过去十天里抓获了 6 千名战俘。印度部队在这些军事行动中表现突出，尤其值得表扬的是几个俾路支人的兵团。目前由于要满足俄国前线的需求，埃及的德军或许缺少飞机，但他们配备了坦克，而且还有反坦克炮的支援。我们预计他们一定会再次发起大规模的进攻试图攻入埃及，但过去半个月来他们这么做的机会越来越渺茫。如果他们的最后尝试以失败告终，他们或许将会撤回利比亚。

中国东部正在进行激烈的战斗，温州这座城市已经两度易手。目前它落入了日本人的手中。墨西哥政府已经接管了原本由日本拥有和运作的油井。来自可靠渠道的消息说日本人正在策划这个月底向俄国不宣而战。他们当然会选择最有利的时机，或许会等到西线的俄军面临严重困难时才发动进攻。但我们或许可以肯定俄国政府已经察觉到他们的计划，并做好了相应的准备。

现在我们可以对当前轴心国的宣传内容进行探讨。我们之所以说"当前"，是因为我们必须留意，他们改变宣传内容完全是由局势决定的，与真相根本没有关系，只是从有利于轴心国的方向去影响民意。这种改变的最好例子是直到德国侵略俄国的前一刻，德国人仍在假惺惺地宣扬他们与俄国的友好关系，将自己说成是一个与财阀统治体制进行斗争的社会主义国家的忠实盟友。而他们刚入侵俄国就立刻声称自己是为了捍卫欧洲文明而对抗布尔什维克主义。在第二个宣传方针里，他们想博取有产阶级的同情，而在第一个宣传方针里，他们想博取的是无产阶级的同情。轴心国的宣传内容的突然转向—— 我们从众多类似事件中选择它作为最突出的例子——足以提醒任何收听轴心国广播的人不要被内容的表象所蒙骗。

如果我们关注轴心国目前对印度进行的宣传内容的话，我们会发现它可以被归结为要与帝国主义进行抗争的虚情假意。日本人的口号是："亚洲是亚洲人的亚洲。"而德国人和意大利人也在宣传非常相似的内容。轴心国的宣传人员所描绘的世界图景是这样的：英国和美国几乎占领了整个世界，并通过武力手段剥削庞大的人口，让数亿人过着辛劳而痛苦的生活，将金钱输送到伦敦和纽约几百个亿万富翁的口袋中。德国、意大利和日本在反抗这一不公平的剥削，不是为了他们自己的利益，而是为了解放被奴役的人民。达成目标后，他们就会从不得不占领的国家撤军，无条件地让原先被奴役的人民获得完全的独立。因此，日本人向印度人保证，他们侵略印度绝不是为了占领那里，而只是为了将英国人赶走，然后他们就会撤出印度。同样地，德国人和意大利人向埃及人保证他们对埃及的领土没有任何企图，入侵埃及只是为了赶走英国人，然后他们就会撤回自己的领土。他们对全世界或许不满于现状的同盟国的国民都许下类似的承诺。

毋庸赘言，那些承诺是荒谬的。显然，如果德国人、意大利人和日本人真的在对抗帝国主义，他们应该先解放自己统治下的民族。日本人应该解放朝鲜、"满洲"和福尔摩沙，并且从自1937年起所占领的中国各个地区撤军。意大利人不应该向埃及人作出承诺，而是应该解放利比亚的阿拉伯人，而且绝不会去侵略阿比西尼亚人，去年他们遭到了报应；至于德国人，为了实现他们的承诺，他们应该解放欧洲全境。

这些都是不言自明的事实。德国称英国是帝国主义就像是乌鸦在笑猪黑。但轴心国的宣传人员并不是那么傻帽。他们遵循两个准则，短期内会很有成效，却经不起长期的考验。第一个准则是，如果你对别人作出他们希望得到的承诺，他们总是会相信你。第二个准则是，没有多少人知道或有兴趣去了解他们在别的国家所做和所说的事情。因此，轴心国的宣传人员知道他们对各个国家的宣传内容可以自相矛盾，没有被揭穿的危险。譬如说，下面是一则这种自相矛盾的例子。轴心国的广播一边向印度人保证他们是有色人种的朋友，共同对抗英国人；一边向南非的荷兰人保证他们是白人的朋友，共同对抗黑人。事实上，后者倒是与轴心国的宣传内容相一致，因为纳粹主义的核心内容就是白种人比亚洲人、非洲人和犹太人更加优越。德国的纳粹分子甚至比意大利的纳粹分子更加离谱，声称人类历史上一切有意义的成就都是由蓝眼睛的人取得的。当然，柏林向印度或非洲的广播没有宣传这一教条。日本人似乎不抱有种族观念，但事实上，几个世纪以来他们一直信奉比德国人更加极端的种族理论。他们相信大和民族是神圣的民族，所有其他民族生来都是劣等民族。顺便提一下，他们给黑人和其他深色皮肤的人种起了一个轻蔑的绰号（"黑崽①"）。这两个民族，德国民族和日本民族——或许还有意大利民族，他们当中有很多人相信这个理论并发动了侵略战争，因为他们认为自己是优越的种族，所以拥有统治世界的神圣权利。在本土的报刊和广播中，他们毫不忌讳说出这些想法，甚至在认为合适的时候会对外宣传。许多针对英国的德国广播公开声称日耳曼民族和盎格鲁-撒克逊民族是白人种族的主要成员，他们有着共同的利益，应该联手统治剥削世界。毋庸赘言，印度人和非洲人是不会听到这些言论的。事实上，当地人民没办法接触到国外的报刊或广播，因此这些明显自相矛盾的内容基本上不会引起关注。

我们将这个话题作为本周节目的主题，是因为我们非常了解轴心国目前针对印度进行的宣传的本质。我们认为有必要时不时

---

① 英文原文是 korumba，日文是"黑んぼ"。

对它作出回应，不是为了揭穿个别谎言——这会花费太多的时间，而且也不值得这么做——而是为了提醒我们的听众，帮助你们更清楚地了解世界局势。因此，下一次当你们听到一则似是而非的轴心国宣传时，你们可以问自己："如果他们对我说出了这番话，那他们会对欧洲、美国、非洲、英国和中国说些什么呢？"

按照这样的思路去思考总是能够帮助你克服轴心国的宣传人员喜欢利用的一个心理定式——人们往往倾向于相信自己想要听到的话。

1942 年 8 月 1 日

　　俄国前线传来的消息依然非常严峻。德军已经渡过了顿河，正向南移动进入高加索地区。几天前罗斯托夫这座重要的城市沦陷了，在罗斯托夫南边的德军行进速度最为迅速。我们不清楚他们到底行进了多远，至少他们已经抵达罗斯托夫南边五十英里的巴泰斯克，那里有几座油井。如果情况表明它们或许会落入德军手中的话，我们可以认为俄国人会堵死这些油井或让它们无法运作。伴随着这个南进的行动，另一支德国部队正向东进发，进入顿河的河曲，方向是斯大林格勒这座重要的城市。然而，在这个地方，他们被迫停了下来，而且他们渡过顿河并进一步北上接近弗洛尼斯的努力也以失败告终。大体上的情况是：高加索地区的全体俄军有可能会被切断与俄国北方的联系。即使德军抵达斯大林格勒，莫斯科和列宁格勒与高加索地区之间仍可以保持联系，但迂回的路线会给交通带来很大的压力。当然，即使德军成功将俄军在北边和南边的军队分割开来，也并不表示他们就可以获得石油，这才是他们的主要目标。他们仍然得面对高加索地区的俄军和英国在中东的第九军团。但他们或许可以通过切断这个至关重要的产油区和俄国其它地方的联系，使得俄国北面的军队没有燃料供车辆使用，同时对苏联全境的经济生活造成沉重打击。俄国农业主要依靠拖拉机，需要持续的石油供应。除了高加索地区之外俄国还有几个天然的产油区，包括乌拉尔山脉那边可观的石

油供应，而那里是德国人不可能染指的地方。苏联政府或许已经在全国各地储备了大量的石油，用于应对像这样的危机。然而，与此同时，俄国军工厂的生产能力由于国土的沦陷和交通的压力而受到了严重的影响。这场战争还没有达到白热化的程度，但否认局势非常严峻并没有意义——或许就和去年秋天一样严峻，甚至更加严峻。然而，这场战役并没有依照德国人的计划进行。德国人的主要目的是消灭红军，但并没有成功，德国的评论员开始承认这个目的是无法实现的。德国人在政治上征服苏俄的尝试彻底失败了。在被占领区没有人从事卖国活动，德国人甚至没有掩饰俄国人民对他们抱以仇视态度。他们大幅增加了武警部队的规模——无异于默认了新秩序只能靠赤裸裸的暴力来维持。虽然德国人现在占领了大片富饶的地区，但对他们来说这并没有带来直接的好处，因为他们没有劳动力进行开发，无法迫使俄国人劳动，而且他们只能接受俄国人在各个地方执行最彻底的焦土政策的结果。因此，从正面意义上说，德国人的胜利并没有给他们带来多少好处，或许将来也不会有多少好处。然而，在负面意义上，他们的收获就是削弱了我们的俄国盟友的进攻能力，除非他们能夺回西至哈尔科夫的领土，否则情况将不会有改观。

在埃及，从上周至今没有什么消息报道。英国发动了几次成功的进攻，但这些都只是小规模的行动。半个月前轴心国的宣传人员在大谈快速抵达苏伊士运河，这个希望现在已经变得很渺茫了。埃及战役在目前阶段的作战主力是印度兵团，他们赢得了来自指战部的高度评价。

7月26日星期天，伦敦举行了一场大会，要求在西欧开辟第二战场。各行各业的人参加了这次会议，与会人员的规模不少于5

万人。我们不会对英国政府和美国政府会不会在今年开辟第二战场这个问题表态。显然，无论政府的意图是什么，它都不会提前泄露，但重要的是意识到光是开辟第二战场这个想法就深刻地影响了这场战争的战略。德国人自己的广播表明他们在疯狂地加强西欧海岸线的防务以抵御可能会发生的进攻，侧翼的危险或许会阻止他们将全部的空军力量投放于俄国战场。英国对德国的轰炸仍在不停歇地进行，而德国只能向英国发起小规模的报复。上周伦敦和另外几个英国城市发生了小规模的空袭，但现在的防空工作已经非常完善，每次空袭敌人的空军部队都得损失十分之一的兵力。7月27日，英国对汉堡又进行了一场大规模的空袭，规模达到了500架轰炸机，就连德国人自己也承认伤亡非常惨重。两天后发生了另一场规模大致相当的空袭。无疑，空袭在飞机数量上和轰炸规模上将会越来越庞大，因为美军即将加入英国的空袭行动，大批飞机正抵达英国。前几天晚上轰炸行动的指挥室向德国人进行广播，警告他们接下来的轰炸将越来越猛烈。德国人叫嚣着反对轰炸，声称轰炸是邪恶而且惨无人道的做法，显然已经忘记了就在一两年前他们自己对伦敦和其它人口密集的城市展开狂轰滥炸，还公然吹嘘他们对平民的屠杀。当时英国没有能力发起大规模的反击，德国人或许以为这种状态会一直持续下去。现在风水轮流转，他们说的话又不一样了。然而，这番话根本没有作用。空袭的规模将继续扩大，不久之后动辄出动上千架飞机的轰炸将会是司空见惯的事情。我们不会对这些空中行动会不会是盟军进攻欧洲的前奏这个问题表态，但我们至少可以说如果进攻真的发生，轰炸将削弱德国人的抵抗能力，并有助于维持沿海一带的空中优势，而这在登陆行动中是不可或缺的。虽然这必须由政府作出决定，只有它才拥有必要的信息，但英国人民非常渴望能够对欧洲发起进攻，并甘冒风险，如果这能吸引德国在东线的兵力，帮助我们的俄国盟友。

新几内亚再度爆发战斗，日本人在东北方的海岸登陆，并再次向莫尔兹比港发起进攻，如果他们要侵略澳大利亚，他们就必须占领这个港口，但他们被击退了。

英国生活在海外的公民将可以参军服役了。

英伦诸岛迎来了史上最大的丰收，丰收的作物包括小麦、其它谷物和土豆。战争爆发后，英伦诸岛多开垦了六百万英亩土地用于耕种，现在英国的粮食实现了三分之二由本国供应。这与和平时期的情况形成了鲜明的对比，那时候几乎所有的食物都是从国外进口的。与此同时，根据报道和观察，今年德国的粮食生产出现了严重的歉收。

1942 年 8 月 8 日

俄国前线仍和我们上周报道的情况差不多。德军仍在向南边挺进，但没有之前那么迅速了，我们或许可以认为他们确实切断了连接斯大林格勒与黑海和高加索地区的铁路干线。他们声称已经抵达库班河，它流入黑海的入海口位于诺沃罗西斯克附近，但情况是否属实仍有待观察。在更北边，德军未能进一步接近斯大林格勒。或许在目前这场战役中他们还没有攻占任何能够立刻为他们带来好处的地方，但他们已经几乎成功地将俄国前线切割成南北两块，使得北边的俄国人更难获得石油供应。关键取决于苏联政府事先在各个战略要点储备的石油和其它军事物资的数量。虽然德军在上个月取得了几次胜利，但苏联政府的发言仍然像以往那样坚决和充满信心，我们或许可以认为根据他们对情况的了解，虽然他们知道这场战役已经达到了白热化的程度，但局势仍未陷入绝望。德军的目标首先是消灭俄军的有生力量，其次是为自己获得尽可能多的石油供应。而同盟国的目标是尽快集结力量，让德军被迫在俄国的风雪中再度过一个冬天。现在看起来德国人无法完全实现今年的作战目标了，虽然纳粹分子的广播在自信满满地预告胜利。另一场冬天即将到来，英美实力在壮大，而德国士兵将成千上万地死于严寒，对于那帮让德国人陷入目前这番境地的领导人来说这或许将是一场噩梦。

然而，我们应该正视每一场战役，并意识到虽然轴心国的两大势力彼此看对方不顺眼，但他们正在密切地协同行动。过去几周来，我们在新闻评论里对这场战争的远东战局的介绍并不多。除了在中国进行了几次并没有决定性意义的军事行动之外，日本人并没有发起进攻，而是在积蓄力量，准备在近期发动两场或三场大规模的进攻。上周我们报道了新几内亚有新的军事活动展开，在过去的一周里，情况变得更加清晰，日本人将对莫尔兹比港再次发动进攻，或许将是迄今为止规模最大的一次。空中侦察也表明他们已经占领了澳大利亚以北约 200 英里处的几座无人居住的小岛。这些行动的意义只有一个，那就是进攻澳大利亚本土的前奏，我们必须考虑到日本人可能将在不久之后发动新的战役。他们或许将进攻澳大利亚，不只是因为他们觊觎那里的财富，更是因为英军和美军在澳大利亚的兵力正在迅速扩充，而且从那里可以向南亚的群岛发起反击。但与此同时，日本人似乎还在准备向俄国和印度发起进攻。我们知道他们已经大大加强了"满洲国"边境的兵力，而且调派了增援进入缅甸。英国皇家空军正在轰炸实兑港，这或许表明那里有日军的物资运输。我们还无法肯定日本人会不会进攻印度，但如果他们希望阻止对日反击在澳大利亚酝酿的话，他们肯定会进攻那里。有人或许会问为什么他们还没有进攻印度，因为三四个月前他们或许有机会这么做，当时英军被逐出缅甸，而英国在印度洋的海军力量由于在新加坡损失了两艘战列舰而被严重削弱。日本人没有进攻印度的原因有两点，或许三点：首先是雨季的到来，这使得地面作战变得非常困难，并迟滞了部队在低洼地区的行进。其次是日本的海军实力在与美国海军两次失败的交战中遭受了损失。据我们所知，日本人损失了至少五艘航空母舰——这也意味着损失了数百架飞机和数千名受训人员。他们或许没有信心向印度的沿海地区发起进攻，对抗从陆地起降的战机。失去的航空母舰可以用新舰替补，但需要几个月的时间。第三个可能的原因是日本人希望印度的政治冲突会演变到如果他们发起侵略，会被相当一部分印度人视为友军的程度。他们谨慎地按兵不动，这也使得同盟国在印度的兵力得以大大加强。我们无意对印度的内政进行评论，但我们或许可以说国大党执行委员会最近的发言至少并不表明日本人会被视为朋友。

（以下内容遭到审查删除：至于进攻俄国，那只是日本人在等候合适的时机。他们或许愿意固守已经征服的土地，不去侵犯印度和澳大利亚，但他们的作战目标和苏俄的作战目标是根本不相容的。事实上，征服西伯利亚是日本人已经筹谋了四五十年的目标。）在前面的新闻评论中我们报道了日本人已经占领了阿留申群岛，但只是最北部的两座无人岛，空中侦察估计上面至少有一万名驻军。要把他们逐出岛屿并不容易，因为整片地区终年笼罩着暴风雨和迷雾，使得舰船和飞机的行动非常困难。日本人夺取这两座岛屿的目的只有一个，那就是卡住俄国和美国之间的通道，切断行经太平洋北部地区的战争物资的供给线，如果战争在"满洲"爆发的话。

我们或许可以认为进攻的目标将是海参崴——无疑，他们将会不宣而战，发动突然袭击——按照日本人的作战方略，这是很可能发生的事情。如果这件事情没有发生，原因只会是日本人害怕红军的力量。我们不会去猜测这三个可能的动向：进攻印度、进攻澳大利亚或进攻俄国哪一个会最先发生，但我们可以肯定地说，这三种情况都很有可能发生。而就印度的战局而言，局势在很大程度上取决于印度人自身的勇气、远见卓识和努力。

埃及的情况没有什么可以报道的。我们提到这个战场只是为了提醒听众没有军事活动在进行并不意味着战役已经结束。事实上，德军被阻挡于阿拉曼之后并没有撤退一定表明他们将再次发起进攻。不然的话，他们没有理由在如此不利的位置停留。轴心国和同盟国的部队都在积蓄力量，尽可能迅速地调集坦克和飞机。我们绝不能忘记，正如我们在之前的新闻评论里所指出的，在这个地区德军可以比我们更轻松地获得补给。因此，或许在下周或下下周，埃及将展开另一场大战。

英国对杜塞尔多夫和杜伊斯堡又发动了两次大规模的空袭。最近的空袭没有动用上千架飞机，但和之前的几次空袭一样，最多的时候动用了五六百架。但实际投弹量并不比动用上千架飞机的空袭少。我们无法给出确切的数字，但似乎在最近对杜塞尔多夫和汉堡的轰炸中，英国皇家空军每一次朝目标城市投下的炸弹达到了三四百吨，比在英国土地上发生的任何一次轰炸都多，甚至包括那次几乎将考文垂夷为平地的可怕的轰炸。根据我们在英国的经历，我们可以想象现在德国的工业城市所遭受的破坏。德军一直在对伦敦和其它城市进行轰炸，但规模都很小，而且有几次空袭空军部队丧失了十分之一的飞机。但这些空袭很可能目的只是进行侦察，以测试去年英国采用的新的防空手段。今年夏天德军将可能恢复对英国的大规模轰炸，如果他们能够从俄国那边征调足够的空中力量的话。

巴勒斯坦传来了好消息，一支巴勒斯坦部队正在集结，服役的士兵有犹太人和阿拉伯人①。因此，法西斯的侵略帮助解决了世界上最为困难的政治难题之一，昨天还是政治敌人的两派人为了保卫自己的国家，抵御侵略者这个共同的利益而携手合作。

---

① 指创建于 1942 年的巴勒斯坦兵团，隶属英国陆军。

1942 年 8 月 15 日

俄国前线仍然是最重要的前线,但过去一周来,南太平洋前线的局势也发生意义深远的新进展。我们先报道俄国前线的消息。

在上周,直到几天前,德军的主要攻势仍然是朝南边的高加索地区挺进。但这两天来,德军向东边斯大林格勒方向发起了新的进攻。斯大林格勒位于伏尔加河畔,是一座重要的工业城市,而伏尔加河仍然是高加索地区和俄国其它地区之间的重要供给线。迄今为止,德国人在东面的进攻并没有取得多少战果。(以下内容遭受审查删除:俄军正发起反击,在部分地区已经迫使德军采取守势。)如果德军在南边占领了更多的地盘,斯大林格勒或许会从一个新的方向受到威胁,因为他们将能从两面对这个军事要地发起进攻。在南边,德军上周的推进虽然不是非常迅速,但几乎没有间断。事实上,他们现在已经抵达高加索山脉的山脚了。我们还不能肯定迈科普这座石油镇是否已经落入了德军手中。可以肯定的是,那个地区正在进行激烈的战斗,迈科普遭受了猛烈的轰炸,大部分建筑已经被摧毁了。除了南边和西南边的推进之外,德军还沿着高加索山脉的山脚向西推进,声称离里海的西岸只有两百英里了。此次行动对我们的俄国盟友构成了非常大的威胁。德军在南边如此快速的推进直接威胁到了亚速夫沿海的俄军,而且威胁到了诺沃罗西斯克这座海军基地。如果它也失去了，俄国人在黑海的港口就只剩下接近土耳其边境的巴统。而单是这么一个港口或许并不够，因为一支舰队不仅需要港口，还需要各类仓库和车间。因此，形势非常危急——事实上，情况就像去年秋天那么糟糕。

然而，这并不是说只要德国人能够扫荡他们正在进攻的整片地区，他们就能取得决定性的胜利。在高加索山脉以北的地区占领的地盘并不能解决德国人的石油问题。看看地图，你会发现高加索山脉从黑海延绵到里海。在山脉的东南边，是巴库这座石油城，那里是俄国的石油主要产地，也是全世界最重要的产油区之一。它就是德国人的目标，而他们得跨越高加索山脉才能抵达那里。他们已经接近皮亚季戈尔斯克，那里是跨越高加索山脉的军事公路的开端，但他们应该无法在今年一路顺利地越过高加索山脉，甚至连尝试都不敢。高加索山脉是欧洲最高的山脉，而且从十月份开始进入严寒，因此在八月份中旬开始战役有着非常大的风险。德军更有可能会尝试沿着里海的海岸线推进到巴库地区。这意味着他们将行经非常狭窄的关隘，我们可以相信俄军将会以无比坚定的决心进行抵抗。在权衡局势之后，你还必须考虑德军在欧洲西边遭到奇袭的可能性。我们无法准确预测这种情况会不会发生，但至少从他们的报纸和广播的口吻判断，德国人认为这是可能会发生的情况。

上周我们谈到日军在新几内亚有新的动向，显然是进攻莫尔兹比港的前奏。然后，从那时到现在，美军和澳军率先发起了进攻。大约四天前，消息传来说美军正在进攻所罗门群岛南边的图拉吉。最初的报告只是提到了空袭和海上行动，但现在我们得悉美军已经登陆了三个岛屿，虽然收到的报告内容并不多，但我们获悉这些部队已经在岸上站稳了脚跟，正在固守阵地。下周我们或许将能够对此次行动进行详细报道，几乎可以肯定这是一次重要的军事行动。与此同时，我们只能粗略地对这些军事行动进行报道，并解释它们的战略意义。我们所知道的就是美军已经登陆，而为了达到这个目的，他们损失了一艘巡洋舰和几艘其它战舰，而且预计会付出相当沉重的伤亡代价。据说由日军控制的两个重要的机场已经被同盟国的部队占领了，但这个消息还没有得到官方的确认。从日本人的报道中无法获得相关的消息，他们的报道总是自相矛盾，显然只是为了达到宣传的目的。但战局明显并没有依照日本人的打算在发展。要了解此次行动的意义，你最好打开地图。所罗门群岛位于新几内亚的东边和澳大利亚的东北边。从那里的军事基地出发，日军的潜水艇和飞机可以向为澳大利亚提供物资的船只发起进攻。如果美国人能够夺取所罗门群岛，他们为澳大利亚补给的路线不仅会更加安全，而且能够缩短航程，因为他们的船只不用绕一个大圈避开日本人的潜水艇。但此次行动还有进攻性的目的。如果所罗门群岛被同盟国掌握，日军在新几内亚的处境将会变得越来越困难，或许将被迫从那里撤退。因此，这个行动或许是同盟国部队在太平洋发起进攻的第一步。但我们不会去预测它会不会取得成功。我们必须记住，像这样的行动是很难实施的，日本人在中途岛做过类似的尝试，付出了沉重的代价。但美国方面的报道很有信心。除了对所罗门群岛发起主要攻势之外，同盟国从澳大利亚起飞的飞机还对新几内亚的日军发起了猛烈的轰炸，已经迫使他们从不久前占领的阵地撤退。这个行动的目的无疑是阻挠新几内亚的日军增援所罗门群岛。除了向所罗门群岛发起进攻外，美国海军还向阿留申群岛的日军发起了进攻，据悉击沉了几艘日军的战舰。但这次行动的意义并不是非常重要，而且美军似乎没有尝试登陆。

埃及那边没有什么消息。双方都得到了增援，我们知道现在美军已经抵达，做好了与英军联手展开行动的准备。地中海中部进行了一场重要的海空战，这是因为马耳他岛得到了一大批新的补给，包括战斗机。一支英国船队艰难完成了从直布罗陀海峡到马耳他岛、全程数千英里的航行，一路上不断地遭受轴心国派出的飞机和潜水艇的攻击，并顺利完成目标，虽然损失了一艘巡洋舰和一艘老旧的航空母舰。我们还没有得到关于轴心国损失的全面报告，但据说他们损失了两艘潜水艇，有两艘巡洋舰被鱼雷击中。地理位置决定了增援马耳他不可能毫无损失，但这些损失都是值得的，因为马耳他位于意大利与非洲的中间，飞机可以不停地向轴心国通往的黎波里的补给线发起进攻。轴心国向马耳他发起的疯狂轰炸表明盟军守住这里是多么重要。

德国对英国展开了几次空袭，但规模都很小。我们还无法肯定这些空袭是为了让德国人民认为他们的空军部队正在报复英国轰炸德国的行动，还是说这些只是空中侦察，为以后发动更大规模的空袭做准备。英国皇家空军本周继续发起进攻，向杜伊斯堡发动了一次规模非常庞大的空袭，另外两次是轰炸美因茨。在第二次空袭中，除了投下数百吨炸弹之外，还投下了 5 万颗燃烧弹。空军部最近披露了我们轰炸德国的确切数字。它们表明：首先，在 1942 年 6 月和 7 月，英国皇家空军在德国投下的炸弹在吨位上是 1940 年同期的四倍还多；其次，现在英国皇家空军对德国展开的轰炸行动中，有十几次的规模远远超过了德国对英国最猛烈的轰炸。尽管这种规模的轰炸不可能每天都进行，因为天气不可能一直都适合展开行动，但无疑它们的数字还会一直增加，因为美国空军将与英国空军联手展开行动。

　　暴动、枪决、逮捕游击队员、报复和威胁平民，这些新闻在整个欧洲几乎毫无间断地发生。显然，不仅是巴尔干地区，甚至是西欧地区，局势已经离爆发内战不远了。譬如说，几天前德国的广播简洁地宣布单是在巴黎就有 93 人被定性为恐怖分子并于当天枪决。在大西洋沿岸，德国人颁布了法令，威胁会对任何协助同盟国军队的民众进行最残忍的惩罚，这无异于公开承认被占领地区的人民一心支持盟军。当我们回顾两年前的情况时，我们都还记得德国人当时是何等自信地吹嘘他们将会成功缔造新秩序，并在欧洲大陆消除英国和美国的每一分影响。我们知道虽然在军事意义上德国人还没有失败，但他们已经彻底输掉了政治层面的战争。

1942 年 8 月 22 日

本周二发布了一则消息，英国首相丘吉尔先生前往莫斯科与斯大林主席和联合国的其他主要代表会面。关于他们达成了什么共识还没有公告，但据悉这些共识令各方都很满意。可以肯定，他们已经决定了采取重要的行动。这是第四次丘吉尔先生绕过半个地球与同盟国的领袖们举行会谈。虽然目前同盟国的局势并不乐观，但从同盟国之间能够比较轻松地举行会晤就可以看出战略形势的端倪，因为丘吉尔先生去莫斯科或华盛顿都很轻松，但希特勒要访问东京就几乎是不可能的事情，除非他乘坐潜水艇，并花上六个月的时间在路上。联合国的成员们可以彼此间顺利往来，而法西斯国家只是控制了世界上两片隔绝往来的地盘。

丘吉尔先生抵达莫斯科，适逢我们的俄国盟友处于关键时刻。过去一周来，俄国南部的战斗局势和之前差不多。德军在高加索战场继续推进，并占领了重要的石油中心迈科普。在撤出这座城市之前，俄国人转移或破坏了所有的机器和石油库存，让德军夺取了这座城市后得不到直接的好处。但这对于俄国人来说也是一个重大损失。与此同时，德军在这个地区的进攻兵分东西两翼，东翼指向另一个重要的产油区奥洛威，而西翼的兵锋则威胁诺沃罗西斯克，那是俄国在黑海最重要的军事港口。德军的一支部队似乎正尝试跨越高加索山脉，但过去几天来并没有关于这方面的消息。更北边的斯大林格勒，整场战役的战略要点，仍牢牢地掌握在俄军手中，但它遭到了德国军队从南面和西面发起的进攻。德国人声称已经占领了顿河河曲的全域，斯大林格勒就位于河曲的拐角上，但他们还没有成功渡河。在更北边的弗洛尼斯、莫斯科地区与列宁格勒地区，俄军发起了进攻，并取得了一些战果，目的无疑是想要吸引其它战场的德军兵力。纵观整场战役，我们或许可以说德国人取得了重大胜利，但他们在冬天开始之前取得决定性胜利的希望并不大。

上周我们报道了所罗门群岛的战斗，同盟国的部队在经过了近半个月的艰苦战斗后取得了大捷。美国和澳大利亚的部队现在控制了包括图拉吉岛在内的三个岛屿，在图拉吉岛上有这个地区最重要的港口。昨天官方消息传来，说同盟国的部队正在"扫荡"——在打败敌人的主力部队后消灭零星的抵抗。游击战或许还会持续很长一段时间，但只要同盟的部队守住登陆地带和主要的船只停泊点，他们就能阻止所罗门群岛被当作攻击来往于美国和澳大利亚之间的船只的基地。日军继续在大肆报道盟军所蒙受的损失，但他们的报道总是自相矛盾，过去两天来，他们的口风大变。在好几次宣布将会对所罗门群岛的战斗进行报道后，他们突然间宣布暂时不会有报道了——这无异于承认失败。但同盟国为了取得胜利付出了一定的代价。我们知道一艘美国的巡洋舰被击沉了，几天前澳大利亚的巡洋舰堪培拉号也被击沉了。

几天前，美军还在所罗门群岛东北边 900 英里处的吉尔伯特群岛登陆，破坏了上面的机场设施。但这只是一次突袭行动，之后队伍又离开了岛屿。

现在我们能够更加全面地披露地中海海战的数字了；这场战役后，英军的船队顺利抵达马耳他，送去了急需的供应物资。英国海军损失了一艘巡洋舰、一艘轻型巡洋舰、一艘驱逐舰和一艘老旧的航空母舰。轴心国损失了两艘潜水艇、60 至 70 架飞机，还有两艘巡洋舰被击伤。同盟国为马耳他提供增援不可能没有船只损失的代价，因为离开直布罗陀海峡之后，船队得行经 1 000 英里的海域，遭遇到轴心国从陆地起落的飞机的侵扰。但这些损失是值得的，因为马耳他是轰炸意大利和轴心国通往利比亚的补给路线的理想基地。过去两年来，马耳他人民经历了极其可怕的、几乎没有间断的轰炸和严重的食物紧缺，展现出了无与伦比的勇气。他们知道如果轴心国赢得这场战争，马耳他将被法西斯分子统治，他们将失去自由，遭受漫长的苦难，甚至无法倾诉。目前岛上食物非常紧缺，而且几乎没有战斗机可以发起反击，最近这支船队的抵达将会大大改善马耳他的情况。

德国的潜水艇前不久以最肆无忌惮的方式击沉了几艘巴西客轮，淹死了许多人。①这件事在巴西引起了民众的激愤，人们举行了多次大规模游行表示支持同盟国，德国人的报社办公室被群众捣毁。巴西政府表示为了赔偿沉船的损失，被扣押在巴西港口的德国船只将被充公，而轴心国的公民在巴西的财产也将被没收。此外，100 名德国人已经被逮捕作为人质。击沉巴西船只的事件还会在南美其它国家产生影响。

越来越多的南美洲共和国的人民逐渐意识到全体自由国家联合起来对抗侵略成性的国家的重要性，因为这些好战国家是他们的独立和国家制度的天敌。

本周三爆发了这场战争爆发以来规模最大的联合突击行动，

---

① 8 月 16 日，巴西有三艘客轮遭到德国潜水艇的攻击，有 223 人遇难。

目标是距离英国海岸约 60 英里的法国海岸上的迪耶普。英国、加拿大、自由法国和美国的部队都参与了行动，兵力规模介乎 5 千至 1 万人之间。他们在岸上停留了 10 个小时，在成功破坏了炮兵阵地和其它军事目标后撤退。坦克被成功地运到岸上，并参与了行动。这或许是第一次由小型船只将坦克运到海滩上。据悉，双方都付出了惨重的人员伤亡和飞机损失的代价。据了解，德国人肯定损失了 90 架飞机，或许实际损失的数目还要更高，130 架飞机或许只是保守的估计。英国损失了近 100 架飞机。这些损失对于德国人来说更加沉重，因为目前德国的空军主力远在俄国战场，任何大规模的损失将意味着必须从欧洲的其它地方调派飞机以弥补损失。

突击行动开始时，英国广播电台不停地向法国人民进行广播，警告他们这只是一次空袭，而不是反攻欧洲。他们最好留在家里，不要加入战斗。他们有理由这么做，之前在圣纳泽尔展开突击行动时，法国人看到自己有机会抗击压迫了他们整整两年的德国人，奋起与英军并肩作战。当突击行动结束后，英军撤回英国，德国人对当地人施以最恐怖的暴行。英国政府不希望这种事情再次发生，因此忠告法国人民不要介入。但广播还补充说："我们谨提醒你们，当真正的进攻到来时，那将是你们拿起武器去争取自由的机会。"无论这次突击行动是不是全面进攻的前奏，至少它已经表明同盟国能够在防御最坚固的法国海岸登陆大批部队——而就在几个星期前，德国人还夸口说这种事情根本不可能发生。

1942 年 8 月 29 日

伏尔加河畔的斯大林格勒的形势仍然很危险。经过多番尝试之后，德军终于在顿河与伏尔加河接近的流域成功渡河，斯大林格勒将遭到来自几个方向的围攻。它已经遭受了严重的轰炸。但过去一两天来，德军的进攻并没有取得多大的成效，俄军仍守在顿河的西岸，在克列斯科附近发起了火力强大的反攻。（以下内容遭到审查删除：如果斯大林格勒落入德军手中，要守住位于里海西北海岸的阿斯特拉罕将会很困难，那里是该地区所有海路和河道运输的枢纽。如果阿斯特拉罕沦陷，俄国的北路军和南路军将会被切断联系。局势将取决于俄国人已经在各个战略要点储备的石油、军火和其它战争物资的数量。）

在更南边，德军宣称他们的部队已经抵达库班河流入黑海的河口，从而包围了诺沃罗西斯克附近的俄军。他们还声称另一支军队已经抵达高加索山脉的最高点。这些言论还没有得到其它渠道的证实，应该谨慎对待。有人猜想德军会不会在今年尝试直接越过高加索山脉，即使他们已经控制了军事公路的北端。他们或许会尝试跨过里海占领阿斯特拉罕并抵达油田。另一方面，他们的这些胜利并没有决定性的意义，因为除非他们能够摧毁红军的作战能力——没有迹象表明他们能做到这一点——他们将面临俄国的另一个寒冬。然而，重要的是红军应该恢复发动反攻的作战能力，迫使德国人整个冬天在俄国维持一支庞大的军队，而不只是一小股能够在短时间内补充兵力的部队。过去半个月来，俄军在莫斯科地区发起了进攻，现在全面战报已经披露。俄军推进了30英里，消灭了4万5千名德军，并缴获了大批军事物资。勒热夫的外围仍在进行战斗，那里是德军的主要阵地。（以下内容遭到审查删除：如果此次进攻获得成功，将会对更南面的局势造成影响，德国人将不得不调派更多的兵力去迎击。）

继上周我们的报道之后，另一场大规模的战斗正在所罗门群岛进行。美军已经成功登陆三个岛屿，并占领了最重要的港口和几个机场。这几天来，日军发起了反攻，却以失败告终，还付出了沉重的伤亡代价。现在他们正尝试发起海上军事行动以夺回这个阵地。据悉他们已经派出了一支兵力非常强大的舰队进攻美军的要塞。全面的战报还没有披露，但据悉美军的轰炸机已经击伤了几艘日军的战舰，包括两艘航空母舰。日军总共有14艘船只被击伤，33架飞机被击毁。10天前，日军的舰队撤退了，但显然已经重新集结，并发起了新的进攻，但结果还没有公布。日军还在新几内亚的东南角再次登陆，现在战斗仍在进行。这次行动的目标或许是再次尝试进攻莫尔兹比港，或者是将美国舰队从已经占领的所罗门群岛的港口吸引开去。无疑，日军将发起非常强大的攻势，希望将美军逐出图拉吉，而且他们愿意为此冒损失大量战舰的风险。但现在他们在战斗中正处于下风，因为他们的船只必须面对从陆地起降的飞机。这场战局扑朔迷离，而遥远的南太平洋海战对于印度来说非常重要，因为日本人能否侵略印度在一部分程度上取决于他们的航空母舰的实力。美军每摧毁一艘航空母舰都意味着印度多一分安全。下周我们或许将能够对所罗门群岛的局势进行更加全面的报道。

巴西已经向德国宣战。这是过去几周来德国潜水艇肆无忌惮地击沉巴西船只的必然结果。巴西是南美洲最重要的共和国，约有 4 千万人口，而且国土辽阔——差不多与印度一样大——拥有丰富的天然资源。它具有非常重要的战略意义，因为它拥有许多优质海港，它那小而精悍的海军会使得同盟国的舰队在大西洋的游弋变得更加轻松。而且巴西的首都里约热内卢是美洲最接近欧洲大陆的地点，也可以乘飞机抵达西非。轴心国无疑迟早会通过巴西入侵美洲大陆，以法属西非的达喀尔作为他们的跳板。他们还希望利用从巴西的大批德国侨民中招募的第五纵队。现在巴西已经进入战争状态，所有同情纳粹的德国人正被关押起来。此外，德国和意大利在巴西港口被扣押的船只已经被征用了，将对提高同盟国的运力起到帮助。巴西参战的行动会对南美洲的其它共和国造成影响。巴西南边的邻国乌拉圭虽然没有正式参战，但它已经宣布与巴西共同进退，而此前对同盟国态度冷淡的智利已经宣布非交战国家的身份，这个决定将对同盟国有利。

过去三年来南美民意的改变标志着轴心国在政治上的失败和全世界对于法西斯主义的本质的进一步了解。当战争打响时，许多南美国家同情的是德国，而且在经济上它们与德国有着密切的联系。德国在南美的众多侨民为自己的国家进行宣传工作，还创办了几份报纸，用于宣传有利于他们的虚假新闻。我们应该记住，在南美洲国家，欧洲人口只占了一小部分，几乎每个国家的主体人口都是印第安人，还有相当一部分是黑人。德国人和日本人的宣传一直在尝试激起穷人反对白人的情绪，就像日本人在亚洲所尝试的手段。这一手段失败了，主要是因为中美洲和南美洲正在进行劳工运动，他们的领导人深知世界各地工人阶级的利益休戚相关，正遭到法西斯主义的威胁，尤论法西斯的宣传内容有多么诱人。

英国共产党的日报《工人日报》已经解禁了。它将于9月7日复刊。（以下内容遭到审查删除：尽管《工人日报》一直不是一份特别重要的报纸，发行量只有10万份，但在某些领域拥有相当大的影响力，有时候它对政府的抨击会造成危害。英国政府允许它再次发行，清楚地证明了英国声称将为言论自由和出版自由而战的宣言并非是一番空谈。）

埃及还没有确切的消息传来，但可以肯定的是，近期将会有大规模的军事行动。英军和德军已经为各自的军队提供了增援，目前的局势在英军和德军的指挥官看来都不尽如人意。在英国人眼里，德军离亚历山大港太近了，构成了威胁，而且过长的补给线给增援带来了麻烦。德军的海上补给线相对较短，但遭受了猛烈的进攻，而且他们的补给登陆以后得走相当长的一段陆路才能到达战区。过去几天来，德军在地中海损失了几艘油轮和其它补给船只。我们不会去预测英军和德军哪一方将在埃及率先发起进攻，但天气正开始转凉，坦克可以在沙漠驰骋，过不了几周我们一定会收到爆发大规模军事行动的消息。

1942年9月5日

9月3日是战争爆发三周年纪念日。在回顾本周的新闻之前，或许有必要先回顾过去的三年，从而能够更清楚地了解当前的战局。

如果你纵观全局而不只是局限于战场的一隅，突出的事实是：经过三年绝望的战争，英国变得比战争开始时更加强大了。1939年秋天，整个英联邦只能动员一百万受过训练的士兵，空军规模很小，还有一支千疮百孔的海军；而今天，光是英国就拥有数百万受过训练的士兵，这还没有算上驻守中东、印度和其它地方的庞大军队。英国皇家空军的实力已经超越了德国空军，而海军虽然在接连不断的护送军事物资到英国的艰巨任务中损失惨重，但比起战争刚刚爆发时变得更加强大了。

当德国的军事指挥官们观察形势时，他们的主要敌人英国在经受了轮番进攻后不仅没有被削弱，反而变得更加强大，这个事实一定令他们大受打击。这件事情的背后还有另一个意义重大的事实：美国现在与英国联手，并以庞大的规模和闪电般的速度在德国的陆军或空军无法侵扰的地方进行军备重整。德国的军事指挥官必须考虑的另一个事实是苏俄的顽强抵抗。他们以为能在1941年的秋天消灭红军，但这个计划彻底失败了。而且俄国战役造成了德军兵力的可怕消耗，尤其是再过两三个月，又一个严冬即将到来。

回首过去，我们看到这场战争有三个关键的转折点，每一个转折点都意味着法西斯取得胜利的希望变得越来越渺茫。第一个转折点是 1940 年夏末的不列颠之战。德国人对速胜充满了信心，悍然发动对英国的空袭，结果不仅遭受了沉重的损失却一无所获，而且被迫意识到根本没有希望取得速胜，而是将要面临一场漫长而艰辛的斗争。几乎不可避免地，整个世界都将与他们为敌。第二个转折点是 1941 年冬天，当时德国在俄国的攻势已是强弩之末，俄军将德军逐出罗斯托夫。德军进攻俄国是英国人成功抵抗和展开海上封锁的直接结果。德国人未能突破封锁或与亚洲和美国建立联系，于是计划一举征服俄国，希望可以控制这片广袤的地区，肆意搜刮几乎任何他们所需要的原材料，同时不需要再担心红军会对他们的后方构成威胁，然后可以集结全部兵力再次向英国发起进攻。这个计划也失败了，德军虽然占领了广阔的领土，却发现自己陷入了一场精疲力竭的战争，他们的敌人是俄国庞大的兵力和不可能克服的气候条件。由于投入了大量的空军力量，他们无法阻止英国皇家空军对德国西边的城市展开轰炸。第三个转折点是德国人将日本人拉入了战争。日本人的主要目标是征服东亚，但在德国人的眼中，这个计划是为了引开美国人的关注，阻止他们继续向英国提供援助。再一次，这个庞大的赌博式计划失败了，因为虽然日本人在开始时轻松地赢得胜利，但他们很快就发现自己在与比自己更加强大的敌人进行持久的对抗。美国人虽然在太平洋与日军作战，但仍能抽调人力和物资支援欧洲。法西斯国家的三次豪赌虽然在短期内取得了辉煌的战果，却都以失败告终，而且他们看到接近世界五分之四的人口逐渐团结在一起与他们为敌，后者拥有压倒性的资源优势，还有消灭法西斯分子的坚定不移的决心。1940 年时，英国在孤军奋战，军备生产一团糟，而且无法确定会不会有盟友加入。到了 1942 年，英国的身边出现了红军、庞大的美国军事工业和中国的 4 万万人口。无论这场战争会多么漫长，它的结果不会有太大的疑问。这就是我们所看到的这场战争的全景，如果我们能放眼天下，不让昨天的报纸占据我们的全部关注。

我们将大部分时间都用在回顾战争全局上了，因此，对本周的事件我们只会作简短的总结报道。

在埃及，正如我们在上周的新闻评论中所预言的，德国人发起了新的进攻。但要报道任何有价值的新闻仍为时尚早。我们只是希望让你们了解埃及的局势对于同盟国来说并不轻松，而德军率先进攻这件事表明他们已经补充了在 6 月和 7 月的战斗中所蒙受的损失。但英军也得到了增援，而且美国的部队和飞机开始投入这一战线。在动用装甲部队发起非常猛烈的进攻后，德军再度撤退，但我们还不清楚这是因为他们发现英军的防御对于他们来说过于强大，还是说这只是佯攻。同盟国的空军在地中海的行动非常活跃，本周已经炸沉了几艘轴心国的船只。下周在报道埃及的局势时，我们将进行更全面的报道。

同盟国的军队在所罗门群岛取得了一场辉煌的胜利。现在美军已经控制了六座岛屿，更重要的是，他们在瓜达尔卡纳尔岛攻占了日军已经就快修筑完成的一座大型机场。五天前，或许是为了将美军的舰队逐出所罗门群岛，日军在新几内亚东南端的艾伦湾登陆，但这支登陆部队几乎被澳大利亚军队全歼，其残余部队正被扫荡清剿。从新几内亚的北边，日军朝莫尔兹比港的方向发起了新一轮的进攻，但并没有取得决定性的战果。他们似乎又在所罗门群岛的一座岛屿登陆。我们或许可以预料他们将会发起非常猛烈的进攻,希望将美军逐出所罗门群岛,因为只要美军仍然掌握着这些岛屿,新几内亚的日军将受到威胁,而他们侵略澳大利亚的机会也将非常渺茫。因此,或许还会有海战和空战的消息传来。虽然战局远在数千英里之外,或许印度会很关注那里的战斗,因为战斗的结果将决定日军会不会进攻印度。除非他们能在孟加拉湾掌握制海权和制空权,否则他们不会发动进攻。因此,美军每击毁一艘航空母舰,印度就多一分安全。

相比上周俄国的情况并没有大的改观,局势仍然非常严峻。德军仍在倾尽全力进攻斯大林格勒,过去一两天来已经占领了这座城市的西南方相当一部分区域。目前最激烈的战斗在大炮的射程可以够到斯大林格勒的地方进行,德军将所有的坦克和飞机都投入了战斗。但直到目前,据消息称俄军的防御仍然非常稳固。在更南边,德军在进攻格罗兹尼的油田的行动中有所进展。在另外两个战场——莫斯科战场和列宁格勒战场,俄军仍然处于攻势。德国西部继续遭受猛烈的空袭,这场战争爆发以来头一回波罗的海岸边的格迪尼亚遭受了轰炸。如此遥远的城市在一年的这个时候,在夜晚仍然很短暂时遭受英国的轰炸,这表明英国皇家空军的打击力量大大增强。俄国的空军力量不久前轰炸了柏林。德国的报刊和广播对空袭问题的各种愤慨言论表明德国人,尤其是生活在大型工业城市的居民,由于无休止的轰炸而情绪非常低落。

1942 年 9 月 12 日

上周我们报道了埃及再度爆发战斗，并且说我们希望本周能够补充一些关于它的细节。埃及战役的这一阶段已经结束了，结果是德军遭受了严重挫折。他们发起了大规模的进攻，希望突破同盟国的防线，却遭受了非常沉重的损失，特别是坦克和其它车辆的损失。德国人还没有正式公布其坦克损失的数目，但温德尔·维尔基先生，美国派往土耳其政府的使者，在前往安卡拉时途经埃及，声称德军损失了一百辆坦克，这大约是德国在埃及四成的机动力量。丘吉尔先生在前不久的发言中声明这场战斗的结果将使得埃及平安度过接下来的几个月。

我们应该记住，埃及战役还没有结束，德军还没有被消灭。不过，他们遭受的损失无疑非常惨重，特别是坦克的损失，因为他们已经发现从意大利到非洲的海上运输代价非常大。过去一周来，我们的潜水艇已经击沉或击伤了 12 艘轴心国的运输船只，这还没有算上同盟国的飞机所造成的损失。现在马耳他已经得到了增援，有了战斗机守护它的机坪，它将再度成为英国轰炸机的起飞基地，对轴心国在意大利和西西里岛的船只发起进攻。因此，大体上，我们或许可以说埃及的局势有了很大的改善——比我们在一周前所设想的要好得多。

新几内亚中部仍在进行激烈的战斗，日军尝试直接越过横跨岛屿中央的山脉抵达莫尔兹比港。过去两天来，他们一路挺进，现在距离目的地只有 45 英里。莫尔兹比港不再安全，因为日军已经遍布整个新几内亚岛屿。三天前日军又登陆了一批部队，但未能将已经占领所罗门群岛的美军击退。

过去几个星期来，中国的军队重新夺取了东部省份的许多领土，挫败了日本人通过铁路连接南北的企图。他们在这个地区的另一个目标是不让中国军队占领或坚守任何可能会被用来轰炸日本本土的军事基地。目前，浙江省几个有可能修建机场用于进攻日本的城市掌握在中国军队的手中。日军攻占它们的尝试失败了。然而，即使中国能够守住这些地方，也并不意味着轰炸日本能够立刻开始，因为修建一座机场需要许多技术人员，而且设施、车间、燃料供应、弹药和用于维修的零部件的到位要花费很长的时间。而且，由于原先供应军事物资进入中国的缅甸公路已经被日本人控制，运输困难非常之大。不过，空运正得到加强，从印度进入中国的新路线正在开辟。等到这些公路完全修好，我们就能够发挥这些轰炸范围覆盖日本的军事基地的作用了。

丘吉尔先生从莫斯科回国后，向下议院就这场战争进行了整体陈述。这个权威性的发言澄清了之前并不清晰的几点问题。在丘吉尔先生的讲话中，或许最重要的内容是突击迪耶普的行动。据他所说，这是一次侦察行动，为了后来进行大规模轰炸搜集信息必须这么做。丘吉尔先生当然没有提到日期或地点，但清楚地表明盟军正在考虑反攻欧洲大陆，并会在合适的时机进行。他解释说在与斯大林主席的谈话中他们达成了全面共识，并且相信无论发生什么情况俄国人将会坚持抗战，而我们也做好了作出任何必要牺牲的准备以减轻盟友的压力。丘吉尔先生补充说，俄国人认为自己在这场战争中作出了卓越的贡献，回顾过去一年来的历史，他们有这种感觉是很正当的。他们对我们的要求是我们要保证在合适的时机分担其军事压力。而现在，他们得到了承诺。丘吉尔先生还对埃及战役进行了陈述，并重申我们曾经提到过的坚守埃及的保证。他解释说他已经将波斯的第十军团的指挥权和埃及的第八军团的指挥权分离开来，这样一来，埃及的指挥官就不会因为可能需要指挥两个战场而背负过于沉重的压力。丘吉尔先生也提到有可能会调派波斯的英国军队支援高加索地区的俄军。丘吉尔先生还提到了地中海近期发生的海战，战果是英国的船队顺利将急需的物资送抵马耳他。他表示这批物资使得马耳他能够再坚守几个月，尽管付出了惨重的海上代价——一艘旧航空母舰、两艘巡洋舰（其中一艘是新造的）和一艘驱逐舰——但这个代价是值得的，因为这使马耳他能继续发挥飞机和潜水艇运作基地的作用。而轴心国的飞机、U型潜艇和战舰的损失也非常惨重。

丘吉尔先生还表示，过去三个月来海战形势经历了决定性的转折点，而英国的粮食和军火供应归根结底取决于海战形势的好坏。美国人建造船只的速度要比轴心国的潜水艇击沉船只的速度快得多，而且德国人的潜水艇一直遭到攻击，几乎每一天都有潜水艇被击沉或击伤的消息传来。我们对德国西部制造潜水艇的港口进行了轰炸，这将会为海战带来间接的好处。

1942年9月19日

　　英国的海军、空军和陆军已经向敌军在埃及的阵线后方100英里处的托布鲁克发起了猛烈进攻。虽然全面的战果还没有披露，但我们获悉英国的进攻部队损失了两艘驱逐舰，[①]或许有部分士兵成为战俘，但他们造成了非常沉重的破坏。托布鲁克现在是德国从希腊和意大利运送物资的主要港口，进攻的目标是在空军的轰炸机已经造成破坏的基础上进一步扩大毁伤。它位于重型轰炸机的航程之外，对这样的地方发起敢死队式的突袭能够造成空袭无法实现的更加精准的破坏。

　　我们可以肯定在埃及还将进行大规模的军事行动，而能够抢先发动进攻的一方将获得先发制人的优势。在很大程度上，战果取决于海上的军事物资运送。如果类似的突袭能够成功实施，或许就能打乱德军的计划，效果几乎可以与击沉他们的运输船只相提并论。

　　新几内亚的战斗似乎暂时陷入了僵持，我们或许可以认为日军进攻莫尔兹比港的行动已经被阻止了，但他们一定会朝这个方向发起新的进攻。过去一周来，瓜达尔卡纳尔岛一直在进行激烈的战斗，日军成功地登陆了一批军队。美军扼守着岛上的主要港口和机场，日军试图将他们击溃的尝试以失败告终。但来自中国的消息表明一支庞大的日军舰队正在逼近所罗门群岛，我们必须做好应对他们发起最疯狂的进攻试图夺回这几座岛屿的准备，只要它们被美军掌握，整个南太平洋的日军就会受到威胁。美国人表示他们有信心守住所罗门群岛，并将它作为以后发起进攻的军事基地。

德军仍在集中所有的兵力、坦克和飞机向斯大林格勒发起进攻。自上周以来，他们有所突破，甚至在部分地方进入了城区，据说激烈的巷战正在进行。过去几天来，交战双方都得到了增援。在这处前线德军拥有相当大的空中优势，特别是数目庞大的俯冲式轰炸机。俄军以无比的勇气和坚毅进行抵抗，但斯大林格勒的局势可以说极其严峻，而且增援变得越来越困难。我们不会去预测斯大林格勒能否坚守下去。如果它无法守住，德军或许将毫无阻拦地杀到里海，伏尔加河将不再起到运输的作用。如果德军杀到阿斯特拉罕，里海将无法再安全运送石油和其它军事物资，因为几乎整片海域都将被德军的飞机控制。另一方面，现在已经是 9 月中旬，还没有迹象表明德军能够跨越高加索山脉抵达巴库油田，那才是他们的真正目标。黑海的诺沃罗西斯克已经落入德军手中，他们或许会尝试绕过山脉沿着黑海的海岸线向南推进。在俄国的其它战场，德军要么止步不前，要么是由俄军采取攻势，他们刚刚在弗洛尼斯附近又发起了一场进攻。一个重要的消息传来：德军已经在为冬季战役进行准备，在战线后方加固阵地，并在整个欧洲搜罗皮草和其它保暖衣物。因此，或许他们准备整个冬天在俄国战场维持大规模的兵力，包括北边的前线。这样一来，他们一定会因为寒冷而损失大批士兵，虽然这个冬天他们的准备要比去年冬天更加充分。斯大林格勒战役的重要性在

---

① 实际上是三艘：锡克号、祖鲁号和考文垂号。

于，如果德军不能攻克斯大林格勒，数百万名德国士兵将只能在雪地里度过冬天。而如果他们攻克了斯大林格勒，俄国在北方的军队就无法得到石油供应。这样一来，德军就能够以相对较少而且可以在短时间内补充的兵力守住阵线。这种情况会不会发生尚未可知，因为我们不知道俄国在莫斯科、列宁格勒和北方其它城市的石油及其它军事物资的储备情况。德国人在准备进行一场冬天的战争，这表明他们有理由认为俄国没办法在这个冬天发动另一波进攻。

马达加斯加的军事行动进行得很顺利，几座海港已经掌握在英军手中，实现了最主要的作战目标。英军离首都安塔那那利佛还有 50 到 100 英里远，但接下来的几天内应该能够抵达。两天前，有消息传来说岛上的法国政府请求停战，但被维希政府驳回了，或许他们对由法裔岛民组成的政府施加了沉重的压力，要求他们进行抵抗。然而，实际的抵抗几乎可以忽略不计——显然，维希政权并没有得到法国人的热烈支持，更得不到土著人的支持。德国广播对英军占领马达加斯加极为气愤，这表明德国人非常重视这座岛屿的战略意义，因为它的海岸线上有几处地方可以用于为轴心国的潜水艇加油休整，而这一危险的消除将大大改善同盟国的海上运输状况。当地的官员在英国军方的指挥下开展工作，岛上应该不会出现食物供应中断而影响生活的情况。

我们收到消息，轴心国的密探刺杀尼加拉瓜总统的计划失败了。同盟国的最新盟友巴西正在扩充它的军事力量。从阿根廷传来消息，民众举行大规模游行，表示要与巴西团结一致，表明这个国家的群众比政府对同盟国更加友好。

英国继续对德国西部展开轰炸，现在轰炸的次数已经多到数不过来了。英国皇家空军投下的炸弹重达 8 000 磅或 3.5 吨。这些炸弹不会掉进地里去，而是在地表爆炸，将方圆数百码的房屋和建筑炸毁。在卡尔斯鲁厄、杜塞尔多夫等地拍摄的航空照片表明，几百英亩的土地几乎找不到一座房子的屋顶是完好无损的。从德国来到英国的中立国的旅行者报告说德国西部的士气在持续的轰炸下非常低迷，而德国空军似乎无法发起反击。

四天前，9 月 15 日，英国和世界各地纪念不列颠之战两周年。1940 年 8 月至 10 月间，在法国沦陷之后，德军倾注全力对英国发动了空袭，并夸口说他们将在几个星期内征服英国。轰炸从 8 月份开始，到了 9 月份，轰炸在白天进行，目标是摧毁英国皇家空军，而这个行动显然失败了。于是轰炸转在夜间进行，目的主要是轰炸伦敦东区工人阶级居住的区域，对平民实施恐吓。但整场行动以失败告终。在两个月的空战里，德国人损失了两三千架飞机和数千名无可替代的飞行员。9 月 15 日被定为纪念日，因为在这一天，英国皇家空军击落了不下 185 架飞机，就在这一天，德国人意识到通过白天实施轰炸征服英国的计划显然会以失败告终。现在我们可以更清楚地回顾这个事件。显然，不列颠空战的重要性可以和特拉法尔加海战、萨拉米斯海战与击败西班牙无敌舰队及历史上的其它战役相提并论，某个貌似强大无比的君主或独裁者的侵略军队被击退并成为历史的转折点。

1942 年 9 月 26 日

斯大林格勒的局势比我们上周预料的有所好转。过去一周来，德军发起了疯狂的进攻，希望打到这座城市的中心，基本上每一寸土地的争夺都得付出许多条生命的代价。然而，德军的挺进非常缓慢。过去几天来，俄军夺回了一些早前失去的地方。斯大林格勒的战斗无疑已经严重消耗了德军的兵力，因为在这样的战斗中，要实现作战目标而不付出惨重伤亡是根本不可能的，而守军往往占有优势。局势仍然非常严峻，但即使德军能够在明天就完全占领斯大林格勒，那也比他们预计的迟了大概六个星期。

德国广播已经不再承诺会尽早结束这场战争，甚至不再承诺会尽早攻占斯大林格勒。恰恰相反，轴心国的广播将所有的重点都放在了当前这场战役的极度艰巨性和德国人民必须做好打持久战的准备上。过去几天来，有一两个德国的广播员开始表示斯大林格勒其实并不是非常重要，因此能否攻占这座城市并不是什么要紧的事情，这番话与德国人自己在几天前所说的截然相反，表明他们现在开始怀疑到底能不能攻下斯大林格勒。我们可以肯定他们将继续发起疯狂的进攻以图攻下这座城市，因为一旦输掉了这场战役，他们就必须收缩阵线度过这个冬天。这将意味着他们必须放弃一部分在夏天攻占的土地，德国人民将会质问为什么付出这么惨重的流血代价却一无所获。有迹象表明轴心国集团里的小角色如罗马尼亚、保加利亚和匈牙利开始坐立不安，他们并没有从轴心国的胜利中捞得什么好处。而且这些国家的平民，尤其是保加利亚和罗马尼亚，亲俄情绪非常强烈。无疑，他们开始意识到德国人只是拿他们当炮灰，而不久之前他们的领导人还以为可以不用打仗就夺取大片土地，如此想法只是一厢情愿。匈牙利首都布达佩斯前不久遭到了红军的空军部队的轰炸。这种事情无疑还会发生，那些跟在希特勒屁股后面的小独裁者们将会意识到战争是严肃的事情，而不仅仅是对毫无抵抗能力的人民进行洗劫。

一周前英军展开了对托布鲁克的进攻；与此同时，我们现在了解到，英国的登陆部队向轴心国军队后方 500 英里发起了最大胆的突击行动。此次行动的报道直到三天前才披露。现在我们知道英国的登陆部队袭击了轴心国在利比亚的主要港口班加西，击毁了停放在机场上的三十架飞机，并向巴尔切港发起了类似的进攻，而另一支部队攻占了贾洛这座沙漠绿洲，坚守了两天，摧毁了弹药库和其它物资，然后返回基地。判断这些袭击是不是在埃及进一步展开大规模军事行动的前奏仍为时过早。但它们的影响一定会迫使德军调派更多的部队保卫他们的补给线，从而削弱了他们的主要攻击力量。我们收到的报告表明德军在埃及的指挥官已经开始重新部署兵力。

在所罗门群岛，日军试图夺回瓜达尔卡纳尔岛的港口和机场的行动已经失败了。有几则报道说强大的日军部队正朝所罗门群岛挺进，过去一周来，日本的舰队和美国的轰炸机有过两次交火。目前日本海军似乎被迫撤退。但有迹象表明日军准备为夺回所罗门群岛再次发起猛烈的进攻，从他们已经付出的损失我们可以看出他们非常重视这几座岛屿，愿意为它们付出惨重的代价。

因此，或许下个星期我们将会继续报道这个地区的战斗。在新几内亚岛，日军向莫尔兹比港的逼近被阻止了。在新几内亚岛东边的米尔恩湾登陆的日军已经被全歼。

过去几个星期来，几位杰出的政治人物成功逃离法国并抵达英国。这件事情的重要性有两点。首先，它表明维希傀儡政权几乎民心尽失；其次，从这些人口中我们将了解到关于法国沦陷区和未被占领区的内部情况的第一手情报。就连来自德国人自己的信息也清楚表明法国人对德国军事占领的不满和憎恨越来越强烈。譬如说，就在前不久，德国人宣布他们光是在巴黎这个城市就处决了 160 多人。这种报复和处决的事件在被占领的法国一而再再而三地进行。而像南斯拉夫这些地方就更不用提了，那里的情况已经近乎内战。不过，根据来自法国的消息，我们了解到在被占领的国家，所有的爱国志士正结成新的政治同盟，曾经视对方为死敌的政党现在团结起来共同对抗侵略者。前几个星期抵达英国的最受瞩目的政治人物是法国的社会主义者安德烈·菲利普先生①，除了几位社会主义者追随他的步伐之外，不久前查尔斯·瓦林先生②也来到了英国，之前他是法国的法西斯组织"火十字团"的领袖人物之一。这个法西斯政党之前当然倾向于与德国侵略者合作，但现在似乎德国人的残暴统治和贪婪掠夺已经让人无法忍受，就连一部分法国的法西斯分子也开始反感，并与左翼人士合作。瓦林先生来到英国协助组织共同抵抗。当然，所有的抵

---

① 安德烈·菲利普（André Philip, 1902—1970），法国工人运动领袖，曾担任自由法国运动的内务部长。
② 查尔斯·瓦林（Charles Vallin, 1903—1948），法国政治家，法西斯政党"火十字团"的领袖人物之一。

抗活动都必须秘密进行，但德国人无法阻止这种事情，甚至无法封杀秘密印刷的报纸。这类报纸有很多，有几种的发行量达到了数万份，在法国和整个西欧都在传播。

据悉本周又有一大批同盟国军队的船队满载着军事物资安全抵达俄国在北方的港口。在路程中船队损失了几艘货轮，但大部分船只顺利完成行程，而保卫这批船只的海军护卫舰只损失了一艘驱逐舰。德国人至少损失了十架飞机和几艘潜水艇。运送军事物资给俄国北方军队的这一路线是最危险的，因为船队必须驶过挪威的海岸线，遭到从陆地起降的飞机的侦察和攻击。但军事物资一直源源不断地送到我们的俄国盟友手中，列宁格勒的成功防守在部分程度上无疑应归功于这些物资供应。

英军已经占领了马达加斯加的首府安塔那那利佛。他们进城时受到了全体人民的欢迎，军管政府在顺利运作。维希政权指派的总督①已经逃走了，并宣称他将坚持抵抗，但显然岛上法军的抵抗已经结束了。

---

① 时任马达加斯加总督是阿曼德·里昂·安内特（Armand Léon Annet，1888—1973）。

1942 年 10 月 3 日

斯大林战役仍在继续。自上周以来，德国对这座城市的正面进攻并没有取得多少进展，残酷的巷战仍在进行。与此同时，俄军在斯大林格勒的西北面发起了反击，并取得了一定的成效，吸引了德军的部分兵力。

我们仍无法肯定斯大林格勒能否坚守下去。在不久前的讲话里，臭名昭著的里宾特洛甫，前驻英国大使和苏德条约的签署人，获准表明斯大林格勒将很快落入德国人的手中。希特勒在 9 月 10 日广播的演说中夸下同样的海口。但在别的地方，德国人的言论中明显带有悲观主义色彩，并不断强调德国人需要为艰苦的冬天和战争无限期的延长做好准备。

与之相关联的是《泰晤士报》最近刊登了由一个曾经到过被占领的俄国地区并刚刚从德国离开的中立人士撰写的一则报道，内容非常有意思。他所描绘的景象是这样的：德国人现在已经占领了广袤的土地，那里蕴藏着几乎所有他们所需要的粮食和原材料，但几乎没办法将它们掠归己有，因为他们得不到被征服人民的合作。这位中立的访客描述了他看到乌克兰的农场由德国人在运作，包括年仅十四岁的少年。德国人原本打算在俄国占领区扶植傀儡政权，但似乎已经抛弃了这个想法。他们根本没办法扶植起一个傀儡政权获得当地人的服从和效忠，因此只能依赖直接的军事管制。至于德国的内部情况，这位访客认为德军的士气依然高涨，而德国人民仍然愿意作出牺牲，但他们的信心已经一落千丈。俄国战役的失败以及德军在非洲未能攻占埃及并夺取苏伊士运河以确定胜局令全体德国人感到失望。与此同时，英国皇家空军的空袭令德国西部的生活越来越不堪忍受，而且大家都认为这些空袭只是在英国和美国的空军部队充分扩军后将会展开的行动的前奏。我们或许会注意到，与这位中立的观察者所说的话不无联系的是，过去几个月来德国的本土宣传已经越来越专注于用种种故事恐吓德国人民一旦战败他们将会遭受的命运。关于犹太人的老掉牙的国际阴谋被翻来覆去地说个不停，而且他们还警告德国人如果战争形势不利，他们将沦为奴隶。这些当然都是谎言，但重要的是，德国政府认为有必要去撒谎。两年前，甚至就在一年前，他们根本不会去考虑战败的可能性。电台广播的主旋律不是"输掉战争我们会怎样"，而是"赢得战争我们应该做什么"。

目前的局势大体上和 1918 年的局势很相似。那时候德国人占领了大部分他们现在已经占领的地盘。确实，虽然那时候他们还没有占领法国或挪威，而且没有意大利这个盟友，但另一方面，他们能够获取领土一直延伸到埃及边境的土耳其的丰富资源。但无论是那时还是现在，他们都没办法从被征服的地区获得利益；正是基于同样的原因，侵略者的行径激起了强烈的仇恨，根本不可能让被征服的人民为他们工作。在乌克兰，农民们要么由得土地抛荒，要么将粮食藏匿起来，扶植卖国政权的尝试只能以惨败告终。德国本土民众的反应也很类似。他们有过许多场胜利，但却似乎从未接近最终的胜利。与此同时，伤亡人数已经攀升至数百万人，粮食的供应每况愈下。全世界都知道，德军在 1918 年的夏末突然溃不成军，那时候距离他们赢得最辉煌的胜利只有几个月的时间。我们并不是在预言同样的崩溃将会发生，德国人将遭受到决定性的溃败。我们要指出的是，在德国人看来，整体局势正在恶化，对于有思想的德国群众来说，看到和上一场悲剧的诱因非常相似的事件重演，这是非常不祥的预兆。

除了俄国前线之外，其它战区并没有多少内容可以报道。本周最重要的新闻是新几内亚的澳大利亚军队发动了一场小规模的进攻并取得了战果。他们已经将日军逐出横跨岛屿的中部山脊，最新的消息是推进仍在继续。澳大利亚人的成功进攻似乎很大程度上要归功于空中优势。但我们应该记住这只是一场小规模的军事行动，判断它是否将取得决定性的战果仍为时过早。日本人声称已经又占领了新几内亚和澳大利亚本土之间的几座小岛。这番话还没有得到同盟国方面的证实，应该持怀疑态度。只要莫尔兹比港仍掌握在盟军手中，日军就无法向澳大利亚本土发起大规模的进攻。或许他们不会在孤立的岛屿上登陆，因为那里容易遭受到猛烈的空中轰炸。

在过去四十八小时里，英军在埃及发起了进攻，成功将敌人突出的阵线抹平，将敌人逐回了数英里。此刻战斗或许仍在继续。这似乎只是一场小规模的军事行动，不应该对它寄太多希望。下周我们或许将会进行更详细的报道。

德国在埃及的阵地或许因为盟军的飞机和潜水艇向他们的补给线发起的进攻而遭到了很大程度的削弱。不久前消息披露说过去四五个月来，光是英国皇家空军在地中海所击沉的轴心国的船只的总吨位就达到了60万吨以上。这还不包括过去一周来盟军的潜水艇在这个海域击沉的五艘轴心国补给船只。盟军的这些战果使得德军无法有效地利用托布鲁克港，只能从西西里岛到班加西之间相对较短的海上途径运送补给，造成了严重的延误，迫使德军只能通过沿海岸线行进的狭窄的补给路线为军队提供后勤，而这条路线一直遭受到持续不断的轰炸。

希特勒在9月30日发表了最新的讲话。虽然大部分内容是疯狂的吹嘘和威胁，但与一年前的演讲形成了惊讶的对比。他不再承诺尽早获得胜利，也不再像一年前那样宣称已经消灭了俄国红军。取而代之的是他在强调德国进行持久作战的能力。下面是几番希特勒早前的广播言论。1941年9月3日："俄国已经被打垮了，它已经一蹶不振。"1941年10月3日："俄国损失了至少八百万到一千万人。没有哪支军队能从这种程度的损失中恢复过来。"同时他还夸口说莫斯科将很快沦陷。那是一年前的事情。现在，9月30日当天，希特勒最后以夸海口结束致辞："德国绝不会投降！"真是奇怪，回首过去，我们都记得不久前德国人说的可不是自己绝不会投降，而是他们会让任何国家投降。希特勒还威胁进行怠工破坏的人，这无异于默认德国本土的局势不再稳固。

赫里奥先生①，法兰西共和国的前总理已经被维希政府逮捕，因为他勇敢地反对与德国侵略者"合作"。逮捕这位深受爱戴和尊敬的人物只是再一次表明维希政权在政治上的失败，以及所有正直的法国人对那一小撮所谓的合作者的轻蔑与仇恨。

---

① 爱德华·赫里奥(Édouard Herriot, 1872—1957)，法国政治家，长期担任激进党的党魁，曾于1924年至1925年、1926年和1932年三度担任法国总理。

1942 年 10 月 10 日

斯大林格勒仍在坚守，甚至有理由认为德国人或许已经放弃了攻占它的希望。希特勒和里宾特洛甫在前不久的演讲中都提到了斯大林格勒即将沦陷，但接着德国的最高指战部声称他们将放弃对这座城市进行正面进攻，而是将通过炮火轰炸将其摧毁。这或许表明他们相信能够通过狂轰滥炸将剩下的守军逐出斯大林格勒，他们对付塞瓦斯托波就是动用了这一手段。但另一方面，这或许表明他们已经放弃了在这一地区渡过伏尔加河的希望，努力想在德国本土公众面前挽回颜面。

斯大林格勒战役到现在已经耗时接近六个月，让德国人付出了数万士兵伤亡的代价，却得不到任何好处。现在是十月初，我们或许可以说虽然德国人已经攻占了广袤的领土，即使斯大林格勒将要沦陷，德国人也会功败垂成，无法实现其战略意图，就像1941 年的战役那样。我们或许可以肯定德国人今年的作战目标是杀到里海并跨越高加索山脉，之后德国的石油问题就会变得相对简单一些。现在我们可以有把握地说德国人要实现这一计划为时已晚，而且斯大林格勒的坚守为俄国在北方的部队赢得了休整和获得补给的时间。即使德国人攻占了斯大林格勒并渡过伏尔加河，将俄国战线一分为二，或许也不能削弱俄国军队的作战实力，但如果早几个月的话情况会有所不同。我们或许可以得出结论，德国人幻想将俄国人赶到乌拉尔山脉后边并迫使他们只能进行游击战的计划只能作罢。

上周我们提到了希特勒的演讲，与他一两年前那些趾高气扬的演讲相比，在口吻上出现了决定性的不同。戈林随后也作了非常相似的演讲，从这番讲话和其它迹象，我们或许可以推测出德国征服俄国或英国的计划破产之后将被强加于德国人身上的新的作战方案。

戈林和希特勒都放弃了之前一举消灭苏联红军的言论。他们只是声称已经把俄国人赶得远远的，阻止他们侵略欧洲，并享用他们已经征服的领土的财富。两人都声称德国做好了进行持久战的准备，戈林在他的演讲中清楚表明德国的新计划是掠夺欧洲以保证德国战争机器的运转。他说英国的禁运对德国并没有影响，因为现在整个欧洲任由德国摆布，还毫不掩饰地补充说无论欧洲是谁挨饿，那都不会是德国人。因此，我们可以看到，一年前关于新秩序的华而不实的论调，说什么欧洲已经摆脱英国和美国的影响，在德国的领导下提高生活水平的那一套已经被束之高阁，取而代之的是，德国人毫不掩饰他们作为奴隶主的身份，他们将统治其他的欧洲民族，掠夺他们的粮食和其它资源以继续向同盟国发起进攻。这是一个重要的演变，因为它意味着德国人已经放弃了将被他们占领的国家争取为真正的盟友的机会。这些演讲很可能是德国人提出和平协议的前奏。他们会声称他们无意继续扩张，战争已经失去了任何意义。不久前东京也发表了类似的讲话，表明日本人或许也在考虑采取类似的策略。然而，同盟国是不会上当受骗的，让法西斯强权根本没有机会先媾和然后在一两年后再度发起进攻。

在新几内亚，澳大利亚军队的挺进仍在继续，只是遭遇了小规模的抵抗，但因为地形艰难，挺进的速度很缓慢。盟军在这一地区仍然掌握了制空权。日军从原本已经很接近莫尔兹比港的位置撤退了，这可以有几个不同的解读，在这个阶段我们不会进行评论。瓜达尔卡纳尔岛上仍在进行激烈的战斗，日军在夜色的掩护下几度派遣登陆部队，尝试夺回被美军攻占的港口和机场。在更北端的所罗门群岛的一座岛屿，美军发起了另一次成功的进攻，击伤了几艘日本的军舰。

美军又占领了阿留申群岛的几座岛屿，正在上面修筑机场。据守基斯卡岛的日军正遭到从陆地起降的美国战机的轰炸，空中侦察表明日军已经放弃了他们在阿留申群岛所占领的其它岛屿，就只据守着基斯卡岛。

英国对德国的轰炸仍在继续。现在夜晚变得更长了，轰炸机可以飞到更东边，波罗的海沿岸的几处地方在过去一两周来已经遭受到轰炸。现在越来越多的美国飞机参与了英国皇家空军的行动。昨天展开了这场战争中规模最大的昼间轰炸行动，目标是法国的北部地区。大约有 600 架盟军的飞机参与了行动，只有四架飞机未能返回。将这一天和德国人在 1940 年 9 月 15 日进行的最大规模的昼间轰炸行动相比，当时有 500 到 600 架德国飞机抵达英国，有 185 架被击落了。

在被占领的挪威，盟军对德军的军事基地进行了几次成功的轰炸，英国的新式轻便轰炸机——蚊式战机发挥了突出作用。关于蚊式战机的细节还没有公开，但显然它是一种非常轻便迅捷的轰炸机，特别适合进行昼间轰炸。以后我们或许能够介绍更多关于这种飞机的细节。

英国和美国政府刚刚宣布他们将放弃在华的所有治外法权。

这一宣言对非沦陷区的中国立刻生效，而且在战争结束后将覆盖中国全境。过去一个世纪来，许多欧洲国家在上海、天津和其它中国城市设有租界，不受中国的法律管辖，而且可以在中国驻扎军队并享受其它种种特权。随着英国、美国和中国三方政府达成的协议，这种情况现在结束了。这一措施不仅表明中国和同盟国之间的信任和友谊，而且标志着中国终于成为一个与西方列强地位平等的现代国家。这是今天这个中国革命纪念日再恰当不过的贺礼了。

昨天阿比西尼亚宣布正式全面加入同盟国。阿比西尼亚是第一个遭受轴心国侵略的国家，也是第一个被解放的国家。现在阿比西尼亚人民愿意为帮助他们获得自由的盟友提供军事和经济资源。从这两件事情我们看到世界范围内的自由民族在反抗侵略的斗争中变得越来越强大。

1942 年 10 月 17 日

　　经过几天的平静之后，德军再次向斯大林格勒发起进攻，而且似乎取得了一定的战果。德军的军事高层现在似乎意识到单靠正面的步兵进攻是无法攻下这座城市的，一直在等候，直到他们能够调集起更多的大炮和俯冲式轰炸机进行前期轰炸。显然，他们现在动用了在攻占塞瓦斯托波时所使用的大口径火炮。这种火炮所造成的破坏甚至比空中轰炸更加严重，英勇的斯大林格勒守军或许将面临比过去两个月更加恶劣的艰苦局面。另一方面，有两个事实应该被提起，它们将有助于提升乐观主义精神。第一个事实是斯大林格勒的防守情况要比塞瓦斯托波的情况有利得多，因为他们不是背靠大海，能够很轻松地得到补给和支援。另一个事实是，上一场战争表明即使是最猛烈的炮火轰炸也很难将有时间全面加固工事的守军逼出去，而俄军在这场战役中有充裕的时间。因此，尽管斯大林格勒有可能会沦陷，但德军在今年这么晚的时候才改变计划已经表明他们的作战计划无法完全取得成功。

　　有证据表明德军现在正考虑有限度的胜利。他们开始谈论他们在大西洋海岸固若金汤的防线和欧洲在粮食和原材料上通过科学的组织实现自给自足的能力。德国的记者和广播员现在所描绘的图景是，欧洲是一个所有生活必需品都能自给自足的庞大要塞，能够抵御来自外界的任何进攻。当然，在这座要塞里，德国人是主宰者，而其他欧洲民族是地位高低不同的奴隶。无疑，德国人的宣传所出现的这一新转向的主要目的是让德国人民接受无休止的战争的前景，同时告诫同盟国继续进攻是没有意义的。但必须承认，欧洲成为一座庞大的、自给自足的奴隶集中营并非全然只是空谈。这样的体制是能够运作的，只要它没有遭到来自外界的侵扰，内部没有像样的抵抗。但越来越猛烈的英国空袭、盟军实力的壮大和被征服民族日益强烈的不满及怠工破坏活动表明这两个希望都会落空。本周又有德国侵略者在法国、挪威和南斯拉夫遇到麻烦的消息传来。在南斯拉夫，游击战一直在进行，消灭由米哈伊洛维奇将军①领导的塞尔维亚爱国武装力量的所有尝试都以失败告终。在挪威，卖国政府的执政一团糟，它甚至不再伪称自己代表了人民的意志。在法国，征集志愿者到德国工作的尝试也失败了。德国人需要 15 万人，尽管他们承诺每征募到一名志愿者就会释放一名战俘，但只有数千人志愿报名。到了这个时候，欧洲被征服的人们已经完全认识到所谓的"新秩序"根本是一席空谈，虽然德国人仍然控制着数以百万计的奴隶，但或许他们已经失去了说服他们自愿合作的机会。

前面我们预言过日军将会一意发起进攻以夺回被美军占领的所罗门群岛。他们的进攻方向主要集中于瓜达尔卡纳尔岛，岛上的美军据守着一个海港和一个机场，飞机从陆地起降，向日军的舰队发起进攻。过去一周来，日军已经在夜色的掩护下在瓜达尔卡纳尔岛的南边登陆了好几批部队。四天前，他们尝试大规模的登陆，但其海上军事行动遭受了严重的伤亡。一艘巡洋舰和四艘

---

① 德拉查·米哈伊洛维奇（Draža Mihailović, 1893—1946），南斯拉夫军人，"二战"期间组建切特尼克游击队，坚持抗击德国侵略者。

驱逐舰被击沉了，还有几艘军舰被击伤，而美军的损失只是一艘驱逐舰。第二天还公布了另一艘日军的巡洋舰被潜水艇击沉的消息。但之后日军又发动了一次登陆行动，似乎成功将大炮运到岸上，正朝美国坚守的机场发起来自陆上和海上的猛烈进攻。美军应该能够守得住自己的阵地，但并没有掩盖接下来将有一场苦战这个事实。澳大利亚军队在新几内亚岛中部的挺进仍在继续，而且没有遭到多少抵抗。没有人知道原因，或许是因为日本正将这个地区的部队撤走以支援所罗门群岛。与此同时，美军又占领了所罗门群岛的两座岛屿。只要美国人还在那里，日军在新几内亚的阵地乃至他们在南太平洋的整条战线就会有危险，因此，我们预料这个地区还将会有非常激烈的战斗。美军在阿留申群岛又占领了一座岛屿，没有遭遇抵抗。

德军又开始了对马耳他的猛烈空袭。过去一周来，至少有103架德国飞机被击落。向马耳他发起新一轮的进攻或许是因为英国皇家空军和盟军在地中海东部的成功行动使得德军无法使用托布鲁克和班加西这两个港口。他们再次被迫从意大利向的黎波里运输补给，因此他们认为必须让马耳他无法运作。他们愿意承担目前这种程度的飞机损失的代价这一事实表明他们正在向非洲输送大批增援，或即将输送大批增援。不管怎样，近期埃及前线将会展开新的战斗。过去一周来，有三艘轴心国的补给船只在地中海被击沉了，还有几艘被击伤了。

马达加斯加的守军中有950名法国士兵已经投身戴高乐将军的麾下。那些战俘有两个选择：要么加入戴高乐将军的部队，要么被遣返回维希政权控制的法国领土。只有极少数人选择了后者，大部分人愿意与同盟国并肩继续战斗下去。这是另一个表明维希政权遭到几乎法国所有阶层唾弃和鄙夷的迹象。

德国的报刊与广播宣传人员正在不停地散布谣言，说英美联军将会侵略法属西非的达喀尔。维希政权的广播刚刚宣布法国的空军司令在达喀尔被杀了，或许是在飞越英国控制区的侦察飞行时出事的。这些谣言不应该被忽视，因为它们或许表明德国人在为进攻法属西非寻找理由，过去几年来他们一直在筹谋这一行动。

1942 年 10 月 24 日

斯大林格勒战役现在已经进行了两个多月，局势仍未明朗。在这段时间里，战斗没有松懈过几天。尽管很难得到准确的数字，但俄国军方高层认为德军光是在这场战役中的伤亡数字就超过了 25 万人。过去一周来，德军的进攻并没有取得多少成效，最新的报告似乎表明德国人已经再度放弃了直接的步兵进攻，转而依靠炮火轰炸。最近大雨不断，泥泞的土地无疑减缓了德军的坦克推进的速度。俄国的其它战场没有什么事件需要报道。

在所罗门群岛的瓜达尔卡纳尔岛上，日军在过去四五天里并没有向美军的机场发起新的进攻，但据悉他们在附近海域部署了强大的海军，近期一定会爆发激烈的战斗。美国人已经增援了陆军和海军，他们的指挥官在谈到即将发生的战斗时态度很自信，但承认那必将是一场苦战。目前战斗在很大程度上是空军与海军的对决。美军掌握了制空权，而且拥有瓜达尔卡纳尔机场这个优势，但暴雨和多雾的天气对日军的舰队有利，他们正在等候机会掩护另一次登陆行动。最新的消息是，美军的空中堡垒轰炸机已经打击了 10 艘日军的军舰，相信击沉了一艘巡洋舰和一艘驱逐舰，而美军过去一周来则损失了两艘驱逐舰。在新几内亚，盟军的挺进仍在继续，但进程很缓慢，因为我们的部队要攀山穿林。澳大利亚军队现在已经离科科达不远了，那是日军在新几内亚海岸的海军和空军基地前面的最后一座据点。

10 月 21 日是特拉法尔加海战纪念日。137 年前的这场战役在拿破仑战争中的地位堪与现在这场战争中的不列颠战役相比。法国皇帝拿破仑在许多方面和希特勒有着相似之处，他在不列颠对岸的布洛涅召集了一支强大的军队。如果拿破仑的军队能渡过英吉利海峡，几乎可以肯定他将能征服英国，那样一来，其它欧洲国家将很有可能放弃抵抗。欧洲将被军事独裁政权所统治，它的发展将被推迟许多年。然而，如果拿破仑没有掌握制海权，他的军队就无法渡过英吉利海峡，而他苦心创建的那支准备摧毁英国海军的舰队在西班牙沿海的特拉法尔加角遭到歼灭。经过此役，入侵英国的危险被解除了；虽然赢下这场战争又花了十年的时间，但可以肯定的是，英国是不可能被一战而征服的。同样地，1940 年时，德国人只需要掌握制空权就可以入侵英国，在持续了几周的空战中，他们遭受了失败，损失了两三千架飞机，侵略的危险解除了，至少在当时是这样。

我们提到特拉法尔加海战纪念日，因为在这场战争中，海战是最重要的因素，却又最容易被遗忘。同盟国在远东、澳大利亚、非洲甚至俄国的战役最终有赖于能让作战人员和军事物资自由往来的制海权。海军部门以非常恰当的方式庆祝这个纪念日，宣布两艘乔治五世级的新战列舰已经服役。这两艘战列舰的吨位达到 3 万 5 千吨，是目前最强大的战列舰。自从战争爆发以来，英国已经有五艘新的战列舰服役，其中威尔士亲王号已经沉没了。在几乎所有级别的军舰里，英国海军的实力比起战争开始的时候都有了增强，而对抗轴心国潜艇战的漫长战斗正在逐渐取得胜利。过去一周来，两个与海战有关的振奋人心的消息被披露了。一个消息是，现在跨越大西洋的船队一路上都能得到空中护航了。另一件事情是几天前第一海军大臣①发表了讲话，披露自从战争爆发以来，英国和美国海军已经击沉或击伤不下 530 艘轴心国的潜水艇。这还没有算上俄国海军击沉的数目。这个战果很重要，不是因为被歼灭的潜水艇的数量——因为潜水艇的制造可以非常快——而是因为它们的船员都受过高度的训练，很难取代。在上一场战争里，海上斗争也经历了类似的漫长过程：德国的潜水艇先是取得了辉煌的战果，在 1917 年至 1918 年间，当时协约国的海运形势陷入了绝望。然而，从长远来看，德军的海上军事行动随着最出色的潜水艇船员的被杀或被俘而步入衰微，在战争的后半段时间里，它的实力突然严重衰退，到最后协约国的船队几乎可以畅通无阻地航行。

10 月 17 日，英国的轰炸机在法国被占领地区的施耐德军工厂展开了一场非常猛烈的昼间空袭。这几座工厂或许是欧洲规模仅次于埃森的克虏伯军工厂的军火生产基地，我们知道它们在全负荷运作为德国人提供军火。94 架英国最重型的轰炸机，每一架都能运载八吨炸弹，发起了轰炸行动，只有一架轰炸机未能返回。据了解轰炸造成了非常大的破坏效果。这是十天来同盟国的空中力量在白天发起的规模第二大的空袭行动。两天前，英国的轰炸机对意大利的热那亚也进行了猛烈的轰炸。这需要航行长达 1 500 英里的距离，还要飞越几乎和喜马拉雅山脉一样高耸的阿尔卑斯山脉。目前德国人只能对英国的空袭发起规模非常小的反击，以一小群飞机对沿海地区的平民进行机关枪扫射，然后匆忙

---

① 时任第一海军大臣是阿尔伯特·维克多·亚历山大（Albert Victor Alexander, 1885—1965）。

撤退。他们的轰炸机队伍正忙于在俄国前线展开行动，能做的只有这些了。英国和美国在白天成功进行空袭表明德国人已经没有充裕的战斗机守护领土的每一个角落。

法国的卖国贼拉沃尔仍在继续努力迫使法国人为德国人工作，但并不是很成功。德国人需要 15 万名工人，并提出每征得一名工人就会释放一名战俘的交换条件。尽管如此，据了解只有不到 3 万人志愿报名，报名的期限不得不一延再延。当然，德国人有能力实施强制劳动，但这并不能令他们满意，因为那将意味着他们彻底抛弃了新秩序被欧洲人民自愿接受的伪装。几乎是在同一时候，德国在捷克斯洛伐克的"保护者"①宣布将对流亡英国的捷克人的亲属实施报复，而且自 1939 年已经关闭了三年的捷克各所大学将不会再度开放。他表示这是因为捷克的知识分子表明他们绝对不会和德国合作。许多消息表明欧洲各地有着类似的情况发生，事实上每周都在发生。愿意的话，我们可以每周都在新闻评论里报道来自被占领的欧洲关于内战、暴动、怠工破坏、罢工和行刑的新闻。但我们只是偶尔从中挑选并报道一两个例子，提醒我们的听众新秩序的推行彻底失败，欧洲人民越来越了解法西斯主义的狰狞本质。

南非联邦总统史末资元帅于 10 月 21 日在伦敦向下议院和上议院的议员作了发言。他的演讲激起了浓厚的兴趣，全世界都广播和发表了他的演讲内容。史末资元帅回顾了迄今为止的战争进程，并向中国和俄国人民的英勇抗争致敬，听众报以热烈的掌

---

① 时任德国驻捷克斯洛伐克的头目是卡尔·赫尔曼·弗兰克（Karl Hermann Frank，1898—1946）。

声。他还说我们绝对不能忘记英国孤军奋战并拯救了世界的那一年。虽然他不愿意探讨未来的军事行动，但他表示同盟国发起进攻的时候已经到来了，并强调我们的实力在不断地增强，而我们的敌人的实力已经开始衰退。展望战后，他希望社会能够更加安定，能够消灭贫穷和政治压迫，国际主义将会实现。现年 72 岁高龄的史末资元帅在四十年前的南非战争中英勇地与英国人进行斗争。后来他与英国取得和解，并成为 1914—1918 年英国战争内阁最有能力和最具影响力的成员之一。没有几位当代政治家在英国受到更多的尊敬。丘吉尔先生与他一道发言，他的老上司戴维·劳合·乔治致介绍辞。

1942 年 10 月 31 日

　　一周前盟军在埃及展开了大规模的进攻，此后战斗一直几乎没有中断过。在进攻的开始阶段，盟军突破敌人的阵地，并抓获了许多战俘。然后德军发起了反击，双方的装甲部队进行了几次交锋，但盟军成功守住了占领的地盘。今天早上传来的消息是，盟军继续挺进，又抓获了许多战俘。值得一提的是，在第二波推进中抓获的战俘大部分是德国人——这清楚地表明轴心国的部队在尽最大的努力守住阵地，因为打硬仗的地方通常部署的是德国人而不是意大利人。

　　我们不会去预测埃及战役的结果，但我们可以指出一两个或许将主导战局的因素。其一是在这一地区的推进将会很缓慢。战斗进行的区域是大海与卡塔拉盆地之间的狭长沼泽地带，坦克无法发挥作用。结果，唯一的挺进方式就是正面进攻，进程会很缓慢，因为这意味着向一系列布防坚固的阵地发起进攻，还要仔细地清扫地雷阵，否则坦克根本无法通过。因此，在这种战斗中，今天早上所报道的挺进 2 000 码要远比在沙漠开阔地带挺进许多英里更加困难。其二，这种战役的结果在很大程度上取决于补给，而盟军率先发起进攻或许是一个正面迹象。埃及的盟军得到的装备和增援要比轴心国军队走更长的路程，但轴心国从意大利到的黎波里然后沿海岸线一直到埃及前线的补给线几乎全程都遭到海上或空中的袭击。最近几周来，轴心国的这条补给线损失非常惨重，海军部前不久披露的消息表明自今年以来，轴心国已经有不下 60 万吨的船只在地中海海域被击沉或击伤。这就是埃及眼下这场战役的背景，双方都是在困难重重的条件下作战。显然，盟军的空中力量更强一些。我们无法判断哪一方的坦克和机械化装备更加强大，我们的部队主力来自英国，但澳大利亚、新西兰、印度、自由法国和希腊都投入了兵力。下周我们将能够对埃及战役作更详细的报道。英国皇家空军对意大利北部的热那亚和米兰展开了猛烈空袭，我们在上周对热那亚空袭做了报道；显然，它们是埃及攻势的序曲。轴心国为埃及前线提供的补给和增援大部分是从热那亚出发，空袭所造成的混乱将会在战场上体现。

从上周开始，所罗门群岛一直在进行激烈的战斗，盟军几度陷入危急的形势。显然，日军在瓜达尔卡纳尔岛附近部署了一支强大的舰队，而且他们派遣了规模庞大的登陆部队，使得据守所有重要机场的美军在寡不敌众的情况下作战。每天晚上，美军都遭到军舰的炮击，而且还得抵抗动用了坦克的地面进攻。与此同时，双方进行了一连串的海战与空战，各自都有军舰被击沉或击伤。但今天上午传来的消息是，日军的舰队再次退却，所有的地面进攻都被成功抵御。美国的海军部长诺克斯上校刚刚宣布美军仍然坚守着在八月初从日本人手中夺取的土地。然而，这并不意味着所罗门群岛的战斗已经结束。日本人肯定会再次发起进攻，一部分原因是瓜达尔卡纳尔岛的机场非常重要，另一部分原因是如果他们夸下海口会把美国人赶跑却做不到，那会是很没面子的事情。正如诺克斯上校所说，美军取得了第一回合的胜利，但瓜达尔卡纳尔岛的守军在等候着第二回合的开始。

斯大林格勒的战斗仍在继续，这周双方都付出了惨重的伤亡代价。德军的几番进攻并没有取得多少成效。离希特勒和里宾特洛甫夸口说数天之内就能攻下斯大林格勒已经过去一个多月了。然而，德国人民显然不被允许了解有多少子弟在进攻斯大林格勒的徒劳中丧生，但这些事实是没办法永远保密的，今年在战役中付出的徒劳无功的沉重伤亡将会在接下来的冬天影响德国人的士气。

几天前有消息传来说阿拉斯加的新军事公路"阿拉斯加高速公路"已经开通了。这条公路从美国行经加拿大和阿拉斯加，能够比以前更迅速地为在阿留申群岛展开行动的部队提供补给。阿留申群岛是同盟国的领土最接近日本的地方，同时也是美国离俄国最近的地区。因此，这条新的公路具有非常重要的战略意义。虽然它的大部分路段横穿此前几乎未被勘查开发的原始森林，但在令人惊诧的极短时间里就已经修筑完成，

我们将介绍关于英国的新型蚊式轰炸机的更多细节，它在两三周前正式亮相。这是这场战争中首批完全用木头制造的用于前线作战的飞机。因此，它的机身很容易制造，而且造价低廉。它的特点是飞行速度非常快，可以与战斗机媲美。而且它的火力很强大，配备了 20 毫米口径的机炮和机关枪。在轰炸欧洲大陆的几次昼间空袭中，它们发挥了非常大的作用。

最后我们将节选两天前发行的《泰晤士报》中的一段内容，里面描述了关于日本人在爪哇的所作所为的最新消息。

几周前一个年轻的荷兰军官逃离爪哇，现在来到了澳大利亚，他报告了爪哇人民对于日本侵略者抱以消极的敌对态度。在占领初期，日本人对劫掠者严惩不贷。在巴塔维亚的树上总是可

以看到悬吊着死掉的马来人。日本宪兵总是为了获取情报而对囚犯进行严刑逼供。这些镇压手段令爪哇人民臣服，虽然他们更支持欧洲人，但他们不敢得罪现在的军事征服者。

恐惧盖过了他们对欧洲人的同情，因此，那是无声的同情。

爪哇盛产的橡胶、茶叶、烟草和其它产品的产量严重减少，整个国家失业情况非常严重。

盟军士兵仍在山区坚持作战，但未能形成有效的抵抗。不时有受伤的日军士兵被送往巴塔维亚的医院。

1942 年 11 月 7 日

　　埃及的战斗已经以同盟国取得胜利而结束。轴心国的部队还没有被消灭，但他们的形势岌岌可危，三天来他们一直在乱糟糟地撤退，一波波的盟军轰炸机对他们展开追击。轴心国有三百多辆坦克被摧毁或缴获。昨天我们的部队抓获了 1 万 5 千名俘虏——接下来几天还将抓获更多的俘虏。北非军团的指挥官已经被俘虏了，还有几个德国和意大利的高级军官也一同被俘。

　　显然，从过去两天收到的报告可以了解到，当轴心国部队在大海与卡塔拉盆地之间的狭长地带的阵地被攻克后，他们别无选择，只能立刻撤退，并尝试在埃及前线附近重新站稳脚跟。我们不会去预测他们能否做到。现在埃尔·阿拉曼附近的地雷阵已经被清除了，盟军的坦克已经开赴前方，英国皇家空军正对沿海岸线公路撤退的轴心国部队实施轰炸。显然，盟军几乎掌握了完全的制空权，撤退的敌军肯定一路都在损失坦克、交通工具和人员。然而，德军的指挥官或许能够调集足够多的坦克和反坦克炮在利比亚和埃及边境之间的哈尔法亚和萨卢姆构筑坚固的阵线。最新的消息是，我们的部队已经占领了埃尔·阿拉曼西边 70 公里处的普卡的机场，战斗正在更西边五十英里处的马特鲁港展开。以意大利部队为主的大批轴心国部队在南边的战场掉队了，他们将会被全歼或俘虏。我们的潜水艇过去几天来在地中海击沉了六艘轴心国的补给船只。

可以肯定到下周我们将会有关于埃及战役进一步的消息进行报道，或许将是振奋人心的消息。与此同时，要说轴心国在北非的部队已经被消灭仍为时尚早，但至少可以说，埃及的危机已经解除了。

四天前日军在所罗门群岛的瓜达尔卡纳尔岛登陆了增援部队，但并未发起新的进攻。在地面作战中，美军并没有占到太大的便宜。日军一定会继续进攻以图夺回瓜达尔卡纳尔岛，但目前他们损失了太多的飞机和战舰，必须暂停下来重新集结。在新几内亚岛，澳大利亚军队再度挺进，攻占了日军据守的科科达村和它的机场。

本周大部分时间斯大林格勒在进行激烈的战斗，但形势并没有什么改变。在高加索地区的南边，过去几天来德军在挺进。他们似乎迫切地想占领穿越高加索山脉的主要公路的北段。到了今年的这个时候，跨越山脉或许并不可行，但他们可能想在春天进军，并保住可以坚守的阵地过冬。在乌克兰，德国人在努力对占领区进行组织管理并实施剥削以满足国内人口的粮食需求。德国人的报刊和广播以最直白的方式表明他们将对这些地区实施掠夺以满足自己的利益，根本不理会当地人的死活。而且他们打算解体俄国农民组建的集体农场，并将土地转给德国的私人地主。然而，这一进程显然没有德国人设想的那么顺利。这个重要粮区的耕种几乎完全依赖消耗汽油的拖拉机，在俄国人撤退时，他们摧毁了无法运走的农业机械设备。德国人无法输送所需数目的农业机械，而且他们很难征集到足够的劳动力。我们记得，在上一场战争里德国人也占领了乌克兰，那时候也尝试过对其进行掠夺以满足自己的利益，但事实上他们的收获微乎其微。同样的故事似乎将会重演。

斯大林主席昨晚在苏维埃共和国成立二十八周年的前夕向苏联人民进行了广播。演讲的基调是他对同盟国获得最后胜利充满了信心。他说，虽然西欧还没有开辟第二战场，因此德国人今年能够采取攻势，红军不得不面对 240 个德国师的进逼，但德国人的战略意图失败了。他们尝试从南面向莫斯科的侧翼发起进攻并将其攻占，同时占领巴库的油田，这两个妄想都未能实现。

斯大林对法西斯国家与同盟国的战争目的进行了比较。前者妄想消灭和征服别的民族，而后者无意征服任何人，他们进行战斗只是为了摧毁所谓的新秩序和消灭对此负责的一小撮人。他还驳斥了政治与经济上的差异将会阻碍苏联与英国和美国展开合作的看法。他说在与奴隶制的斗争中，即使意识形态有着天差地别的国家也可以有共同纲领。过去一年来的事件充分表明这一伟大同盟的成员之间的关系越来越密切。

马达加斯加岛战役现在已经结束了，法国总督提出停战并如愿以偿。虽然马达加斯加战役只是一场小风波，战斗并不激烈，但它的重要性在于：掌握了马达加斯加就掌握了埃及和中东的制海权。埃及的胜利之所以能实现，是因为盟军能够在那里组建起一支强大的坦克和飞机部队，而只有在绕行非洲的海上航线安全的情况下才能实现这一点。在两天前的新闻发布会上，罗斯福总统披露埃及的军事物资只有一小部分是由美国制造的，而大部分来自于英国的兵工厂。组建这支军队花费了很长的时间，规模庞大的船队不停地穿梭往来。夺取马达加斯加并中断轴心国的潜水艇基地的运作——只要维希政权仍然控制着这座岛屿它们就会一直运作下去——在这场战役中做出了贡献。

1942 年 11 月 28 日

上周我在节目快结束时表示在这次新闻评论中或许能够报道关于其它战场的消息，特别是关于俄国战场的消息。嗯，消息已经来了，和一两周前来自非洲的消息同样令人振奋。

6 天前，俄军在斯大林格勒的西北边和南边发起了进攻，消息立刻传来说北边的部队已经突破敌人的阵地，挺进了 50 英里并抓获了 1 万 3 千名战俘。之后，进攻的俄军已经绕到南边，继续向前挺进，抓获了近 6 万名战俘，缴获了大量的军事物资。最新的俄国消息声称，俄军正在东边的顿河对岸追击敌人，这意味着他们已经包抄到了敌人的后方，有一支比被抓获的战俘规模更大的德国部队已经处于被分割包围的境地，如果他们未能尽快突围的话。即使从德国人的通讯报道中也能察觉出目前在斯大林格勒的德军形势非常危急，我认为我们可以有把握地说斯大林格勒的城下之围已经被解除了。[①]

我不会去预测俄军这场进攻的战果。如果德军的阵地就像在地图上看到的那样岌岌可危的话，他们或许不只是将遭到人员伤亡和物资损失，而且还将不得不实施大范围撤退，回到去年冬天占领的阵线。但无论情况会是怎样，我想强调关于俄军进攻的两个事实。第一个事实是它将会打击德军和轴心国的士气。事实上，向德国人民隐瞒德军 1942 年的俄国战役已经失败了将是非常困难的事情。这场战役的目标首先是占领巴库的油田，其次是他们很可能会从南边包围并攻占莫斯科；最后，可以很肯定他们希望占领里海的阿斯特拉罕，从而切断俄国的南北联系。这三个目标统统没有实现，而失败的主要原因是苏军保卫斯大林格勒的英勇抗争。德国人民不可能不知道斯大林格勒有多么重要，因为它已经出现在新闻里太久了。事实上，当他们觉得信心满满时，德国的军方发言人会不遗余力地强调斯大林格勒的重要性。现在离围城刚刚开始时已经过去三个多月了，离希特勒庄严承诺将很快攻下这座城市也过去两个多月了。在他作出承诺的大概一个月后，那时候斯大林格勒还没有被拿下，希特勒解释这是因为它并不是非常重要的军事目标，因为即使俄军仍然占领这座城市或它仅剩的设施，德军也能够阻止俄军在伏尔加河的行动。现在几乎可以肯定德军将被迫撤离斯大林格勒，就连这番解释也站不住脚了。因此，德国的宣传工作人员将不得不尴尬地承认他们的军事指挥官在一个最终未能实现的目标上付出了庞大的人员伤亡和物资损耗的代价。这对德军士气的影响一定很大，而对于德国的所谓盟友来说或许是灾难性的。在意大利人的眼中，战争已经基本失去了意义，他们的数万子弟兵在俄国被活活冻死却什么也没有得到。与此同时，让意大利人高兴不起来的事情还有，他们失去了在非洲的殖民地，本土的城市正被炸得七零八落。

　　我想指出的第二个事实是俄国战役与北非战役之间的关系。在今年的大部分时间里，俄国人几乎是在孤立无援的情况下与世界上最庞大的军队作战。现在俄国的盟友已经设法在别的地方吸引德军的兵力，对俄国战场的影响几乎是立竿见影。毫无疑问，

---

① 斯大林格勒直到 1943 年 2 月才被解除包围。

俄国人的成功抵抗在一部分程度上是因为德国人不得不匆忙抽调一部分空军到南边，希望挽回非洲的局势。

从上周开始，法属西非已经和其它法国的殖民地一道与盟军进行合作。法国在非洲的殖民地只有拥有吉布提港的法属索马里兰在名义上仍然保持中立，而它肯定在近期就会投诚。法属西非被纳入盟军势力范围的重要性不只是在于重要的物资——橡胶、植物油和其它粮食，现在我们可以从这些地区获取这些物资——而且还在于达喀尔这座大型军港，它的码头足以容纳战列舰，而且离巴西只有1 600英里。几乎整个非洲西部的海岸线都由盟军控制，对付南大西洋的U型潜艇就变得容易多了。加上北边的港口，现在我们可以认为盟军在地中海中部的补给路线将变得比以往更加安全。从卡萨布兰卡一直到突尼斯全程有公路和铁路连接，如果北非战役取得全面胜利，盟军将可以走捷径从直布罗陀海峡到苏伊士运河，不用进入轴心国飞机的攻击范围。法属西非是在兵不血刃的情况下加入的，它的控制权掌握在达尔兰上将手中。我要再重复上周说过的话：我们必须意识到目前法属非洲的政治形势只是暂时性的，等到这场战役结束后可能会发生改变。我们或许不喜欢现在投诚到我们这边的维希政权高层人物过去的履历，但他们投诚这件事总而言之是一个好的迹象——它表明比我们更了解欧洲内部情况的他们已经作出了判断：纳粹这艘贼船正在沉没。

利比亚和突尼西亚这两个战场的形势没有什么新的变化。第八军团在一周前进入班加西——他们很有可能在那里度过第三个圣诞节——他们还占领了沿海岸公路往南50英里处的吉蒂达，现在正与埃尔·阿盖拉附近的敌军交火。或许德军的意图是守住那里，第八军团或许需要几天的时间才能让重型装备就位并发起新的进攻。如果德军决定不坚守埃尔·阿盖拉，他们或许得撤回到距离利比亚海岸线 200 英里远的马苏拉特。盟军还占领了沙漠南边 200 英里处的贾洛绿洲作为保护他们不受侧翼进攻的屏障。在突尼西亚战场，第一军团显然已经准备就绪，将向突尼斯或比塞大发起正面进攻。他们的行动迟缓了下来，无疑，一部分原因是大部分物资必须从卡萨布兰卡一路运来，而另一部分原因是轴心国目前在这个战场有更强大的空中力量。德军要为部署在突尼西亚的部队提供大规模的人员或重型装备增援并不容易，但他们能够比我们更迅速地提供空中支援，这一优势或许将保持一些日子。但从长远来看，即使在这片战场，德军在空战中也将占不到什么便宜，因为盟军的整体空中力量现在更加强大，而且还在逐渐增强。不管怎样，他们向突尼斯提供空中支援意味着削弱其它战场的力量，特别是俄国战场。与此同时，他们已经遭受了惨重的空军损失，即使他们的拖延作战行动获得成功，让隆美尔的主力得以从海上逃脱，整个过程中他们也没有得到多少好处。

南太平洋没有什么消息传来。日军成功地从海上为布纳的守军提供了几批小规模的增援，但他们应该无法守住布纳多久了。盟军已经占领了海岸线上数英里外的戈纳，日军正遭受到猛烈的空中轰炸和地面进攻。如果他们被完全逐出新几内亚东部，这场胜利，以及美军取得海上胜利后在所罗门群岛的防御将更加坚固这一利好，将使得盟军有可能向日军在这个地区最重要的基地拉包尔发起进攻。

希特勒违背了他对贝当元帅的承诺，占领了土伦。法国的海军司令已经解散了法国舰队，并摧毁了海军的兵工厂和军火库。

希特勒命令解散剩余的法军。我报道这个消息有些冒险，因为现在要对它进行充分的评论仍为时过早。我们还不知道是否有法国舰队的军舰逃脱并加入盟军，①但我们知道还没有重要的物资落入德国人的手中。我希望下周能对此次事件进行评论。与此同时，请允许我指出两件事情。其一，这标志着希特勒筹划了两年半，希望获得法国舰队的计划已经宣告失败。其二，这是对新秩序的致命一击，法国与纳粹分子达成合作的希望现在彻底泡汤了。

---

① 这批军舰被法国海军凿沉。

1942 年 12 月 12 日

从上周开始，由于德军的顽抗和南边战场下起了雪，俄军的两场攻势都减缓了势头。我们认为目前这边的战线暂时不会有大规模的军事活动。本周的重点是北非，情况比以前更加明朗，将来会有一场艰苦的战斗。

离德军在突尼斯西边发起反攻并夺回泰布勒拜和吉蒂达才过去一周，这两个地方是盟军向突尼斯发起进攻前必须控制的军事要地。从那以后，德军又发起了一次进攻，但似乎并没有取得战果，我们仍坚守着突尼斯—比塞大周边地区的主阵地。根据收到的情报，我们清楚地了解到，德国人的空军实力更加强大，而且他们的优势很可能将维持一段时间。他们控制了比塞大和突尼斯的机场，而且西西里岛和撒丁岛的机场就在 100 英里之外，而盟军目前最近的机场是离阿尔及利亚海岸线 120 英里远的波尼机场。当然，他们将会在前线地带修建停机坪，但这需要时间，特别是装备、地面工作人员，甚至劳动力都得从西边很远的地方沿着糟糕的公路和一条落后的铁路运过来。因此，目前突尼西亚的局势大致上是这样的：盟军拥有更强的整体实力，正在尽最大努力组建一支突击部队，但他们必须面对战斗机的俯冲轰炸和不充分的掩护工事。德军在突尼西亚只有大约两万人的兵力，而且没有多少重型坦克或大口径火炮，但暂时拥有空中优势，正在努力延缓盟军的集结，并在突尼西亚通过空运和海运组建自己的武装力量。在更南边突尼西亚沿海的斯法克斯和加贝斯附近，另一场争夺向南通往的黎波里的沿海公路的战斗正在进行。目前没有多少来自这一地区的消息，战斗似乎主要在双方的伞兵和空投部队之间进行，但盟军似乎还未能打到海边。大体上说，德军只是控制了突尼西亚的东部地区，但只要能够保证来自西西里岛和撒丁岛的补给供应，他们就能稳住阵脚。

然而，德军的空中优势可能发挥不了作用。他们手头拥有的资源并非无穷无尽，而且最终的供应源头是德国本身，那里距离遥远，而且由铁路与战区相连，这可不是什么好事。因此，英国皇家空军对意大利北部地区的轰炸很重要，那里是所有运往非洲前线的物资的必经之地。上周英国皇家空军对意大利展开了非常猛烈的轰炸；譬如说，都灵在二十四小时内被轰炸了两回，显然破坏非常严重，这一点你从意大利人自己的广播就可以推测出来。所有这一切都使得德国人的处境更加艰难。他们已经在远离主基地、并非出于他们自愿选择的前线作战了。而且，他们支援突尼西亚的兵力越多，他们为利比亚的另一支军队提供支援的难度就越大，而那里很有可能将会有另一场大规模的军事行动展开。

过去一周来，班加西西边的埃尔·阿盖拉只有巡逻活动的报道传来，但似乎英军将会发起新的进攻。我认为在我进行下一次广播评论之前行动就会开始——再一次，我之所以这么说，是因为轴心国的宣传人员已经在谈论将会发生的英军进攻，听上去对隆美尔将军能否坚守阵地并不是很抱希望。早在英国的第八军团到达班加西之前，我们就预计非洲军团将固守埃尔·阿盖拉，那里是天然的易守难攻的阵地——地形狭长，一边靠海，另一边是无法穿越的沼泽地带——很像之前他们曾经占领的埃尔·阿拉曼阵地。在蒙哥马利将军发起进攻之前，他必须准备好重型装备——这些装备得行经数百英里，事实上只有一条公路通往那里。因此，过去几周来是一场调派补给物资的竞赛——英军的补给物资来自埃及，而德军的物资来自的黎波里。在埃尔·阿盖拉，德军离他们最近的补给港口的黎波里距离更远——比在埃及的埃尔·阿拉曼时距离更远。当时他们能够利用托布鲁克进行补给。从德国人的广播内容看，似乎英军在调派物资补给的竞赛中占得了上风，德军可能会再度撤退以避免被消灭的命运。他们似乎正在准备让民众接受这类消息，因为他们开始声称在利比亚的隆美尔部队只是为了牵制盟军。而就在三四个月前，隆美尔本人在柏林声称他到非洲的目的是要攻克埃及，埃及已经是他的囊中之物。但或许德国民众已经忘记了这件事——至少官方的宣传人员希望他们已经忘记。如果英军向埃尔·阿盖拉的进攻取得成功，这不会在突尼西亚前线立刻造成影响，但在几周内一定会显现出来。

美国政府与法属西非在达喀尔的司令波伊森将军达成了协议，盟军将可以使用达喀尔的港口和机场。这将为盟军对付在南大西洋游弋的 U 型潜艇带来极大的便利。关于北非的确切政治局势以及达尔兰将军与我们的关系仍然有很多事情没有得到解释。议会对这件事情进行了辩论，我认为不久之后官方将会发表公告。（以下内容遭到审查删除：在此我会介绍两个相关的事实：自由法国运动的领导人卡特鲁将军[①]对美军与达尔兰将军缔结关系

[①] 乔治·阿尔伯特·朱利安·卡特鲁（Georges Albert Julien Catroux，1877—1969），法国军人，曾担任法属印度支那总督，"二战"时抵制维希政权，加入戴高乐将军的自由法国运动。

表示抗议，这件事情在英国得到了密切的报道。美国的国务卿科德尔·霍尔先生[①]指出，通过与达尔兰将军缔结关系，从而和平地接管北非，美国避免了估计将达 2 万人的伤亡。）

大约一个星期前日军的飞机袭击了孟加拉湾的一支船队，两天前他们对吉大港展开了一场小规模的轰炸，这是好几个月来落在印度土地上的第一批炸弹。断言这意味着什么仍为时过早，但现在你可以说一年前或六个月前似乎非常可能发生的日军对印度的侵略现在已经不大可能了，因为日军在南太平洋遭受了重创，他们已经完全失去了掌握孟加拉湾的制海权的机会。过去一周来，为纪念日军对珍珠港的突袭，美国政府公布了珍珠港事件及其影响的第一份全面报告，并披露了过去一年来他们自己的舰船损失和日军的舰船损失的数字。确实，日军偷袭珍珠港造成了非常惨重的损失——至少有八艘战列舰遭受了不同程度的破坏——但除了一艘战列舰之外，其余的战列舰已经重新服役或正在准备服役。从那以后，日军的海上损失要比盟军糟糕得多。在所罗门群岛他们损失了 135 艘船只，包括战舰和商船，或被击沉或被击伤，以及 600 多架飞机。比起同盟国，日本更加无力承受损失，因为它的工业生产能力要小得多，而且日本和英伦群岛一样依靠海上供应。与此同时，过去一年来，美国制造了 4 万多架各类飞机，建造的商船总吨位达到 800 万吨，1942 年的建造计划是 800 万吨，1943 年计划的总吨位将达到 1 500 万吨。1942 年的建造计划肯定能完成。他们还建造了许多艘军舰，包括一艘超过 5 万吨

---

① 科德尔·霍尔(Cordell Hull, 1871—1955)，美国政治家，从 1933 年至 1944 年担任国务卿一职，曾于 1945 年获诺贝尔和平奖。

的新战列舰，在本周正式投入使用。除此之外，可以肯定日本人损失了四艘，也有可能是六艘他们最大的航空母舰——显然，这就是为什么他们不会尝试侵略印度。他们似乎还放弃了将美军逐出所罗门群岛的瓜达尔卡纳尔岛的尝试，至少暂时是这样。在新几内亚沿海的布纳，他们仍然固守着一小块地盘，战斗非常顽强，但估计他们无法再守住这个阵地多久了。几个月前莫尔兹比港和澳大利亚的达尔文港面临严峻的危险，现在危险似乎已经解除了。但澳大利亚总理柯廷先生警告他的同胞日本人或许会利用帝汶岛作为跳板尝试从西边进攻澳大利亚北部的沿海地区。

波兰政府不久前发布了德国占领下的波兰对犹太人实施的一系列大屠杀的全面事实。波兰政府的公告并不是政治宣传。它的内容得到了许多渠道的证实，包括纳粹头子自己的讲话。譬如说，在今年的三月份，盖世太保的头目希姆莱签署了一项对犹太人进行"清算"的命令——我们记得在极权主义的语言中，"清算"是谋杀的委婉说法——目标是50%幸存的波兰犹太人。似乎他的计划正在顺利执行。波兰政府的数字表明战前有三百多万名犹太人在波兰生活，超过三分之一——也就是一百多万人——已经被冷血地杀害或死于饥荒和不幸。有数十万人，男男女女老老少少，被发配到俄国的土地，一路被关押在运送牲畜的卡车上，几乎没有吃喝，一路要走好几个星期，有时候当卡车打开车厢时，里面有一半的人已经死掉了。这个政策在希特勒本人战前和战争期间的演讲中被一再提及，并在德国人占领的地方贯彻实施。现在他们已经占领了法国全境，正在那里推行反犹政策，法国的犹太人正被迁徙到东欧地区。我们记得法国自大革命后已经有150年没有推行反犹政策了。我提到对犹太人的迫害不是为了

重复那些骇人听闻的故事，而是因为这种冷血而系统的残忍做法
与战场上的暴力杀戮是根本不一样的。它让我们了解到我们正在
与之抗争的法西斯主义的本质。

1942 年 12 月 17 日

　　本周除了北非战场之外，其它战场没有什么消息传来。在俄国，俄军的两场进攻和德军的反攻尝试都减缓了势头，无疑主要是因为天气的缘故。俄国战场将暂时休战，因为到了一年的这个时候，雪正在下却又还没冻结。但德军在斯大林格勒城外和在莫斯科前线勒热夫的阵地情况并不乐观，俄国人的报道提到了本周他们缴获大量军事物资。（以下内容遭到审查删除：但看上去似乎德军能够守住他们目前的阵地。）在南太平洋战场，日军已经成功地让一部分士兵登陆——具体数字还未能获悉，或许有好几百人——地点是新几内亚西北边的布纳。他们的目的或许是在布纳被盟军扫荡之后切断盟军向西挺进的道路。日军的人员和登陆船只的损失非常惨重。他们还没有再度发起试图将美军逐出所罗门群岛的瓜达尔卡纳尔岛的进攻，但日军的飞机已经在时隔十天之后对吉大港再次展开轰炸。现在还无法完全肯定这一行动意味着什么，盟军或许正在策划向印度和缅甸的边境展开新的行动。本周的新闻主要来自非洲战场，在这则新闻评论中，我将把大部分时间用在这上面。

　　上周我提到利比亚前线将很快会有新的军事活动，果不其然，它已经发生了。5 天前消息传来说德军已经放弃了位于班加西西边 50 英里的防御坚固的埃尔·阿盖拉据点，并迅速向西边撤退。显然，德军的计划是通过殿后部队的小规模行动和布下反坦克地雷阵拖住英国第八军团的追击，让主力尽快撤离。但这个计划显然已经失败了。前天消息传来说第八军团的先行部队已经作出了一次大迂回行动，绕行穿过沙漠，然后在埃尔·阿盖拉西边60英里处一个叫马特拉廷的地方再次抵达海边。轴心国部队的后路被切断了，面临两面夹击的危险，而且似乎已经被打散了。我们还不知道这支队伍的规模，但似乎被切断的轴心国部队配备了相当多的坦克和大炮。要全面认识这一行动的意义，你必须将它和德国的作战计划以及整个北非战役的概况联系起来。

德国人似乎并没有打算继续坚守利比亚，或许只是想守住的黎波里。在放弃了埃尔·阿盖拉之后，能够再构筑阵地的天然的地点是的黎波里东边150英里处的马苏拉塔。这又是一个易守难攻的位置，有公路连接，一边是沙漠，另一边是沼泽地带和灌木丛，还有几条河流构成了天然的屏障。马苏拉塔还有一个小小的海港，与的黎波里的道路交通非常方便。但从德国人的广播口风判断，他们的计划似乎是彻底放弃利比亚，将隆美尔的军队转移到突尼西亚，或在有可能的情况下从海路撤退。在前几天里，轴心国的广播评论员拒绝承认德军在撤退。然后他们突然改变了口风，转而声称撤退是事先就安排好的高明的军事行动，完全打乱了英国的战略部署。在阅读德国人当前的通讯稿时，你会以为撤退就是兵法的精髓所在，他们的一些说法真是很逗。我们都听说过"战略性撤离"和"坚韧的防御"，但德国的评论员想出了更好的说辞。他们形容快速撤退的最漂亮的说法是"我军成功地延伸了与敌军的距离"，另一个说法是"我们迫使英军向西边推进"——当然，还有"隆美尔将军选择了撤退，从而保持了主动权"。你会发现，当一只猎犬在追咬兔子时，兔子也是采取主动的。但这种修辞手法值得关注，因为它表明德国人准备让本土人民了解到不好的消息。这一次他们可能不指望能扭转局势，他们能指望的就是延缓英军前进的步伐，让其它轴心国的部队巩固在突尼西亚的阵地。

这就是打垮轴心国的殿后部队的重要性所在。最糟糕的情况是，第八军团很难快速挺进，因为行程非常漫长，而且现在他们进入了宽度达两百英里的锡尔特沙漠。他们的用水大部分须通过公路或沿岸的驳船由后方供应。轴心国的殿后部队通过摧毁水井和布下反坦克地雷拖延了盟军的前进步伐。这些地雷可以炸飞任何从上面行经的车辆，只有在特殊部队先行扫雷之后大部队才能前进，而要找到地雷往往需要花费很长的时间。切断轴心国殿后部队的行动或许打乱了这些拖延战术。与此同时，敌军的主力正被赶到西边，顺着一条狭窄的海岸线撤退，让他们很难分散开来躲避空中进攻。而所有的报道显示，盟军掌握了相当大的空中优势。

但现在我们需要观察利比亚战场和突尼西亚战场之间的关系。盟军对突尼斯和比塞大的进攻仍被拖住，原因显然和之前一样——德军掌握了空中优势。他们的机场运作良好，而且很快他们将会得到增援——来自西西里岛和撒丁岛的空中支援。自从他们攻占泰布勒拜和吉蒂达后，他们几次新的进攻并不成功，英国的第一军团抵御住了德军的几轮进攻，仍然扼守着突尼斯西边的迈杰兹巴卜。盟军的主阵地并没有被攻破，在阵地后正在组建一支突击部队。如果第八军团抵达的黎波里或附近，他们将会削弱在突尼西亚的德军，并为盟军带来强力增援。德军将遭受到来自东西两边的进攻和得到增援的马耳他的空中轰炸。或许可以有把握地说，随着盟军来到的黎波里和阿尔及尔，德国人无法守住突尼西亚，但从他们已经投入的增援规模看，似乎他们准备进行一场赌博——或许一部分原因是为了维护尊严。

达尔兰将军以法属北非与西非最高指挥官的身份发布了一则新的声明。他表示法国在非洲多处港口的军舰将由盟军进行运作。这包括了在达喀尔和卡萨布兰卡的军舰，以及法国退出战争时被扣留在亚历山大港的军舰。这将大大增强盟军的海上实力，但或许不会立刻实现。除了几艘重型巡洋舰、驱逐舰和小型船只之外，还有两艘战列舰，但目前都有损伤——1940年法国停战后不久，黎赛留号被一枚英国的鱼雷击中，而让·巴特号在卡萨布兰卡海战中遭受了更严重的损坏。这两艘船的维修都需要时间，而那几艘被扣押的船只被解除了部分武装。但那些吨位较小的船只应该能够立刻投入使用。现在法国军舰的命运经过两年多的疑云之后终于尘埃落定，同盟国在这场较量中压倒了德国。

（以下内容遭到审查删除：关于达尔兰上将的立场问题仍有几个方面没有得到澄清。但在他的公告里，有两件事情让各方感到满意。一件事情是：应罗斯福总统的要求，北非所有曾经因为从事反轴心国活动而被维希政府关押或监禁的法国人都将被释放。现在还不能绝对肯定这批人包括其他反法西斯难民，主要是德国人和西班牙人。他们被维希政府关进了集中营。我们希望维希政府能够说到做到——不管怎样，很快这件事就会得到证实。达尔兰将军宣布的另一件事情是——这也是应罗斯福总统的要求——由德国人强制要求维希政府在北非推行的反犹主义法律将被废除。）

上周我提到德国人在波兰新犯下的迫害和大屠杀罪行。即使经过长达三年的战争，人们不可避免地变得越来越冷漠，这种行径仍在全世界引起了最刻骨的恐惧——我相信英国没有一份报纸不曾表示强烈愤慨。议会的两院对这件事进行了辩论，犹太人与基督徒一起举行了许多场代祷仪式。安东尼·伊登先生代表英国政府做下了庄严的承诺，战后那些要为这些冷血屠杀承担责任的人将遭受惩罚——不只是纳粹党高层的一小撮人，还包括那些执行命令的人。国际工会联盟已经号召德国工人阶级举行示威，趁早和他们的统治者划清界限。在战争结束之前，能做的就这么多；但是，我们有一个很小的机会能够做点正面的事情解救一部分遭受压迫的可怜人。已经有行动在展开，准备在中立国的监督下让犹太儿童撤离被德国占领的欧洲。事情能否顺利进行仍不得而知。德国人已经表明他们对小孩子和对大人一样残忍，为了解决粮食问题，他们似乎认为消灭不想要的人口是值得去做的事情。显然，即使这个计划将面临许多困难，我们仍诚恳地希望它能被付诸行动，而它被提出并得到民众支持这一事实表明英国人民并没有忘记他们在为了什么而战。

1942 年 12 月 26 日

在之前的评论里我提到过很快会有官方的正式通告说明法属北非与西非最高长官达尔兰上将的情况。事有凑巧，他的情况已经通过另一种方式被证实了：他死了。他于两天前在阿尔及尔遇刺身亡。刺客被抓住了，由法国军事法庭进行审讯，并于今天早上被处决。这就是目前我们所知道的情况。吉罗将军已经接替达尔兰的职务，成为法属北非和西非部队的指挥官。行政班子依旧不变。

（以下内容遭到审查删除：与此同时，我希望强调达尔兰的死不会对整体局势造成影响。法属非洲政权的稳定并不依赖他，而且没有理由认为驻扎非洲的法国军队对同盟国的效忠会受到影响。吉罗将军不久前从德国逃出来，并借道维希政权统治下的法国抵达非洲，已经成为驻扎非洲的法国军队的指挥官。达尔兰的继任者将很快会被任命。过去一两周来，大量证据表明达尔兰在法属北非并不受欢迎，当地人或许没有忘记他在维希政权中作为"合作者"的履历，并不认为他转而投靠我们就能够抹杀他第一次变节的污点。如果达尔兰的继任者与投降纳粹没有干系，将会更有利于同盟国的事业。）

除了达尔兰上将的遇刺事件之外，本周北非的重大事件是德军继续迅速撤离利比亚。上周我评论的时候，隆美尔将军的殿后部队刚刚在埃尔·阿盖拉西边被分割包围，似乎会被全歼。结果是，大部分士兵最终逃脱了，但损失了大量的火炮和其它军事物资，有数百人被俘虏。但德军的撤退仍在继续，我们的先头部队目前在埃尔·阿盖拉西边 150 英里处的苏尔特附近与德军有接触。德军似乎会放弃苏尔特，最终很有可能放弃利比亚全境，但他们无疑会扼守的黎波里实施拖延行动。他们仍在通过布设反坦克地雷阵延缓第八军团的前进速度，并将他们不得不放弃的机场掘翻，如果他们这么做了，盟军的飞机要等上一段时间才能使用机场起落。此外，在同盟国空军独占天空大概一个星期后，过去几天里，德军的飞机重新出现在利比亚战场。无疑，德军指挥官的想法是拖住第八军团，直到德军的主力退到突尼西亚或通过海路回到西西里岛。

在德国人看来，彻底放弃利比亚的坏处是这意味着放弃意大利最后一块殖民地，因此让意大利失去了继续战斗下去的动机。许多证据表明意大利人的士气已经非常低迷，粮食情况很糟糕，而且英国的空袭造成了巨大的恐慌和混乱。甚至有严肃的传闻说意大利将宣布罗马成为不设防城市①以避免遭受轰炸。如果他们真的这么做，轴心国会很没面子，而且这等于公开承认意大利人的士气非常低落。但德国人应该不会受意大利的感受所影响。无论意大利人多么痛恨战争；当德国军队驻扎在那里的时候，他们无法进行任何抵制战争的行动。而且，德军完全放弃利比亚并集中兵力扼守突尼西亚会带来很多好处。如果他们能一直掌握突尼西亚——这不大可能会成为现实——他们就可以完全封锁盟军通往地中海的航运通道。但即使只能守住突尼斯一段时间，他们也

---

① 1943 年 8 月 14 日，罗马成为不设防城市。

能减少损失，不至于以灾难性的结局离开非洲，这比冒着整个军团在利比亚被消灭的危险要好一些。而且他们在比塞大和突尼斯的补给问题要比在的黎波里简单得多。为的黎波里提供补给意味着一直损失船只和运输机。在目前的行动中，轴心国平均每天损失一艘船只——由于他们的船运能力有限，这样的损失他们根本无法承担。因此，我对北非局势的预测是，德国人将会尽可能久地扼守比塞大和突尼斯，但不会全力守卫的黎波里。

从上周开始，俄军发起了新的进攻，这一次的目标是顿河中部流域、斯大林格勒的西北方向和高加索地区。他们迅速突破了德军的防守阵地，刚过了一周他们就已经挺进 100 英里，并抓获了 5 万名战俘，还缴获了大量军事物资。俄军朝西南方向挺进，使得斯大林格勒城下的德军更难摆脱其被动局面。我们还不知道俄军的这一胜利是否具有决定性的意义。俄国冬季战役的一个特点是由于恶劣的天气和它所造成的交通中断，双方都很难发起持续性的进攻。但俄军目前在战线漫长的前线所发起的一系列有限度的进攻加剧了德军的困难。俄军现在越过了连接弗洛尼斯和罗斯托夫的铁路线的几处地方，使得德军的运输面临更大的困难。如果你去观察俄国战场的地图，从列宁格勒往南一直到高加索地区，你会发现德军占据的前线是必要的战线的两倍长，因为上面有好几处大的凸角。德军本可以通过大范围的撤退缩短战线，但为了面子他们很难作出这一决定。而且德军未能攻占大城市让部队过冬，去年有数万名德军士兵——我们不知道到底有多少人——由于未能攻占莫斯科和列宁格勒而活活被冻死。今年还会有数万名士兵死于严寒，因为德军未能攻占斯大林格勒并跨越高加索山脉。红军在冬天越活跃，德军进行休整和应对明年英国和美国将会发起的进攻就会遇到越大的困难。

上周我提到日本人对吉大港进行轰炸或许意味着盟军准备在印缅边境展开行动。这已经得到了证实：英军和印军已经朝阿恰布的方向进入缅甸。事实上，日本人对加尔各答进行了三次轰炸表明他们非常重视此次行动。但是，我们不应该期盼盟军的行动会立刻取得辉煌的战果。这或许只是一次侦察行动，试探日军的兵力，与缅甸人民进行接触并了解他们对日本人占领缅甸的反应。阿恰布本身并不是值得进行一场激烈战斗去争夺的军事目标。缅甸只有一个真正重要的目标，那就是仰光，让军事物资能够再次被送到缅甸公路的唯一港口。盟军发动缅甸战役必须攻占仰光才有意义。一个更重要但关注度比较小的消息是英国的飞机对苏门答腊岛展开了轰炸，这些飞机一定是从航空母舰上起飞的。这个消息很重要，因为它表明海军实力的对比正逐渐对日本人不利。这是自今年三月份以来盟军第一次向苏门答腊岛发起进攻，就在几个月前，盟军没有航空母舰能够接近苏门答腊岛。即使在孟加拉湾的东边，日本人的海上优势也在减弱，这是因为他们在南太平洋蒙受了惨重损失而同盟国在更快地制造船只和飞机。英国对苏门答腊展开轰炸就是这种情况的展现，但这么做肯定有直接的军事目的，或许可以和缅甸的行动联系起来。我们有必要去关注位于缅甸西南边的安达曼群岛，那里控制着前往仰光和新加坡的通道。

现在是战争打响以来的第四个圣诞节，在我剩下的一两分钟时间里，我将像之前的评论那样进行回顾，探讨这场战争的进程。回首两年前，就是 1940 年的圣诞节，英国孤军奋战，在绝望地进行顽强抵抗，伦敦和其它英国城市被炸成废墟。美国保持中立，俄国也保持中立，不知是友是敌。一支意大利军队在昔兰尼加被消灭，英国赢得了不列颠空战，但德国人征服了整个西欧，没有人能肯定新秩序不会取得成功。再回首一年前，1941年的圣诞节，当时的前景也很黑暗。香港刚沦陷不久，珍珠港的偷袭暂时令美国舰队陷于瘫痪，日军开始了一连串的征服，当时大家都以为他们肯定会入侵印度和澳大利亚。但这一年有上一年所没有的补偿。俄国和美国参战了，德军一举击垮俄国的尝试显然已经失败了，在莫斯科遭受了重大挫折。而且在这一年间，英国的军事实力，无论是军事装备还是受训人员，都在迅速壮大。现在看看当前的局势：德军在俄国蒙受了巨大的损失却没有什么收获，而且面临着又一个大雪纷飞的严冬。日本人仍然守着七个月前的地盘，损失了数十艘无可取代的战舰，南太平洋的海战形势开始对他们不利。轴心国失去了利比亚的大部分地区和整个非洲的西北角落，良好的港口、机场和重要的原材料都落入了盟军的控制。英国和美国的武器生产正在全力进行。至于新秩序，就连德国人自己也几乎不再撒谎说它取得了成功。1942年出现过几次严峻的形势——特别是在仲夏，但我们现在可以肯定形势已经逆转。至于转折点是在什么时候发生的，这个问题值得商榷，或许是1940年的不列颠空战，或许是1941年德军未能攻下莫斯科，或许是1942年英美联军攻入北非——但形势确实已经逆转了，甚至从轴心国领导人的讲话中你也能够察觉到他们非常清楚大势已去。

1943 年 1 月 9 日

本周除了俄国战场之外没有什么新的消息，我的这次评论大部分内容会对那里的局势进行介绍，但首先我会简要地总结其它战场的情况，让听众更好地看待俄国战场的消息。

北非几乎没有什么新的事情发生。突尼西亚陷入拉锯战，双方都未能夺取多少新的土地，但也没有损失，而且显然都在为即将展开的大战积蓄力量。突尼西亚的德军显然得到了坦克和人员的增援，虽然在海上遭受的损失依然很严重。马耳他现在已经得到了增援，地中海的海上形势开始对盟军有利，马耳他的空军活动也在增加。

自由法国的军队在非洲的赤道地区从乍得湖出发，穿过沙漠向轴心国部队的前哨发起进攻，夺取了的黎波里南边 400 英里处的一个重要的绿洲。这一行动的行军长达 1 000 英里，大部分路程在沙漠里。从这个方向发起进攻使德军在的黎波里和突尼西亚的阵地面临更大的威胁，但要让大批车辆或人员穿越沙漠是非常困难的事情，不仅是因为缺水问题，还因为建造加油站要花费很多时间。这就是北非战场的全部消息。

在新几内亚东部，日军在布纳的抵抗已经被摧毁了。岛上这个方向的日军就只剩下西边 50 英里处的萨南纳达，几周前他们在那里登陆。盟军正在重新集结准备向萨南纳达发起最后的进攻。日军损失了新几内亚东部，在所罗门群岛失去了瓜达尔卡纳尔，这将打乱他们在南太平洋的计划,但似乎他们并没有彻底放弃进攻澳大利亚的打算。空中侦察表明他们在新不列颠的腊包尔又组建了一支由军舰和运兵船构成的庞大舰队,有些观察员报告说这是迄今为止规模最大的日本舰队。我们还不知道他们将会展开什么军事行动,据说他们或许会再次尝试从海岸线的西北方向侵略澳大利亚。在此之前,或许他们还会再次尝试夺回新几内亚和所罗门群岛。澳大利亚对这个威胁非常重视,正在进一步为武装部队和军事生产征集人力。

英国和美国扩大了对缅甸沿海地区的空袭规模,范围从奥坎到佛塔角,并向内陆延伸到曼德勒。现在我们没有充分的证据去了解日占区的情况,但我们所掌握的证据表明每个地方的当地人的抵抗都正愈演愈烈。最新的消息是日本人在广播中宣布他们刚刚处决了一批缅甸人,因为他们从事破坏活动,还有两个印度人被指控破坏铁路。日本人还颁布了命令,禁止缅甸人民收听外国电台——这清楚表明同盟国的广播宣传正在引起关注。或许我们可以有把握地猜测缅甸人已经了解到日本的新秩序的真实面目。

我认为关于亚洲战场本周需要报道的情况就这么多。

现在让我们回到俄国战场。继攻占拉脱维亚边境附近的大卢基之后,俄军攻占了高加索前线南边数百英里外的莫兹多克和纳尔奇克。失去纳尔奇克宣告德军的高加索战役彻底失败了。如果你去看俄国地图上各支部队目前的确切位置的话,你会看到高加索地区的德军只是在守着一大块没有直接价值的地盘。去年夏天德军向南推进时,他们希望,而且全世界都认为他们将能跨越高加索山脉,在入冬前抵达巴库油田。至少他们希望能够继续掌握重要的城镇,控制高加索山脉的关隘,然后能够在春天重新发动进攻。现在他们正被赶回去，显然很快就会撤退。他们得退到库尔纳河才能再度站稳阵脚，或许得退到更远的地方，因为与此同时，随着德军在南边失去了立足点，斯大林格勒西边的俄军继续在沿着顿河挺进。现在他们离罗斯托夫大约只有 75 英里了。如果他们真的可以抵达罗斯托夫，高加索地区的整批德军就只能匆忙撤离，否则将有可能被完全分割包围。无疑，他们现在要做的正确的事情就是撤退，但德军的作战策略并非完全出于军事考量。之前德军付出了巨大而毫无意义的伤亡代价，因为希特勒在夸下海口之后不愿意放弃斯大林格勒，同样的故事或许将会在南线重演。

与此同时，德国人显然正在准备让民众接受不利的消息。如果你去研究德国人的广播和报纸，你会注意到目前他们正在玩弄两个宣传伎俩。一个伎俩是尽可能不去提及地名。新闻评论员只是说战斗正在某某地区进行，但不会提到德军在某某具体地点是在挺进还是在撤退。另一个伎俩是一直强调俄国战役的巨大困难，特别是俄国的严寒。但一些德国评论员承认俄军作战英勇，而且拥有充裕的坦克和武器装备。他们甚至对俄国人用以克服厚厚的积雪中行动困难的一些特别的方法进行了详细的描述。所有这一切都表明德军正在考虑大撤退，并尝试让公众先接受这件事情。德国报刊和广播在强调俄国红军的实力和规模，而这些与一年多前的官方宣言自相矛盾，他们当时说红军已经被彻底消灭了，但极权主义国家的人民应该是健忘的。目前纳粹头子不会收到什么好消息，至少在俄国战线是这样，而他们能够找到的最好的借口就是他们要完成的任务根本是非人力所能及的。

罗斯福总统于 1 月 6 日向美国国会发表了演讲，媒体对此进行了大量的报道，但我希望再强调演讲中的两点内容，因为像这样的演讲本身就是一次重大事件，其重要性不亚于任何军事事件。

首先，罗斯福总统披露了比上周我向听众所介绍的更多关于美国军事生产的数据。譬如说，他指出1942年全年，美国共生产了4万8千架军用飞机，这比德国、意大利和日本三国相加的规模还要庞大。到12月时，美国的飞机生产规模达到了一年6万架以上。此外，美国在1942年生产了5万6千辆作战车辆，如坦克和自行火炮。过去一年来，美国装甲部队的规模从2百万人猛增到7百万人。没有必要去报出长长的数字，过不了多久这些数字就会失去意义。重要的是：过去一年来，美国的军事生产能力有了大幅度的提升，某些方面与1941年相比更是增加了数倍，而且仍在迅速增加。而美国的粮食生产也在增加。

罗斯福总统在演讲中彻底地、毫无妥协地与孤立主义决裂。他以相当长的篇幅明确表示美国比以往更清楚地认识到整个世界现在是一体的，没有哪个国家能够置身事外，无论是阻止侵略还是满足世界各地迫切需要物资的人民的需求。他说："我们不能让美国成为一座孤岛，无论是军事上还是经济上。在这场战争中获得胜利是我们面前的首要任务，在和平中获得胜利则是下一个任务。那意味着努力增进美国和全世界人民的安全，并最终争取到免于恐惧的自由。"他还补充说："同盟国是人类历史上最强大的军事联盟，庄严地承诺他们自己绝不会犯下侵略或征服的罪行，同盟国可以而且一定会团结一心，阻止德国、日本和意大利重整军备的尝试以维护和平。愤世嫉俗者和持怀疑论者会说这不可能实现。美国人民和全世界热爱自由的人民现在就要求它必须实现，他们的决心必将实现。"比起上一场战争结束后美国和某些国家奉行的孤立主义和纯粹民族主义式的安全与繁荣，这是一个非常巨大的进步。

1943 年 1 月 16 日

　　本周只有两件重大的事情发生；因此，我会将此次新闻评论的大部分时间用于对战争的当前整体局势进行介绍。但首先让我评述一下那两个重大事件——其中一个是军事事件，另一个是政治事件。

　　这个重要的军事事件是俄国在前线的四个互不相连的战场发起的攻势都在继续挺进。上周我提到高加索地区的德军正在撤退，或许会固守库马河附近的格鲁吉夫斯克，现在格鲁吉夫斯克已经落入俄军手中，他们已经渡过了库马河，仍在继续挺进。沿着顿河前往斯大林格勒的挺进也正在继续，但进程没有那么快。攻克罗斯托夫不会是一件轻松迅速的事情。现在德军正从四面八方汇集于罗斯托夫，一定会顽强地防守这座城市。如果他们失去了它，整场高加索战役他们将一无所获，而且很有可能南边的一大批队伍会被切断联系，从海上逃脱的机会非常渺茫。

　　本周的另一个重要事件是中国、英国和美国之间签署了协议①，正式废除了在华的治外法权。一百年前，中国被（以下内容遭到审查删除：违背意愿地）强加了许多条约，多个国家的国民在中国的土地上享有特权，这根本不符合中国作为一个主权国家的身份。他们享有免受中国法律制裁的特权，不用纳税，而且军舰可以在中国的河流里航行。现在英国和美国政府已经签署协议废除了所有这些不平等的内容。日本人（以下内容遭到审查删除：在宣传上不甘示弱，）也假惺惺地进行了类似举措，但他们以征服者的身份实际上占领了中国四分之一的土地，他们的话不可以太当真。与此同时，日本人已经命令所谓的南京政府向同盟国宣战。[2]这并不是什么重大事件，因为南京政府并不是真正的主权政府，只是任由日本人摆布的傀儡，而且那一小部分与日本人合作的中国人已经在与同盟国交战。英国与中国签订的协议让英国人民感到很满意，或许就像中国人民一样感到满意。和与阿比西尼亚达成的协议一样，这件事情表明同盟国声称自己是在为了自由和反对压迫与暴政而战并非只是一席空谈。顺便提一下，将这件事情和不久前在英国进行的关于战后为欧洲提供粮食这一问题的民意调查结果联系在一起是很有意思的事情。具有代表性的横跨各个阶层的英国公众被问到为了防止欧洲发生饥荒，如果有必要的话，他们是否愿意战后继续在英国推行食物限量供应。80%的人回答"愿意"，只有7%的人明确地回答"不愿意"。像这样的回答比动听而含糊的宣传更能让你进一步了解到人民群众进行斗争的真正原因。

我曾说过我将在1943年初对战争形势进行大致分析。第一点是：比起1942年初，局势对于同盟国来说有了显著改善，就连我们的敌人也必须承认这一点。戈培尔博士在他每周刊登于《帝国》这份报纸的文章里甚至警告德国群众现在的局势要比战争开始时更加艰难和危险。如果你回首去年，虽然轴心国取得了很多场大捷，但有三件事情是最关键的，它们分别是：第一，日本未

---

① 1943年1月11日，中国政府代表、英国政府代表及美国政府代表在重庆签署《废除在华治外法权中英协议》及《废除在华治外法权中美协议》。
② 1943年1月9日，南京汪伪政权向盟军宣战。

能保住它先发制人向同盟国发起进攻的优势；第二，德国在苏德战役中未能实现任何主要目标；第三，英国和美国的实力正在提升，它们合力解除了埃及和苏伊士运河的危机，并将一大片比欧洲面积更大的非洲领土掌握在同盟国的手中。这三件事情中最重要的是德国在俄国所遭受的失败以及它对现在和未来将会造成的影响——人力、物力和尊严。当你考虑这个问题时，你要记住，俄国人的成功虽然主要归功于他们的勇气和活力，但在很大程度上有赖于不是那么显眼的英国和美国的援助。我们听到的关于开往摩尔曼斯克的船队的消息没有俄国战场的消息那么多，但我们应该记住，英国为俄国提供的军事物资即使在最艰巨困难的时期，即使在其它战场迫切需要物资时也从未减少。譬如说，英国已经为俄国送去 3 千架飞机、4 千辆坦克和数万吨各类军事物资，包括医疗用品等。美国也作出了很大的贡献，并为俄国送去了大批粮食，但英国和美国为盟友提供的主要援助是间接的影响。通过对西欧形成威胁，让德国人知道反攻欧洲迟早会发生，他们迫使德国在西欧部署了超过三十五个师的兵力，而这部分兵力原本是可以投入俄国战场的。英国在利比亚的军队拖住了轴心国的十个师，由于德国人需要守住突尼西亚，分兵使得他们的情况更加严峻。德国人在今年或许会发现在南欧全境有必要像在西欧那样保持同等规模的兵力，这将大大削弱他们的兵力。新秩序推行的失败使得德国现在面临严重的人力问题。如果德国人在战争伊始就兑现对欧洲人民的诸多承诺，现在他们或许就可以有一支庞大而可靠的欧洲军队和劳动力大军与他们并肩作战，整个欧洲的工业原本可以全速运作为他们服务。结果呢，他们在欧洲没有可以信赖的盟友，因为就连意大利也没有为他们带来好处而只是负累。尽管他们能够迫使欧洲人民进行劳动，但无法让他们达到全面战争对速度和自发性的要求。

一年前，当日本人的攻势达到高潮时，我们可以勾勒出轴心国所规划的整体战略。显然，德国和日本准备在波斯湾的某处会师。日本人将会统治印度洋，或许还有印度，而德国人将从北边跨越高加索山脉并从西面突破苏伊士运河。那时候同盟国将彼此孤立——苏俄将孤军作战，它的军队或许将被迫撤到乌拉尔山脉后面，而中国将被彻底封锁，日本人可以从容将其消灭。之后，德国的战争机器就可以肆意进攻英国，如果英国被征服，美国可以等到将来某个时候再对付。这就是轴心国的整体战略，从轴心国过往的军事行动和宣传内容就可以判断出来。没有必要指出这个战略已经彻底失败了，无论斗争会多么艰苦，我们从未如此接近成功。日本人在南太平洋陷入一场苦战，失去船只和飞机的速度远远大于他们能够更替的速度，而印度的防御得到了大大加强，日本人根本不敢尝试侵略行动。他们的海上实力曾一度威胁到印度洋的整个东部地区，但现在只能退缩到西太平洋地区。德国人未能打到高加索山脉，虽然抵达里海地区，但遭受了非常大的损失，什么也没有得到。英国的军力达到了巅峰，而美国的军力将在明年达到鼎盛水平。

这就是1943年初的世界局势，当我们思考这场战争不是那么显眼的方面时，我们应该记住这件事。或许德国人手里最好的牌是U型潜艇战，无疑，它让盟军蒙受了惨重的船只损失并降低了他们的进攻能力。大概一年前，政府采取了不再定期公布船只损失的措施，这么做或许是正确的，因为它让敌人摸不透船运形势的真正状况。德国人在北非被英美联军打了个措手不及，这在部分程度上或许是他们低估了我们真实的船运状况。我不会对官方秘密发表个人看法，但我或许可以补充说，从过去一年来英国的粮食配给量没有改变这一点就可以大致了解英国的船运状况。德国的宣传人员在大肆吹嘘 U 型潜艇战，但目前除此之外再没有别的什么事情能够安抚德国民众。我们对战争的大体形势能说的就这么多：我们还看不到尽头，我们无法有把握地说在 1943 年有哪个轴心国会退出战争①，但我们可以有把握地说 1943 年将是同盟国掌握主动并强大到足以转守为攻的一年。

---

① 1943 年 9 月，意大利向同盟国投降，退出战争。

1943 年 2 月 20 日

　　自从日本人撤出瓜达尔卡纳尔岛之后，远东战场一直没有大型军事行动展开，本周我要谈论的主要是俄国战场和北非战场的情况，并谈一谈蒋介石夫人出访华盛顿和英国关于毕福理奇社会保险计划的讨论。

　　我不需要告诉你们本周发生了什么重大事件。所有收听这个广播的听众都已经知道红军攻占了罗斯托夫和哈尔科夫。这是意义非常重大的胜利，或许是整场苏德战争迄今为止意义最重大的事件。攻占去年冬天未能占领的哈尔科夫要比重新攻占罗斯托夫更加重要。哈尔科夫不仅是一座大型工业城市，而且是与乌克兰连接的交通枢纽。德军不仅失去了大量的土地、人力和物资，而且他们还会失去更多，因为有一个军团在亚述海的海岸被完全切割包围，在罗斯托夫的后方另一个军团遭受到同样的威胁。俄军不仅正从罗斯托夫向西边挺进，还派出一支军队从红军村附近朝南向亚述海北岸的马里乌波尔方向挺进。

　　该地的德军如果不希望遭受在斯大林格勒已经被消灭的德国第六军团的结局，并让在高加索地区的孤军受到威胁的话，他们必须立刻撤退。去年俄军重夺罗斯托夫时，他们向西的挺近只是达到 50 英里外的塔甘罗格，德军能够守住克里米亚半岛。今年俄军的进攻比之前打得更远，许多人都认为德军将不得不退到第聂伯河一带，局面将比 1942 年的战役开始之前更加糟糕。一些观察者，包括捷克斯洛伐克总统贝奈斯博士①，甚至认为他们将撤到波兰与罗马尼亚边境的德涅斯特河，放弃已经占领的全部俄国领土。这或许是过于乐观的预测，但不管怎样，情况已经无可置疑地向德国群众表明德军在 1942 年发起的战役中蒙受了惨重的损失，却一无所获。

即使你没有读到德国群众正被灌输的那些为他们的领袖犯下的错误开脱的谎言，你也可以想象得出来。希特勒本人一直保持沉默，过去几周来显然处于隐退状态，但他的走狗们，尤其是戈培尔，一直非常活跃。戈培尔对德国人民说过什么对我们来说并不重要，重要的是研究他们正在对全世界进行宣传的纲领，因为这些宣传的目的是欺骗和削弱我们，应该提前做好防备。

简而言之，现在德国人奉行的方针是渲染布尔什维克主义的威胁。德国的宣传人员说得比较直白，而意大利和其它附庸国家的宣传工作者则说得比较隐晦。根据戈培尔在广播中所说的话，欧洲现在面临共产主义入侵的恐怖。共产主义将不会止步于东欧边境，而是会席卷整个欧洲乃至英吉利海峡，吞噬英国和所有欧洲国家。德国人拿起武器似乎只是为了保卫欧洲不被布尔什维克党人颠覆，而英国和美国与布尔什维克党人结为盟友，背叛了欧洲文明。之前德国人念念叨叨的"生存空间"②和德国统治世界的神圣权利似乎暂时被遗忘了。戈培尔博士说德国发起战争纯粹只是为了自保。当然，我们清楚地知道这些讲话的真正意图是打动

---

① 爱德华·贝奈斯(Edvard Beneš, 1884—1948)，捷克斯洛伐克政治家，曾于1935 年至 1938 年及 1941 年至 1948 年担任总统。
② 原文是 Lebensraum。

英国和美国那些害怕看到苏俄变得过于强大并愿意考虑妥协和平的人。意大利的宣传人员正在公开谈论媾和，以及英国与轴心国进行合作对抗布尔什维克主义威胁的责任。

所有这些都必定会以失败而告终，因为轴心国的宣传人员似乎想挑起的反俄情绪在盎格鲁-撒克逊国家几乎并不存在。就英国而言，苏联得到了前所未有的拥戴。但我们不应该低估法西斯宣传内容的危险，在过去他们做得很成功。即使反布尔什维克的纲领在英国不会取得多少成效，或许它会在欧洲的富人阶层里找到认同者，意大利的宣传工作者还可能提出非常诱人的和平提议。当然，德国对印度的宣传将会是另一套内容。捍卫西方文明的言论只是针对欧洲民众。对印度的宣传方针将会是：苏俄是英国的盟友，因此要为印度民族主义者所承受的苦难或自认为正在承受的苦难分担责任。对付这些宣传攻势的最好方式是从一开始就知道究其本质它们只是兵不厌诈的手段，根本没有任何真实性可言。

在突尼西亚，本周德军取得了一场局部性的胜利，虽然或许对最后的战局并不会造成影响，但突尼西亚的轴心国部队在装甲车辆和空中实力上无疑要比原先所预料的更加强大。过去一周来，德军在突尼西亚的西南面发起进攻，迫使与他们对峙的美军撤退，并占领了几座机场。这一行动的主要目的或许是在突尼西亚的英国第一军团和正从的黎波里赶来的英国第八军团之间打入楔子。英国第八军团现在已经抵达扼守通往迦贝斯的要道的马雷斯防线的前哨阵地。我们认为他们的行进不会很迅速，因为这一地区的交通非常不便，而且第八军团现在远离基地，或许它能利用的最近的海港是班加西。而且北非的雨季仍在持续，这使得重型车辆的行进非常困难。但是，德军应该无法坚守突尼西亚很久，当地的一些观察家相信他们无意这么做。很有可能他们只是在进行一场拖延战，让尽可能多的部队能够从海上撤退。法军司令卡特鲁将军认为德军将在两个月内被逐出突尼西亚。

英国仍在对毕福理奇的社会保险计划进行讨论。政府已经表示会采纳它的大部分内容，但下议院的工党提案要求完全接纳这一计划，并得到了 117 票赞同。在之前的新闻评论里我提到过毕福理奇计划，不想再详细讨论它的内容。我提到目前正在进行的辩论是为了强调两件事情。其一：无论最终通过什么内容，家庭补贴是肯定会通过的，但具体的金额还无法确定。其二：社会保险的原则已经深入人心，就连思想最反动的人也不敢提出反对。毕福理奇计划最终或许会以不完整的形式被采纳，但在这一场我们仍在挣扎求存的艰苦战争进行期间对它进行讨论本身就已经是一个成就。

蒋介石大元帅的夫人在华盛顿受到了罗斯福总统夫妇的款待，并向美国国会两院做了演讲。[①]她忠告同盟国在这场战争胜利之后绝不能冒险纵容日本成为潜在威胁，得到了热烈的掌声。她还呼吁缔结不带有报复性或民族主义色彩的和平条约。她表示中国愿意为奠定合理的世界秩序而出力。她还以自己的亲身经历忠告美国人不要小觑日本人的实力，如果任由他们一直掌握侵略得到的地盘，他们的实力将会壮大。蒋介石夫人的部分讲话内容在英国进行了广播，受到了热烈的关注。现在英国已经认识到，坚

---

① 1943 年 2 月 18 日，宋美龄在美国国会发表演讲。

持抗战长达五年半之久的中国人民比同盟国任何一个国家都要更加苦难深重，如果他们现在抱怨自己的西方盟友没有给予多少帮助是无可厚非的。蒋介石夫人出访美国将会极大促进中国与同盟国各国之间的关系。

1943 年 2 月 27 日

　　本周的重大军事进展发生于突尼西亚和俄国战场的南边亚述海沿岸一带。此外，日军在所罗门群岛和新不列颠岛集结的舰队遭到了猛烈的轰炸，英军向缅甸沿海发起了海上进攻，但东线战场的局势并没有发生改变。本周我希望将时间用在讨论俄国战场和北非战场的局势上，然后就三天前希特勒已经撰写好但没有发表的演讲进行探讨。

　　在突尼西亚的南边，过去三天来情况发生了剧变。一周前还很有威胁的局面或许已经得到了缓和，虽然我们不能绝对肯定。之前德国人通过卡塞林隘口向西边发起进攻，那里是该地区穿越阿特拉斯山脉的唯一通道。他们不仅占领了三个机场，而且距离交通枢纽塔莱镇只有几英里远。但盟军的指挥官发起了一场猛烈的反攻，似乎投入了所有的飞机，迫使德军从隘口撤退，蒙受了相当惨重的人员和物资损失。显然，德军和盟军损失了大量的坦克。现在还无法完全肯定局势已经缓和了，因为德军占领的机场让他们在突尼西亚中部占据了空中优势。而且我们不知道他们还有多少坦克。我们知道他们现在正在使用一种新的重型坦克[①]，重达 55 吨，而且配备了前所未见的 88 毫米大炮。但是，国防大臣不久前在议会里指出这种坦克的装甲可以被我们所使用的六磅重的炮弹击穿，而且英国的新型坦克，最新的丘吉尔步兵坦克，现在正大规模在突尼西亚使用。

盟军和德军在北非都在与时间赛跑。盟军需要尽快扫荡北非的海岸线，对于德军指挥官来说，重要的是在英国的第八军团抵达他们后方之前将英国的第一军团赶到阿尔及利亚。第八军团现在已经占领了梅德宁，马雷斯防线的一个主要前哨阵地，还有杰尔巴岛，它的位置会是非常重要的机场或发起针对沿海地区的海上进攻的跳板。

过去一周来，德国人将入侵西班牙的传闻又再次兴起。据说他们正在西班牙边境比利牛斯山的东端集结大批部队。我们无从证实这一点，而且我们应该记住德国入侵西班牙一直是这场战争中盛行的传闻之一，有好几次是德国人自己在散布这些消息。与此同时，德国入侵西班牙并非绝对不可能发生，我们应该一直牢牢警惕这种可能性，因为这或许是德国缓解北非的局势并阻止盟军攻入欧洲的方式之一。如果德国人能够迅速穿过西班牙并从直布罗陀海峡进入西属摩洛哥，那将会对在非洲的盟军构成巨大的威胁，盟军将不得不放弃进攻，直到他们将德国人赶跑为止。当然，德国人只有在夺取直布罗陀海峡的情况下才能实现这一点。直布罗陀并不像新加坡一样只是一座海军基地，它拥有火力强大的要塞，在战争进行的三年期间得到了加强。或许正是直布罗陀的实力而不是出于国际法的考量才是之前德国人没有入侵西班牙的原因。

北非的政治局势似乎有所改善，一个代表戴高乐将军和法国抗战势力的军事使团将很快抵达北非与法属北非的最高长官吉罗将军会晤，或许领头人会是卡特鲁将军。因此，我们或许可以希望法国境外的两大法国势力能够在不久的将来达成协议。

_____

① 指德国的虎式坦克。

自从上周以来，俄军的挺进仍在继续，但已经有所减缓，一部分原因是天气，另一部分原因是德军的顽强抵抗。今年的冬天异常温和，乌克兰的广阔地区在一年的这个时候原本应该是冻得板硬，现在却是一片泥泞，使得装甲车辆很难行动。德国人的抵抗进行得顺利，过去两天来，他们的新闻评论的口吻没有那么悲观了。上周我提到在南边的战场罗斯托夫的西北边，俄军正在向南朝马里乌波尔的方向挺进，该地区的整支德军面临被包围的危险。德军在那里发起了反击，声称已经夺回了斯大林诺东边的两座城镇。这个消息并没有得到证实，但德军似乎真的压制住了俄军挺进的势头，在罗斯托夫周边的德军部队或许将能逃脱。在更北边的中央战场，奥廖尔，整条德国防线的重镇之一，形势非常危险，除了西边之外其它方面的联系都被切断了。大体上说，俄国战场传来的消息并没有上周那么振奋人心，但局势对于德国人来说仍然非常不利。

三天前，纳粹党举行了建党周年志庆。希特勒在这种场合总是会发表讲话，这一次他确实打破了隐退状态，发表了书面讲话，由别人代念。[①]官方给出的理由是希特勒忙于进行东线作战的指挥，无暇进行广播讲话。我们注意到，自俄国局面不利开始希特勒一直没有公开露面，也没有亲自发表演讲。在此次讲话里，他根本没有提到斯大林格勒的惨败或自己曾经承诺过将会攻占斯大林格勒，也没有表示会对现在德国面临的局势承担责任，虽然几个月前希特勒公开担任德国的最高统帅。[②]我们应该记住，当新

---

① 代念者是希特勒的亲信赫尔曼·埃瑟(Hermann Esser)。
② 希特勒自1938年2月便担任德军最高统帅，但之后多次为自己加封多个最高指挥的头衔。

加坡沦陷时，英国民众最先是从丘吉尔先生本人那里了解到这件事情的，他亲自进行了广播发言，公布这则消息。这与希特勒的做法形成了鲜明对比——当局面乐观的时候，他将所有的功劳都揽到自己身上，而局势恶化时，他却避而不见，让别人去为他做解释。但这并不是非常重要，更重要的是留意希特勒的讲话内容和它对德国政策将会造成的影响。这番讲话表面上针对的是纳粹党员，而不是德国全体人民，大部分内容是对犹太人、布尔什维克党人、叛徒和怠工破坏者的咆哮，据说就连德国本土也有许多这类人物。希特勒还直白地作出两大威胁。其一是他将杀害欧洲的所有犹太人——他直白地说出这番话；其二是在危急关头德国对他所谓的"非我族类"决不能姑息。这番话没有像对犹太人的威胁那么清楚，但用更浅白的话说就是对欧洲被统治的民族实施更过分的强制劳动，配给更微薄的口粮。希特勒还威胁要对付叛徒、怠工破坏者和闲人。这番话在口风上与近期德国的官方发言相吻合，而且必须服兵役或强制劳动的德国人的年龄出现了大幅度的延伸。所有这一切都表明德国面临迟早会发生的严重人力紧缺，现在这个问题正变得尖锐起来。另一方面，反对犹太人和布尔什维克党人的鼓噪或许是针对西欧。这似乎验证了我在上周所说的德国人将会打出妖魔化布尔什维克主义这张牌，希望激起英国和美国对共产主义的恐惧，从而为妥协和平铺平道路。上周我指出德国人的这一手段将会徒劳无功，而伦敦庆祝俄国红军创建二十五周年就凸显了这一点。或许除了中国之外，俄国在英国比在任何国家都更受欢迎。总而言之，希特勒的最新讲话以及它将产生的影响对于法西斯的敌人来说是令人感到振奋的好消息。

1943 年 3 月 13 日

　　这是我在这个节目中最后一次进行新闻评论，我希望以对世界局势进行总结作为结束，而不是对各个战场的情况进行介绍。事实上，本周并没有什么重大新闻可供评论。本周的重大事件是俄军占领了中央战场的维亚济马，而德军在南方战场向哈尔科夫发起了反攻。另外，德军在突尼西亚南部虽然进攻不利，但局势并没有出现大的改变。虽然红军占领维亚济马是一次重大的军事事件，但在勒热夫被攻占时就已经可以预见到这一情况了。所以，我会利用此次广播时间尝试对整场战争的局势进行概述，并尝试去预测将会出现的大致情形。

　　如果你们对这场战争的整体局势进行观察，有六个因素至关重要，四个是军事因素，两个是政治因素。当然，它们是密不可分的，但将它们单独列举出来会帮助你们更好地了解形势。第一个因素是德国人未能顺利执行在俄国的全盘计划；第二个因素是英美联军即将展开的对欧洲大陆的进攻；第三个因素是德国对同盟国的补给线发起的 U 型潜艇战；第四个因素是日本人在远东的攻势开始减弱，但我们还不能肯定具体的原因是什么；第五个因素是欧洲的纳粹新秩序的失败；第六个因素是日本人效仿德国试图在远东建立只为自己的利益服务的新秩序。

　　在这几个因素中，第一个因素是最重要的，因为德国才是头号大敌，而一旦德国退出战争，日本人将无法继续单独进行抵抗——但他们或许能够将战争延长几年的时间。如果你去观察俄国的地图，你会看到，无论德国人占领了多少土地，他们根本无法实现最迫切的战争目标，而且就连次要的战争目标也可能无法实现。他们的主要战争目标是夺取高加索的油田。正是出于这个原因，德军决定进攻苏俄，或许从 1940 年冬天就开始筹划。由于英国并未像法国那样崩溃，他们知道这将会是一场漫长的战争，必须得到比欧洲的储备及人工合成产量更充裕的石油供应。其次，他们需要获得粮食，这意味着他们必须占领乌克兰的肥沃土地。欧洲可以或基本上可以实现粮食的自给自足，但在大部分人力投入为德国的军队进行军备生产而不是粮食耕种的情况下是做不到的。在和平时期，欧洲能够从美洲进口粮食，但由于英国对德国的海上封锁，对于德国的战争机器来说，乌克兰成为了必不可少的组成部分。正如每个人都知道的，德国人无法打到高加索地区，但他们仍然占领着乌克兰的大部分土地。虽然过去几个月来他们接连失利，但以为他们将不战而退或许是错误的想法。他们或许将会视第聂伯河与波兰全境至波罗的海各国的防线为最后的底线。或许他们会守住这条阵线，并集结兵力准备迎接同盟国在西线的进攻，但这个策略将让他们进退两难。如果他们放弃乌克兰，他们将没有粮食供应打持久战。如果他们要守住乌克兰，战线将拉得很长，所需要的兵力是他们无力承担的。我们不知道在俄国的两个冬天德军的伤亡情况，但数目一定非常庞大。德国下达了全面动员令，并无数次尝试让欧洲人民更加卖力地工作，这表明德国的人力状况非常严峻。大体上你可以说德国人同时与英国、苏联和美国为敌，根本没有希望获胜，最好的结局就是陷入僵持。因此，我们或许可以预料他们在今年会大打政治攻势，目的是让同盟国陷入不和。他们会利用美国人对布尔什维克主义的恐惧、俄国人对西方资本主义的猜疑和英美之间的妒忌。或许他们认为这么做比单纯通过军事行动更有机会获得成功。

第二点和第三点因素——英美联军进攻欧洲和潜艇战——不能被分开考虑。德国人不受进攻困扰的关键在于击沉同盟国的船只，让他们不仅无法运输大规模的军队渡海，而且无法保证军队的供应。当你意识到一个陆军步兵需要 7 吨的物资供应时，你就会意识到进攻欧洲在船只运输上意味着什么。即使德国人无法躲过西线的进攻，他们或许也会侵扰同盟国，让我们迟迟无法发起进攻，无法在今年结束战争。①那样一来，德国人盼望的僵持局面或许将成为现实。突尼西亚的战役也是基于这个目的，尽可能拖住同盟国的军队，不让他们渡海抵达欧洲。我不会对德国人的这些拖延战术作过多的预测，因为有两件事情我们并不知情。首先，我们当然不知道同盟国的进攻计划。其次，我们不知道船只运输的真实状况，因为同盟国政府并没有公布船只损失的数据，而这么做是合情合理的。但我们能从一些事情上略知端倪，而大体上，情况让人感到充满希望。第一，同盟国成功将一批军队运至非洲，显然令德国人大吃一惊，而且越过大西洋抵达英国的美国军队与日俱增。第二，食物供应情况或许是船只运输情况的指标，过去两年来英国的情况并没有恶化。第三，美国的造船业规模急剧膨胀。第四，对付潜艇的方式在获得改进——船只的水面攻击、飞机的空中攻击和轰炸海军基地。U 型潜艇现在成为德国人的最大王牌，但没有理由认为他们能够无止境地阻挠同盟国的

---

① 直到 1944 年 6 月 6 日，盟军才发起诺曼底登陆行动，全面开辟第二战场。

备战。

　　我们对日本的战略了解不足，不知道过去八个月来他们的实力是否受到严重削弱，又或者他们的攻势减缓是否基于某个战略部署。我们所知道的就是：一年前他们迅速地占领了太平洋南部和西部的各个国家，但自此之后就不再进逼。恰恰相反，他们失去了几个重要的基地和大量的军事物资。和英国一样，日本的命门在于船只运输。他们失去了大量的船只，无论是战舰还是商船，而他们越来越仰仗船运以保证他们的岛屿保持运作。而且他们不像高度发达的工业国那样拥有生产补充的能力。可以有把握地说，美国一个月制造的船只数量顶得上日本一年制造的数量，而飞机制造的规模差距就更大了。因此，如果日本人并不像大家所预料的那样去进攻印度和澳大利亚，那不是因为他们不想这么做，而且因为他们无力发起进攻。另一方面，我们不应该认为在德国人被收拾掉之后日本人会很快崩溃。就像德国人不会放弃东欧那样，日本人绝不会放弃亚洲大陆，否则他们的工业和军事能力将迅速下降。因此，我们预料日本人将决心守住他们所占领的每一寸土地。过去几个月来，他们已经表明他们的抵抗是多么顽固。但或许日本的整体战略和德国人一样是希望陷入僵持。或许他们的如意算盘是：如果他们能够守住自己的地盘，当德国被打败后，同盟国会厌倦继续打仗，或许愿意在大家各自守住自己的地盘的基础上达成妥协。当然，这一战略的真正目的是在一有机会的情况下就重燃战火。就像警惕德国人的和平论调一样，我们必须警惕日本人的和平论调。

　　至于政治因素，我们不需要再谈论纳粹分子在欧洲推行新秩序的失败。到了现在它已经在全世界声名狼藉了。但重要的是，我们要认识到日本人的目的和方法也是类似的。日本人的新秩序，或用他们自己的话说是"大东亚共荣圈"，随着时间的流逝将原形毕露。日本人在掠夺他们控制的土地，无论是以赤裸裸的暴力实施直接掠夺还是发行根本买不到东西的纸币进行间接掠夺，二者并没有太大的区别。他们必须掠夺亚洲，即使他们并不想这么做，因为除此之外别无他法。他们必须获得被占领国家的粮食和原材料，而他们根本无法给予任何有价值的东西作为回报。要为他们夺走的资源买单，他们必须让自己的工厂转而生产廉价消费品，而在不减缓军事生产的情况下这是根本不可能实现的事情。欧洲的情况也是一样，但情况没有那么直白，因为德国人占领的国家工业化程度更高。可以肯定，在不久的将来，马来人、缅甸人和其它日本人统治的民族将会发现他们所谓的保护者的真面目，并意识到一年前许下种种动听承诺的这帮人其实是一群蝗虫，将自己的国家啃食殆尽。但这件事情将在何时发生则不好说，我无法作出确切的回答。目前关于日占区没有什么新闻传来，但我们有一个确凿无疑的证据来源，而那就是中国。中国的抗日战争比亚洲其它国家的抗日战争早了将近五年，无数的目击证据表明了日本人的行径。它被公认为一个实施赤裸裸的抢劫的政权，充斥着骇人听闻的屠杀和强暴。同样的事情将会在所有不幸落入日本人统治的地方发生，或已经在发生。或许针对日本人在印度和其它地方散布的宣传内容的最好回应就是五个字：**看看中国吧**。我的每周评论节目到此就结束了。"**看看中国吧**"这五个字是我对印度作出的最后的忠告。

英国广播公司的奥威尔档案

奥威尔致东方广播节目主任^①的邮件

1942 年 10 月 15 日

您建议我以本名乔治·奥威尔撰写每周的英文新闻评论并进行广播。目前有四个人在轮替做这个节目，合同将一直持续至 11 月 7 日，之后我很乐意按照您的建议接手这个节目，但有一两点我认为事先讲清楚会比较好。

如果我以乔治·奥威尔的名字进行广播，这将是利用我作为知名作者的名气，而在印度，或许这主要是因为我那些有反对帝国主义倾向的作品，其中有几本在印度遭到封杀。如果我在广播中让人觉得我在毫无保留地支持英国政府的政策，我可能很快会被斥为"又一个变节者"，而且或许会失去我的潜在读者，至少会失去学生这个群体。我考虑的并不是个人的名誉，但如果我不能保持独立身份和或多或少"反政府"的立场的话，我们进行这些广播只会以失败而告终。因此，我希望在事先得到保证，确保我能有合乎情理的言论自由。我认为只有在我以反法西斯主义者的立场而不是帝国主义者的立场去进行广播，并在我并不认同政府的政策时能保持缄默的情况下，这个每周评论节目才有价值。

我认为这么做应该不会惹上麻烦，因为最主要的困难在于印度的内部政治，而这在我们的每周新闻评论节目中很少提及。这些评论一直遵循左倾的纲领，没有多少内容让我不愿意签上自己的名字。但我可以想象会有我的良知让我无法进行评论的情况出现，因此，我希望能够事先把情况讲清楚。

埃里克·布莱尔②

---

① 当时的主任是鲁什布鲁克·威廉姆斯。
② 奥威尔的真名是埃里克·布莱尔(Eric Blair)，乔治·奥威尔是他的笔名。

对奥威尔的声音的批评信

1943 年 1 月 19 日

　　我很认真地收听了乔治·奥威尔的一档面向东方听众的英文谈话节目，我想是上个星期六。我发现节目本身很有趣，我对内容并没有批评意见，但我对奥威尔的声音完全没有基本的吸引力感到很吃惊。当然，我知道他的名字在很重要的印度圈子里颇有分量，但他的声音实在是让我觉得毫无影响力，而且完全不适合进行广播，程度之严重，我认为根本无法吸引钦佩作家奥威尔的那个小圈子之外的听众，或许甚至还会把小圈子内的一些人给赶跑，此外，这会使得这个谈话节目被不喜欢奥威尔做广播的人所诟病，或被人用来批评英国广播公司对广播的基本的要求和听众的需求一无所知，安排了这么一个声音根本不适合广播的人做节目。

　　我对这种情况表示深切的忧虑，认为继续让奥威尔进行广播实属不智之举。

约翰·贝里斯福德·克拉克①

---

　　① 约翰·贝里斯福德·克拉克(John Beresford Clark，1902—1968)，时任英国广播电台海外节目部主任。

奥威尔的辞职信

1943 年 9 月 24 日

尊敬的鲁什布鲁克·威廉姆斯[①]先生：

之前我已经在私底下向您提起过辞职一事，在此我以书面形式提出离开英国广播公司的辞呈，希望您转交有关部门，不胜感激。

我相信在与您的交谈中我已经清楚地解释了原因，但我希望以书面形式进行说明，以免引起任何误会。我的离职并非因为与英国广播公司的方针有冲突，更不是出于任何不满。恰恰相反，我觉得在英国广播公司的整段经历中，我得到了最宽容的待遇，被赋予了极大的自由。我从未被迫在广播中说过私底下不会去说的话。我希望借此机会向您致谢，感谢您对我的工作的高度理解和宽宏态度。

我提出辞职是因为过去一段时间以来，我一直觉得我在浪费自己的时间和公帑进行没有结果的工作。我相信在目前的政治局势下，对印度进行宣传英国立场的广播是几乎没有希望的事情。这些广播会不会继续下去是别人的事情，但当我原本可以专心为报刊撰稿并能够取得一定成果的时候，我不想将时间浪费在上面。我觉得重拾写作和为报刊撰稿是比现在我所从事的事情更有意义的工作。

我不知道我应该提前多久提出辞职。《观察者报》又和我探讨了去北非的事情。这需要得到战争部的批准，可能会再次被否决，但我提起这件事以备万一批准的话我必须更早离职。不管怎样，在接下来的一段时间里，我会安排好这个节目。

此致

埃里克·布莱尔

---

① 劳伦斯·弗雷德里克·鲁什布鲁克·威廉姆斯（Laurence Frederic Rushbrook Williams, 1890—1978），英国资深广播人，当时担任英国广播电台东方节目部主任。

战时杂文及报道系列

致编辑的一封信[①]

　　先生，几乎可以肯定，英国将在接下来的几天或几周内遭受大规模的海上入侵。眼下我们的口号应该是"武装人民"。本人不才，无法回答更为宏大的如何抗击侵略的问题，但我认为法国战役和前不久的西班牙内战已经清楚地证明了两件事情。其一，当平民没有武装时，伞兵、摩托化步兵和分散的坦克不仅可以制造严重的破坏，而且将吸引正规军的兵力，这些部队原本应该在正面抗击敌人。其二，（西班牙内战证明了这一点）武装人民的好处要大于武器落入不法分子之手的危险。战后的几次补选已经表明，英国平民中只有一小部分怀有不满，而大部分人已经平复了心情。

　　"武装人民"本身是一个模糊的短语。当然，我不知道哪些武器可以立刻发放。但至少有几件事情可以而且应该现在就加以贯彻——我是说，接下来的三天。

　　一、手榴弹。这是现代战争中唯一可以立刻简易生产出来的武器，而且非常实用。英国有数十万男人会使用手榴弹，而且可以指导别人使用。手榴弹可以用于反坦克，而如果敌人配备冲锋枪的空降部队在我们的大城市设立了据点，手榴弹是必备的武器。1937年5月我在现场目睹了巴塞罗那的巷战，亲眼目睹了几百个配备机关枪的士兵就足以让一个大城市的生活陷入瘫痪，因为子弹打不进普通的砖墙。用大炮可以炸掉据点，但使用大炮并非总是可行。另一方面，西班牙早期的巷战表明，如果运用得当，手榴弹或集束炸药包可以把武装人员从砖石建筑里赶出来。

二、霰弹枪。有人提到要给地方防卫志愿军配备霰弹枪。如果所有的步枪和布朗式轻机枪需要留给正规军的话，这个提议或许就很有必要了。但要是这样的话，枪支的分发现在就应该进行，并且应该立刻从各间枪店里征用所有的武器。几周前就已经有了这一提议，但事实上许多枪店的橱窗挂着成排的枪械，不仅派不上用场，而且事实上是一个危险，因为这些枪店很容易成为劫掠的目标。霰弹枪的威力和局限性（用上大号铅弹的霰弹枪的杀伤范围大约在六十码）应该通过电台向公众解释。

三、封锁开阔地，不让飞机降落。关于这个问题已经谈了很多，但只是零星采取了行动而已。原因是这个工作一直靠的是志愿服务，也就是只有那些没有足够的时间、没有权力征用材料的人去干。在英国这么一个面积狭小人口众多的国家，几天之内我们就可以使得一架飞机除了飞机场之外找不到地方降落。而做到这一点只需要劳动力。因此，地方政府应该拥有征募劳动力和征用必需的原材料的权力。

四、涂掉地标上的地名。涂掉标志牌这方面的工作就做得很好，但到处都有商店正门和商人的小货车等印着当地的名字。地方政府应该掌握权力，立刻把这些用油漆涂掉。这个工作应该包括把公共酒吧和那些酿酒厂的名字涂掉。大部分这些场所都局限于一个很小的地方，德国人或许对此有所了解。

五、无线电报机。每个地方的防卫志愿军的总部应该配备一

_____

① 刊于 1940 年 6 月 22 日《时代与潮流》。

部无线电接收装置，在必要的时候，它可以从电波中接收到命令。在紧急时刻依赖电话是致命的。至于武器，政府应该毫不犹豫地下令征用其所需的物资。

所有这些事情可以在短短几天内做完。与此同时，让我们继续反复强调"武装人民"的口号，希望有越来越多的声音一起发出呼吁。几十年来我们第一次有了拥有想象力的政府①，至少他们可能愿意倾听。

---

① 原注：1940 年 5 月 10 日，张伯伦内阁解体，温斯顿·丘吉尔成为联盟政府的首相。

我们的机会[①]

　　过去十二个月来，英国没有举行大选，也没有重大的政治事件发生，但这个事实不应该让我们无视潜伏在表面下的民意的转向。英国正在迈向革命，我认为这个过程开始于 1938 年底。但那是什么样的革命在部分程度上取决于我们能否及时认识到真正起作用的各股力量是什么，而不是用十九世纪的教科书里的教条去代替思想。

　　在战争的头八个月里，英国仍几乎像之前的八年那样处于昏睡状态。到处都有模糊的不满情绪，但正如补选的结果所表明的那样，失败主义并不活跃。整个国家对战争抱着两个完全谬误的战略理论聊以自慰，一个是官方的理论，另一个是左翼人士的理论。前一个理论认为希特勒将因为英国的禁运政策而被赶下台，而如果他敢进犯马其诺防线的话只会自取灭亡。后一个理论则说，通过同意割让波兰，斯大林将会以某种方式"阻止"希特勒，让他无法进行更多的征服。事实完全驳斥了这两个理论。希特勒绕过了马其诺防线，通过匈牙利进入罗马尼亚，而原本从一开始任何看得懂地图的人都可以预见到这种情况。但对地理上荒谬的理论的接受反映了普遍的冷漠。只要法国还在，英国就不会觉得自己有被征服的危险。另一方面，他们认为只需要借助"经济手段"就能够轻松获得胜利，这个想法使得张伯伦一直在位。人们以为一切还会像以前那样，没有引起多少激烈反应。确实，我们大部分人宁愿英国的商人取得胜利也不愿意让希特勒取得胜利，但这并不是什么让人舒心的事情。几乎没有人去讨论"英国只有通过革命才有可能赢得这场战争"这个想法。

接着，令人目瞪口呆的军事失败在五月和六月发生了，虽然没有政治大事发生，但任何有眼睛有耳朵的人在当时都会察觉民意在转向左倾。英国人民猛然意识到他们这么多年来想要的是什么。他们确凿无疑地看到统治阶级的腐朽、私有制资本主义的效率低下和经济重整与消灭特权的迫切需要。如果当时左翼人士中间有真正的领袖人物，敦刻尔克大撤退原本无疑会是英国的资本主义走向灭亡的开端。那时候英国的工人阶级和几乎整个中产阶级都愿意付出牺牲并接受激进的变革。在危急关头，他们的爱国之情压倒了对一己私利的看重。显然，人们察觉到自己将迈进新的社会，旧社会的贪婪、冷漠、不公和腐败将会消失。就连最意想不到的人也这么想。但当时没有得力的领袖，战略性的时刻就这么过去了，钟摆又摆了回去。预料中的侵略并没有发生，虽然空袭很可怕，但并不如想象中那么恐怖。从十月份开始，英国人又恢复了自信，而冷漠的心态也回来了。反动势力立刻发起了反扑，并开始巩固自己的地位，而就在去年夏天，他们不得不向群众求助，地位遭到严重动摇。与所有的预测恰恰相反，英国并没有被征服这个事实在某种程度上洗刷了统治阶级的罪名，韦维尔在埃及的胜利也帮了他们的忙。英军一进入西迪·巴拉尼②，马格森③就进入内

---

① 刊于 1941 年 1 月《左翼新闻》。
② 1940 年 12 月 10 日至 11 日，英军在埃及发起进攻，占领之前由意大利第十军团控制的西迪·巴拉尼。
③ 亨利·戴维·雷吉纳德·马格森（Henry David Reginald Margesson，1890—1965），英国保守党政治家，1940 年 12 月至 1942 年 2 月在丘吉尔政府内担任陆军大臣一职。

阁——这无异于扇了所有进步人士一记耳光。张伯伦不可能死而复生，但马格森被召入内阁和这种事情没有什么分别。

然而，夏天的几次失利反映了比局势更重要的事情。几乎所有的政权通常在危机时刻都会转向左倾，而在安全的时候会转向右倾。它反映了英国人的民族主义情怀，无论发生了什么事情，群众终究是爱国的。我们必须面对这个事实，而不是以三言两语轻易将其打发掉。确实，"无产阶级没有祖国"这句话或许是对的。但让我们在意的是，英国的无产阶级认为自己有祖国，并会采取相应的行动。正统的马克思主义观念认为工人阶级根本不在乎自己的国家被征服，这种观念和《每日电讯报》那套每个英国人听到"统治吧，不列颠"时会感动哽咽的说辞一样都是荒谬的。确实，工人阶级与中产阶级不同，他们没有帝国主义式的情感，不喜欢爱国主义式的大吹大擂。几乎每一个工人都能立刻明白"你们的勇气、你们的乐观、你们的决心将会为我们带来胜利"这番话的潜台词是什么。但当时的形势似乎是英国即将被外国势力征服，情况已经改变了。在那个夏天，我们的盟友背弃了我们，我们的部队遭受了惨败，勉强逃出生天，失去了所有的辎重物资，英国境内几乎毫无防备。当时，和以往一样，停战运动在呐喊着"敌人在我们内部"什么的，但正是在那个时候，英国的工人阶级奋力投身于军事物资的增产和抗击侵略。伊登组建地方防卫志愿军的呼吁在二十四小时内就召集到二十五万人，在接下来的几个星期又一百万人应征，而且我有理由相信它的规模原本可以更加庞大。我们要记住，在那个时候英国人以为侵略很快就会发生，应征的人相信自己将得用霰弹枪和汽油瓶与德国军队作战。或许更重要的是，从那时起，在六个月里，地方军——

一支业余的、没有军饷的队伍——规模几乎没有下降，只是年轻一些的成员都被征召入伍了。至于那些认为群众没有爱国之心的政党，你只需要去看看地方军的人数规模就知道它们的成色了。共产党、独立工党、莫斯利的组织与和平誓约联盟的人数规模很不稳定，只有不到 15 万人。在战后举行的补选中，只有一位反战的候选人保住了自己的议席。除了那些无法面对现实的人之外，难道结论不是很明显吗？

但工人阶级的爱国主义的表露还伴随着我之前说过的民意转向，他们突然间意识到当前的社会秩序已经腐朽透顶。人们意识到我们的责任是保卫英国和将它改造成真正的民主国家，从当时我在酒吧里听到的对话判断，这个想法并不像以前那么模糊。从某种程度上说，英国在政治上是落后的，不像欧陆国家那样到处都在高喊极端主义的口号，但所有真正的爱国主义者和社会主义者的情怀归根结底都可以归纳为托洛茨基主义者的口号："战争与革命是密不可分的。"我们不经历革命就无法战胜希特勒，而不战胜希特勒，我们就无法巩固我们的革命。有人毫不掩饰地说向希特勒投降就能够将他除掉，而《每日电讯报》则说不需要改变现状就能够战胜希特勒。奉行资本主义的英国是不可能战胜希特勒的，因为它不可能充分调用潜在的资源并争取到潜在的盟友。英国只有争取到全世界进步力量的帮助才能战胜希特勒——因此，英国是在和它过往的罪恶作斗争。有人声称他们相信战胜希特勒只不过意味着英国的资本主义将重新站稳脚跟。这只是一个谎言，用意是挑起有利于纳粹分子的不满情绪。事实上，英共自己在一年前会说出的话反倒是真相：英国的资本主义只有在与法西斯主义达成妥协的情况下才能生存下去。要么我们将英国变成一个民主社会主义国家，要么英国将成为纳粹德国的一片版图，没有第三种情况。

但将英国变成一个社会主义国家的一部分目的，是为了避免它被外敌征服。正如某些人所设想的，我们不可能中止这场战争，然后在不受外界干扰的情况下进行一场内部革命。俄国革命就是在这种情况下发生的，一部分原因是俄国很难被侵略，一部分原因是当时欧洲各个强国正打得不可开交。对于英国来说，只有在主要人口和工业中心处于澳大利亚的情况下，"革命失败主义"才有可能实现。在海岸不设防的情况下尝试去推翻统治阶级只会导致英国立刻被纳粹分子占领，并成立一个反动傀儡政权，就像法国的情况那样。在这场社会主义革命中，我们绝不能像1917年至1918年的俄国那样在防御上有丝毫松懈。一个在欧洲的大炮射程内而且依赖进口的国家不可能缔结布列斯特-立陶夫斯克条约式^①的和平。我们的革命只能是在英国的舰队后方的革命。但这就等于说我们必须做到英国的激进党派曾经声称没有必要也不可能做到并且一直没有去做的事情——争取到中产阶级的支持。

在经济上英国有两条划分线：一条是——按照目前的生活标准——周薪5英镑，另一条是年薪2 000英镑。收入在这两条标准之间的阶级相比工人阶级虽然人数不多，但担任着关键的职位，因为它几乎包括了整个技术工人阶层（工程师、药剂师、医生、飞行人员等），没有他们的话，一个现代工业国家根本无法支撑一个

---

① 布列斯特-立陶夫斯克条约，1918年3月3日，苏俄政府与同盟国（德意志帝国、奥匈帝国等国家）在布列斯特-立陶夫斯克签订的条约，以割地赔款为代价，退出第一次世界大战。

星期。事实上，这些人在当前的社会体制下并没有得到多少好处，而且转变到社会主义经济体制并不会令他们的生活方式发生深刻的改变。确实，他们总是和资本家站在一边，与他们的天然盟友产业工人为敌，一部分原因是教育体制的设计就是要造成这一结果，另一部分原因是过时的社会主义宣传内容。几乎所有的社会主义者，即使是那些似乎在认真思考革命的人，都总是说着过时的"无产阶级革命"，这个概念是在现代技术中产阶级出现之前形成的。对于中产阶级来说，"革命"意味着他们这个阶层的人将被杀害或放逐，由产业工人掌握整个国家的控制权，但他们知道产业工人没有他们的协助，根本不可能运作一个现代工业国家。大多数人自发进行革命的概念——在现代西方国家里唯一可以想象的革命——总被认为是异想天开。

　　但当你准备推行根本性的变革时，你要怎么做才能得到人民群众的拥护呢？情况是一部分人在热烈拥护你，一部分人在积极反对你，而人民群众则左右摇摆不定。资本家阶级大体上一定是反对革命的。他们根本不会认识到自己的错误，也不会和平退出政治舞台。我们的任务不是尝试将他们争取过来，而是孤立他们，揭露他们，让人民群众看到他们的反动和奸恶本质。但前面我说过的不可替代的中产阶级呢？你真的能将他们争取过来吗？有没有机会将飞行员、海军军官、铁道工程师等人转变为真诚的社会主义者呢？答案就是，等到所有人都转变后再进行的革命是永远不会发生的。问题的关键不是掌握职位的人是站在我们这一边还是在和我们作对，在进行破坏。不要指望飞行员、驱逐舰指挥官这些掌握着我们的命运的人全都会变成正统的马克思主义者，但我们可以希望，如果我们以正确的方式去接近他们，当他们看到工党政府在背后以立法形式推行社会主义时，他们会继续自己的工作。接近这些人的方式是借助他们的爱国主义。愤世嫉俗的社会主义者或许会嘲笑中产阶级的爱国情怀，但不要以为那只是虚情假意。虚情假意根本不可能让人愿意在战斗中丧生——中产阶级在战争中的死亡比例要高于工人阶级。如果这些人能够了解要战胜希特勒就必须消灭资本主义，那他们就会和我们站在一起；而如果我们让他们觉得我们不在乎英国的存亡，他们就会和我们为敌。我们要比以往更加清楚地表明，在这个时候，一个革命者必须是一个爱国者，而一个爱国者必须是一个革命者。"你想要战胜希特勒吗？那么，你就要准备好牺牲你的社会尊严。你想要建立社会主义吗？那么，你就要准备好保卫你的祖国。"这么说很直白，但我们的宣传内容必须奉行这一纲领。在夏天的那几个月，我们错过了说出这番话的机会，当时人民群众已经在一定程度上了解到私有制资本主义的腐朽，而就在一年前，他们还认为自己是保守主义者，一辈子都在嘲笑爱国主义这个想法，却发现他们根本不愿意被外国人统治。

我们正在经历一场逆流，反动势力有了几场胜利壮胆后，正在收复他们的失地。普雷斯利的节目被停播，马格森进入内阁，军队被要求奉行注重仪表的纪律，地方军逐渐落入毕灵普分子的手中，这份报纸或那份报纸将被查禁的传闻不绝于耳，政府在与贝当和佛朗哥达成交易——这些大大小小的事情是整体趋势的迹象。但很快，到春天的时候，或许还会更早，危机时刻将会再次来临。而那很可能就是我们的最后机会。那时候，关于这场战争的问题将会被彻底澄清：谁将会控制广大人民群众——工人阶级和中产阶级，他们将被迫选择某一个方向。

英国左翼人士的失败归根结底是因为社会主义者总以局外人的身份对当前的趋势进行批评，而不是从内部尝试去影响它们。当地方军组建时，几乎所有政治色彩的社会主义者都毫无政治敏锐感，对整件事情不闻不问，不由得不让人感到震惊。他们不知道这个突然发生的改变对于他们来说意味着机会。这里有上百万人在踊跃要求获得武器保卫国家，抵御可能发生的侵略，自发组织成一支几乎不受政府管制的军队。难道你不会认为那些多年来一直在谈论着"军队民主化"等话题的社会主义者会尽自己的最大努力去为这支新的军队贯彻正确的政治纲领吗？绝大多数社会主义者不仅没有这么做，而且根本不去关注，而那些教条主义者只会傻傻地说一声："这是法西斯主义。"显然，他们没有意识到这么一支迫于时势而自发独立组建的军队的政治色彩可以由部队的成员决定。只有少数参加过西班牙战争的老兵如汤姆·温钦汉姆和休·斯拉特认识到危险和机会，不顾各方的反对，尽自己的最大努力将地方军转变成一支真正的人民军队。当时地方军处于十字路口。它是一支爱国的军队，大部分成员都是反法西斯主义者，但它没有政治方向。一年之后，如果它依然存在的话，它或许将变成一支民主的军队，能对正规军形成深刻的政治影响；又或者它将变成类似于德国冲锋队式的组织，由中产阶级里最卑劣的群体充任军官。有数千名社会主义者加入了地方军，他们精力充沛，而且清楚自己的目标，或许他们能够阻止后一种情况发生。但他们只能从内部施加影响。我对地方军的看法也适用于整场战争。在战前，当绥靖政策仍然主导形势时，浏览下议院的名单是一件讽刺的事情：工党成员和共产党人在高喊要"坚定对抗德国"，但加入海军预备役或空军预备役部队的却是保守党人。

我们只有在投身战争的情况下——不仅体现在言语上，更要体现在行动上——才有机会去影响政策，而只有在我们控制政策的情况下，才能赢下这场战争。如果我们只是袖手旁观，不去努力以我们的理念感化军队或影响那些拥有爱国情怀但政治中立的人士，如果我们任凭支持纳粹的言论被视为左翼思想的体现，我们将会坐失良机。我们将无法利用好因为群众的爱国主义而交到我们手中的机会。那些"政治上的不可靠分子"将会被排挤出权力圈子，毕灵普分子的地位将更加稳固，统治阶级将继续以自己的方式进行这场战争，而他们的方式只会导致最后的失利。我们不一定得相信英国的统治阶级在思想上支持纳粹分子，但只要他们一直掌握着权力，英国的战争努力就只会靠着一个轱辘在运转。由于他们不会也没有能力在不消灭自己的情况下去贯彻必要的社会和经济变革，他们就无法打破目前严重不利于我们的势力格局。而如果我们的社会体制没有改变，又怎么能释放英国人民的无穷力量呢？他们怎么能将有色人种从遭受剥削的苦力变成自发的盟友呢？他们如何能够（即使他们愿意这么做）动员欧洲的革命力量呢？有谁会认为被征服的民族会为了英国的食利阶层而奋起反抗？要么我们将它变成一场革命战争，要么我们输掉这场战争。而只有在我们能够发起一场能够吸引人民群众的革命运动的情况下，才能将它变成一场革命战争。因此，这场运动不是孤立运动，不是失败主义运动，不是"反英"运动，与搜捕异见分子和满口希腊拉丁术语的极左人士的派系斗争根本不是一回事。另一种情况就是由得统治阶级去主导这场战争，一直打到精疲力竭失利为止——当然，名义上那不是战败，而是"谈判后的和平"——由得希特勒安稳地控制欧洲。任何有理智的人都不会怀疑这将意味着什么。除了一小撮黑衫军和绥靖分子之外，谁会去在乎希特勒声称的他是"穷苦人民之友"、"寡头垄断阶级之敌"那些言论呢？经过七年来所发生的事情之后，这些话还信得过吗？他的行动证明了他的言论了吗？

在乔治五世的二十五周年庆上，民众自发举行盛大的游行，那与极权主义国家组织的表忠心大游行不一样。至少在英国南部，民众的热情爆发了，那真的是出于自发的拥戴。当局感到很惊讶，并将庆祝活动延长了一个星期。在伦敦的贫民窟，人们自己搞了装饰，我看到在沥青路面上写着两句口号："虽是穷人，忠心不改"和"地主滚开"（或"不要地主"）。这些口号不是因为哪个政党作出指示而喊出来的。大部分信奉教条主义的社会主义者在当时气坏了，而且气愤是有道理的。当然，生活在伦敦贫民窟的人会说自己"虽是穷人，忠心不改"确实很可怕。但如果口号变成"为地主山呼万岁"（或类似这个意思的话），那才更有理由感到绝望。难道这不是一件重要的事情吗？当时我们或许会注意到的，就是国王和地主之间出于本能的敌意。直到乔治五世去世，对于大部分人来说，国王或许代表了国家的团结。他们相信——当然，这是错误的想法——国王和他们站在一起对抗有产阶层。他们是爱国主义者，但他们并不是保守党人。难道他们不比那些告诉我们爱国主义是可耻的，而国家自由根本无关紧要的人更加理智吗？尽管情况要更加跌宕起伏，但不就是这份热情，激励了1793年的巴黎公民、1871年的巴黎公社成员、1936年的马德里工会成员，去保卫自己的国家并将它变成一个安居乐业的地方吗？

刺刀在战争中的作用[①]

您好，

来自泰勒先生的信件引起了关于刺刀的价值的问题，并提到了上一周我的书评。或许我可以对这两则批评意见作出回答。当然，我对于韦维尔将军的看法是错误的。我真的很高兴自己错了。在我关于他的《艾伦比的生平》的评论中，我写到由于韦维尔将军在这场战争中担任一个非常重要的指挥职位，对于局外人来说，从他们能够得到的证据（也就是那本书）试图了解他的思想是很重要的事情。我认为那是一本很沉闷的书，表明他或许是干练的军人，但个性很沉闷无聊。我的错误在于认为韦维尔将军的文学缺陷在某种程度上反映了他作为指挥官的能力。我在此向他致歉，如果他能看到这段文章的话，但想来无论我对他说过些什么都不至于对他造成严重的影响。

回到刺刀这个话题，泰勒先生说"成千上万在利比亚和阿比西尼亚的意大利士兵看到敌人手持这件武器发起冲锋时就会举手投降"。我猜想或许促使意大利士兵投降的还有坦克、飞机和别的武器。你必须运用常识。一件能够杀人于数百码之外的武器要优越于一件只在几码的距离之内才有杀伤力的武器。否则，为什么会有火器的存在呢？确实，刺刀令人感到心寒，但机关枪也令人感到心寒，二者都是能够取人性命的利器。确实，一个在步枪上装了刺刀的士兵会充满斗志，但如果他的口袋里装满了手榴弹也会充满斗志。在上一场战争中流传着同样的关于"刺刀的威力"的宣传故事，德国的报纸里有，英国的报纸里也有。有传闻说数千名德国战俘身上的刺刀伤基本上都在臀部，而无数的德国漫画描绘着英国士兵被德国士兵追着跑，也是屁股被刺刀扎中。无疑，心理分析专家能够告诉我们为什么这个扎敌人屁股的幻想会对屁股不怎么挪窝的平民这么有吸引力，但战后发布的数据表明刺刀造成的伤亡只占据了总数的百分之一。在这场战争中它们的比例会更少，而自动武器将会占据更重要的地位。

但泰勒先生还问我，为什么我会抱怨继续进行拼刺刀训练这一做法呢。因为它把原本应该用于训练步兵做在战场上要做的事情的时间给浪费掉了，因为对原始的武器怀着神秘的信仰对于一个正在参战的国家是非常危险的事情。过去数百年的经验表明英国人的军事观念总是在遭到挫败之后才会变得务实，而在此之前，高昂的士气能够无视武器的威力这个想法总是会有人买账。大部分 1914 年前的英国军官"不相信"机关枪的威力，结果就是在法国北部留下了无数墓地。我并不是说士气并不重要。士气当然很重要。但看在上帝的分上，让我们不要欺骗自己，以为我们可以靠着步枪和刺刀战胜德军的机械化师。佛朗德斯战役或许会证明那到底能否实现。

您真诚的

乔治·奥威尔

---

① 刊于 1941 年 3 月《看客》。

亲爱的戈培尔博士
——你的英国朋友吃得很好！[①]

覆盆子没有了，鸡蛋看不到了，洋葱闻得到味道却看不见踪影，这些都是我们所熟悉的。只是因为它们能对士气造成致命的打击，所以这些陈腐的把戏值得一提。

当一样货品受到价格管制时，它很快就从市场上消失了。如今水果、鱼、蛋和大部分蔬菜都无法确定什么时候还有得卖。

如果它们突然消失了，我可以和你打赌它们将会以非法的价格在黑市出售。事实上，任何认识有钱人的人都很清楚它们有得卖。

以鸡蛋为例，它们数量多的是，一个卖4便士。他们告诉我，在账单上总是写着"罐装豌豆"。

汽油也似乎很容易买到，如果你付出合理价格的两倍价钱。

除了赤裸裸地违法之外，到任何一间时髦的酒店或餐馆去看一看，你就会看到最露骨的对食物管制宗旨的回避。

比方说，"鱼只能吃一条"的规定总是被违反，但这一违规总是不能作数，因为多出的那碟鱼肉或那条鱼被改名为"开胃小吃"。

总之，在餐馆里吃饭不受数量约束这一事实让有钱的闲人占了便宜。任何年收入在2 000英镑以上的人都可以在不动用票据本的情况下生活下去。

但这种事情真的要紧吗？如果要紧的话，为什么要紧？怎么要紧了？

从多消耗的物资来看这并不要紧，因为是那些自私自利的特权阶层私底下买覆盆子，把汽油消耗在去看赛马上面，我们必须承认这些事实，然后将其纠正。

那些有钱人造成的物资浪费可以忽略不计，因为有钱人的人数非常少。

平民一定会是所有商品的大宗消费者，这才重要。

如果你把所有流入高档酒店的肉类、鱼类和白糖都拿走，然后将它们平均分配给所有人，物资供应并不会增加多少。

就此而言，如果你将所有的高收入者都榨得一干二净，我们这些人该交多少税并不会受多大的影响。

平民得到了最多的国民收入，就像他们消费了最多的食物和衣服一样，因为他们是人数最多的群体。

那些覆盆子正被住在哈罗盖特[②]和托尔基[③]的特权阶层享用，这对大西洋的战斗并不会有太大的直接影响。

因此，有人争辩说，就算有一定程度上的不公平又怎么样？因为大体上的食物状况基本上不会受影响，那为什么不能让五十万有钱人在情况允许的时候日子过得好一点呢？

这个理由是完全不成立的，因为它没有考虑到嫉妒对士气的影响，对那种"我们要同舟共济"的情感的影响，而在战争时期，这种情感至关重要。

---

① 刊于 1941 年 7 月 23 日《每日快报》。
② 哈罗盖特(Harrogate)，位于英国约克郡北部，是温泉度假胜地。
③ 托尔基(Torquay)，位于英国德文郡，是海滨度假胜地。

打仗就一定意味着降低基本的生活水平。战争的本质行为就是将劳动力从生产消费品转移到生产军备上,这意味着普通人必须吃少一点,工作的时间长一点,娱乐少一点。

凭什么他们得这么做?当他们眼睁睁地看到有一小群人根本不受物资紧缺的影响时,你怎么能指望他们这么做?

只要大家都知道罕有的食物总是被非法贩卖,你怎么能叫他们喝少点牛奶,并高高兴兴地吃燕麦粥和土豆呢?

"战时社会主义"能极大地鼓舞士气,即使它在统计意义上并没有太大的作用。最近运抵英国的几船橘子就是一个例子。

我不知道那些橘子有多少会分到伦敦的穷街陋巷的孩子们的手里。如果他们能够平均分配的话,每个人大概也就是一两个橘子而已。

从维他命的角度说,这些橘子根本不会有什么影响,但它们将赋予当前"牺牲的平等"这个命题以意义。

经验表明,只要人们觉得自己得到了公平的对待,他们几乎什么都可以忍受。

西班牙的共和军忍受了我们几乎难以想象的艰苦条件。在西班牙内战的最后一年,共和军作战时几乎没有香烟,士兵们能够忍受,因为从将军到士兵都没有烟抽。

如果有必要的话,我们也能够做到这一点。

如果我们诚实的话,我们必须承认,除了空袭之外,市民们还没有遭受什么艰难困苦——比方说,和我们在 1918 年的经历相比这些根本算不了什么。

然后,在危机时刻,当突然间有必要每一样东西都推行最严苛的限量供应时,我们的国民团结将受到考验。

如果我们现在就对那一刻有所防备，取缔黑市，抓上六七个倒卖食物和汽油的人，并对他们严厉地判刑以杀鸡儆猴，禁止更露骨大胆的奢侈行为，并大致证明牺牲的平等并不只是一句空话，我们就能平安通过考验。

但目前，——戈培尔博士没有必要喋喋不休地说着"英国是富豪统治的国家"——只要你能成功地躲过保安去看一看任何一家高档酒店的烤房，你就能证实这一番话。

有几万个自私的、无所事事的人正在无偿地为他服务。

为什么不安排战争作家？一则宣言[①]

在纳粹的战争机器正在威胁每一个自由的国家和每一位自由的男女的今天，作家的角色是一个非常重要的问题。

富有创造力的作家——诗人、小说家和剧作家，他们的文字技巧、想象力和人文精神必须像通讯记者的文字技巧那样被充分地加以利用。他们能以新闻报道或专题文章的作者所不可能具备的深度和生动性，让我们认识到正发生在我们身边但不一定发生在我们自己身上或所有人身上的事情的重大意义。

我们都生活在一个开明人士的狭小圈子里，而我们的工作经常会迷失其意义，因为我们看不到我们的每一个行动与战争行为之间的关系。书籍可以让我们察觉到这一关系。一本小说所营造的情景不会被明天的报纸所抹除。由于书籍的范围更广，它们能揭露出需要改正的弊病，也能指出需要发扬的优点。书籍不像报纸那样受公众猜疑，公众对报纸的期望非常低。

战争一开始时，人们认为一个有创造力的作者的责任就是在战后写出一本关于战争的好书。而两年的战争经历表明，作家的责任是现在就得写出一本关于战争的好书。

当这场战争爆发时，许多作家犹豫不决。他们对这场战争的了解没有他们对西班牙内战或上一场欧战的了解那么透彻。《泰晤士报》和其它报纸询问为什么这场战争没有缔造诗人。诗人们撰写文章，解释为什么他们写不出诗歌。作家们的文化战线支离破碎，分裂为两三个意见对立的群体。

随着俄国遭受侵略，情感得到了澄清。再也没有人能袖手旁观，并把这场战争斥为帝国主义战争。对于每一个作家来说，这场战争是一场挣扎求存的战争。失败的话我们的艺术就将遭到毁灭。

政府也发现它为记者保留席位，却没有为有创造力的作家保留席位是错误的做法。在西班牙战争期间，闻名国际的作家，如海明威、马尔罗②和席隆，发挥了比记者更深刻的影响。他们的宣传比受篇幅或时效限制的报道文章更加深刻，更加打动人心，更加富于想象力。

政府把战争艺术家和战争摄影师这两类人分得很清楚。两者都是御用人员，各自承担着不同的任务。前者必须赋予战争事件以永恒的美学意义，而后者则赋予战争事件以新闻或纪实的意义。把这一原则用于作家身上，让他们承担起同样的职能，是理所当然的事情。

然而，事实就是，一个又一个的作家被征召入伍，或看不到有任何机会运用自己的才华为国效力，于是志愿参军服役。

由于报纸上描写经历的文章缺乏细节，对于描写其他人过着什么样的生活的书籍的需求促使许多新闻记者开始写书。但是，除了普雷斯利和威尔斯两位先生是特例之外，小说家成了蹩脚的记者，而记者也成了蹩脚的作家。但是，他们有其优势，他们的记者身份和权利让他们能够搜集到素材。

---

① 刊于 1941 年 10 月《地平线》。

② 安德烈·马尔罗（André Malraux, 1901—1976），法国作家，曾担任戴高乐政府的信息部长和文化部长，代表作有《人的命运》、《寂静的声音》等。

大体上的情形就是这样：有能力创作的人得不到素材，而能得到素材的人却写不出书。但也有一些值得关注的例外（列奥·沃姆斯利[1]、约翰·斯特拉奇[2]、约翰·霍奇森[3]和被派遣到冰岛的林克雷特[4]）。

因此，第一条需要确立的原则是：有创造力的作家必须得到与记者同样的权利。

记者关注的是稀罕的事情，而对于有创造力的作家来说，他们所感兴趣的领域要广阔得多。人们的日常生活、例行公事的工作、微小的牺牲往往更加重要，因为它们比罕有的事件更加具有普遍意义。但是，对于某些作家而言，行动、危险和冒险是灵感的最大来源，对他们来说，那些就是炸弹、潜水艇、空降部队、战斗前线、拆弹部队。而对于有的作家来说，其灵感之源是组织、工业进步和社会福利。为什么没有关于建造经过伪装的军备工厂、战时服务的规划，比如说疏散计划等等的有价值的小说呢？为什么没有关于囤积居奇者或黑市的讽刺诗呢？为什么没有描写军队生活的小说？因为那些有能力描写这些题材的作家要么对其有了解却没有时间，要么有时间却对其缺乏了解。

在战前，出版社和作者们都在不停地寻找书籍的题材，所需

---

① 列奥·沃姆斯利（Leo Walmsley, 1892—1966），英国作家，代表作有《大海的声音》、《快乐的结局》等。

② 约翰·斯特拉奇（John Strachey, 1901—1963），英国工党政治家，左翼书社创建人之一，曾加入英国皇家空军参战，1946 年曾担任"战时食物配给部长"。

③ 约翰·霍奇森（John Hodgson, 1779—1845），英国历史学家，代表作有《诺斯安柏兰历史》、《耶稣·基督的诞生》等。

④ 埃里克·罗伯特·拉塞尔·林克雷特（Eric Robert Russell Linklater, 1899—1974），苏格兰作家，代表作有《苏格兰的延续》、《可怕的自由》等。

要做的就是找到作家和筹集资金写书。如今题材多的是，但作家却没办法走出书斋去写书，也不能得到新闻部的通行证去搜集素材。因此，第二个原则是，应该启用有创造力的作家对战争的世界进行诠释，重塑文化的完整，在精神上协调战争的影响。虽然关于有创造力的作家的政策必须要比这个更加长远，在短期的胜利目标上它能满足国家的需要。

新闻报道是短暂的，而且有其地域限制，而书籍的寿命更长一些，流传得更广一些。书籍能让美国人、澳大利亚人、加拿大人、印度人、俄罗斯人了解这场在英国发生的战争，而大部分新闻报道则无法让人看懂。

通过贯彻我们的第一个原则(即有创造力的作家应该被赋予与记者同样的权利)，我们希望邀请美国和俄国的诗人、剧作家和小说家到英国来，找到他们创作的素材，让他们向本国人民诠释这里正在发生什么事情。

同样地，英国的作家应该被派到美国、各个自治领和俄国，这样他们可以通过故事、戏剧和诗歌的方式报道那边正在发生的事情。现在有物质援助交流，有政治与军事同盟，有共同的消灭纳粹主义和法西斯主义的决心，因此也应该有创造性作家之间自由的文化交流，在战争期间营造以和平为根本目标的国际共识。

因此，简单而言，我们倡导：

一、组建一个正式的战争作家群体。

二、赋予作家写书所需的必要的权利。

三、鼓励和加快作家之间的国际交流。

四、这些作家中的一部分将被编组积极参加战争。

这一宣言由几位年轻作家起草，他们在部队或其它重要的国家部门工作，由以下作家作为他们的代表公开发表：

亚瑟·卡尔德-马歇尔[①]

阿瑟·凯斯特勒[②]

西里尔·康纳利[③]

阿伦·刘易斯[④]

波纳米·杜布里[⑤]

乔治·奥威尔

汤姆·哈里森[⑥]

史蒂芬·斯宾德[⑦]

---

① 亚瑟·卡尔德-马歇尔(Arthur Calder-Marshall, 1908—1992)，英国作家，代表作有《被判缓刑的人》、《荣誉的时刻》等。
② 阿瑟·凯斯特勒(Arthur Koestler, 1905—1983)，匈牙利裔英国作家、记者和批评家，曾加入共产党，后来成为自由主义者，代表作有《中午的黑暗》、《渣滓》等。
③ 西里尔·弗农·康纳利(Cyril Vernon Connolly, 1903—1974)，英国作家、书评家，代表作有《石潭》、《承诺的敌人》等。
④ 阿伦·刘易斯(Alun Lewis, 1915—1944)，威尔士诗人，代表作有《致我的妻子》、《在绿色的树上》。
⑤ 波纳米·杜布里(Bonamy Dobree, 1891—1974)，英国文学史专家，代表作有《复辟时期的笑话》、《八世纪英国文学史》等。
⑥ 汤姆·哈尼特·哈里森(Tom Harnett Harrisson, 1911—1976)，英国博学家，代表作有《与食人族同住》、《酒吧与人民》等。
⑦ 史蒂芬·哈罗德·斯宾德(Stephen Harold Spender, 1909—1995)，英国作家、诗人，代表作有《法官的审判》、《世界中的世界》等。

金钱与大炮[①]

走在伦敦街头时，你经常会看到在一份张贴的报纸旁边有一张介绍俄国或远东的战况的海报，还有足球比赛或拳击比赛的新闻。或许在旁边的一堵墙上你会看到一幅政府敦促年轻女性加入后勤服务的广告和另一幅总是脏兮兮又破破烂烂的鼓动公众去买啤酒或威士忌的海报并排贴在一起。或许那会让你停下脚步，心里在纳闷——为了保命而打仗的人怎么会有时间去看足球比赛呢？这难道不是自相矛盾吗？一边鼓动人们为保卫国家牺牲性命，与此同时又鼓动人们将钱花在奢侈品上。但这件事引发了战争中的消遣这个问题，它并没有看上去那么简单。

一个身处战争中的民族——这意味着，一般来说，一个比起平时工作更加辛苦、条件更加恶劣的民族——没有休息和娱乐是没办法坚持下去的。比起平时，或许这些事情在战争时期更加必要。然而，当你在打仗的时候，你没办法把宝贵的物资浪费在奢侈品上，因为这是一场机器的战争，每一片金属用于制造留声机，或每一磅生丝用于制造袜子，都意味着少了金属去制造大炮和飞机，或少了生丝去制造降落伞和阻塞气球。在战争爆发的几年前，当戈林元帅说德国必须在大炮和黄油中作出选择时，我们嘲笑过他[②]，但他只是错在德国并没有必要去侵略邻国，并将整个世界拖入战争。战争一打响，每个国家都只能在大炮和黄油之间做出选择，只是比例多少的问题。你需要多少门大炮才能打败敌人？需要多少黄油让你的国民保持健康和满足？

假定每个人都能吃上饱饭，获得充足的休息，战争的主要问题就是将用于消费品的支出转到军事武装上。工作的民众，包括轮休的武装军队，仍然需要娱乐。他们必须最大限度地接受不会用掉多少材料或耗费多少劳动时间的娱乐。而且，由于英国是岛国，船只非常宝贵，英国人必须尽量将就着进行不会耗费进口原料的娱乐。到了某种程度，你就不能再降低人口的消费力了。由于税收政策的影响，收入很高的人群几乎不复存在，工资增长的速度似乎赶不上物价的涨幅，但群众的消费力事实上或许增加了，因为失业不再存在。十八岁的男女青年现在挣得和大人一样多，付了房租和伙食后每个星期仍有闲钱。问题是，他们该怎么花这些钱而不至于把急需的劳动力转移到奢侈品的生产上呢？你可以从这个问题的答案了解到战争正在如何改变英国人的习惯乃至品味。

大体而言，在战争时期必须放弃的奢侈品包括珍馐佳酿、时装、化妆品和香水——所有这些要么需要耗费大量的劳动力，要么会用掉宝贵的进口原料——还有个人服务和不必要的旅行，这些会用掉宝贵的进口橡胶和汽油等东西。另一方面，可以被鼓励进行的娱乐有赌博、运动、音乐、电台节目、舞蹈、文学和美术。你可以通过这些途径自娱自乐，而不需要付钱给别人为你创造快乐。如果你有两个小时的闲暇，如果你把时间用在散步、游泳、

---

① 刊于 1942 年 1 月 20 日《透过东方之眼》。

② 原注：1936 年戈林在一则广播中说道："大炮能让我们强大，而黄油只会让我们臃肿。"他可能是在诠释戈培尔在 1936 年 1 月 17 日的演说。戈培尔如是说："我们可以没有黄油，但……不能没有大炮。你不能拿黄油去开战，只能拿大炮去开战。"

滑冰或踢足球等时令运动上，你没有耗费任何材料或使用国家的劳动力。另一方面，当你把这两个小时花在坐在火炉前面吃巧克力，你就用掉了得从地底下挖出来和用火车运过来的煤炭，而且耗费了白糖和可可豆，这些东西是从半个地球之外运过来的。政府通过减少许多非必要的奢侈品的供应，将消费支出往正确的方向引导。比方说，近两年来，英国没有人见过香蕉，白糖的供应不是很充足，橙子只能偶尔见到，火柴的供应少得没有人会浪费一根，旅行受到了严格限制，而衣服则严格定量供应。

与此同时，工作一整天的人没办法自娱自乐，因此，合乎期望的是，他们应该专注于能够集体享受又不至于浪费太多劳动力的娱乐消遣。这就让我回到了几分钟前提到的事情——与战情报道一同出现的足球比赛报道。一个身处战争之中的国家有上万名市民花两个小时观看一场足球比赛不是错得很离谱吗？不是的，因为为他们服务的劳动力只是二十二名球员。如果那是一场业余比赛，——现在总是在进行业余比赛，比方说，陆军对空军的比赛——那些球员甚至不需要领报酬。如果那是一场地区比赛，那一万名观众甚至不需要浪费煤炭或汽油到达球场。他们享受了他们所需要的两个小时的快乐，几乎没有耗费任何劳动力或原料。

从这一点你可以看出进行战争的必要性正在引导英国人以更具创造性的精神去进行娱乐。这种情况在大空袭的时候就发生了。挤在防空洞里的人有好几个小时无所事事，而且没有现成的娱乐节目，只能自想办法，于是他们临时拼凑了业余的音乐会，有时举办得非常成功，让人大跌眼镜。但或许比这意义更大的是，过去两年来英国人对文学的兴趣大大增加了。越来越多的人开始读书，一部分原因是许多人是驻扎在寂寞的军营的士兵，闲暇时他们在那里没什么事情可做。阅读是最廉价而且最不浪费资源的娱乐。印刷数十万本书籍所耗费的纸张和人力与一份报纸一天的发行量差不多，每本书可能要经过几百人翻阅才会被送到化纸厂。但由于阅读的习惯大大普及了，人们在阅读的过程中一定会让自己受到教育，出版的书籍的平均文学水平有了显著的提升。当然，伟大的文学作品没有诞生，但普通人所读的书要比三年前有所长进。这场战争的一个现象就是企鹅图书、塘鹅图书和其它平装书卖得很火，而就在几年前公众还认为大部分图书是他们不可能会去读的高端读物。而这反过来影响了报纸，促使它们变得比以前更加严肃，没那么煽情。这种情况或许还影响了电台广播，假以时日可能还会影响电影。

与这并行发展的还有军队里的业余体育和业余舞台剧的再度红火，而像园艺这样的消遣也很受欢迎，园艺不仅不会浪费资源，而且还能产出东西。虽然英国并不是一个农业国家，但英国人很喜欢园艺。自从战争爆发后，政府就不遗余力地鼓励园艺。几乎到处都有自耕田，即使在大城镇也有。数以千计的男人原本晚上会在酒吧里玩飞镖消遣，现在把时间用在了给家人种菜上。同样地，原本会坐在电影院里消磨时间的女人现在坐在家里，为俄国士兵缝制袜子和帽子。

战前公众被变着法儿撺掇着花钱，至少得把他们能够花掉的钱给花掉。每个人都在想着卖给别人东西，成功人士就是那些卖出最多商品，挣钱最多的人。但现在我们了解到，金钱本身并没有价值，东西才有价值。我们必须学会让自己的生活变得简单，靠我们自己的头脑去发掘快乐，而不是依靠好莱坞或丝袜、美酒和巧克力厂商带给我们的人为的快乐。迫于形势的压力，我们正在重新发现简单的快乐——阅读、散步、园艺、游泳、跳舞、唱歌——在战前奢靡无度的年头里我们都快把它们忘记了。

怠工破坏的意义[①]

每个人都听过"怠工破坏"（sabotage）这个词。这个词存在于所有的语言当中，但并非所有使用这个词的人都知道它的出处。它其实是一个法语单词。在法国北部的部分地区和佛朗德斯，当地人——或者说，当地的农民和工人——穿着笨重的木头鞋子，这些木头鞋子叫木屐（sabots）。有一回，那是许多年前的事情了，几个对雇主心怀不满的工人在一台机器运转的时候把他们的木屐扔进里面，弄坏了机器。这个行为被戏称为"扔木屐"（sabotage），自此之后，"扔木屐"就被用于指代任何蓄意干扰工业运作或毁坏值钱的财物的行为。

现在纳粹统治着大半个欧洲，打开一份报纸，你一定会看到在法国、比利时、南斯拉夫或什么地方，又有几个人因为进行怠工破坏而被枪毙。而在德国占领的开始阶段，你不会读到这些报道，或不会读到数量这么多的报道。它们是去年开始出现的，自希特勒进攻苏俄以来频率开始增加。怠工破坏的增加以及德国对其高度重视的态度，让我们对纳粹统治的本质有所了解。

如果你收听德国或日本的宣传节目，你会注意到大部分内容讲述的是对生存空间——德语词汇是"lebensraum"——的需求。那番论述总是一样的。德国和日本人口过多，他们希望获得没有人烟的领土进行殖民。对德国来说，这些没有人烟的领土就是俄国的西部地区和乌克兰，而对于日本来说，就是"满洲"和澳大利亚。但是，如果你不去理会这些由法西斯分子炮制的宣传，而是研究他们到底做了些什么，你会发现情况根本是另外一回事。事实上，法西斯国家想要的似乎不是没有人烟的土地，而是人口已经很稠密的地区。1931年日本占领了"满洲"的部分地区，但他们并没有认真地对其殖民，而是很快就进攻并占领了中国人口最稠密的地区。现在他们又对人口十分密集的荷属东印度群岛发起进攻，企图将其占领。同样地，德国人已经占领并控制了欧洲人口密集工业发达的地区。

德国对荷兰和比利时的殖民或日本对长江流域的殖民根本不能与美洲和澳大利亚的早期殖民史相提并论。那里已经有太多人口了。但是，法西斯分子当然不是希望进行那种意义上的殖民。叫嚣着要争取生存空间只是一个幌子。他们想要的不是土地，而是奴隶。他们希望控制众多臣服的人口，以极其低廉的工资驱使他们为其工作。德国人所勾勒的欧洲图景是两亿人起早摸黑地工作，将生产出来的东西运到德国，所得的回报仅仅能够让他们不至于饿死。日本人所勾勒的亚洲图景也差不多。在某种程度上，德国人的目标已经达成了。但这时怠工破坏的重要性就显现了。

当那些比利时工人将他们的木头鞋子扔进机器里时，他们展现出了对于某件不是经常为人所知的事情的理解——那就是普通工人所拥有的强大力量和重要地位。整个社会最终依赖的是体力工人，他们拥有让社会陷入瘫痪的能力。除非德国人能信任欧洲人会为他们工作，否则统治根本没有意义。怠工破坏只消几天得不到控制，整部德国的战争机器就会陷入停顿。一把大榔头只消

---

① 1942年1月29日在英国广播电台的《透过东方之眼》节目中播放。

在合适的部位砸几下，一座电厂就会停止运转。信号灯给出一个错误的信号就可以让一列火车倾覆。一点点炸药就可以把一艘船弄沉。一盒火柴或一根火柴就可以烧毁几百吨牲畜的饲料。这些活动目前无疑正在整个欧洲如火如荼地进行，而且频率越来越高。德国人自己在不停地宣布对怠工破坏的行刑处决就清楚地表明了这一点。整个欧洲，从挪威到希腊，都有勇敢的人了解德国人统治的本质，并愿意以自己的生命为代价将其推翻。在某种程度上，自从希特勒上台后这种事情就一直持续不断。比方说，在西班牙内战期间，有时候一枚炮弹落在共和国军的阵地上却没有爆炸，打开弹壳会发现里面装填的不是炸药，而是沙子和锯末。在德国或意大利的兵工厂里，有某个工人冒着生命危险，这样起码会少一颗炮弹炸死他的同志。

但你不能指望所有人都以这种方式拿生命去冒险，尤其是当他们受到这个世界上效率最高的秘密警察监视的时候。整个欧洲的工人，特别是关键行业的工人，一直生活在盖世太保的眼皮底下。但是，有一件事情是德国人几乎不可能阻止的，那就是所谓的消极怠工。即使你没有能力或不敢破坏机器，至少你可以让它慢下来，不让它顺畅地运作，只要磨洋工和出工不出力就行，方式包括故意浪费时间，装病和尽可能地浪费物料。就算是盖世太保也很难在这种事情上界定责任，而效果就是，战争物资的生产总是会受到阻碍。

这就引出了一个关键的事实：任何人只要消耗比产出更多就相当于在破坏这部战争机器。磨洋工的工人不仅在浪费自己的时间，同时也在浪费别人的时间。因为必须有人监视他和驱使他，所以其他原本可能在从事生产的工人就被调离了开来。法西斯统治的一个主要特征，你也可以说是它的突出特征，就是它雇用了庞大的警察部队。整个欧洲，在德国和其它被占领的国家，驻扎着人数众多的纳粹党卫军、穿着制服的普通警察、便衣警察、密探和各种奸细。他们行事极为高效，只要德国没有在战场上被击败，他们或许就能制止任何公开的反抗，但他们代表着庞大的劳动力的转移，他们的存在本身就证明德国人举步维艰。比方说，当前德国人说他们在领导一支欧洲十字军抗击苏俄。但他们不敢从被征服的欧洲各国征集军队，因为他们不相信他们会与敌人厮杀。所谓的德国盟军数量少得可怜。同样地，他们不能将大规模的军备制造转移到德国之外的欧洲国家，因为他们知道怠工破坏的风险无处不在。即使是风险也能带来极大的效果。每次一台机器被捣毁或一座火药库离奇地着火，他们就得采取双重的预防措施，防止同样的事情在别的地方发生。他们需要越多的调查、越多的警力、越多的密探，越多的人就得从生产工作中调离开来。要是德国人真的能实现当初他们为自己设立的目标——两亿五千万欧洲人团结一致全速运作——或许他们确实可能在军备竞争中压制住英国、美国和苏俄。但他们做不到这一点，因为他们不能信任被征服的人民，怠工破坏随时都会发生。当希特勒最终垮台时，那些在工厂里磨洋工，装病，浪费物料和破坏机器的工人将居功甚伟。

接下来的三个月①

　　今天是第一次——而且我认为或许会是仅有的一次——我们打破这个系列只由东方播音员进行广播的规矩。原因是，从今天开始我们的《透过东方之眼》节目将有新的安排，我们希望稍作介绍，让你们对新的安排和节目主题有所了解。我被推选在此次节目中进行广播，因为我深入参与了节目安排。但我希望你们知道我是英国广播电台印度节目组里唯一的欧洲人。其他人都是印度人，节目组的主任是祖尔菲卡·阿里·布卡利先生②，相信你们都听过他的声音。

　　我们仍然保持着《透过东方之眼》的节目宗旨，但节目的范围稍有调整。之前听过这个节目的听众都知道《透过东方之眼》是一系列以英语播放的谈话节目，完全由东方人进行广播，大部分是印度人。节目的宗旨是透过非欧洲本土人士的眼睛向印度介绍西方，特别是英国的情况。一个印度人，或一个中国人，来到英国，因为一切对于他来说都很新奇，他会注意到很多英国人甚至美国人视为天经地义的事情。因此，我们为你们进行了一系列关于英国制度的介绍，从议会到乡村酒吧，所有的节目都是由东方人主持，大部分人只在英国呆过几年。我们希望通过这个节目让东方和西方彼此更加接近。这个总体计划仍将继续，不同的是，有几个每周固定的谈话节目内容范围将更加广阔，而且与这场战争及世界政治局势更加紧密相关。但让我先为你们介绍没有改变的系列谈话节目会比较好。

首先，每个星期一我们将继续进行议会评论，节目的名字叫"辩论在继续"。它将对上周下议院的动态进行总结。明天这个系列节目的播音员将是哈利·辛·高尔爵士③，之前你们应该听过他的谈话节目。每个星期六我们仍将继续"新闻评论"节目。这个节目每周对世界大战的局势进行探讨，基本上都是由祖尔菲卡·阿里·布卡利先生主持。我们还将保留每逢周五播放的"街头群众"节目，它将让你们了解到群众对这场战争的反映。这个节目有许多女播音员，我认为我们应该继续坚持这一做法。现在英国有许多出色的女播音员，我们希望每周至少有一个由女性主持的谈话节目，希望能够吸引到女性听众。

这个星期天过后接下来的三个星期天，你们将听到之前由英国广播公司举办的印度学生征文比赛的结果。在结果公布后，三篇获奖的文章将由我们节目组的印度籍工作人员朗诵广播。要是这三篇文章是由作者亲自朗诵就好了。现在，我将介绍三个新的系列节目。

第一个节目将在周二播出，叫作"这些名字将会长存"。这个节目的内容是人物小介，让你们了解我们这个时代的杰出人物——他们的工作和他们的立场。我们不会只关注英国的人物——譬如说，这个节目的第一次广播将会由《印度人》这份报纸驻伦敦的记者阿帕斯瓦密先生④介绍罗斯福总统。我们还将邀

---

① 播放于 1942 年 2 月 1 日英国广播电台《透过东方之眼》节目。

② 祖尔菲卡·阿里·布卡利(Zulfiqar Ali Bukhari, 1904—1975)，前英属印度著名广播人士，后入巴基斯坦国籍。

③ 哈利·辛·高尔爵士(Sir Hari Singh Gour, 1870—1949)，印度律师、法学家、教育家，著有《印度与新宪法》、《印度的复兴》等作品。

④ 阿帕斯瓦密(Appaswami)，情况不详。

请其他嘉宾介绍斯大林、蒋介石等人。而且我们不会只局限于政治人物——我们还将介绍科学家、艺术家和文坛人物。我希望你们特别关注将在两三周后由穆尔克·拉杰·安南德①主持的广播，他是印度小说家，《不可接触者》、《两片叶子与一个蓓蕾》等作品的作者，他将介绍几位广为人知的英国作家。

另一个节目是每周三播放的"昨日与今天"，谈话内容将围绕战争爆发后英国的社会形势。空袭和更大规模的劳动力动员等情况迫使我们采取了一系列应对措施，这些措施对我们造成的间接影响使英国的生活结构发生了剧烈而迅速的变化。譬如说，高额利润税、食物限量供应和零失业使得英国的生活水平趋向平等。此外，对自产粮食的需求使得英国的农业迅速膨胀，数十万儿童原本会在大城镇生活，现在他们在乡村生活。又或者，英国的教育体系由于人口的重新分布而大大改变了，能够送孩子进寄宿学校的人少了，而且很多年轻人在接受成为飞行员或机修工的培训。媒体、流行文学和群众的政治观念也发生了改变。这些都会是我们在"昨日与今天"里探讨的话题。

第三个新的系列节目是每周四播放的"它对我意味着什么"。这个节目探讨的是反法西斯人士在为之奋斗的抽象理念。我们总是听到诸如民主、自由、国家主权、经济稳定、进步、国际法这些词语，它们到底意味着什么呢？民主就只是将你的选票投进选票箱里吗？没有经济稳定的自由有意义吗？在现代世界里，有哪个国家能够真正地独立吗？进步可能实现吗？这些都是我们

---

① 穆尔克·拉杰·安南德(Mulk Raj Anand, 1905—2004)，印度作家，代表作有《剑与镰刀》、《一个印度亲王的私生活》等。

的谈话节目主持人会讨论的问题。

他们都会是东方人——我指的是来自苏伊士运河以东的人士。除了印度人之外，我们还邀请过来自中国和缅甸的嘉宾进行广播，今后还将邀请来自马来亚、泰国、土耳其和印尼的嘉宾。我们特别希望邀请到尽可能多的来自中国的嘉宾为你们进行广播，因为当前中印团结非常重要。和欧洲一样，亚洲在抗击法西斯主义的进逼，两个亚洲国家——我指的印度和中国——应该彼此增进了解。因此，虽然这个节目主要是介绍西方，但我们可能会中断节目，由某位来自中国的嘉宾进行谈话。我特别希望你们收听萧乾先生的两个谈话节目，他到过中国多个日本人占领的地方，目前在伦敦求学。他将告诉你们生活在日本人统治下是怎样一番情景，以及日本人尝试征服和败坏受害者时所使用的手段。

当然，大部分节目主持人会是印度人，一部分是英国广播电台的员工——我想你们已经认识巴尔拉杰·萨尼①、萨林②、维努·琪泰尔③和祖尔菲卡·阿里·布卡利本人的声音——但大部分是独立人士。现在英国的印度人并不是很多，但他们有着不同的背景，而且都很有才华，其中有医生、学生、印度报刊如《印度人》和《甘露商报》的记者、作家如穆尔克·拉杰·安南德和密尔利·詹姆斯·塔姆比穆图④、接受贝文计划技术培训的人员、律师、飞行员和公务员。我想我可以向你承诺我们的讨论话题会相

---

① 巴尔拉杰·萨尼（Balraj Sahni, 1913—1973），印度知名演员、广播工作者。
② 萨林（I. B. Sarin），情况不详。
③ 维努·琪泰尔（Venu Chitale, 1912—1995），印度女播音员、作家。
④ 密尔利·詹姆斯·图莱拉杰·塔姆比穆图（Meary James Thurairajah Tambimuttu, 1915—1983），印度泰米尔邦诗人、出版人，文学刊物《伦敦诗艺》的创办人。

当深入，而且会从多个角度进行探讨。

《透过东方之眼》的系列谈话节目将会播放三个月，总是在印度标准时间每天晚上 8:30 进行。我们希望听众能够写信向我们提出建议或批评意见，不要因为寄信需要很长的时间而放弃。对于已经写信给我们的印度各界人士，我们表示衷心的感谢。

最后，请允许我表达自己能够为这些节目尽绵薄之力的愉快心情。印度是我出生的国家[①]，在那里我有紧密的个人关系和家庭纽带，我相信像这样的节目对于它会非常有意义。

---

① 1903 年 6 月 25 日，奥威尔生于英属印度比哈尔邦的莫蒂哈里。

接下来是印度^①

在大英帝国和本土最黑暗的十个星期里，有一则好消息几乎没有引起公众的注意，那就是英国与阿比西尼亚最近签署的协议。虽然对这份协议可以提出一些批评意见，但它确实表明英国要争取国际道义的宣言是正义的。意大利人发动了一场怯懦的侵略战争，吞并了阿比西尼亚，而英国为解放阿比西尼亚而战，这背后所隐含的意义再明显不过。

但是，在亚洲，鉴于我们当前的政策，阿比西尼亚是否有宣传价值就得打个问号了，而且情况有可能更加糟糕。与此同时，日本以"亚洲共荣圈"的宣传作为对掠夺目的的掩饰，正在亚洲高歌猛进，就连那些应该不会被蒙骗的人也受到影响。

就南亚而言，或许除了军事胜利之外，对日本人的宣传无法作出真正的回应。但印度的情况则是另外一回事。在印度，那些反对我们以帝国的身份进行统治的力量正是我们抗击日本人和对抗法西斯侵略的潜在盟友。

即使是最愚蠢的人也知道日本人的进逼威胁到了印度人对于独立的渴望。而且，几乎所有最活跃和最具才华的印度知识分子都同情中国和苏联。但是，日本人的宣传确实在高歌猛进。对日本人的"亚洲是亚洲人的亚洲"这个口号我们能够作出什么回应呢？那就是，日本人的宣言都是谎言，而且日本人的统治要比我们的统治更糟糕。确实如此，但这个回答并不能鼓舞人心。我们没有承诺正面的内容，我们没有勾勒出未来的图景。不难想象，那些穷苦的人会争辩说就算被日本人统治情况也不会比现状更糟，而一部分知识分子被对英国的仇恨蒙蔽了双眼，愿意背叛俄国和中国。

与此同时，印度，世界上的人口第二大国，在这场战争中并没有作出大的贡献。迄今为止印度所征募的士兵数量少得可怜，而且它的战争物资生产也少得可怜。即使亚洲的局势能够得到稳定，情况也非常糟糕。但日本的海军正在印度洋游弋，德国的陆军正威胁中东，印度成了战争的中心——毫不夸张地说，成了世界的中心。接下来的很长一段时间，或许会有几年之久，它将是为东西两条战线提供人员和弹药的供应基地。

如此艰巨的目标如何才能达成呢？显然，我们必须赢得印度人民的热情。光要他们被动地服从是不够的。而唤醒他们的热情的一个可靠的方式就是让他们相信如果英国赢下这场战争，印度将可能迎来独立，而如果日本人赢下这场战争，印度将不可能获得独立。我们不能靠许下承诺或说一些关于自由与民主的漂亮话做到这一点。我们只能通过明确的慷慨大度的举动去做到这一点，给予印度事后无法收回的权利。阿比西尼亚的条约是通往正确方向的指引。它是一个我们的敌人无法模仿的姿态，而且能够在印度这个更广阔的舞台重演。

我们将与印度达成的解决方案的大致纲领现在已经非常清楚了。第一，立刻给予印度自治领的地位和战后退出大英帝国的权利，如果它希望这么做的话。第二，邀请各大政党的领袖组建国

---

① 刊于 1942 年 2 月 22 日《观察者报》。

民政府，战争期间一直在位。第三，让印度与英国及英国的盟友达成正式的军事同盟。第四，签署贸易协议以便进行必要的商品流通和适当地保护英国的利益，在战争结束的若干年后能够中止。

比起一两年前，这个计划似乎没有那么虚无飘渺。显然，在执行这个计划时会遇到种种困难——印度教徒—穆斯林的对抗是最为明显的——但外敌入侵的威胁使得现在是克服这些困难的有利时机。中国和苏联会欢迎这一纲领作为解决方案，而美国的民意也会予以支持。我们在印度的记录是孤立主义者最可以利用的攻击目标。最重要的是，通过这么一个解决方案，我们能够一举挫败轴心国的宣传。通过援助中国和解放印度，我们能够让"亚洲是亚洲人的亚洲"这句口号为我们服务，并将它从一则谎言变成至少可以成为现实的方案。

我们从马来亚的事件中得到了教训——至少那是我们应该学到的教训——什么都不愿放弃到头来只会失去一切。与阿比西尼亚和伊朗签署的条约表明在正确的时间作出慷慨的举动能够让真正的合作关系取代不得人心的主仆关系。

当下的心情①

英国人民比自 1940 年以来的任何时候都更加思想成熟，而这一次没有轰炸，也似乎没有迫在眉睫的侵略将他们的不满转移到外部去。

他们对接二连三的失利感到沮丧失落，对黑市贸易和生产的混乱感到愤怒，而且几乎是有生以来第一回，他们关注起印度问题。他们渴望军队推行改革，宣布更加明确的战争目标——而最重要的是，渴望新的政府迅速表明它将带来政策的改变，而不只是人员的变动。

如果你要用一句话概括当下的心情，或许最贴切的句子是"缔造真实的民主"。他们所提出的各个方面的具体要求只是潜伏的热情的外在表征。群众没有能力决定政策的细节，或许他们意识到自己并没有能力，但他们清楚地知道，或深切地感受到英国与过时的社会体制的联系过于紧密。他们觉得对于一个已经进行战争两年的国家来说，贫富悬殊太严重了，浪费太多了，思想进步的阻力太大了。

政府的变革以及斯塔福德·克里普斯爵士加入政府一事带来了希望，但或许只是奢望。就连对政治不感兴趣的人也觉得这将是历史的转折点。如果有需要的话，他们愿意接受横扫一

---

① 刊于 1942 年 3 月 8 日《观察者报》。

切的变革和最痛苦的牺牲。让政府的下一次行动朝缔造更真实的民主的方向迈进，群众将会踊跃跟随，不会去在意一路上的艰难险阻。

当下的心情①

对预算案没有什么好说的。一品脱普通麦芽酒卖十便士，十根香烟卖一先令，这在几年前根本不可想象，现在却似乎根本不值得为此闹心。到目前为止，对金斯利·伍德爵士②的批评更多针对的是他没有做的，而不是他已经做了的事情。事实上，这份预算案并没有"让富人也尝到滋味"。在直接税方面它让最低收入的群体受惠，但它对收入较高的群体并没有征收新税。向普通老百姓从文字上证明当前不存在高收入群体是没有多大用处的。事实上，高收入群体的确存在，证据他们看在眼里，心知肚明。

我们正"同舟共济"这句话还没有成为现实——每个收入在五百英镑以下的人都知道这一点，不过在大轰炸时我们确实有那么一丁点儿这种感觉。这就是为什么预算案的讨论会被引到诸如汽油限额或奢侈大餐即将会受到价格限制这种无关痛痒的话题上。英国人不是善妒的民族，但他们现在想看到在四面兵临城下的情况下，我们同舟共济，共同分担着大大小小的艰辛。

自1940年以来，英国的公共舆论总是走在政府的前面。它要求对欧洲发起进攻，对俄国进行更多的援助，对抱有敌意的中立国态度更加强硬——这些要求有的可能实现，有的则根本不可能实现。这个星期关于预算案的消息让民意的关注点又回到本土事务上。"痛宰我们入骨——但大家都得被痛宰入骨"或许能表达人们的想法。他们希望为国家作出平等的牺牲，正如他们希望在国外能采取有效的军事行动，或许是健康的本能在告诉他们这两件事情有着内在的联系。

---

① 刊于 1942 年 4 月 19 日《观察者报》。

② 原注：金斯利·伍德爵士(Sir Kingsley Wood，1881—1943)于 1935—1938 年担任卫生部长，1938—1940 年历任航空部长，掌玺大臣，自 1940 年后担任财政大臣。啤酒税增加了 2 便士(旧制)，威士忌的价钱每瓶增加了 4 先令 8 便士，达到 1 英镑 2 先令 6 便士之多，香烟的价钱从 10 根 6 便士涨到了 9 便士(大约 3 便士的涨幅)，奢侈品的购置税涨了一倍。

奥威尔谈缅甸——彼托克-巴斯^①访谈^②

现代战争为数不多的好处之一就是地理知识增加了。这场"全球"战争让我们熟悉了许多此前闻所未闻的地方的名字。由于日本人统治的结果,我们得对东方贫乏的知识进行补课。

三年前,随着英国在东方的领土开始沦陷,缅甸也开始被报道。缅甸首相吴素^③是温和派,他来到英国,请求给予缅甸独立地位。他那个古怪的名字成了新闻的标题,但人们并没有意识到他的出使在政治上的重要意义。社会主义作家乔治·奥威尔是《缅甸岁月》的作者,而且曾在缅甸担任警官,我询问了他对吴素和缅甸的看法,他告诉我虽然当吴素发现英国不愿意宣布缅甸独立之后将注意力转移到了日本人那里,但他并不是缅甸最坚定的亲日派。在远东的战争爆发之前,他(在伦敦)宣布缅甸将支持同盟国,而更早之前,当日本人占领印度支那时,他表示英国应该占领暹罗。但他要求缅甸应该获得自治领的地位,这是他的国民的愿望,而且是任何民族主义政治家所能提出的最低要求。当这个要求未能得到满足,他或许会和日本人接触。虽然他是一个能干的人,而且得到民众真心的拥戴,或许他并不是一个诚实的人,在与日本人的接触中,他或许认为轴心国的胜利是不可避免的。他被逮捕了,仍然被关押在某个未知的地方。

奥威尔先生告诉我虽然民族主义情绪在缅甸一直很强烈,但它一直没有找到合适的政治表达渠道。自从曼德勒被占领后,时不时会爆发反对英国统治的浪潮，有时候会以暴力的方式进行表达，在很大程度上这真的是出于民族主义精神的激励，并不是恐怖主义的发泄。

当缅甸被蒙塔古-切姆斯福德改革④遗弃时，整个国家到处都在强烈抗议，正是在这个时候现代意义的民族主义政党开始成长。1923年通过了一部改革后的宪法，并成立了立法院，其103名成员中有80名根据财产特权被选举产生。这一特权赋予了两百万人以投票权，大概是总人口的23%。1937年宪法进行了修改，设立了参议院和众议院，有一半的参议员由总督指定。

奥威尔先生告诉我缅甸的生活水平很高，除了富庶的伊洛瓦底江三角洲地区之外，很难找到悬殊的贫富悬殊。大部分的土地仍由农民拥有，或者是个体所有，或者是集体所有。但是，在缅甸脱离印度的前一年，局势非常动荡，米价暴跌，导致许多严重的农业问题。1930年发生了暴动，反对英国统治的叛乱真的发生了。经济因素是最根本的，但民族主义的因素越来越强烈。

民族主义的政治诉求以德钦运动最为活跃，它组建了一个名为"我们是缅甸人联盟"的青年团。就像其它组织一样，德钦运动的趋势是同情一切反英的事物，结果就是有政治意识的群体赞同日本的帝国构想。他们认为缅甸的未来在日本的统治下要比在英国的统治下更加光明，而且他们愿意予以协助，或至少不去妨

---

① 彼托克-巴斯（G. B. Pittock-Buss），情况不详。
② 刊于1944年8月19日《新视野》。
③ 吴素（U Saw, 1900—1948），缅甸政治家，曾担任缅甸总理，因主使暗杀缅甸国父昂山而被判处死刑。
④ 蒙塔古-切姆斯福德改革（the Montagu-Chelmsford Reforms），指"一战"后英国政府与印度政府达成的逐步授予印度自治权的政治协议。

碍日本人的计划。他们当中有的是坚定的亲日派，其他人认为他们可以利用日本人干掉英国人，然后再干掉日本人——这当然是在空想，但对于被奴役的民族来说这种想法是不可避免的。

但是，正如奥威尔先生向我指出的，这一亲日势力被夸大了。他估计活跃的亲日派约有一万人，活跃的亲英派也有一万人，剩下的人对任何外国人的统治不闻不问。当日本人被逐出缅甸后，在对缅甸人进行概括性总结时必须小心谨慎，以免影响舆论。

我询问奥威尔先生他是否了解缅甸在日本统治下的情况。他指出可靠的情报非常有限。一个政治人物巴莫[①]逃到了印度，当日本人入侵缅甸时，他因为传播煽动性的言论而被逮捕入狱，英国人在撤离之前将他释放，现在他是日本人在缅甸的傀儡。

奥威尔告诉我，他认为缅甸人或许已经对日本的统治失去了幻想。他们的生活水平毫无疑问一定下降了，因为日本的经济政策不会允许进口在战前提高平均生活水平的奢侈品。但是，严重的食物问题应该没有出现。在探讨缅甸问题时必须避免以偏概全。譬如说，战地记者说盟军解放或保持接触的西北部的村民是亲英派。但缅甸是一个多民族的国家。北边和西北边的部落在传统上一直是亲英派，世世代代在英国部队里服役。大体上，他们的文化要比缅甸的主体文化低一个层次。因此，他们的态度并不能代表整个国家。

奥威尔先生认为，虽然缅甸人不满意日本人的统治，但盟军

[①] 巴莫（Ba Maw，1893—1977），缅甸政治家，反对英国统治，"二战"期间担任日本军国主义的傀儡政府领导人。

发起对日攻势，轰炸了缅甸的城镇，或许会使得缅甸人对英国人的恶感更甚。至少在政治意义上这或许是一个大错。欧洲人无法想象轰炸以木建筑为主的缅甸城镇会有什么后果：几枚燃烧弹就足以将一个城镇变成火海，将数千名无辜的市民烧死。缅甸人看到自己的城镇和村庄被摧毁，自己的人民被残杀，他们绝不会像英国人那样将这视为争取"解放"的一部分。

当前的战争局势表明不久盟军将会对盘踞缅甸的日本人发起大规模的进攻。将日本军队驱逐后将会发生什么事情呢？大规模的混乱是不可避免的，而且肯定会一度盗贼四起劫掠横行。那些毫无经验而且腐败堕落的缅甸警察根本无力应付这种情况——即使他们有机会这么做——而且在奥威尔先生看来，军事管制或许是为直接统治的回归进行铺垫。然后是宣布当局势得到控制后将恢复宪政，并许下若干年后缅甸将成为自治领的承诺。但除非有非常明确而且严苛的时间限制，否则我们或许可以认为"直接统治"将以缅甸尚不适合实施自治作为借口无限期地延长下去。

英国人不敢向缅甸提出任何形式的独立方案，因为他们知道它会被接受。他们没办法玩弄族群问题。缅甸人占据了四分之三的人口，通过民族意识和宗教团结在一起。帝国政府唯一可以做的就是不许以任何实施自治的承诺。如果克里普斯的提案向缅甸提出，它们一定会被毫不犹豫地接受。因此，英国人没有提出条件。

英国对缅甸很感兴趣，而且英国在战后的世界飘摇的地位决定了他们会保持最强势的控制。缅甸要成为一个独立自由的国家，就应该和中国结盟并与印度保持良好的关系。英国人幸运的一点在于，许多缅甸人对中国心怀恐惧和仇恨。华裔社区在缅甸强大的经济力量已经激起了暴动，而且新中国的倾向让缅甸人心里感到疑惑，这并不是没有原因的。印度人也很不受欢迎，一部分原因是他们降低了生活水平。如果缅甸要成为自由的政治实体，这些不信任的障碍必须被消除。

目前英国对东方"发展"的构想是创立南亚联盟，而当继续赤裸裸地直接统治缅甸的可能性消失时，这个计划就可能会被实施。在文化上，这个联盟是很有意义的，因为这些民族可以紧密团结，但在战略上将无济于事。奇怪的是，它的存在必须仰仗一个西方大国，譬如说英国。

因此，缅甸的前途现在并不光明，但当日本人被打败后，虽然帝国主义者们使出种种阴谋诡计，但或许中缅和印缅合作的必要性终将获得胜利。

论 1945 年的世界局势^①

下面这篇文章写于世界上大部分人知道原子弹的存在之前。

在我创作的时候，这两颗原子弹已经被投放。第一颗原子弹彻底摧毁了日本一座城市四平方英里的面积，据说杀死了约五万人^②。这颗炸弹的重量不到五百磅，而且据说在技术上已经落后了。

尽管原子能或许对于人类来说拥有巨大的价值，但它对公众造成的第一印象就是一颗炸弹的形状——几乎没有必要指出发明这一可怕的武器对于人类意味着什么。它或许就像蒸汽机的发明那么重要，是历史的转折点。目前制作原子弹的过程仍是秘密，只有美国了解全部内情，但其它国家正在进行类似的研究，或许不久之后至少会有三个或更多国家掌握把彼此炸得粉碎的手段。只需几百颗这样的炸弹投放在大城市和重要的工业区，就能让我们倒退回原始野蛮的状态。

这就是为什么每一个有阅读和思考能力的人更应该对政治事务感兴趣。战争不是因为人性本恶而发生，它们源于嫉妒和矛盾——为了市场、国界、原材料、民族问题——而如果我们去思考这些问题的话，它们是能够得以解决的。要理解世界的走向并能够做些什么去阻止灾难发生，归根结底要靠年轻人，因为未来是属于他们的。确保不会再有一场战争爆发对于一个十六岁的人来说比对于一个六十岁的人来说更加重要。接下来的这篇文章将尝试描述世界的真实境况和我们所面临的紧迫问题。它旨在表明这些问题是能够解决的，但与此同时，它也在强调当前的世界局势并不容乐观。

在我写这篇文章时，三巨头仍在波茨坦开会。我们还没有收到他们达成什么决议的消息。但是，我们可以猜一猜他们在讨论什么话题。你只需要想一想为时六年的战争让世界发生了什么就知道答案了。

第一件发生的事情是整个世界变得穷困不堪。世界上的大部分人民目前的生活，而且在接下来的几年间的生活，将远远不如他们在 1939 年的生活。最明显的原因是战争实际造成的破坏。每一个在英国和美国轰炸机航程内的德国大城镇都遭受到严重的轰炸，程度之惨烈到了让即使是生活在遭受到严重轰炸的英国的我们也难以想象的地步。曾经有数十万户家庭生活的整片地区被炸成了残垣断壁。德国工业或许没有被摧毁到无法重建的地步，但德国人肯定要花上很多年的时间才能建造足够多的房屋。这种程度的破坏不只发生在德国，还包括波兰、意大利、奥地利的部分地区、匈牙利和希腊，以及苏俄的大片重要地区。在发生过地面战的地方，破坏比空袭更加严重。煤矿被淹了，机器被捣毁或洗劫一空，数以万计的火车头和铁轨被破坏，巴黎和柏林之间几乎每一座桥梁都被炸毁了。由此你可以想象重建工作意味着什么。

---

① 刊于 1945 年《少年故事画报》。
② 广岛原子弹爆炸造成的死亡人数约为 7 至 8 万人。

但或许比纯粹的破坏更重要的是，战争期间很多必要的工作都被搁置了。每一片钢材和每一个劳动力都被用于制造武器，这不仅意味着根本不可能为公众供应汽车、手表、打字机、冰箱和无线电收音机这些东西，而且只有对战争有意义的机器才得到更替。在战区之外，工厂的产量或许提高了——譬如说，美国的工业规模膨胀到惊人的程度——但它们都是为了战争而设计的，无法立刻改变用途。原本建造起来进行生产坦克、机关枪、炮弹和伪装网的工厂不能在第二天早上就去生产煎锅、吸尘器、窗框和缝纫机。与此同时，那些生活用品极度短缺。战争意味着数百万人长年累月脱离生产性的工作，这些未完成的生产劳动必须得到弥补。

此外还有生命的损失和规模庞大的人口迁徙，需要花好几年的时间才能平复。我们没有准确的信息知道有多少人在战斗中被杀，或死于空袭，或死于屠杀，或因为战争引起的饥荒而死去。但这个数字应该不少于两千万人——大约是世界人口的百分之一[1]。而且，在亚洲和欧洲的许多地区，数百万乃至数千万人背井离乡，被遗弃在某个地方开始新的生活。德国人迁走了至少七百万人，大部分是俄国人和波兰人，强迫他们去耕种土地或进行工业建设。大部分人现在正想方设法返回家园，但光是迁徙这些人就是一个庞大的工程。大约有两百万德国人正被逐出捷克斯洛伐克，还有数百万人已经或将会从东普鲁士被驱逐出境，让波兰人定居。与此同时，之前被俄国人迁走的大批波兰人正在回迁，出

---

① 按照权威统计数字，"二战"造成的战斗人员和平民伤亡总数是 6 200 万至 7 800 万之间。

现在被苏联占领的波兰东部省份。你必须记住，这些流离失所的人大部分是农民，他们没办法带上农耕机械与牲畜。现在几乎每一个欧洲国家境内都有大批失去家园沦于赤贫的人，如何解决他们的吃饭问题将是一个艰巨的难题，不仅因为到处都面临食物紧缺，更因为航运的紧张和通讯运输的全面破坏。因此，两个受战争破坏最小的国家——美国和英国——将为世界重建作出主要贡献。

因此，无消说，我们知道在波茨坦所讨论的当前最为紧迫的问题是什么。内容很简单：如何阻止欧洲数百万人在即将到来的冬天死于饥寒。除此之外还有收拾残局这个更重大的问题。数千万间房屋必须被建造，数百艘沉没的船只必须被替代，让被捣毁的煤矿和油井恢复运作，将战争工业转而用于和平用途，制造并输送农业机械，使大陆间贸易往来再度流通，在经过六年的破坏和荒废之后完成这一切工作。接下来的几年，世界上几乎每一个国家都将生活在和战时差不多的状态里。工业仍将由国家控制，食物和衣服将实施定量供应，旅行将受到限制，长时间工作将会成为常态。战后的那几年不大可能出现大规模的失业，因为只要商品能被生产出来并运走，就不愁没有市场。每一种商品——煤炭、石油、布匹、橡胶、木材、机器——都会有某个国家迫切需要，国际贸易的主要困难首先是缺乏运输手段，其次是受战争打击最大的国家将没有商品可供出口。或许对日战争结束后的五年后，世界将再度走向繁荣。到那个时候，从 1939 年就开始出现的改变将会愈发显现。

这场战争证明了一点，那就是无论大国还是小国都无法完全独立。即使能够实现经济意义上的自给自足，它们也根本无法抵御外敌入侵，保卫自己的国土。过去六年来，一连串小国——比利时、南斯拉夫、丹麦、伊朗、挪威和其它国家——遭受了某个大国的入侵，抵抗往往只是持续了几天。即使像法国和意大利这种规模的国家也无力进行大规模的战争。要进行战争，你必须大批量地制造精密复杂的武器如坦克和飞机，这意味着只有那些拥有大型工厂、熟练技术劳动力和原材料的国家才能成为军事意义的大国。在19世纪，战争仍然使用可以在任何地方生产的粗陋的武器，因此，军事大国纯粹仰仗兵力人数，十个小国的人口加起来有一亿的话，要比一个人口五千万的大国更加强大——至少有可能是这样。今天，大部分小国没办法生产现代武器，即使小规模生产也做不到。高速飞机、大口径火炮、战列舰的装甲——这些都只能由全世界的十来个主要工业地区制造。结果就是：每一个小国都必须由某个大国保护，并在部分程度上受其控制，通常这个大国是它最近的邻国。

譬如说，波兰或芬兰如果不与俄国保持良好关系的话，甚至无法保持半独立的地位。比利时与荷兰必须由英国和法国或这两个国家共同保护。南美国家如果没有得到美国的保护，将会被日本人或某个欧洲强国征服。所有这一切在1939年枪声打响之前，就已经为人所知，但这场战争强调了这一点。这场战争不仅暴露了小国的弱点，也改变了强国的态度。不仅是德国和日本，就连英国、俄国和美国都曾有过几次不宣而战侵略小国或以十年前没有多少人会认同的方式去干涉其内政的行径。他们不得不这么做，否则这些小国将可能成为对其发动进攻的军事基地。这场战争的结果就是，所有的大国都不再那么尊重中立，更加难以容忍边上的敌对国家。当前的世界大势是划分出所谓的"势力范围"，每一个势力范围都由某个大国独断专行。

因此，无消说，我们又可以猜到在波茨坦正在争论的另一个主题。那就是：三个战胜国能不能齐心协力治理世界，还是要将世界永久地划分为三个势力范围？如果是这样的话，这三个势力范围的边境将如何划定呢？

在战前有七个国家总是被称为"大国"——美国、英国、苏俄、德国、法国、意大利和日本。现在只剩下前三个国家了。法国被严重削弱，意大利更是如此，德国的军事实力一蹶不振，要很久才能恢复，而日本也一样。中国虽然有勤劳工作的庞大人口，但它仍然太落后，无法在其边境之外行使任何权力，甚至没办法在缺少援助的情况下保卫自己。印度比中国更加落后。目前有三个国家处于超然的地位，我们的未来将取决于它们是选择合作还是保持敌对关系。

如果我们面对这些事实，我们就必须意识到现在并没有机会成立某个组织对世界实施控制。两年来所有的迹象都指向相反的方向。三个大国的思想与传统有着非常大的区别，当它们从战争中恢复后，其实质利益也将产生冲突。考虑三巨头各自的处境——它们的社会和经济体制、它们的资源和它们的弱点——你可以想象得到将会出现的困难。

在三个大国中，英国的实力最弱。它的人口只有四千六百万，在它的国境内除了煤矿之外没有什么原材料供应。这意味着英国在很大程度上必须依赖进口货物，而从长远来说，必须通过出口货物进行支付。但是，由于六年来它被迫将一切资源用于生产武器，英国丧失了大部分的海外市场，而且未能实现工业现代化。在战后恢复期，英国能够卖出任何它所制造的产品，但之后它或许将无法与美国规模更大更有效率的工业进行竞争。没有稳定的进口和出口流动，英国将无法保持其海军与空军的有效兵力，甚至可能无法作为一个独立国家生存下去。

但英国有几个优势可以抵消其缺陷。其一是它在拥有重要战略意义的直布罗陀海峡和亚丁湾部署了空军和海军基地。另一个优势是各个以英语为官方语言的自治领的拥戴，它们并不受英国控制，但与英国结成了永久性的同盟。英国在亚洲和非洲的殖民地的价值则比较值得怀疑。它们提供了工业产品的市场，并用橡胶、大米和锡等重要物资进行支付。但在战争时期它们必须得到保护，而当地居民希望获得独立的顺理成章的渴望总是会造成政治磨擦。英国最大的殖民地印度将可能在近期获得独立，经过几年的重新调整后结果或许会对英国有利。英国的另一个并不明显但实实在在的优势是它的民主传统，这使得它能不通过流血事件就作出重大的改变，而且赋予了它在西欧各国中道义上的权威。在三个大国中，英国通过国际合作将获益最大，而最重要的是它无法承担与美国交恶的代价。

苏俄的优势在于拥有庞大且还在增长的人口，而且在它的疆域内拥有近乎无限的每一种原材料。广袤的国土与落后的交通使得它成为一个很难被成功征服的国家，而且它能将最重要的工业部署在无法被轰炸到的地区。它的经济完全由国家进行规划和控制，这使得它可以执行庞大的重建计划，譬如第一个和第二个五年计划，在短时间内使农业现代化并建设新工业。因此，俄国很容易就控制了东欧各国和亚洲一部分国家的政府和政策。在辛苦劳累而且总是负债累累的农民的眼中，俄国的体制意味着非常大的生活改善，那些人民比较贫穷的欧洲国家自然会奉俄国为领袖。但是，目前俄国人被战争严重削弱，陷于贫困。他们最好的工业区之一遭受了严重破坏，而且要让他们的农业重新站稳脚跟需要大量的拖拉机和其它农业机械，这些必须从美国那里获得。

在世界各个大国中，美国没有蒙受严重的战争破坏——事实上，由于战争它变得更加强大。美国的工业实力如此强大，能够在两次战争中发挥主导作用，与此同时还能让它的人民维持其它国家只能做梦期盼的生活水平。按照现有的武器水平，美国无法被直接攻击，没有哪一个国家能够在制造军舰或飞机上与美国抗衡，而且在战争期间，它获得了遍布大西洋和太平洋的新的海军和空军基地。它的一大劣势是没有强大的中央政府，总是任由其政策被不负责任的商人控制。上次战争结束后，美国人拒绝加入国联，放弃了成为世界领袖的机会。这一次他们不会犯同一个错误，但他们可能会犯下同样严重的错误，拒绝在关税与空运等事务上与其它大国合作。

当你考虑这三个国家之间存在的区别时，你就会知道要让它们创建一个组织进行世界重建并不是一件容易的事情。但如果它们不这么做的话，如果它们仍然要做独立的主权国家的话，它们彼此之间一定会经常产生矛盾。"势力范围"是一个非常糟糕的解决办法，因为势力范围肯定会发生重叠。譬如说，英国希望保证通往印度和澳大利亚有安全的海上通道，因此希望控制地中海，而俄国则希望控制达达尼尔海峡。如果你去观察地图，你就会看到在十几个地方这几个大国的利益一定会产生冲突，譬如波斯、阿富汗和"满洲"。如果几个大国不愿意放弃一部分国家主权，那么他们一定会变成彼此的敌人。这并不意味着另一场战争会很快爆发。没有哪个好战的国家能够或愿意在这个时候再进行一场大规模的战争。但这确实意味着首先为确保尽可能大的"势力范围"将会出现一系列争夺纠纷，然后是边境的紧张局势，这将使得世界范围内的贸易和交流不可能实现。世界将会被分为三个阵营，最终是两个阵营，因为英国没有强大到足以保持独立的地步，将会成为美国阵营的附庸。其它小国会依附于各个大国，划清可以相当精准确定的边界。这种事情已经在被占领的欧洲国家发生，俄国势力范围与英美势力范围之间被无人区隔开，根本无法进行货物运输或思想交流。

除了我提到的这些话题之外，三个大国的领导人还在讨论别的话题——譬如说，他们在讨论对日作战、如何处置德国的军工厂和如何要求战争赔偿。但他们所面对的两个最迫切和困难的问题是如何让欧洲人吃上饱饭和如何划分边界。第一个问题的答案或许会影响数百万人的生活，但世界上没有哪一个人的命运不会被第二个问题的答案所影响。世界由一个个真正独立的小国所构成的时代已经过去了，选择只有两个：要么是一个世界性组织，要么是两三个大国一直保持敌对状态。我们还不知道哪一个选择会实现，但我们清楚地知道这两个选择意味着什么。世界各地平民百姓的幸福与第一个选择紧密地联系在一起，他们需要运用他们的选票、他们的声音和任何其它方式的影响去促使它实现。

巴黎以笑容面对她的苦难 [1]

2 月 24 日于巴黎

一位又一位驻巴黎的通讯记者对食物紧缺的情形进行了着重描写，但这个问题再怎么反复提及也不为过。它是影响绝大多数人的生活的主导因素，将注意力从更为重大的问题上转移开去——甚至可能激起对英国和美国的不满——并能够直接对政治局势造成影响。

你所读到的每一份报纸都刊登了对于食物分配的抱怨。你必须知道，两个月来，巴黎群众吃不到黄油，吃不上饱饭的时间还要更久一些，能吃到的就只有蔬菜和可能是用黑麦加大麦做的黑面包。

微薄的肉类配给总是分不到，白糖非常罕见，咖啡（即使是烤咖啡豆）几乎没有了，除非你和一个美国大兵交上朋友，否则香烟是罕见又昂贵的玩意儿。

一升最劣质的红酒，如果你能买到的话，价格相当于 8 先令。更严重的是牛奶的紧缺，就连孩子也只能喝罐头炼乳。没有煤炭供应给家庭。做饭用的煤气需限时供应，但不久前的塞纳河泛滥使得运送煤炭的驳船没办法从桥下通航，导致煤炭与煤气供应情形并没有好转。

看到这一切，每一位刚来到巴黎的人会说的第一句话是"巴黎以笑容面对她的苦难"。在市中心，美国人到处撒钱，促成了黑市的繁荣，几乎让人以为世道仍很太平。街上没有的士，只点了一半的路灯，但女孩子们还是像以往那样精心打扮，帽店和珠宝店几乎和旧时一样光鲜。在工人阶级生活的区域，情况自然要糟糕一些。到处都是没有玻璃的窗户，许多咖啡厅都关门了，卖食物的店铺看上去很寒酸。

杂货店的橱窗有时候什么也没有，只是列出已经没有存货的商品的名字。但是，即使是在最糟糕的区域，表面上的情况并没有我所想象的那么严重。巴黎并不比当下的伦敦更加破败或荒废，而且没有遭受到那么严重的破坏。几天来我走遍形形色色的街区，没有看见一个赤脚的人，也没有多少人衣着褴褛。或许一半的女人有丝袜穿，虽然不少人穿着木头鞋子，但并不是大多数人。

匮乏的迹象非常明显，如果你知道如何去观察的话。五六岁的孩子看上去很壮实，但小婴儿的脸色都很苍白。一度鸽满为患的巴黎如今已经几乎看不见鸽子了，它们都被吃掉了。当步道上的梧桐树被砍倒时，你会看到衣着优雅的女人等着捡树枝当柴火烧。但法国人带着一种奇怪的自尊，或许是他们在德国人占领的时期学会的。在地铁上，他们看着你的外国制服时的眼神似乎在说："我们知道你吃得很好，有足够的香烟抽。我们知道你有肥皂，甚至还有咖啡。但我们会装作是和你地位平等的人。"

一件有趣的事情是，这里几乎没有乞丐——比战前要少得多。甚至没有人会讨烟抽，但如果你主动递烟的话，你的好意会被感恩戴德地接受。

---

① 刊于 1945 年 2 月 25 日《观察者报》。

我刚到巴黎，和任何人会做的一样，我立刻去了战前最熟悉的地区。圣母院周围和以前没什么两样。沿着河堤的那一间间小书摊还是那副模样，卖的还是那些书籍，不计其数的垂钓者还是什么也钓不到，码头旁边修床垫的人还是那么忙碌。

更南边的拉丁区，情况则有所不同。各个外来人口的聚集区，甚至包括从事巴黎大部分苦力工作的阿拉伯人区，似乎全都不见了。

蒙帕纳斯的咖啡厅里，顾客不再是大都会的艺术家，而是换成了法国的中产家庭，小口小口地抿着果汁。先贤祠遭到机关枪的扫射。在圣米歇尔大道和孟吉街之间的老区，一开始的时候我只找到了一间店铺（一间殡仪馆），位置和从前一模一样。

然后，我高兴地找到了一间我去过的小酒馆，老板还没有换。他张开双臂欢迎我，只收下了我给他的一半香烟，拿出了一瓶很好喝的酒，但标签上写的并不是酒。

街对面，我曾经住过的那间小旅馆被钉上了木板，一部分毁坏了。里面似乎没人住。但当我要离开时，从以前我住的那个房间破破烂烂的窗户后面探出两个看上去在挨饿的孩子的头，他们在打量我，就像是两头小野兽。

深入巴黎的报业^①

如今巴黎的报纸种类没有战前那么多，但比起英国数目仍然很不少。确切地说，有 23 份日报和晚报，还有六七份即将出版的报纸。这么多份报纸中，只有四份在战前已经发行，大部分是在德国占领时期秘密创立的。

有几份报纸的发行量很大。共产党的《人道报》发行量达 40 万份，遥遥领先其它报纸，但有几份报纸达到了 20 万份的发行量。与此同时，新的周刊和月刊正像雨后春笋一般涌现，有几份的思想水准很高。

虽然法国报刊这么活跃，但现在有几个令人感到不安的迹象出现。一个新到巴黎的人在试图从报亭里摆放的五花八门的报纸和期刊中辨清方向时会注意到两件事情，一件是好事，另一件是坏事。

第一件事情是，巴黎报刊已经不再像以前那么唯利是图和下流恶俗了。每一份报纸的文风都很平和，而且思想很开明理性。战前的报刊，特别是巴黎的报刊，因为与德国人合作而自取灭亡，在德国占领时期出现的报纸大部分是由二十来岁的热情的社会主义者创立的。

而且，这些报纸能够以非常低廉的成本运作。几乎所有的报纸都只有一张纸，四分之一的篇幅用于刊登广告，而且它们的租金和运营成本不高，因此单靠发行就能够维持下去，不再需要以前法国报纸赖以生存的补贴和直接贿赂。

另外一件事情是，新到巴黎的人会注意到这些报纸很相似。乍眼看它们似乎只是名字不同，甚至内容也多有雷同。当然，如今报纸小打小闹的规模无法体现多样性，但内容相似的根本原因是内容审查制度，这既有外部的原因，也有内部的原因。

政府的审查制度很严格，法国报刊有时候会陷于这样一种尴尬境地：英国和美国报纸的巴黎版块所刊登的内容自己却没办法刊登。而且政府能够通过时不时就会进行的纸张重新分配间接施加影响。但是，源于希望法国实现团结和重新成为强权国家的自我审查机制使各份报刊在探讨重大问题时显得很胆怯懦弱。

我已经说过，法国报刊的黄金时代是它非法发行的时代。那时候在德国人的眼皮底下印刷和发行报纸体现了非凡的勇气和创造力。有一份周报就是偷偷地与德国的《巴黎日报》在同一座大楼里用同样的机器印刷出来的。

其它非法报刊通过邮局发行，以伪造邮票这个简单的伎俩逃避邮资。类似的故事不胜其数，这些非法报纸一开始是脏兮兮的油印报，最后发展成为内容翔实印刷精美的刊物——甚至还有插图——对它们进行研究会很有意思。

但地下发行的报刊要比如今大部分报刊在思想性和政治性上更加激进。它们反对当时的政权，反对者不会害怕讨论严肃的问题。但现在大部分报刊都安于现状，批判的水平也随之受到影响。

周刊的行动比较自由，但有些问题似乎被日报封杀了。没有

---

① 刊于 1945 年 2 月 28 日《曼彻斯特晚报》。

报纸会刊登反对戴高乐将军的内容。没有报纸会对法国目前的外交政策进行深入的批判，也不会张扬地进行反英反美的宣传，更不会进行反俄宣传。

这一定会造成报刊内容的雷同；另一方面，对于次要问题的喧嚣鼓噪实际上掩盖了重大的政治问题。

食物分配和对通敌合作者的"清洗"就是重大的问题。它们似乎是行政问题，但其实是政治问题。只是浮光掠影地读过几份报纸的读者如果以为现在法国没有严重的分歧，那是可以原谅的。

但是，他会注意到法国报纸对于不同新闻的报道顺序有着显著的区别对待。如果他顺着这个线索追踪的话，他会发现事实上各份报纸对英国和美国持仇视态度，虽然表面上没有体现，唯一的证明就是它们从来不会用大字标题去报道西方的新闻。

当你对报刊进行更深入的研究时，你会发现有四大主要趋势。第一个趋势是报纸在宣扬对于戴高乐的不加质疑的忠诚，当中包括几份法国解放后出现的隐约有保守主义色彩的报纸，它们已经在与之前属于非法的报纸的对抗中站稳了脚跟。还有共产党的报纸，他们也无条件服从戴高乐，但主要的重点是宣扬苏联。

还有各式各样的天主教的报纸，有几份有大财团撑腰。最后是左翼社会主义报纸，它们大胆地进行批评，而且有时候会因为反对内容审查而惹上麻烦。现在巴黎最有趣而且最有胆量的报纸是《战斗报》、《法国枪手报》、《法国晚报》和周刊《自由报》。

《战斗报》的发行量有 18 万份，是巴黎最重要的几份报纸之一。虽然它和利昂·布伦姆①创办的《人民报》不属于同一派系，但后者也应该提及，它是仅存的几份战前报纸之一，虽然布伦姆被关押在德国人的集中营里，但报纸的总编辑仍是他的名字。《人民报》和《战斗报》的派系一样，相对比较大胆直言，而且不怕谈论像法美关系这样的敏感话题。

很难确定巴黎的报刊以后会有什么样的发展。当纸张短缺结束，言论自由变得更加宽松时，现在的几份小报将可能发展成为一流的报纸。但将来的情况或许会适合旧式的高度资本化的商业报纸发展，那些抵抗组织在地窖里自学新闻创办的业余报纸或许无法与之竞争。

有传闻说有一两份最近刚刚出现的报纸得到了外国政府的资助，又或者几份战前声名狼藉的报纸准备以新的名字重新发行。

但德国占领的经历催生了新型的记者——心怀理想的年轻记者，因为从事非法活动而非常坚强，而且完全不受商业思想的影响——这些人将会在战后的新闻业发挥重要的影响。

而且公众也通过苦难接受了教育，大体上法国人的思想转向左倾。如果出版自由能够坚持下去，很难相信法国人们能够再容忍 1940 年以前那些愚昧、卑劣、虚伪的报纸。

---

① 安德烈·利昂·布伦姆（André Léon Blum, 1872—1950），法国左翼政治家，曾于 1936 年 6 月至 1937 年 6 月，1938 年 3 月至 1938 年 4 月及 1946 年 12 月至 1947 年 1 月三度担任法国总理一职。

占领时期对法国思想的影响：
不同的政治考量[①]

3月3日于巴黎

法国外交部长比多特[②]先生的伦敦访问继续引发热烈的讨论，在热情的英法友好的言论下你能看出在莱茵河边境这个问题上法国人对于英国人轻微的不安情绪。

然而，根据随机听到的对话判断，法国人仍然不知道英国的公共舆论对于某些问题的反应。这两个民族在过去五年间有着截然不同的政治演变，如果分歧能够尽早公开的话，他们未来的关系或许会更加愉快。

让新到法国的人感到惊讶的是，几乎每个法国人都比英国人对德国的态度更加强硬。私人对话比阅读报纸带给我更加强烈的感受，而且不仅共产党人是这样，所有法国人——戴高乐主义者、社会主义者和左翼抵抗组织的成员——都是这样。

当然，每个人的情况都不一样，但似乎没有一个法国人认为不应该肢解德国，摧毁德国人的战争工业，让它付出沉重的战争赔偿，推行强制劳动和进行长期军事占领，这些是法国安全的最低需求。

法国的真正形势很难判断，即使内部的沟通更加顺畅了。几股主要的势力表面上并没有在进行运作，不共戴天的敌人暂时达成和平，媒体噤若寒蝉，群众则因为生活困苦而变得冷漠无情。

但就能够发言的少数派而言，德国占领的效果似乎是政治思想变得强硬和一度被视为进步的思潮的消失。譬如说，和平主义似乎彻底销声匿迹。不仅那些知名的和平主义者因为通敌合作而声名扫地，而且似乎人们都希望看到法国尽快成为一个军事大国，拥有一支庞大的机械化军队。

极左群体在以前的法国是不容忽视的势力，似乎也已经消失了。几个托派组织仍然存在，并发行了一份非法报纸，但他们的影响力显然已经式微。"军队—祖国—荣誉"这些理念的结合似乎已经重新树立，影响之大到了令人吃惊的地步，尤其当你记得就在十年前，法国的左翼人士还认为应该谴责凡尔赛条约是不义之举，并对福熙[3]和克莱孟梭[4]大加指责。

反帝国主义的政治宣传已经淡出视野。戴高乐说一旦印度支那得到解放，将会与法兰西帝国的关系更加紧密，不受外部的强权势力所影响，这番言论被全盘接受，没有人提出抗议。

另一个严格来说与政治无关但反映了思想氛围变化的现象是对法国出生率状况的广泛担忧。左翼报纸和评论刊登了探讨鼓励生育的最佳方式并斥责故意限制家庭规模的文章——这个态度很正当，但几年前仍会被视为反动态度。

---

① 刊于 1945 年 3 月 4 日《观察者报》。
② 乔治-奥古斯丁·比多特(Georges-Augustin Bidault, 1899—1983)，法国政治家，"二战"时期法国抵抗运动领导人之一，曾担任外交部长、临时政府总统、总理等职位。
③ 费迪南德·福熙(Ferdinand Foch, 1851—1929)，法国名将，"一战"期间担任法军最高指挥官。
④ 乔治斯·本杰明·克莱孟梭(Georges Benjamin Clemenceau, 1841—1929)，法国政治家，"一战"时法国领导人，曾于 1906 年至 1909 年，1917 年至 1920 年担任法国总理。

从长远来看，政策的推行取决于群众，因此目前法国与英国在政治思想上的分歧有危险的地方。在某种程度上，法国在政治上比英国更加左倾。统治阶级名誉扫地，而对于大型工业国有化的计划则没有公开的反对声音。

但曾经被视为与社会主义密不可分的国际主义和人文主义理念已经式微，对于民主的尊重或许也已经减弱了。在英国情况还没有演变到这种程度，这个事实应该向法国人民表明，尤其是要清楚地表明英国公众并不支持报复性的和平方案，而且绝对不会支持任何意味着永久军事占领的政策。

另一方面，我们自己应该更努力地去理解法国的观点。

无论你和这个国家的哪个人说话，很快你就得面对这么一个事实——英国还不知道被占领是什么滋味。

比方说，在探讨"清洗"时，你一定会被提醒这个事实。

那些希望看到进行全面"清洗"的人——他们当中有人还扬言他们相信必须处决几千人——并不是反动分子和共产党，他们或许是思想敏锐的人，之前是自由党人、社会主义者或无党派人士。

你总是会得到同样的反驳："你们英国的情况不一样。你们能够平和地做事是因为你们的国家没有真正地分裂。我们在这里需要应付真正的叛徒。让他们活着可不安全。"对待德国的态度也是如此。在我说出希特勒倒台后的德国将迎来民主后，一个很有思想的法国人断然否定了我的意见。他对我说：

"这不是想要复仇的问题。只是在他们来到这里干了这些事情四年后，我很难相信德国人和我们是同类。"

有的观察家认为目前法国思想的沙文主义情绪只是表面现

象，当这场战争获得胜利后，其它倾向将会暴露出来。

与此同时，无论政府高层或公共舆论有着怎样的分歧，法国似乎还没有反英情绪出现。

如果你通过观察巴黎作出判断，你可以说法国从来没有对英国这么亲近过，他们对英国在 1940 年的孤军奋战予以令人尴尬的赞扬，街头上为数不多的几个英国士兵总是得到崇高的礼遇。

法国抵抗势力的政治目标[①]

目前在法国不可能对戴高乐将军进行尖锐的个人批判，但法国左翼势力对他的国内政策越来越感到失望。

精明的观察家认为现在法国有五股真正的政治势力。

第一股势力是保守党，从旧式的民族主义者到贝当的坚定支持者。

第二股势力是规模庞大纪律严明的共产党。

第三股势力就是戴高乐将军，他独掌大权，而且深受爱戴，单凭他一个人就可以被视为一股政治力量。

第四股势力是旧式的"温和"政党，包括社会党，它现在正迅速复兴，代表了所有的中间派，他们既不拥护革命，也不拥护维希政权。

最后一股势力是各个抵抗团体，大部分人可以被称为革命者，但反对共产党人的目标和方式。

抵抗运动的目标说到底是建立民主社会主义。他们要求立刻进行深入国有化的措施（这与民主社会主义有着紧密的联系）并无情地清洗通敌合作者。共产党人也很希望继续清洗，并断断续续地进行呼吁国有化的宣传，但他们代表了控制严密等级森严的社会主义，许多法国人无法接受它。

抵抗组织很担心解放后的经济和社会改革会无法实现，而且大型托拉斯和那"两百户家庭"将会重新确立其权力，他们竭尽所能地公开表明对这一点的担忧。

在这个时候事情正朝着这个方向迈进。要求对战犯实施更加严苛的措施并不只是要求复仇那么简单。

大体上，那些曾经与旧政府合作的人就是那些控制着法国经济生活的人，如果法国要成为一个社会主义国家，就必须打破他们的权力。

许多人都认为对几个真正位高权重的通敌合作者（迄今为止，几乎毫无例外，清洗只是触及几个小人物，譬如说记者和小官员）进行惩处将会是社会结构发生激烈改变的迹象。

另一方面，战犯们继续享有司法豁免权，有模糊的传闻说戴高乐将军已经要让政府掌控工业，这被视为国家资本主义的前奏，而控制权仍将掌握在大型托拉斯财团的手中。

几乎所有的法国"左翼"人士都团结起来要求进一步加强清洗行动。

在海峡这边我们的眼中，这种态度或许有点让人感到不悦，但你必须记住，占领不仅带来了仇恨，而且几乎导致潜在内战的真正的政治分裂在过去几十年里就已经存在。

在危机时刻，叛国行为以公开的、有意识的方式进行，其程度在像英国这样的高度团结的国家根本不可能实现，而且或许真的得处决数千人或将他们驱逐出境，或让他们变成丧家之犬才能保证法国的安全。

正在进行的左派与右派遮遮掩掩的斗争在占领时期已经发生。

---

① 刊于 1945 年 3 月 7 日《曼彻斯特晚报》。

抵抗组织不仅得与维希政府进行斗争，还得抵抗伦敦的自由法国政府，后来则是阿尔及尔人，他们以狐疑的目光打量这些人，不愿意为他们大规模提供武器。而且共产党人和其它抵抗组织也在进行斗争，他们能够携手合作共同对付德国人，但他们的终极目标有不可调和的矛盾。

最根本的分歧在于政治民主和坚持言论自由的问题。如今这个问题在报刊上引发了无休止的争议。

抵抗组织报刊的作者总是从民主社会主义的角度抨击共产党人。以托洛茨基主义团结在一起的人数不多的马克思主义群体有一段时间似乎销声匿迹了。

抵抗组织会不会发展成为一个普通意义上的政党尚未可知，但不管怎样，他们代表了一个明确的政治倾向，偏向极端但奉行民主，而且有好几位富有才华的理想主义者。

法国的政治前景仍然很模糊。保守主义势力的复兴和戴高乐的强势人格或许会阻止真正的革命发生，但另一方面，共产党或许将会掌权，无论是通过合法途径还是非法途径。

但是，共产党领导人最近的言论表明，他们意识到如果没有左翼政党的支持，他们将无法掌握权力。在这种情况下，抵抗组织或许将扮演重要的角色，在过去五年来的流血牺牲和地下活动后，他们仍在坚持民主和言论自由，这是一个令人振奋的迹象。

宗教政党或许将在法国重新出现：
关于教育的争议[①]

3 月 10 日于巴黎

　　这周以来，巴黎一直在谈论一份上个星期二出现在全城的黄色海报，标题的大致翻译如下："世俗主义与国家团结的对抗"。

　　这份海报没有署名，但显然是出自天主教的刊物，号召公众示威反抗对教会的不宽容现象。

　　显然，这是针对一位共产党员在国会上反对国家对天主教学校实施补贴的发言。私人的评论和媒体上激烈的争议表明了人们认为这个问题有多重要。

　　关于教育这个问题，教会势力和反对教会的势力之间的争议与近期在英国出现的争议很接近。在第三共和国统治时期，教育推行的是世俗化政策。公立学校可以自愿推行宗教教育，虽然"私立学校"（大部分是天主教学校）可以获准办学，但无法得到政府的资助。

　　贝当政府推行强制性的宗教教育，并对私立学校进行补贴，每年的经费达 5 亿法郎。现在似乎临时政府希望继续推行这一政策，至少大家是这么认为的。官方还没有正式宣布，但那个共产党员在国会上发言，说补贴将会继续并没有遭到反驳。

　　天主教徒提出了和英国的天主教徒同样的理由，说他们纳税支持公立学校，政府对天主教进行补贴是正当的举动。但是，这个问题并不仅仅是教育问题。如今天主教拥有相对庞大活跃的媒体，有日报也有周报，一些观察家认为不久之后天主教将重新成为一股政治势力。

目前这个问题的重要性在于，女人拥有了投票权，而教会的信徒里女人比男人要多得多，在左翼政党的眼中，教会政党的出现将是一个严重的事件。

宗教不宽容的情况在法国一直比在英国更严重，即使这并不明显涉及政治。显然，一个原因就是法国的宗教改革失败了。不仅清教主义早已不再是一股宗教势力，而且法国的宗教从未像英国那样演变出不计其数的信仰层级，这使得教会势力得以继续存在。在法国你只能是天主教徒或无神论者，虽然目前主教、将军、共产党员和社会主义者在勉强合作，但没有人会认为他们有真正的友谊可言。

长久以来，法国有许多人生活在教会的影响范围之外——许多人不遵循宗教仪式举行葬礼。第三共和国的一些立法者激烈地反对教会。在左翼政党里，无神论几乎是必须满足的要求，像已故的坎特伯雷大主教或已故的乔治·兰斯伯利②这样的人很难进入法国的政治舞台。

德国的占领暂时改变了这一景象，因为抵抗者与合作者之间的区别一部分程度上在于品行气节，而与政治阵营无关。确实，贝当政府得到了天主教会的支持，一部分高层人士在为德

---

① 刊于 1945 年 3 月 11 日《观察者报》。
② 乔治·兰斯伯利（George Lansbury, 1859—1940），英国工党政治家，曾担任工党领袖，《每日先驱报》创建人之一，代表作有《你对贫穷的贡献》、《俄国见闻》等。

国人辩护，但不能说天主教徒都在通敌合作或支持法西斯主义。

到处都有天主教徒投身抵抗运动，而法国坚持斗争的精神象征戴高乐本人就是天主教徒。而且天主教报刊在解放后最初一段时间并没有亮出自己的独立纲领。但是，教会势力与非教会势力之间由来已久的斗争似乎将会再次打响。

或许重要的是，反对继续进行补贴的声音来自议会的共产党代表。

虽然共产党从来未能成功打消教会的疑虑，但它在过去十年里是左翼政党中最不反对教会的势力。当纳粹德国的危险变得很明显时，共产党人意识到自己必须尽可能与天主教徒达成合作，而且他们也努力尝试这么做。

莫里斯·多列士①在1936年如是说："我们向天主教的同志伸出双手。"同一个星期共产党的报纸也重复了这句话——但隐隐带有威胁的意味。在此期间共产党人一直保持伸手的姿态，但期待中的握手并没有发生。

过去几个星期来讨论的问题还有曾经投票给贝当的议员希望复职；法兰西社会党（拉·罗克②的半法西斯政党）展开宣传，要求被列为合法政党；几份带有明显保守主义倾向的新报纸的发行；以及几桩与清洗有关的丑闻，但很多都没有被报道。

这些事情总是涉及某个声名狼藉的通敌合作者被委以某个重

---

① 莫里斯·多列士（Maurice Thorez, 1900—1964），法国共产党领袖，曾于1946年至1947年出任法国副总理。
② 弗朗索瓦·德·拉·罗克（François de La Rocque, 1885—1946），法国右翼政党"火十字团"的创始人与领导人。

要的职位，从这些零零碎碎的事情你能够勾勒出一幅图景，而所有事件似乎都指向同一个方向，那就是：解放时期虚伪的团结开始瓦解，战前统治法国的几股政治势力重新冒起。

戴高乐准备继续统治印度支那，
但法国人对帝国持冷漠态度①

3月17日于巴黎

　　戴高乐将军最近关于印度支那战役的广播引起了许多讨论，几份报纸以头版头条全文刊登了广播的内容，但大部分报纸并没有对它进行评论。

　　几个星期前他对印度支那的言论几乎没有引起关注，但现在的危机让许多人重新谈论已几乎被遗忘的法国殖民地的问题。

　　这则广播的内容包括对法国部队与印度支那部队英勇作战的热烈褒扬和一如既往的对英国和美国的隐晦批评，但它的主要目的显然是强调法国在太平洋战场的重要作用。戴高乐是一个优秀的军人，一定比他的国民更清醒地意识到即使日本人被击败，法国在边远殖民地的地位也很难保住；无疑，在他看来，尽可能地在即将到来的太平洋胜利中争取果实是好的政策。

　　他所说的内容中有些带有夸张或误导的成分，而且之前他也说过类似的话，原因正是法国群众对帝国主义政策并不是很感兴趣。

　　自从解放后情况更是如此。除非有大事发生，否则法国的报刊几乎不会报道关于海外领土的事情。只有去翻寻那些语焉不详的期刊你才能够了解到，譬如说，在阿尔及利亚和摩洛哥，维希政权依然在实施统治，当地的社会主义和共产党报刊正在努力与财大势大的反动报刊做抗争。

但是，即使在国内事务没有那么迫切的时候，"帝国"这个词语在法国并不像在英国那样会引起强烈的情绪，无论是支持还是反对。

在英国，工党从旧时的自由党那里传承了反对帝国主义的传统；无疑，在部分程度上这里有伪善的嫌疑，但至少这个传统是存在的，而且在一定程度上影响了它的政策方针。

在法国，即使在1940年那场灾难之前就已经可以注意到左翼政党并没有对这个问题进行深入的探讨。无疑，这在部分程度上是因为法国人从法国本土并不存在肤色歧视这件事得出了过于自由放任的结论。

但你还必须考虑到战败的心理影响，它在法国的政治思想中留下了深深的痕迹，甚至连极左势力群体也无法豁免。

奇怪的是，很少有人意识到法兰西帝国对其它强权国家的战略依赖。如果没有美国和英国的援助，它的许多领土根本没办法守得住，而没有中国的支持，印度支那几乎没有可能仍然由法国占有。

但是，没有人在公共演讲中或书面上听到或看到对这一点的承认，虽然思想敏锐的法国人或许会在私底下这么做。显然，承认马达加斯加是英国领土要比英国人承认牙买加是美国领土更加痛苦。

战败的耻辱让几乎每个人都渴望感觉自己是强者，而你会看到，结果就是在讨论战略问题时总是不切实际。

---

① 刊于1945年3月18日《观察者报》。

从将 1940 年的战败归因于叛徒作祟你能够再次看到这一趋势。值得注意的是，报刊总是将贝当斥为"贝当-巴赞①"，将它与法国历史上另一个出名的替罪羊联系在一起。

即使可怜的巴赞能够多守住梅斯六个星期，或许对于 1870 年那场战争也于事无补，但把罪名推到某个叛徒身上无疑有助于恢复民族尊严。战败所衍生的民族主义的加剧在目前的法国非常突出，一个迹象就是，就连共产党人和社会主义者对待帝国主义的态度也模棱两可。

戴高乐并没有一面倒地宣布帝国主义政策。从迄今为止他所说过的话判断，他的想法似乎是推进积极的经济发展，提高殖民地人民的生活水准，但不会授予他们自治权。

有一份报纸在报道星期四的广播时满怀希望地说戴高乐已经承诺授予印度支那"新的地位"，但广播的内容似乎并没有提到这一点。事实上，如果说戴高乐对于这个问题的众多言论真有意义的话，那就是他希望由法兰西帝国继续统治印度支那，并尽可能地保持它原来的状态。

他的言论引发了强烈的兴趣，但和往常一样，各大报刊并没有进行真正的批评，而一个迹象就是，没有哪一份报纸指出在这个问题上中国拥有发言权。

事实上，对这样的话题进行探讨的刊物不是日报，而是那些挣扎求存的小报，它们的版面总是布满了空白，只印着那个令人沮丧的词语：内容审查。

---

① 阿希尔-弗朗索瓦·巴赞（Achille-Francois Bazaine，1811—1888），法国军人，在普法战争时于梅斯率领 14 万法军向普鲁士军队投降，被以叛国罪判处死刑，法国总统麦克马洪减刑为监禁二十年。

法国人相信我们已经完成了革命[①]

　　根据平时的对话和报刊的内容你可以得出英国的名誉在法国从未像现在这么崇高的结论。普通人的态度不仅要比戴高乐将军的言论更加友好，而且比当前的形势下你所能想象的更加友好。

　　四年来法国一直接受反英宣传的灌输，有的宣传非常有技巧；与此同时，英国被迫对法国城市进行必要的军事行动，炸沉法国船只，采取种种军事手段，如果群众感到非常气愤是情有可原的。除此之外，登陆和接下来发生的战斗严重摧毁了法国的经济生活。许多人都承认法国被占领的后期情况要比现在好一些，虽然德国人实施了大规模的劫掠。

　　目前运输系统还没有从登陆中恢复，最惨烈的战斗在农业最发达的地区爆发，先是影响了干草收割，接着影响了谷物收割，导致牲口的大量死亡。当你看到黄油几乎无法通过合法途径购买，黑市的价格高达两英镑一磅时，你就会意识到这意味着什么。其它食物的情况也是一样，由于火车头紧缺，大城镇的燃料紧缺到了灾难性的程度。在德国人的进攻下，1940年整个冬天巴黎都在挨冻，而到了1944年的冬天，在英美联军的进攻下，巴黎再次挨冻。而且，人们意识到由于盟军的船只被调派到太平洋，食物危机在未来几个月将进一步恶化。

　　但是，法国人似乎并不心怀恨意。无疑，支持维希政权的力量仍在进行暗中活动，但唯一表达反英言论的团体是共产党。在某种程度上共产党对英国持仇视态度，因为他们认为英国最有可能是"西欧共同体"的领袖，这是苏联想要阻止的事情。群众从个人的角度和政治的角度都支持英国，如果问他们为什么，他们会回答两个原因，第一个原因很琐碎，而第二个原因则比较严肃，或许埋下了未来误解的根源。

第一个原因是英国部队大体上是比美国部队更好的形象大使。这个比较其实并不公平，因为在法国的英国人数目要相对少一些。英国的主力部队在比利时，驻扎在巴黎的士兵大部分是美国人，他们当中大部分人刚从条件恶劣的前线离开，口袋里有几个月的兵饷，只有几个小时的时间可以花钱。而对英国持友好态度的另一个原因是对战争期间英国政治发展的夸张恭维。

法国人不仅被英国人在 1940 年坚持斗争的顽强所感动，而且还被英国所展现的国家团结所感动。他们说在危机时刻英国没有第五纵队，甚至阶级之间没有强烈的仇恨，这些都是真实的。但令人惊讶的是，他们误以为战时英国表面上的改变是实质的社会革命。对话和出版物都一而再再而三地把"革命"这个词与英国目前的状况联系在一起。

那些原本应该更加悲观怀疑的法国人却在说阶级特权在英国不再突出，高收入人群被课以重税，私有制资本主义已经被中央控制的经济所代替。他们羡慕地说所有这些都是在没有发生流血事件的情况下取得的，几乎没有引起矛盾，而且还伴随着挣扎求存的斗争。

对于那些知道英国在这场战争中并没有发生什么实质改变的

---

① 刊于 1945 年 3 月 20 日《曼彻斯特晚报》。

人来说，这些溢美之辞令人很不安。奇怪的是，在战争期间去过英国和或许在那里住过几年的法国人一再重复着这些事情。很多时候，他们似乎错在把爱国主义与开明思想混为一谈。无疑，英国在战争期间的表现大体上是好的。所有的阶级都愿意作出牺牲，无论是生命还是舒适的生活，限量供应很公平高效，投机倒把和黑市贸易的情况并不严重，工业生产虽然遇到了种种困难，但产量依然有了很大的提升，而且妇女以前所未有的热情积极投身战争服务。法国人将这些现象与本国所发生的令人沮丧的事情进行比较，很容易会忽视英国的社会机构并没有发生改变，度过危机后旧体制可能会卷土重来。

还有其它误解——尤其是几乎所有的法国人都无法了解英国对德国与和平方案的态度。很少有法国人意识到英国人民不愿意在德国永久驻军，或支持任何有必要驻军的和平方案。也没有很多法国人意识到英国的政策受到了它与美国的亲密关系的制约，而且英国无法在不考虑各个自治领的情况下采取国际行动。

目前英国与法国的关系很友好，但误解的可能性有很多，需要进一步将情况解释清楚。

法国满怀希望把英国看成是真正的民主国家，能够纠正以前的错误，没有引起国内动乱，没有独裁，没有侵害思想自由。他们这么想并非完全错误，但可能将来会感到失望，如果更多的法国人能够将英国所发生的真正的社会变革和它为了生存而采取的权宜之计区分开来，那就好了。

在混乱的科隆恢复秩序：马车供水[①]

3月24日于科隆

仍然有十万名德国人生活在被炸毁的科隆，但大部分人生活在郊区，那里还有一些可以住人的房子。

一度以浪漫的教堂和博物馆闻名的市中心被彻底炸毁，只剩下残垣断壁、翻倒的电车、破碎的雕像和巨大的瓦砾堆，上面有铁架像大黄的枝条一样直伸出来。

美国人刚进城时，许多街道根本无法通行，必须用推土机清道。城里没有水管供水，没有煤气，没有交通工具，只有足够的电量用于保证关键岗位运作——譬如说，让几间面包店的电炉运作。但德国人似乎拥有充足的食物储备，而军管政府——在这个地区由美国人说了算——以值得赞扬的效率在工作。

它已经组建了一个用马车输送的原始的供水系统，建立了医疗体系，发行一份德文周刊，正在进行繁重的对所有人口进行重新登记和收集指纹的工作。这是发行新的限量供应票据必须做的前期工作，而且是有助于将纳粹分子与非纳粹分子分开的重要工作。

在占领的最初一两天发生了大规模的平民劫掠，显然有必要征调民警。一位经验丰富的美国警官负责创立了一支由150个德国人组成的警察部队，没有武器也没有制服。这支警察部队和其他军政府的雇员遵循的原则是绝不让纳粹分子担任任何职务。

譬如说，新的警察总长是一个犹太人，他曾担任这个职务，直到1933年纳粹分子将他革职。他们还创建了三个彼此独立的法庭对从间谍活动到违反交通规则等罪行进行审判。我旁观了中级法庭的第一次庭审，它处理的是相对严重的罪行，拥有判处最高十五年有期徒刑的权力。一个长相丑陋的年轻的纳粹分子曾经担任地方希特勒青年团的书记，接受了审判，罪名不是属于这个群体——军政府宣布加入纳粹组织本身并不是罪行——而是因为他隐瞒事实和试图向美国军方隐瞒成员名单。他被判处七年有期徒刑和一万马克的罚款，每欠一马克得多坐一天牢。

这似乎是很严酷的判罚，如果这些判决真的得以执行的话，但显然他是有罪之人，整个过程处理公平，令人印象深刻，就连为他辩护的德国律师也盛赞这一点。总而言之，美国军管政府似乎开了一个好头，虽然你或许会猜测随着人们经历了轰炸和食物状况变得紧张，未来将会面临困难。

经过几年的战争，站在德国的土地上有一种很强烈的奇怪的感觉。你的身边都是"统治民族"[2]，骑着单车在瓦砾堆间穿梭或拿着水瓶和水桶去马车那里接水。

很难想象这些人曾经统治从英吉利海峡到里海之间的疆域，如果他们知道当时我们有多么虚弱，或许已经征服了英伦群岛。在宣传材料里，特别是他们自己的宣传材料里，我们以为他们都是高大傲慢的金发人种。但在科隆你看到的人都很矮小，长着黑色的头发，和边境那边的比利时人是同样的人种，没有什么特别

---

① 刊于1945年3月25日《观察者报》。
② 原文是德语the Herrenvolk。

的。他们的衣着要好一些，看上去比法国人和比利时人吃得好一些，而且单车新一些，丝袜比我们英国人多一些，除此之外就没什么好说的了。

几位观察者注意到的奴性并不让我觉得惊讶。确实，有一些居民想要巴结权威，整天在军政府办公室转悠，而且和他们说话时会立刻摘下帽子，动作利落得叫人吃惊，但大部分人看上去很冷漠，或许还带有些许敌意。

在一些人的眼神里我捕捉到了战败者的不忿，我觉得它意味着这些人对战败感到非常耻辱。

并非所有人都否认自己是纳粹分子。有的人在登记时承认自己曾经是纳粹党员，但他们总是说自己是被迫入党的。

满目疮痍的德国将何去何从[①]

随着盟军在德国节节挺进，轰炸机狂轰滥炸，对德国造成更严重的破坏，几乎每一个观察家都发现自己萌发了三个想法。第一个想法是："还好国内的人对此一无所知。"第二个想法是："他们还能继续抵抗实在是堪称奇迹。"第三个想法是："想想这个国家将面临的重建工作吧！"

确实，甚至到了现在国内还不知道盟军对德国发起的空袭规模，而它在摧毁德国人的抵抗时所发挥的作用或许也被大大低估了。要对空中打击进行准确的报道是很难做到的事情，而如果平民百姓认为过去四年来对德国所做的事情只是对1940年他们施加在我们身上的所作所为的报复，这也是情有可原的。

这个错误在美国甚至更加普遍，它蕴含着一个危险，而和平主义者和人道主义者所发出的对无差别轰炸的许多抗议只是混淆了问题。

轰炸并不是多么没有人性的行动。战争本身才是灭绝人性的，与之相比，用于瘫痪工业和交通的轰炸机是更为文明的武器。"正规"战争或"合法"战争对财物和人命同样具有毁灭性的破坏。

而且，炸弹会炸死各个年龄层次的人，而那些死在战场上的人同样是社区不可失去的宝贵生命。英国人对轰炸平民觉得于心不忍，当他们彻底打垮德国人后就会立刻同情起他们来，但他们还不了解的是——这要归功于他们自己的迟钝麻木——现代战争可怕的破坏和全世界在未来所要面临的长期贫困。

走在满目疮痍的德国城市街头，你不禁会怀疑文明还能否延续下去。因为你要知道，并不是只有德国遭受了轰炸。同样程度的破坏至少出现在从布鲁塞尔一直延伸到斯大林格勒的大片大片地区。而在那些曾经发生过地面战的地方，破坏更加彻底。马恩河和莱茵河之间三百英里的区域，所有的桥梁统统都被炸毁。

即使在英国，我们也知道需要修建三百万座房屋，而在短期内将它们建好的希望非常渺茫。那德国需要重建多少座房屋呢？波兰、苏联和意大利呢？当你想到有数百座欧洲城市需要重建的艰巨任务，你就会意识到即使只是恢复 1939 年的生活水平也需要经过多么漫长的时间。

我们还不知道德国到底遭受到何等程度的破坏，但从目前遭受破坏的地区的情况看，无论人力还是物力，很难相信单凭德国自己就可以完成重建工作。单是让德国人民重新住进房屋，让被炸成瓦砾的工厂复工和在外国劳工获得解放后让德国农业不至于瘫痪就将耗尽所有的德国劳动力。

而如果像计划安排的那样，数以百万计的德国人将被迁徙国外进行重建工作，德国本土的恢复更是将遥遥无期。上一场战争之后，我们终于明白要索取高额的战争赔款是不可能的事情，但任何一个国家的贫困将对世界整体不利这个道理就没有那么多人明白了。将德国变成一个农业穷国可不会带来什么好处。

---

① 刊于 1945 年 4 月 8 日《观察者报》。

盟军在德国面临食物危机：
获得自由的工人的问题[①]

4 月 14 日于巴黎

越来越多的官方和非官方的报告讲述了如今面临的处理德国境内的同盟国和中立国被流放者的问题，英国报刊将他们统称为奴工，但官方的说法是流民。

流民并不包括被释放的战俘，他们是另外的问题，而且相对容易解决一些。

就在几个星期前，我探访了莱茵兰的流民营，里面有 14 000 人。负责处理的美国军官靠谱的做法让我很吃惊，那些流民能够摆脱德国人的控制都很开心。那个时候问题仍然在可控范围内。

流民的人数暴涨的程度可以用几个数字加以说明。在法国，盟军解放了 10 万流民，在德国的莱茵河西岸盟军又解放了 10 万流民。到了 4 月的第一周，数字增加到了 100 万，现在大约有 200 万了，而且还会再继续增加。因为在德国和德国一度控制的地区这些人至少有 700 万，或许得有 1 000 万或 1 200 万，不包括战俘。

与此同时，盟军所占领的地区实际收容的人数比预计的少了数十万。随着德国政权的垮台，越来越多的流民逃了出来并四处流浪。他们很多人想要以最短的路径步行回到祖国。盟军政府有几个难题需要解决。

显然，在这些人能被遣返之前需要进行分类，以阻止传染病蔓延，消灭混在里面的间谍和破坏分子。这意味着即使是法国和比利时的被流放者，虽然他们的家园很近，但也必须被拘留几天，而大部分俄国人和波兰人或许得等上几个月才能被遣返。

要为这么多人找到住所并不容易，他们当中包括很多在监禁时生下来的孩子。而且食物问题将会在几个月内变得很严重。原则上为这些流民提供食物是德国的责任，但这只是财政上的措施，并不一定会有真正的食物。显然，必须尽快结束这场战争，收割今年德国的粮食。

过去几年来一直在搜刮欧洲的德国人仍然有充足的粮食储备，但他们的农业由于战败陷入了混乱，而且由于大量的劳动依赖流民而他们已经逃脱或被释放，情况变得更加糟糕。

除非到夏末情况能恢复正常，否则结果将可能会是灾难性的食物紧缺，并对同盟国造成间接影响。

大部分仍然由盟军看管的流民是俄国人、乌克兰人、波兰人和意大利人。

西欧的被流放者通常在短暂的拘留后就能被遣返。从各个国家抽调的联络员已经被编入了军政府中。

现在似乎还没有明确流民是否必须得返回自己的国家，关于这个问题同盟国政府可能存在严重分歧。

除了德国集中营里数千个无国籍者之外，还有一小部分自愿来到德国的通敌合作者，而且还有许多不能被归为通敌合作者的人有自己的理由不愿意归国。

_____

① 刊于 1945 年 4 月 15 日《观察者报》。

必须承认，德国人对待流民并不是都很糟糕。至少，因为需要这些人进行体力劳动，他们能够吃上饱饭——大体上要比战俘的伙食好得多——而且他们似乎是将整户家庭迁徙过来，而不是迁徙个体，并允许他们结婚。

如果一些波兰人，特别是来自波兰东部的人，或许还包括一些乌克兰人，努力想留下来，按照目前的情况，那并不令人吃惊。苏联政府或许不会允许，这个尴尬的问题或许在不久的未来必须得到解决。

在法国，这个特殊的难题并没有发生，但引起了许多非议，责怪政府没有组织像样的仪式欢迎归国的战俘和被遣返者。

法国大选将受第一次获得投票权的
妇女所左右[①]

1944 年 4 月，法国授予了妇女投票的权利。由于德国大选的影响，法国大选的日子还没有确定，但官方已经宣布，市政选举将于本月底举行，前提是届时没有什么重大的外部事件发生，例如战争宣告结束。在法国，城市和省份层面的选举总是遵循政党的路线，因此，即将到来的选举将是自 1936 年以来首次展现法国政治局势比较可靠的图景。

现在，获得解放六个月后，人们意识到，除非举行大选，否则某些紧急的必要决策根本无法进行。不可避免地，同时也是非常不幸地，三百万战俘和被迁移到德国的法国人将无法被登入此次选举名册。这些不能投票的人大部分是年轻人，包括许多因为在德国占领时期从事政治活动而被驱逐出境的人，这主要对左翼政党不利。这一点大部分人都认同，但有几个未知因素，各方仍在对此进行思考。目前还没有决定将以什么方式进行投票，也就是会不会采取比例代议制。社会主义者和共产主义者还没有决定以什么方式共同推举他们的候选人，以避免分散彼此的选票。而最重要的未知因素是妇女们的态度。在接下来的选举中，妇女们将在法国历史上第一次行使投票权，而且她们的数量要比男人多10%到15%。由于这是她们第一次投身政治生活，按照已有的规定，即使之前没有登记注册的法国女性也可以投票——不过，已经有相当多的女人登记成为选民，特别是在天主教或共产党影响较大的地区。

另一个未知的因素是教会的态度。由于法国被德国占领，以前的教会势力与反教会势力的斗争暂时平息了，但现在已经有了再起争端的迹象，而最直接的肇因是省级政府要不要继续为天主教学校提供补助。教会可能和以往一样对某些政党的信念，例如共产主义，做出权威性的反对宣言。如果是这样的话，数目庞大的女性选票将可能成为左翼党派难以克服的障碍。

我们有理由认为法国保守派的势力要比解放后的前几个月里他们所展现出来的势力强大得多。在 1936 年的上一次大选中，左翼党派组成了统一战线，得到了 550 万张选票，而右翼党派得到了大约 425 万张选票。自那之后，直到战争爆发，左翼政党在与右翼政党的抗衡中一直处于不利地位。

达拉第[②]政府的荒唐以及旧政权战败亡国的耻辱改变了这种情况，但必须承认，贝当政府在某些地方颇得民心，尤其是法国农民的心。即使到了现在，法国南部的部分地区仍然有支持贝当的宣传文字在私底下流传。

激进的社会主义政党也在迅速复兴，其它态度温和的政党也重新出现了，这些党派目前没有非常明确的政策，但他们可以向农民和其他中产阶层呼吁，这些人不会强烈反对大型工业国有化，但对共产主义心怀恐惧。

---

① 刊于 1945 年 4 月 16 日《曼彻斯特晚报》。
② 埃都阿德·达拉第（Edouard Daladier, 1884—1970），曾三度担任法国总理：1933 年、1934 年和 1938 年至 1940 年。奥威尔在本文中指的是他最后一届任期。1938 年他签署了"慕尼黑协议"，芬兰被苏联征服后他辞职下台。法国沦陷后遭受拘禁，1945 年获释，重新投身政坛。

过去几个月来，所有生存下来的政党，其党员的数目都增加了，大部分政党的党员比 1939 年的时候多了。共产党可能仍然是最大的政党，而它肯定是法国最团结最有组织性的政党。巴黎是它势力最大的地区，但最近，在其历史上，它首次打入了一部分乡村地区。共产党人知道即使他们掌握了权力，单靠他们自己的力量是无法在法国执政的，他们几经努力，一方面想与社会主义者结盟，另一方面想与天主教会结盟，不能说完全没有取得成功。社会党在许多地区有数目众多的忠诚的追随者，特别是南方的里尔和图卢兹的工业区。此外还有大规模的"关键时刻抵制运动"，它还没有凝聚成一个纲领明确的政党，但在选举中将扮演重要的角色，既会推出自己的候选人，也会推动社会党进一步左倾。

　　有这么多未知的因素，就连盖洛普博士[①]本人也很难作出一个准确的预测，但至少我们清楚地知道几个月前喧嚣一时的法国即将爆发革命这一印象是过于夸张了。类似于社会主义的措施并没有引起广泛的反对，所有形式的法西斯主义都遭到唾弃，但自从解放后，报刊的论调和大部分公众的言论使得普通的保守主义似乎显得比实际上更加死气沉沉。资深的观察家指出，1936 年投票给右翼政党的那四百万人并没有销声匿迹，当选举到来时，左翼政党没有希望获得压倒性的胜利。[②]

---

① 乔治·盖洛普博士(Dr. George Gallup, 1901—1984)，美国数学家，以科学和统计进行民意调查的先驱。

② 1945 年 10 月进行了国会选举。左翼政党赢得了四分之三的席位：共产党 142 席，社会主义党 140 席，人民共和进步党(天主教的左翼势力)133 席。

巴伐利亚的农民无视战争：
德国人知道自己战败^①

4 月 21 日于**纽伦堡**

从德国这个地区平民的举动进行判断，德国人现在知道自己战败了这句话不足以表达实情。

他们当中大部分人似乎认为这场战争已经是过去式了，它的延续是与他们无关的闹剧，觉得对它无须承担责任。

令人吃惊的是，即使在战斗中乡村生活也继续如常。周围的群山正回荡着炮火声，而老牛仍慢悠悠地拉犁。大部分农民似乎更担心遭到四处游荡的被流放的外国人的攻击——他们是获得自由的外国工人——而不是被流弹击中。一两天前我走进纽伦堡西边温莫尔巴克这个小村庄，美军第十二装甲师的先发部队刚刚从这里经过。

就在村子外边有一处被炸毁的路障和一两具尸体，一辆报废的坦克和一个布满了迫击炮弹片的果园，标志着德国人曾经尝试扼守的据点。村子已经遭到了轰炸，几座房子正在燃烧。就在山边自行火炮和重机枪已经在朝隔壁村子开火，成队的衣衫褴褛双手抱在脑后的德国战俘正被端着卡宾枪的百无聊赖的士兵押过来。

村民们对这些几乎无动于衷。有几个老头、两个女人和一个男人似乎很难过，但其他人看着美军的入侵并不比看到一个马戏团经过更兴奋。有人正在往一辆牛车上装肥料。水泵旁边照旧在排队，两个老人正有条不紊地在一个叉形架上锯木头。就连那帮战俘也几乎没有引来好奇的目光。

这个地区零星的平民抵抗（总是以狙击的方式进行）几乎全是12岁到20岁的年轻人干的。其他人似乎很淡漠，甚至很友好，看到稳定的政权再度建立感到心里松了口气。在某些地方德国平民投靠了军管政府，不仅寻求保护以免遭流民的攻击，甚至还要求提供高射炮驱赶德国飞机。年轻人可能会是最麻烦的群体，但他们的人数并不多，大部分都参军了。

几乎每个被问话的人，包括囚犯，都承认输掉了战争，并补充说抵抗者只是一小撮狂热的纳粹分子，这无疑是真的。譬如说，保卫纽伦堡的决定是地方党卫军司令违抗军方和平民意愿的政治决定。

德国的这个地区没有遭受严重的战争破坏，人们显然吃得还不错，特别是孩子们，而且巴伐利亚和乌腾堡不像莱茵兰和鲁尔那样遭到全面破坏。确实，所有的大城镇都被夷平，只有海德堡是例外。就连古老的伍兹堡大学城现在也成了一大堆废墟，幸运的是它的中世纪城堡非常坚固，没有被完全摧毁。但村庄和宜人的小镇、宏伟的关隘、巴洛克式的教堂、铺着鹅卵石的广场几乎没有被破坏，除非它们位于进军的直接通道上，又没有及时打出白旗。

出了交通干道，如果不是时不时会有过路的流民，你几乎不知道正在打仗——他们背着布包，游目四顾看有没有走失的鸡。

---

① 刊于 1945 年 4 月 22 日《观察者报》。

当你开车经过这片宁静的郊野时，经过两边种着樱桃树的蜿蜒小路、修筑成梯田的葡萄园和路旁的神龛，有一个问题反反复复地出现，那就是：这些简单而温和的农民，每到星期天上午就穿着得体的黑西服上教堂，在何种程度上他们要为纳粹分子犯下的罪行负责？

事实上，纳粹运动就起源于德国的这个地区，早在战争开始之前就已经有确凿的证据表明这里曾经发生过骇人听闻的罪行。

如果你想要德国人施暴的证据，这里就有很多，都是那些逃跑的战俘和流民讲述的。

他们的状况取决于被关押多久，但主要的区别在于有没有得到红十字会的救助包。这个集中营里有数千个俄国人，他们住在没有侧罩的破烂帐篷里，地上没有铺垫子，只能在沙地上挖壕。大体上他们都很肮脏褴褛，一脸饥饿悲哀，新的伤寒病患每天都会出现。

就连英国囚犯的待遇也很糟糕，大部分人被分配去西里西亚的煤矿，然后红军逼近时，他们被迫一路步行到巴伐利亚。

但他们都义愤填膺地谈起俄国人遭受的待遇，就在几天前这个集中营的德国守卫开火打死了几个俄国人，因为在英国和美国战俘试图扔食物给他们时，他们蜂拥爬上铁丝网。

一个英国战俘讲述了他与同伴怎么把肥皂扔过铁丝网给那些俄国人，结果他们立刻把肥皂给吃掉了。另一个英国人告诉我在西里西亚有一座集中营，当一个俄国囚犯死去时，他的狱友会用一条毯子盖着他的尸体，假装他只是病了，这样他们可以多领几天分给他的汤。

一个曾经是军官的美国囚犯对俄国人集中营里饿殍遍地的情况进行了总结，并说："让我们不至于陷入这般惨状只有一个原因，那就是我们从国内带来的救助包。"

德国人仍然怀疑我们的团结：
旗帜帮了倒忙^①

4月28日斯图加特，于美国第三军团

　　在本周法国第一军团进驻斯图加特的早上，美军第一百师的指挥官派出一小队坦克与步兵到东部郊区接头。

　　在内卡尔河的东岸，一个小分队找到了法国人并返回。交通工具无法过河，从海尔布隆到图宾根60英里范围内所有的桥梁都被炸毁了。不过有一条步桥德国人认为不值得浪费炸药，我和另外两个美军随行通讯记者决定步行过河。

　　河对岸有几群被流放的外国人，在获释24小时后仍然兴奋雀跃，正在被洗劫的汽车和卡车间徘徊，而其他拿到步枪的人正瞄准河里的浮木开枪。

　　镇中心，或曾经是镇中心的地方，已经被劫掠一空。最糟糕的劫掠基本上发生于抵抗失败的头一两个小时，是德国平民和突然被释放的囚犯以及被流放的外国人干的。

　　只有在攻下一座城镇之前便成立军管政府才能阻止劫掠，由于斯图加特始料未及地突然沦陷，成立工作出现了很长的延误。

　　法军进驻七十二小时后仍然没有贴出公告，军管政府的地点也没有人知道，不过偶尔街道上会看到几个戴着警察袖章的慈眉善目的老头。

　　攻陷斯图加特后的混乱要比往常更糟糕，因为发生了大规模的抢夺红酒的事件。空酒瓶甚至半满的酒瓶随处可见。我在枪声中进城，两天后我离开时仍然听到流弹的回响，虽然所有抵抗据点都已经被清除。那些枪声只是非正式的鸣枪庆祝。

与此同时，法国人不去理会那些被流放的人，而专注于德国人，正在挨家挨户地搜查和抓人，不仅那些身穿制服的人被抓，而且每一个被怀疑曾经加入德意志国防军和人民冲锋队的成年男子都被逮捕。囚犯的数目多到很难找到地方安置他们，一部分人只能临时住在火车站的地下通道里。

最重要的是，当你看着德国囚犯被关押在一起时，一道鸿沟似乎横贯在几乎所有盎格鲁-撒克逊人和几乎所有欧洲大陆人之间。你或许充分意识到使用一切手段消灭德军的必要性，但你必须生活在德国人的统治下才能看着这些羞辱性的场面并产生快感。

随着数不尽的战俘从面前走过，那些被流放的外国人甚至几个法国士兵看着他们，咧嘴大笑着，似乎很开心。

"就像 1940 年一样！"我听到这句话好几遍了。有些人似乎看着炸弹制造的废墟得到了冷酷的满足。我自己没办法有这种感觉。确实，斯图加特是一座大城市，一些地区仍然完好，但和其它城市一样，古色古香的市中心已经被夷为平地，而无趣的郊野住宅区则逃脱了毁灭的命运。

我一直和郊区的中产阶层德国人住在一起。这些人和大部分与我交谈过的德国人一样，不仅热切希望战争尽快结束，甚至迫切希望德国能被美国人和英国人占领，而不是被法国人和俄国人

---

① 刊于 1943 年 4 月 29 日《观察者报》。

占领。

　　显然，仍有必要让德国人明白联合国的各国政府达成了深入的共识。目前似乎有很多人认为俄国、法国、英国和美国互相仇视并代表了不同的政策。

　　显然，让这个想法扎根是很危险的事情，没有规定好占领区以及各国军队在自己的占领区只打出自己的旗帜都助长了这一想法。

德国面临饥荒[①]

    大家都同意直到目前为止同盟国的军管政府在德国的运作出乎意料的顺利，特别是在郊区，那里的农民厌倦了战争，许多人视盟军为解放者而不是征服者。

    几位军管政府的官员坦言逃犯和流民不断增加，他们在郊野游荡，成为比德国人更严重的问题。人们还意识到，不久之后，或许再过六个月，真正的困难将会出现，现在德国人的顺从主要是因为他们对战争感到厌倦，粮食储备还很充裕，而且他们视英国人和美国人为他们的保护者，让他们免遭东欧民族的报复，因为他们曾经对后者犯下罪行。

    原则上军管政府的职能只是配合战争的进行，它得维护秩序，分配食物，维护公共设施和满足人们的其它需求，并指挥临时的德国行政机关，这些只是为了提高军事效率，并没有长期的政治目标。但是，在实际运作中，它不得不做出一些有政治意味的事情，而这将会在战后出现的德国政权上留下痕迹。

    一个这样的措施——它本身并不是好事，但由于纳粹政权的性质使得占领区的政府不得不这么做——就是关闭学校。目前除了在亚琛逢星期二有六间托儿所开放之外，在盟军占领的德国没有学校开放。

    人们希望小学四年级以下的学校班级能够尽早重新开放，但新教师的筛选和新课本的供应都会导致长期延迟。要让现有的教育体制继续运作是根本不可能的事情，因为它最重要的使命就是传播纳粹主义的教条。另一个是否明智尚未可知，但为了军事安全很有必要采取的措施是没收公民的无线收音机。军管政府必须做很多事情：发行德文报纸，决定哪些工厂可以重新开放，采取什么样的农业政策，挑选出政治可靠的人担任行政长官和其它职位，这些都超越为军队清道的功能。

但是，一个紧迫而危险的问题就是粮食问题。直到不久前，德国人民都吃得很好，他们仍有充足的粮食储备，那些没有经历战火的农地情况还很好。但是，情况正在迅速发生改变。德国的战时粮食储备很大程度上有赖于对被占领地区的掠夺，而现在这些地区已经解放了，而且农业越来越依赖战俘和被流放的外国劳力。

几百万奴工已经被盟军解放，许多不久前还有六七个强壮的俄国或波兰奴工的农场如今就只靠一个年迈的德国农民和他的妻子在耕种。

今年的庄稼已经收割了，但能不能进仓取决于战争能否尽早结束和数百万德国青年能否回到土地上。而且合适的种子面临紧缺（据估算今年的土豆收成会大大低于往年平均水平），此外还有化肥、农业机械的燃油、马匹的紧缺，大部分地区的农地被迫用奶牛去耕地。即使战争的混乱以意想不到的速度得以平息，这个冬天也一定会出现严重的粮食紧缺问题。

这除了将会给我们的盟友带来困难之外——因为如果美国和英国要为德国提供粮食，就得以牺牲其它西欧国家为代价——对

---

① 刊于 1945 年 5 月 4 日《曼彻斯特晚报》。

粮食问题的不满将是最有可能引起德国人抵抗的导火线。目前被占领地区的德国人的态度很友好，甚至到了令人感到尴尬的地步。

许多军官在推行管制时面临着不友善的秩序，这已经使得工作的展开遇到了阻碍。但有三四个非正常因素或许会使治理德国的任务变得简单一些。首先，几乎所有的年轻人，特别是活跃的纳粹分子，都不在国内——他们参军了，或随着军队撤退了，或成为战俘了。其次，德国人们现在充分意识到他们已经战败，在大城镇里，他们为轰炸结束而松了口气。第三，有一个想法被广泛传播，这在一部分程度上应该怪盟军自己，那就是，苏联、法国、英国和美国并没有按照事先划定的范围占领德国，而是在抢占地盘。许多或大部分德国人很害怕法国人和俄国人，他们更欢迎英国人和美国人的占领。当他们意识到盟军达成了高度共识后，对英国和美国的欢迎或许就会渐渐减弱。

迄今为止令人惊讶的是，破坏活动或游击队活动很少，虽然盟军占领的地区防守力量很薄弱。几乎没有罢工、示威和任何公开抵抗发生。譬如说，希特勒的生日平安度过，几乎没有什么事情发生。在大城镇里墙报标语、背胶海报或其它地下政治活动的证据出奇的少。"狼人计划"收效甚微，人民冲锋队则被广泛认为是一场可悲的失败。它的成员最关心的就是把制服处理掉和伪装成平民，如果做不到的话，得尽快投降——虽然人民冲锋队装备精良，还配备有反坦克炮。

但在这一点上，你必须记住，抵抗运动和游击战要花很多时间进行组织。德国占领法国六个月后法国的抵抗运动才开始兴起，英国的地方军花了接近一年的时间才成为像样的军事组织。

从 1944 年年中德军突然兵败如山倒开始到现在，他们似乎没有为本土作战做好充分的准备。

因此，我们不能以为只有采取大规模报复行动才能应付的严肃的抵抗运动在这个冬天不会出现。有助于出现抵抗运动的条件包括战时混乱的延续、食物紧缺和盟军的严重分歧或政策的差异。现在各国军队独立统治占领区，甚至不打出盟军的旗帜，这种情况已经让德国人产生了误解，并埋下了危险的种子。

法国厌战：回归正常是它的目标①

5月5日于巴黎

　　看着巴黎表面的情形，我们有点难以相信就在上个周末有三分之一的选票投给了共产党，而另外四分之一的选票投给了极左政党。

　　明媚的春光照亮了巴黎。食物不再像两个月前我刚到这里时那么充足，但还有莴苣和洋葱，如果你付得起钱的话还能买到草莓，而且天气很暖和，可以坐在室外的咖啡桌旁。

　　衣服仍然很蹩脚，但女人的帽子比以前更艳丽夸张。要不是随处可见的美国士兵，你很难相信这个国家的首都正在打仗。无疑，再过不久，将会旗帜飘扬钟声齐鸣，庆祝最后的胜利，但现在还没有很多旗帜出现，虽然希特勒的死引起了一定程度的骚动，对这件事的评论我听到的并不多。生活照常进行，寻求食物、燃料和娱乐对于普通人来说要比外边的事情更加重要。

　　但是，要说没有政治活动在进行是不合实情的。市政选举不仅表明法国正倒向左翼，而且——或许这一点更加重要——投票的人非常多。还有劳动节的庆祝活动，许多群众鱼贯通过街道，一齐高喊着："处决贝当！"

　　你会对这种冷漠和革命热情的结合作何观感？首先，很多人都同意法国人对国内事务比对这场战争更感兴趣。法国的战争行为主要是抵抗运动，只有少数人参加，而现在直接从事与战争有关的工作的人比起英国要少得多。每个人都希望法国强大起来，拥有一支庞大的军队并再度成为强国，但他们对日常的战争细节并不感兴趣。

就连被遣返的战俘也没有引起多少热情。每天有数百名穿着破烂褪色的军服的战俘乘着卡车在街道上颠簸。政府为他们准备了一顿热饭和欢迎仪式，但路上的行人几乎不去关注他们。

国际事务在这里并不像在英国那样会引发热情。没有人在讨论三藩市，希腊问题或波兰问题没有引起激烈的争议。法国群众最感兴趣的是国内问题；虽然他们希望进行某些政治改革，但他们最想要的是回归正常，有足够的食物和更好的娱乐。

巴黎引人注目的事情有剧院外的长队，以及报纸的许多版面用于刊登体育新闻。构成了政治形势的背景的不仅有饥饿，还有无聊和对娱乐的渴望。

市政选举表明了大体上的左倾局面。共产党的选票比社会党多，社会党的选票比激进派多，在许多地方右翼政党几乎销声匿迹。但你不能从这一点推得法国即将爆发革命的结论。你只需要看看任何一条街道就知道人们不想要进行任何形式的暴力活动。在某种程度上，虽然发生了那么多事情，但战前的思维习惯比英国的更顽固持久。财富差异要更大一些或更突出一些，有更多的人从事卑贱的职业。一半的选票投给了共产党或社会党，但鞋帽服装商人仍然在破烂的窗户里展示高礼帽，人肉三明治仍然挂着美甲广告走来走去。无论情况怎么样，当法国的饥饿没有那么严重，当政治讨论不再受内容审查和纸张短缺的阻碍时，人民群众

---

① 刊于 1945 年 5 月 6 日《观察者报》。

的广泛愿望是有稳定的生活和正常的秩序，而不是要求进行激进的改变。

读着选举前的海报，我惊讶地看到所有的政党都在承诺几乎同样的事情。但是，人们的目光投向了左翼政党，因为人们认为左翼政党并不代表血腥革命，而是鼓励就业、家庭补贴和保护劳工权力。1936年的人民阵线政府为法国带来了前所未有的初步改革，仍然在法国人民心目中留下生动的回忆。

另一方面，右翼政党与模糊而狰狞的被称为"托拉斯"的事物联系在一起，他们被认为是一切的罪魁祸首，从1940年的战败到香烟紧缺都是他们造成的。

法国共产党拥有众多成员，而且牢牢把握着公众的脉搏。它有坚强的老资格党员作为核心力量，他们或许依然认为暴力革命是他们的终极目标，但大部分追随者似乎并不想要进行暴力革命，在它宣扬的纲领中有几点不知道能否受到欢迎。

首先，虽然法国人喊出了"处决贝当"这个口号，但他们是否真的像共产党那样希望对通敌合作者进行全面坚决的清算仍不清楚。当然，他们不希望罪魁祸首逃脱，但清洗在道德层面上似乎令人感到不安，如果彻底进行的话，将会导致贼喊抓贼的情况发生。

共产党的纲领的另一个或许没有反映民众意愿的特征是它的反英立场。除了现在很低调的维希政府的拥戴者之外，共产党是唯一的反英政治势力（他们还持反美立场，但态度没有那么强烈），而且在报刊一致保持缄默的时候他们清楚无疑地表明了这一点。

这或许是政治高层的事情——英国可能担任西欧同盟的领袖，而苏联反对西欧同盟的组建——而不是普通的法国人们的心声，无论是工人阶级还是中产阶级。

获得自由的政治家回到巴黎：
工会领袖与戴高乐会晤[①]

5 月 12 日于巴黎

　　保罗·雷诺[②]、伊冯·德尔波斯[③]和利昂·儒奥[④]两天前抵达巴黎。儒奥曾经是法国工会运动的领袖，已经与戴高乐进行了商谈，但对他的政治前途持谨慎态度。

　　他没有表明是否愿意在本届政府中任职。他说他支持戴高乐政府，并希望在不久后回归政坛。他将作为独立候选人参加即将到来的大选。

　　雷诺曾担任总理直至 1940 年 6 月，在 1942 年 11 月盟军于北非登陆后被贝当政府移交给德国人，在欧伦宁堡被单独囚禁了 6个月，后来被转移到提洛尔，与其他法国政治领袖关押在一起。

　　他得到很好的待遇，并在关押期间写了一本书，内容是导致法国战败的事件。

　　当然，赫里奥[⑤]、达拉第、雷诺和布伦姆的解放带来了新的政治因素。在这些人中，只有布伦姆保全了自己的声誉和党内的领袖地位。即使他被关进了不知道在哪儿的集中营里，他的名字仍然出现在《人民报》封面上的总编一栏。达拉第或许已经彻底名誉扫地，过去几个月来激进党努力想把他捧上去，但他在 1938 年逮捕共产党员的做法并没有被遗忘。

　　但是，所有这些政治家比起本届政府中除了戴高乐之外的人都要更加出名，而达拉第、雷诺与布伦姆在里奥姆审判⑥中表现很英勇庄严。通过这种半吊子的白色恐怖主义行为，贝当等一小撮人为复兴他们推翻的政权作了很多工作，许多人认为在即将到来的大选中，赫里奥、雷诺和达拉第的重新出现或许会让业已衰落的激进社会党得以复兴。

那些记得久远事情的人说巴黎的庆祝"比不上 1918 年"，但这些庆祝仍然令人印象深刻，因为德国投降的消息并不是突然间以戏剧性的方式宣布的，而是经过长达数周不耐烦的期盼以及多方面的消息泄露。

在官方正式宣布胜利前 24 小时，巴黎的每个人似乎就知道停战的确切时间，一份晚报被警方扣押，因为它提前泄露了消息。除了一个新闻机构的行为不端之外，弗伦斯堡的德国电台也重复了法国电台的声明，刚过不久又予以否认。

经过这一切，星期一晚上就进行了非正式的庆祝并不令人感到惊讶，街头载歌载舞，组织游行，飞机投下的许多彩色信号弹的烟雾在烟囱间缭绕。但真正的兴奋始于星期二清晨。年轻的男

---

① 刊于 1945 年 5 月 13 日《观察者报》。

② 保罗·雷诺(Paul Reynaud, 1878—1966)，法国政治家，曾担任第三共和国总理，法国沦陷后拒绝与德国人合作，被囚禁于德国，战后获释。

③ 伊冯·德尔波斯(Yvon Delbos, 1885—1956)，法国政治家，激进社会主义党领袖，曾担任法国外交部长。

④ 利昂·儒奥(Léon Jouhaux, 1879—1954)，法国工会领袖，因创建国际劳工组织于 1951 年被授予诺贝尔和平奖。

⑤ 爱德华·赫里奥(Édouard Herriot, 1872—1957)，法国政治家，长期担任激进党的党魁，曾于 1924 年至 1925 年、1926 年和 1932 年三度担任法国总理。

⑥ 里奥姆审判(the Riom Trial)指维希政府于 1942 年 2 月 19 日至 1943 年 5 月 21 日对法兰西第三共和国进行审判，审判结果是它须为 1940 年的战败承担责任。

男女女排成军事队伍来回行进，高喊着："一起来！一起来！"他们的人数逐渐增加，到了中午已经是人山人海，许多主干道和广场水泄不通。星期二和星期三整天都是这么庆祝，有些人在星期二晚上回家一会儿，而其他人就在长凳或草坪上睡几个小时。

星期二下午三点钟我挤到协和广场的高音喇叭附近收听官方的宣言。

有传闻说整场庆祝或许会不得不推迟，接着响起了戴高乐的声音："战争胜利了，这就是胜利。"人们没有爆发出欢呼，而是热切地聆听接下来的演讲，然后满怀敬意地肃立聆听所有同盟国的国歌。

几天来各大报纸都奉行自我审查，尽可能不去报道不受欢迎的话题，但有一些内政和外交政策的问题是无法被忽视的。目前法国报纸不能自由谈论国外政治，但三藩市会议和俄国政策明显有不和谐的迹象。占领德国这个问题，特别是占领柏林——由谁占领哪个区域和占领多久——也正在进行显然令人不安的讨论。

分而治之的危险：奥地利重建的延迟①

5 月 19 日于奥地利

奥地利受战争摧毁的程度没有德国那么严重，但情况一度更加混乱，而且德军最后集结的情景更加具有奇幻色彩，因为它们发生的背景是白雪皑皑的山脉、没有遭受战争破坏的村庄和布满野花的草坪。

在有些地方，一个初来乍到的人一定会以为奥地利不是被盟军而是被德国人占领。

每个地方的乡村旅馆都有德国人，一群群穿着灰色或绿色制服的人簇拥在门廊那里，你在路上看到的一半的交通工具都披着伪装。

战俘的数量如此之多，有些地方不得不解除他们的武装，然后在地图上划定一个地区，让他们呆在里面。有一天我开车经过萨尔茨堡南部一个地方，那里据估计有 10 万名德国人，但我觉得人数要多得多。

除了没有武器之外，这是一支完整的部队，似乎纪律严明且秩序井然。我开车经过好几英里，那里都是德国人在晒太阳和在河里洗衣服，我还经过数以千计的车辆和数百具尸体、骑兵队和哥萨克的花斑马驹。每个十字路口都有德国的宪兵队在指挥交通。

更令人咋舌的是流民集中营，有的流民与投降的德国士兵共同占用一个兵营，而其他人占据了铁路上的火车，住在车厢里。时不时会有勤勉的流民想方设法启动火车头，希望如果方向正确的话，能够让他离祖国更近一些。

还有现在得到解放的盟军战俘的营地，他们由美国人看管，有的战俘已经不愿意等待，尝试搭便车回国。

目前是和煦的夏季，而且人民都为战争结束而松了口气，所有的混乱似乎都很有趣，但许多人都意识到实际情况并不乐观。让平民和流民吃上饱饭的任务在盟军又解救出数百万战俘之前就已经是让人头疼的问题，而且你只需看看山区的景象就知道比起西德、奥地利更没办法实现粮食的自给自足。

通过空投的方式统帅部现在正在投放四种语言的报纸和传单，告知战俘和流民为了他们自己的利益，他们最好呆在原地，但到处都有不肯合作的情况，这是很自然的事情，而且情况改变非常快，军管政府内在的缺陷正逐渐暴露出来。

军管政府的目的只是维持秩序和在打仗的部队的后方协助行动。

事实上，短期来看，军管政府获得了非常大的成功。一座遭受狂轰滥炸的城市很快就能够恢复一定的秩序实在是令人啧啧称奇，但军管政府的缺点在于没有长期目标。

不奉行政治纲领——除了绝不任用身份暴露的纳粹分子之外——几乎成了军官们的骄傲。当有人问起任何有关政治的问题时，司空见惯的回答是"我不知道。"

我只举一个例子：我遇到过一个军管政府的上尉军衔的官

① 刊于 1945 年 5 月 20 日《观察者报》。

员，他不知道社会民主党和信奉基督教的社会主义者之间的区别。显然，这种事情在政党和政治运动重新兴起时将会引起麻烦。事实上，这种事情已经发生了。两个新的巴伐利亚政党已经出现，而且如今正在各个欧洲国家进行的斗争似乎在流民群体中引起了反响。

由于英国和美国公众的无知，管理德国和奥地利间接上变得更加困难。

某一个明显是出于军事必要的举措如果在国内被报道的话总是会引起误解，而这总是会阻碍对主要问题的解决。但当前情况最糟糕的是这些国家分而治之的武断和随意。俄军与西欧盟军几乎没有接触，各支军队总是被一条河流或无人地带分割开来，为数不多的报道表明俄国正在推行不同的政策，至少在对待战俘这个问题上与英美联军的政策不一样。

如果现在这种死板的分而治之继续下去的话，一定会阻碍这些国家的经济恢复，而且一定会导致争取德国和奥地利人民效忠的竞争。这其实已经开始了，俄国人在维也纳的新政府在西奥地利不受承认就是其中一个征兆。

目前关于民众的感觉没有太大的疑问。俄国人遭到忌恨——维也纳政府似乎并没有引发热情，但脱离德国的愿望显然很强烈。

但认为这种情绪会一直持续下去是很草率的想法。在政治斗争上俄国人有几个明显的不利因素。对他们的反感在部分程度上是纳粹宣传的残余影响。除非采取联合执政的措施，否则很难相信奥地利和德国的行政工作能够获得成功。这件事每拖一天都会让最终的解决变得更加困难。

但第一件无可回避、一定要做的事情是美国和英国政府必须决定他们要如何处置战败国并明确宣布他们的意图。

这么做可以消除如今困扰着德国人和奥地利人的疑惑，普通军官和军管政府的官员将有明确的纲领可以遵循，以处理日渐突出的政治问题。

在德国实施联合统治的障碍[①]

要说在德国和奥地利无法实现共同占领还为时过早，但过去几个星期来显然有强大的势力在反对这件事。

这是一场灾难，但如果能够面对现实，迅速采取必要的干涉措施，或许能够避免出现最糟糕的结果。

要实现真正的共同占领意味着四件事情。

第一，由所有同盟国的主要成员选择或认可的德国和奥地利政府接管尽可能多的权力。

第二，将盟军的共同管制制度固定下来。

第三，对德国未来的发展，包括政治、军事和经济达成清晰的共识。

第四，不"分而治之"——也就是说，各个被占领的国家能够实现自由流通，并让各个实施占领的大国的部队尽可能地混杂在一起。

目前这四点一样都没有实现，说句公道话，最大的阻力或许来自俄国。按照目前的情况西方同盟只有两条路可以选择。第一条路——显然他们不会选择这条路——就是撤离德国和奥地利，由俄国实施全面占领。

第二条路是接受目前的情况带来的政治挑战，并努力确保德国人民听从西方而不是东方的意见。

我们应该意识到争取德国人民认同的竞争已经开始了，而且早在战争结束之前就已经开始了。

将德国划分为不相往来的"区域"正是它的体现：如果同盟国真的有联合政策，是什么在阻止它们实现联合统治呢？而且我们应该意识到目前英国和美国掌握了大部分王牌。

大部分德国人很不喜欢由俄国人进行控制，并清楚无疑地表现出来。但英国和美国相对受欢迎的状况基础很不牢固。首先，食物情况最迟在这个冬天将会有灾难性的后果，而且西欧的情况可能要比由俄国人控制的以农业为主的地区更糟糕。其次，俄国人或许会进行迫切需要的改革，譬如说将东普鲁士的土地分给没有土地的农民，即使西欧的同盟国想要这么做也很难去模仿。再次，俄国人拒绝独立记者和观察者进入，这么做为他们的宣传带来很大的方便。

目前我们不知道俄国统治的地区到底发生了什么事情，当不满情绪在英国和美国统治的区域开始积累时，来自另一方的美妙的报道将会发挥它们的影响。

目前如果西方同盟选择效仿维也纳的俄国人的做法，采取单边行动建立德国政府，他们将能够得到广泛的支持。

当然，不是邓尼茨②与沙赫特③的政府，而是得到美国和英国支持的温和正派的政府，不需要假借全民公决的幌子就能牢固地建立，它的存在将立刻对俄国占领区产生影响。或许英国和美国

① 刊于 1945 年 5 月 27 日《观察者报》。
② 卡尔·邓尼茨(Karl Doenitz, 1891—1980)，纳粹德国军人，曾担任海军元帅、德国总统，是希特勒遗嘱中的继承人，后指挥德军向同盟国投降。
③ 亚尔马·沙赫特(Hjalmar Schacht, 1877—1970)，德国经济学家，曾担任德国央行行长、经济部长，但因政治分歧脱离纳粹政权，并参加抵抗希特勒的运动。

政府不会采取这么激进的措施，但他们能够做的，而且事实上必须做的，就是立刻宣布明确的政策。

直到目前为止最重大的问题都没有得到回答。德国的工业将被摧毁还是恢复？鲁尔和莱茵兰会不会被兼并？战俘会被拘留进行强制劳动吗？还是说他们会尽快被释放？哪些德国人会被列为战犯？这些都是德国人无法得到权威回答的问题。某些危险的误解——譬如说，苏联和西方强国将会在不久的将来开战的广为流传的想法——已经冒起，需要由最高权威机关予以反驳。

而且有必要让德国人民意识到未来的食物状况会有多么糟糕，以及他们需要作出什么努力去进行弥补。

如果像这样的政策能够得以宣布，已经开始的政治斗争将会在桌面上进行，德国群众将会知道会发生什么事情。目前明显的危险是他们对西方国家有过分的要求，然后在失望之下转而效忠俄国。

而且，除非我们勇敢地面对挑战，否则我们不可能深入地了解俄国人。目前将德国和奥地利分而治之让他们和我们一样精疲力尽，而且效果并不能令人满意，但如果他们反对清晰的分而治之的政策，他们或许希望将我们彻底赶出这两个国家。

另一方面，如果英国和美国也能制订出可行的计划，俄国人的态度或许会改变，并有可能达成共同政策，不然这个重大的问题很难得到解决。

流民未知的命运①

　　与流民问题相关的事实——德国在战时输入的外国强制劳动力——正在点点滴滴地揭晓，但仍然没有全面的结论，而且在一两点非常重要的问题上没有宣布官方的决策。

　　很多人希望相关的事实能够在不久的将来公布，否则将会错过宝贵的社会时机，并且英国和美国公众在知情的情况下无法接受的决定将会被采纳。

　　联合国善后救济总署正在西德的 230 个集中营展开工作，军管政府进一步对集中营里那些背井离乡的人进行登记。已知的数量光在德国就有 450 万。根据目前的登记，这个数字的构成是 150 万俄国人、120 万法国人和 60 万波兰人。还有大约 10 万比利时人——现在差不多已经全部遭返了——还有大约 10 万丹麦人，还有数量较少的南斯拉夫人、捷克人、斯堪的纳维亚人和希腊人。上周有 180 万人登记，完成体检并被遭返。

　　其他人中大部分由军管政府照顾，他们尽自己的最大努力为这些人准备伙食，有时候会雇用他们进行修路和其它工作。但是，有很多人拒绝被收监，并自行走路回家，或在郊野以乞讨和偷窃为生。其他人，虽然数目可能不是很多，留在了他们在盟军抵达之前工作的农场。

　　一开始的时候大部分流民满怀热情欢迎他们的解放者，但经过不可避免的遭返延迟和食物短缺后，热情已经有点消沉。之前规定的政策是在食物问题上优先照顾军队，然后是流民，最后是德国人，但实际上不可能让德国人饿死，有的地方不得不必要减少流民的食物供应。

不难想象这么做所引起的糟糕的感觉，在美国人控制的地区，任何能够接触到军队的人都可以观察到食物浪费的现象，而这更加剧了怨言。

与此同时，关于流民的许多非常有趣的事实已经被揭晓了。首先，英国报刊里习惯使用的"奴工"这个词带有误导性。这些人中有一部分——甚至可以精确地估算他们的人数——是自愿者，而其他人虽然称自己为奴隶，因为他们是被强迫迁徙的，但大部分人的待遇似乎还不错。

那些在工厂工作的人住在半监狱式的集中营里，但那些在田里工作的人通常在年轻人去参军的小型农场工作，他们似乎生活得很好。许多人不仅有工资拿，而且加入了德国的工作保险体系，所有的观察者都同意大体上这些流民有很好的伙食。

我们只能够最模糊地猜测有多少人会改变意识形态的立场，有多少人是投机者，有多少人是愚昧的农民，对于他们来说为哪一边服务都一样。显然，为了了解如今民族主义所发生的改变，有必要对这个问题进行调查。但在未来的几个月必须去进行这个调查，否则数据将会消失。

有一个问题似乎还没有决定——或至少没有权威的声明——就是不愿意回国的流民是否一定得回去。最受影响的是波兰人。许多波兰人，特别是来自波兰东部的人，希望留在国外。如果苏

---

① 刊于 1945 年 6 月 10 日《观察者报》。

联政府觉得那些现在是苏联公民的人必须回国，英国和美国政府会不会被迫将他们遣返？显然，这个问题必须让英国和美国的群众了解内情才能作出决定。而且，如果波兰人和其他人希望留在国外，并获得许可，他们会是什么身份呢？